总主编 赵宪章 **副总主编** 许结 沈卫威

中国文学图像关系史

宋代卷

本卷主编 沈亚丹 **本卷副主编** 邓珏 李制 侯力 杨光影

江苏凤凰教育出版社
Phoenix Education Publishing, Ltd

“十三五”国家重点出版物出版规划项目
2020年国家出版基金资助项目
南京大学“985”工程重点项目
北京大学人文社会科学研究院支持项目

中国文学图像关系史・先秦卷
中国文学图像关系史・汉代卷
中国文学图像关系史・魏晋南北朝卷
中国文学图像关系史・隋唐五代卷
中国文学图像关系史・宋代卷
中国文学图像关系史・辽金元卷
中国文学图像关系史・明代卷上
中国文学图像关系史・明代卷下
中国文学图像关系史・清代卷上
中国文学图像关系史・清代卷下

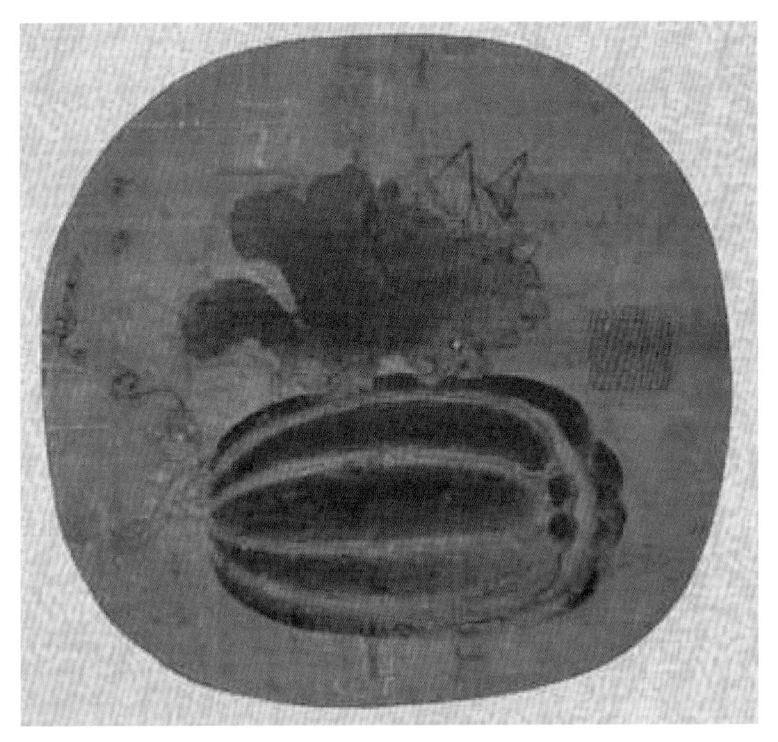

彩图1　佚名　《草虫瓜实图》　台北“故宫博物院”藏

彩图2　佚名　《打花鼓》　北京故宫博物院藏

彩图3　乔仲常　《后赤壁赋图》　美国纳尔逊-艾金斯艺术博物馆藏

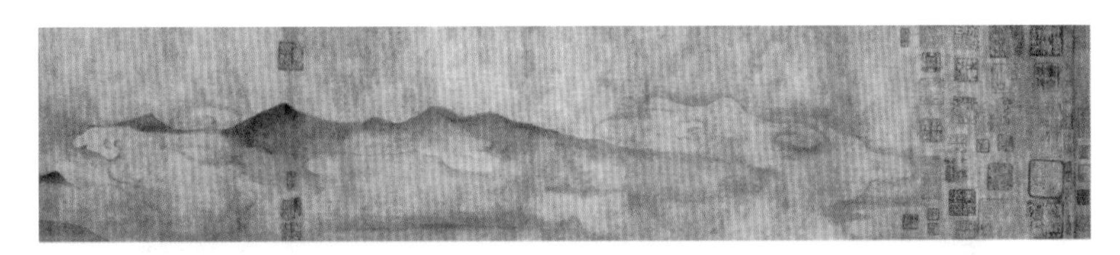

彩图 4　米友仁　《潇湘奇观图》(局部)　北京故宫博物院藏

彩图5　赵佶　《芙蓉锦鸡图》　北京故宫博物院藏

彩图6　张先　《十咏图》　北京故宫博物院藏

彩图7　苏汉臣　《秋庭戏婴图》　台北“故宫博物院”藏

彩图8　苏汉臣　《冬日婴戏图》　台北“故宫博物院”藏

彩图 9　吴炳　《出水芙蓉图》　北京故宫博物院藏

目　录

绪论 …… 001

第一节　宋代社会和文化 …… 001

第二节　宋代文化观念对文学和图像关系的影响 …… 006

第三节　宋代文学和图像关系的主要特点 …… 015

第一章　宋代图像对前代文学的呈现 …… 023

第一节　宋代图像对于儒家经典的呈现 …… 023

第二节　宋代图像对前代历史故事的呈现 …… 030

第三节　宋代图像对前代诗歌的呈现 …… 079

第二章　宋代笔记小说与宋代图像的关系 …… 095

第一节　市井生活笔记及其图像呈现 …… 095

第二节　乡村生活笔记小说及其图像呈现 …… 111

第三节　文人雅趣及其图像呈现 …… 119

第三章　宋代诗词与宋代图像 …… 129

第一节　宋代图像对宋代诗词的呈现 …… 129

第二节　题画词 …… 134

第三节　题画诗 …… 143

第四章　苏轼的创作及其文图思想 …… 163

第一节　苏轼文学作品的图像性 …… 163

第二节　苏轼的文图关系理论 …… 177

第三节　《枯木怪石图》 …… 186

第五章　苏轼的图像母题 …… 203

第一节　《东坡笠屐图》 …… 203

第二节　历代东坡赤壁图 …… 217

第三节　《苏轼回翰林院图》 …… 227

第六章 米芾与文人画观念 …… 235
第一节 米芾其人其艺 …… 235
第二节 米芾诗书画之间的关系 …… 245
第三节 米芾的图像母题 …… 254
第七章 宋徽宗及其诗、画实践 …… 260
第一节 宋徽宗与画院的革新 …… 260
第二节 宋徽宗的诗画创作 …… 269
第八章 陆游诗歌在后代的图像呈现 …… 281
第一节 陆游其人其艺 …… 281
第二节 陆游的诗歌创作与书画艺术理论 …… 283
第三节 陆游文学图像分析 …… 287
第九章 “十咏诗”和《十咏图》 …… 297
第一节 “十咏诗”和《十咏图》 …… 297
第二节 从“十咏诗”到《十咏图》的转化 …… 317
第三节 《十咏图》及其题跋的文图关系 …… 329
第四节 《十咏图》与文人画范式的形成 …… 333
第十章 宋代童趣诗与婴戏图 …… 338
第一节 童趣诗与婴戏图概述 …… 338
第二节 儿童题材在宋代繁荣的原因 …… 343
第三节 童趣诗和婴戏图比较研究 …… 348
第十一章 宋代文学中的图像母题 …… 372
第一节 宋代散文中的图像母题 …… 372
第二节 宋诗中的图像母题 …… 403
第三节 宋词中的图像母题 …… 424
第十二章 《诗余画谱》的词画比较 …… 437
第一节 《诗余画谱》的创作与背景 …… 437
第二节 艺术形象比较：语象与图像 …… 443

第三节　作品结构比较：构境与构图 …… 453
第四节　词画风格比较 …… 460
第十三章　宋代文学与图像理论 …… 468
第一节　宋代诗文理论中的文图关系 …… 468
第二节　宋代画论中的文图关系 …… 477

图像编目 …… 486
参考文献 …… 500
后记 …… 505

绪　论

宋朝建立之前的近一个世纪，中国经历了晚唐五代的战乱，百废待兴。宋代统治者上追夏、商、周三代，力图恢复古制，重建了哲学、艺术和文化，使得中华文明达到又一个高峰，被历史学家称为中国文化的巅峰时期、中国的文艺复兴时期。如果说，文学和图像在中国艺术史上一直相互渗透，互相影响，那么宋代便是文学和图像深度融合之始。这种深度融合，一方面是文学和图像更为频繁地互动，另一方面也体现为宋代绘画的诗学转向。宋代的文学与绘画作为中国文化史上一个杰出而独特的篇章，其独特的诗意气息和历史文本相呼应，展开了中国文图关系史上的多声部乐章。

第一节　宋代社会和文化

一、宋代文化策略

宋之所以在建国以后迅速发展为人文盛世，与其文化制度及策略密切相关。宋代最具特色的文化策略就是重文抑武，文人地位空前提高。科举制度的不断发展以至于高度完善，使得宋代的整个文化氛围具有一种向上的力量。宋代之前，中国文化传统中一直存在着读书无奈，乃至于读书无用的腔调，这往往是读书人在碰壁以后发出的悲叹。即便唐代这一诗歌盛世，诗人也时时发出写诗误人的感慨。李白、杜甫、孟浩然多年漂泊江湖，杜甫因而悲吟："骑驴十三载，旅食京华春。朝扣富儿门，暮随肥马尘。残杯与冷炙，到处潜悲辛。"（《奉赠韦左丞丈二十二韵》）英年早逝、人称"诗鬼"的李贺，更是在诗中感慨："寻章摘句老雕虫，晓月当帘挂玉弓。不见年年辽海上，文章何处哭秋风？"（《南园十三首·其六》）

科举制度作为宋代文化策略的重要组成部分，得到很大完善，通过科举制度改变命运的寒门举子数量大大增加，打破延续至隋唐之际以门第定贵贱的社会格局，使得人们可以依靠自身的努力改变人生轨迹。唐代进士录取率非常低，而宋代，尤其是宋太宗之后，由科举而录为进士的人数大大增加。之后，宋代科举进一步完善了糊名誊抄、匿名录取等制度，使得科考选拔更具有公平性。

欧阳修、三苏、晏殊等文学巨匠，以及寇准、富弼、韩琦等名相，皆通过科考平步青云。曾枣庄曾撰文对宋仁宗嘉祐二年（1057）贡举盛况进行了分析和论述："一提起嘉祐二年贡举，人们就想到苏轼兄弟同科进士及第。其实，曾巩、曾布、曾牟兄弟及从弟曾阜一门四人也于此科及第。……北宋理学家张载、吕大钧、程颢及洛党干将朱光庭亦于此科及第。"[①]宋代科举取士，一榜进士多时可达五百多人。翻检宋代进士榜，其中人才灿若星辰。这种人才选拔规模和制度一直延续到南宋后期。宋末文天祥一直以爱国将领著称，而其另一个身份则是理宗朝宝祐四年（1256）状元郎，端宗朝宰相。他不但有气节，而且文采出众，在宋诗史乃至汉语诗歌史上，都可占有一席之地。宋朝通过大规模以试取士，不断完善科举制度，收获了大量人才，虽饱受异族困扰，但在相当长时间里，也还维持着一个王朝的繁华。

崇文精神和公平的人才选拔机制，使得宋代诗歌和绘画艺术散发出独特的文化气息。一方面，以诗赋文章取士，使得宋代官员以及广大学子具有更加浓厚的文人气质；另一方面，宋代宰相、士大夫中有很大一部分人选拔自寒门学子，他们早年的乡村和市井生活经历，也在宋代文化中留下了烙印。宋代阶层的变化和流动，使得宋代文化一改前代的贵族和寒门的清晰界线，文人气息和诗意与市井、乡村生活交融。整个宋代的文化也在尚文重学的同时，显示出一种雅俗文化相映成趣的多元局面。此外，科举取士的选拔方法，改变了中国人的文化观念，也改变了人们的生活方式乃至感知方式。宋代有识之士们不但塑造着宋代的文化个性，左右着宋代的文脉，还直接介入并决定了宋代的社会政治策略。由于知识分子的大力参与，宋代经历了多次革新，如范仲淹所倡导的"庆历新政"便是其中之一。王安石以更为极端的方式，在神宗年间提出了一系列改革措施，乃至于直言："天变不足畏，祖宗不足法，人言不足恤。"[②]此后，宋朝经历了继范仲淹庆历改革后的新一轮党争，程度异常惨烈。"熙宁变法"后的若干年中，卷入新党旧党中的几乎所有人物都无一幸免，几度经历宦海浮沉，其中不少人老死天涯。正如莫砺锋指出："宋人对人生价值的追求，包括外部事功和内心修养两方面，但随着理学思想的发展和党争的日趋激烈，他们的追求重点日益由外扬转向内敛。……对于宋代的士大夫来说，实现外部事功的机会是难得的、偶然的，而注重内心修养却是经常的、普遍的……"[③]因此，对于"学"的强调，在宋代达到顶点。宋太祖在其立国之初，就设立了不杀士大夫及上书言事人的训诫，宋代台谏制度鼓励言官畅所欲言，士大夫虽有贬抑之忧，却无性命之虞。简言之，宋代的整个文化氛围和治国策略，造就了知识分子自信、强势的独特气质。

---

① 曾枣庄：《文星璀璨的嘉祐二年贡举》，《北京大学学报》（哲学社会科学版）2010 年 1 月，第 26 页。

② 脱脱等：《宋史》，中华书局 1977 年版，第 10550 页。

③ 莫砺锋：《论苏黄对唐诗的态度》，见《唐宋诗论稿》，辽海出版社 2001 年版，第 386 页。

同时，宋代知识分子也有他们的两面性，即安闲与慷慨并举，超脱与奋发共存。社会地位的提高以及宋代所面临的各种内忧外患，使得宋代文人内心油然而生出一种强烈的责任感和使命感。寒门子弟经皇家选拔而得以平步青云，生活状态因而发生了戏剧性的变化，唤醒了他们以天下为己任的主体意识。但宋代文人和王权之间的较量和抗衡也一直存在："为了束缚文武臣僚的手脚，不使其喜事兴功，而只能循规蹈矩，还有另外一些相应的传统做法——亦即家法，那就是：不任官而任吏，不任人而任法。"[①]重文抑武的文化策略对宋代文化个性以及艺术面貌有着极大的影响。诗词歌赋这些在秦汉文化传统中或多或少受到鄙视的"雕虫小技"，在宋代得到前所未有的重视。唐代是诗歌盛世，但目前流传下来的宋诗在数量上远远超过唐诗。我们从《全唐诗》和《全宋诗》的体量上，就可以直观感受到唐代诗歌创作和宋代诗歌创作在规模上的差异："玄烨之命彭定求等十人编纂《全唐诗》也，其时唐诗之存世者，家不过二千二百余，篇不过四万八千九百余而已，今人《外编》，增益无多。非如宋诗作者，今日已可考知者不下九千人，倍四于《全唐诗》，此则求全之难一也。"[②]当然，《全唐诗》《全宋诗》的编撰虽难免错漏，但至少可以反映出唐宋二朝诗歌创作的大致规模。在宋代诗人的努力下，宋诗也形成了不同于唐诗的审美特质。

二、宋代皇家的艺术活动对宋代文化的影响

宋代皇家对于文学、绘画和书法的强烈爱好，极大地提高了书法和绘画的地位，宋代的文学与图像关系也因此形成了独特的时代特征。这首先表现为宋代绘画对于文人意识的强调。宋代皇家对于绘画地位的重视使得绘画达到了前所未有的高度，也使得绘画从儒家经典的附庸和故事诗歌的扈从，一变而成和文学比肩的艺术形式。宋代皇帝参与绘画活动的明确记载始于宋仁宗。北宋郭若虚在其《图画见闻志》中记载了宋仁宗画佛像为太宗之女祈福："仁宗皇帝，天资颖悟，圣艺神奇，遇兴援毫，超逾庶品。伏闻齐国献穆大长公主丧明之始，上亲画龙树菩萨，命待诏传模，镂板印施。"[③]这并非作为画家和绘画理论家的郭若虚的附会之辞。宋仁宗的这一艺术实践活动在《续资治通鉴长编》中也有记载。仁宗以帝王之尊参与佛像刻印，不但说明了佛教在宋代的广泛影响，同时也揭示了宋代帝王对于绘画的直接参与，而这必定会对宫廷、士大夫乃至民间画工的创作热情有极大提升。对于艺术和绘画的热爱由宋徽宗赵佶推向了高潮，北宋也在徽宗对于书画的倾情热爱中戛然而止。

---

① 邓广铭：《宋史十讲》，中华书局 2008 年版，第 59 页。

② 北京大学古文献研究所：《全宋诗》（第一册），北京大学出版社 1991 年版，第 2 页。

③ 潘运告主编，米田水译注：《图画见闻志·画继》，湖南美术出版社 2000 年版，第 99 页。

南宋偏安一隅，其都城地处旖旎繁华的临安，其宫廷之文艺气息更甚于北宋。南宋高宗不但是一位出色的书法家，同时也是一位画家。据庄肃《画继补遗》载："宋高宗天纵多能，书法敻出唐宋帝王上，而于万几之暇，时作小笔山水专写烟岚昏雨难状之景，非群庶所可企及也。"[①]南宋宫廷同样拥有庞大的皇家画院，皇帝和皇后也参与多种艺术活动，并和皇家画院的画家有频繁互动。其中，宁宗杨皇后对马远的画情有独钟，现存马远的多幅作品都有宁宗杨皇后的题诗。

宋代不仅帝王中多艺术爱好者与艺术家，而皇室宗亲也多与艺术结缘。《宣和画谱》载宋代宗室子弟善画者，有赵克敻、赵叔傩[②]、赵令穰赵令松兄弟[③]、赵孝颖[④]、赵仲佺、赵仲僩、赵士腆、赵士雷、赵令庇以及赵伯驹赵伯骕兄弟等。其中，赵令穰是颇为引人注目的一位。赵令穰为太祖五世孙，与英宗驸马王诜皆达到了当时绘画的最高水平，在绘画史上占据着一席之地。例如王诜的《渔村小雪图》是一幅山水长卷，有精巧的构图，其中的树石人物和山水，即便在整个中国绘画史上，也有着独特的风格和地位。此画至今还是当代美术专业学生的临摹范本。王诜府邸花园也被传为"西园雅集"的发生地。

总之，宋代的文学、哲学和绘画都独具特色，尤其是词与绘画在中国文化史上独领风骚。宋朝帝王向读书人允诺了种种世俗的利益甚至荣耀，即任何人皆可依赖学术改变命运，跻身庙堂。这不但给寒门学子带来了改变命运的契机，并且直接转化为他们向上的动力，崇尚读书也成为宋代的普遍社会风气。由于社会需求的推动，编书、刻书蔚然成风，雕版印刷也在宋代达到了一个辉煌时期。

三、印刷业对于文学和图像关系的促进

雕版印刷术发明于唐代，在宋代广为使用。雕版印刷技术的使用，使得宋代书籍刻印量、流通量急剧上升。张秀民在其《中国印刷史》中，将宋代称为"雕版印刷的黄金时代"，作者同时指出："宋代刻书的特点有三：一为政府重视与地方官的提倡。二为刻书地点的普及，南宋十五路几乎没有一路不刻书，而浙、闽、蜀三地所刻尤多。三为刻本内容丰富，品类齐全，印造精美，为后世不能

---

① 庄肃：《画继补遗》，见卢辅圣主编：《中国书画全书》第二册，上海书画出版社 1993 年版，第 913 页。

② 《宣和画谱》："宗室叔傩，善画，多得意于禽鱼，每下笔皆默合诗人句法。或铺张图绘间，景物虽少而意常多，使览者可以因之而遐想。"见潘运告编：《宣和画谱》，湖南美术出版社 1999 年版，第 195 页。

③ 《宣和画谱》："宗室令松字永年，与其兄令穰俱以丹青之誉并驰。工画花竹，无俗韵。以水墨作花果为难工，而令松独于此不凡。然巧作杇蠹太多，论者或病之。"见潘运告编：《宣和画谱》，湖南美术出版社 1999 年版，第 302 页。

④ 《宣和画谱》："宗室孝颖字师纯，端献魏王之第八子也。翰墨之余，雅善花鸟，每优游藩邸，脱略纨绮，寄兴粉墨，颇有思致。"见潘运告编：《宣和画谱》，湖南美术出版社 1999 年版，第 341 页。

及。”[①]下层画家或者刻工制作的很多木刻作品，大多是对佛教、儒家经典和历史著作的模仿和转述。由于宗教和道德教化的需要，宋版图书以佛经、儒家经典为主。在宋代以前，木刻版画主要用途也是佛教宣传：“从中国版画的发展来看，最初的版画主要是作为宗教宣传工具。从五代、两宋以后，除宗教宣传外逐步扩大到应用书籍的领域。”[②]由此可见，宋代雕版图书中，存在大量对佛教经典和经变故事的图像呈现。

此外，儒家经典的雕版印刷品也大量出现，而版画插图，作为宋版图书的一个重要组成部分，对相关书籍中的文字进行直观呈现。以绘画和木刻表现儒家经典和道德训诫故事，是宋代文图关系的重要组成部分，也说明了宋代文学图像运用范围以及传播范围的进一步扩大。“文学传记、故事类图籍版画，是宋刊版画中的一个重要组成部分，宋代帝王很重视利用此类版画图释古圣明君治国为君之道，以垂训子孙，使其礼法先贤，而成圣德。……以版画的形式，利用其直观的优势，训诫子孙凛遵祖德，是宋王朝的一大发明。”[③]其中，嘉祐年间由福建建安余氏靖安勤有堂雕刻出版的《列女传》插图，以其高超的绘画水平，在中国美术史上占有一席之地。《列女传》原为汉代刘向所撰，有历代女性主题故事图画。宋代福建余氏刻本，以上图下文的形式，选择《列女传》文本中的关键性画面制为书籍插图，刀法精练，人物形象、动作刻画也较为生动。此外，宋代具有代表性的儒家经典雕版印刷品还有《荀子》《尔雅》及其插图。聂崇义的《三礼图》也是作为阐释儒学经典《周礼》《礼记》《仪礼》的图谱典籍而被编撰发行，并被朝廷大力推广。

此外，宋代还产生了中国第一部木刻诗画谱——《梅花喜神谱》。此书由南宋末宋伯仁编撰，全书除了序言之外，共一百幅梅花图，每幅配一首五言诗。此本梅花诗画谱立足于梅花在不同时间段的形态，并以五言诗对其特定的形态进行命名和阐释。整个诗画谱展开的顺序即为梅花的开放过程，对于每一过程、每一形态的阐释，则通过文字完成。这和《周易》以诗系象一脉相承。作者对再现梅花的形象并无兴趣，而对一些基于梅花图式的要素进行了深入阐发。作者对梅花形态的大小、方圆以及梅花瓣和花蕊的姿态与关系更为关注，并按照其独特形态去附会自然、社会和历史上的种种器物和事件。值得注意的是，梅花绽放的时间是线性的过程，梅花也经历了“自甲而华”“自荣而悴”的历程。但其图像所系的文字，还是具有视觉上的工整性，例如其中“欲开”阶段的梅花，有的被命名为“春瓮浮香”“寒缸吐焰”“蜗角”“马耳”“篦”“瓒”“金印”“玉斗”，两两对偶。也就是说，作者在演绎文字的时候，也考虑到其视觉上的整齐对偶。

---

① 张秀民：《中国印刷史》，上海人民出版社 1989 年版，第 58 页。

② 王朝闻、邓福星主编：《中国美术史》，北京师范大学出版社 2011 年版，第 257 页。

③ 王伯敏：《中国版画通史》，河北美术出版社 2002 年版，第 60—61 页。

第二节 宋代文化观念对文学和图像关系的影响

一、儒家文化对文学和图像关系的影响

宋代是儒学复兴的时代，而忠孝作为儒家思想最基本的组成部分，对宋代文学和图像的关系，产生了深刻的影响。就“忠”而言，在宋代这一特定时期，又有它的特定含义。宋代虽然结束了五代十国的混乱局面，成为相对稳定的中央集权国家，但是国土周边矛盾不断。可以说，宋朝从立国之初，一直处于多重民族矛盾之中，在与契丹、党项、女真以及后来的蒙古的不断冲突中求生存，直至被异族灭国。国家存亡的焦虑，一直存在于宋代士大夫的内心。宋代图像对于忠的直观呈现，往往和传统文学、史学上的民族战争中的忠君爱国典范密切相关。与民族间恩怨有关的文学母题，如王昭君和蔡文姬母题，在宋代文学和图像中都占有重要地位，并且涌现出不少诗歌与绘画名作。其中，王安石的《明妃曲》尤为著名，陈居中的《文姬归汉图》也流传千载。这在本卷相关章节中将会有更为详细的论述。

宋代屡次遭遇国家存亡的危机，因而历代文学所描绘的爱国志士，在宋代绘画中更是被一再表现。以儒家文化为主导的中国文化，历来强调忠孝，而宋代作为儒学中兴的时代，对于忠孝的推崇，达到了新的高度。中国历史上以及文学史上历尽磨难忠心不二的臣子形象，在宋代绘画中大放异彩。例如李唐笔下的《采薇图》，描绘的是伯夷、叔齐在首阳山上采薇度日，拒食周粟的历史典故。“采薇”同时也是宋诗中出现频率非常高的历史典故，在黄庭坚、梅尧臣等人诗中都反复出现。而南宋诗人由于国土破碎，对于“采薇”的咏歌更为哀切，如南宋诗人曹勋有《悲采薇》，宋末仇远有《采薇吟》。宋代僧人也未忘国忧，诗僧释绍昙、释文珦诗中也数次出现“采薇”意象。南宋末年度宗时代的诗人蔡必荐更有《采薇图》诗：

西山有薇，美人不移。
西山无薇，美人不归。
采薇采薇，山是人非。
薇满西山，不生夷齐。

此诗只是借题画抒发自己对宋末少忠臣的忧虑和叹息，诗句中未涉及画面信息，我们也不知道作者所用之采薇图是否为李唐所绘《采薇图》。

此外，宋代绘画也有多种和楚辞相关的图像。宋代画家反复描绘过屈原的《九歌》。《九歌》改编自古楚国祭祀歌词，其中不乏唯美的爱情诗句，也有对于为国捐躯的楚国将士的礼赞。宋人对于《九歌》图像呈现的热衷，也和屈原的爱国

情怀密不可分。宋代《宣和画谱》对李公麟的《九歌图》就有所记载，目前也还有不同画家所绘的《九歌图》流传至今，分别藏于波士顿美术博物馆、故宫博物院。此外，与爱国和民族矛盾相关的一些历史文学题材也广为宋代画家所描绘。有的画家甚至以此为主题反复描绘，如据《画继补遗》载："黄宗道，工画番骑，虽不逮环虔戡钤，亦得族帐部落放牧景意。平常多作《李陵陷番》《苏武还汉》等图传于世。"[①]传为南宋李迪所绘的《苏武牧羊图》，也歌颂了西汉志士苏武对于汉王朝的耿耿忠心。虽然画面所绘的苏武并无神采，其面微侧，一手执节一手以袖抵面的姿态尤有脂粉气，但就苏武这一母题而言，仍是中国文化传统中忠贞执着的符号。宋代著名的诗人、爱国将领文天祥曾不止一次提及苏武，《和自山》是其中一首：

春晚伤为客，月明思见君。
我方慕苏武，谁复从田文。
龙背夹红日，雁声连白云。
琵琶汉宫曲，马上不堪闻。

另一方面，民族矛盾迭起，国土不断被蚕食，从东京到临安，再到崖山的痛苦历程中，宋代知识分子和爱国志士，也将一腔爱国热情以特殊的方式，诉诸极具象征意味的图像。尤其是南北宋之交，以及南宋后期，对于草木花卉图像象征性的运用，达到了前所未有的高度。梅花、兰花、竹子等植物花卉，被用以表达严酷政治形势下的不屈和坚贞。这些简单的符号被反复涂写，成为对于故国忠心的表达，以及对于异族统治者的不合作。

"孝"是传统儒家思想的重要组成部分。历代都不乏孝道教训故事图像，尤其是汉代采纳董仲舒的建议独尊儒术，并且一直采取以孝治国的统治策略，因而，汉代孝道图像最为丰富。这在本套丛书中的"汉代卷"有更为详细的分析。五代王朝频繁更迭、极为混乱，自宋代以来，宋太祖重建礼乐秩序，儒家的伦理传统在这一新的时代也得以复兴，对于孝道的强调是其中的重要组成部分。因此，宋代很多墓室壁画表现了二十四孝题材。李公麟的《孝经图》以及佚名的《女孝经图》都是宋代不可多得的图像经典。宋版《列女传》中的版画插图，在宋代版画中也具有较强的艺术性。

传统儒家强调忠孝仁义，忠孝作为一种行为，可以转化为一系列事件或者某一历史人物，并以图像叙事的方式进行呈现。而仁义作为抽象的内在品格，更适合以语言表述。宋代绘画对于仁义的表达往往将其符号化为具体的人物，通过特定人物的图像来表达其品格。

对于礼和礼器的图像呈现，是宋代以图释文的最重要方式。宋代建国以来，为了追溯先秦礼乐传统，并且根据当时的社会状况拟定适合新王朝的仪式规范，

---

① 庄肃：《画继补遗》，见卢辅圣主编：《中国书画全书》第二册，上海书画出版社 1993 年版，第 916 页。

对礼乐复兴提出了迫切需要。聂崇义及其《三礼图》整理考订了古代礼仪程式、礼器图谱。《三礼图》是否对于先秦儒家仪礼程式和礼器做出了准确呈现，这在当时就引起了极大争论。《宋史》记载了当时以尹拙为首的文官对《三礼图》的非难，认为聂崇义重修《三礼图》是“别作画图，违经立异”。《宋史》甚至记载了宋初画家郭忠恕对于聂崇义的羞辱：“尝以其姓嘲之曰：‘近贵全为聩，攀龙即作聋。虽然三个耳，其奈不成聪。’崇义对曰：‘仆不能为诗，聊以一联奉答。’即云：‘勿笑有三耳，全胜畜二心。’盖因其名以嘲之。忠恕大惭，人许其机捷而不失正，真儒者之戏云。”[①]聂崇义修订《三礼图》虽然在当时就饱受质疑，但最终还是受到宋太祖嘉奖，并令人将《三礼图》画于国子监讲堂的墙壁上。

理学是儒学在宋代的特定呈现方式，也是有宋一代最具时代特色的学术潮流。理学来源于宋代的特殊文化背景，同时也对宋代文化艺术，包括文学和图像的关系，产生了深远的影响。

首先，理学作为一种时代风气导致了宋代文人和艺术家对于文学和图像关系的多方理论探讨。宋儒认为，日常生活之理可以推向一个更具有普遍意义的“理”，此即“理一分殊”。这一命题虽由南宋朱熹提出，但也是对北宋理学根本学说的准确归纳，同时也符合理学对于世界本体的阐释：万物源于理，而也归于理。以此为逻辑起点，北宋对于诗歌和绘画相互关系探讨，达到了前所未有的广泛程度和思想深度。诗画互喻、诗语和画境相互印证，是宋代文学和图像关系的一大特色。这一特色形成的源头，便是理学对于万事万物普遍性的追问和探寻。

理学按照不同的阶段，可分为不同学派，它们之间有差异也有争议，但不同阶段、不同学派的理学家们，却不约而同地运用一些视觉符号来阐明道及理的生发与运行，例如天地、气、氤氲等。而这些用以象征世界本体的隐喻，常常在宋代山水画中得到直观呈现。宋代是中国山水画独立成科的时代，宋、元山水并称为中国山水画高峰。尤其是北宋山水画，视野宏大，意境开阔，和明清以及近代文人山水的留白不同，渲染是宋代山水画的一个重要环节。宋画中的天地以及空间，不是简单的留白，而往往需要以极淡的墨层层渲染，并且通过这种渲染，呈现出空气流动和云烟明灭的氤氲。水墨、浓淡之隐约变化中，也蕴藏着动中之静，静中之动。因而，宋代理学并非只是后人误解的“明天理，灭人欲”[②]的残酷干瘪的理论，纵观理学所描绘的世界图景，其中不乏宇宙间大道运行、烟云氤氲的诗情画意。

另一方面，理学对于世界和人的观照和阐释，拥有更宏大开阔的视野。漆侠在《宋学的发展和演变》中指出：入宋以来“以义理之学的宋学代替了汉学的章

---

① 脱脱等：《宋史》，中华书局 1977 年版，第 12797 页。

② 朱熹：《朱子语类》卷十二，中华书局 1986 年版，第 207 页。

句之学，其主要的、基本的区别在于：汉儒治经，从章句训诂方面入手，亦即从细微处入手，达到通经的目的；而宋儒则摆脱了汉儒章句之学的束缚，从经的要旨、大义、义理之所在，亦即从宏观方面着眼，来理解经典的涵义，达到通经的目的。总之，从方法论上说，汉学属于微观类型，而宋学则属于宏观类型”①。而宋代山水画对于世界宏大深远的呈现与观照，与理学异曲同工。因而，我们可以说，作为宋代典型绘画形式的山水画，是理学宇宙意识的重要呈现方式。山水作为一种绘画科目的兴起和宋代理学的勃兴密不可分。

众所周知，郭熙、郭思父子作为北宋早中期山水画理论和创作的代表，在其《林泉高致》中将山水画面空间关系归纳为“三远”，其本质就是一种远距离、宏观的观望。朱良志在其《扁舟一叶——理学与中国画学研究》一书中，具体分析了郭熙与北宋理学的渊源及其绘画理论中的理学要素，指出：“《林泉高致》在思想上有强烈的儒家倾向，它的画学观念就是在儒家的直接影响下产生的，其中透露出浓厚的理学精神……”②作者具体拈出了郭熙山水画理论中所体现出来的“主养”“主静”“主远”这三个要素，并分析了其理学渊源。“人在天地之间，与万物同流，天几时分别出是人是物？”③而《林泉高致》中的“君子之所以爱夫山水者，其旨安在？丘园养素所常处也；泉石啸傲所常乐也；渔樵隐逸所常适也；猿鹤飞鸣所常亲也。尘嚣缰锁，此人情所常厌也；烟霞仙圣，此人情所常愿而不得见也”④，便是对“与万物同流”最直观的描绘与诠释。笔者以为，郭熙的《早春图》则又是对程颐“万物皆有春意”的最佳揭示。

方东美对于宋代哲学、道德以及艺术相通性进行过准确地揭示，指出：“这一种诗的情操，是透过词的极大的创造的幻想，弥漫在宇宙一切层面、一切境界之中，去表达宇宙人生的一切事相与意义。再加上宋代造型艺术的画家，他们有第一流的天才，把宇宙点化了，成为至高无上的纯美世界。于是，画家，词人，他们共同参赞化育，担当改造世界的最大责任，他们也尽了他们最大的责任。然后在这个世界上面，‘美’已经变作‘ethical value’（伦理价值）。因此，到了宋代中叶以后直至南宋，当哲学家进入这个世界时，只要怀抱着道德价值的理想，就能立刻同艺术上的美的境界连贯起来，这就是北宋理学也能兴盛的原因。”⑤这不仅是对宋代艺术中的哲学与道德精神的揭示，也是对以宋代理学为代表的宋代哲学思维方式之诗学精神的揭示。宋代绘画以及宋代绘画的诗学转向，则是理学和诗情的不期而遇。

---

① 漆侠：《宋学的发展和演变》，人民出版社 2011 年版，第 5 页。

② 朱良志：《扁舟一叶——理学与中国画学研究》，安徽教育出版社 2006 年版，第 124 页。

③ 程颢、程颐：《二程集》，中华书局 2004 年版，第 122 页。

④ 郭思：《林泉高致》，见俞剑华：《中国古代画论类编》，人民美术出版社 1998 年版，第 632 页。

⑤ 方东美：《新儒家哲学十八讲》，中华书局 2012 年版，第 73 页。

二、道家和道教文化对文学与图像关系的影响

(一) 道家哲学观念对宋代诗画创作的影响

道家和道教不是一个概念,但这二者之间又有着千丝万缕的联系。有研究者指出:“道教与道家的关系是道教研究中的难题之一,以往多种说法都不能令人满意。历史上有混称两者为‘道家’(或‘老氏’)者,有分称两者为‘道家’和‘神仙符箓’者,而以混称居多。现代学者则严格区别作为宗教的道教和作为学术的道家,显然是认识上的一个进步,但问题又绝不如此简单。现在大家在这个问题上基本上已形成这样的共识:道教与道家的关系,在历史上是一种有离有合、同异并存、纠结发展的动态关系。道家先于道教而存在,道教依托道家而创立。”① 由此可见,道家是指源于先秦老庄一派的哲学思想,崇尚自然,强调无为;道教是指在东汉时期形成的,吸收了战国以来的神仙方术的中国本土宗教;此外,中国哲学史和思想史上的道学,“既可指称‘黄老之学’,又为‘宋明理学’之代名词”②。因此,这一部分不仅涉及道家文化,也涉及道教。儒、道、释,三足鼎立,融铸成中国传统文化,而宋代则是这三者深度融合的时代之一。宋代反复出现的“三教图”母题,就是这一状况的直观反映。其中,流传至今的《洞天论道图》(佚名),描绘了儒道释三教和谐交流的场景。目前我们能见到的南宋作品《虎溪三笑图》(佚名),也是三教融合母题的延伸。此外,据画史记载,李公麟、石恪都有“三教图”母题的作品。道家哲学和道教思想对宋代帝王、士人和画家都有深刻影响。

老子和庄子既是道家哲学的早期代表,后也演化成道教神仙,老子被尊为太上老君,而庄子则被尊为南华真人。宋代文人深受道家和道教文化侵染,而道家与道教思想对宋代绘画的形式和内容都产生了根本性影响。郭思在《林泉高致》中指出:“先子少从道家之学,吐故纳新,本游方外,家世无画学,盖天性得之,遂游艺于此以成名。”③宋代苏轼出入儒道,但他的启蒙老师却是眉山道士张易简,后来每当他的人生遇到波折,则其诗文中的道家色彩表达得愈为浓厚。东坡晚年被一贬再贬,流落海南,自言又梦回张道士书斋,听到学童“玄之又玄,众妙之门”的读书声,令人唏嘘④。他的前后《赤壁赋》充满了对于世界虚妄不实的思

---

① 尹志华:《90 年代中国大陆道教研究的新进展》,《哲学动态》1997 年第 5 期。

② 黄海德:《道家、道教与道学》,《宗教学研究》2004 年第 4 期。

③ 郭思:《林泉高致》,见俞剑华:《中国古代画论类编》,人民美术出版社 1998 年版,第 631 页。

④ 苏轼《众妙堂记》:“眉山道士张易简……谪居海南,一日梦至其处,见张道士如平昔,汛治庭宇,若有所待者,曰:‘老先生且至。’其徒有诵《老子》者曰:‘玄之又玄,众妙之门。’予曰:‘妙一而已,容有众乎?’道士笑曰:‘一已陋矣,何妙之有。若审妙也,虽众可也。’”

考，而《后赤壁赋》中飞入苏轼之梦的，也是道士。老庄道家哲学对于宋代文人画样态的形成具有根本影响。

宋代诗歌和绘画对于“平淡”之美的强调，也来源于先秦道家对于“道”之淡乎寡味的强调。《老子》认为：“五色令人目盲，五音令人耳聋，五味令人口爽，驰骋畋猎令人心发狂，难得之货令人行妨。”[①]对于感官刺激的回避，也是宋代诗文与绘画强调平淡之美的哲学基础：“道之出口，淡乎其无味，视之不足见，听之不足闻，用之不足既。”[②]宋代诗文和绘画因而形成了尚平淡的风格。东晋诗人陶潜，以其诗风平淡隽永，和宋人审美理想高度契合。陶潜之诗名在宋代达到前所未有的高度，一跃而成为汉语诗歌的典范。宋诗的“开山祖师”梅尧臣与苏轼对于平淡之美，皆有独特论述。梅尧臣与苏轼指出：“作诗无古今，唯造平淡难”[③]“发纤秾于简古，寄至味于淡泊”[④]。入宋以来，平淡同样也是评判绘画的重要标准。米芾在其《画史》中，以“平淡天真”的画风而推崇董源。五代画僧巨然，也因为其笔下“淡墨轻岚”的江南山水，而获得宋人的推崇。此外，宋人对于王维“水墨为上”观点的推崇，也可以追溯到道家对于感官世界的超越。

道家哲学中的自然山水审美，是宋代山水画的最重要源头。儒家虽然也有“乐山乐水”之说，但其面对山水的态度，还是道德性的，且分别和儒家人格中的“仁”与“智”相联系。而道家则以一种更为纯粹的审美态度面对山水。在中国图像创作史上，由于图像的作者长期以来是底层画工，所以对于山水的表达在很长一段时间，并未真正和道家哲学相融通。直到宋代，文人介入绘画创作，道家哲学及其山水审美，才以文学为中介，经文人士大夫之手，开辟了山水画这一特定画科。不但如此，山水画在宋代兴起，也在宋代达到了其巅峰。宋代绘画中的山水虽然有写实的一面，但又决非是对自然山水的被动模仿，而是作为“道”的直观存在，同时也分享着“道”的诸多特性。另一方面，宋代山水画所描绘的也是诗意化了的山水。因而，从诗句中获得灵感，并建构绘画意境，是宋代山水画创作的普遍方式。郭思《林泉高致》就记载了画家以诗句启发画兴的事实。同时，宋代山水画的不少作品，直接以古人诗句为画题，描绘古人诗意。

正因为如此，山水画的创作与欣赏并非只是对于风景的呈现与观看，而更是对诗意世界的转述和体悟。由此，人们也为山水画的创作设立了一系列规范和禁忌。王维的《山水诀》，就对山水画之山、水、树石的形态描绘以及山水画空间营造提出了一系列创作规范。《山水诀》中指出：“渡口只宜寂寂，人行须是疏

---

① 老子著，饶尚宽译注：《老子》，中华书局2007年版，第29页。

② 同上，第87页。

③ 梅尧臣《读邵不疑学士诗卷》：“作诗无古今，唯造平淡难。譬身有两目，了然瞻视端。”

④ 苏轼《书黄子思诗集后》：“然魏晋以来，高风绝尘，亦少衰矣。李、杜之后，诗人继作，虽间有远韵，而才不逮意，独韦应物、柳宗元发纤秾于简古，寄至味于淡泊，非余子所及也。”

疏。”[1]这并非说明渡口和行人怎样画，而意在构建欧阳修等宋代文人诗意中的荒寒之境。这一短小的山水画论无疑集中体现了宋人山水画创作观。宋代韩拙也在其《山水纯全集》中对于山水画之山、水、村落以及树石等都提出了创作规范与禁忌。如在一幅作品中，韩拙进一步指出：“凡画人物，不可粗俗，贵纯雅而幽闲。其隐居傲逸之士，当与村居耕叟渔父辈体貌不同。”[2]韩拙对于画面的种种规范，也无非是在日常生活中提炼出更为诗意的景观。概言之，山水境界的一切营造规律，都要符合诗意境界的营造。从这里我们不难体悟，它与恬淡、自由无为的道家境界的相通性。

道教传说所描绘的神仙境界，也是宋代绘画中的一个重要题材。如果说，宋代山水画的兴起可追溯到老庄道家的自由境界以及对自然的审美，那宋代游仙图像便和汉魏以来的具有浓厚道教色彩的游仙文学有密切联系。游仙题材的文学作品对于道家神仙境界以及洞天福地有夸张细致的描绘。宋代图像中也不乏对这类道家仙境的呈现，流传至今的有佚名作品《仙女乘鸾图》《蓬瀛仙馆图》《仙山楼阁图》《莲舟仙渡图》等。

（二）宋代文图中的道教人物和道教故事

真宗和徽宗在宋代帝王中尤为信奉道教，这两个时期的图像也有更为显著的道教特点。宋真宗本人推崇道教，同时也利用道教巩固自己的威信和地位：“宋代是道教的庞杂的体系最后形成的时期，宋真宗赵恒统治的时期对于道教的发展，尤其起了重要的作用。”[3]宋徽宗在《听琴图》中，将自己安排为画面上的抚琴者，也即画面中间的那个黄冠道服者。徽宗的花鸟画创作也深受道教祥瑞文化的影响：“在充满了道教神仙思想的徽宗看来，描绘祥瑞之物的工笔花鸟画不但是艺术创作，而且是祈祷国家和民族福祉的独特形式，也是治理国家的一种手段，对此，他迷信至极。”[4]宋代著名画家李唐，由徽宗画院入南宋，画面上也多道教色彩。有学者分析了李唐的传世作品《采薇图》指出：“李唐在《采薇图》中用了大面积的青绿来渲染伯夷、叔齐所处的环境。这种方式也常用来表现神仙世界。画中的伯夷、叔齐，融合了逃名避世的隐士、放浪形骸的高逸、深山采药的仙人种种因素，构成了一幕令人回味无穷的画面。”[5]

道教神仙故事是宋代图像题材的重要来源，其中，即便是对道教历史人物的表现，也往往具有神仙色彩。例如宋代牧溪有《老子图》（现藏于日本冈山县立美术馆），画面上的老子有着硕大的招风耳，阔口，鼻毛浓密而长。画面描绘

---

① 何志明、潘运告编著：《唐五代画论》，湖南美术出版社 1997 年版，第 117 页。

② 潘运告：《宋人画论》，湖南美术出版社 2000 年版，第 78 页。

③ 王逊：《永乐宫三清殿壁画题材试探》，《文物》1963 年第 8 期。

④ 余辉：《宋徽宗花鸟画中的道教意识》，《书画世界》2013 年第 1 期。

⑤ 黄小峰：《药草、高士与仙境：李唐〈采薇图〉新解》，《文艺研究》2012 年第 10 期。

的老子虽是历史上真实存在的人物，一个智慧的老者，但作者更着意将老子刻画为超凡脱俗的道教神仙，因而画面造型强调了老子的"奇"乃至于"畸"的外貌特征。

吕洞宾是重要道家神仙，全真派道教祖师。吕洞宾从凡人到神仙的一系列传说成型于宋代："吕洞宾神仙传说发轫于宋代初期，并得以广泛流传。究其原因有二：一是下层民众中普遍的神仙信仰；二是宋代士大夫中对于神仙的宽容态度。宋代士大夫的神仙信仰，为吕洞宾传说的流传起一推波助澜作用。"[①]《宋画全集》中收录的吕洞宾图像有《吕洞宾过岳阳楼》及《吕祖过洞庭湖》。另据《宣和画谱》载，宋代道士李德柔也有《吕岩仙君像》一幅。《画谱》另载李德柔所绘作品，如"大茅仙君像一，二茅仙君像一，三茅仙君像一，钟离权真人像一，南华真人像一，韦善俊真人像一"[②]等，皆为道教神仙。宋代吕洞宾图像的创作和流传，奠定了中国绘画史上的吕洞宾形象，并进一步造就了国人意识中的道教祖师吕洞宾图式。例如，宋画《吕洞宾过岳阳楼》等作品中，将吕洞宾塑造成一个着白袍微髯的书生形象，后来山西永乐宫纯阳殿中的吕洞宾故事系列壁画中，也延续了这一装扮。

道教黄大仙原名黄初平，晋代葛洪《神仙传·皇初平》记载了其生平："皇（黄）初平者，丹溪人也。年十五，而家使牧羊，有道士见其良谨，使将至金华山石室中四十余年，忽然不复念家。"[③]宋代佚名绘画《初平牧羊图》，描绘了道教仙人黄初平少年时代牧羊的故事。此外，道教神仙钟馗，在宋代绘画和笔记小说中也有多种呈现。宋代节庆时，无论贵贱，家家必贴钟馗像，"士庶家不论大小，俱洒扫门闾，去尘秽，净庭户，换门神，挂钟馗，钉桃符，贴春牌，祭祀祖宗。"[④]宋代苏汉臣、龚开有多幅钟馗图流传至今。道教天官、地官、水官也是宋画的重要题材，目前有马麟三官图像流传。

综上所述，道家文化作为中国文化中的一个支流，其超越、自由和山水审美等内在精神对宋代绘画的诗意建构产生了根本性影响。而道教作为道家的衍生宗教，有着大量的神仙和传说故事，也成为宋代图像的重要题材。

三、佛教文化对文学和图像关系的影响

佛教自从汉代传入中国，便迅速蔓延，其中的一些学派在传播之初便和老庄哲学相结合，在中国文化土壤中生根。佛教在宋代虽在一定程度上受到压抑，但

---

① 卢晓辉：《论宋代吕洞宾传说的流传》，《阅江学刊》2011 年第 12 期。

② 潘运告：《宣和画谱》，湖南美术出版社 1999 年版，第 103 页。

③ 葛洪：《神仙传校释》，中华书局 2010 年版，第 41 页。

④ 吴自牧：《梦粱录》，《东京梦华录》（外四种），上海古典文学出版社 1956 年版，第 181 页。

是佛教特有的思维方式以及对于世界的观照方式，对宋代文化有着深刻的影响。闫孟祥在其《宋代佛教史》一书中，揭示了宋代帝王、官员、文人和佛教的密切关系，指出："佛教对皇帝影响以外，对官员、士人的影响更为深入。官僚，尤其是一般士人修习、谈论佛教成为当时的一大风气。这一点从一些人的言论中，可以清楚地看出来。"[①]作者同时拈出司马光"近来朝野客，无座不谈禅"诗句，以及苏轼、杨时等人对当时士人学佛的相关记录，以阐明禅宗对宋代士大夫的影响。的确，宋代文人和禅宗交游非常密切。例如苏东坡和禅宗高僧佛印的故事，已经成为一种传奇。黄庭坚诗歌和书法风格意境的形成，皆深受佛教影响。对此，北京语言大学孙海燕在其博士论文《黄庭坚的佛禅思想与诗学实践》中，进行了深入的分析。近年来，对于黄庭坚诗歌、书法与禅宗的关系，也陆续有研究成果发表。宋代文人画代表画家李公麟也和僧人往来密切："以其耽禅，多交衲子。"[②]可见，佛教，尤其是其中本土化和诗意化倾向明显的禅宗，对宋代文化，也对宋代文学和图像的关系有着显而易见的影响。

首先，宋代有很多绘画便是表现佛经故事和诗僧题材。禅宗题材本身就具有传奇文学色彩，而这些也是宋代绘画题材的重要组成部分，例如直到现在都有慧可断臂、六祖撕经、六祖砍竹等宋画流传。此外，唐代诗僧寒山、拾得，也是宋代绘画中的重要母题。在流传下来的宋画之中，梁楷以及马远、马麟父子都有寒山、拾得图像。禅宗师祖及僧人形象不仅直接描绘在宋代散文、诗歌和绘画上，禅宗的哲思也渗透到宋代诗、画的深层审美结构之中，这使得空寂荒寒之美，成为宋代诗画的典型意境。

另一方面，宋代涌现出一批诗僧，其中有的同时也是著名画家。例如，宋初九僧中之惠崇，也是著名诗人和画家。他和当时的著名文人宋祁等交往密切。宋代著名文人宋祁、苏轼、黄庭坚等人，都有与惠崇作品相关的题画诗流传。对于惠崇的画中之诗意，以及惠崇作品题画诗，本书将有专节论述，这里恕不赘言。邓椿在其《画继》中专设"道人衲子"一章，记载善画的道人和宋代画僧十五人，同时记录了所载画僧和文人墨客的诗画酬唱。其中一则便是关于以画梅著称的释仲仁："仲仁，会稽人，住衡州花光山，一见山谷，出秦苏诗卷，且为作梅数枝及《烟外远山》，山谷感而作诗记卷末：'雅闻华光能墨梅，更乞一枝洗烦恼。写尽南枝与北枝，更作千峰倚晴昊。'又见其《平沙远水》，题云：'此超凡入圣法也，每率此为之，当冠四海而名后世。'又题横卷云：'高明深远，然后见山见水，盖关仝、荆浩能事，华光懒笔磨钱作镜所见耳。'"[③]这从另一方面也印证了宋代士人和佛门弟子在书画实践方面的互动。牧溪也是宋代重要画家，又名法常。在很长一段

① 闫孟祥：《宋代佛教史》，人民出版社 2013 年版，第 89 页。
② 潘运告：《图画见闻志·画继》，湖南美术出版社 2000 年版，第 288 页。
③ 潘运告主编，米田水译注：《图画见闻志·画继》，湖南美术出版社 2010 年版，第 349 页。

历史时期，牧溪绘画作品在中国的接受程度不高，评价也相对偏低，但他的作品以其幽深的禅意，对日本禅画产生了极大的影响。

简言之，宋代佛学对于绘画、文学产生了深刻的影响。这在某种意义上，进一步促使诗、画、禅融为一体，甚至将禅之妙悟与特定的诗画创作方式相联系。这为后世文人画领袖董其昌以禅之南北宗划分绘画风格奠定了基础：“禅家有南北二宗，唐时始分，画之南北二宗，亦唐时分也，但其人非南北耳。北宗则李思训父子著色山水，流传而为宋之赵幹、赵伯驹、伯骕，以至马、夏辈。南宗则王摩诘始用渲淡，一变钩斫之法，其传为张璪、荆、关、郭忠恕、董、巨、米家父子，以至元之四大家。”①无论董其昌的立论是否合理或南北宗划分是否恰当，都无疑对后代中国画风格划分产生了极大影响。“南宗”绘画常被誉为中国绘画史上的“正派”“正脉”，而“北宗”则被认为多匠气，便是因为“南宗”绘画或多诗意，或本来就由文人画成。如此，由宋代源起的“以禅喻诗”，被进一步推广为“以禅论画”。究其原因，便是禅宗对于诗歌与绘画的渗透。

第三节　宋代文学和图像关系的主要特点

一、宋代文人意识与宋代文图关系

宋代文人普遍热衷于诗歌创作，其中不少经过科举选拔，身居高位，对宋代诗歌、文学、绘画创作产生了巨大的影响，并出现了不少宋代诗歌史上里程碑式的人物，如欧阳修、苏轼、范仲淹、王安石、陈与义等。而唐代李白、杜甫、李商隐、杜牧以及贾岛、孟郊等著名诗人，则大多难免沉沦下僚的命运。历代诗人有身居高位者，也有擅长书画者，但文人悠然自如地辗转于多重角色之间，无论是汉唐还是魏晋，都不如宋代那样普遍和成就卓越。宋代精英常兼有文人、诗人、画家、书法家、书画理论家等数重身份，乃至于出将入相。典型的宋代知识分子往往集诗人、文人、官员为一体，频繁参与艺术活动，并由此形成了宋诗尚议论、尚才学等特点。如王安石、欧阳修、苏轼与黄庭坚等人，都写过大量的题画诗。这些题画诗中对于宋代画风、诗画关系等各层面的问题进行了独到论述，其中以欧阳修和苏轼最具典型性。

文人意识不仅仅是优雅闲适的诗意栖居，也伴随着官场上的明争暗斗以及随之而来的宦海沉浮。北宋经历多次党争，范仲淹、欧阳修、苏轼以及王安石等人，都曾被卷入其中而经历多次贬谪。历代文学中的贬谪母题以及相关绘画，也更能引起他们的共鸣。例如，和屈原相关的潇湘系列图像在宋代勃兴，成为中国

① 潘运告：《明代画论》，湖南美术出版社 2002 年版，第 124 页。

绘画中的传统图像母题，就与宋代人文环境以及文人经历关系密切。宋代有一系列潇湘图像作品，例如北宋米芾之子米友仁有《潇湘奇观图》，王洪有《潇湘八景图》，画僧牧溪也有类似作品。屈原、柳宗元等人的潇湘文学，无疑是潇湘绘画的源头，和潇湘绘画有着密不可分的关系。这一点国内外学者已经有了较为深入的研究。由此可见，宋代知识分子的多重身份是中国历史上一个非常引人注目的现象。两宋众多的官员，对诗文创作和绘画鉴赏，都形成了自己的一套话语。

宋代绘画的终极追求已经超越了形似、教化和华美的感官享受，而强调意境。这一目标也是由文人逐步提出和建立的。欧阳修曾指出："萧条淡泊，此难画之意，画者得之，览者未必识也。故飞走、迟速、意浅之物易见，而闲和、严静、趣远之心难形。仆谓取法于绳墨者，人无不见其工拙。寄意于毫素者，非高怀绝识，不能得其妙。故贤者操笔，便有曲高和寡之叹。"①所谓的萧条淡泊是宋代绘画的至高境界，也是日后文人绘画的追求。欧阳修身居高位，是北宋文坛领袖，苏氏父子的伯乐。欧阳修不但是文学大家，而且对于音乐绘画皆有理论建树，他对于宋代绘画的诗意转向，起着关键性的作用。而此萧条淡泊，既和道家对于道的体悟和品味相关，也与诸多宋代画家所推崇的杜甫、王维作品等唐代诗歌审美密切相关。唐宋诗人诗句中常多"萧条"意象，另外，还有不少诗句虽未明言"萧条"，但所营造的意境，实与之相符合。欧阳修文中所提及的"萧条淡泊"是一种具有典型性的诗意，更接近于宋人的审美理想。以诗歌为载体，以诗喻画，以画喻诗，对诗歌和绘画关系进行理论探讨、评价、追问，是宋代艺术评价的特色之一。宋代以后的倪云林、黄公望便因得萧条淡泊之精髓，而被推为文人画之领袖。

苏轼紧随欧阳修其后，进一步指出："诗画本一律"。苏轼可谓宋代艺术的集大成者，他不但诗文俱精，也善书画，是宋代书法四大家之一。他的《黄州寒食贴》被誉为"天下第三行书"；苏轼也爱画，喜作枯木怪石。不仅如此，他对于宋代绘画的最大建树在于对文人画的倡导。苏轼在《又跋汉杰画山》一文中提出了"士人画"这一重要概念："观士人画，如阅天下马，取其意气所到。乃若画工，往往只取鞭策皮毛槽枥刍秣，无一点俊发。"②这便是日后主导中国绘画千年的"文人画"理论的源头。苏轼以及苏门弟子对于绘画的品评，直接影响着当时艺术家的创作，甚至左右着宋代绘画的创作面貌。

苏轼在其题画诗中所提出的"诗画一律"的命题，为后人反复提及，并成为中国文人画发展的纲领，为宋元以来中国绘画的发展奠定了基调。反之，如果画者一味崇尚技巧，追求形似，而不注重画面诗意与境界的营造，则画品当然不高。

---

① 欧阳修：《鉴画》，李逸安点校：《欧阳修全集》（第五册），中华书局 2001 年版，第 1976 页。

② 苏轼：《又跋汉杰画山二首》，见孔凡礼点校：《苏轼文集》卷七十，中华书局 1986 年版，第 2216 页。

可以说,诗歌和绘画达到了前所未有的深度融合。宋代文人及画家对于诗歌和绘画的同构,具有高度的认同,并从各个方面对之进行了探讨和阐释。以诗喻画和以画喻诗,是宋代诗歌和绘画频繁使用的理论框架。《林泉高致》和《宣和画谱》中,都记载过宋代画家将唐宋诗人名句诉诸图像的事实,而邓椿《画继》常常提起某高明画者,也兼言其善诗。宋人称某人诗好,也常谓其似画,如宋人林亦之赞美杜甫诗的一个理由就是"杜陵诗卷作图经"[①]。

不仅文人士大夫强调绘画的诗意和格调,对于画面诗意的强调也是宋代画家以及绘画理论家的普遍追求。《图画见闻志》的作者郭若虚为北宋名将郭守文曾孙,同时也是宫廷画院的画家,他也对绘画的文学性以及诗意构建进行过阐释。他在《图画见闻志》中指出:"凡画必周气韵,方号世珍;不尔,虽竭巧思,止同众工之事,虽曰画而非画。故杨氏不能授其师,轮扁不能传其子,系乎得自天机,出于灵府也。"[②]这似曾相识的论述,仿佛就是曹丕《典论·论文》的翻版。曹丕曰"文以气为主",而郭若虚则化为"凡画必周气韵"。而郭氏"不能授其师""不能传其子"云云,亦和曹丕"虽在父兄,不能以移子弟"如出一辙。可见,作为宋代最重要的绘画理论著作之一的《图画见闻志》,也借鉴了文学传统经典理论。由以上分析我们可以得出结论:绘画的文学化以及诗学转向,在北宋初、中期已经不仅是儒家士大夫的一厢情愿,而且是宋代上层各界的共识。

北宋诗、书、画巨擘相互欣赏,谈艺论道,这种种情景被李公麟归纳并再现于其著名画卷《西园雅集图》。此画以长卷形式,记录了苏轼、米芾、黄庭坚、李公麟等不同艺术门类的巨匠,齐聚驸马王诜园中交流、吟唱、作画的情形。米芾的《西园雅集图记》记叙过此事。艺术史上历来对于这幅画中所记录的事件真伪存在争论。笔者无意对此画是否为现实场景再现进行进一步考证,但至少我们可以将之视为宋代各艺术门类交融、互动以及深度融合的象征。图像之真,也未必等同于现实之真。在一幅长卷中,将不同时空发生的场景联系在一起呈现,不仅是中国传统绘画时空建构的方式,在古希腊、埃及壁画中也有诸多例证。总之,文人对于书画、诗文创作、品评的参与,导致了宋代文学和绘画的多重渗透。

二、宋代文学和绘画的多重渗透

唐宋之前,绘画的内容往往服从于一个特定主题,其中很大一部分图像主题来源于广义的文学。这里所说的广义文学包括儒家经典、历史著作、文学作品乃

---

① 林亦之:《奉寄云安安抚宝文少卿林黄中》:"泥封款款下青冥,却许麾幢换使轩。夔子城头开幕府,杜陵诗卷做图经。……"见北京大学古文献研究所:《全宋诗》,北京大学出版社 1998 年版,第 19002 页。

② 郭若虚:《图画见闻志》,见俞剑华:《中国古代画论类编》,人民美术出版社 1998 年版,第 59 页。

至于神话传说。例如汉代画像石中不乏对于古代文学形象以及神话故事的重现，如女娲、伏羲、西王母，东汉武梁祠中也不乏忠臣孝子等画像故事。东晋顾恺之著名的《洛神赋图》以曹植的文学名篇《洛神赋》为表现对象，通过一系列关键性场景的描绘，对曹植和洛水女神进行了呈现。总之，宋代以前，在文学和图像的互动中，文学往往有绝对的主动和优先权，而图像作品则不乏对于文本的呈现和转述。本书宋代以前各卷，都会对本朝代的文学与图像关系的特点进行概述，这里恕不赘言。

宋代以来文学和图像的联系方式更为多样化，图像对于不同类型文化内容也有多途径呈现。首先宋代雅俗文化都能在图像中占有一席之地。宋代绘画对于宋代乡村生活以及中下层市井生活有着丰富的描绘，而这些世俗场景，也同样在宋代笔记和宋代诗歌中有所表现。本卷对于宋代绘画里所出现的村学、村医、货郎、放牧场景以及宋代杂剧场景的描绘及其和宋代文学的关系，都有所展示和分析。

其次，图像对于儒道释经典等传统意义上的广义文学范畴的转述、模仿和演绎依然存在。宋代绘画中不乏来自文学的叙述主题，即以一个或者一群人物形象为叙述线索，用图像对某个文学历史作品所塑造的人物形象和故事进行直观呈现。其中，有的是以单幅肖像形式呈现的文学或历史人物，例如马远的《孔丘像》《寒山像》、牧溪的《老子图》以及宋代流传至今的若干幅布袋和尚像等。此外，也有以单幅场景为对象的一些文学母题，这类作品包括《问道图》《六祖撕经图》《虎溪三笑图》以及牧溪的《杜子美图》等。这类作品画面人物不多，情节也单纯，常用以表现一个文学历史人物或某一图像典故，而非突出描绘其五官相貌。此外，历代都有画家以长卷形式，对具有一定长度和情节的文学作品进行呈现。宋代也不乏此类绘画长卷，《九歌图》《归去来辞图》《列女传图》等作品便是其中的代表。画面以文学作品所描写的一个或一组人物为主体，让他们反复出现，将其中关键性情节诉诸视觉。这类图像中，既有如上面所列举的对前代文学作品和儒道释经典的图像呈现，也有对宋代本朝杰出文学作品的图像呈现，最突出的作品就是乔仲常的《后赤壁赋图》以及以本朝文人士大夫雅集为主题的《西园雅集图》。

除了图像对于前代以及本朝文学的呈现以外，宋代图文关系最值得强调的是图像叙事意味的减弱以及主流绘画抒情意味的加强。宋代主题性绘画和人物题材绘画的式微，是叙事性减弱的一个重要表现。正如王朝闻主编的《中国美术史》所揭示："由于功能的要求不同，对美术作品的境界追求自然也相异……这类'题材决定'或'主题先行'的情况，在唐代以前甚为流行，故'前人载之甚详'，而入宋之后则急剧衰微，故'不能尽见其迹'。"[①]作者引用了赵希鹄《洞天清录》中

① 王朝闻、邓福星主编：《中国美术史》（宋代卷・下），北京师范大学出版社2011年版，第454页。

的一段话说明了宋人更热衷于乘兴而画，然后命题、题画，而不屑于先有画题后按题画图。在人物画式微的同时，宋代山水画奇峰突起、大家迭出，这使得宋代山水画成为中国绘画史上无可争议的高峰。

山水画的大量产生，可以从两个源头追溯，其一是道家审美，这可以追溯到老庄时代的山水审美。这种对于山水审美精神的领悟和表达，在先秦两汉，尤其是魏晋以来的文学中绵延。对于山水的观照又不仅仅是简单地看风景，而和对于山水之道的体悟相联系。山水含道映物，因而也成为中国文人最初和最终的心灵寄托。唐代以来，经过李白、杜甫、王维、孟浩然等人之手，山水田园诗进一步发展，正如王国维所言，“一切景语皆情语”，景和情密不可分水乳交融。中国文化中历代相传的山水审美和山水抒情，为宋代山水画和抒情诗不期而遇提供了铺垫。

可以说，宋代完成了诗歌和绘画的深度融合，同时也实现了诗和画的频繁互动。钟巧灵在其《宋代题山水画诗研究》一书中，对宋人诗意图中诗—图—诗的多重互动关系进行了较为深入的分析，指出：“诗意图，是以诗歌为创作题材，以表达诗歌内涵与意趣为旨归的画图。诗意图是在已经完成的诗歌基础上创作的画图，是艺术的二度创作。这一过程的性质既要求作为画作题材的诗歌有画意（诗中有画），也必然使依据诗歌而完成的画图有诗情（画中有诗）。诗意图中的物象与诗文情境交融，因而较之单纯的画图，诗意图更容易引发观者的诗情，而导引出题画诗的创作。”[①]宋诗的意象细致，往往和宋画有异曲同工之妙。如宋代隐士魏野有一联诗：“洗砚鱼吞墨，烹茶鹤避烟”，意象细小，无大开大合，而其悠闲与静谧、雅致与细腻，正得宋画细腻幽深的妙趣。因而，我们可以说文人画的创作实践和理论阐发始于宋代，并且对元明清的艺术面貌产生了极大影响；甚至可以说，宋代绘画对于诗意和诗境的强调，奠定了中国主流绘画的基本格调。

三、宋代绘画的诗学转向

宋代绘画的诗意转向，由此成为宋代绘画的一个最显而易见的转折。即便是马远、夏圭等院体画家，被董其昌等后世文人画家列为“北宗”画派的典型，其山水作品也诗意盎然，不但画面氤氲空灵，而且多以唐宋典型的诗歌意象入画。高居翰在其《诗之旅》中，对马、夏山水画中的诗意进行了深入揭示。

而宋代绘画对于文学作品的呈现，具有一个极其重要的特征，就是对其抒情性的直接呈现，我们可以称之为宋代绘画的诗意转向。换句话说，宋代绘画中的图像抒情体系发展成熟，并完全可以通过山水树石等一系列图像语汇，进行有效

① 钟巧灵：《宋代题山水画诗研究》，中国社会科学出版社2008年版，第42页。

的抒情且直观呈现前代诗歌的意境。上文所论述的宋代绘画对于文学叙事性的转述，到强调画面诗意空间的建构，这事实上揭示出宋代主流绘画的一个转变，这是中国文学和图像关系史上发生于宋代最值得注意的转向。它使得绘画由对于文学作品的外在转述，转向对其意象和精神的直接且直观的呈现。正如当代学者邓乔彬指出："如果说宋代绘画的文学化主要起于、因于文人画，那么其文学化的主要表现就在于将古老的比兴传统，从诗歌移到了绘画领域。"①

宋人对唐诗的图像呈现，大致有两个途径，其一是对唐代诗人形象及创作状态的直接描绘。宋代、明清乃至于现当代绘画中，就不乏前代诗人故事题材。但从另一个方面，画家所创作的画面可以不出现李、杜等诗人形象，而直接将他们的诗意和诗境诉诸视觉；将李白、杜甫诗歌中的山水、竹石等基本语汇，组合成诗意画面，将活动中的诗人化为山水中的点景人物，点明客话、烹茶、听琴、观瀑、听松、观云、登高等种种诗意母题，更为本质地揭示出山水的诗意特征和文人气质。宋代以来，由于文人士大夫的大力参与和理论倡导，绘画以特定的图像语汇直观呈现出文学的抒情意味，同时也完成了以绘画为主的宋代图像诗学转向。首先，就题材而言，转述文学、历史故事的人物画减少，与山水诗以及诗意审美密切相关的山水画却达到了前所未有的高度。正如郭若虚在其《图画见闻志》中所归纳："近代仿古多不及，而过亦有之。若论佛道、人物、士女、牛马，则近不及古；若论山水、林石、花竹、禽鱼，则古不及近。"②之所以宋代有人物画式微、山水画勃兴的趋势，就是因为宋代绘画对于叙事性的文学作品的转述，不再如前代那样热衷。

可以说，宋代山水画中的意象，和唐宋诗歌中的传统意象一脉相承。宋画含蓄蕴藉，而又诗意盎然。这种萌动于绘画中的诗意，在一层层淡墨渲染中，揭示画面所呈现的"象外之象"，如马远在其《华灯侍宴图》中所呈现的暮色华灯，以及朦胧中的繁华、空寂、深远以及暮色掩饰下的悲欢。宋画中"象外之象"正如诗歌中"不尽之意"；宋代绘画在高远和深远的空间之中，也体现出宋诗"皆剥去数层，透过数层"③的妙处，画面所呈现的，不是一览无余之美，而是如嚼橄榄，于平淡之中回味无穷。

宋代绘画中的诗性空间建构，还体现为宋代绘画对于诗意主体性的张扬以及对于现象世界的诗意呈现。所谓的诗意主体性的张扬，就是宋代文人画理论所强调的"墨戏"。在此过程中，创作主体摆脱了现象世界种种细节再现的束缚，也摆脱了功利得失，从而达到一个自由和诗意的境界；无论是中国文学传统中的山水，还是宋代绘画中的山水，皆是一种诗意空间，而非仅仅是地理学意义上的

① 邓乔彬：《宋代绘画研究》，河南大学出版社 2006 年版，绪论第 6 页。

② 郭若虚：《图画见闻志》，见俞剑华：《中国古代画论类编》，人民美术出版社 1998 年版，第 61—62 页。

③ 缪钺等：《宋诗鉴赏辞典》，上海辞书出版社 1987 年版，第 9 页。

图经。宋代所推崇的另一文人画观念“水墨为上”，初步显示了宋代绘画对于书写的强调和对于纷繁现象世界的提炼。传为王维所著《画山水诀》中，提出的“水墨为上”这一命题，在宋代被广泛实践，而书写性的逐步建立和被强调，使得绘画从物质载体方面和诗歌进一步相契合。据后来者考证，《画山水诀》有可能是南宋人所伪托。《钦定四库全书总目》即指出：“旧本题唐王维撰。词作骈体，而句格皆似南宋人语。”[①]即便如此，那么“水墨为上”也是宋人绘画观念的提炼和总结。虽然，宋画和元明绘画相比，画面对于线条提按等书法意味还无具体要求，但文人山水对于色彩的提防甚至排斥，使得画面基本控制在从黑到白的色调范围之内，和书写的文稿更为接近。另一方面，山水中皴法的运用，也使得山水世界获得特定的节奏和结构。皴就是以特定的抽象笔墨单位构建山石肌理，并且在皴和皴之间形成长短、疏密、浓淡、徐急等形式上的对比。皴在五代、宋之交成熟，形成了斧劈皴、披麻皴、米点皴等不同体系。山石与皴、皴之浓淡疏密之间形成的节奏对比和诗歌格律有异曲同工之妙，在重现山石肌理的同时，于世界万物之中，建立起天地节律。

在绘画对文学进行呈现、吸收的同时，绘画也激发着诗歌的创作，可以说，众多数量的题画诗、论画诗应运而生，宋代以后进一步发展成熟。并且题画诗的发生方式和存在方式也进一步丰富化，由单纯的画赞发展为画上题诗，不但是以语言咏歌绘画，并且其内容由画里延伸向画外，借画中之景而抒发自己的情感。以诗论画，也成为宋代题画诗的一个重要特征。在诗歌创作之外，画记、画鉴、题画文等相关散文作品大量涌现。可以说，宋代绘画相对于历代绘画而言，对文学具有更为主动的影响。

如果用黑格尔形式和内容的关系理论来分析宋代文学和绘画的关系，我们可以得出如下结论：宋代以前，在文学和绘画的关系中，绘画更是对于文学完美或不完美的模仿和转述；有宋一朝，文学和绘画的关系达到了完美的融合和互动，宋代绘画既有高度的独立性，也有完美的诗意，也正因为如此，绘画才能为文学创作提供诸多灵感，以至于宋代以题画诗为代表的题画文学达到一个前所未有的高度；宋代以降，尤其是明清以后，绘画对于文学性的强调，压倒了绘画对于形象、画面的塑造，使得画面过分强调象征性、符号性和书写性，以至于绘画的独立性被削弱。这一方面使得中国画主流落入陈陈相因的颓唐局面；另一方面，在传统文学性严重失落的当代，中国绘画不可避免地走向干瘪的形式运作。

在文图关系发展史上，宋代最大的特点就是承上启下，本卷所梳理分析的不少内容和前后历时阶段难免重复。甚至，在本卷内部，有些人物既作为前代历史故事人物，也作为前代诗人出现在本卷不同的章节中。为了避免重复，本卷在写作方面进行了一些处理。首先，本着“文学本位”的初衷，对于宋代图像之前代文

---

① 永瑢、纪昀等：《钦定四库全书总目》，中华书局 1965 年版，第 973 页。

学的呈现方面的论述，尽量简练，以便读者顺藤摸瓜，找到相应卷及章节，对该母题的图像表现进行相对全面的了解。另一方面，对于一些前代文学母题，而在宋代被诉诸图像，并且这些图像集中反映了宋代的思想观念和造型特征，本卷虽不过多涉及相关文学母题，但对其绘画的宋代特征将进行较为详细的分析。例如，本卷在历史人物中，对文姬故事及图像予以梳理，而在宋代绘画和前代诗歌一部分，则会着重分析蔡文姬诗歌以及宋代文姬诗歌与图像的关系，并过滤掉一些重复信息。

第一章　宋代图像对前代文学的呈现

本章主要梳理并简要分析宋代图像对前代文学的呈现，并将前代文学具体分为儒家经典、前代历史故事以及前代诗歌，分别对之进行讨论。在很长一段时间里，中国文学的含义甚为广泛，各家经典是其中的主要组成部分。宋代作为儒学复兴的时代，与儒家经典相关的图像也非常丰富。文中第一节根据不同的图像类型，将之分为图识、图示、图说和《诗经》诗意画等。相对于晋唐，宋代人物画有式微之势，但宋代绘画中，依然不乏对于前代历史故事的图像呈现，文中第二节从前代人物、历史故事以及佛道神话等三个方面进行整理和归纳。前代诗歌的图像再现（诗意画）同样是宋代绘画的重要组成部分，文中第三节以时间为线索，梳理了宋代绘画对于先秦两汉、魏晋南北朝以及唐代诗人形象及诗句的图像呈现。

第一节　宋代图像对于儒家经典的呈现

宋儒治经采取了不同于前代的态度、思路和方法，形成了一种“以通经致用为目的，重实际、讲实用、务实效”[①]、注重义理之学、不事章句的经学学风，后世称之为“宋学”，以示同“汉学”的区别。宋代之后，在经学学术的品评中始终伴随着“汉学”“宋学”间高下的不断争执。两宋以重文著称，推崇儒家学说是其重文的表现，经学史家吴雁南认为，宋太祖赵匡胤夺得后周政权之后，为解释大宋统治的合理性而放弃了后周推崇的“法家”政治学说，转而对孔子和儒家大力推崇，皇权对儒家的推崇促使经学研究在大宋开国之后短时间内得以复兴[②]。宋代在科举考试中延续了隋唐的取士传统，以儒家经典为科举求仕的必修课业。北宋初期之后，寒门子弟读书求仕成为实现人生价值、促进社会阶层流动的主要方式，为宋代带来层出不穷的天才文士。更重要的，宋代是一个儒学中兴繁荣、变古革新的时代。宋代文人虽读儒家经典，却对前代的注疏不太信服，常有学者舍弃训诂和注疏来阐发儒家经典中的“微言大义”，这是宋人治儒学的一个特殊之

① 漆侠：《宋学的发展和演变》，《文史哲》1995 年第 1 期，第 3 页。

② 吴雁南等：《中国经学史》，福建人民出版社 2010 年版，第 272—273 页。

处。清末经学大家皮锡瑞对此评价道:“伊川《易传》,专明义理,东坡《书传》,横生议论。虽皆传世,亦各标新。”[①]后又引述司马光、陆游等的言论,抨击庆历之后宋人对儒家经典之训诂、注疏的态度越来越轻视,以至于宋代被他称为“经学变古时代”,斥责宋人解经之随意。宋儒治经不事训诂,但十分重视图像材料注经、解经的功用,留下了《三礼图集注》《仪礼图》《孝经图》《女孝经图》《诗经图》等一系列儒学文献图书遗产。郑樵在《通志》中总结说:“置图于左,置书于右,索象于图,索理于书”,认为图像是理解经史义理的有效辅助,又说:“后之学者离图即书,尚辞务说,故人亦难为学,学亦难为功,虽平日胸中有千章万卷,及置之行事之间,则茫茫然不知所向”[②],表现了对离图学经的方法深感惋惜。从这种基本态度出发,将有助于理解宋代儒经图像制作、传播的重要性。

宋代儒学图像的生产、流传得益于日渐成熟的木版印刷技术和处于盛期的中国绘画艺术。宋代恢复了科举制度,世间学子有读书求仕的需求,直接刺激了对于儒家经籍阅读和刻印的需求;而经文高古、诘屈难懂,就孳生出各家解经的论说;而那些道业精熟的文人,又希望阐述自身读经的收获以教益后学,经过这几方面意愿的共同努力,宋代成就了刊印儒家经典、纂辑儒学图像的盛世。现今留存的宋代古籍,主要是南宋时的木版印刷品,其实北宋时的木刻技术已经十分成熟,木版印刷的进步较唐五代尤为突出,木版画的水平也十分高超。同时,南北宋均建有画院,政和、宣和时,画院的画师服绯紫、配玉,待诏立班时又以画院为首,画师所受的优待为历代未有。与宋廷厚待画师匹配的是两宋画院的技艺水平,同时“追溯先贤”的文人画传统也渐成潮流,精微婉美的院体画与洒脱疏朗的文人画成为宋画的两大基本风格,儒学经典则常充当两类创作的画题。

两宋儒学图像资料丰富,使运用结构方法总结其文图关系的类型成为可能。现依据相关文献,将宋代相关儒家典籍中文学与图像关系的主要类型概括为如下四种:

第一种文图类型可以称为“图识”,即图现经籍中的名物,以图识物。宋代去古已远,儒家礼学经籍中那些高古名物,如礼服、车舆、器物等的独特制式已无能得见,而《诗经》中所涉的草木虫鱼等也难为考究,语言上的障碍、意义指向的模糊遗馈宋代读经者的是无法避过而又难解的名物。为克服学经的这种困难,承“左图右史”的传统,宋代纂印儒家经籍时常会插入简易的图版,以帮助读经者辨识和理解名物,形成印象。聂崇义的《三礼图集注》就是北宋初期最重要的“图识”经籍文献。

聂崇义是河南洛阳人,少举《三礼》,善礼学,是由后周入北宋的一位礼学家,曾做过后周的国子司业。由于职务的需要,也因职位的便利,他曾收取历代礼图

① 皮锡瑞著,周予同注释:《经学历史》,中华书局 2008 年版,第 220 页。

② 郑樵撰,王树民点校:《通志二十略·图谱略·索象》,中华书局 1995 年版,第 1825 页。

详加考订，最后纂成《三礼图集注》，于北宋初年上于朝廷，得到了宋太祖赵匡胤的嘉奖和颁行。《宋史·聂崇义传》中称，《三礼图集注》的原图绘于"国子监讲堂之壁"，聂崇义卒后《三礼图》才行之于世。现存最早的版本或为南宋淳熙二年(1175)镇江府学据蜀本重刻的《新定三礼图》[①]。据史料记载，以"三礼"为图的学统可上溯至汉末学者阮谌，其后，夏侯伏朗、张镒、梁正等均有礼图传世，为以图注经的学术传统做出了重要贡献。至后周聂崇义编纂《三礼图集注》，所依据的就是前述诸家的编纂成果。聂崇义的《三礼图集注》包括冕服、后服、冠冕、宫室、投壶、射侯(上下)、弓矢、旌旗、玉瑞、祭玉、匏爵、鼎俎、尊彝、丧服(上下)、袭敛、丧器(上下)等十九卷，是对《周礼》《仪礼》《礼记》三经旧图的整理，涉及礼服、礼器、车舆、方位等多个方面，得图三百八十余幅，各图悉配以详细的考证与说明。聂崇义集纂的图像是为了说明经文相应名物的，是对三礼经文的注解，因而对其图像文化价值的评判很大程度上以注解恰当为准。其后学者臧否聂崇义《三礼图集注》时，主要有两条路径：一是从聂氏礼图对三礼经文及注的符合程度来评价，如《四库全书总目提要》称"今考书中宫室车服等图，与郑《注》多相违异"，就是以聂崇义所做图与郑玄所注三礼经文做比较，得出其图与郑玄注文多有出入的论断，暗示聂图并不十分可靠；二是对照出土礼器造型，考查聂氏礼图的准确性，如欧阳修《集古录》认为聂氏辑图同刘原甫所得古物造型不符，林光朝则称"聂氏《三礼图》全无来历，穀璧则画穀，蒲璧则画蒲，皆以意为之。不知穀璧止如今腰带铐上粟文耳"，讥讽聂氏制图望文生义、与出土实器不符。这些批评实质上是对"以图注经"知识有效性和准确性的反思。应该讲，聂崇义编纂《三礼图集注》并非凭空为之，而是在阮谌、夏侯伏朗、张镒、梁正等历代学者所作礼图的基础上审定整编的，因此有一定的史料价值，对后世的三礼图像亦颇有启发。

清康熙十二年(1673)通志堂刊本《三礼图集注》的第一幅图，从插图形式来看，图放在页面的中心，页面右侧文字为论述周天子吉服的绪论，绪论结束即先附图，图左为考述图像内容、明确大裘冕礼制的论述性文字。以大裘冕为例，大裘冕来自《周官·天官·司裘》"司裘掌为大裘，以共王祀天之服"，郑玄的注称"大裘，黑羔裘，服以祀天，示质"，是周天子祭天所服的黑羊羔裘冕，聂崇义详加考证、集古礼图，以图识冕，将大裘冕黑羔裘的质地、前圆后方无旒的形制、无纹彩的样式特征都图绘出来，以文字加以说明，图文参互，令大裘冕的形制更加清晰。考订大裘冕的同时，聂崇义还对图识中配合大裘冕所着的礼服、配饰、履、手持等的形制略作解说，使其考订更为完整。

同样将以图识物作为治经史学的途径，宋代还出现了像欧阳修的《集古录》(嘉祐八年[1063]成书)、吕大临的《考古图》(元祐六年[1091]成书)和王黼的《宣和博古图录》(宣和五年[1123]成书)等传拓器物铭文、以图考古的金石学研究文

---

① 聂崇义编纂，丁鼎校：《新定三礼图》，清华大学出版社 2006 年版，校释说明。

献。这些文献通过图像的制造极大地延伸了文物实物的传播范围，以考古实物的摹拓、制图技术辅证经史，为考古家之间相互研讨提供了实际的便利，形成了新的研究风气。与聂崇义不同，这些著作多以出土、存世的实物为准，图像复制更加准确，聂崇义的编辑主要以历代学者遗留的器物图像为据，其中作伪、臆造者容易相因相袭、难于审校。如此，它们虽然都属于"以图识器"的模式，"图"的来源却十分不同，在"以图为识"的功能逻辑下，制图方法的客观性与准确度无疑成为评判"文图关系"的重要原则。

第二种文图关系类型可以称为"图示"，即将经籍中复杂的文化信息（主要是地理、方位、摆布关系等内容）概括整理为简洁明了的图像。图识类型的儒学图像主要是为了呈现儒经中的名物，图示则解决空间布局问题，类似于"左图右史"中为史书做地图、以扼要标明地理方位关系的制图传统，像"宫室陈设图""礼位图"等就是典型的关于空间区位关系的图像。这类图像的制作直观呈现了复杂的文字信息与位置关系，以图像形式扼要地转达了空间叙事，降低了研习礼学的难度，使复杂的礼学变得容易理解把握了。

作为宋儒"图示"儒经的代表作，这里介绍一下南宋杨复的《仪礼图》。杨复字茂才，号信斋，是理学家朱熹的弟子。《仪礼图・序》中说，受赵彦肃《特牲》《少牢》二礼图的启发，并得到朱熹"以为更得《冠昏图》及堂室制度更考之乃佳"的指教，他坚定了以图示方法研究《仪礼》之学的治学志向。《仪礼图》共有十七卷二百零五图，另有《仪礼旁通图》一卷二十五图。杨复的《仪礼图》对应《仪礼》的十七篇经文，分别是士冠礼第一、士昏礼第二、士相见礼第三、乡饮酒礼第四、乡射礼第五、燕礼第六、大射仪第七、聘礼第八、公食大夫礼第九、觐礼第十、丧服第十一、士丧礼第十二、既夕礼第十三、士虞礼第十四、特牲馈食礼第十五、少牢馈食礼第十六、有司彻第十七，"节取旧说，疏通其意，各详其仪节陈设之方位，系之以图"[①]。《仪礼旁通图》取《宫庙门》《冕弁门》《牲鼎礼器门》等三门，分别配图。《四库全书总目提要》中有对此图的评价。如果考虑到宋代礼学《周官》独盛，及《仪礼》被逐出科举的大背景[②]，杨复的《仪礼图》与《仪礼旁通图》实为宋代儒学的一个另类。

清康熙十二年（1673）通志堂刊本杨复《仪礼图》的第一幅图，所呈现的是"筮于庙门之图"。"筮于庙门"是《仪礼・士冠礼》开篇论述的一则礼仪，其内容为卜筮的礼仪。杨复的《筮于庙门之图》插在《筮于庙门》经文"尊先祖也"和"主人戒宾"之间，编辑经文时摘录了郑玄之注和极少数疏，以解释经文仪礼要义，并将经文自"筮于庙门"至"尊先祖也"并其摘录的注疏内容整理于《筮于庙门之图》中。在图中，西塾、祢庙门等宫室建筑以横线切划方域标示，并填以文字注明，筮人、

① 永瑢、纪昀等：《四库全书总目提要・经部》卷二十。

② 彭林：《三礼研究入门》，复旦大学出版社2012年版，第16—19页。

卦者、主人、宰、有司等人物以阴刻小方格为标示，人物所作礼仪以阳刻小字就近标于人物旁边。这幅图虽然没有标出方位，但是遵从上北下南的基本规范，同时，以人物方格的字尾方向表示“面向”。《筮于庙门之图》以静态方式呈现了“筮于庙门”礼仪中各种人物即位、受命、筮卜、示卦、告吉等一系列动态的礼仪规范，将文字复杂的内容整理为直观的图像，能够辅助理解经文注疏，形成直观的印象。这基本上就是杨复整理《仪礼》的制图思路。

杨复的《仪礼图》《仪礼旁通图》在以图治《仪礼》上有着“创始之功”，但他也受到历代学者的批评。对杨复制图的批评又与对聂崇义的不同，杨复制图因缺乏总契和通贯一致的向位、比例，导致了微观部分上的各自为政，制图缺乏统一性和完整性，又缺乏对方向的标明，很容易让读图人感到迷惑。杨复制图立意展示陈设、礼位，而因为制图系统的疏漏散乱，陈设、礼位竟不能明晰地被理解，无怪《四库提要》中批评其“似满屋散钱，纷无条贯”。可见，在“以图示经”的文图功用逻辑下，图像是以通贯的条理、简洁准确的关系标示为追求的。

通过上述两部文献的介绍，不难发现，图注式的文图关系大量出现在三礼学研究中。这与“三礼”文本的基本特征密切相关。“三礼”包括《周礼》《仪礼》和《礼记》三部经典，其中多有涉及礼器、礼服、宫室、方位等，以记载礼仪活动的流程，阐发“礼”之制度与要义，其经义的琐碎、复杂和稽考难度都是难于想象的，其中尤以《仪礼》最为难读。清代学者陈澧说：“《仪礼》难读，昔人读之之法，略有数端：一曰分节，二曰绘图，三曰释例。今人生古人之后，得其法而读之，通此经不难矣。”（《东塾读书记》）又清代纳兰成德在《河南聂氏三礼图序》中写道：“九经礼居其三，其文繁、其器博、其制度古今殊，学者求其辞不得，必为图以象之，而其义始显。即书之、求之，不若索象于图之易也。”可见，基于“三礼”经典文献特性，单纯的文字描述烦琐且难以理解，学者们便逐渐建立起了“图注礼学”的研究取向。事实上，因时间的延宕和战争等因素，“三礼”文本中所记载的礼器、礼服、宫室等的实物，至汉就已不可见，更遑论汉后七百年的宋朝。为研究周人的礼学，于诘屈聱牙的经文之外，以图识别礼器、礼服，以图表示宫室、方位，是行之有效的方法，更是宋儒裨益后世的创造。

第三种文图关系类型是以图叙事，以事说理，可以称为“图说”。这类图像受文学的规定稍宽松些，不再只是文学的注脚和整理，在制图中出现了自由的演绎和艺术化的创造，秉承的是《洛神赋图》那种制图传统，先抄录经文，然后各章敷衍一幅插图，但这些插图对文学文本的理解是或然的、想象的，而非必然的、考据的。宋代时文人闲适、画事昌盛，出现了一批著名的以图画叙说儒家经典的绘画作品，其中李公麟的《孝经图》和佚名的《女孝经图》就是这类作品的代表。从装裱形式上看，文人画工绘制的这类叙事性的画作，常常装裱成手卷，同誊录的经文段落顺次组合在一起，每幅图像配合一段文字。这种装裱形式同古代文人的阅读习惯有关[①]。从图像内容上看,“图说”类的图像画面以人物为主,有明显的叙事性特征。下面分别描述李公麟的《孝经图》和佚名的《女孝经图》。

现藏美国大都会艺术博物馆的李公麟《孝经图》,依照《孝经》顺序自右向左穿插了经文书法及相应图画。其中,图画部分以细腻凝实的线条绘成,这种卓有李公麟个人艺术特色的描绘方式被称为“游丝铁线描”法,其誊录经文的小楷,风格上接近于钟繇的《荐季直表》,表现出朴拙雄厚的审美品位。《孝经》相传为孔子[②]所作,唐玄宗李隆基为该书做注,并数次删改其注解,北宋时经学家邢昺在唐明皇注的基础上又做了疏,随后两者的注疏成为流行于世的主流版本。该经文是儒家经典体系中着重阐述封建道德伦理的重要著作,以孔子向曾子讲授“孝道”为起始,共十八章,依次为开宗明义章、天子章、诸侯章、卿大夫章、士章、庶人章、三才章、孝治章、圣治章、纪孝行章、五刑章、广要道章、广至德章、广扬名章、谏诤章、感应章、事君章、丧亲章,构建了基本的封建传统体系。李公麟的《孝经图》手卷现存图画十五幅,如果按照章节、图画一一对应的常规,那么图画应当有所缺失。经过考察,手卷中缺少开宗明义章、天子章、庶人章三章的图画,其中开宗明义章文图皆佚,天子章只有半行经文可识读,未见所配画作,庶人章经文径自书于士章经文之后,与士章合配一幅图画。同时,最后一幅图画山水泛舟,图夹在丧亲章“卜其宅兆,而安措之;为之宗庙,以鬼享之”经文之间,图画与经文内容也不甚匹配。抛开这几章不谈,其他章节的文图关系呈现出强烈的一致性,即通过图画,将经文孝道描述为具体的人物情景,带有强烈的叙事性。例如卿大夫章经文如下:

非先王之法服不敢服,非先王之法言不敢道,非先王之德行不敢行。是故非法不言,非道不行;口无择言,身无择行;言满天下无口过,行满天下无怨恶:三者备矣,然后能守其宗庙。盖卿大夫之孝也。《诗》云:“夙夜匪懈,以事一人。”

经文所讲的是卿大夫的孝道,并认为卿大夫孝道是在服饰、言语、德行等方面遵从先王的法则,不胡乱发言、不随意行事,勤勉不懈地侍奉国君。在李公麟为该章所配的图画里,一名穿着礼服的人物正向另一位穿着礼服端坐的人物恭敬地叩拜,画面上部画有一群人物,他们作袖手状,似乎排成了队伍依次等待。图画将卿大夫章“尊法先王、勤事一人”的孝道描绘成卿大夫轮流向国君叩拜的情境,画面中国君状貌肃穆,卿大夫形貌恭恭敬敬,施礼合乎规范,没有任何僭越的行

① 手卷的阅读方式被称为“舒卷”,阅读手卷时,观者端坐,依据自身阅读节奏自右至左将卷轴缓缓舒展,并将阅过的部分重新卷起,至阅览完毕再将手卷重新卷回阅读前的样子。以这种方式装裱的作品往往夹图杂文,其中一些年代久远的名作,在原作之后还附有后世藏家、观者的题、记、跋等,跋文涉及鉴定、观感、本事、品评等内容,同原作形成复杂的上下文关系,是一种蕴含了复杂的文学—图像关系的装裱形式。

② 据经学史的考证,孔子为《孝经》作者的说法未必可信,但该书至晚应成书于秦末汉初。清代纪昀认为该书是孔子“七十子之徒之遗言”,是考证该书作者的一个较为流行的观点。

为举止，拜服身姿极低，显出虔诚的、恪尊礼法的姿态。又如，《纪孝行章》经文如下：

子曰："孝子之事亲也，居则致其敬，养则致其乐，病则致其忧，丧则致其哀，祭则致其严。五者备矣，然后能事亲。事亲者，居上不骄，为下不乱，在丑不争。居上而骄则亡，为下而乱则刑，在丑而争则兵。三者不除，虽日用三牲之养，犹为不孝也。"

其中的"五备三除"是论述孝道的核心内容，讲的是子女向父母尽孝的行为规范。李公麟的图画是对"居则致其敬，养则致其乐"两句的演绎，图中翁妇人物端坐堂上，其旁有奉送茶汤、吃食的人物侍立，其下有演奏乐器的人物、舞蹈的人物、变戏法的人物，皆作尽力行乐状。这就将《纪孝行章》中的孝道图现为情景，传达出侍奉父母应有的尊敬、欢悦之心，孝子不仅应当供养父母衣食充足，更要向父母供给娱乐，令其心情愉悦。李公麟的《孝经图》开创了图说《孝经》的新图式，启发了马和之《孝经图》、仇英《孝经图》、金廷标《孝经图》、黎明《孝经图》等孝经图像的创作①。

据《宋画全集》，传世宋画中有两卷名为《女孝经图》的图卷，分别藏于北京故宫博物院②、辽宁省博物馆③。台北"故宫博物院"则藏有《宋高宗书女孝经马和之补图》卷，关于此卷的作者仍有争论，可能并非宋高宗、马和之。据《宣和画谱》人物卷记载，五代画家石恪、宋代画家李公麟也曾作《女孝经图》，如今都散佚了。《女孝经》是唐代散郎侯莫陈邈之夫人郑氏仿照《孝经》所作，同样是十八个章节，包括开宗明义章、后妃章、夫人章、邦君章、庶人章、事舅姑章、三才章、孝治章、贤明章、纪德行章、五刑章、广要道章、广信守章、广扬名章、诤谏章、胎教章、母仪章、举恶章等。《女孝经》的图像呈现也体现出图说的文图关系，但其文图匹配及装帧顺序存在混乱。北京故宫博物院藏《女孝经图》卷，纵高 43.8 厘米，长 823.7 厘米，节选了九章经文，分别是开宗明义章、后妃章、三才章、贤明章、事姑舅章、邦君章、夫人章、孝治章、庶人章④。

对于《孝经图》和《女孝经图》而言，图像是经文的言说和敷衍，图像把抽象的经义绘为具体的人物和情景，手卷的装裱形式带来的是文图形式的悦目。对于这类儒学图像，图像不是作为辅助经文学习的注脚，而是一种图画的叙事，图像与经文艺术化的书写有机地穿插于一体，给观者带来视觉的审美愉悦。

第四种文图关系类型体现在以绘画创作表现《诗经》篇章的那些画作中，它

① 陈悦、徐建融：《孝经图：经典的图解》，《艺术探索》2015 年第 2 期，第 21 页。

② 宋画全集编辑委员会：《宋画全集》，第一卷第五册，浙江大学出版社 2008 年版。

③ 同上，第三卷第二册。

④ 关于《女孝经图》文图匹配问题，可以参看何前的学位论文及孟久丽的论文，在此不再赘述。何前：《女孝经图研究》，中央美术学院 2009 年；孟久丽、何前：《教导女性的艺术——女孝经图》，《辽宁省博物馆馆刊》2009 年刊，第 305—322 页。

们已经属于诗意画的范畴。从文学与图像的关系上看，这类图像在某种意义上已经是优秀的绘画作品了，其所受文学的规定进一步减弱，绘画艺术的创造成分更加突出，艺术想象的成分也更加丰满。两宋时期这类文图范式的实践，以马和之《诗经图》系列为代表。

存世的宋画，有一系列《诗经图》归在马和之名下。据《宋画全集》的整理，这些图像现存的有藏于北京故宫博物院的《小雅鹿鸣之什图》《闵予小子之什图》《小雅节南山之什图》《豳风图》《唐风图》，藏于上海博物馆的《诗经周颂十篇图》《诗经陈风十篇图》，藏于辽宁省博物馆的《唐风图》《陈风图》《周颂清庙之什图》《鲁颂三篇图》，藏于波士顿美术博物馆的《小雅南有嘉鱼篇书画》，藏于大都会艺术博物馆的《诗经豳风图》《诗经小雅鸿雁之什六篇图》，藏于大英博物馆的《陈风图》等，都是以图像呈现《诗经》的重要文本。

以上举例论述了宋代经学图像呈现儒家经典的四种类型，其划分是依据文图关系的亲密程度而来的，像在图识、图示两种呈现方式中，图的制作是对儒家经典的注释和整理，其图与经文关系最为密切。在图说的呈现方式中，图的制作带有叙事性功能，在很多细节上都有着自由发挥的余地，经学文本对图像的规定比前两种模式要宽松许多。

第二节 宋代图像对前代历史故事的呈现

在宋代，大量前代历史故事被诉诸图像。宋代统治者与士大夫阶层重视儒家“道统”，为儒家圣贤立像盛行于朝野。同时，自宋太宗开始，皇帝开始信奉道教，宋真宗修建规模宏大的太清宫，宋徽宗自称道君皇帝，又受士大夫“文字禅”与禅宗大盛之影响，笃好禅宗，致使宗教人物与故事的图像大兴。此外，宋代边患不断，画家常借历史故事来表达民族气节与收复失地的决心。本节将宋代图像对前代历史故事的呈现分为三个部分陈述：宋代图像对历史人物的呈现，宋代图像对前代故事的呈现和宋代图像对前代神话故事的呈现。第一部分主要是以肖像形式出现，以图像形式对前代人物神态外貌进行描绘；第二部分的图像主要以人物和场景的形式出现，对某一具体事件和特定情境进行再现，具有较强的图像叙事性；第三部分为神话人物和神话故事的图像。需要强调的是，中国古代历史人物往往被传奇化和神话化，因而，这三部分的划分并非泾渭分明，而是相互重叠。

一、前代人物的图像呈现

前代历史人物的图像呈现主要包括以绘画形式对圣人、明君、贤臣以及著名禅师等形象进行刻画。这些人物包括正史以及诸子和诗文集中记载的道德圣贤、前代明君,而相关人物图像旨在规诫君臣、确立“道统”,正所谓“盖古人必以圣贤形像、往昔事实,含毫命素。制为图画者,要在指鉴贤愚,发明治乱”。[①] 除三皇五帝等明君外,贤臣也成为图像呈现的重要对象。由于宋代士人钦慕白居易的仕隐生活,“会昌九老”等老人图盛行于当时。此外,宋代是禅宗发展的重要时期,寒山、拾得等著名禅师的多幅画像存留至今。鉴于这些禅师是活动于唐朝的历史人物,而非宗教神灵,本章将之收录于内。

(一) 孔子与其画像

孔子的地位在中国历史上虽有所争议,但总体而言不断上升、稳固,也不断被神圣化,因而随着时代语境的变化,孔子形象也不断流变。关于孔子像的记载,应该始于唐代张彦远《历代名画记》:“鲁国庙堂东西厢画图有孔子弟子图”。诚如赵吉惠《中国儒学史》所言:“每个时代都有自己的孔子,汉代有汉儒装扮起来的孔子,宋明时代有宋明理学家改造过的孔子,清代有清儒绘制的孔子……”[②]这种张力为孔子形象的视觉阐释提供了宽松的空间。儒家弟子力图形塑孔子的正面形象。《论语》中的孔门弟子谓其“温而厉,威而不猛,恭而安”,《孟子》和《荀子》尊其为圣人。相反,其他各家对孔子有所贬损。《论语》中的隐者斥其“五谷不分,四体不勤”。《墨子》说他繁饰礼乐而崇尚无用,《庄子》指责孔子“以迷惑天下之主,而欲求富贵焉。盗莫大于子”(《庄子·杂篇·盗跖》),将之视为世间最大的“盗贼”。总之,孔子形象的变化既源自时代的变迁,也源于孔子形象的史料记载,充满矛盾和张力。

不过,单就孔子的外形描述而言,尽管史料说法各有侧重,但大致呈现如下特点:一是异相。庄子称其“修上而趋下,末偻而后耳”[③],《史记·孔子世家》谓其“生而首上圩顶”[④],《荀子·非相》则说“仲尼之状,面如蒙倛”[⑤],蒙倛为巫医打鬼驱疫之时所戴的面具,此面具脸方而丑,发多而乱,形象甚是凶恶。二是身材魁梧高大。“长九尺六寸,人皆谓之长人而异之”[⑥],《荀子·非相》也说“仲尼长”[⑦]。三是勇力过人。“孔子之劲,举国门之关,而不肯亦力闻”[⑧],“孔子之通,智过于苌宏,勇服于孟贲,足蹑于郊菟”[⑨]。

宋代是“儒家复兴”的时代。宋朝统治者重视儒学,重用士大夫阶层,大开科

---

① 郭若虚:《图画见闻志》,见俞剑华编:《中国古代画论类编》,人民美术出版社 1998 年版,第 55 页。
② 赵吉惠:《中国儒学史》,中州古籍出版社 1991 年版,第 48 页。
③ 陈鼓应:《庄子今注今译》,中华书局 2017 年版,第 757 页。
④ 司马迁:《史记·孔子世家》,中华书局 1982 年版,第 1905 页。
⑤ 安小兰译注:《荀子·非相》,上海古籍出版社 2016 年版,第 162 页。
⑥ 司马迁:《史记·孔子世家》,中华书局 1982 年版,第 1909 页。
⑦ 安小兰译注:《荀子·非相》,上海古籍出版社 2016 年版,第 161 页。
⑧ 张双棣等译注:《吕氏春秋·慎大篇》,商务印书馆 2015 年版,第 389 页。
⑨ 刘安:《淮南子·主术训》,上海古籍出版社 1989 年版,第 99 页。

举，一批庶族学子通过科举进入统治阶层，力图实现“治国平天下”的儒家理想，这也导致宋代思想界出现所谓“新儒学”（即理学）。在尊孔崇儒的背景下，孔子及其弟子的画像应时而兴。宋太祖赵匡胤在登基之初，就敕令增修国子监学舍，修缮先圣画像，并令画工作七十二贤、先儒二十一人像。北宋崇宁四年（1105），统治者对曲阜孔庙的孔子像进行改造，“冕十二旒，服十二章”，衣冠的等级与皇帝相同。政和元年（1111），孔子像又被演绎出“执镇圭，门立二十四戟”等不同形态[①]。镇圭为古代举行朝仪时天子所持的玉制礼器，孔子的历史和文化地位被进一步巩固提高。由于统治者的支持，宋代社会形成了自上而下的崇儒风气，修缮孔庙、绘孔子像等活动在民间兴盛一时，诚如余靖《兴国军重修文宣王庙记》所言：“圣宋在宥，七纪于兹，今上纂三圣之丕烈，综御大器，息武行文，泽浸八荒……故天下靡然知所向焉。”[②]

现存宋代孔子画像主要有北宋佚名《孔子七十二弟子像》（图 1－1）、南宋《圣贤像》石刻像以及马远的《孔丘像》（图 1－2）。在宋代孔子像中，我们能看到图像与史料记载的联系与差异。一方面，宋代孔子像继承和凸显了孔子的异相。但这种“异”旨在表现孔子超过常人的智慧与仁德，并不包含“面如蒙倛”的审丑成分。北宋时期的两幅孔子弟子像在造型、画法及构图方面极为相似，两者可能是“一本两画”的关系。图中孔子和弟子的造型皆偏短粗，双目都呈丹凤眼，衣纹多为琴弦描勾勒，显得较为流畅；两图都有子羔、子我、子迟的三人组合；画面设色素淡。“目如凤鸾，必定高官”[③]，丹凤眼是智慧与高位的象征，成为彰显孔子内涵和地位的图像符号。另一方面，宋代孔子像弱化了孔子高大勇武的一面。南宋时期的《圣贤像》石刻像现存于杭州，为李龙所绘，上有宋高宗题赞，描绘了孔子坐于榻上讲学的场景。孔子身材清瘦，讲学颇为投入，恰如宋代理学家讲学授课的样子。而马远的《孔丘像》为最早的绢本孔子像。孔子额头巨大，牛鼻

图 1－1　佚名　《孔子七十二弟子像》（局部）　北京故宫博物院藏

① 邢千里：《中国历代孔子图像演变研究》，山东大学博士论文 2010 年，第 105 页。
② 李申：《中国儒教史》，上海人民出版社 1999 年版，第 103 页。
③ 曾国藩：《冰鉴注评》，中州古籍出版社 1994 年版，第 145 页。

图 1-2 马远 《孔丘像》 北京故宫博物院藏

环眼，恭谨肃立。画家着重描绘了孔子叩问的动作与神态，突显格物致知的精神气质。

(二) 宋人对老子的图像呈现

老子，姓李名耳，字聃，楚苦县厉乡曲仁里人，做过周朝藏书室的史官。从东汉末年开始，随着道教的兴起，老子的身份逐渐神化。东汉汉桓帝将老子列为帝王祭祀的对象，并将之尊为道教"道祖"。后世皇帝则延续了对老子的尊奉。在唐代，老子被封为太上玄元皇帝。在宋代，老子被加封为太上老君混元上德皇帝。宋徽宗尤其信奉道教，自称"道君皇帝"。

现存宋代老子像有两幅，皆为南宋时期作品。一幅是宋高宗时期王利用的《老君别号事实图》，另一幅是南宋末期僧人法常（牧溪）的《老子图》（图 1-3）。王利用是南宋画家和书法家。据《画继》记载，王利用"字宾王，潼州（今四川绵阳）人。举进士，终夔宪。书、画皆能。光宗颇爱其书。画则山水长于人物，精谨而已，不及其书也"[①]。据大约成于汉朝或魏晋时期的《太上老君开天经》所载，在不同历史时期，老子化身为辅佐皇帝的朝廷重臣：上三皇时，老子别号玄中法

① 邓椿：《画继》，见《图画见闻志・画继》，浙江人民美术出版社 2005 年版，第 151 页。

图1-3 牧溪 《老子图》 日本冈山县立美术馆藏

师，下三皇时为金阙帝君，伏羲氏时为郁华子，神农氏时为大成子，祝融时为广寿子，黄帝时为广成子，颛顼时为赤精子，帝喾时为禄图子，尧时称真行子，舜时为夔邑子，夏禹时为务成子，殷商时为传预子，周文王时为文邑先生。老子下到人间，不仅教导帝王治世之理，还会留下《道戒经》《微言经》等著作。王利用的《老君别号事实图》共十三幅，笔法工谨细腻，具有鲜明的院体画风格。每幅图描绘了老子在不同时期的化身，形态虽稍显怪谲，但与画僧之作相比，已属工谨。图上配有题跋，以解释人物来历，形成文图互证。例如，《广成子》一图跋曰："老君于轩辕黄帝时在崆峒山号广成子，说《至道泰生经》，帝诣山亲问理国之道，战蚩尤，铸九鼎，鼎成而白日上升。"图中广成子仙风道骨，须眉飘逸。他手拿经书，似乎正传授天地至道。与王利用的作品相比，法常的《老子图》显得放逸许多。图中老子因鼻毛外露，被人称为"鼻毛老子"。画僧法常以焦墨粗笔，勾勒出老子的怪谲之状。法常多将画中人物描绘得不拘常形，由此突出禅僧的般若智慧。他的《老子图》延续了这一手法，用怪谲之状表现老子的得道境界。

（三）前代帝王与其画像

南宋宋理宗时期，宫廷画家马麟绘有《道统五祖像》，五幅图分别描绘伏羲、帝尧、夏禹、商汤和周武王五位圣君。马麟是马远之子，为南宋画院祗候。马麟工书善画，宗其父笔，又有所增益。他长于山水、人物，兼画花鸟。与马远相比，马麟的人物描绘更为细腻。

宋理宗时期，程朱理学成为官学。理学继承韩愈的说法，讲究"回向三代"的道统。《道统五祖像》产生于这样的历史语境中，为宋理宗赐给国子监的作品。图中帝王刻画细腻，器宇轩昂，图上附有题赞，与画像形成了文图互证。例如《伏羲》(图1-4)一图，伏羲坐在地上，看着爬过来的神龟。与神龟相对的地面有演绎完整的八卦图。《周易·系辞上》说："河出图，洛出书，圣人则之"。传说在夏朝大禹治水时，有灵龟背着一幅图像，从洛水中浮出来，这图像就是《洛书》。《洛书》亦和后天文王八卦有极深的关系。因此，画中的神龟与八卦有着因果关系。

此外，龟背上的纹理，当中有深不可测的内容，不少修道之士就是要参透龟壳纹理而推断天地大道。伏羲看着乌龟，似乎正在参悟道的奥秘。总之，画中的神龟，与伏羲、八卦形成有机联系，既交代了八卦生成的过程，也凸显了伏羲演绎八卦的贡献。

（四）前代贤臣与其画像

1．“商山四皓”和“会昌九老”的图像呈现

现存“商山四皓”与“会昌九老”的图像合为一卷，旧题李公麟所作。画家将此两组历史人物并置，并非无心之举。事实上，他们皆为功成身退的老人。

图 1-4　马麟　《道统五祖像·伏羲像》台北“故宫博物院”藏

首先来说“商山四皓”。商山四皓本为秦时遗民，因逃避苛政而退隐山林。吕后用张良之计，将他们请出辅佐太子，打消了刘邦废长立幼、另立太子的念头。《史记·留侯世家》记载：“及宴，置酒，太子侍。四人从太子，年皆八十有余，须眉皓白，衣冠甚伟。上怪之，问曰：彼何为者？四人前对，各言名姓，曰东园公、甪里先生、绮里季、夏黄公。”[①]另据《汉书·王贡传》：“汉兴有园公、绮里季、夏黄公、甪里先生，此四人者，当秦之世，避而入商雒深山，以待天下之定也。自高祖闻而召之，不至。其后吕后用留侯计，使皇太子卑辞束帛致礼，安车迎而致之。四人既至，从太子见，高祖客而敬焉，太子得以为重，遂用自安。”[②]后世文人对“商山四皓”评价甚高，他们既成为高隐的象征，又寄托了文人建立政治功业的理想。

在此语境下，“商山四皓”也屡见于图像中。据《宣和画谱》著录，流入宣和内府的有关商山四皓的作品有二十余幅，如李思训《四皓图》《山居四皓图》，王维《四皓图》，石恪《四皓围棋图》，孙可元《商山四皓图》，祁序《四皓弈棋图》，支仲元《商山四皓图》《四皓弈棋图》，李公麟《四皓围棋图》等，可惜这些作品均已失传，唯有“商山四皓”与“会昌九老”的合卷存留至今。此图描绘“商山四皓”与“会昌九老”的隐居生活，四皓、九老或观棋，或远望，或拄杖，或会友，充满着文人的生

① 司马迁：《史记·留侯世家》，中华书局 1959 年版，第 2046—2407 页。
② 班固：《汉书·王贡两龚鲍传》，中华书局 1962 年版，第 3056 页。

活雅趣。技法方面，此图用笔工谨精细，略有李公麟淡墨白描的意味，也有唐人遗韵。

其次再说“会昌九老”的图像呈现。“会昌九老”源于白居易在会昌年间组织的“九老会”。唐朝武宗会昌五年(845)，时年 74 岁的白居易与胡杲等六名 70 岁以上高龄的致仕官员在洛阳举行“七老会”。同年夏天，洛阳遗老李元爽(136 岁)和僧人如满(95 岁)“亦来斯会”，遂称“九老会”①。白居易《九老图诗序》详细记录了这两次聚会：“会昌五年三月，胡(杲)、吉(皎)、刘(真)、郑(据)、卢(真)、张(浑)六贤，于东都敝居履道坊合尚齿之会。其年夏，又有二老，年貌绝伦，同归故乡，亦来斯会。续命书姓名年齿，写其形貌，附于图右，与前七老，题为《九老图》，仍以一绝赠之。”②

宋代士大夫对白居易与“会昌九老”普遍怀有企慕之情，正如罗大经所言“本朝士大夫多慕乐天”。北宋名臣杜衍等五人举行过“睢阳五老会”，而在此之前的十几年前，吴中地区已经有了“五老会”“六老会”③。关于会昌九老的绘画就产生于这样的文化语境中。现存的相关作品有两幅，一为与上文所记《商山四皓》画卷的合卷，现藏于辽宁省博物馆；一为藏于北京故宫博物院的佚名《会昌九老图》(图 1－5)。佚名《会昌九老图》采用北宋的界画手法，勾勒出水榭、房舍、板桥、河堤、护栏、石凳乃至屋内的陈设。房舍中的白居易等人沿桌而坐，展卷吟诗。正对画面的苍髯白发者相貌和白居易《九老图诗》所描述的李元爽相符：“雪作须眉云作衣，辽东华表鹤双归。当时一鹤犹稀有，何况今逢两令威”④，颇有仙姿道骨。

图 1-5 佚名 《会昌九老图》 北京故宫博物院藏

① 顾学颉校点：《白居易集》，中华书局 1979 年版，第 850—851 页。

② 谢思炜校注：《白居易诗集校注》，中华书局 2006 年版，第 2911 页。

③ 厉鹗：《宋诗纪事》，上海古籍出版社 1983 年版，第 186 页。

④ 谢思炜校注：《白居易诗集校注》，中华书局 2006 年版，第 2911 页。

2. 《八相图》

南宋佚名《八相图》(图 1－6)绘有从周到北宋的八位贤臣，分别是：周公姬旦、张良、魏徵、狄仁杰、郭子仪、韩琦、司马光、周必大。其中，除了后三位，其余均为前代贤臣。他们或持笏板，或拱手于胸前，神情各异。人物脸部轮廓使用淡墨细线勾勒，并运用淡赭石晕染，衣纹线条较为粗简，画风质朴，官员的服饰因时代差异呈现不同特色，但全都摈弃了盛唐服饰的华美，色彩和款式比较朴素和节制，符合宋代衣饰特征。此图的用意与《采薇图》等院体画应该大致相同，意在规诫大臣提高自身才能和德行，全力效忠南宋政权。

图 1－6 佚名 《八相图》 北京故宫博物院藏

3. 《十八学士图》

唐代李世民为秦王时，在宫城的西边开设文学馆，网罗四方文士，吸纳了杜如晦、房玄龄、陆德明等十八位名士。他们分为三番，每日六人值宿，讨论文献，商略古今，号为“十八学士”。李世民取得政权之后，“十八学士”声名日盛。后世将“十八学士登瀛洲”作为治国人才遴选的象征，十八学士也成了屡画不厌的画题。晚唐朱景玄《唐朝名画录・神品下》云：“立本……图秦府十八学士、凌烟阁二十四功臣等，实亦辉映今古。”北宋佚名《十八学士图》只剩残本，图中四学士围坐于画卷周围，品头论足。宋徽宗赵佶题书的《十八学士图》，图像内容为文人应酬之景，包括游园、赋诗、奏乐等，以树、亭分割出不同的文化空间。图左有徽宗“瘦金体”题书，并有“天下一人”花押。南宋刘松年的《十八学士图》则以屏风、栏杆区隔画面，奏乐一段的构图与顾闳中《韩熙载夜宴图》颇为相似，整体画风与唐五代相近，水纹描摹、界画功力深厚。

(五) 禅宗大师与其画像

禅宗是汉传佛教宗派之一，始于菩提达摩，盛于六祖惠能，唐代中晚期逐渐成为佛教主流。宋代禅宗迅速发展，派别林立。同时，宋代统治者礼佛重佛，促进了禅宗的繁荣。在此背景下，禅师画像得以涌现，既有慧可等禅宗祖师，也有寒山、布袋和尚等“散圣”。

1. 慧可禅师、丰干禅师与《二祖调心图》

慧可禅师活动于魏晋南北朝，是继承达摩祖师衣钵的禅宗二祖，据唐《续高僧传》：“释僧可，一名慧可，俗姓姬氏，虎牢人。”①慧可禅师是禅宗史上著名的独臂大师。据《传法正宗记 · 卷六》记载，北魏正光元年(520)，慧可自少林寺离开，前去拜访菩提达摩。达摩却无意收徒，对其曰：“诸佛有无上妙道，小德小知如何得入。”慧可立即到厨房用菜刀割断左臂，以示决心。达摩感其虔诚，收其为徒。关于慧可拜师的经历，还存在另一说法。据《登封文物志》记载，达摩说除非天降红雨，才肯收其为徒。慧可听后即操刀断臂，旋将断臂挥向空中，瞬间鲜血四溅，如红雨天降。达摩惊允其诺，收之为徒。

丰干则为唐代著名禅师。成书于宋初的《宋高僧传》谈到，丰干禅师居于天台山国清寺，头发剪至齐眉。若有人向他询问佛理，他只答“随时”两个字。他常骑着老虎，口唱道歌，进入国清寺。

宋初的石恪绘有《二祖调心图》(图 1－7)，该图描绘了慧可、丰干调心师禅的情境。“调心”是坐禅的重要环节。禅宗讲究万法唯心，力图通过冥想达到禅定境界，从而明心见性，所谓“直下摆脱情识，一念不生，证本地风光，见本来面目”(《圆悟录 · 卷六》)。石恪本为僧人，字子专，成都郫县人，其生卒年不详。他幼无羁束，长有声名，虽博综儒学，志惟好画。初事张南本学画，后笔墨放逸，不

图 1-7　石恪　《二祖调心图》(局部)　日本东京国立博物馆藏

① 释道宣：《续高僧传》，中华书局 2014 年版，第 567 页。

专规矩。在蜀地于圣寿寺、龙兴观等作宗教壁画。宋灭后蜀后,石恪至都城开封,奉旨绘相国寺壁画,后授以画院之职,坚辞还乡。石恪以强劲飞动和毫不经意的草草逸笔表现出高僧微妙深邃的禅境。

画卷中的慧可交叉趺坐,独臂托腮,若有所思,似乎在运用“参话头”的调心方法。所谓“参话头”,是指心中生出一念后,观此念从何而来,又到何处去。参悟者需要紧紧抓住这一话头,不断体悟这句话。例如:“念佛是我,我又是谁?”“狗子有佛性也无?”“无梦无想的时候,主人公何在?”等皆可作为话头,参悟者不断追问,最终了脱所有的妄念、杂念,悟出自性。图中的另一位禅师丰干则伏虎而眠。如上文所述,丰干常骑虎过寺,闾丘胤《寒山诗集序》也提到,丰干禅房无人居住,每有一虎,时来此吼。图中丰干禅师卧虎而眠,既符合文本记载,也体现出“调心”的妙境。

2. 寒山、拾得与其画像

寒山、拾得被称为禅宗“散圣”,即独立于各门派的高僧。“散圣”的说法出现于宋代僧人的著述中,《宋高僧传·唐真定府普化传》说:“释普化,不知何许人也。秉性殊常,且多真率,作为简放,言语不拘……禅宗有著述者,以其发言先觉排普化为散圣科目中,言非正员也矣。”[①]除寒山、拾得,布袋和尚和丰干禅师也是“散圣”。经过禅宗典籍与民间故事的演绎,这些“散圣”又成为“应化圣贤”:布袋和尚是弥勒佛的化身,丰干禅师为阿弥陀佛的化身,寒山为文殊菩萨的化身,拾得为普贤菩萨的化身。

关于寒山的活动时代,学界大致有两种意见。其一以《寒山子诗集序》为依据,认为他是唐贞观时人。《集序》标为唐初台州刺史闾丘胤作,自称其在任台州刺史的第三天即去国清寺拜访寒山。闾丘胤于贞观十六年至二十年(642—646)任职台州。因此可以推断寒山在天台山活动的时间应该在贞观时期[②]。其二以《太平广记》为据,认为寒山是唐大历(766—779)时人,《太平广记》所引《仙传拾遗》称:“寒山子者,不知其名氏,大历中隐居天台翠屏山。其山深邃,当暑有雪,亦名寒岩,因自号为寒山子。”尽管寒山的生活时代存有争议,但可以确定的是寒山的生活轨迹。他在三十岁之前热衷科举,但屡试不第,受到家人的鄙弃,从此隐居山林,皈依佛门,并与国清寺的拾得、丰干交往密切,最后遁世于浙江天台山。至于拾得的生平,据张联元《天台山全志》卷七记载,拾得“不知名氏,因丰干在山小径行,至赤城道侧闻儿啼声,遂寻,见子可数岁,因名拾得”。拾得之名来源于他的身世,他是丰干禅师捡来的弃婴。寒山在天台山皈依佛门后,与国清寺的拾得交往甚密,其交往的情况见于两者诗集,如“从来是拾得,不是偶然称”“别

① 赞宁撰,范祥雍点校:《宋高僧传》,中华书局 1987 年版,第 510 页。

② 参见钟文:《关于寒山子的生平及其作品》,《汕头大学学报》1985 年第 2 期,第 93 页。

无亲眷属，寒山是我兄"[①]"惯居幽隐处，乍向国清中。时访丰干老，仍来看拾公"[②]，又如"忆得二十年，徐步国清归。国清寺中人，尽道寒山痴"[③]"寒山自寒山，拾得自拾得。凡愚岂见知，丰干却相识"[④]。

在唐代晚期，寒山的形象已经形成于文本中。闾丘胤的《寒山子诗集序》中形容其"状如贫子，形貌枯悴"，"桦皮为冠，布裘破弊，木屐履地"。在禅宗史籍《祖堂集》中，寒山以"逸士"形象出现。该书卷一六"沩山和尚"条中记载："师小乘略览，大乘精阅。年二十三，乃一日叹曰：'诸佛至论，虽则妙理渊深，毕竟终未是吾栖神之地。'于是杖锡天台，礼智者遗迹。有数僧相随，至唐兴路上遇一逸士，向前执师手，大笑而言：'余生有缘，老而益光。逢潭则止，通沩则住。'逸士者，便是寒山子也。至国清寺，拾得唯喜重于一人。主者呵责偏党，拾得曰：'此是一千五百人善知识，不同常矣。'自尔寻游江西，礼百丈。一路玄席，更不他游。"[⑤]到了宋代，寒山的形象随着寒山诗刊本的面世，被广泛传播，并引发了士大夫对于寒山诗与画像的极大兴趣。王安石模仿寒山诗的格律、话语风格创作《拟寒山拾得二十首》，士大夫之间还有以寒山诗相互赠和的风气，如曹勋《谢彭大夫惠寒山诗》，便是其与"彭大夫"之间的赠和。同时，寒山诗进入藏书家和目录学家的视野，宋王尧臣等编《崇文总目》卷十著有"寒山子诗七卷"，宋郑樵《通志》卷七著有"寒山子诗七十九卷"，尤袤《遂初堂书目》也著有"寒山诗"。《新唐书》卷五十九《艺文志》著有"《对寒山子诗》七卷"，《宋史》卷二百八十《艺文志》著有"僧道翘《寒山拾得诗》一卷"。同时，宋人对寒山画的兴趣也相应浓烈。如何梦桂《岳帅降笔命作画屏四景诗・其一》描述寒山画像"形模丑陋发鬅鬙，留得生来面目真"。又如，南宋吕本中所作的《观宁子仪所蓄维摩寒山拾得唐画歌》，可知晚唐时已有"垢面蓬头何所似？戏拈柱杖唤拾公，似是同游国清寺"。

而图像呈现方面，寒山拾得题材的作品主要有五代禅僧贯休绘有的《寒山拾得图》，南宋梁楷的《寒山拾得图》，宋末元初颜辉的《寒山拾得图》（图 1－8）。另有一些佚名之作如传为法常所绘的《寒山拾得丰干图》，传萝窗《寒山图》，传西岩了惠《寒山图》，佚名《寒山图》（墨法技巧与法常类似，并有临济宗大千惠照题赞），佚名《四睡图》等。贯休的《寒山拾得图》与其罗汉图风格相近，图中寒山眉骨突出，长耳蓬发，在盘曲的古树下诵阅经卷，与之相对的拾得则是瘪脸髭须，静听寒山讲经，扫帚放在旁边。南宋梁楷的《寒山拾得图》中，画家粗线条勾勒出蓬发与长袍轮廓，寒山与拾得的头部一左一右，一高一低，眯眼大笑。颜辉的《寒山拾得图》延续了梁楷画中的人物特点，一是形象怪异，二是开怀大笑。

---

① 《全唐诗》，中华书局 1960 年版，第 9105 页。

② 同上，第 9068 页。

③ 同上，第 9097 页。

④ 同上，第 9105 页。

⑤ 静筠禅僧撰，张华点校：《祖堂集》，中州古籍出版社 2001 年版，第 541 页。

综合图像与文本来看，寒山、拾得的图像与文本所描述的“状如贫子，形貌枯悴”基本吻合。而宋代寒山、拾得图像与文本的疏离主要体现在两方面：首先，文本中的寒山、拾得并没有“笑”的记载，绘画却呈现了二人“眯眼大笑”的形象，并成为人物形象的典型特质。据赞宁《宋高僧传》的记载，“寒山子者，世谓为贫子风狂之士”[①]，“笑”意在突出寒山的“狂”，而“狂”往往是大智大慧的表征，如《论语》《庄子》提到的楚狂人接舆。其次，寒山、拾得的图像还演绎出睡僧主题。在佚名《四睡图》中，寒山、拾得、丰干与老虎一起安睡。老虎形象的加入很可能源自丰干跨虎的传说。这只老虎可能随着寒山、拾得主题的流变，尤其是丰干禅师的加入，逐渐融入到寒山、拾得图中，它与睡僧主题相结合，进而演化出《四睡图》。

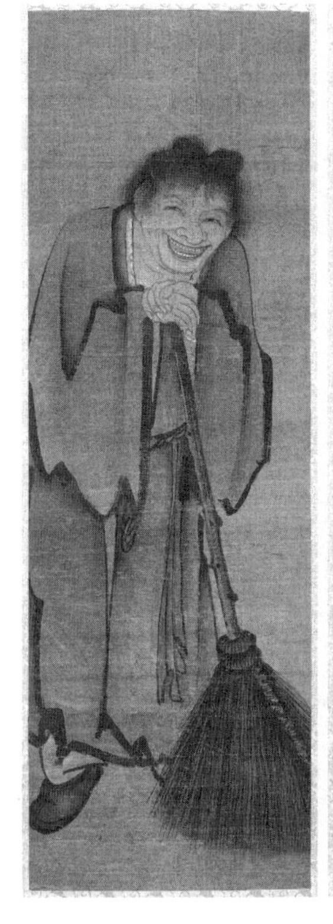

图 1-8 颜辉 《寒山拾得图》 日本东京国立博物馆藏

3. 布袋和尚与其画像

布袋和尚亦为禅宗的“散圣”，世传其为弥勒佛的化身，其生平事迹见于《宋高僧传》与《景德传灯录》。据《宋高僧传》：“释契此者，不详氏族，或云四明人也。形裁腲脮，蹙頞皤腹，言语无恒，寝卧随处。常以杖荷布囊入鄽肆，见物则乞，至于醯酱鱼葅，才接入口，分少许入囊，号为长汀子布袋师也。曾于雪中卧，而身上无雪，人以此奇之。有偈云：‘弥勒真弥勒，时人皆不识’等句。人言慈氏垂迹也。又于大桥上立，或问：‘和尚在此何为?’曰：‘我在此觅人。’常就人乞啜，其店则物售。袋囊中皆百一供身具也。示人吉凶，必现相表兆。亢阳，即曳高齿木屐，市桥上竖膝而眠。水潦，则系湿草屦。人以此验知。以天复中终于奉川，乡邑共埋之。后有他州见此公，亦荷布袋行。江浙之间多图画其像焉。”[②]从以上记载来看，布袋和尚的生平无从考证，其形象大致表现在三个方面。第一，身形肥胖且皱鼻，即“形裁腲脮，蹙頞皤腹”。第二，具有神通，可以预测吉凶。第三，

① 赞宁撰，范祥雍点校：《宋高僧传》，中华书局 1987 年版，第 484 页。

② 同上，第 552—553 页。

图 1-9　梁楷　《布袋和尚图》　上海博物馆藏

江浙地区多有其画像。在此基础上,《景德传灯录》对布袋和尚的形象加以完善。如神通方面增加了"天将雨,即着湿草履途中骤行"①,以及居民验证其神通的情节。另外,关于弥勒转世的记载,《宋高僧传》有"弥勒真弥勒,时人皆不识"②之句,《景德传灯录》则有"弥勒真弥勒,分身千百亿,时时示时人,时人自不识"③的偈子,传为布袋和尚坐化前所作。

从前文提及的《宋高僧传》"江浙之间多图画其像"句可知,宋初布袋和尚的造像及画像已非常流行,传世作品有北宋画家崔白的《布袋真仪图》,南宋梁楷的《布袋和尚图》(图 1－9),南宋李确的《布袋图》,南宋牧溪的《布袋图》。

北宋崔白在其所绘的《布袋真仪图》中,布袋和尚"蹙頞皤腹"的特征得到充分表现:身材肥胖,手握柱杖,柱杖上挂有布袋;眉头微皱,头部还有光环。此画画面上有苏轼题跋,跋曰"熙宁间画工崔白示予布袋真仪,其笔清而尤古妙,乃过吴矣"。

传为南宋梁楷所绘《布袋和尚图》中的布袋和尚也是身材肥胖,袒露胸腹。与崔白的作品不同的是,布袋和尚面露笑意。李确《布袋图》中,布袋和尚也是袒胸露腹,仰天大笑。画幅上方有临济宗禅师偃溪广闻的题赞:"荡荡行,波波走。到处去来,多少漏逗。瑶楼阁前,善财去后。草青青处,还知否? 住径山偃溪广闻。"左下角有"李确"二字,但无款。

牧溪为南宋画僧,是径山无准师范的嗣法弟子。其所绘的《布袋图》为布袋和尚半身肖像。布袋和尚将左手放在大腹之上,笑口大开。图面上方有题赞:"大开笑口,以手扪胸。全无些伎两,争可在天宫? 哑,罪过,我阎浮着你侬。□□赞"。

纵观关于布袋和尚的文本和图像,两者均呈现了布袋和尚"皤腹""大笑"的

① 道原撰,顾宏义点校:《景德传灯录译注》,上海书店出版社 2010 年版,第 2193 页。
② 赞宁撰,范祥雍点校:《宋高僧传》,中华书局 1987 年版,第 552—553 页。
③ 道原撰,顾宏义点校:《景德传灯录译注》,上海书店出版社 2010 年版,第 2193 页。

形象特征。值得一提的是，图像中的“笑”受到文本形象流变的影响，是文图互渗的结果。在成书于南宋的《五灯会元》中，“笑”首次添加到布袋和尚的形象之中，并由几首偈颂体现出来：“是非憎爱世偏多，子细思量奈我何。宽却肚肠须忍辱，豁开心地任从他”“我有一布袋，虚空无罣碍。展开遍十方，入时观自在”[①]。在此，“蹙頞皤腹”流变为“豁开心地任从他”。《五灯会元》成书于1252年，画家梁楷恰好活动于该时期。此外，梁楷画中的布袋和尚是赤脚而行，并未见预测天气的草履木屐，这也与《五灯会元》淡化其神通的描述相似。因此，我们可以推测，梁楷受到《五灯会元》之类的典籍记载影响，将“笑”加入布袋和尚的形象之中。梁楷之后，“笑”逐渐成为布袋和尚画像中的必备元素。

二、前代历史故事的图像叙述

在宋代图像中，大量前代故事被描绘和重构。这些图像的创作意图主要有二：一是追慕前代文人高士的风雅事迹，诸如再现魏晋文人和唐代诗人的故事；二是借古喻今，规诫帝王群臣，如李唐的《晋文公复国图》《采薇图》《文姬归汉图》。

（一）先秦故事的图像呈现

1.《左传》重耳复国与《晋文公复国图》

李唐，字晞古，河阳三城人，北宋末南宋初画家，精于山水画和人物画。他最初以卖画为生，宋徽宗时补入画院。据邓椿《画继》：“李唐，河阳人。乱离后至临安，年已八十。光尧极喜其山水”[②]。1127年金兵攻陷汴京，高宗南渡，李唐历经波折，从北方逃往临安，以卖画度日。南宋恢复画院后，李唐经人举荐，进入画院，以成忠郎衔任画院待诏，时年近八十。另据《画继补遗》所载，李唐“宋徽宗朝曾补入画院……亦尝见高宗称题唐画《晋文公复国图》（图1-10）横卷，有以见高宗雅爱唐画也”[③]。

该图是对《左传》中“重耳复国”的图像呈现。图画共分六段，以连环画形式描绘了春秋时期晋献公的儿子重耳避难出逃，最终复国的故事。从庄肃所载“尝见高宗称题唐画《晋文公复国图》横卷”来看，此图是李唐进入南宋画院后的奉旨之作。这六幅图的内容如下：第一幅图描绘了狐偃、赵衰、介子推等人随重耳逃亡到宋国，宋襄公赠之以马二十乘的情景。第二幅图讲的是宋国新败于楚国，重耳逃到郑国，却被郑文公怠慢。第三幅图为重耳由郑及楚，楚成王厚待之，为重耳之后的“退避三舍”埋下伏笔。第四幅图是“怀嬴奉匜”的故事。秦穆公把五个

① 普济撰，苏渊雷点校：《五灯会元》，中华书局1984年版，第122页。

② 潘运告主编，米田水译注：《图画见闻志·画继》，湖南美术出版社2010年版，第378页。

③ 庄肃：《画继补遗》，见卢辅圣主编：《中国书画全书·第二册》，上海书画出版社1993年版，第915页。

图 1-10 李唐 《晋文公复国图》 美国大都会艺术博物馆藏

女子送给重耳做姬妾，秦穆公的女儿怀嬴也在其中。怀嬴捧着盛水的器具让重耳洗手，重耳洗完便挥手让怀嬴走开。怀嬴生气地说："秦晋，匹也，何以卑我？"重耳心生畏惧，于是脱去衣服把自己关起来，以此谢罪。第五幅图描绘重耳返晋，以璧投水，表明与子犯同心。第六幅图叙述重耳在秦穆公的帮助之下复国成功。在笔法方面，此图"人物、树石绝类伯时"①，是李唐传世画迹中最能体现他师承李公麟画风的一幅作品，人物衣纹工细圆润，树石描画亦如李唐前期山水的作风。

与《左传》的叙述相比，《晋文公复国图》在呈现主要情节的基础上，通过细节

① 周密：《云烟过眼录》，见卢辅圣主编：《中国书画全书》第二册，上海书画出版社 1993 年版，第 139 页。

的微妙变化，体现出伦理教化的深意。比如，在《左传》中，面对重耳的傲慢，怀嬴非常生气，但图像中的怀嬴却恭敬地立于一旁，并无愠怒之色。作为向晋文公进物进言的女性，怀嬴被列入《列女传》中。李唐对怀嬴的理想化处理，表达了宋高宗对怀嬴列女身份的体认和欣赏，也表明了宋高宗对贞义、贤明、仁智女子的赞同与宣扬态度①。

2. 《史记·伯夷叔齐列传》与《采薇图》

伯夷、叔齐为商朝末年孤竹国的皇子。孤竹国国王偏爱三儿子叔齐，将王位传给了他。叔齐觉得有悖长幼秩序，欲让位于伯夷，被伯夷以违父命为由拒绝。两难之下，二人离开孤竹国。适逢周武王伐商，二人进谏希望武王罢兵。他们认为，一来周文王新亡而起干戈，是为不孝；二来周氏为商属国，以下犯上，是为不仁。周灭商后，二人不食周粟，在首阳山采薇而食，最后饿死。此故事详载于《史记·伯夷列传》。

在李唐《采薇图》中，伯夷、叔齐采薇充饥，在岩间树下休息。虽然生活困顿，但画面上的人物神采奕奕，折芦描的衣纹勾勒，显出人物的飘然仙气。画中抱膝正坐者为伯夷，他面带忧愤，目光炯炯，注视着叔齐。叔齐一手据地，一手作对语状。人物四周古木环拥，境界幽暗，苍茫远景中，流泉隐约如带，苍然幽邃的环境气氛衬托出两人孤愤的心情和坚贞的志节。元宋杞跋《伯夷叔齐采薇图》中道："爱其虽变于古，而不远乎古，似去古详，而不弱于繁。且意在箴规，表夷、齐不臣于周者，为南渡降臣发也。"②

综合文本描述来看，《采薇图》充分呈现出伯夷、叔齐的人物精神。而周围的古木、溪水也恰当地烘托了故事氛围。然而，文本与图像也存在相离之处，主要体现在《采薇图》中的人物面色丰润，并没有因饥饿而形容枯槁。这种相离，大概源于画家所要表达的政治隐喻。北宋亡国后，宋高宗在南京（今河南商丘）称帝，后历经劫难，在临安建都。《采薇图》中的伯夷、叔齐之所以面色丰润，谈笑风生，意在规诫南宋众臣不仅要持守节操，更要养精蓄锐，以图东山再起（而非饿死首阳山）。从《晋文公复国图》到《采薇图》，所表达的是南宋君臣历经劫难之后，励精图治的精神，但遗憾的是，宋高宗本人沉溺书画，偏安一隅，并没有收复故土的智慧和勇气。

（二）汉代故事的图像呈现

1. "举案齐眉"与《高士图》

宋初画师卫贤的《高士图》（图 1-11）描绘了隐士梁鸿与妻子"举案齐眉"故事。"举案齐眉"见于刘宋时期（420—479）范晔所作《后汉书·逸民列传·梁鸿

---

① 参见邱才桢：《宋代绘画中的女性形象与观念——以〈晋文公复国图〉中"怀嬴"形象为例》，《四川文物》2009 年第 5 期，第 16 页。

② 郁逢庆：《续书画题跋记》，见卢辅圣主编：《中国书画全书》第四册，上海书画出版社 1993 年版，第 675 页。

图 1-11 卫贤 《高士图》 北京故宫博物院藏

传》。梁鸿为东汉隐士，字伯鸾，扶风平陵人，他早年丧父，“家贫而尚节介，博览无不通，而不为章句”①。梁鸿品格高洁，大户人家欲将女儿许配给他，他都一一谢绝。“同县孟氏有女，状肥丑而黑，力举石臼，择对不嫁，至年三十。父母问其故。女曰：‘欲得贤如梁伯鸾者。’鸿闻而聘之。”之后，两人归隐山林，“为人赁舂，每归，妻为具食，不敢于鸿前仰视，举案齐眉”②。

所谓高士，是指德行高洁、具有名望的隐士。魏晋时期，由于政治环境黑暗，文人多推崇高士。皇甫谧、嵇康有《高士传》传世，顾恺之等也画过不少历史或现实中的高士，如《古贤荣启期夫子》《名士图》《谢安像》等。不过，《高士图》的画风与文本记载的人物气质并不相符，该图呈现出宫廷艺术的富贵气息。画家并没有着重表现“高士”的品格与气质，而是突显夫尊妻卑的伦理秩序。尽管图中山水建构出高士的隐居环境，但山中并没有老松等象征君子之德的植物，无法烘托出隐士的高洁品格。在东晋墓葬壁画《竹林七贤与荣启期》中，变节的文人山涛、向秀旁边都没有松树，品节高尚的嵇康则坐于松荫之下。后世图像常把松作为象征高士品格的符号，出现了松荫高士、松柏高士、松林高士、松壑高士等图像。同时，此图园林的陈设不见野逸之气。园林中的山石是用于观赏的摆石，没有野逸之风。园中的凉亭以界画法精细地描绘出，屋顶为歇山式。古代建筑的等级之分严格，歇山式为皇家或达官所用。此图使用歇山式建筑，更显富贵之气。此外，图中的高士梁鸿衣衫整肃，恭谨肃穆，并没有体现出史书所记载的不拘于世俗、性本爱丘山的高逸之态，反而像公务间暇、闲居读书的官员。跪在一旁的妻子发髻高束，实则为唐朝女子的发型，她“不敢于鸿前仰视”的姿势显得比较夸张。综上，我们可以说，画家卫贤对“举案齐眉”的图像呈现非为表现高士节操，而是规劝女性服从男尊女卑的伦理教条。

2. “文姬归汉”与其图像

“文姬归汉”的故事最早记载于《后汉书·列女传》第七十四“董祀妻”条。蔡琰（字文姬）为东汉末年著名文学家、书法家蔡邕之女，博学多才，颇有盛名。蔡

①② 范晔：《后汉书·逸民列传·梁鸿传》，中华书局 1965 年版，第 2765—2768 页。

图 1－12 陈居中 《文姬归汉图》 台北“故宫博物院”藏

琰在兴平之乱中为胡骑所俘，后嫁给左贤王，在胡地生活了十二年，并育有二子。曹操当权后，因慕其才华，以重金赎之并重嫁给董祀。自唐代以来，文姬归汉的故事得到流传和演绎。唐代诗人、画家刘商拟蔡琰《胡笳曲》创作了《琴曲歌辞·胡笳十八拍》。在该诗中，蔡文姬对胡地的厌倦，以及对故土的无限怀念被重点表现出来。宋代关于文姬归汉的图像呈现，主要有李唐的《文姬归汉图》与陈居中的《文姬归汉图》(图 1－12)。

李唐的《文姬归汉图》共有十八幅，描绘了文姬被迫入胡、思念汉土以及回归故乡的故事，每幅相应配有唐代诗人刘商《胡笳十八拍》的诗句。此图借古喻今，旨在激励士人励精图治，抵御外辱。明代孙凤所撰《孙氏书画钞》卷二有《僧梵隆画文姬归汉图》，该条目下存多条宋代士人对《文姬归汉图》的诗文题跋。例如曹勋的题跋：“夷狄为中国患久矣。至能抗旌朔庭，威夺虏气，取既陷之女于所爱中，惟老瞒一人而已。希哲乃图其事于千载之后，深欲振高风，而愿士夫记之也”①。靖康元年(1126)，曹勋与宋徽宗一道被金兵押解北上，后受宋徽宗半臂绢书，逃至杭州，向朝廷请求营救徽宗，却被当权者冷待。绍兴十一年(1141)，曹勋出使金国，劝其归还徽宗灵柩，后又两次使金。曹勋的生平遭遇与蔡文姬相似，作此题跋可谓感同身受。

需要补充的是，两宋时期绘有“文姬归汉”图像的并非李唐一人。《宣和画谱》记载，北宋时有李公麟曾画过一幅，但今已失传。南宋陈居中的《文姬归汉图》描绘蔡文姬辞别左贤王及胡儿，随汉使归汉的情景。画面以黄沙、枯林为背景，主体部分为两块，一是文姬与左贤王及胡儿的话别，一是汉使的迎接队伍。画中蔡文姬一家共坐一毡，左贤王盘腿朝南坐，文姬跪坐于毡西侧，面向左贤王，两胡儿在文姬身后，长者立，幼者牵抱文姬。汉使跪坐于左贤王下方，耐心等待。画中座次安排隐含着当时民族势力的悬殊。画中汉使者均着宋人衣裳，而匈奴

① 孙凤：《孙氏书画钞》，见卢辅圣主编：《中国书画全书》第三册，上海书画出版社 1993 年版，第 905 页。

服饰等则多参照金人习俗，此图借“文姬归汉”表达宋人的民族情怀。张瑀的《文姬归汉图》原被认为是南宋作品，清代厉鹗的《南宋院画录》将之列在张仲名下。该画卷后端有画家自题一行小字“祗应司张瑀”。“瑀”字已模糊不清，之前无人认出，后郭沫若先生认定其为“瑀”字。① 由于祗应司为金章宗时设立的内府机构，故该图应为金代作品。

（三）魏晋南北朝故事的图像呈现

1. 右军书扇与其图像

据《晋书·王羲之传》记载，王羲之一日在戢山遇见一位卖六角竹扇的老妇，他拿起竹扇，在上面各写了五字，见老妇人很不高兴，便对她说：“只要说是王右军题书，就可以卖得百钱。”老妇人按他所说的去做，果然引得人们争相购买。后人常常以这一典故，来追念王羲之潇洒不羁的魏晋士人风度。《右军书扇图》（图 1－13）便是描绘了王羲之为老妪书扇故事。画中老妪展开扇子，王羲之立于一旁，潇洒书扇，胡须飘逸，形神兼备。本幅右边有梁楷题款，系后人添加。卷尾有元初赵由儁、张渊、钱良右、张世昌、石岩等人题跋，简笔风格系仿自梁楷，有南宋禅画之风。

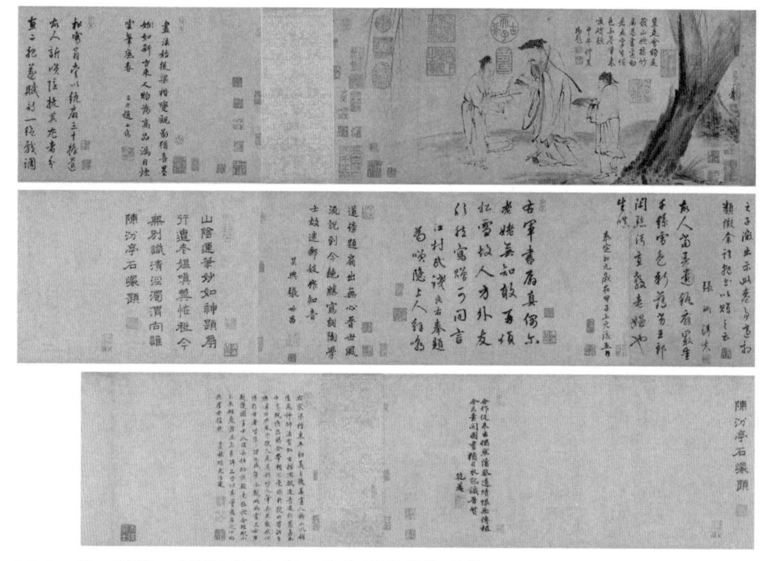

图 1－13　梁楷　《右军书扇图》　北京故宫博物院藏

2. 王羲之玩鹅与其图像

书圣王羲之一生钟爱养鹅。鹅颈秀长，且极灵活，令羲之练字大有启发，王羲之观鹅练字，其书法风格妍美飘逸，矫若惊龙。这一故事的图像呈现主要有南

① 郭沫若：《谈金人张瑀的〈文姬归汉图〉》，《文物》1964 年第 7 期，第 1 页。

宋马远《王羲之玩鹅图》和钱选《羲之观鹅图》。

南宋马远《王羲之玩鹅图》(图 1 - 14)笔法较为谨细,应该是马远早期的作品。马远为南宋四大家之一,字遥父,号钦山,原籍河中,侨寓钱塘,南宋画院待诏。他初师李唐,却能独辟蹊径,自成一家。此图为了表现王羲之的高士风度,作者加入了盘曲老松这一象征君子品格的植物。同时,画家发挥了自己对于王羲之的想象。首先,画家别出心裁地将观鹅时间设置在月夜。松间一轮圆月,月下的王羲之倚松而坐,莲渚之中,两只白鹅正在水中嬉戏。其次,松树树干的刻画没有使用干笔皴擦,而是细笔勾勒出树干纹理。纹理近似于龙鳞,树干盘曲而上,犹如蛟龙升天,其气质与王羲之"飘如游云,矫若惊龙"的风度相契合。由此,整个画面虽是工笔细描,却把王羲之飘逸的名士风度充分呈现出来。

图 1 - 14　马远　《王羲之玩鹅图》　台北"故宫博物院"藏

钱选的《羲之观鹅图》(图 1 - 15)则为青绿设色,其风貌大为不同。钱选,宋末元初画家,字舜举,号玉潭、霅川翁、习懒翁等,浙江湖州人,南宋景定乡贡进士，擅画人物、花鸟、蔬果及山水，笔致柔劲，着色清丽，有装饰味。赵孟頫早年曾向其请教画学，倡言作画须有“士气”，力主摆脱南宋画院中陈陈相因之习尚。钱选的存世作品有《柴桑翁像》《梨花双鸠》《山居》《浮玉山居》等。图中近景树木蓊郁，竹林茂密，亭台掩映，白鹅戏水，羲之凭栏观望。远山苍翠，村庄隐现于雾霭山林间。境界秀雅明润，风格古拙高逸。画法近于北宋末期，有直追唐风复古的倾向。

图 1-15　钱选　《羲之观鹅图》(局部)　美国大都会艺术博物馆藏

(四) 唐代历史故事呈现

1. “萧翼赚兰亭”与其图像

萧翼智取《兰亭序》的故事记载于唐代何延之的《兰亭始末记》。唐太宗酷爱书法，在民间遍搜珍品，但《兰亭集序》始终无法求得。经多方打听，唐太宗得知《兰亭集序》藏于王羲之七世孙智永和尚处，后传给其弟子辩才和尚。后梁元帝曾孙监察御史萧翼扮作书生，与辩才和尚交好，后趁其外出“赚走”《兰亭集序》。

相传阎立本根据此故事，绘出《萧翼赚兰亭图》，但由于图上无名款，其著者难以确定。另据《图画见闻志》和《宣和画谱》记载，唐五代画家顾德谦绘有《萧翼赚兰亭图》，此图也可能是顾的作品。此外，流传至今的该主题图像还有巨然的

《萧翼赚兰亭图》(图1-16),现存于辽宁省博物馆的佚名《萧翼赚兰亭图》为北宋摹本。

这三幅图的画面布局、叙事情节、人物安排都大致相似。主要人物为辩才和尚与萧翼,其余人物或两人,或四人。据传阎立本所作《萧翼赚兰亭图》中,笔法具有唐画高古之风。辩才和尚坐在树根椅上,神色苦恼。萧翼略微前倾,正在心怀鬼胎地打探《兰亭集序》的消息,而立于中间的和尚面露不悦,似乎看穿了萧翼的心思。画面左边另有正在煮茶的二仆。而巨然所作的《萧翼赚兰亭图》中,大幅山水为主,人物成为点缀。但徐邦达先生判定这种画法的出现在巨然之后,此图为伪作。

图1-16 巨然 《萧翼赚兰亭图》 台北"故宫博物院"藏

综合来看,"萧翼赚兰亭"的文本叙事与图像呈现大致相似,但也呈现出细微的差异。在文本故事中,辩才和尚与萧翼交好,放松了警惕,让萧翼有可乘之机。但在图像呈现上,辩才和尚并没有与萧翼欣喜地交谈,而是愁眉不展,似乎早看透了萧翼的心思,只是迫于压力,不得不说出《兰亭集序》的下落。通过这一改变,画家意在讽刺唐太宗夺人家珍的行为。

2. 琉璃堂文会与《文苑图》《琉璃堂人物图》

因图上有宋徽宗亲笔"韩滉文苑图,丁亥御札,天下一人",《文苑图》一直被认为是唐人韩滉所绘。韩滉,长安人,唐德宗时任宰相,善画。《历代名画记》《唐朝名画录》有录。然而,该图在笔法(战笔描)与人物造型方面,与周文矩所绘《琉璃堂人物图》基本一致,同时,图中还有南唐"集贤院御画"的印记,徐邦达先生认定此图为周文矩的摹本。关于周文矩,《宣和画谱》记载:"周文矩,金陵句容人也。事伪主李煜,为翰林待诏。善画,行笔瘦硬战掣,有煜书法。工道释、人物、车服、楼观、山林、泉石,不堕吴曹之习,而成一家之学。独士女近类周昉,而纤丽过之。"①

《文苑图》是对王昌龄等四位诗人雅集的图像呈现。王昌龄是盛唐著名诗人,尤擅七绝,但仕途坎坷,被贬外任江宁县丞后,他常在县衙后面的琉璃堂与诗

① 王群栗点校:《宣和画谱》,浙江人民美术出版社2014年版,第69页。

友聚会赋诗。《文苑图》中的四位文士(可能有岑参和刘慎)有松下沉思者,有倚石觅句者,另外二人展卷论诗,情态各异。与之互补的是《琉璃堂人物图》,图中四人围坐论诗,另有一僧人、一童仆,该僧人极可能是与王昌龄交往甚密的扬州龙兴寺高僧法慎。在离开长安赴江宁就任前,王昌龄写过一首《留别岑参兄弟》:"江城建业楼,山尽沧海头。副职守兹县,东南棹孤舟。"从诗中,我们可以读出两层信息,一是王昌龄被贬外地的失意;二是县丞属于副职,而位处闲职的现实情况,正便于王昌龄组织雅集。

从王昌龄的诗歌出发,我们看到《文苑图》隐含的艺术信息。四位诗人完全沉浸在诗歌创作的情境中,以此平复仕途的失意。松的加入则意旨人格的高洁,表明王昌龄正直为官,因而见谗于小人,受贬于此,闲来赋诗。另外,古代诗学有人品与文品相类的说法,松不仅表现诗人的品格,也可视为诗品高洁的象征。

3. 唐明皇故事与其图像

唐代中期,唐玄宗的诸多故事在诗歌与绘画方面均有所呈现,比如白居易的《长恨歌》,李思训的《明皇幸蜀图》。在宋代绘画中,唐玄宗也成为图像呈现的主题,既有他与杨贵妃爱情故事的演绎,也有其皇家生活的写照,代表作有南宋佚名《明皇击球图》,李嵩《明皇斗鸡图》以及佚名《明皇幸蜀图》。

马球是骑在马上,持杖击球的体育运动,又名"击鞠""击球"或"打球"。球状小如拳,以草原、旷野为场地。游戏者乘马分两队,手持球杖,共击一球,以打入对方球门为胜。该运动始于汉代,曹植《名都篇》有"连翩击鞠壤,巧捷惟万端"的诗句来描写东汉末年人们打马球的情形。在唐代,马球运动非常流行,唐玄宗本人是打马球的高手。唐人封演在其《封氏闻见记》叙述过唐玄宗打马球的场景。唐中宗时期,吐蕃遣使迎金城公主,唐皇室在梨园球场举行了吐蕃马球队与唐皇室马球队的比赛。球赛开始时,唐皇室马球队接连失球。于是,唐玄宗李隆基(当时为临淄王)亲自出马,带领唐王室马球队与吐蕃十人的马球队比赛。双方争夺十分激烈,李隆基"东西驱突,风回电激,所向无前",最终击败了吐蕃马球队。唐中宗大为欢心,赐绢数百段。学士沈佺期、武平一献诗表示祝贺。沈佺期《幸梨园亭观打球应制》中这样描述这场赛事:"宛转萦香骑,飘飖拂画球。俯身迎未落,回辔逐傍流。"

南宋佚名《明皇击球图》(图 1-17)便描绘了唐玄宗打马球的场景。画面以唐玄宗为中心,共十六名骑马赛手。男选手身着圆领窄袖袍,圆领内衬衣外露,脚穿黑靴,皆右手持新月球杖。球场两旁分别竖立一高大的球门,门旁各有两人守门(四人为女扮男装者)。球员们有的俯身去击黑色皮球;有的跃马持杖,目不转睛地注视着球。总之,图中着意刻画了玄宗、贵妃及嫔从以至于宦者高力士之徒,紧张夺球的瞬间。《明皇击球图》无作者名款。明董其昌认为是李公麟所画,《石渠宝笈》从之。从画风上看,该图的马匹与李公麟《五马图》等作品不尽相同,杨仁恺先生认为其是南宋作品。

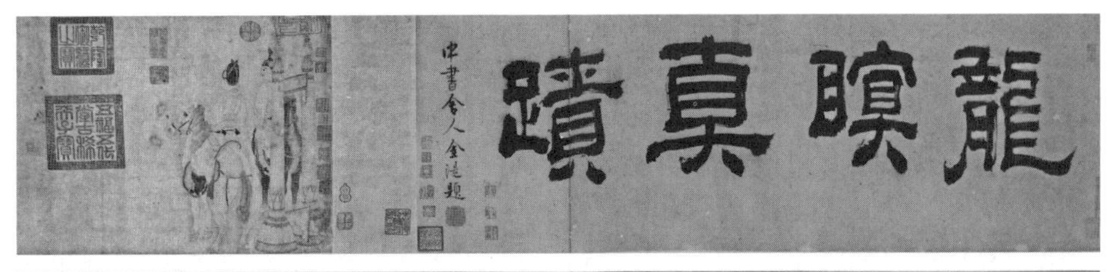

图 1-17　佚名　《明皇击球图》　辽宁省博物馆藏

《明皇击球图》中对唐玄宗打马球场景的描绘，尤其对其精神气质的表现，基本符合《封氏闻见记》的描述。另外，画家选择描绘前代的马球运动盛况也并非偶然。在宋代，马球运动依然受到了宋代王室贵族的喜爱。《宋史・礼志》中描写宋太宗与诸王大臣们打马球的热闹场景，宋太宗击球，教坊作乐奏鼓，帝再击之，始命诸王大臣驰马争击。司马光《又击毬》记载宋仁宗统领文武大臣观看马球竞技表演时的欢喜之情，可见宋仁宗对马球运动的重视程度。孟元老《东京梦华录》记载了开封金明池宫廷女子马球队为百姓表演马球比赛的盛况："人人乘骑精熟，驰骤如神，雅态轻盈，妍姿绰约，人间但见其图画矣。"①

唐玄宗除了在宫苑内外打马球之外，还有其他爱好，如斗鸡等。李嵩的《明皇斗鸡图》描绘的则是唐明皇观看斗鸡的场景。李嵩，宋钱塘人。出身贫寒，年少时曾以木工为业。好绘画，颇远绳墨，后被宫廷画家李从训收为养子，承授画技，终成一代名家，连任宋光宗、宋宁宗、宋理宗三朝画院待诏，时人尊之为"三朝老画师"。图中的唐玄宗骑马观看两只鸡打斗，甚是入神。身后的众多侍从宫女似乎对斗鸡不感兴趣，相互窃窃私语。人物的衣纹采用折芦描，有别于李公麟的丝线描，是典型的南宋风格。

耐人寻味的是，图中负责斗鸡的人一面观看斗鸡，一面似乎偷偷观察皇帝的表情，寻思如何讨皇帝欢心。这种细部的刻画，与历史文本中对玄宗时借斗鸡发迹的小人形状的描述尤为契合。据唐代陈鸿的《东城老父传》记载，唐玄宗设有一处"鸡坊"，有千余只健硕公鸡，内选五百人专门喂养和训练。有个叫贾昌的年轻人因驯鸡有方，被召到宫中担任这五百人的首领。贾昌不负众望，每每斗鸡时，他驯养的鸡只只神采飞扬，勇往直前。斗鸡结束后，贾昌让群鸡整齐列队，接受唐玄宗检阅，然后有序地回到鸡坊之中。贾昌因此被赏予官职，名声大噪。当

① 孟元老撰，邓之诚注：《东京梦华录注》，中华书局 1982 年版，第 196 页。

时有《神鸡童谣》曰："生儿不用识文字，斗鸡走马胜读书。贾家小儿年十三，富贵荣华代不如。"[①]这里的"贾家小儿"即贾昌。此童谣在当时流传极广，成为对官场的绝妙讽刺。

综合图像与文本而言，李嵩的《明皇斗鸡图》不仅是一幅风俗图，也不是简单地再现前代皇帝故事，而是充满了讽谏意味，一则告诫皇帝勿用投机取巧的弄人，二则讽刺那些依靠迎合皇帝喜好获得高位的小人。

明皇幸蜀的题材见诸文人笔下，自唐代就已肇始。唐玄宗天宝十四年(755)十一月爆发"安史之乱"，次年六月，玄宗逃离长安，经长途跋涉到达成都。在绘画方面，最著名的当属唐代李思训所绘《明皇幸蜀图》。宋人叶梦得《避暑录话》中有关于李思训画《明皇幸蜀图》的记载："明皇幸蜀图，李思训画，藏宗室汝南郡王仲忽家……道旁瓜圃，宫女有即圃采瓜者，或讳之为摘瓜图。"[②]在宋代，《明皇幸蜀图》"以其名不佳"而讳称《摘瓜图》，除《避暑录话》之外，其他宋代典籍也有《摘瓜图》的记载：《邵氏闻见后录·卷二七记》载，宋代邵博曾收藏《山行摘瓜图》，并说画上有"注云：小李将军"；《宣和画谱》著录有李昭道《摘瓜图》；宋代宣和御府藏画中有李伯时《摹唐李昭道摘瓜图》；《铁围山丛谈》则有李昭道作《明皇幸蜀图》的明确记载："秘书省自政和末既徙于东观之下，宣和中始告落成。上因踵故事为幸之。"[③]米芾《画史》亦云："苏澥浩然处见寿州人摹《明皇幸蜀道图》，人物甚小，云是李思训本，与宗室仲忽本不同"[④]，又说："古人图画，无非劝诫，今人撰《明皇幸蜀图》，无非奢丽。"[⑤]

图 1-18 佚名 《明皇幸蜀图》 美国大都会艺术博物馆藏

但事实上，除李思训的作品外，"明皇幸蜀"主题的画作目前在全世界各地博物馆中至少有 7 幅，其中美国大都会艺术博物馆所收藏的佚名《明皇幸蜀图》(图 1-18)，可能

---

① 陈鸿：《东城老父传》，见李昉等：《太平广记》，中华书局 1961 年版，第 3993 页。

② 叶梦得：《四库全书·子部·杂家类·避暑梦话》，文渊阁电子书，第 863695 页。

③ 蔡绦：《铁围山丛谈》，中华书局 1983 年版，第 15 页。

④ 米芾：《画史》，见卢辅圣：《中国书画全书》第一册，上海书画出版社 1993 年版，第 984 页。

⑤ 同上，第 992 页。

是南宋初年的宫廷画师所绘。更为重要的是，综合史料文本的记载，该图在时节、场景方面较之李思训之作更为符合史实。首先，唐玄宗入蜀的时节至少是初秋，图中山间的红色枫叶证明故事发生在秋季。与之相比，李思训《明皇幸蜀图》的时节则与史实相悖。此图最醒目的树种是松树和柞树。柞树为阔叶树，分布于中国北方，树叶在春季初发，呈现出内绿边红的漂亮颜色，夏季变为全绿，入秋则变为全红直至枯黄。画上所描绘的柞树，朱砂色的边缘向绿色的叶心过渡，显然是初春的树叶颜色。如此生机盎然的春色，与明皇入蜀的时间显然不同。其次，宋画中的士兵全副武装，旌旗翻飞，符合白居易《长恨歌》中"旌旗无光日色薄"的描述。而李思训的画作既无翻飞的旗帜，也无士兵的剑戟。"明皇"神情悠闲自得，随从们甚至还面带微笑，显然不符合落难的情景。

4. 药山李翱问答与其图像

药山李翱问答是唐朝"古文运动"代表人物之一的李翱与药山禅师对话的故事。李翱，字习之，唐河北赵郡人，韩愈门人，亦为愈之侄婿。与韩愈的思想不同，李翱以尊儒为本，兼采佛学之精华。为朗州刺史时，李翱问道于药山禅师。禅师于松下阅经，不予理睬。李曰："见面不如闻名。"禅师曰："太守何贵耳贱目?"李又问："何谓道耶?"禅师向上一指，向下一指，曰："云在青天水在瓶。"李闻之，茅塞顿开，呈偈曰："练得身形似鹤形，千株松下两函经。吾来相问无余说，云在青天水在瓶。"①

图 1－19　马公显　《药山李翱问答图》　日本京都南禅寺藏

有关该故事的宋代绘画主要有传为马公显所作《药山李翱问答图》(图 1－19)和传为直翁所绘《药山李翱问道图》。在马公显的画作中，药山禅师石桌上放置经函与瓶梅，梅枝倒挂，颇有禅意。图右下角有"马公显"三字款。此图为马公显传世孤本。马公显为马远家人，马远、马麟虽以山水闻名，画佛却是马家的家传本事。关于马公显的生平，据《画继补遗》："马公显，远之孙也，传家学，画不逮厥祖。特于布置可观，盖得祖父之遗稿耳。"②又据《图绘宝鉴》："马兴祖，河中人，贲之后。""马公显，弟

① 赞宁：《宋高僧传》，中华书局 1987 年版，第 424 页。

② 庄肃：《画继补遗》，见卢辅圣：《中国书画全书》第二册，上海书画出版社 1993 年版，第 915 页。

世荣，兴祖子。”[1]马公显到底是马远的伯父还是孙子，学界尚存争议。清厉鹗《南宋画院录》采用夏文彦说法，俞剑华《中国美术家名人辞典》亦如是。

此图与直翁之作虽然主题相同，但呈现了故事发生过程中的不同瞬间。在马公显的画中，药山禅师坐在椅上，手指瓶子。李翱立在一旁，正在感悟药山禅师的偈语。而直翁画中的药山禅师则处于站立状，与李翱愉悦地交流，这一场景应该发生在李翱悟道之后。总之，马公显的画表现的是李翱悟道的瞬间，直翁所画的场景则是李翱已经悟道。

5. 卢仝烹茶与其图像

宋代刘松年《卢仝烹茶图》（图 1－20）描绘了朝廷谏议大夫孟荀送来新茶，卢仝当即烹尝的情景。卢仝是唐代诗人，自号玉川子，范阳人，“初唐四杰”之一卢照邻的后人。他自幼家贫，读书刻苦，因反感朝廷宦官专权，不愿入仕，以好饮

图 1－20　刘松年　《卢仝烹茶图》　北京故宫博物院藏

① 夏文彦：《图绘宝鉴》，见卢辅圣：《中国书画全书》第二册，上海书画出版社 1993 年版，第 878 页。

茶誉世。卢仝诗风奇诡险怪，为韩孟诗派代表人物，人称“卢仝体”。他的《走笔谢孟谏议寄新茶》体现其好茶成癖，其中的“七碗茶诗”最为有名：“一碗喉吻润，两碗破孤闷。三碗搜枯肠，惟有文字五千卷。四碗发轻汗，平生不平事，尽向毛孔散。五碗肌骨清。六碗通仙灵。七碗吃不得也，唯觉两腋习习清风生……”① 卢仝饮茶的审美愉悦在诗中表现得淋漓尽致。人以诗名，诗则又以茶名也。卢仝著有《茶谱》，被世人尊称为“茶仙”。卢仝的《七碗茶歌》在日本广为传颂，并演变为“喉吻润、破孤闷、搜枯肠、发轻汗、肌骨清、通仙灵、清风生”的日本茶道。日本人对卢仝推崇备至，常常将之与“茶圣”陆羽相提并论。至今河南济源市的九里沟还有玉川泉、品茗延寿台、卢仝茶社等名胜。

宋末钱选亦有一《卢仝煮茶图》。图中卢仝头顶纱帽，身着长袍，仪表高雅悠闲、席地而坐。观其神态姿势，似在指点侍者如何烹茶，一侍者着红衣，手持纨扇，正蹲在地上给茶炉扇风，另一侍者旁立，其态甚恭，似送新茶来的差役。画面上芭蕉、湖石点缀，环境幽静可人，表现了作者不甘与黑暗政治同流合污的名士之风。

三、宋代绘画中的前代佛道神话故事

神话故事或发源于宗教，或直接产生于民间，随时间推移，在宋代获得广泛传播。这些故事又生成数量众多、内容丰富的叙事图像。但由于民间人物和故事往往被道教所吸纳，笔者把民间传说与道教故事并列，同时单列禅宗公案故事的图像呈现。

（一）民间及道教故事的图像呈现

1. 阆苑女仙与其图像

阆苑是传说中西王母的住处，在昆仑山之巅。东晋葛洪《神仙传》：“昆仑圃阆风苑，有玉楼十二，玄室九层，右瑶池，左翠水，环以弱水九重。洪涛万丈，非飙车羽轮不可到，王母所居也。”司马相如《大人赋》写道：“排阊阖而入帝宫兮，载玉女而与之归。登阆风而摇集兮，亢乌腾而一止。低回阴山翔以纡曲兮，吾乃今目睹西王母霍然白首。”②唐人李商隐如此描绘阆苑：“阆苑有书多附鹤，女床无树不栖鸾。”③

阆苑的图像呈现主要有《阆苑女仙图》，此图是五代画家阮郜唯一的传世之作。图卷无作者款印，有高士奇、乾隆、嘉庆、宣统内府诸收藏印记共 22 方，残印 6 方，著录于《宣和画谱》，清高士奇《江村消夏录》《江村书画目》，卞永誉《式古堂

---

① 《全唐诗》第十二册，中华书局 1980 年版，第 4379 页。

② 司马相如著，金国永校注：《司马相如集校注》，上海古籍出版社 1993 年版，第 100 页。

③ 刘学锴、余恕诚著，《李商隐诗集解》，中华书局 1988 年版，第 1660 页。

书画汇考》,吴升《大观录》,内府《石渠宝笈·初编》等书。

关于画家阮郜,其生卒年与生平事迹均记载不详,《宣和画谱》只提到他"入仕为太庙斋郎",另谓其"特于仕女得意,凡纤秾淑婉之态,萃于毫端",并著录三幅《游春仕女图》与《阆苑女仙图》,但只有后者流传。清人高士奇在跋中云:"五代阮郜画,世不多见。《阆苑仙女图》曾入宣和御府,笔墨深厚,非陈居中、苏汉臣辈所可比拟。"

此图再现了阆苑传说,具有鲜明的时代特色,表现为女性及景物描绘由唐向宋的转型。众女仙闲游于苍松翠竹之间,其中有三位地位更为显赫,在其他女仙的侍奉之下,一人展卷欲书,一人手挥琴弦,一人细细观画。乘鸾女仙、乘龙女仙、驾云女仙环绕其四周,还有在海面缓缓而来的女仙,与地上群仙互为呼应。画中女仙体态纤弱,有别于唐代周昉笔下丰腴的仕女。景致方面,树枝呈现蟹爪状,画法略似李成,但坡石以墨线勾,染青绿色,又具有唐画遗风。

2. 洛神故事与《洛神赋图》

洛神即"宓妃",传为伏羲之女。在屈原的诗歌中,洛神的形象已经出现。《天问》:"帝降夷羿,革孽夏民。胡射夫河伯,而妻彼洛嫔?"王逸注:"洛嫔,水神,谓宓妃也……羿又梦与洛水神宓妃交接也。"另据《淮南子》记载,宓妃嫁与河伯,却与后羿私通。天帝得知此事,将宓妃打入凡尘。宓妃独爱洛水,居于此地,后融入洛水,化为洛神。

关于洛神的文学作品,最有名的当属魏晋时期曹植的《洛神赋》,描写曹植与洛神相识,相爱,最终别离的故事。全赋主要分为六段,第一段是曹植从洛阳回封地,在洛水边与宓妃邂逅;第二段对洛神妍丽的容貌与衣饰进行描绘;第三段写作者本人对洛神吐露真情,并赠之以信物;第四段写洛神为作者的诚意所感动,两人相互爱慕;第五段极言作者对洛神的爱意;第六段写作者与洛神分离后对她的无尽思念。此赋辞彩华茂,描写细致而生动,与宋玉《神女赋》在语言风格与情节上颇为相似,又更加生动与妍美,例如对洛神形象的刻画:"翩若惊鸿,婉若游龙。荣曜秋菊,华茂春松。仿佛兮若轻云之蔽月,飘飖兮若流风之回雪。"这些语句印证了钟嵘对曹植文风的恰当评价"情兼雅怨,体被文质"。

在图像呈现方面,最有名的当属东晋顾恺之的《洛神赋图》,可惜原作已失传。目前,顾恺之的《洛神赋图》共有六件宋代摹本,除台北"故宫博物院"所藏一件为册页外,其余五件(故宫博物院藏三卷、辽宁省博物馆藏一卷、美国弗利尔美术馆藏一卷)在人物造型、构图样式以及画面内容等方面基本一致。其中,现藏于辽宁省博物馆的《摹顾恺之洛神赋图卷》(图 1-21)最为古朴,与"人大于山,水不容泛"的魏晋山水画风比较吻合。

宋代摹本的《洛神赋图》基本再现了《洛神赋》的人物、景物与情节。洛神站在云气之上,衣袖飘然,透出仙气。周围有洛水流淌,有山耸峙。此外,《洛神赋》中提到多种传说中的动物,画家通过对文字的想象,将多种动物重组起来,勾

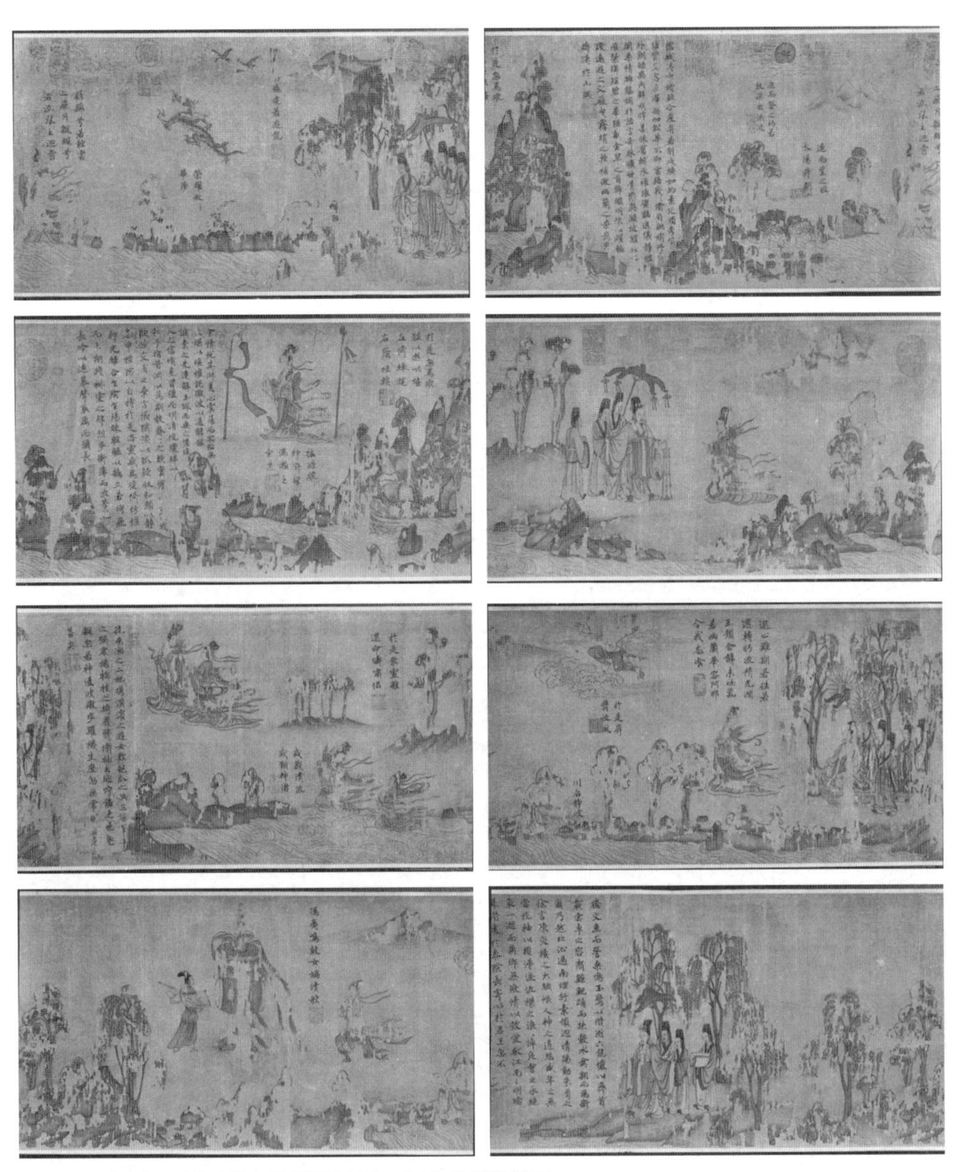

图 1-21 佚名 《摹顾恺之洛神赋图卷》 辽宁省博物馆藏

勒出这些动物。比如，怪鱼长着豹头，海龙的形象则由鹿角、马形脸、蛇颈和羚羊的身体组成。这些动物在江水中游弋，却没有水花四溅，就像飞腾于空中一般。这种“水不容泛”的高古画法，烘托出了洛水的神秘氛围，增强了故事的传奇性。

3. 二郎神搜山降魔与《搜山图》

据《增修灌县志·人物·仙释》的记载，为民除害的隋朝嘉州太守赵昱是二郎神的原型，他拥有“斩蛟”“降妖”等本事。二郎神的故事在民间广泛流传。比如，元代有《二郎神醉射锁魔镜》的杂剧，描写二郎神与九首牛魔王、哪吒及金睛百眼鬼比试高低，最后拿住二洞妖魔的故事。二郎神率领众神搜山降魔的故事，亦是二郎神“降妖”本领的故事演绎。

最早的搜山故事图像为北宋高益的《鬼神搜山图》，可惜该图不传。现存宋代佚名《搜山图》(图 1－22)绘有五十余个天兵、妖魔、怪兽形象，妖魔均为野兽变化而来，包括虎、熊、豕、猴、狐狸、山羊、獐、兔、蜥蜴、蛇及树精木魅等。此图人物衣纹多用铁线描，工笔重彩，传神生动。树木皴法豪气洒脱，略似刘松年的画法。

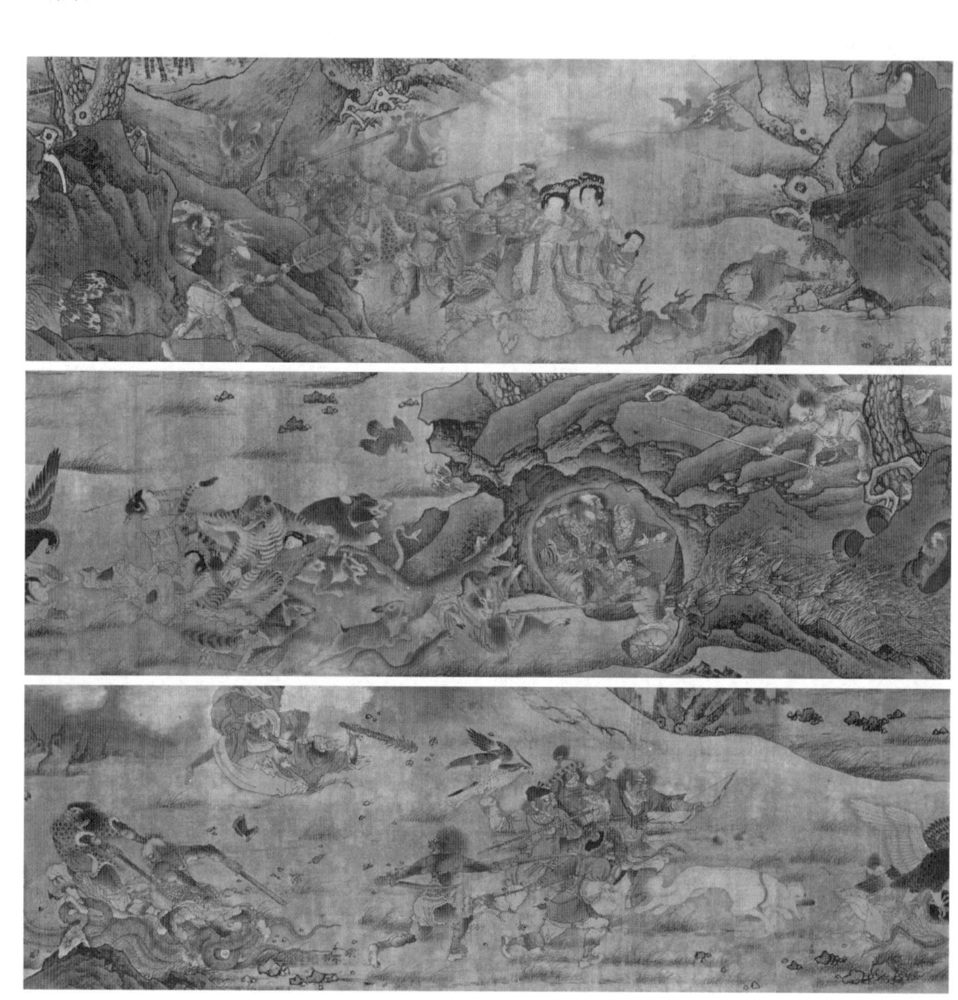

图 1－22 佚名 《搜山图》 北京故宫博物院藏

细读图中的神魔形象，我们看到关于该故事的文图之间的疏离。在文本中，二郎神是为民除害的正面人物。但在《搜山图》中，神兵神将都是凶神恶煞，一副赶尽杀绝的态势。反而是文本中作孽多端的妖怪们变得面目和善，其惊怖逃生的表情引起观者的同情。这种文图疏离的出现，可能与宋末元初的时代变迁有关。二郎神等诛魔之神成为统治者的隐喻，他们占领南宋土地，破坏城市，掠夺财富。那些妖怪则隐喻南宋臣民，他们无处遁形，惨遭屠戮。总之，整幅画面借二郎神的故事，表达了山河失陷的悲惨以及统治者的暴虐。

4. 西岳神祇与《西岳降灵图》

西岳即华山,因位于五岳中的西边,被称为西岳。关于华山之名,《水经注》谓"远而望之若花状","西方为华山,少阴用事,万物生华,故曰华"。华山为拜谒神祇的胜地,据《华山经》,华山"白帝少昊司之,百神之所冢也。盘古死,委厥足巨灵掌以通河曲。轩辕氏莅止,乃会神祇"。相传尧、舜及周武王都曾巡狩华山,《庄子·天地篇》中"华封三祝"就是讲尧巡狩华山,华山人祝其寿禄。《尚书》则有舜巡守华山的记载。华山也是道教主流全真派圣地,西岳大帝则是汉族民间广泛崇奉的神祇。关于西岳大帝的由来,《古今图书集成·神异典》卷二三引《云笈七签》:"少昊为白帝,治西岳。上应井鬼之精,下镇秦之分野。"《历代神仙通鉴》卷四:"(元始日)皋陶是西岳所化,敕为素元耀魄大明真君,主管世界珍宝五金之属,陶铸坑冶,兼羽毛飞禽之类。"玄宗封华山为"金天王",并修建了高五丈、宽丈余的华山石碑。唐、五代时的著名道士钟离权、吕岩、刘操也都游历过华山,或在华山隐居修道。在宋代,西岳大帝被追尊为"金天顺圣帝",配享肃明皇后。民间还流传了华山神之子华山三郎的故事。

李公麟的《西岳降灵图》是对西岳神祇降临人间的图像呈现,据传为吴道子壁画的摹本。图中所绘人物约八十人,鞍马近二十匹,禽鸟数只,车马数乘,以白描画法描绘了西岳神祇降临人间的情节。位于云层上面,华盖之下的神仙被众多小仙侍奉而行,旁边还有一条白龙。据《云笈七签》的描述,西岳大帝"服白袍,戴太初九旒之冠,佩开天通真之印,乘白龙,领仙官玉女四千一百人",由此推测,华盖下的神仙应该是西岳大帝。除了云层上面的神仙世界,云层下还有众多俗世之人,从贵族人物到眷属随从,乃至市井中的商人、乞丐、渔父、艺人无所不包。由此可见,此图在呈现西岳神祇降临人间的基础上,增加了大量世俗内容,充分体现宋代宗教题材绘画的主要流变趋势,即宗教的神圣性减弱,世俗性大为增加。

5. 三官大帝与《三官图》

天官、地官、水官是道教中的"三官大帝",亦称"三元"。作为道教较早供奉的神灵,三官具有赐福、赦罪、解厄等神力。钟肇鹏先生在《道教小辞典》中提到关于"三官"的几种说法:一说为金、木、水三官,具体化为守卫天门的唐、葛、周三将军;一说为尧、舜、禹三帝,为元始天尊吐气化成。[①]

关于三官大帝的宋代绘画,主要有佚名《三官图》和马麟《三官出巡图》(图 1-23)。佚名《三官图》藏在台北"故宫博物院",均无题款和年号,由画法与风格看,应是南宋时期的作品。主神占有三分之二的画面,遵照的是"主大从小"的构图原则,以侧面表现为主,神态动作栩栩如生。有唐代道释画的遗风。其中,《地官图》的画面更具有叙事性,也更有世俗性。地官被前呼后拥的侍从服

① 钟肇鹏编:《道教小辞典》,上海辞书出版社 2001 年版,第 160 页。

图 1－23　马麟　《三官出巡图》　台北“故宫博物院”藏

侍着出行，俨然一副世俗官僚的样子。画面背景多采用李成、郭熙的山水画法，更为恰当地烘托了盛大而热烈的出行氛围。由于地官主管世人赦罪，此图描绘的应该是七月十五日地官来到人间，即将校戒罪福、为人赦罪的场景。

据《宣和画谱》记载，马麟为“远之子，河中人，能世其家学。为画院祗候。”他的《三官出巡图》主要描绘三官大帝同时出巡的场景。三位神仙分别位于画面的上、中、下部，呈平行状，且向同一方向驰行，似乎在同时奔赴人间。该图兼具赐福、赦罪、解厄的功用，笔法工谨细腻，具有明显的南宋院体画风格。

6. 钟馗传说与相关图像

钟馗是流传于民间，唐以后逐渐纳入道教文化体系的神仙。与钟馗相关的故事在晋朝既已流传。敦煌写本《太上洞渊神咒经》叙述了钟馗杀鬼的情节，“今何鬼来病生人，人今危厄，太上遣力士、赤卒，杀鬼之众万亿，执刀，缚之，钟馗打杀得，便付之辟邪。”[①]卿希泰先生在《中国道教思想史纲》中提到，《太上洞渊神咒经》可能出现于晋代[②]。刘锡诚先生同意卿希泰的观点，并认为成书时间为西晋至南北朝时期。同时，他认为钟馗信仰应是先产生于民间，然后才被道教吸收[③]。从《太上洞渊神咒经》来看，钟馗虽然与儒家圣人周武王、孔子并行，其圣化倾向明显，但他依然是一个配角，充当孔子与周武王的打手。

唐代，有唐玄宗梦钟馗而病愈后命吴道子画钟馗像一说，并将钟馗像推广到士大夫阶层。至此，钟馗具有了庇佑唐王朝尤其是唐玄宗的作用。统治者对钟馗图的推崇促进了钟馗故事的文本演绎。晚唐时期周繇的《梦舞钟馗赋》把钟馗推到故事主角的位置。钟馗出现在唐明皇梦中，将缠绕明皇的鬼“剜其目，然后擘而啖之”，他自称终南山人，由于貌陋武举不第，悲愤之中撞柱而亡，“誓与陛下除天下之妖孽”。明皇醒后病已痊愈，后命吴道子以《梦舞钟馗赋》为基础，图写神威。北宋沈括的《梦溪笔谈》也叙述了此故事，宋高承的《事物纪原》和明人陈耀文的《天中记》也有类似的记载。与此同时，在晚唐的敦煌傩歌中，钟馗也逐渐变为主角，而且与唐玄宗发生关联。比如专门写给扮演钟馗的演员歌唱的《还京乐》：“知道终驱勇猛，世间专。能翻海，解逾山，捉鬼不曾闲。见我手中宝剑，刃新磨。（斩）妖魅，驱邪魔。”又如，唐大历年间人窦常《还京乐歌词》：“百战初休十万师，国人西望翠华时，家家尽唱升平曲，帝幸梨园亲制词。”[④]据唐段安节《乐府杂录》记载：“《还京乐》者，唐明皇自蜀返正，乐官张野狐撰此曲。”这些傩歌应该创作于安史之乱后，唐玄宗自蜀回京之时。安史之乱，后唐王朝可谓历经劫难、百废待兴，曾经庇护唐玄宗与唐王朝的钟馗，再一次成为唐玄宗的精神寄托。由此，钟馗逐渐成为主角，与其相关的故事得到进一步演绎。

唐明皇之后，随着唐王朝的不断衰落，钟馗与唐玄宗的联系渐渐疏远，但钟馗故事、图像与信仰已经自上而下获得广泛传播，其地位与影响并未因此而下降，反而演绎出更加丰富的故事与图像。在故事方面，产生于中晚唐时期，被王重民定名为《除夕钟馗驱傩文》的敦煌写本 S. 2055 驱傩词写道：“正月杨（阳）春佳节，万物咸宜。春龙欲腾波海，以（异）瑞乞敬今时。大王福如山岳，门兴壹宅光辉。今夜新受节义（仪），九天龙奉（凤）俱飞。五道将军亲至，虎（步）领十万熊罴。衣（又）领铜头铁额，魂（浑）身总着豹皮。教使朱砂染赤，咸称我是钟馗。捉取浮游浪鬼，积郡扫出三峗。学郎不才之庆（器），敢请宫（恭）奉□□。音声。”[⑤]在这里，钟馗与五道将军联系起来。而图像方面，五代画家王道求为相国寺绘壁画《挟鬼钟馗》已对吴道子“钟馗样”做了变易。南唐周文矩也擅画钟馗，宋代御

① 杜光庭：《道藏（六）·太上洞渊神咒经二〇卷》，天津古籍出版社 1998 年版，第 26—27 页。

② 卿希泰：《中国道教思想史纲》第一册，四川人民出版社 1996 年版，第 249 页。

③ 刘锡诚：《钟馗传说和信仰的滥觞》，《中国文化研究》1998 年第 21 期，第 51 页。

④ 中国舞蹈艺术研究会编：《全唐诗中的乐舞资料》，人民音乐出版社 1996 年版，第 29 页。

⑤ 黄征、吴伟：《敦煌愿文集》，岳麓书社 1995 年版，第 963—964 页。

府曾收藏过他的七幅钟馗作品，其中有五幅《钟馗小妹图》。后蜀石恪作《鬼百戏图》，其画面为“钟馗夫妇对案置酒，供张果肴，乃执事左右皆述其情态：前有大小鬼数十，合乐呈伎俩，曲尽其妙”。石恪亦画《钟馗氏小妹图》，画一少年妇人，四鬼相从。

该时期出现的钟馗嫁妹、钟馗出行等主题在宋代得到进一步演绎。宋代的钟馗图像主要有出游（或移家）、钟馗小妹、五鬼闹钟馗、醉钟馗、求吉这五个题材。现存作品主要有李公麟《钟馗嫁妹图》，梁楷《钟馗策蹇寻梅图》，马和之《松下读书钟馗》，龚开《钟进士移居图》和《中山出游图》（图 1－24）。更为重要的是，宋代的钟馗信仰呈现世俗化、娱乐化的倾向，这种倾向也影响到宋代钟馗图，钟馗的神性成分减弱，人性成分增加。宋代上有朝廷的“埋祟”，下有民间的“打夜胡钟馗”。孟元老《东京梦华录》记载了宋代宫廷傩仪的场景：“至除日，禁中呈大傩仪，并用皇城亲事官，诸班直戴假面，绣画色衣，执金枪龙旗。教坊使孟景初身品魁伟，贯全副金镀铜甲，装将军，用镇殿将军二人，亦介胄装门神，教坊南河炭丑恶魁肥，装判官，又装钟馗、小妹、土地、灶神之类，共千余人，自禁中驱祟，出南薰门外转龙湾，谓之埋祟而罢。”[①]南宋吴自牧《梦粱录》、周密《武林旧事》也有

图 1－24　龚开　《中山出游图》　美国弗利尔美术馆藏

① 孟元老撰，邓之诚注：《东京梦华录注》，中华书局 1982 年版，第 253 页。

类似的记载。吴自牧《梦粱录》记载，除夕之日，“士庶家不论大小家，俱洒扫门闾，去尘秽，净庭户，换门神，挂钟馗，钉桃符，贴春牌，祭祀祖宗，遇夜则备迎神香花供物，以祈新岁之安。禁中除夜呈大驱傩仪，并系皇城司诸班直，戴面具，著绣画杂色衣装，手执金枪、银戟、画木刀剑、五花龙凤、五色旗帜，以教乐所伶工装将军、符使、判官、钟馗、六丁、六甲、神兵、五方鬼使、神尉等神，自禁中动鼓吹，驱祟出东华门外，转龙池湾，谓之‘埋祟’而散。”[①]从宋人笔记来看，众人装扮钟馗及其小妹，游街驱祟，与《周礼·夏官·司马下》所载方相氏“执戈扬盾，以索室驱疫”的严肃的驱祟仪式完全不同，而是极具表演性质。

7. 吕洞宾与其图像

吕洞宾是道教神仙。北宋初杨亿《杨文公谈苑》载：“张洎家居，忽外有一隐士通谒，乃洞宾名姓，洎倒屣见之。洞宾自言吕渭之后，渭四子，温、恭、俭、让。让终海州刺史，洞宾系出海州房。让所任官，《唐书》不载。”[②]而吕洞宾过岳阳楼的事迹在北宋王巩《闻见近录》、范致明《岳阳风土记》、张舜民《画墁集》和叶梦得《岩下放言》等书均有记载，主要讲吕洞宾经过岳阳楼，无人识其为仙人，唯有楼边的老树精知道。《画墁集》卷八《郴行录》记载，作者于“辛卯登岳阳楼。楼有牌极大，乃前知州事李观所记吕洞宾事迹。李先知贺州，日有道士相访，自言遇吕先生诵过岳州诗云：‘唯有城南老树精，分明知道神仙过。’”

有关该主题的宋代绘画现存有佚名《吕洞宾过洞庭图》(美国波士顿美术馆藏)以及佚名《吕洞宾过岳阳楼图》(图 1－25)。《吕洞宾过岳阳楼图》主要描绘吕洞宾于岳阳楼飞上天际，众人见此奇景，纷纷观看叩拜。画中人物共 42 人，其中在半空中身披道袍者为吕洞宾，此外岳阳楼上层 17 人，下层及楼外 22 人，墙上壁画 2 人。图中吕洞宾的形象与《吕洞宾过洞庭图》基本相同，其余众人男性均身穿长袍，头戴高装巾子，为典型的宋代文人装束。差异之处在于吕洞宾的道袍式样上面，《吕洞宾过岳阳楼图》为斜领，《吕洞宾过洞庭图》则为圆领。

8. 地藏十王及其图像

十王信仰兼存于佛教与道教。佛教方面，“十王”的术语最早现于《佛说十王经》，该书为初唐“成都府大圣慈恩寺沙门藏川述”。据经中所述，十王分别职掌十殿地狱，亡魂在“中阴期”的头七、二七至七七及百日、一年、三年忌日将受到所属地狱之冥王的审判处置。这十位冥王分别是：一殿秦广王，二殿楚江王，三殿宋帝王，四殿仵官王，五殿阎罗王，六殿卞城王，七殿泰山王，八殿平等王，九殿都市王，十殿五道转轮王。其名号来源或有出处，或是藏川所创。该书现存两个版本：一为《佛说地藏菩萨发心因缘十王经》，一为《佛说预修十王生七经》。前者侧重论说度亡，后者着重讲人生预修。更为重要的是，《佛说十王经》假托“佛

① 吴自牧：《梦粱录》，浙江人民出版社 1984 年版，第 50 页。

② 江少虞：《宋朝事实类苑》，上海古籍出版社 1980 年版，第 560—561 页。

图 1－25　佚名　《吕洞宾过岳阳楼图》　美国大都会艺术博物馆藏

说"，营构了一个比较系统的地狱面貌。

从藏川讲述《十王经》开始，民间对于十王信仰的接受逐渐普遍化。到了宋元时期，十王信仰也为道教所吸收，并得到演衍。救苦天尊成为道教的地狱之主，其地位和功用与佛教中地藏王菩萨相似。同时，救苦天尊底下有"十真君"，认为地狱十王乃系十位真君之化身，这明显比附与改造了地藏菩萨辖下的"十王"。比如，《元始天尊说酆都灭罪经》载"十殿冥官"之名号："一七秦广大王、太素妙广真君；二七楚江大王、阴德定休真君；三七宋帝大王、洞明普静真君；四七仵官大王、玄德五灵真君；五七阎罗大王、最胜耀灵真君；六七卞城大王、宝肃昭成真君；七七泰山大王、等观明理真君；百日平等大王、无上正度真君；小祥都市大王、飞魔演庆真君；大祥转轮大王、五化威德真君。"①又如《太上救苦天尊说消愆灭罪经》说："一七秦广大王、太素妙广真君；二七楚江大王、阴德定休真君；三七宋帝大王、洞明普静真君；四七仵官大王、玄德五灵真君；五七阎罗大王、最胜耀灵真君；六七卞城大王、宝肃昭成真君；七七泰山府君、玄德妙生真君；百日平等大王、无上正度真君；小祥都市大王、飞魔演庆真君；大祥转轮大王、五化威灵真君。"②

现存十王题材宋代绘画流传至日本和美国，包括宋代宁波民间画工陆信忠的《十王图》（图 1－26）和金处士的《十王图》（美国大都会艺术博物馆藏），以及佚名的《十王像》（日本神奈川县立历史博物馆藏）。这些《十王图》均对地狱十王

① 上海书店出版社编：《道藏》第二册，上海书店出版社 1988 年版，第 41 页。

② 同上，第 302 页。

图 1－26　陆信忠　《十王图·七七泰山大王》　日本奈良国立博物馆藏

进行直接而生动的描绘，精细而不失夸张，既有别于文人画，又迥异于院体画的工谨富丽，表现出鲜明的民俗画特色。《十王图》画面皆被分割为上下两部分，两部分之间具有因果联系。上半部为审判场面，下半部是行刑场面。比如，陆信忠《十王图·七七泰山大王》一图，判官和左右辅佐皆正襟危坐，屏风中是山水为大斧劈皴，画法与构图具有南宋风格。行刑小鬼有的棒打罪犯，有的烹煮受刑者，泰山大王则面带笑意地注视着一切，似乎满意于对恶人的惩罚。又如金处士《十王图·阎罗大王》一图，上半部描述了助手向阎罗王汇报受审人的罪孽，堂下的受审人正在被打断膝盖，显得苦痛异常。下部分则描述小鬼用火烧受刑人的场景。还值得注意的是，《十王图》中对人物的刻画异常传神，无论判官、小鬼的衣服、表情、毛发，还是受刑人枯瘦如柴的身形和受刑的痛苦表情，都刻画得非常到位。

《十王图》与关于十王的文字记载相呼应，促进了该信仰的流传。这些画作均诞生在南宋时期的宁波。受南宋文化的影响，当时的朝鲜和日本笃信汉化佛教，对宗教绘画的需求量很大。宁波因海运之便，成为南宋对外商埠的贸易大港，也成为当时民间画师聚集的地方。流失海外的《十王图》，主要自南宋以来，均先后被日、韩公私各方收藏。随着绘画的流传，十王信仰也传播到海外，直接影响到日、韩的地狱经变和六道轮回信仰[1]。

9.《朝元仙仗图》

武宗元，初名宗道，字总之，河南白波人。擅画佛道鬼神，学吴道子。北宋景德四年（1007），真宗营建玉清昭应宫，应募画工三千多人。最后选中百人，分左右两部绘制壁画，武宗元任左部之长。《朝元仙仗图》（图 1－27）可能是宋初绘制寺观壁画的样稿。描绘道教神仙出行行列，画五方帝君和众仙去朝见道教最

① 张纵、赵澄：《流失海外的〈十王图〉之考释》，《艺术百家》2003 年第 4 期，第 140 页。

高天神元始天尊的情景。由神将开道、压队，头上有圆光的帝君居中，其他男女神仙持幡旗、伞盖等簇拥帝君自右至左前行。全卷本应为 88 名神仙，但此卷缺最后一名压队的神将，故画中现有 3 位帝君（三清大帝）、10 名男性神仙、7 名神将、67 名女仙和金童，共计 87 名神仙（徐悲鸿纪念馆收藏的《八十七神仙卷》其构图与此相同，但缺最前一名神将，故所绘共计也是 87 名神仙）。帝君及男仙的形象端庄，神将威猛，众多的女仙则轻盈秀丽、曼妙多姿。

图 1－27　武宗元　《朝元仙仗图》

（二）禅宗公案故事的图像呈现

1. 莲社故事与《莲社图》

公元 402 年，僧人居士 123 人在慧远的主持下，于东林寺建斋立誓，共期往生西方极乐净土。当时，慧远在东林寺种了一池白莲，于是他指花为名，将该僧团命名为白莲社，简称莲社。史籍上没有庐山东林寺结社的明确记载，但《高僧传》卷六载有慧远与刘遗民、雷次宗等人立誓共期西方："彭城刘遗民、豫章雷次宗、雁门周续之、新蔡毕颖之、南阳宗炳、张莱民、张季硕等，并弃世遗荣，依远游止。远乃于精舍无量寿像前，建斋立誓，共期西方。乃令刘遗民着其文曰：'惟岁在摄提格，七月戊辰朔，二十八日乙未，法师释慧远，贞感幽奥宿怀特发，乃延命同志息心贞信之士百有二十三人，集于庐山之阴，般若台精舍阿弥陀像前，率以香华，敬荐而誓焉……'"[①]这可能就是白莲结社的原型，之后的数百年中，在往来于庐山的僧道文人之中，这个史实被多次加工，中唐以后出现了白莲结社的种种雏形。

现存宋代《白莲社图》主要有辽宁省博物馆藏张激的《白莲社图》（图 1－28）与佚名的《莲社图》。张激字投子，号投子同叟，生卒年不详。艺术活动约在北宋哲宗、徽宗时期，晚于李公麟。工人物、佛道、山水，画法受李公麟影响。图中人物白描并糅进铁线描，刚健流畅如行云流水，形象栩栩如生；山石皴染，浓淡相适，

图 1－28　张激　《白莲社图》　辽宁省博物馆藏

① 释慧皎撰，汤用彤校注：《高僧传》，中华书局 1992 年版，第 214 页。

深谷幽径，奇石嶙峋；树干多粗笔，枝叶用尖笔“鹰爪法”，显得苍劲挺秀，生机蓬勃。画面上共有31人，分成了几人一组，每个人物的姿态各异，使画面波澜壮阔而又不显凌乱。《白莲社图》的最右端，是白莲社社主慧远法师，他站在虎溪桥旁，迎接远道而来的老友陆修静，两人握手言欢，热情洋溢；在一片巨石环抱中，东林普济大师竺道生在讲经，底下的高僧听得津津有味。在这里，有一个特别有意思的细节：在竺道生左旁，有一人摇头晃脑，一脸愁容。看此人的穿着打扮，应为童仆。画家通过这个人物形象，表现了论经者所述内容的深奥。

2. 梁楷等人对禅宗公案的图像呈现

梁楷是南宋宁宗朝著名的院体画家。《图绘宝鉴》记载：“梁楷，东平相义之后。善画人物山水道释鬼神，师贾师古，描写飘逸，青过于蓝。嘉泰年画院待诏，赐金带，楷不受，挂于院内而去。嗜酒自乐，号曰梁风子。院人见其精妙之笔，无不敬伏，但传于世者皆草草，谓之减笔。”[①]梁楷所处的时代正是禅画题材流行的时代，他的减笔画法不仅打破了南宋绘画单一的院体风格，更与禅宗的顿悟理念契合，用视觉形式呈现出禅宗高僧的故事，体现出高僧们不同的精神气质与禅宗理念。代表作有《八高僧故事图》，以及关于六祖慧能的绘画。

《八高僧故事图》(图1－29)绘有八位禅宗高僧参禅悟道的故事，八幅画的内容依次是：一，达摩面壁，神光参问；二，弘忍童身，道逢杖叟；三，白居易拱谒，鸟窠指说；四，智闲拥帚，迴睨竹林；五，李源、圆泽系舟，女子行汲；六，灌溪索饮，童子方汲；七，酒楼一角，楼子拜参；八，孤蓬芦岸，僧倚钓竿。

第一幅图叙述了禅宗二祖神光(慧可)问道于达摩的场景。僧神光闻达摩住少林，乃往参承。师端坐不闻励诲。光曰：“诸佛印法，可得闻乎？”师曰：“诸佛印法，匪从人得。”光曰：“我心未宁，乞师与安。”师曰：“将心来，与汝安！”光曰：“觅心了不可得。”师曰：“与汝安心竟！”这一场景，为立雪断臂的故事做了铺垫。

第二幅图故事讲禅宗五祖弘忍幼时遇见四祖道信的故事。据《宋高僧传》卷四记载，道信遇见时年七岁(一说十二岁)的弘忍，一眼看出弘忍非凡人，“苟预法流，二十年后，必大作佛事”。于是派人随他回家，询问其家长能否愿意让他出家做道信的弟子。家长说：“禅师佛法大龙，光被远迩。缁门俊秀，归者如云。岂伊小骇，那堪击训？若垂虚受，因无留吝。”就这样，弘忍被带到了道信住持的双峰山(又名破头山)道场，“自出家，处幽居寺，住度弘愍，怀抱真纯，缄口于是非之场，融心于色空之境，役力以申供养。法侣资其足焉。”(《楞伽师资记》引《楞伽人法志》)画面中，幼年的弘忍双手合十，一副诚心皈依禅门的样子。此外，弘忍的

① 夏文彦：《图绘宝鉴》，见卢辅圣：《中国书画全书》第二册，上海书画出版社1993年版，第879页。

图 1-29　梁楷　《八高僧故事图》(局部)　上海博物馆藏

眼神异常平和，与儿童的天真不相符，表现出“非凡童也”的气质。道信老和尚一手指着弘忍，脸上都是满意的表情。

第三幅图是白居易拜谒道林禅师的故事。唐朝道林禅师传法至杭州，见城南秦望山有长松，枝叶繁茂如盖，他就在树上筑窠，栖止于上参禅，时人称他为鸟窠禅师。长庆二年(822)，白居易任杭州刺史，慕道林之名入山拜晤，他见到道林问道：“如何是佛法大意?”禅师答：“诸恶莫作，众善奉行。”白居易说：“三岁孩儿也解恁么道(也懂得这么说)。”禅师说：“三岁孩儿虽道得，八十老人行不得。”白居易顿有所悟，行礼而退。这是一则宣扬佛教扬善抑恶思想的著名禅师机辩故事。该图与“弘忍童身”的图式大致相同，白居易居于画面右下方，双手合十，殷勤求教，似有顿悟。道林禅师居于画面左上方，手指白居易，坐在鸟窠之中，与白居易论道。

第四幅图是智闲禅师顿悟的故事。此故事出自《潭州沩山灵佑禅师语录》。智闲禅师参授业于百丈怀海禅师，他性识聪敏，擅长谈理。百丈禅师圆寂后，他改参师兄沩山灵佑禅师。沩山禅师即沩仰宗的开创者。一日，沩山禅师问道：“我闻汝在百丈先师处，问一答十，问十答百。此是汝聪明灵利，意解识想，生死根本。父母未生时，试道一句看。”智闲禅师无言以对。之后翻阅经书，也一无所获。智闲禅师感叹道：“画饼不可充饥。”于是他便屡次请求沩山禅师点破禅机，但沩山禅师却道：“我若说似汝，汝已后(以后)骂我去。我说底是我底，终不干汝事。”绝望之余，智闲禅师烧毁经书，四处行脚。后来住在南阳慧忠禅师的旧址。一日，智闲禅师芟除草木，不经意间抛起一块瓦砾，恰好打在竹子上，发出一声清脆的响声，他忽然大悟。于是便急忙回到室内，沐浴焚香，遥礼沩山，赞叹道：“和尚大慈，恩逾父母。当时若为我说破，何有今日之事?”并作颂曰：“一击忘所知，更不假修持。动容扬古路，不堕悄然机。处处无踪迹，声色外威仪。诸方达道者，咸言上上机。”沩山禅师听说了智闲禅师的这首偈子，便对仰山禅师道：“此子彻也。”此图表现的正是智闲禅师闻声顿悟的一瞬间。沩山灵佑为了把智闲从浅层的经验与意识知解中解脱出来，让智闲参“父母未生时的本来面目是什么”这样一个含有深层意味的话头。而此时，智闲禅师终于参得沩山禅师的真意。

第五幅图是关于圆泽禅师的故事。最早见于唐袁郊《甘泽谣·圆观》，僧人的名字本叫圆观，而非圆泽。该故事因苏东坡的《僧圆泽传》得到广泛流传。唐代隐士李源与慧林寺住持圆泽关系很好，二人相约去峨眉山。圆泽原想从陆路入川，李源却坚持水路。两人从长江入川，在途中遇到一个怀孕三年的孕妇在河边取水。圆泽看到孕妇就哭了，原来他早知道要做此妇人的儿子，因而不愿意走水路。于是，他和李源相约在十三年后杭州三生石处相见。当晚圆泽圆寂，孕妇顺利产子。十三年后，李源如约来到三生石，见到一个牧童唱道：“三生石上旧精魂，赏月吟风莫要论。惭愧情人远相访，此身虽异性长存。”李源与之相认，牧童说自己是圆泽，但自谓尘缘未了，唱道："身前身后事茫茫，欲话因缘恐断肠。吴越江山游已遍，却回烟棹上瞿塘。"唱罢，牧童悄然离去。图中抓住了圆泽与孕妇相遇的瞬间。圆泽与李源在船上看到孕妇在河边取水，圆泽的表情异常惶恐，似乎明白将会发生的事情。

第六幅图是关于灌溪志闲禅师的故事。一日，灌溪志闲禅师路逢一童子汲水。师乞水饮，童子曰："乞水不妨，某有一问，且道水具几尘?"师云："不具诸尘。"童笑负水而去，曰："不得污却水。"佛教认为凡世有六尘，即是眼根所接之色、耳根所接之声、鼻根所接之香、舌根所接之味、身根所接之触、意根所接之法。前五尘为"色"，属于"体"的层面，后一尘为"法"，属于"用"的层面。而禅宗又讲求体用一源。小童问，水具几尘，即是问灌溪对色法的体会。灌溪唯知否定，故答以不具诸尘，那是只知"体"而不知其"用"，没有达到"参活法"的境界，因此小童才说不要脏了我打的水。图中的灌溪志闲禅师似乎在回答童子的问题，面露喜色，自以为参得妙法。但童子面色沉静，不予理睬，深知灌溪志闲禅师只是一知半解，并未参透禅理。

第七幅图描绘楼子和尚的故事。据《五灯会元》记载，楼子和尚名善，津平江人，姓杨氏。初浮浪于肆市。一天，楼子和尚行脚，偶然经过一街市。在一家酒楼下，他发现自己的袜带松了，于是便停下来，弯腰整理袜带。忽然听得酒楼上传来了伴娘的歌声，唱道："你既无心我便休"。楼子和尚一听，忽然大悟。因此，时人皆称之为楼子和尚。图中的楼子和尚跪于楼下，旁边的路人指点议论着他的行为，楼子和尚却全然不在乎他人的眼光，获得了顿悟后的完满。

第八幅图为玄沙师备宗一禅师的公案。玄沙师备宗一禅师为唐五代高僧，雪峰义存禅师之法嗣，俗姓谢，福建人。少年时，喜好钓鱼，每天泛一小舟跟江上的渔者相游戏。唐咸通初年(860)，玄沙师备忽然生起强烈的出家愿望，于是弃舟投芙蓉灵训禅师座下落发受具。视雪峰而师事之。峰一日曰："毗头陀何不遍参去?"师曰："达摩不来东土，二祖不往西天。"峰然之。

除了《八高僧故事图》之外，宋代绘画中还存在单独描绘慧能禅宗公案的作品。慧能是禅宗六祖，《六祖法宝坛经略序》："大师名惠能。父卢氏，讳行滔；母李氏。诞师于唐贞观十二年戊戌岁二月八日子时。时毫光腾空，异香满室。黎明，有二异僧造谒。谓师之父曰，夜来生儿，专为安名，可上惠下能也。父曰，何名惠能。僧曰，惠者，以法惠施众生；能者，能作佛事。言毕而出，不知所之。"《坛经》的说法有圣化祖师的成分，但慧能对佛法的领悟力的确殊胜。

六祖慧能的生平，可以通过几件广为流传的故事加以初步勾勒。第一是慧能听经的故事。慧能早年亡父，靠卖柴为生。由于家境贫困，每天上山砍柴挑到市场去卖。有一次把柴卖了，正要离开时，忽闻有人诵《金刚经》，听到经文"应无所住而生其心"，顿时大悟。弘忍看出慧能的禀赋，但没有马上传法，而是令其到厨房舂米。第二是弘忍传衣钵于慧能的故事。弘忍年老时挑选继承人，门下上座神秀作偈:“身是菩提树,心如明镜台。时时勤拂拭,勿使惹尘埃。”还在厨房舂米的慧能听闻此偈,请人写下偈语(传慧能本人不识字):“菩提本无树,明镜亦非台。本来无一物,何处惹尘埃。”[①]弘忍看到偈语,深知慧能根基超过神秀。但恐众人嫉妒,遂于深夜传衣钵于慧能,叫他到岭南传法。第三是“风吹幡动”的公案。两名僧人就风吹幡旗的原因产生争执,一人说幡动,一说人风动。慧能在旁插言道:“仁者心动。”住持印宗听闻慧能的言语,大为惊异,问道:“久闻黄梅衣法南来,莫是行者否?”此时慧能承认自己是五祖弘忍衣钵的传人。印宗遂给其剃头、加入僧伽,并拜其为师[②]。慧能开始在法性寺弘法,之后又到曹溪宝林寺成立南宗。与此同时,神秀和弟子则成立北宗,并认为北宗才是五祖的正统传承者。北宗主张推论,渐次修行,随经书的教理而觉悟。此两派之别在于顿悟与渐悟的修行方法。南宗禅主张顿悟,在中唐以后渐兴,成为禅宗主流,显示了强大的生命力,曾产生无数大师。南宗的禅法到六祖慧能之后,分别衍生出了“五家七宗”,出现了禅宗各派并弘的繁盛局面。

南宋末年的禅僧画家直翁有《六祖挟担图》(图 1 - 30),以慧能听经的故事为题材,画出一衣衫褴褛的年青樵夫,头上用黑巾包头,脚穿草鞋,右手下垂,左肩上负一挑竿用左手背挽着,挑竿后头用绳子缚着一把砍柴的斧头,表示刚卖了柴火准备要回家,忽闻有人诵《金刚经》的声音,即刻驻足,侧耳专注。面部表情诚恳,双目微垂,嘴唇含笑,驻足而立,神态专注。似乎诵经声来自左方,全身的动作及头部和眼神都偏向左侧。全图构图简洁,背景留有大量空白,面部渲染极为传神,精准地抓住了慧能大师听闻《金刚经》开悟的瞬间表情。笔法轻描淡写,简单明了,柔而带刚,比例透视皆恰到好处。题款书法潇洒,立意充满了禅趣。

梁楷的《六祖撕经图》(图 1 - 31)描述了慧能不立文字,见性成佛,顿入佛地的大彻大悟。图中的六祖慧能大师正在撕破佛经,表情的愉悦与轻松反映出内心悟得禅理的充实与通透。梁楷以“折芦描”勾勒出六祖慧能的衣纹和样貌,生动地呈现出六祖抛却教义的繁文缛节,直指心性的主张。六祖慧能的理论主要汇集在《坛经》。《坛经》认为,“自性悟,众即是佛”,人要有所悟,不必为教义上的文字所约束,而应该直指心性,所谓“心迷法华转,心悟转法华”[③]。直指心性的最终目的在于明心见性,《六祖坛经》说:“以智慧观照,于一切法不取不舍,即是见性成佛道。”[④]在用功参禅的时候,以智慧般若来观照身心,等机缘成熟了无明就被破除,佛性在刹那中出现,也即《维摩诘所说经》所载“即时豁然,还得本心”之意。

---

① 徐文明注译:《六祖坛经》,中州古籍出版社 2008 年版,第 12 页。
② 同上,第 14 页。
③ 同上,第 64 页。
④ 同上,第 17 页。

图 1-30　直翁　《六祖挟担图》　日本五岛美术馆藏

图 1-31　梁楷　《六祖撕经图》　日本三井纪念美术馆藏

《六祖截竹图》(图 1-32)大约是梁楷中年以后的作品,笔墨极为粗率。图中的六祖慧能身穿粗布短衣,左手扶着一根竹子,右手挥刀,正在专心致志地伐竹,似乎在劈竹的瞬间感悟禅机。其头脸部的毛发及手臂上的毛,以细笔绘出;衣纹则以粗简笔法勾勒,暗示慧能以目不识丁的樵夫出身得悟佛性,可见禅机并非文字经典所能尽蕴。在南宗的理论中,心悟是重要的修行途径,它讲究以日常生活为道场,最终顿悟无上菩提。慧能说:“于一切处,行住坐卧,常行一直心是也。”[①]竹林是一处道场,挥刀砍竹是一种修行,是心悟的途径。梁楷选择这样的题材形式来表现慧能大师的这一观念,可见他对南宗法理领会颇深。

① 徐文明注译:《六祖坛经》,中州古籍出版社 2008 年版,第 45 页。

图 1－32　梁楷　《六祖截竹图》　日本东京国立博物馆藏

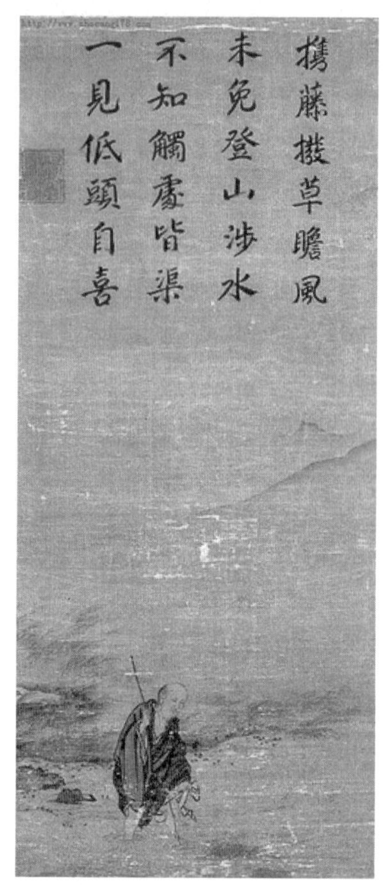

图 1－33　马远　《洞山渡水图》　日本东京国立博物馆藏

3. 马远对禅宗公案的图像呈现

南宋时期，画院画家马远也描绘了不少禅宗公案作品，有呈现洞山良价顿悟的《洞山渡水图》(图 1－33)。洞山良价为药山惟俨之法孙，云岩昙晟之弟子，他与弟子曹山本寂共同创立了曹洞宗，药山一系至此大盛。洞山良价虽终归宗于云岩昙晟门下，但他并非自蔽于一家，而是广泛参学，博采多纳，由是终成大器。他曾先后从五泄山灵默、南泉普愿、沩山灵祐、云岩昙晟等问学。洞山渡水是有名的禅宗公案，据法应编撰的《禅宗颂古联珠通集》记载："六祖下第五世之五，筠州洞山良价悟本禅师……后因过水睹影，大悟前旨。"①

要理解此公案，需要理清其前因后果。洞山最初在云岩学法，后辞别云岩时有一段公案。云岩道："你离开以后就再难见面了。"洞山则抛出一问："若你圆寂后，人们问起你的面貌，应如何回答？"洞山的话包藏禅机，意在询问云岩的禅理主张是什么，自己领悟到的是否是云岩的原意。云岩的回答也充满禅机："即遮

① 普济：《五灯会元》，中华书局 1984 年版，第 779 页。

(这)个是”。此话让洞山语塞。云岩紧接着说，此事应谨慎，担子不轻呀。随后，洞山辞别而去。在行走途中，洞山被河水挡住去路。正当涉水之时，他见到自己在水中的倒影，于是顿悟“即遮个是”的深意，他随即作偈：“切忌从他觅，迢迢与我疏。我今独自往，处处得逢渠。渠今正是我，我今不是渠。应须恁么会，方得契如如。”[①]大意说：影子就是本人，不必再另外去找了，到处都会有的。云岩圆寂后，洞山前去供奉云岩的遗像，有人问他，“即遮个是”是否就指遗像(真)？他回答说，云岩开始说这句话时，他是不懂的，后来涉水见影时，也只是似懂而已，只有在看到遗像后才是真懂。遗像代表本人“才是遮个”，以前差点误解了云岩的意思。这段公案的主要意思是理事互见：水中影是共相，是理；遗像是自相，是事。理只有通过自相(事)才能相传。“即遮个是”既有共相义，也有自相义，因此，理事是互相显现的。

洞山渡水的图像呈现主要见于南宋马远的《洞山渡水图》(图1-33)。这幅画描绘了洞山良价在云游途中，涉水之时见到自己水中之影而恍然大悟的一刹那。近处是潺潺河水，身后为疾风劲草，远处则为一带青山。画像上方题赞：“携藤拨草瞻风，未免登山涉水。不知触处皆渠，一见低头自喜。”

“低头自喜”与图像中洞山良价的欣喜表情形成互证，充分表现了洞山良价顿悟时内心的充实与通透。而空阔的画面仿佛是脱离俗世的禅理世界，在这几乎抽象的世界中，只有洞山良价与水中倒影两两相对，恰到好处地诠释了洞山禅师理事互见的佛学理念。

清凉文益禅师为唐五代高僧，法眼宗创始人，俗姓鲁，浙江余杭人。与南唐中主李璟交往密切，圆寂后被追谥为“大法眼禅师”。法眼宗是禅宗“一花开五叶”中开宗最晚的一支，讲究“般若无知”“一切现成”。《五家参详要路门》说：“‘法眼宗先利济’直论箭锋相拄，是其家风。一句下便见，当阳便透。随对方人之机宜，接得自在，故说为‘先利济’。”《人天眼目》卷四曰：“法眼宗者，箭锋相拄，句意合机；始则行行如也，终则激发。渐服人心，消除情解，调机顺物，斥滞磨昏。”此亦先利济的意思。《归心录》说：“法眼宗风，对症施药，垂机顺利，扫除情解。”

马远的《清凉法眼禅师像》虽名为画像，却暗含了一段清凉文益禅师的禅宗公案。该图下方有两位僧人，蓄发留须的老者为漳州地藏院的罗汉琛禅师，左边的年轻僧人即是清凉文益禅师，只见他合掌作恭敬状。图画上方有题赞云：“大地山河自然，毕竟是同是别。若了万法唯心，休认空花水月。”“大地山河自然，毕竟是同是别”指的是一段著名的公案。宋代惠洪的《禅林僧宝传》记载，文益禅师禅宗顿悟法门，决定放弃旧学，南下游方参学。他先到福州，参长庆慧稜禅师，因缘不具足，无由契悟。后与绍修、法进二禅师结伴，准备同往岭南参学。途经地

① 普济:《五灯会元》，中华书局1984年版，第779页。

藏院的时候，天下大雪，不能前行，于是三人便暂住休憩。地藏院的罗汉琛禅师与三人谈论《肇论》，说到“天地与我同根”之时，罗汉琛禅师忽然问道：“山河大地，与上座自己是同是别？”文益禅师道：“别。”罗汉琛禅师随之竖起两指。文益禅师见状又道：“同。”罗汉琛禅师却又竖起两指，起身离开。此图描绘的应该是罗汉琛禅师与他们相互问答的场景。

4. 法常（牧溪）对禅宗公案的图像呈现

南宋著名画僧法常所绘《马祖庞居士问答图》描绘庞居士见马祖的著名公案。庞居士，名蕴，字道玄，中唐时代的禅门居士。与梁代之傅大士并称为“东土维摩”。马祖道一是禅宗最主要宗派洪州宗的祖师，提出“即心即佛”与“平常心是佛”，他被日本佛学大师铃木大拙称为“唐代最伟大的禅师”。庞居士见马祖的公案见于宋代赜藏主所著《古尊宿语录》。该书记载：“庞居士问：‘不与万法为侣者是什么人？’师（马祖）云：‘待汝一口噏尽西江水，即向汝道。’”[①]对于此公案，宋代诗僧释了惠曾写道：“孰是心空者，谁为选佛人。笊篱二尺柄，簸箕三寸唇。”（《庞居士见马祖》）法常为南宋中晚期的僧人画家，据元代庄肃《画继补遗》：“僧法常，自号牧溪。善作龙虎、人物、芦雁、杂画，枯淡山野，诚非雅玩，仅可供僧房道舍，以助清幽耳。”[②]图中马祖与庞居士于松石上对坐，庞居士恭敬施礼，马祖则表情平和，正在与庞居士论道。法常继承发扬了石恪、梁楷之水墨简笔法，粗笔勾勒二者形象，透出公案背后蕴含的禅意。

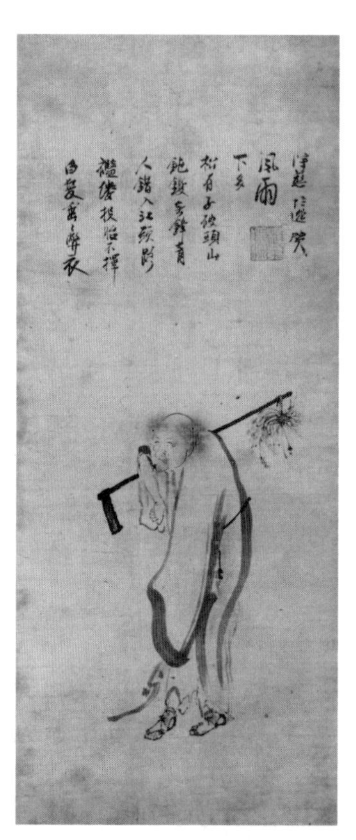

图 1-34　法常　《五祖荷锄图》　日本福冈市美术馆藏

《五祖荷锄图》（图 1-34）传为法常所绘，但无款。该图描绘的是禅宗五祖弘忍大师的前生故事。据《五灯会元》卷一记载，破头山中的栽松道者乃是弘忍的前生。栽松道者欲问法于四祖道信大师，道信借口年老而不予回应。栽松道者遂投胎于水边洗衣的周氏女，七岁时随道信出家，得道信真传。道信圆寂后，弘忍继为五祖。图中刻画的衣衫褴褛、蹒跚而行的老者即是栽松道者。栽松道者的草鞋、腰上系的绳子及肩上扛的锄头均用浓墨绘出，锄头上还挂着一捆松树苗，以示画中人物的身份。人物头部渲染细腻，

① 赜藏主编集，萧萐父、吕有祥点校：《古尊宿语录》，中华书局 1994 年版，第 4 页。

② 庄肃：《画继补遗》，见卢辅圣主编：《中国书画全书》第二册，上海书画出版社 1993 年版，第 914 页。

头发蓬乱，表情忧虑，嘴唇紧闭，双目呆滞地注视前方，很好地表现出人物内心世界的当世烦恼，以表达强烈的出离心，为他即刻投胎转世打下了伏笔。原图画面上方，有元代临济宗高僧樵隐悟逸禅师在杭州净慈寺时为此画作的题赞，赞文如下：“白发垂垂，弊衣褴褛。投胎不择人，错入江头路。钝镬无锋，青松有子，破头山下多风雨。净慈悟逸赞。”

第三节　宋代图像对前代诗歌的呈现

诗意是宋代绘画画面的普遍追求，这既是宋代文人意识在宋代绘画中的突出表现，也标志着宋代绘画的诗学转向。其中，有的作品是对前代诗人作品的直接描绘，有的绘画作品是宋代画家对前代诗人形象以及诗人故事的图像再现。本节将以时间为线索，对宋代绘画对于前代诗歌的呈现进行梳理和简要分析。

一、宋代绘画对先秦两汉诗人及诗歌的图像呈现

《诗经》和《楚辞》是先秦两汉最重要的诗歌总集，前者主要由不同地域的民歌和一些典礼、宴会、宗庙音乐组成；后者是由西汉刘向编辑，收录有屈原、宋玉及汉代淮南小山等人辞赋的诗集。

宋代是一个崇尚经学的时代，对于上古先秦的各种礼制、名物等都有详细的梳理、阐释和图谱制作。

《诗经》是儒家核心经典之一，而以图说诗则是《诗经》在宋代被阐释和传播的独特方式。南宋《诗经图》也被称为《毛诗图》，传为南宋高宗书《诗》与《诗序》，命马和之在空白处补画，是现存最早的《诗经》和《诗序》图像。但本卷仅拟对和《诗经图》相关的一些作者信息以及宋代文化特色，进行简要分析。马和之是否为《诗经图》的作者，学界曾有过争议。徐邦达先后写过两篇文章对此进行了讨论[①]。美国汉学家孟久丽的《马和之和〈诗经图〉》是迄今为止最为详尽的相关研究专著。她在前人的研究基础上，对马和之的生平、作品风格以及《诗经图》的版本状态、收藏情况，以及大致创作年代进行了较为全面的考察和分析。

据宋元之交庄肃《画继补遗》载：“马和之，字则未闻。钱塘人，世传其习进士业。善仿吴装，孝宗甚喜之，每书毛诗三百篇必令和之写图，颇合上意。画迹留人间极多，笔法飘逸，务去华藻，自成一家。”[②]约半世纪后的元代夏文彦《图绘宝

---

① 分别为《传宋高宗赵构孝宗赵昚（慎）书马和之画〈毛诗〉卷考辨》，载《故宫博物院院刊》1985 年第 3 期；《赵构书马和之画〈毛诗〉新考》，载《故宫博物院院刊》1995 年第 1 期；1991 年第一篇文章被删改、翻译并收录进姜斐德、方闻编的论文集 *Words and Images：Chinese Poetry，Calligraphy，and Painting*. Princeton University Press. 1991.

② 庄肃：《画继补遗》，见卢辅圣主编：《中国书画全书》第二册，上海书画出版社 1993 年版，第 914 页。

鉴》对马和之也有如下记载:"马和之,钱塘人,绍兴中登第。善画人物、佛像,山水效吴装,笔法飘逸……官至工部侍郎。"①但其身份是宋画院画师还是工部侍郎,目前还无定论②。毕竟马和之自己未留下只言片语,而当时的文献对于其生平也无更为详细的记载。对此,孟久丽在分析了大量相关资料后指出:"即使马和之在高强度竞争的科举考试中不是赢家,但无疑,他受过良好的教育。"③由此可见,马和之不但应当熟知传统文化经典,而且必然深谙以周敦颐、二程为代表的宋代理学思潮。同时,理学以"理气"为中心的宇宙论、"敬"和"静"之人生态度以及格物观道等知识获得途径,都会对马的思维和行为模式产生影响,进而影响到《诗经图》的构思和表达。

这里,我们必须对马和之所生活的南宋时期经学的变革略作交代。高宗时期,宋理学经过唐之滥觞,经北宋邵雍、周敦颐至二程已形成完备的体系,只待稍后的朱熹集大成。另一方面,在马和之成长的12世纪初,二程的学术正宗地位得到朝廷赏识,并通过科举制度遍及天下学子。据《文献通考》载:"自熙、丰间,程颢、程颐以道学倡于洛,海内皆师归之。"④秘书省正字叶谦亨更指出:"向者朝论专尚程颐之学,士有立说稍异者,皆不在选。"⑤立雪于程门的杨时便是朱熹的师祖。杨于12世纪初期曾在余杭、萧山任官职及教职,"东南学者推时为程氏正宗"⑥。由此,我们可以推断出,12世纪前后的钱塘,必定笼罩在二程的风气之下。

虽然《毛诗》在《诗经图》上占据了一席之地,但就马和之对一些诗作的阐释而言,则与朱熹《诗集传》更为接近。马和之生年早于朱熹约30年,而《诗集传》成书于朱熹晚年,前者显然无缘得睹此书,但宋代对《诗经》理学化的解释却应该是他所熟知的。例如《陈风·衡门》一诗,古今有诸多解释,其中包括毛诗"美刺"说,朱熹"隐士"说——"隐居之乐,而无求者之辞"。⑦ 近代闻一多则认为该诗主题是男女幽会、贫不择妻。《诗经图》中的《陈风·衡门》描绘了一袒胸露臂之文士,双膝一盘一曲,闲坐于茅庵草舍之中,四周花柳成荫,春风拂面,完全是一幅理学先生图。安居静处之乐,是理学人生的重要组成部分,也是《诗经图》的重要表现对象。在《诗经图》同类题材作品中,画面人物往往被安排在山水之间,四周点缀着茅舍、山石、溪流和花草等意象。加上作者对于人物之倚、卧、袒胸等身体

---

① 夏文彦:《图绘宝鉴》,见卢辅圣主编:《中国书画全书》第二册,上海书画出版社1993年版,第876页。

② 具体可参见王朝闻主编:《中国美术史》(宋代·上),北京师范大学出版社2004年版,第119页;Julia K. Murray: *Ma Hezhi and the Illustration of the Book of Odes*, Cambridge University Press. 1993. 第三章中对马和之生平的分析;顾平安:《马和之及其〈毛诗图〉》,《艺苑》(美术版),1998年第2期。

③ Julia K. Murray: *Ma Hezhi and the Illustration of the Book of Odes*, Cambridge University Press. 1993. P37.

④⑤ 马端临:《文献通考》卷三十二《选举考》,中华书局1986年版,第300页。

⑥ 脱脱:《宋史》,中华书局1977年版,第12738页。

⑦ 朱熹集注,赵长征点校:《诗集传》,中华书局2011年版,第106页。

姿态的描绘，更揭示出其旷达无碍的内心。

宋代重要的诗经图像除了我们之前论述的《诗经图》以外，还有绘画小品《草虫瓜实图》(图 1－35)。此画是绢本设色扇面，画面尺幅为 23.5 厘米×24.8 厘米，现藏于台北“故宫博物院”。画面主题是一只甜瓜，瓜藤蜷曲，因为过于成熟，瓜身已经裂开，我们能看见青色多汁的瓜瓤，一只螽斯闻香而来。这幅画可以追溯到两首《诗经》作品，皆喻示子孙繁茂。其中的甜瓜意象来自《绵》：“绵绵瓜瓞。民之初生，自土沮漆。古公亶父，陶复陶穴，未有家室……”[①]以瓜瓞象征子孙绵延。而螽斯则来自《螽斯》：“螽斯羽，诜诜兮。宜尔子孙，振振兮。螽斯羽，薨薨兮。宜尔子孙。绳绳兮。”[②]螽斯又被称为蝈蝈、纺织娘，有长而纤细的触须，因其多子孙，因而是生殖能力的象征。

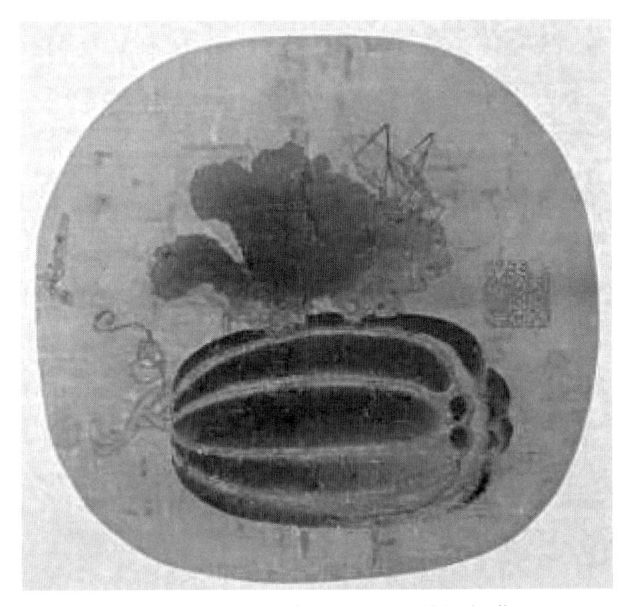

图 1－35　佚名　《草虫瓜实图》　台北“故宫博物院”藏

《楚辞》是先秦另一部重要的诗歌总集。早在宋代以前，人们就将《楚辞》中的篇什付诸图像。例如，据《历代名画记》载：“宋史艺有《屈原渔父图》”。宋代以后，屈原以及《楚辞》中的作品，被大量作为绘画题材。北宋中后期以及整个南宋时期，就一直面临国家存亡的问题。面临国殇之痛，画家对于屈原笔下所流露出来的亡国之痛与故国之思产生了深刻的共鸣。这也是屈原本人和屈原诗歌在宋代被一再诉诸图像的根本原因。而宋代绘画对于《楚辞》的呈现，又可分为直接呈现和隐晦表达。所谓宋画对于《楚辞》的直接呈现，是指宋代画家直接以《楚辞》之中的章句作为自己绘画主题。其中，最为大家乐于诉诸图像的是《九歌》。

---

① 王秀梅译注：《诗经》，中华书局 2006 年版，第 325 页。

② 程俊英、蒋见元著：《诗经注析》，中华书局 1991 年版，第 14—15 页。

屈原的《九歌》是《楚辞》的重要组成部分，既是诗歌作品，亦可用在祭礼活动中咏唱表演。《九歌》原是民间祭祀歌舞，但经屈原之手，词句典丽深情，诗中所咏诸神，形象鲜明如跃然纸上。宋、明、清及当代的画家，都热衷于以图像对《九歌》所咏唱的人物进行表现。

据《宣和画谱》载，北宋著名画家李公麟曾作《九歌图》。李公麟的此卷图像虽然失传，但据专家考证，目前流传的元代张渥《九歌图》便是李公麟九歌图的摹本。因此，通过张渥的《九歌图》，我们可以窥见李公麟所画《九歌图》的面貌："每首诗配一图，诗篇亦被书写在图的右边，图文结合，听觉艺术与视觉艺术统一，这无疑既丰富了《九歌》诗的感性内容，又为绘画创作找到了新的母题，是极富文化意义的创举。"①陈池瑜同时指出："《九歌》成为宋元时期用绘画表现神话形象的重要题材。"②《宋画全集》的编写专家经鉴定、考辨，收录了多组佚名宋代《九歌》图像，有现藏于北京故宫博物院的《九歌图》(佚名)一组，也有藏于辽宁省博物馆的《九歌图》。另外一卷宋代传世《九歌图》现藏于美国波士顿美术博物馆(图 1－36)，此图宽 24.7 厘米，长 608.5 厘米。画面为长卷，以小篆著录了《九歌》原文，配以图画，但画面缺少《云中君》和《湘君》部分。此画传为北宋画家张敦礼所绘，后有专家从画面线条以及图式分析，认为其也有可能出自 13 世纪金代某画家手笔。

图 1－36　张敦礼　《九歌图》(局部)　美国波士顿美术博物馆藏

此外，宋代另一佚名作者也有《九歌图》长卷流传至今，此画为纸本水墨，纵 32.7 厘米，横 856.0 厘米。画面也是图文相间，图左文右，每幅画和九歌之每一篇相对应。画面人物众多，而虽然是对于屈原九歌的图像表现，但是其中的一些屋宇、游船以及某些人物的服装和特定姿态等，更具有宋代士大夫生活的印迹。

① 陈池瑜：《张渥的〈九歌图〉与神话形象》，《清华大学学报(哲学社会科学版)》2009 年第 4 期，第 118 页。

② 同上，第 115 页。

另一方面，宋代的许多绘画虽然不是《楚辞》诗句的直接呈现，但其意象和母题，也和《楚辞》有千丝万缕的联系。在宋代勃兴的潇湘图像母题，其最初源头，便可追溯到《楚辞》中的潇湘意象。据文献和现存绘画作品来看，潇湘母题虽然在五代时期被图绘，但"潇湘八景"正式成为潇湘系列图式，始于宋代。新加坡学者衣若芬对潇湘诗歌和潇湘图像之内在联系有深入的论述；美国学者姜斐德的《宋代诗画中的政治隐情》，即从另一方面联系屈原的放逐对潇湘图像背后的政治意味进行了独到的分析，揭示出潇湘母题在唐宋诗画中的独特意味。因而，我们可以说，"潇湘八景"图像母题始于五代，并为宋代以及后代画家所反复表现。此外，中国绘画史上的渔父形象，也源于《楚辞》之《渔父》篇。五代画家荆浩、卫贤都曾绘制过渔父图，但绘画中的渔隐母题成熟于宋代，并为宋代画家所反复表现。目前流传的相关宋画有许道宁的《渔父图》(图 1－37)，也称为《秋江渔艇图》，现藏于美国纳尔逊-艾金斯艺术博物馆；梁楷的《戴雪归渔图》，现藏于美国弗利尔美术馆。有些作品虽未点名"渔父"主题，但渔父的确是画面的主体，此类作品有宋代佚名作品《荻岸停舟图》(图 1－38)等，现藏于美国波士顿美术博物馆。

图 1－37 许道宁 《渔父图》 美国纳尔逊-艾金斯艺术博物馆藏

图 1－38 佚名 《荻岸停舟图》 美国波士顿美术博物馆藏

《古诗十九首》是两汉之际五言诗成熟的代表作品，对中国诗歌传统的形成影响巨大。它以朴素的语言，表达了当时社会文人对于人生短暂、世事无常的感叹，同时也有不少作品表达了男女之情的甜蜜与痛苦。诗歌大量运用了比兴、象征等修辞手法，对于日后中国诗歌语言、意象以及情感基调，产生了深刻的影响。《古诗十九首》中涉及的诸多诗歌情境和诗歌母题，随着诗歌对于绘画的渗透，也对于绘画有着深刻影响。因为文人意识对于宋代绘画的浸染，宋代绘画中涉及的传统诗歌母题更为丰富，抒情意味也更加浓厚。例如远游是《古诗十九首》中的一个重要母题，所谓“人生天地间，忽如远行客”；又如另一首诗歌中的“回车驾言迈，悠悠涉长道”。此类远游主题，必定在宋代山水画成熟之际，才能传达出人在天地之间的寂寞和漂泊。宋代山水画中所刻意描画的荒寒意境，以及宋代山水画所着意呈现的“高远”“深远”“平远”等宏大构图，也才能更好地烘托“游子”这一主题：悠悠天地之间的寸许点景人物，正和《古诗十九首》中游子形象相契合，形象地表达了中国文人千年来于天地间孤独的寻觅之旅。

秉烛夜游这一母题，在《古诗十九首》、魏晋以及唐宋文学中，被一再歌咏。而苏轼在其《海棠》一诗中，更对之进行了才情横溢的演绎。这首诗描绘的“夜游”场景，在南宋画家马麟笔下，得到细致入微的描画。在本书第三章第一节，我们将对此进行深入的比较和剖析。当然，前文所说的远游和月夜，也许和宋代相关绘画无直接联系，而是通过对于魏晋、唐宋诗歌的影响，辗转在宋代绘画上留下了印记。如马远的《举杯邀月图》，作为对于月夜的描画，可以追溯到《古诗十九首》，但其直接的灵感来源，应该是唐代李白的“举杯邀明月”句。

由于北宋的特殊社会状况以及宋代和周边各少数民族的纷争，汉代在战乱中流落匈奴后又被曹操赎回的女诗人蔡文姬，也是宋代画家热衷的题材。此外，蔡文姬以及王昭君作为历史上民族往来的一种主题，也是宋代诗人热衷的诗歌母题。《后汉书》载：“陈留董祀妻者，同郡蔡邕之女也，名琰，字文姬。博学有才辩，又妙于音律。适河东卫仲道。夫亡无子，归宁于家。兴平中，天下丧乱，文姬为胡骑所获，没于南匈奴左贤王，在胡中十二年，生二子。曹操素与邕善，痛其无嗣，乃遣使者以金璧赎之，而重嫁于祀。”文姬之闻名不仅因其乱世佳人之身份以及和曹操及董祀的纠葛，更因为她的才情和诗歌。《胡笳十八拍》便是蔡文姬对于自己乱世颠沛，骨肉分离生活的真实写照。宋代绘画对文姬的生活，进行了独特的阐释。目前流传的有宋代佚名《文姬图》（图 1-39），南宋陈居中《文姬归汉图》。前者为绢本设色，画面尺幅为 24.4 厘米×22.2 厘米，现藏于美国波士顿美术博物馆。画面上绘有蔡文姬夫妇骑马前后相随，一人怀中抱着一个孩子，左贤王回首顾望文姬，左贤王怀抱中的孩子也转头看着妈妈，蔡文姬若有所思，而她怀里的孩子则无忧无虑地看着远方。画面并未渲染悲伤的离别之情，而是将左贤王的不舍、蔡文姬的无奈，以及一双儿女对父母的无限依恋刻画得惟妙惟肖，给观者留下了无尽的想象空间。南宋画院画家陈居中有《文姬归汉图》传世，此图纵 147.4 厘米，横 107.7 厘米，现存于台北“故宫博物院”。画面表现了胡汉使者列队两侧，文姬和左贤王话别的场景。画面场面宏大，人物鞍马精细，构图沉稳，画家对于文姬以及左贤王的神情并未多着笔墨，但文姬后面一大一小的两个孩子，以及两个孩子身后的三个侍女正伸手将孩子从母亲身边带走，其中文姬幼女无限依恋地从后面双手环抱着妈妈不肯离去，望之使人感伤不已。宋人诗歌中不乏对于蔡文姬的描绘，如王安石就曾作《胡笳十八拍十八首》。林景熙亦有诗歌《蔡琰归汉图》，现收录在此：

图 1-39　佚名　《文姬图》　美国波士顿美术博物馆藏

文姬别胡地，一骑轻南驰。伤哉贤王北，一骑挟二儿。
二儿抱父啼，问母何所之。停鞭屡回首，重会知无期。
孰云天壤内，野心无人彝。凡物以类偶，湿化犹相随。
穹庐况万里，日暮惊沙吹。惜哉辨琴智，不辨华与夷。
纵怜形势迫，难掩节义亏。独有思汉心，写入哀弦知。
一朝天使至，千金赎蛾眉。雨露洗腥瘢，阳和变愁姿。
出关拜汉月，照妾心苦悲。妾心倘未白，何以觐彤墀。

狐死尚首丘，越鸟终南枝。如何李都尉，没齿阴山陲。

诗歌所描绘的《文姬图》，当不是陈居中的《文姬归汉图》，而更有可能是前文所述宋代佚名《文姬图》。可以想见，前一个画面左贤王和蔡文姬分别以后，则势必“一骑挟二儿”，夫妻母子分离。

二、宋人对魏晋南北朝的诗人形象及诗意的图像呈现

正如前文一再强调，宋代士大夫趣味对宋代绘画创作浸染极深，在这种绘画创作语境之中，文学典故必然会渗透为图像典故。魏晋时期，人们在暮春有临水修禊除垢的习俗，《兰亭集序》便写于王羲之与友人谢安、孙绰等人兰亭雅集之后。兰亭雅集作为魏晋南北朝时期文人的盛事，也在宋代绘画中得到呈现，如《宣和画谱》载陆瑾有《山阴高会图》，并记载陆瑾的绘画内容丰富，文人气息浓厚：“春则山阴曲水，夏则茂林泉石，秋则风雨溪壑，冬则雨桥野店，至于水阁、僧舍、布置物像，无不精确，可以追踪名手。”[①]米芾自己也以绘画的形式对魏晋名士进行过描绘：“余又尝作《支许王谢于山水间行》，自挂斋室。”[②]米芾本身崇尚魏晋风度以及艺术，并且自取斋号“宝晋斋”。宋代刘松年有《兰亭除垢图卷》就以图像方式重现了兰亭雅集的盛况。画面上 42 个士人或坐或站，曲水流觞，茂林修竹。画面人物皆为魏晋人物装束，宽袍大袖，姿态放逸。

兰亭故事以外，陶渊明故事以及陶渊明诗歌意象，是宋代绘画中的另一个重要母题。画史载为“风气高逸”[③]的陶渊明及其诗歌和生活方式，被宋人推崇备至。可以说，宋人热衷的诗人形象当首推陶渊明。北宋画家李公麟便常以陶渊明作为其绘画主题，而李公麟作为北宋文人画代表，在对于陶潜形象创作构思时颇具匠心：“公麟画陶潜《归去来兮图》，不在于田园松菊，乃在于临清流处。”[④]《宣和画谱》载李公麟有《归去来兮图》两幅。美国波士顿美术博物馆收藏的佚名画家的《归去来辞书画》，曾传为李公麟作，但《宋画全集》将此画归为佚名。此画为绢本设色，高 30 厘米，长 438.6 厘米，画面上有以行书抄录的《归去来兮辞》文本片段和陶渊明相应的系列图像。这幅绘画奠定了图像中的陶渊明形象，正如袁行霈指出：“元代以后各家陶渊明画像有一种趋同的现象，陶渊明的形象定型化，大体上是头戴葛巾，身着宽袍，衣带飘然，微胖，细目，长髯，持杖，而且大多是面左。这种定型化的陶渊明形象，很可能是源自李公麟。”[⑤]陶渊明在绘画中的一贯形象是否源于李公麟，我们姑且不论，但美国波士顿美术博物馆所藏《归去

① 俞剑华注释：《宣和画谱》，人民美术出版社 1964 年版，第 248 页。

② 米芾：《画史》，见潘运告编：《宋人画论》，湖南美术出版社 2000 年版，第 139 页。

③ 俞剑华注释：《宣和画谱》，人民美术出版社 1964 年版，第 122 页。

④ 同上，第 131 页。

⑤ 袁行霈：《古代绘画中的陶渊明》，《北京大学学报（哲学社会科学版）》2006 年 06 期，第 9 页。

来辞书画》长卷中陶渊明形象和袁行霈的描述基本相符。此外，袁行霈在其《古代绘画中的陶渊明》中，也对历代绘画对陶渊明形象的图像呈现进行了较为全面的梳理，另有本套图书中的魏晋南北朝卷，也对历代绘画史上的陶渊明图像母题进行了整理和分析，读者可相互参照。

谢惠连是南朝著名诗人，据《南史》载："年十岁能属文，族兄灵运嘉赏之，云'每有篇章，对惠连辄得佳语'。尝于永嘉西堂思诗，竟日不就，忽梦见惠连，即得'池塘生春草'，大以为工。常云'此语有神功，非吾语也'。本州辟主簿，不就。"[①]谢惠连本身也擅画，张彦远在《历代名画记》中载："谢惠连（中品中），陈郡阳夏人。幼有词学，族兄灵运叹服之。官至司徒府参军，以疏放，久不从官。年二十，书画并妙。"[②]谢惠连有《捣衣诗》，原文如下：

衡纪无淹度，晷运倏如催。白露滋园菊，秋风落庭槐。
肃肃莎鸡羽，烈烈寒螀啼。夕阴结空幕，宵月皓中闺。
美人戒裳服，端饰相招携。簪玉出北房，鸣金步南阶。
櫩高砧响发，楹长杵声哀。微芳起两袖，轻汗染双题。
纨素既已成，君子行未归。裁用笥中刀，缝为万里衣。
盈箧自余手，幽缄俟君开。腰带准畴昔，不知今是非。

此诗也为《昭明文选》收录。捣衣是中国古代诗歌中的常见母题。古代妇女常以一木棒捶打布帛使之缝制的衣裳更为服帖柔软。就目前唐宋诗歌中所见，捣衣常在深秋月夜河边进行。也许，秋夜因为清寒寂静，捣衣声听起来更为真切，同时月夜的捣衣声也更发人深思。张先所绘的《十咏图》，录入其父《闻砧》诗一首，并绘有相关画面。这里的"砧"就是妇女用以捣衣的捣衣砧，所谓"闻砧"也就是写听到捣衣声之所感。南宋画家牟益以白描形式对谢惠连《捣衣诗》进行了呈现，此即现存于台北"故宫博物院"的《捣衣图卷》（图 1－40）。牟益，"字德新，蜀人理宗朝学者，深究古文，尤精篆书，兼工绘事"[③]。此长卷有明显的模仿唐代仕女画的痕迹，从服装到发型都有唐代宫廷仕女图的遗韵，人物形态也比较丰满，和周昉、张萱笔下的唐代仕女更为相似。

三、宋代绘画对于唐代诗人形象及诗句的图像呈现

唐代作为中国诗歌史上的诗歌盛世，对宋代诗歌和绘画都产生了巨大的影响。宋代对于唐代诗歌的图像呈现，除了频繁以图像方式展示唐诗中的意象以外，其意境也进一步诗化。

---

① 李延寿：《南史》，中华书局 1975 年版，第 537 页。

② 张彦远著，俞剑华注：《历代名画记》，上海美术出版社 1964 年版，第 145 页。

③ 王朝闻主编：《中国美术史》（宋代卷・上），北京师范大学 2004 年版，第 125 页。

图 1-40　牟益　《捣衣图卷》　台北"故宫博物院"藏

(一) 宋人对于王维形象及诗句的图像呈现

王维是唐代著名诗人,生于公元 701 年,被后世称为"诗佛"。本卷之所以在此将王维列为首位,一是因为宋人所绘王维的形象以及王维诗句,在数量上超过其他唐代诗人;更为重要的是,王维的诗歌和绘画创作在宋代开启了一种新的图像观念。也正因为如此,宋代文人画家将王维尊为文人画鼻祖。

王维作为一种新图式的缔造者,在宋诗中屡屡出现,并常常和绘画或某种特殊的景象相联系。例如,苏轼、苏辙兄弟关于有王维、吴道子绘画风格技巧的唱和。白玉蟾有句:"诗成此景尚自尔,安得王维收入画。"林逋在其《和谢秘校西湖马上》一诗中咏道:"表里湖山极目春,据鞍时此避埃尘。苍苍烟树悠悠水,除却王维少画人。"在另一首诗中作者写道:"楚山重叠矗淮渍,堪与王维立画勋。"南宋诗人陆游在其诗作中,也屡次提及王维高超画艺:"扇题杜牧故园赋,屏对王维初雪图。""数掩围柴荆,王维画不成。""丹枫岸边雪色芦,下有老翁方捕鱼。欲求妙师貌画图,王维郑虔今世无。"《宣和画谱》载李公麟有《写王维归嵩图》一幅,另外还有《写王维像》，同时还创作有《阳关图》。显而易见前两幅是以王维活动与形象为主题的绘画作品，而《阳关图》则来源于王维《送元二使安西》诗句，诗中有："劝君更尽一杯酒，西出阳关无故人"之句。

王维《终南别业》诗中有名句"行到水穷处，坐看云起时"，在宋代被多位画家描绘。南宋画家马远有《石壁看云图》（图1－41）流传。画面也是马远典型的半边一角构图，画一高士策杖临水而立，氤氲之气从对岸石壁上方飘荡。画面虽未照搬王维诗句中的"坐看"这一细节，但也有山穷水尽，却因看云忽然开朗之意。马远之子马麟也有《坐看云起图》，画面画一士人在坡岸边，以肘支地临水而坐，仰望远处升腾的云烟。宋代佚名扇面《青山白云图》，绢本设色，现藏于北京故宫博物院。画面右侧有一小而极简陋的茅屋，屋外水滨有一高士坐看远处升腾的白云，肩上扛一杖，杖头挑一酒葫芦。

图1－41　马远　《石壁看云图》　北京故宫博物院藏

（二）宋人对于李白形象及诗句的图像呈现

李白是唐代诗歌巨匠，现存最有影响的宋代李白图像，当为梁楷的《太白行吟图》（图1－42）。梁楷笔下多诗人、禅师画像，画风独具一格。在此作品中，作者以极简约狂放的线条，寥寥几笔，塑造了诗仙李白且行且吟的一幕，画面全无背景，只有李白脱帽昂首行吟。此形象也是对于唐宋诗歌中李白形象的呼应和图像呈现。王伯敏在其《中国美术通史》中指出："南宋'减笔'画家梁楷，可称得上粗卤求笔、无墨求染、狂怪求理三者兼备于一身。"[①]李白作为唐代著名诗人，其形象也屡屡出现在唐宋诗人笔下。

① 王伯敏：《中国美术通史·第四卷》，山东教育出版社1996年版，第155页。

图 1-42 梁楷 《太白行吟图》 日本东京国立博物馆藏

图 1-43 马远 《对月图》 台北"故宫博物院"藏

此外,宋代诗人陈师道有《题画李白真》,诗曰:

君不见浣花老翁醉骑驴,熊儿捉辔骥子扶。
金华仙伯哦七字,好事不复千金模。
青莲居士亦其亚,斗酒百篇天所借。
英姿秀骨尚可似,逸气高怀那得画。
周郎韵胜笔有神,解衣磅礴未必真。
一朝写此英妙质,似悔只识如花人。
醉色欲尽玉色起,分明尚带金井水。
乌纱白纻真天人,不用更着山岩里。
平生潦倒饱丘园,禁省不识将军尊。
袖手犹怀脱靴气,岂是从来骨相屯。
仰视云空鸿鹄举,眼前纷纷那得顾。
是非荣辱不到处,只恐朝来有新句。
勿吾身后不要名,尚得吴侯费百金。
江西胜士与长吟,后来不忧身陆沉。

陈师道为北宋诗人，梁楷是南宋画家，因而陈师道所见，必定不是梁楷笔下的李白。因而，我们可以断定，北宋还有更多的李白画像流传，陈师道所咏，也只是其中一幅而已。

此外，马远《对月图》(图 1－43)，也是对于李白名句“举杯邀明月，对影成三人”的描绘。画面一士子一书童，士子举杯邀月，书童捧着酒壶侍立一旁。

(三) 宋人对于杜甫形象及诗句的图像呈现

杜甫在诗史上的地位奠定于唐代，巩固于宋代。宋人在诗歌中，不仅以杜甫和李白，而且更以杜甫和陶潜对举，并以文字塑造了无数杜甫形象。宋代绘画也同样对杜甫的形象以及杜甫诗句进行了表现。这既是宋人对于前人诗句的描绘，同时，杜甫作为一个文学意象，频繁出现于宋人文学中，因而，宋人笔下的杜甫形象，也是宋代图像对宋代文学的呈现。

现存杜甫像有牧溪《杜子美图》(图 1－44)，此图画面无背景，仅以简单线条，勾勒出诗人杜甫骑驴的形象。画面上的诗人身形瘦弱，符合杜甫在其诗歌中所体现的忧患与漂泊形象。画面上有南宋末禅僧简翁居敬题赞：“眼上双眉入鬓横，有时独跨蹇驴行。因吟一夜落花雨，直至如今字字芗。山阴简翁居敬题。”画中的诗人杜甫也正如王安石在其《杜甫画像》中所咏：“青衫老更斥，饿走半九州。”诗人坐骑常为驴，这也是中国文化中的一种传统意象，同时也延伸为宋元绘画中的图像学标志。牧溪画面上的杜甫头发稀疏，着一小块深色布裹头。正如他自己所说：“白头搔更短，浑欲不胜簪。”画家寥寥数笔，勾勒出诗人脸上的眼袋和凹陷的两颊，以及因为瘦弱而突起的肩膀，此画着意展示了暮年的杜甫。诗人似乎信驴由缰，一手扶着驴背，一手轻握缰绳的同时，也做拈须状。中国传统文人多蓄须，拈须这一动作，则常伴随着思考，在中国诗歌创作传统中，也表达了全身心投入创作的状态。例如卢延让有句“吟安一个字，捻断数茎须”。王禹偁也有“杜甫奔窜吟不辍，庾信悲哀情有余”。戴复古复有“干戈奔走踪，道路饥寒状”。宋代诗僧绍昙也将远游行吟作为杜甫人生中的一幕典型画面拈出：

图 1－44　牧溪　《杜子美图》　日本福冈市美术馆藏

客路如天远，吟身太瘦生。
无家归未得，策蹇傍春行。

牧溪没有刻意去刻画杜甫作为“诗圣”的一面，也无意表达他忧国忧民的情怀，而就是刻画了一个在驴背上陷入沉思的瘦弱老人，因为无目的，所以缰绳松弛，而只是让驴为他寻路。画面上的驴似乎和诗人也很默契，低头缓步前行。同是行吟诗人，梁楷笔下的李白昂首向天，而牧溪笔下的杜甫，则低头觅句。梁楷的李白和牧溪的杜甫以不同的笔墨线条与不同的身体形态，揭示出李白杜甫不同的人格与不同的世界，同时也揭示出他们的不同创作状态以及诗歌风格。李白人称“诗仙”，其诗飘逸、豪放，仰天正符合他的创作状态和高蹈之精神。而杜甫作为“诗圣”，他对于诗歌技巧以及诗句是重锤炼的，自云“语不惊人死不休”。

此外，杜甫诗歌还为我们提供了一些经典的诗歌意象，这些意象也陆续被宋代画家以独特的形式演绎。其中有的绘画，能够和杜甫特定的诗歌或其中的诗句相联系。而有的图像，则并未点名是对特定诗句的描绘，但人们可以按图像学线索，约定俗成地将这些画面和杜甫所塑造的某个经典诗歌意象相联系。例如宋代流传至今的两幅“佳人”主题的绘画。其中有一幅佚名扇面画《天寒翠袖图》（图1－45），一望即知是对杜甫《佳人》之诗句的视觉呈现。此画画面构图单纯，其主体是一年轻女子，衣着单薄，面貌发髻有唐人风韵，在山坡上茕茕独立，身旁有翠竹数丛。杜甫五言诗《佳人》中原句为：“绝代有佳人，幽居在空谷。……在山泉水清，出山泉水浊。侍婢卖珠回，牵萝补茅屋。摘花不插发，采柏动盈掬。天寒翠袖薄，日暮倚修竹。”画面虽然省略了诗歌中叙述的很多情节，对其场景也进行了简化，但依然准确地刻画出一个无依无靠但心气高洁的佳人形象。

图1－45 佚名 《天寒翠袖图》 北京故宫博物院藏

美国汉学家毕嘉珍在其《墨梅》一书中，将其中隐而不显的宋代系列美人图和杜甫的诗句联系起来解读，并指出：“尽管杜甫《佳人》一诗既没有明讲也没有暗指梅花，但宋代绘画却受到那个典型的被遗弃的可怜的妇人的启发，在表现该妇人时会插入一株开花的梅树……并且他们确信，在同时代的12世纪或者13世纪人心目中，这一主题能大幅提高杜甫《佳人》一诗中的悲伤美。”①

① 毕嘉珍：《墨梅》，江苏人民出版社2012年版，第102页。

据题跋揭示，现存南宋赵葵的《杜甫诗意图》，画面所绘为杜甫《携妓纳凉晚际遇雨》中一联诗。杜诗原文为：

落日放船好，轻风生浪迟。
竹深留客处，荷净纳凉时。
公子调冰水，佳人雪藕丝。
片云头上黑，应是雨催诗。

赵葵画面即表现了“竹深留客处，荷净纳凉时”之句。目前不少人遵旧说，将这种阐释一直延续下来。但是笔者以为，赵葵画面中的诗意和杜甫原句的联系似是而非。

此外，杜甫曾作《饮中八仙歌》描绘过唐代八位酒仙，李公麟曾画有《饮中八仙图》，但李画现已失传，唯明代唐寅临本可见。

（四）宋代绘画对于唐代其他诗歌作品的图像呈现

宋人除了热衷于王维、李白、杜甫以及前文中寒山、拾得等诗人的诗句和形象外，也还有其他与唐诗相关的画作流传，或者被文献记载。流传至今的南宋画家马远之《寒江独钓图》（图1-46）所绘，即柳宗元的诗句“孤舟蓑笠翁，独钓寒江雪”。从题目上来看，我们可以将之归为广义的唐人诗意图。柳宗元《江雪》原诗曰：“千山鸟飞绝，万径人踪灭。孤舟蓑笠翁，独钓寒江雪。”画面形制和柳宗元诗歌一样简练短小。画面上除了江流，或许还有和江流融为一体的天际，水流无边无际，一叶孤舟在江流中沉浮，一个孤独的垂钓者正专注于手上的钓钩。马远画作《寒江独钓图》的确契合柳宗元所吟咏的荒寒意境，但也不完全是对柳诗意的被动模仿，画面只描绘了江水和渔舟、钓翁，对于千重雪山未着笔墨。

图1-46　马远　《寒江独钓图》（局部）　日本东京国立博物馆藏

宋代图像对于前代诗歌的呈现，和诗歌文本本身具有较强的内在联系，或者说宋代绘画作品所呈现的，大多是具有经典性的诗歌。例如，宋代画家所热衷于描绘的诗人形象，都是汉语诗歌史上的巨擘；同时，宋代画家所乐于诉诸图像的，是汉语诗歌史上的经典作品。唐代是中国诗歌发展史上的高潮。可以说，唐诗对于宋代绘画的渗透无处不在。

小结

宋代在中国文学和图像关系史上是一个承上启下的时代，在这一时代，儒家道德训诫还是图像的主导内容，同时也是宋代儒学复兴的重要组成部分；宋代对前代文学和历史故事的图像呈现与两宋时期的政治状况和民族斗争有密切联系。因为民族矛盾始终存在，危机意识也深入到宋代文化的各个方面，因而伯夷、叔齐以及苏武、蔡文姬等忠君爱国之文学母题在绘画中得到广泛的呈现。诗意是宋代绘画的关注重点之一，从《诗经》到唐诗在宋代绘画中也都有所描绘，而其中陶渊明、王维、李白、杜甫等人的诗句及诗人形象，是宋代诗意绘画的描绘重点。宋代诗意画不但从某种程度上反映了前代诗歌在宋代的接受和传播，同时也反映了宋代对于诗歌的特定审美趣味，从中可以归纳出援诗入画的普遍规律。

第二章 宋代笔记小说与宋代图像的关系

笔记是一种形式自由，内容丰富驳杂的文体，起源于魏晋时期。北宋文人宋祁将杂事随笔结集，命名为《笔记》，这可视为笔记成为独立文体的开端[①]。宋代笔记的创作者数量甚众，种类齐全。上至文人士大夫，下至普通百姓[②]，皆乐于笔记创作。流传至今的宋代笔记有500余种之多[③]，包括都市笔记、笔记小说、野史笔记、学术笔记等种类。

笔记的内容宏博庞杂，这些内容不仅仅停留在文本，更在宋代绘画中获得广泛呈现。由此，绘画与笔记文本形成了文图的互现，共同建构起一部具有时代特色的文图关系史。根据文图互现的内容，我们可将之分为市井生活、乡村生活以及文人雅趣的图像呈现。

第一节 市井生活笔记及其图像呈现

宋代是城市迅速发展的时代，两宋都城汴京和临安都是当时世界上极为繁华的大都市。这些都市以优越的地理位置、发达的交通为基础，汇聚了大量人口，并在较之前代更为宽松的商业环境中，孕育出发达的商业贸易、富足的城市生活以及丰富的文化活动。在这种历史语境中产生的宋代都市笔记，成为最具时代特色的笔记种类之一。作者主要以汴京、临安等大都市的生活经验为基础，记录都市的空间场景与文化生活。代表作有孟元老的《东京梦华录》、吴自牧的《梦粱录》、周密的《武林旧事》等。有人认为，都市笔记是“士人阶层对他们失去的生活的追忆”[④]。但实际上，作者更多站在都市普通百姓的立场上，从生活体验出发，回忆都城的政治、经济、文化风俗等诸多方面的状况。与此同时，这些或翔实或简略的文字在宋代绘画中得到充分地呈现，主要体现在城市场景、商业贸易、节庆民俗、杂剧娱乐等方面。

---

① 参见郑宪春：《中国笔记文史》，湖南大学出版社2004年版，第2页。

② 张晖：《宋代笔记研究》，华中师范大学出版社1993年版，第49页。

③ 朱易安、傅璇琮等主编：《全宋笔记》第一编（一），大象出版社2003年版，第1页。

④ 刘叶秋：《历代笔记概述》，中华书局1980年版，第167页。

一、商业贸易与其图像呈现

里坊制度是宋代以前都市规划与居住管理的主要制度。该制度起源于西周的闾里制度，形成于汉代，自此沿用了十来个世纪。里坊制度把全城分割为若干封闭的、作为居住区的“里”，并将商业与手工业限制在一些定时开闭的“市”中。“里”和“市”都环以高墙，设里门与市门，由吏卒和市令管理。在宋代，统治者通过提高商人地位，减免赋税，保证交通通畅等措施，让商业贸易获得快速发展。商业的繁荣促使都市突破了里坊制度，“华夷辐辏，水陆会通，时向隆平，日增繁盛”，而“坊市之中，邸店有限，工商外至，络绎无穷”①，显然，里坊制度已经无法适应城市发展的要求。随着“侵街”形势的扩大，坊市分开的状况被逐渐改变，无论里坊都存在商铺和商业活动，甚至北宋皇宫大门宣德楼前的御街，也成为商业场所。孟元老《东京梦华录》记载：“自宣德楼一直南去，约阔二百余步，两边乃御廊，旧许市人买卖于其间。”②此外，城市宵禁制度取消，商业时间大大扩展，以致通宵达旦的地步，正所谓“夜市骈阗，至于通晓”（《东京梦华录》）。在宋代笔记中，商业贸易的方方面面得到记录和描述。这些描述不仅存在于笔记文本之中，也常常在宋代图像中得到呈现。

（一）宋代汤茶售卖与其图像呈现

宋代城市盛行饮汤茶，汤茶也作为重要的商品加以售卖。这些商品不仅种类丰富，而且形成了以汤茶为中心的市井文化。关于汤茶买卖活动的记载散见于宋人笔记，并在宋代图像中得到呈现，例如南宋佚名《斗浆图》（图 2－1）。

宋代的市井之中，存在大量贩卖煎点汤茶的摊点，这些小贩被称为“卖浆者”，这样的汤茶文化也被称为“卖浆”。如果说汤茶售卖是宋代都市零售业的重要部分，“卖浆”则是宋代汤茶售卖的生动表现。“卖浆”所售卖的商品非常丰富，包括各种汤茶饮品以及酒水。比如杨万里《诚斋集》卷十一《梨》中“卖浆碎捣琼为汁”，这里的浆应该是梨汁。又如范成大《吴郡志》卷二一载：“（陆襄）母尝卒患，医须三升粟浆，时冬月日暮，求索无所，忽有老父诣门卖浆，量如方剂。”③此处的粟浆，是一种带酸味的饮料，陆游的“病喜粟浆酸”“渴满便杓粟浆酸”等诗句可证。

一般认为，《斗浆图》是对市井里巷间卖茶水场景的图像呈现。如洪再新先生所说：“现存宋代的风俗画中，有一幅专写汤茶小贩的精美作品，即南宋无名氏

① 王溥：《五代会要》卷二六，上海古籍出版社 2006 年版，第 417 页。

② 孟元老撰，伊永文笺注：《东京梦华录笺注》，中华书局 2006 年版，第 12 页。

③ 范成大：《吴郡志》，江苏古籍出版社 1999 年版，第 314 页。

图 2-1 佚名 《斗浆图》 黑龙江省博物馆藏

的《斗浆图》(黑龙江博物馆藏)。"[①]但卖茶水的说法并不十分准确。更具体地说,《斗浆图》是对宋代"支茶"场景的再现,由此反映出宋代城市盛行的汤茶文化。画面中的六个人都携带茶壶和茶具,难以分清谁是摊贩,谁是顾客。对比清代《卖浆图》,该图左边的老汉提着类似《货郎图》中的担子,显然他是摊贩。旁边的妇女和小孩穿着考究(妇女穿着南宋时期流行于市民阶层的褙子),一副城市小市民的装扮。值得注意的是,他们与画面右边的男子一样,都提壶拿杯。因此,右边提壶的众男子也不是摊贩,而是喝茶的顾客。清代《卖浆图》中的提壶男子与南宋《斗浆图》中男子的动作、表情极为相似,可见此图并不是卖茶水的场景呈现,而是邻里之间喝茶聊天的情景再现。画面最前方的两人一边手拿茶具,一边正在交谈。画面右边提篮子的人正在倾听两人的谈话。另外,从帽子、白衣、短裤等衣饰来看,他们都不是士人阶层,而是城市平民。如是种种能够与宋人笔记的记载形成文图互证。画面中的六个人应该是所谓"提茶瓶之人"。这些人不仅喝茶,还同时传递时事轶闻等信息,是谓"支茶"。据《东京梦华录》,"提茶瓶之人,每日邻里互相支茶,相问动静",而《都城纪胜》亦载"提茶瓶之人,寻常月旦望,每日与人传语往还。"

支茶是宋代汤茶文化的重要内容,此外,宋代还有分茶、斗茶的汤茶文化。分茶是一种茶艺,"高下急徐,击拂拨弄,幻成字画之类物象,分茶已与风行于世的琴棋书画并肩而立也",其技艺独特,"鲜有能者。然市井饮食商家多趋名艺绝技,纷纷以示品味高尚而相召顾客耳。"[②]而"斗茶"是流行于士大夫阶层的娱乐

① 洪再新:《宋代风俗画》,《新美术》1985 年第 2 期,第 62 页。

② 孟元老撰,伊永文笺注:《东京梦华录笺注》,中华书局 2006 年版,第 94、174 页。

活动。范仲淹、苏轼、唐庚等人均有斗茶方面的诗歌或文章。南宋时期，西湖等一些林泉苑囿胜地，大多有斗茶风气。总之，宋代笔记中关于汤茶文化的记载，在宋代图像中也有所呈现，由此形成两者的文图互证，一定程度上反映了宋代城市商品经济的发达。

（二）酒肆活动及其图像呈现

宋代都市酒楼众多，这些酒楼不仅装饰奢华，设施齐备，而且名酒汇聚。同时，宋人的精英阶层喜好宴飨之乐，注重奢华享受，也促进了酒肆文化的繁荣。酒肆活动在《四迷图》中有所呈现。所谓“四迷”是指酗酒、嫖妓、赌博及恶霸四种恶习，其中的酗酒场景正是当世酒肆文化的呈现。相传南宋画家李嵩绘有《四迷图》，明代袁华在其《耕学斋诗集·四迷图诗》曾记：“四迷粉图谁手写，乃是钱塘之李嵩。嵩当三朝应奉日，点染人物犹精工。建炎已后和议定，岁聘杂沓金源东。自兹民不识戈甲，江南花柳春融融……”但李嵩之作现已失传，现存《四迷图》（图 2－2）为别稿，且只剩酗酒场景一幅。

图2－2　佚名　《四迷图》

此图屏风下的男子处于醉酒状态，在仆人的帮助下正在呕吐，丑态百出。背对画面的赤膊男子正在劝酒，旁边的仆人却已准备好供其呕吐的盘子。画面正中的男子装束较为整洁，表情动作也较为恭谨礼貌，可能是宴饮的主人，也可能是后至的客人（左边的仆人正提着新酒）。此人体型富态，器宇不凡，头带幞头。其衣颜色为朱红。据《宋史·舆服志》规定，五品以上官员服朱，平民穿白衣。但实际上，平民尤其富商并不严格遵守此规定。而随着商人地位的提高，服饰颜色更加自由。尽管此人“服朱”，但其束带并非官员公服的配置，因此此人的社会身份可能是富商。

至于图中的室内空间，装饰、陈设较为奢华，有可能是当时著名的酒楼。据《东京梦华录》“酒楼条”记载：“凡京师酒店，门首皆缚彩楼欢门，唯任店入其门，一直主廊百余步，南北天井两廊皆小阁子，向晚，灯烛荧煌，上下相照……浓妆妓女数百，聚于主廊檐面上，以待酒客呼唤，望之宛若神仙。”①可见当时城市的酒楼无论是规模还是装饰都达到很高的水平。因其壮观华美，北宋时还出现了专门画“酒肆边绞缚楼子（彩楼观门）”的画家。东京最著名的酒楼是樊楼，也叫作丰乐楼，而据《梦粱录》记载，南宋时期点检所酒库拥有太和楼、和乐楼、和丰楼等多处著名酒楼。

不过，这种奢靡的酒肆活动也受到不少文人士大夫的批评。王安石在奏章《风俗》中指出：“圣人之化，自近及远，由内及外，是以京师者，风俗之枢机也，四方之所，面内而依仿也。”宋代笔记在记录酒肆文化和宴飨之乐的同时，也不乏对这种奢靡的社会风气的批评。据王栐《燕翼诒谋录》卷二《禁侈靡》记载：“咸平、景德以后，粉饰太平，服用浸侈。不惟士大夫之家崇尚不已，市井闾里以华靡相胜，议者病之。”陈舜俞在《都官集》也写道：“今夫诸夏必取法于京师。所谓京师则何如？百奇之渊，众伪之府。异服奇器，朝新于宫廷，暮仿于市井，不几月而满天下。卒归业雕（脱字），几豁组绣，赢利于市者，皆市之所谓诏之，导之于天下，亦可谓至矣。”②

（三）宋代笔记中的商品杂货与其图像呈现

在宋代笔记中，琳琅满目的日用百货成为重要的记述内容，散见于《东京梦华录》《武林旧事》《都城纪胜》等笔记中。这些商品主要分为三类：日常用品、食物以及儿童玩具。这些商品在货郎主题的图像中得到充分展现。货郎，又称“货郎儿”，是旧时挑担、推车或背箱儿、背包袱，在城乡流动出售日用杂货的小商贩。周密《武林旧事》卷二“大小全棚傀儡”中记载了题为“货郎”的傀儡戏名，可见作为流动商贩的“货郎儿”在宋代已经出现，且颇为盛行，以至于成为重要的傀儡戏题材。货郎的作用相当于流动的微型“超市”，整个货郎担子盛满日用商品，可以与笔记中的记载形成文图互证。

现存货郎图有五幅，一幅为北宋苏汉臣的《货郎图轴》，另外四幅均为南宋李嵩所作。李嵩是南宋光宗、宁宗、理宗三朝画院待诏，钱塘人。他是画院画家李从训的养子，绘画上得其亲授，擅人物、道释，尤精于界画。

李嵩的四幅《货郎图》流散各地，一幅藏北京故宫博物院，一幅藏台北“故宫博物院”；另外两幅分别藏于美国大都会艺术博物馆（图 2-3）和克里夫兰美术馆。这四幅图以货郎和货物为中心，勾勒出妇女和儿童争相购物的场景。其中

---

① 孟元老撰，邓之诚注：《东京梦华录注》，中华书局 1982 年版，第 71 页。

② 陈舜俞：《都官集》卷二《敦化五》，《四库全书》第 1096 册，上海古籍出版社 1987 年版，第 425 页。

的货物差别不大，主要分为三类：第一类是日常用具及杂物，诸如扇子、马扎、斗笠、竹簸箕和锄头等；第二类为时蔬酒果，如萝卜、青菜、“山东黄米”和“酸醋”等；第三类为玩具，如风筝、泥人、“黄胖”、“扑扑噔”、拨浪鼓、风车和鸟笼等。在琳琅满目的货物中，有很多能够与笔记形成互证。限于篇幅，以下列举一二：

图2-3 李嵩 《货郎图》 美国大都会艺术博物馆藏

1. “黄胖”。“黄胖”是类似于不倒翁的玩具，但有引线操纵。这种玩具在唐代叫做“酒胡”。不倒翁的较早记载见于五代王定保的《唐摭言》。书中说唐代卢汪，晚年失意，曾赋诗《酒胡歌》一篇，抒发胸臆。孟元老《东京梦华录》说，清明节“都城之歌儿舞女，遍满园亭，抵暮而归，各携枣锢、炊饼、黄胖、掉刀、名花异果、山亭戏具、鸭卵鸡雏，谓之‘门外土仪’。”①

2. 泥孩儿。据陆游在《老学庵笔记》中记载，鄜州有田姓专做泥孩儿者，誉满天下，所做泥人“态度无穷”。南宋泥玩具制作精妙，尤以“磨喝乐”和“泥孩儿”最为典型。

3. 鸟笼。《货郎图》右侧货架上部可见一具荆编鸟笼，笼中一鸟，颇似鹩哥，正张喙啼鸣。据《东京梦华录》记载，北宋时，汴京相国寺每月五次开放供百姓交易。大三门之上即为飞禽猫犬市场，珍禽奇兽无所不有。

二、节庆活动及其图像呈现

宋代都市商业繁荣，市民生活相对富足。在此状况下，宋代的节庆活动规模盛大，内容丰富，民众也广泛地参与其中。这些节庆活动主要有七夕乞巧、端午

① 孟元老撰，伊永文笺注：《东京梦华录笺注》，中华书局2006年版，第626页。

划龙舟、元宵傩仪以及踏歌活动。这些活动不仅记载于宋代都市笔记中，也出现在宋代图像中，两者能形成互证。

（一）七夕活动及其图像呈现

七夕又名乞巧节、七巧节或七姐诞，是我国传统节日，始于汉朝。农历七月七日夜或七月六日夜妇女在庭院向织女星乞求智巧（月光下做针线活），后被赋予了牛郎织女的传说，使其成为象征爱情的节日。七夕节是宋代相当隆重的节日，以乞巧为核心衍生出繁荣的商业活动与丰富的节庆活动。

随着宋代城市和商业的发展，七夕节前后的夜市非常繁华。据宋金盈之著《醉翁谈录》说："七夕，潘楼前买卖乞巧物。自七月一日，车马嗔咽，至七夕前三日，车马不通行，相次壅遏，不复得出，至夜方散。"首都汴京的夜市从宋初以来，政府明令开放，"太祖乾德三年四月十二日诏：开封府令京城夜市至三鼓已来，不得禁止"，著名的州桥夜市"大抵诸酒肆瓦市，不以风雨寒暑，白昼通夜，骈阗如此"①。时逢七夕，夜市的繁华自然达到一个顶峰："七夕前三日，车马盈市，罗骑满街"（《东京梦华录》卷七）。七夕夜市的图像呈现主要有燕文贵所绘的《七夕夜市图》。可惜今已失传，《圣朝名画评》著录记。

至于七夕的主要活动——乞巧，宋代笔记也有大量记载。对于古代妇女来说，乞巧是一年中极为重要的活动。五代王仁裕《开元天宝遗事》记载："帝与贵妃每至七月七日夜在华清宫游宴……又各捉蛛闭于小盒中，至晓开视蛛网稀密，以为得巧之候。密者言巧多，稀者言巧少，民间亦效之。"②孟元老的《东京梦华录》卷八则记载了宋代都城的乞巧活动。"至初六日七日晚，贵家多结彩楼于庭，谓之'乞巧楼'。铺陈磨喝乐、花、瓜、酒炙、笔砚、针线，或儿童裁诗、女郎呈巧，焚香列拜，谓之'乞巧'。妇女望月穿针，或以小蜘蛛安合子内。次日看之，若网圆正，谓之得巧。里巷与妓馆，往往列之门首，争以侈靡相尚。"③把小蜘蛛放在盒内目的是用蛛丝占卜吉凶，"蜘蛛结网，以伺行旅"④。

乞巧活动在宋代及以前就有图像呈现，相传唐代张萱绘有《宫中七夕乞巧图》，五代至宋初有佚名《乞巧图》（图 2－4），南宋则有李嵩绘制的《汉宫乞巧图》。《汉宫乞巧图》名为汉宫，图中的宫殿样式均为典型的宋代样式。画面左边是宋代庭院的廊庑，后面是攒头尖的四角凉亭，右边的建筑为观台，观台的屋顶为歇山式，且为重顶，显示出宫殿建筑的权威，屋顶的样式呈现宋代特色。妇女在观台上进行"乞巧"活动。《汉宫乞巧图》突出了宋代宫殿，可以看作乞巧活动

---

① 孟元老撰，邓之诚注：《东京梦华录注》，中华书局 1982 年版，第 71 页。

② 王仁裕等撰，丁如明辑校：《开元天宝遗事十种》，上海古籍出版社 1985 年版，第 86 页。

③ 孟元老著，邓之诚注：《东京梦华录注》，中华书局 1982 年版，第 209 页。

④ 焦延寿著，尚秉和注：《焦氏易林注》，光明日报出版社 2005 年版，第 620 页。

的远景呈现，而佚名《乞巧图》对妇女活动的描绘更为细致。妇女的发饰皆为倭堕髻，这种发饰始于汉代的堕马髻，在五代时期非常流行。同时，服饰具有一些唐代特色，与宋代素雅节制的风格迥异。画面下方的桌面有不少针线以及酒壶，围绕在桌边的宫女有的在引线，有的在望月，有的在聊天，有的在嬉戏，从而具体地呈现了乞巧活动的各种细节。

图 2-4 佚名 《乞巧图》 美国大都会艺术博物馆藏

（二）傩仪活动与其图像呈现

古代的傩礼一年三次，每年季春、仲秋和季冬三个时节举行，据《周礼》《吕氏春秋》《礼记》等文献，秦以前的古傩有两个基本主题，一是驱邪逐疫，二是祈求风调雨顺，祈盼丰收。如《周礼》中所载，“方相氏，掌蒙熊皮，黄金四目，玄衣朱裳，执戈扬盾，帅百隶而时难，以索室驱疫大丧，先柩及墓，入圹，以戈击四隅，驱方良。”[①]与前代相比，宋代的傩戏更加娱乐化和民俗化。《东京梦华录》记载了北宋宫廷傩仪的场景：“至除日，禁中呈大傩仪，并用皇城亲事官，诸班直戴假面，绣画色衣，执金枪龙旗。教坊使孟景初身品魁伟，贯全副金镀铜甲，装将军，用镇殿将军二人，亦介胄装门神，教坊南河炭丑恶魁肥，装判官，又装钟馗、小妹、土地、灶神之类，共千余人，自禁中驱祟，出南薰门外转龙湾，谓之埋祟而罢。”[②]而南宋吴自牧《梦粱录》以及周密《武林旧事》记载了南宋时期的傩仪场景。如吴自牧《梦粱录》所记，除夕之日：“禁中除夜呈大驱傩仪，并系皇城司诸班直，戴面具，著绣画杂色衣装，手执金枪、银戟、画木刀剑、五花龙凤、五色旗帜，以教乐所伶工装将军、符使、判官、钟馗、六丁、六甲、神兵、五方鬼使、神尉等神，自禁中动鼓吹，驱祟出东华门外，转龙池湾，谓之‘埋祟’而散。”[③]此外，民间傩戏也见于笔记之中。《梦粱录》中记载：“自此入月，街市有贫丐者，三五人为一队，装神鬼、判官、钟馗、小妹等形，敲击鼓，巡门乞钱，俗呼为‘打夜胡’，亦驱傩之意也。”[④]打夜胡又称打野胡，是民间傩仪的名称。南宋赵彦卫《云麓漫钞》卷九载：“世俗岁将除，乡人相率为傩，俚语谓之‘打野胡’。案《论语》：‘乡人傩，朝服立于阼阶’，注：大傩逐疫鬼也，亦呼为野云戏。”[⑤]

在宋代图像中，南宋佚名《大傩图》（图 2－5）是对民间傩仪的图像呈现。图中一共十二人，他们都穿着奇异的服装，聚拢跳舞。细查可见，该图与笔记记载存在较大的差异。图中的人物并没有“装神鬼、判官、钟馗、小妹等形”，而是戴着各式帽子如斗笠、巾和冠，甚至还有斗、箩、箕等农家场院器具。他们手中或身上携拿鼓、铃、檀板等乐器，或为扇、篓、帚等用具，或为花枝、瓜之属。文图之间的疏离引发学者的探究。有学者认为，《大傩图》描绘的并非傩仪，而是江南民间舞队春初祈晴的社火表演。也有人认为，《大傩图》的主题实为儿童村乐。

（三）金明池龙舟活动及其图像呈现

划龙舟本是端午节的重要节庆活动，除了祭屈原外，此风俗还源于祭曹娥、祭水神或龙神等民间信仰。但在北宋时期，划龙舟成为三月一日开放金明池的重要的节日活动。每逢此时，赵宋皇室会在金明池举行赛龙舟活动。金明池为宋太宗赵光义敕造，初衷是训练水军之用。但随着设施的增修，金明池逐渐成了一座皇家园林。平日里，此园禁止百姓随意出入。三月一日到四月八日对平民开放，皇帝会亲自校阅水军的演习，参与迎接端午节的各种庆典活动。

---

① 《周礼・夏官・方相氏》，见阮元：《十三经注疏》，中华书局 1980 年版，第 851 页。

② 孟元老撰，邓之诚注：《东京梦华录注》，中华书局 1982 年版，第 253 页。

③④ 吴自牧：《梦粱录》，商务印书馆 1983 年版，第 50 页。

⑤ 赵彦卫：《云麓漫钞》，中华书局 1996 年版，第 149—150 页。

图2-5　佚名　《大傩图》　北京故宫博物院藏

图2-6　张择端　《金明池争标图》　天津博物馆藏

著名宫廷画家张择端的《金明池争标图》(图 2-6)呈现了金明池端午节庆活动的盛况。此图如实描绘了金明池的空间场景,仙桥、临水殿、宝津楼等笔记记载的著名建筑均得以呈现。据《东京梦华录》记载:"三月一日州西顺天门外,开金明池琼林苑……池在顺天门外街北,周围约九里三十步,池西直径七里许。入池门内南岸,西去百余步,有面北临水殿,车驾临幸,观争标赐宴于此,往日旋以彩幄,政和间用土木工造成矣。又西去数百步,乃仙桥,南北约数百步,桥面三虹,朱漆阑楯,下排雁柱,中央隆起,谓之'骆驼虹',若飞虹之状。"[①]这段记载与该图恰好形成文图互证。图中左下角的建筑是观看划龙舟的最佳地点,应该是皇帝观看划龙舟的临水殿。文本记载,临水殿"面北",其西边架设有"仙桥"。图中建筑的西边恰恰绘有一座桥,此桥联结了湖中的建筑。《东京梦华录》接着写道:"桥尽处,五殿正在池之中心,四岸石甃,向背大殿,中坐各设御幄,朱漆明金龙床。"[②]这一描写与图中的建筑形象完全符合。进而言之,我们能一一对应出图中各种建筑的名字。"仙桥"联结的建筑是"五殿",桥南边的门为"极星门","门里对立彩楼,每争标作乐列伎女于其上"。门南边的建筑是"宝津楼","前至池门,阔百余丈"。另外,"五殿"下方类似于龙船的建筑,被称为"奥屋",作为乘龙船之用。此外,岸上游人如织,图下方岸边的垂柳之处,"两边皆彩棚幕次,临水假赁,观看争标"[③],西岸则游人稀少,"多垂钓之士"[④],整幅画面刻意营构出赵宋皇家与民同乐的场景。

(四) 踏歌及其图像呈现

踏歌是一种古老的歌舞形式。在《诗大序》中有:"永歌之不足,不知手之舞之,足之蹈之也。"《吕氏春秋》中记载"昔葛天氏之乐,三人操牛尾,投足以歌八阕。"在民间,踏歌广泛流行,往往是人们为生活富足、祥和而舞。如南朝(宋)范晔的《后汉书·东夷列传》所载东夷之俗:"常以五月田竟,祭鬼神,昼夜酒会,群聚歌舞,舞辄数十人相随,蹋地为节。"民间自娱自乐的踏歌到了统治者手里,便珠翠绮罗、极尽奢华,以歌功颂德。唐代曾多次由宫廷组织皇帝"与民同乐"、共度元宵佳节的盛大活动,《朝野佥载》记载:长安城里宫女市民一起欢庆元宵节,她们聚集在"灯轮下踏歌三日夜"。张祜有诗云:"千门开锁万灯明,正月中旬动帝京。三百内人连袖舞,一时天上著词声。"

宋代对"踏歌"的记载也很多,流行的地域更多集中在南方。据《宣和书谱》记载,"南方风俗,中秋夜,妇女相持踏歌,婆娑月影中,最为盛集。"陆游《老学庵笔记》中比较详细记载了今湖南湘西一带民间踏歌的场景。孟元老在《东京梦华录》中"宰执亲王宗室百官入内上寿"条,也记载了皇帝寿宴上的情景:"第八盏御酒,歌板色,一名唱踏歌。"可见踏歌在北宋已经成为从上至下极为普及的歌舞形

---

①②③④ 孟元老撰,邓之诚注:《东京梦华录注》,中华书局 1982 年版,第 181—182 页。

式，尤其是中秋与元宵之时。南宋踏歌的习俗更加普遍。周密《武林旧事》记载宫廷教坊为皇帝演出，“第三盏歌板唱踏歌”。张武子有诗：“踏歌游女锦相牵。”与唐代描写的“踏歌”场面相比，宋代诗词只是把“踏歌”作为表达某种情思的载体。

在宋代图像中，马远的《踏歌图》(图 2－7)是南宋时期“踏歌”场景的图像呈现。该图的近景为平民踏歌的场景。对于这些平民的社会身份，有研究者认为他们是农民，有的人则认为当时的平民普遍穿着补丁的衣服和短裤，但图中的人物衣饰并无以上特征，从其所戴帽子判断，这些人应该是士人阶层。笔者认为，马远画中的人物一向具有抽象化和符号化倾向，往往简笔勾勒，并没有具体所指，比如他笔下的高士形象。此处的人物应该没有具体所指，而是普通百姓的指代。

图 2－7　马远　《踏歌图》　北京故宫博物院藏

至于踏歌图的远景，有人认为这是北方山水，是马远对于北方故土的隐喻[①]。笔者以为这一说法是有待商榷的。尽管大斧劈皴具有北方山水的刚硬特质，但具体到此图却说不通了。从山中的建筑形制来看，建筑屋顶为重檐庑殿式，这种建筑形式为等级最高的建筑，象征皇权。因此，此建筑最可能是南宋宫殿，而此山为南宋皇宫所在，即杭州凤凰山。此外，山水中还存在“爬廊”，即根据山路所修的走廊，因为通向高处，被称为爬廊。爬廊在南宋时期才出现，常见于凤凰山的皇家宫殿。南方多山多雨，而宫殿建于山麓，建设爬廊是为了宫殿之间走行避雨方便。在此，我们可以判定，图中的建筑为宫殿，远景为南宋宫殿所在的凤凰山。此外，图中朱文印“庚辰”，即宋宁宗嘉定十三年(1220)。此时为宋金嘉定议和以后，南宋得到相对安定的繁荣发展。嘉定十三年，南宋苟且之下也算物足民丰，画北方山水显然不符合时局需要。那么，此时对“踏歌”图像呈现的意义是什么呢？远景为凤凰山和南宋宫殿，近景为抽象化的平民，无疑是在称颂宋宁宗治下的国泰民安。

还值得注意的是，此图题为“赐王都提举”。王都提举为何人？据傅伯星先生的分析，此人叫王德谦[②]，据《宋史・王德谦传》：“王德谦，初为嘉邸都监，颇亲幸。”在宋宁宗还是嘉王的时候，他是其府中的总管。在宋宁宗上位的过程中，王德谦往来于吴太后、赵汝愚以及韩侂胄之间，为其取得皇位起到关键的作用。宋宁宗得势以后，王德谦自恃功高，被韩侂胄排挤。嘉定十三年，韩侂胄已被诛杀，宋宁宗恋旧恩，赐画给王德谦的做法符合常理。以踏歌主题的图像赐予王德谦，一则表现宋宁宗治下的南宋王朝国泰民安；一则安慰王德谦，不如丰年踏歌以度余生，图中的踏歌回首的老者不失为王德谦安享晚年的隐喻。

三、戏剧场景与其图像呈现

宋代是古代戏剧发展的重要阶段，繁华的城市孕育了发达的宋代戏剧。北宋时期，“瓦肆勾栏”遍布首都汴京的东西南北四城，规模较大的瓦肆设有大小勾栏五十多棚，可容纳观众上千人，演出杂剧、傀儡戏等剧种。

杂剧在南宋时期更为发达。《都城纪胜》“瓦舍众伎”条记录了这些说唱艺术的表演盛况：“瓦者，野合易散之意也。不知起于何时，但在京师时，甚为士庶放荡不羁之所，亦为子弟流连破坏之地。散乐，传学教坊十三部，唯以杂剧为正色。旧教坊有筚篥部、大鼓部、杖鼓部、拍板色、笛色、琵琶色、筝色、方响色、笙色、舞旋色、歌板色、杂剧色、参军色，色有色长，部有部头。上有教坊使、副钤辖，都管掌仪范者，皆是杂流命官。其诸部分紫、绯、绿三等宽衫，两下各垂黄义襕。杂剧

① 杨佳焕：《马远〈踏歌图〉之重新释读》，《文艺研究》2010 年第 10 期，第 152 页。
② 傅伯星：《让马远走出历史》，《新美术》1996 年第 3 期，第 57 页。

部又戴浑裹，其余只是帽子、幞头，以次又有小儿队，并女童采莲队，又别有钧容班，今四孟随在驾后，乘马动乐者是其故事也。绍兴三十一年省废教坊之后，每遇大宴则拨差临安府衙前乐等人充应，属修内司教乐所掌管。教坊大使，在京师时有孟角球曾撰杂剧本子，又有葛守成撰四十大曲词，又有丁仙现捷才知音。绍兴间亦有丁汉弼、杨国祥。杂剧中末泥为长，每四人或五人为一场，先做寻常熟事一段，名曰艳段，次做正杂剧。通名为两段。末泥色主张，引戏色分付，副净色发乔，副末色打诨。又或添一人装孤。其吹曲破断送者，谓之把色。大抵全以故事世务为滑稽，本是鉴戒，或隐为谏诤也，故从便跣露谓之'无过虫'。"[①]

（一）《眼药酸》及其图像呈现

在宋金时期的戏剧中，包含"酸"的剧目为数不少，如《褴哮负酸》《秀才下酸擂》《急慢酸》《眼药酸》《食药酸》。这些剧目主要记载于周密《武林旧事》和元末陶宗仪《南村辍耕录》。"酸"的含义较为模糊，学界的意见主要有三。一、因酸目的内容往往与秀才有关，"酸"是指秀才，如胡忌的《宋金杂剧考》中说："'酸'是秀士的本义"。[②] 二、角色行当，例如苏子裕认为"酸已形成角色行当，可以扮演各种喜剧人物，如《眼药酸》中的江湖郎中，《谒食酸》中的乞丐，《花酒酸》中的嫖客，或者是性格上有特征的《急慢酸》，或者是生理上有缺陷的《麻皮酸》等等"。[③] 三、一种表演形式。刘晓明在《杂剧形成史》中将"酸目"分为两种情况：一种是作为人物的"酸"，即所谓酸丁、酸儒，在官本杂剧段数中即角色"哮"[④]（此说当属人物类型说）；另一种是作为表演艺术形式的"酸"，凡以"酸"为尾名者皆为此类。书中称之为"酸体之剧"，并指出其是以文人的酸诗、酸文、酸态为主。

图 2-8 佚名 《眼药酸》 北京故宫博物院藏

《眼药酸》剧目的主角为卖眼药的秀才。宋代大开科举，大大增加了下层庶民步入仕途的机会。正所谓"朝为田舍郎，暮登天子堂"。但科举之路并非一帆风顺，大批机遇不佳或者能力不足的落第秀才只能依靠看病卖药或者占卜谋生。这些文人酸气十足，卖药也不忘引经据典，或医术拙劣，只能吹捧药效，蒙骗顾客。

---

① 耐得翁：《都城纪胜》，见朱易安等：《全宋笔记》第八编（五），大象出版社 2007 年版，第 12—13 页。

② 胡忌：《宋金杂剧考》，中华书局 2008 年版，第 110 页。

③ 苏子裕：《宋杂剧、杂扮与南戏、北杂剧的行当体制》，见《戏剧》，1998 年第 2 期。

④ 刘晓明：《杂剧形成史》，中华书局 2007 年版，第 324 页。

在图画《眼药酸》(图2-8)中,左方演员扮作本为穷酸秀才的江湖郎中。此人头戴高帽,身穿朱色,挂满绘有眼睛的大小药袋。该图中江湖郎中的衣饰能够在宋代笔记中得到互证。《东京梦华录》卷五"民俗"条载:"其卖药卖卦,皆具冠带。"而右边的顾客从衣饰上看也是平民,正在被酸秀才忽悠。此人腰间的破扇上有草书"诨"字,说明其角色为副末色。据吴自牧《梦粱录》卷二十"妓乐":"杂剧中末泥为长……末泥色主张,引戏色分付,副净色发乔,副末色打诨,或添一人,名曰装孤。"另外,顾客手臂上的文身证明其剧中身份为市井游民。古代的文身叫作"点青",宋代的浮浪子弟多好点青,甚至因文身而结社。《武林旧事》卷三"社会"条中有"锦体社:花绣",此即文身社团。据说此图为《眼药酸》杂剧的宣传画,这种说法不无道理。此画无疑是在制造悬念,因为吹嘘眼药的穷酸秀才和手持木棒的市井无赖定会发生一些纠纷和冲突。

(二)打花鼓与其图像呈现

《打花鼓》(图2-9)描绘了两位妇女打花鼓的戏剧场景。此剧据周贻白先生分析,疑为"鞭帽六幺",但未能肯定。按《梦粱录》卷二十"妓乐"的记载,杂剧"又有杂扮,或曰杂班,又名经元子,又谓之拨和,即杂及之后散段也",此图或是杂剧后之散段亦未可知,录以待考。图中一人身穿齐膝褙子,头戴鲜花,腰后插着写有"色"的扇子,腰前还带着剧终时用以扑净之篦。头戴花的女性裤子盖过脚面,仅露出一点鞋尖,扮作男子的女性脚穿"合色鞋",脚小与身体比例不平衡。宋代流行裹小脚,"京师妇人梳妆与脚,天下所不及"[①],尽管如此,宋代的小脚并没有像清朝那样影响到妇女的正常活动,所谓"何暇裹两足,但知勤四肢"。[②] 从

图2-9 佚名 《打花鼓》 北京故宫博物院藏

① 孟元老撰,邓之诚注:《东京梦华录注》,中华书局1982年版,第48页。

② 徐积:《濉阳》,见《全宋诗》,北京大学出版社1993年版,第7645页。

图中可以看到，戏台上的这位妇女表演自如，印证了史料的记载。另一戴着幞头之人，其演员的性别尚存争议。笔者认为，此演员应为女性。一则此人与《蹴鞠图》《丝纶图》等宋代图像中的妇女形象有相似之处，均微露乳沟。二则所穿的鞋子很小，显然不是男性的尺码。

（三）傀儡戏与其图像呈现

傀儡戏指人操纵进行表演的演艺形式，所谓傀儡是用木头或布艺制成类人或类物的玩偶①。宋代史料中多有提及傀儡戏，可见在当时傀儡戏已经是一种备受观众喜爱的演艺形式，分为杖头傀儡、药发傀儡、悬丝傀儡、水傀儡及肉傀儡五个分支。此外，影戏也可以看作是一种平面的傀儡戏，《梦粱录》所记载的傀儡戏可以比较全面地看出当时的傀儡戏种类和表演。

骷髅戏是傀儡戏的一种。骷髅戏的图像呈现见于《骷髅幻戏图》（图 2－10），一骷髅席地而坐，用悬丝在操纵着一个小骷髅，此谓悬丝傀儡演出。悬丝傀儡是用丝线吊起，以表演者的手拨动丝线而牵引傀儡动作的傀儡戏。悬丝傀儡在宋代史料中不仅见于宫廷表演，也经常在勾栏瓦肆中进行，可见在当时的盛行程度。关于傀儡戏的内容，“弄悬丝傀儡、杖头傀儡、水傀儡、肉傀儡。凡傀儡敷演烟粉灵怪故事、铁骑公案之类，其话本或如杂剧，或如崖词，大抵多虚少实，如巨灵神朱姬大仙之类是也”②。而《梦粱录》描述得更为详细：“凡傀儡，敷演烟

图 2－10　李嵩　《骷髅幻戏图》　北京故宫博物院藏

---

① 廖奔：《傀儡戏略史》，《民族艺术》1996 年第 4 期。

② 耐得翁：《都城纪胜》，中国商业出版社 1982 年版，第 11 页。

粉、灵怪、铁骑、公案、史书历代君臣将相故事话本，或讲史，或作杂剧，或如崖词。如悬线傀儡者，起于陈平六奇解围故事也。今有金线卢大夫、陈中喜等，弄得如真无二，兼之走线者尤佳。更有杖头傀儡，最是刘小仆射家数果奇，大抵弄此多虚少实，如巨灵神姬大仙等也。其水傀儡者，有姚遇仙、赛宝哥、王吉、金时好等，弄得百怜百悼。兼之水百戏，往来出入之势，规模舞走鱼龙，变化夺真，功艺如神。更有弄影戏者，元汴京初以素纸雕簇，自后人巧工精，以羊皮雕形，用以彩色装饰，不致损坏。”[①]此外，骷髅还意指人生命运的虚幻、无常，倏忽幻灭之意。骷髅旁有一副演傀儡戏担子，担上有草席、雨伞等物。骷髅身后有一嗷嗷待哺的婴儿则强化了这种幻灭感。从婴儿到骷髅，仿佛生命由生到死的过程，任何新生最后都走向死亡和泯灭。

第二节 乡村生活笔记小说及其图像呈现

宋代城市发展迅速，商品经济较为发达，但农业依然是立国之本，受到统治者的格外重视。北宋时期，宋仁宗曾为《流民图》中贫农流离失所的悲惨场景而动容。南宋时期，地方官楼踌进献《耕织图》，宋高宗令画院作其摹本，并由吴皇后亲自题诗。相较于地主乡绅以及商人阶层，宋代农民的生活依旧贫苦，需要辛勤劳作维持生计。不过，乡村生活也有很多颇有趣味的地方，这些场景不仅载于宋代笔记，也在宋代图像中有所呈现。

一、牧牛与其图像呈现

牧牛业在宋代获得发展与兴盛。北宋时期，都城开封人口众多，商业发达，乃是“八方争凑，万国咸通”之地。经济的繁荣加速了牛相关商品的需求，促进了民间牧牛业的发展。据《东京梦华录》记载：“牛车阗塞道路，车尾相衔数千万量（辆）不绝。”[②]当时的牛车已经数以万计，足见牧牛业的兴旺。从地区来看，河北和陕西是北方牧牛业的重镇。“河北人户例有车牛，乃是民间日用之物”，陕西更有“濈濈牛羊满近坡”的壮观景象，尤其熙河一带“一路数州，皆有田宅、牛马，富盛少比”[③]。畜牧业成为当地的支柱产业。南方地区，洪州与丰城盛产牛，“此两县者，牛羊之牧相交，树木果蔬五谷之垄相入也”[④]。此外，抚州地区也普遍养牛，“牛马之牧于山谷者不收，五谷之积于郊野者不垣”[⑤]。

---

① 吴自牧：《梦粱录》，朱易安等：见《全宋笔记》第八编（五），大象出版社2007年版，第305—306页。

② 孟元老撰，邓之诚注：《东京梦华录注》，中华书局2004年版，第47页。

③ 李焘：《续资治通鉴长编》，中华书局2004年版，第11607页。

④ 曾巩：《曾巩集》，中华书局1984年版，第221页。

⑤ 同上，第292页。

牧牛成为宋代图像的重要题材，与牧牛业的兴盛不无关系。现存牧牛图主要有五幅，分别是李唐的《雪中归牧图》，夏圭的《雪溪放牧图》（图 2－11），阎次平的《秋野牧牛图》，佚名的《田垄牧牛图》（图 2－12）和《柳荫放牧图》。五幅画均出自南宋，足见该时期牧牛业的发达。事实上，南宋时期，福建、浙东等地的牧牛业的确非常兴盛。绍兴五年（1135），官方一次就从两地购得耕牛 4000 头[①]。陆游在兴国军的大冶县见到“沙际水牛至多，往往数十为群，吴中所无也……当

图 2－11　夏圭　《雪溪放牧图》　北京故宫博物院藏

图 2－12　佚名　《田垄牧牛图》　美国明尼阿波利斯艺术博物馆藏

① 徐松辑：《宋会要辑稿》，中华书局 1957 年版，第 6020 页。

是土产所宜尔"[1]。从内容来看,这些图像大致可分为两类。一是放牧题材。牧人驱赶或牵引着耕牛在风雨中艰难地前行。在《雪中归牧图》中,牧人为了御寒,蜷缩而行。《雪溪放牧图》中的人物造型亦如是,牵牛的动作更显艰难。同样是牵牛而行,《田垄牧牛图》中的牧人则显得悠闲得多。田中的作物长得非常丰茂,证明时节正值春夏,牧人得以享受田间景致。除此之外,牧牛休憩也是宋代图像的重要内容。在《秋野牧牛图》中,树荫有部分树叶落下,似乎盛夏已过,初秋未到,正是温度适宜的季节。牧童在树下休息,悠然自得。老牛与牛犊卧于土坡上休息,远处一牛徐徐过来寻草,显得非常惬意。整幅画面充盈着田园诗意与乐趣。《柳荫放牧图》的场景与之类似。两枝柳树尚未长出绿叶,枝干纷披,枝条在风中飘浮、带有生意。由柳树枝条可以看出,此图时节为早春或残冬,天气已经转暖。临溪草坡上牧童伏于柳下小憩,一牛卧其旁边,一牛正低头吃草。综合来看,两类图像各有侧重。放牧图着重于写实,表现牧民生活的艰辛,休憩题材更在意田园趣味和诗意的表现,近似于田园诗的视觉呈现。

二、捕鱼业及其图像呈现

宋代是渔业发展的重要时期,都市对于水产品的需求量促进了渔业的发展。《清波别志》:"淮甸之虾,擅滑之鱼,皆入京师贩卖。许县北门外三十县有村市叫朱家曲,启古河商贾之贩京师者,舟车皆会此。居民繁杂,宛然如江乡。"东京开封清早"生鱼有数千担入门,冬月即黄河诸远处客鱼来,谓之车鱼"。《梦粱录》在"分茶酒店"条中列举了杭州"食次名件"三百零四种,其中鱼虾等水产肉食品近一百四十种。

随着渔业的发展,东南沿海地区逐渐成为渔业重镇。福建地区,"漳、泉、福、兴化濒海细民,以渔为业"。浙江地区,"浙东苏、明诸州声海濒之民以网罟蒲嬴之利而自业者,比于农圃焉"。舟山群岛的贫民"以一渔盐为业,大率剽悍轻捷,在水如龙",他们"无田可耕",被称为"冲冒波涛、蝇营网罟"的"习海者"。另据《定海厅志》载,南宋昌国县令王任之撰写的《重修隆教寺碑文》云:昌国居民"捕网海物,残杀甚多,腥污之气,溢于市井,延壳之积,厚于丘山。"

对于捕鱼场景的呈现主要见于南宋画家李东的《雪江卖鱼图》(图 2-13)。关于李东的生平,据元代庄肃《画继补遗》:"理宗朝时,尝于御街鬻所画,多画村田乐、尝醋图之类,不可以清玩,仅可娱俗眼耳。"[2]从这段记载来看,李东画作多以民间生活为题材。《雪江卖鱼图》恰好印证了此说法,该图呈现了冬天渔民卖鱼的场景。图中房屋延伸出的轩立于水面,一位身披蓑衣的渔民正在把鱼出售

---

① 陆游:《陆游集》,中华书局 1976 年版,第 2438 页。

② 庄肃:《画继补遗》,见卢辅圣主编:《中国书画全书》第二册,上海书画出版社 1993 年,第 916 页。

图 2－13 李东 《雪江卖鱼图》 北京故宫博物院藏

给轩中的人。宋代出现了专门以捕鱼为生的“渔人”或“渔户”，画中的渔民应该属于此类人群。为促进渔业发展，宋代官府对渔户征收的渔业税普遍较低。宋孝宗时期，将南康军沿江鱼池“租与民户”。宋光宗时期，平江府全吴乡九百余亩积水田，每年征收渔业钱八百贯文。尽管如此，渔民的生活依然艰苦。渔民所用船只叫作瓜皮船，这种船极其简陋，为贫苦渔民普遍使用。从周围的环境来看，屋顶被大雪覆盖，岸上树木的叶子已经完全凋落，可见其时节为严冬。在严寒中捕鱼卖鱼，足见渔民生存的艰辛。另外，随着土地兼并的加剧，湖泊、水荡落入官僚地主的掌握之中。到了南宋时期，包占湖泊的规模更大，图中的湖泊应该也归“豪户”所有。据此分析，李东的画并非完全“村田乐”与“娱俗眼”，也一定程度上表现了乡村生活的真实状况，尤其贫民的疾苦。

三、耕织语象及其图像呈现

农耕和纺织是最重要和最基本的农事活动。南宋画家杨威的《耕获图》（图 2－14）和楼璹的《耕织图》描绘了江南地区农民的耕织场景甚至从耕作到收获的全过程。这些图像能够与宋人笔记中的记载形成文图互证，反映出江南农耕的整体状况。

《耕获图》的作者杨威是南宋名画家，擅长画田园风光，但其作品世已无存。《耕获图》上并无款印，清代人仅凭绘画内容定为杨威所作，不足为信。但此图见载于庞元济《虚斋名画录》，系南宋作品是毋庸置疑的。该图主要描绘了佃农劳作的场景。画面上总共有 78 个人物。画面右上方的茅屋旁边，有一位戴着蓑笠、持杖而立的人，他悠闲地看着农民劳作，可能是庄园的主人。而在木桥边上有一位打伞之人，应是督促佃农劳动的监工。其余劳作的农民均为佃农，分别从事耕地、耙田、插秧、灌溉、筑场、耘田、收割、挑禾、上架、脱粒、簸扬、舂米、入仓、堆秸等不同的劳动。

佃农在宋代被称为“客户”，当时的客户已经作为社会的独立阶层而存在。北宋官方统计，客户的人数约占全国总人数的百分之三十五左右，而实际人口要大大超过官方的统计数。《文献通考》卷二“户口”引叶適的话说：“大抵得以税与役自通于官者不能三之一，三之二者为田主之佃户，有田者不自垦，而能垦者非

图 2－14 杨威 《耕获图》 北京故宫博物院藏

其田。”佃农的生产资料，甚至生活资料，像犁牛、农具、籽种、住房，几乎都仰赖地主，所谓“室庐之备，耕稼之资，刍粮之费，百无一有”。他们“输气力为主户耕凿”，收获以后，“出种与税而后分之”，即先扣除种子与赋税，然后与地主按租佃契约所规定的比例进行分配。通常地租为百分之五十，并因是否使用地主耕牛、农具有所增减。如有的地方将生产物分为五份：“田取其二，牛取其一、稼器者取其一，而仅食其一。”（陈舜俞《都官集·太平有为策·厚生》）即地主得五分之四，佃农得五分之一。这种分配方式，叫作分成制。在分成制下，生产资料全部是地主的，同时产量的高低又直接关系到地主的地租收入，所以地主必然会对佃农的生产过程进行监督和干预，实行超经济强制。这类佃农，“非时不得起移”（《宋会要辑稿·食货一之二十四》）。

另一幅反映耕作的图像为《耕织图》，作者是地方官楼璹。楼璹在淮南潜县担任县令，深入田间，深感农户辛苦，因而绘制《耕织图》。据南宋李心传的《建炎以来系年要录》记载：“戊辰诏，淮南漕臣楼俦创立罪赏，令人告首侵耕、冒占田、多收租课致农民重困……如此，则归业众多、稼穑增广，诚为淮甸久远大利从之。”后来，朝廷使者巡查地方郡县，听闻楼璹绘《耕织图》，后经朝廷权臣推荐，让《耕织图》能够进呈高宗，“宣示后宫，书姓名屏间”。

楼璹《耕织图》现已失传，从后世摹本来看，该图由耕图与织图两部分组成，耕是指“自浸种以至入仓，凡二十一事”，包括“浸种、耕、耙耨、耖碌碡、布秧、初秧、淤荫、拔秧、插秧、一耘、二耘、三耘、灌溉、收刈、登场、持穗、舂碓、簸、扬砻、入仓、祭神”；“织”则是指蚕桑生产从“浴蚕”到“剪帛”的具体操作过程，有“浴蚕、二眠、三眠、大起、捉绩、分箔、采桑、上簇、炙箔、下簇、择茧、窖茧、练丝、蚕蛾、祀谢、纬、织、络丝、经、染色、攀华、剪帛”。最早摹本为宋高宗时期的画院所绘《蚕织图》,并配有吴皇后题注。全卷共25段,详尽描绘了从“浴蚕”到“下机入箱”的蚕织过程。比如“谷雨前第一眠”到“第三眠”为我们生动再现江南谷雨时节养蚕的情景。为了不让蚕在阴冷潮湿的天气受凉,室内需放置炭火保温。农妇将桑叶捣碎喂蚕,待蚕眠之后,她可有片刻闲暇,喂养小孩。

除《耕织图》外,还有专门表现织布场景的,如北宋时期王居正的《纺车图》。王居正,河东(今山西永济)人。郭若虚《图画见闻志》谓其“精密有余,而气韵不足”。王尝于苑圃寺观众游之处,居高临下观察游人众相及美人姿色尤为入微。其下笔前沉思静虑,力求形神兼备,故所作构思巧妙,形象生动,刻画细腻真实。画迹有《调鹦鹉士女图》《绿窗焦雨图》,著录于《绘事备考》。《纺车图》中的少妇负责纺织,老妇人负责牵线,旁边还有儿童嬉戏。图中老妇人干瘪的乳房和打着补丁的裤子体现了农民生活的艰辛,对面的少妇承担着主要的纺织工作。旁边嬉戏的儿童是少妇的孩子,而老妇与少妇的关系应该是婆媳而非母女。《纺车图》不仅描绘了纺织的场景,还将农村家庭的祖孙三代齐聚于画面中,这不仅仅表现了农家生活的辛苦,更呈现出农耕生活下农村家庭的伦理秩序和融洽关系,成为农民家庭的理想范本,体现了北宋统治者治下安定的小农社会与淳朴的伦理教化。

四、村医语象及其图像呈现

宋代尽管经济发达,城市繁华,却是疫病频发的朝代,“民之灾患大者有四:一曰疫,二曰旱,三曰水,四曰畜灾,岁必有其一”。(《宋史》卷431)据邓拓的《中国救荒史》记载,两宋共发生“疫灾三十二次”,邱云飞在《中国灾害通史》中的记载则为49次,其中北宋14次,南宋35次。在此状况下,宋代皇帝和政府发布的医学诏令就有837次之多,其中北宋时期有535条,南宋时期有302条,超过了宋以前任何一个朝代。政府把推广医术作为实施仁政、教化民众的措施。尤其在远离政治中心的偏远地区,人们对医药的认识较为缺乏,往往信巫不信医,推行医术更有其必要性。如开宝八年(975),宋太祖下令在岭南普及医术,诏曰:“岭表之俗,疾不呼医,自皇化攸及,始知方药。”[①]太平兴国八年(983),李惟清为涪陵尉,“民尚淫祀,疾病不疗治,听命于巫。惟清始至,禽大巫笞之,民以为必及祸,他日,又加棰焉,民知不神。然后教以医药,稍变其风俗”[②]。在此过程中,乡村医生往往扮演重要的角色。

---

① 李焘:《续资治通鉴长编》卷十六,中华书局1979年版,第340页。

② 李焘:《续资治通鉴长编》卷二四,中华书局1985年版,第567页。

宋代的村医图像主要有南宋李唐《村医图》(图 2-15)。该图在描绘乡俗生活的背后,也隐喻了政府借医药所推行的仁政教化之状况。图中的乡村医生并非一个人,而是一个团队。正在接受针灸的病人表情夸张。前方两人分别握住病人的胳膊,后面的童子正在准备膏药,而主治医生聚精会神地操持针具,对病人进行治疗。这些行走在城乡的民间医生在宋代被称为"草泽医"。笔记《夷坚志》记述了不少草泽医的故事,志辛卷九"赵喜奴"载:"旅医卢生,以术行售";甲志卷二十"一足妇人"载:"绍兴十七年,泉州有妇人,货药于世";丁志卷第二"张敦梦医"载:"庐陵人张敦,精于医术,浪迹岭外";志补卷十八"屠光远"载:"屠光远者,舒蕲间人也,以医术游江南";三补"猿请医士"载:"商州医者负箧行医"。"负箧行医"在《村医图》中也有所呈现,图中的童子背药箱、拿膏药,证明他们是将药和医具都装在行李中,游走治病。此外,草泽医并非都是泛泛之辈,其中也有医术高明者。

图 2-15 李唐 《村医图》 台北"故宫博物院"藏

五、乡学与其图像呈现

宋代推行"重文抑武"的政策,不仅官学兴盛,乡村私学也得到官方的支持,获得快速发展。据耐得翁《都城纪胜》所载,“都城内外自有文武两学,宗学、京学、县学之外,其余乡校、家塾、舍馆、书会,每一里巷须一二所,弦诵之声往往相闻”①。私学的形式较为灵活,按教授内容可分为“蒙学”和“经馆”两类,从组织形式上看,私塾老师往往在自己家中办学,或者地方官员或地主在家乡投资办学。

宋代的《村童闹学图》是对乡学场景的图像呈现。由于宋人原画难以找到,我们只能从明代画家仇英的《摹宋人画册·村童闹学图》(图2-16)窥探一二。从此图来看,这种呈现既有夸张戏谑的成分,也不失生动活泼。对于村童来说,古代民间有“男忌双,女忌只”之说,《北齐书·李浑传》:“绘年六岁,便自愿入学。家人以偶年俗忌,约而弗许。伺其伯姊笔牍之闲而辄窃用。未几,遂通《急就章》,内外异之。”宋代男童也沿袭此俗,多在五岁或七岁入学。儿童的教学内容主要以识字和记诵经文为主,如朱熹所说,“古者初年入小学,只是教以事,如礼、乐、射、御、书、数及孝悌忠信之事。自十六七入大学,然后教之以理,如致知、格物及所以为忠信孝悌者”②,“小学者,学其事;大学者,学其小学所学之事之所以。小学是事,如事君、事父、事兄、处友等事,只是教他依此规矩做去。大学是发明此事之理。”③对于天性好动的顽童,上课显然较为枯燥,出现“闹学”的状况也在情理之中。

图2-16 仇英 《摹宋人画册·村童闹学图》 上海博物馆藏

---

① 耐得翁:《都城纪胜》,见朱易安等:《全宋笔记》第八编(五),大象出版社2007年版,第19—20页。
②③ 黎靖德编:《朱子语类》卷七,中华书局1986年版,第124—125页。

除了闹学的儿童，图中还有酣睡的先生。宋代对乡塾教师的称呼有很多，比如“塾客”“（乡）先生”“乡师”“村夫子”“村学究”“馆客”等，最为常用的是“乡先生”。不过，由于“乡先生”的学识参差不齐，难免有敷衍应付甚至误人子弟之人。图中酣睡的先生可以视为对这类教师的讽刺和戏谑。比如宋人笔记《道山清话》记载：“予向时于陕府道间舍于逆旅，因步行田间。有村学究教授二三小儿，间与之语，言皆无伦次。忽见案间有小儿书卷，其背乃蔡襄写《洛神赋》，已截为两段，其一涂污，已不可识。问其何所自得，曰：‘吾家败览中物也。……向时如此纸甚多，皆与小儿作书卷及糊窗用了。’”①

另外值得注意的是，儿童与先生的关系在图中表现得非常融洽，这也符合笔记中的记载。事实上，乡学中的师生关系并非今人所想的那么严厉，尽管惩罚也有，但大多作为教学的辅助。从笔记中来看，乡先生非常疼爱学生，“见人家子弟醇谨及俊敏者，爱之不啻如常人之爱宝，唯恐其埋没及伤损之，必欲使之在尊贵之所”②。同时，村童成年之后，往往回忆昔日授业的情景。周辉的《清波杂志》还记载了一位叫陈正的乡先生与学生的融洽关系：“后生从其游者常十数人，所居近城，有间隙地林木，闲则与诸生徜徉林下，或愀然而归，径登榻引被自复，呻吟久之，瞿然而兴，取笔疾书，则一诗成矣。”③陈正的私塾仅十数人，收入当十分微薄，但他却很关爱学生，常常与诸生一起散步林间，以吟诗为乐，在日常生活中体现出浓浓的师生情。

第三节　文人雅趣及其图像呈现

所谓雅趣，是指文人将高雅的文化品味融入日常生活，由此培养和形成的生活趣味。最早记录“雅趣”一词的文献是晋释道恒《释驳论》：“名位财色，世情之所重，而沙门视之如秕糠，可谓忍人所不能去，斯乃标尚之雅趣，弘道之胜事。”④但魏晋文人政事黑暗，文人虽乐于山水生活，但多为躲避乱世，记录名士风度的《世说新语》也并未现“雅趣”二字。雅趣之乐尤盛于宋代。宋太祖有“不杀士人”的祖训，士人生活较为安逸，无论在朝或在野，都没有杀身之患。稳定的政治环境，加之注重文治的统治阶层，以及崇尚享乐的社会风气，如此种种，孕育出闲逸的雅趣活动。

对此，罗大经《鹤林玉露》中的“山静日长”条基本涵盖了文人的各种雅趣活动，包括客话、观泉、读书、品茗、赏月等：“唐子西诗云‘山静似太古，日长如小年’。余家深山之中，每春夏之交，苍藓盈阶，落花满径，门无剥啄，松影参差，禽

---

① 佚名：《道山清话》，《宋元笔记小说大观》，上海古籍出版社 2007 年版，第 2939 页。

②③ 周辉：《清波杂志》，中华书局 1994 年版，第 203 页。

④ 僧祐：《弘明集》卷六，四部丛刊本，第 64 页。

声上下。午睡初足,旋汲山泉,拾松枝,煮苦茗啜之。随意读《周易》《国风》《左氏传》《离骚》《太史公书》及陶杜诗、韩柳文数篇。从容步山径,抚松竹,与麝犊共偃息于长林丰草间。坐弄流泉,漱齿濯足。即归竹窗下,则山妻稚子,作笋蕨,供麦饭,欣然一饱。弄笔窗间,随大小作数十字,展所藏法帖、墨迹、画卷纵观之。兴到则吟小诗,或草《玉露》一两段。再烹苦茗一杯,出步溪边,邂逅园翁溪友,问桑麻,说粳稻,量晴较鱼,探节数时,相与剧谈一饷。"[①]这些雅趣在宋代图像中得到充分呈现。

一、客话与其图像呈现

"客话"一词也时常用于笔记小说名目。宋初黄休复曾作笔记《茅亭客话》,该书记载蜀中轶事,时间始自王、孟二氏,终于宋真宗时。陈振孙《直斋书录解题》称其所记多蜀事,似未遍检其书,但约略言之也。而清代阮葵生有《茶余客话》,内容宏阔,多涉人物故事。由此可见,客话的内容较为庞杂,有奇闻异事,也有坐而论道。不过,在宋代图像中,"客话"主要呈现山中高士与客人会话论道的场景,现存作品有夏圭《雪堂客话图》(图 2-17)和《松崖客话图》,南宋何筌《草堂客话图》,刘松年《溪亭客话图》以及佚名《秋堂客话图》。

图2-17 夏圭 《雪堂客话图》 北京故宫博物院藏

① 罗大经:《鹤林玉露》,中华书局 1983 年版,第 304 页。

首先,“客话”人物身份多为高士。所谓“高士”,是指德行高洁、求理致知的隐士。尽管“客话”的场景各异,但均呈现两人对坐的图式,地点多发生在屋内,且往往通过窗口透出。以夏圭的《雪堂客话图》为例,客话场景设置在临水的厅堂内。客堂为会客之地,类似于今天的客厅。主人往往设置屏风使客堂与内室隔开。在此图中,我们能透过窗口看到写有草书的屏风,据此可以推断客话的空间为客堂。客堂屋顶为歇山顶,有别于宫殿的庑殿样式,体现出房屋主人的在野身份。湖中驾驶归船的渔夫往往具有渔隐的含义,进一步印证了主人的隐士身份。在冬日,槛窗应该全部装上。在此处,敞开的窗户具有两方面作用:一则为表现客话场景而展开;二来,雪天严寒,渔夫都作蜷缩状,而屋内的两位文人则舒展对坐,从容论道,环境的严酷和文人举止的反差,恰好映衬出二人的高士形象以及谈话的投机。《草堂客话图》画的则是盛夏客话的场景。此图所绘宅舍为三间草堂,客堂也用屏风与内室隔开,其右侧装有格子窗。格子窗多出现在南宋宫廷,为北宋贵族南渡后为避潮避热所发明,冬天可闭合做成暖阁,夏天则全部敞开,用以纳凉。对于这种格子窗,陆游《居室记》记载得较为详细:“东西北皆为窗,窗皆设帘障,视晦明寒燠为舒卷启闭之节。南为大门,西南为小门。冬则析堂与室为二,而通其小门以为奥室,夏则合为一室,而辟大门以受凉风。”[①]在此图中,格子窗为敞开状,证明客话时节为夏天。右边房屋有一躺地纳凉的男子,也证明了客话的时节为盛夏。草堂本为高士居住之所,唐代卢鸿有《草堂十志图》,描写了高士隐居的常见活动。此外,敞胸歇息的男子,与《松荫消夏图》等图中的高士形象非常相似。客堂中的两人对坐,虽是盛夏,却衣衫齐整,恭谨肃穆,一副居静持敬的宋儒形象,体现出最具时代特色的高士风姿。

其次,客话的场景内容为一主一客谈论天理至道,而不是怪力乱神、奇闻异事。在《松崖客话图》中,客堂不复存在,两位高士直接坐在松崖之上,坐而论道。这一图式和《山坡论道图》(图 2－18)《松荫谈道图》《松谷问道图》等图极为相似。在《山坡论道图》中,一人戴幞头巾,衣纹宽松,为高士的典型装束。背对画面的人头戴东坡帽,衣饰整齐,童子立于旁边,其身份应为士大夫。由此可以进一步推测,此画的主题依然是客话。携童子的士大夫为客,而戴幞头巾的高士为主人。而此图名目却为《山坡论道图》,说明客话的内容主要是论道,而非闲谈。此外,“客话”图像中的客人还往往包含“问道”的目的,如南宋佚名《松谷问道图》。该图与《山坡论道图》的场景相似,依然是作为主人的高士与客人论道。但与《松谷问道图》相比,客人恭敬地作揖拜谒,求教的姿态更为明显。因此,“客话”的论道还包含客人向主人问道的意思。

最后,客话所包含的文人雅趣通过酒茶、灯烛及树荫等图像符号加以点缀:

其一,酒和茶本为文人雅好之物,客话中点茶或对酒,更增点了意趣。在《雪

---

① 陆游:《陆游集》第五册,中华书局 1964 年版,第 2159 页。

图 2-18 佚名 《山坡论道图》 北京故宫博物院藏

堂客话图》中，两位高士的桌子上摆着疑似茶具或者酒具的日常用品。从用具颜色判断和形制来看，此处应该为酒具。首先来说，宋代茶具一般为黑色釉盏，北宋蔡襄《茶录》说："茶色白，宜黑盏，建安所造者绍黑，纹如兔毫。"茶色尚白，又兴起了斗茶之风。斗茶胜负的标志为茶是否黏附碗壁，哪一方的碗上先形成茶痕，即为输家。这和茶的质量及点茶的技术都有关系。为适应斗茶之需，宋代将白色的茶盛在深色的碗里，对比分明，易于检视。然而，图中的用具却是白色，因此不太可能是茶具。其次而言，该图的桌上有一个类似盘子的器具，此物应该是盛酒具用的盘盏。在四川广元古墓湾宋代石板墓的浮雕中，带注碗的酒注和配套的酒杯均放在浅盘里，其实物在湖北麻城宋墓中也有出土。此外，北京斋堂辽墓出土的木棺绘画与宋陈居中《文姬归汉图》轴中，进酒者直接手捧盘盏。最后，雪天天气严寒，高士开窗论道，喝酒取暖也合情合理。同时，靠窗的器具可能是温酒的器具，即"温碗注子"。此酒器早在南唐就已出现，《韩熙载夜宴图》中就有此物。宋人普遍以此盛酒和温酒。该酒器中间为注子，也就是通常意义上的酒壶。注子四周还有一个温碗，只要将温碗放满热水，就能使注子中的酒保持温度。

尽管此图为两位高士饮酒论道，但不得不提，饮茶也是客话中增添雅趣的元素。图中桌上的"盘子"其实也近似于《茶具图赞》中的盏托，二人面前的器具则类似该书中的茶盏。《茶具图赞》作者为南宋审安老人。审安老人真实姓名不详，他于成淳五年(1269)集宋代点茶用具之大成，以传统的白描画法画了十二件茶具图形，称之为"十二先生"，并按宋时官制冠以职称，赐以名、字、号。在此之前，蔡襄《茶录》将茶具分为茶焙、茶笼、砧椎、茶铃、茶碾、茶罗、茶盏、茶匙、汤瓶九条，专门讲述宜于点茶法的专门器具九种，并从点茶法的角度论述了一应的器具及其对于茶叶保藏及对最终点试茶汤的效果的作用与影响。除此之外，茶象征着君子之德。如欧阳修的《双井茶》，以茶悟理，“岂知君子有常德，至宝不随时变易”。虽然争新弃旧是人情常态，但是对于固守原则与基本道德规范的君子而言，他所坚持的操守是不会随着世俗喜好的变化而变易。品质、风味不变的茶恰如君子之性。

其二，灯烛也是客话场景的点缀。《秋堂客话图》中，高烛燃烧，烛下两人对坐论道。面对窗口的人头戴幞头巾，仪表气质与《柳荫消夏图》中的高士形象相似。图像中的高士手指桌面，桌上没有摆放任何器物，二人却似乎就此展开议论。据此不妨推测，桌面上铺有一纸书卷，高士就书中内容展开议论，呈现出“黄卷青灯”的场景。“黄卷青灯”是宋诗中的常见意象，往往意指不问功名、畅游书经，求理悟道的人生境遇，正所谓“玉颜皓齿他人乐，独守残灯理断编”（苏舜钦《冬夕偶书》）。例如曹勋《和陈朝议见寄二首其二》，“老我驱驰未得归，山中空挂薜萝衣。三台胜地松连菊，五亩幽居竹映扉。黄卷青灯真我事，鲈鱼白酒亦天机。骚人往往秋多感，莫向登临叹落晖。”又如陆游的《客愁》，“苍颜白发入衰境，黄卷青灯空苦心”，《示友》中说，“黄卷青灯自幼童，长年颇亦有新功”。“黄卷”充满历史的沉淀与时间的沧桑，“青灯”则充盈着清寂和孤独的空间氛围，这两种意象的结合营造出宋儒内省求理的时空结构。这一时空结构在《秋堂客话图》中被充分地营构出，图中一扇孤窗，一间茅屋，远处一水溪流，都体现了山居环境的清净和孤寂，而一盏孤灯成为点睛之笔，窗、屋、高士、溪流与深夜的时间和氛围结合在一起，深化了山水空间的寂寥，从而营造出“黄卷青灯”的氛围。

其三，客话场景从未缺少松荫的烘托。在《松崖客话图》《草堂客话图》《秋堂客话图》中，客堂均处于松荫之下，说明了松下人物的高士身份。松和人物的符号组合自魏晋南北朝便以形成，在《竹林七贤与荣启期》画中，高士荣启期坐于松荫之中，该图借前代人物呈现了魏晋名士的风度。同时，山间高士常常以松自比德行高洁，如唐五代山水画家隐士荆浩曾经创作《异松图》，图赞曰：“不凋不容，惟彼贞松。势高而险，屈节以恭。”[①]松荫形成了对文人生活的庇护，为文人建构了一个高雅舒适的生活空间。在此空间中，文人在松下家居、养生、读书、参禅、弹琴、对弈、饮酒、品茶。客话因为松荫的存在变得更有雅趣，因为松下谈玄论禅，更具清幽之境。松荫浓密，松性贞静，松下参禅论道，松树与文人交互辉映，更能衬托文人虚怀淡泊、清峻孤高的精神风貌。在《雪堂客话图》中，二位高士在松荫下谈话之外，还饮酒助兴。松下饮酒增添了高士客话的雅趣。唐陆龟蒙饮酒于松林山舍之间，即兴咏唱《闲居杂题五首·松间斟》：“月上风微潇洒甚，斗醪何惜置盈尊。”黄庭坚追怀兰亭雅集，于松竹间、风月下，饮酒填词：“一觞一咏，潇

① 何志明、潘运告编著：《唐五代画论》，湖南美术出版社1997年版，第259页。

洒寄高闲，松月下，竹风间，试想为襟抱。”

二、观瀑与其图像呈现

“水，活物也。其形欲深静，欲柔滑，欲汪洋，欲回环，欲肥腻，欲喷薄，欲激射，欲多泉，欲远流，欲瀑布插天，欲溅扑入地，欲渔钩怡怡，欲草木欣欣，欲挟烟云而秀媚，欲照溪谷而光辉：此水之活体也。”①《林泉高致》描述了水的各式姿态，欣赏水景也成为文人的重要趣味。瀑布为生动活泼的动态水景，文人在此可观水，可听音，可纳凉，尤其受到文人的钟爱。在宋代图像中，观瀑雅趣也有所呈现，主要有北宋佚名《纳凉观瀑图》（图 2-19），南宋马远《高士观瀑图》《松岩观瀑图》、佚名《高士观瀑图》《观瀑图》。

图 2-19　佚名　《纳凉观瀑图》　北京故宫博物院藏

在《纳凉观瀑图》中，观瀑的场景发生在园林。宋代园林非常注重营造水景，此图属于引园外山中水瀑入园，形成活水的池塘，凉亭傍水而立。这种场景在李成的《晴峦萧寺图》，马远的《西园雅集图》以及刘松年的《溪山雪意图》中也可见到。凉亭下面的池塘是曲尺形规则的池沼。这一形制印证了《东京梦华录》所说的“曲折池塘秋千画舫”。值得注意的是，图中的人物并没有坐立观瀑，而是躺着纳凉听音。水在下落流动中产生天籁之音，营构出声境，给人以审美享受，正所谓“何必丝与竹，山水有清音”。魏晋南北朝诗人释惠标曾写《咏水诗三首》：“骊泉紫阙映，珠浦碧沙沉。岸阔莲香远，流清云影深。风潭如拂镜，山溜似调琴。请君

① 郭思：《林泉高致》，见《宋人画论》，湖南美术出版社 2000 年版，第 22 页。

看皎洁,知有淡然心。”在此基础上,后世园林出现了“坐雨观泉”的设计。明代计成在《园冶》中写道:“瀑布,如峭壁山理也。先观有高楼檐水,可涧至墙顶作天沟,行壁山顶,留小坑,突出石口,泛漫而下,才如瀑布……斯谓‘坐雨观泉’之意。”

而在马远的《观瀑图》中,“观”成为最主要的表现对象,这一行为恰是宋儒格物致知的践履方式。“观”既来自于《周易》的“观物取象”,也受到佛教“观心见性”等修持方式的启发和影响。北宋时期,周敦颐首先提出了“观天地生物气象”,邵雍以“以物观物”作为体悟求理的理路,二程则提出“观天地”“观圣贤气象”“观仁者气象”等概念。南宋时期,朱熹曾说“观二子之言,后观圣人之言,分明天地气象”[①]。值得注意的是,“观”不仅展开于哲学层面,更落实到宋儒的日常生活中。在此状况下,瀑布成为实践这种生活的合适对象。瀑布由高处下落,烟雨迭起,充满了生机和气象。在佚名的《高士观瀑图》中,两位高士一边观瀑,一边论道,呈现出“观天地生物气象”的场景和意境。

三、抚琴与其图像呈现

古琴不仅体现文人的高洁德行,抚琴、听琴更是文人不可或缺的雅趣。在宋代图像中,琴趣成为重要的主题,流传至今的作品有南宋夏圭《临流抚琴图》(图2-20),南宋佚名《深堂琴趣图》(图2-21),南宋刘松年《松荫鸣琴图》,佚名《携琴闲步图》。这些图像既呈现了宋人对前代琴趣的继承,也体现了琴趣的新变。

图2-20　夏圭　《临流抚琴图》　北京故宫博物院藏

① 朱熹:《四书章句集注》,中华书局出版社1983年版,第83页。

图2-21 佚名 《深堂琴趣图》 北京故宫博物院藏

首先,宋之前的古琴体现了浓重的隐逸意趣。正如罢官后隐居山林的南宋名臣曹勋所言:“卜筑天台,松竹靓深,侣方外之高士,访亲旧之知音。”(《闲居》)在《临流抚琴图》中,一位隐士面对山涧,独自鸣琴。山石用以淡破浓的破墨法加以皴染,显得清旷萧瑟。在孤寂的环境中,山溪之音与古琴之音交融,隐士自得其乐,显得颇为满足。该图对隐士琴趣的呈现很容易让人联想到魏野、林逋等著名隐士。据《宋史·隐逸列传》记载,二人均雅好抚琴:“处士魏野,字仲先。陕州人,居于东郊,架草堂。有水竹之胜,好弹琴。”林逋对琴的爱好多见其诗中,如“岁课非无秫,家藏独有琴。颜原遗事在,千古壮闲心”(《湖山小隐》)、“兼琴枕鹤经,尽日卧林亭。啼鸟自相语,幽人谁欲听”(《留题李颉林亭》)、“云喷石花生剑壁,雨敲松子落琴床。清猿幽鸟遥相叫,数笔湖山又夕阳”(《湖山小隐二首》)等。

其次,宋代推崇“中隐”,弄琴成为中隐的重要活动。士人在闲暇之余,抚琴自娱。他们虽置身官场,也能得到隐逸的乐趣。在《深堂琴趣图》中,文人在厅堂鸣琴,周围清旷无人,营造出山水之间的情景。应该说,这种场景在宋代官员的生活中并不罕见。例如,欧阳修在任西京留守推官时,常情寄琴音与山水,在《江上弹琴》一诗中,他写道:“江水深无声,江云夜不明。抱琴舟上弹,栖鸟林中惊。游鱼为跳跃,山风助清泠。境寂听愈真,弦舒心已平。用兹有道器,寄此无景情。”然而,对琴的泛用降低了琴乐的高雅,使之更接近于世俗,苏轼对此还加以辩解:“琴非雅声,世以琴为雅声,过矣!琴,正古之郑卫耳。今世所谓郑卫,皆乃胡部,非复中华之声。”(《杂书琴事》)

四、闲读与其图像呈现

宋代科举大开，读书做官成为庶族子弟阶层上升的通道。同时，读书不只为了功名，更重要为了求理修身，所谓“士大夫三日不读书，则义理不交于胸中，对镜觉面目可憎，向人亦语言无味”[①]。这种抛却功利心的读书方式和状态，可以视为“闲读”。在宋代图像中，闲读的场景见于佚名《柳堂读书图》（图 2－22）及南宋刘松年《秋窗读易图》。

图 2－22　佚名　《柳堂读书图》　北京故宫博物院藏

这些图像均展开于园林之中。书房的建筑样式采用歇山式，不同于贫民的背山式屋顶，证明这一园林的主人是有身份的士人。从园林的环境和主人的身份来看，读书肯定不是为了考取功名，而是为了修身养性。这样的场景，和司马光《独乐园记》的记载相符合。文中特别描写了坐落于院中的“读书堂”。“读书堂”北面临水，与两幅图中书房的临水位置相符。

司马光退居洛下，读书养性，他曾作诗描写这种闲读生活：“故人通贵绝相过，门外真堪置雀罗。我已幽慵僮更懒，雨来春草一番多。”（《闲居》）与晏殊、寇准等名臣的奢华生活迥异，司马光崇尚简朴清淡的生活，他乐于读书著述，“志倦体疲”则“投竿取鱼，执衽采药，决渠灌花，操斧剖竹”。在这两幅图像中，我们能

① 苏轼：《记黄鲁直语》，毛德福等主编：《苏东坡全集》，北京燕山出版社 1998 年版，第 5142 页。

体味到这种简单而富有生趣的意味。当然，这两幅图像并非对司马光闲读场景的具体呈现，它体现的却是文人共同崇尚的简约淡雅的读书乐趣。

小结

宋人笔记有对文人雅趣的记载，也有对村夫村妇的日常生活的描绘，这些文本本身即如一卷卷展开的风俗画，展现了从市井到乡村生活的各个侧面，使我们虽时隔千年，而能想见两宋之风俗与繁华。宋代笔记小说可以而且必须和宋代风俗画互文、互证，才能为我们提供一个立体的有声有色的宋代日常世界，使我们不但能了然其事，而且能目睹其形。尤其是北宋特有的写实风格，为我们提供了笔记文本所无法提供的实实在在的情状样貌。可以说，宋代笔记和宋代风俗画的细致和它们之间的契合，是其他朝代所不具备的。这是中国文图关系史上精彩而独特的一笔。

第三章　宋代诗词与宋代图像

宋代是中国绘画和中国诗歌发展的转折点，也是中国文学和图像关系史的转折点。中国绘画自宋代起和文学关系日益密切，并且形成了诗画合一的面貌。宋代绘画中所涌现的诗意画和词意画，不仅是对于宋诗和宋词的图像表达，而且将诗词意象和意境融入到绘画中，并且内化为中国绘画本体的一个最重要的组成部分。另一方面，宋代题画诗词无论在数量上还是在质量上，都比以前有一个飞跃。

第一节　宋代图像对宋代诗词的呈现

一、宋代隐逸诗人图像

宋代有大量中下层知识分子通过科举考试进入仕途，但也有一些诗人终身不仕。他们的隐逸传奇为宋代绘画所呈现。其中，林逋是宋代著名隐士，也是宋代画家最热衷于描绘的对象。他隐居在西湖孤山，种梅养鹤，终身未仕，终身未娶，自称以梅为妻，以鹤为子。在现存的林逋诗集中，虽有咏桃、杏、海棠等花的作品，但以咏梅诗数量最多，也最为人称颂。其中，《山园小梅二首》中的诗句“众芳摇落独暄妍，占尽风情向小园。疏影横斜水清浅，暗香浮动月黄昏。霜禽欲下先偷眼，粉蝶如知合断魂。幸有微吟可相狎，不须檀板共金樽”[①]最为人所推崇。宋代有不少诗人与之往来酬唱。如，诗人胡铨有《和林和靖先生梅韵》五首，又有《和和靖八梅》三首；宋代诗人曹彦约有《三绝句赋和靖梅》三首[②]。虽然林逋在其咏梅诗中曾言：“剪绡零碎点酥乾，向背稀稠画亦难。”但宋人还是留下不少梅花以及林逋图像。梅花、黄昏、月，都是宋代画家描绘林逋诗句和形象的重要图像语汇。

马远所绘的多幅画作都和林逋相关，出现在2013年保利秋季拍卖会上的《梅妻鹤子图》便是其中之一。画面以西湖为背景，画面上高士与一孤鹤相随而

① 傅璇琮等主编，北京大学古文献研究所编：《全宋诗》第2册，北京大学出版社1991年版，第1218页。
② 同上，第51册，第32186页。

行。梅花和仙鹤，自然指向林和靖梅妻鹤子的典故。画中的高士正回首眺望远方，而仙鹤也回顾高士。现存《林和靖图》也为马远所作。画面主体为曳杖而行的高士，前面有一鹤，身后有一小童，另有临水横斜之梅一株，竹数丛。《月下观梅图》（图3-1）是马远流传至今的另一幅林和靖图像，是其"半边一角"的典型构图。画面中出现了林和靖诗歌中的月亮、梅花和高士。作品虽未点名是林和靖，但月影、疏梅、高士与林和靖的多种诗歌意象相契合，也完全符合其诗歌意境。

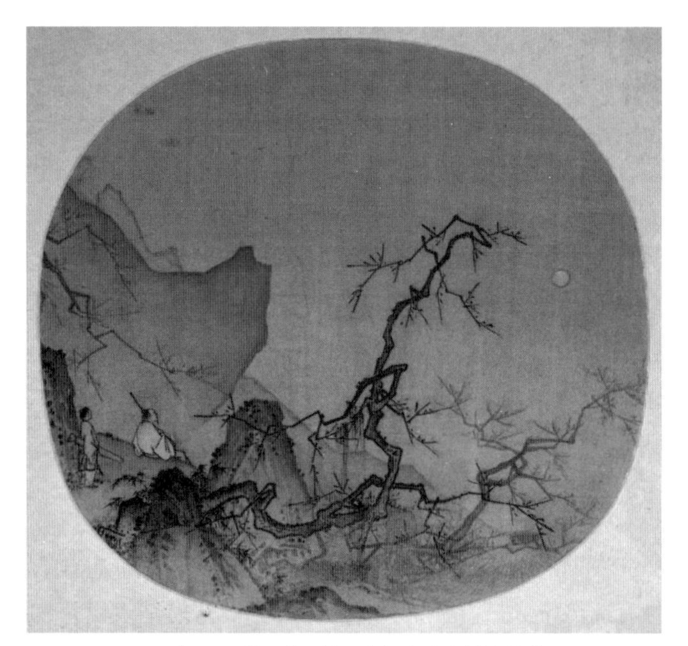

图3-1 马远 《月下观梅图》 美国大都会艺术博物馆藏

此外，宋代隐士潘阆一生放浪不羁，据《宋史》载，其"能诗咏，卖药京师，继恩荐之，召见，赐进士第。寻察其狂妄，追还诏书"[①]。他与当时的名臣卢多逊、寇准以及诗人林和靖、钱易、王禹偁等人交游唱和密切，有诗集《逍遥集》。潘阆是宋代画家乐于描绘的另一个隐士诗人形象。据《四库总目提要》记载："《事实类苑》又记其在浙江时好事者画为《潘阆咏潮图》。郭若虚《图画见闻志》又记长安许道宁爱其《华山诗》，画为《潘阆倒骑驴图》。"[②]驴、马和牛都是中国古人的常用坐骑。驴在中国文化语境中，常和诗人、隐士有更为密切的关系，并且和其他两种坐骑相比，更具野逸之气。这两幅画描绘潘阆咏潮和倒骑驴，揭示了他的狂放。

① 脱脱等撰：《宋史》卷四百六十六，中华书局1977年版，第13604页。

② 永瑢等撰：《四库全书总目提要・逍遥集》，中华书局1965年版，第1306页。

二、宋代绘画对“秉烛夜游”母题及苏轼《海棠》诗的图像呈现

南宋著名画家马麟是马远的儿子，也绘制过多幅以诗人诗句命意的绘画作品，其中包括流传至今的《秉烛夜游图》（图3-2），此图是对宋代著名诗人苏轼《海棠》诗的图像呈现。“秉烛夜游”也是中国文学中的一个母题，常用以表达人生苦短，及时行乐的感叹。在汉代《古诗十九首》中，就有秉烛夜游意象：“生年不满百，常怀千岁忧。昼短苦夜长，何不秉烛游！为乐当及时，何能待来兹？愚者爱惜费，但为后世嗤……”[①]此外，秉烛夜游也有只争朝夕之意。曹丕在其《与吴质书》中指出：“少壮真当努力，年一过往，何可攀援？古人思秉烛夜游，良有以也！”[②]自汉魏，到唐宋，此语象反复出现。李白《春夜宴从弟桃花园序》：“古人秉烛夜游，良有以也。”唐代李商隐类似主题诗歌：“寻芳不觉醉流霞，倚树沉眠日已斜。客散酒醒深夜后，更持红烛赏残花。”陆游自注其《老学庵》诗曰：“取师旷‘老而学如秉烛夜行’。”[③]苏轼也有《海棠》诗，此诗以极富浪漫情怀的诗句，演绎了汉语文学中的“秉烛夜游”母题：“东风袅袅泛崇光，香雾空濛月转廊。只恐夜深花睡去，故烧高烛照红妆。”[④]

图3-2　马麟　《秉烛夜游图》　台北“故宫博物院”藏

马麟画作虽然没有以“海棠”命名，但是画面所呈现的时空、意象以及意境和苏轼《海棠》诗高度契合。马麟此作为绢本扇面，现藏于台北“故宫博物院”。画

---

① 萧统编选，李善注：《文选》卷29，上海古籍出版社1986年版，第1349页。

② 郭绍虞：《历代文论选》（第一册），上海古籍出版社2001年版，第165页。

③ 陆游：《老学庵笔记》，中华书局1979年版，第1页。

④ 傅璇琮等主编，北京大学古文献研究所编：《全宋诗》第14册，北京大学出版社1991年版，第9332页。

面主体为一条花径，花径两边相对矗立着落地烛台和蜡烛，烛台之间，站立着一个侍者和两个戴幞头的士人。蜡烛在汉唐时期是稀有物品，一直到宋代也还是奢侈品。所以，马麟画面所描绘的秉烛夜游场景所体现出来的，便是一种富贵与安闲的气息，而不同于一灯如豆的寒俭。在此画中，高高的烛台上，因为风的缘故，烛火飘忽。这似乎也让我们联想起杜甫著名的《佳人》诗中的词句“世情恶衰歇，万事随转烛”。绘画中的清冷孤寂的夜晚和烛火通明的华丽建筑，与苏轼《海棠》诗中的意境也相契合。

画面中，夜色掩映着深堂廊庑，庭院中烛光高照，映照园中盛开的海棠，将人们的视线引入庭院深处。门厅之中，一位白衣士人正对读者。他坐姿放松，一条腿斜伸出去，半倚在宽大的椅中，直面画外，和画面中的其他人并无交流。画面主人所向之处，也是潜在的观者之视线中心，他既专注地看着门外的花开，也和我们进行着穿越时空的对视。此画中的人虽未着眼目，但却是画面画眼，占据着画面视觉中心；同时，寸许之人，更衬托出楼厅之高旷，也衬托出花枝之繁茂深邃。画面的地平线被设置在不及画面一半高的地方，透过一列窗棱，夜色中的红色雕梁在烛光中显得格外夺目，也更增添了几分寂寥清冷。空寂的庭院中奢华的烛火，因为风的吹动，而飘向画面右侧。

另一方面，马麟如此构图，更揭示和强调了四季轮回、花开花谢之中，人之渺小无奈，从而也将人生一世，在短暂花季“秉烛夜游”之放肆、快乐与无奈等情感呈现给观者。苏轼指出，画是“无声诗”。毫不夸张，从这一幅大小不盈尺的扇面上，我们可以领略到画面对于诗意的营造与表达，已达到出神入化的境界。

三、宋代诗意图

在宋代出现了一系列以“诗意图”命名的绘画作品，但这类作品的一个显著特点就是未标明画内所绘为某诗诗意或某诗诗句，甚至也未标明所绘为哪一时代的诗意。我们由此也可以认为，宋人绘画中的诗意，并非某一特定时代的诗意，而是汉语诗歌中一以贯之对世界的诗意观照与诗意呈现。宋代绘画标有“诗意图”的作品有许道宁的《早行诗意》、赵葵的《杜甫诗意图》（图 3－3），以及岩叟的《梅花诗意图》等。有的作品虽然未点明诗意图，但其所呈现的内容也来源于特定诗歌意象，如诗中常见的“觅句”“骑驴”“客话”等等。

诗歌是宋代绘画创作的重要灵感来源，在某种程度上，为诗句所描绘的山水，比现实中的山水对宋代山水画的形成具有更大的影响，正如宋代诗人王禹偁所指出的“子美集开诗世界”（《日长简仲咸》）。学诗、读诗，以及涵泳诗句，是一个画家能够创作出好的绘画作品的前提。不但诗人及士人持此观点，这也得到了宋代画家和画论家的认同。如邓椿在其《画继》中论及赵令穰善画，也不忘对他少年学杜诗记一笔：“光州防御使令穰，字大年，雅有美才高行，读书能文。少

图 3-3 赵葵 《杜甫诗意图》 上海博物馆藏

年因诵杜甫诗，见唐人毕宏、韦偃，志求其迹，师而写之。不岁月间，便能逼真。”①不少宋代画家少年起即熟读诗赋，所以下笔自然有诗意。此外，一些画家在绘画构思的时候，会着意揣摩一些景句，从其中吸收特定意象，捕捉其中的诗意，并将之诉诸绘画。郭思在《林泉高致》中，就记载了他的父亲、著名画家郭熙在创作中借诗句触发绘画灵感的往事。北宋末期，宋徽宗主持画院考试，就以诗句命题，能够巧妙表达诗句意义的考生就能够胜出。

鉴于以上原因，宋代绘画，尤其是山水画中所交织的意象，往往来自于诗歌。而诗意图中对诗歌意象的呈现，很多时候并不是以一幅具体的画去表现一首具体的诗，而是将在诗歌中反复出现的意象，提炼成绘画母题。其中，山水就是汉语诗歌永恒的母题。山水画也由此生发。而在山水中的人，也处于诗意的栖居状态。唐代或者宋代诗歌中的很多意象，例如芦雁、溪流、渔父等等，也是宋人绘画中的常见意象。所以，宋代不少山水画貌似和诗句无直接关联，但其意象与诗歌意境相通，这可以在当时绘画理论和诗人题画作品中得到印证。例如《宣和画谱》载北宋宗室画家赵叔傩：“宗室叔傩，善画，多得意于禽鱼，每下笔皆默合诗人句法。或铺张图绘间，景物虽少而意常多，使览者可以因之而遐想。昔王安石有绝句云：‘汀沙雪漫水溶溶，睡鸭残芦晻霭中。归去北人多忆此，每家图画有屏风。’叔傩所画，率合于此等诗，亦高致也。”②但其中所载御府中所藏赵画十七幅，画题并未直接涉及王安石的诗句。画中所描绘的荷花、游鱼、秋江、桃溪等意象，却都是在王安石诗歌中频繁出现的意象，也是唐宋诗歌中的常见意象。

因而，宋代绘画通过对典型唐宋诗歌意象的描绘，使得唐诗、宋诗及宋画形成了一种互文关系。这使得中国传统诗歌的抒情意味，直接渗透到宋代绘画中。

① 潘运告主编，米田水译注：《图画见闻志・画继》，湖南美术出版社 2010 年版，第 272 页。

②《宣和画谱》，湖南美术出版社 1999 年版，第 195—196 页。

宋代山水画中常有策杖人物及行旅人物，这一方面和汉语传统中的相应意象互文，同时也从另一方面说明了画中山水的可居和可游。画面上的山川世界，也是一个可供诗意栖居的世界。我们甚至可以说，宋代山水画，皆可谓之诗意图。画中的山水以及在山水中听琴、观瀑、访友的人物，不但是唐宋诗中常出现的意象，同时也是宋代文人生活的一个诗意侧面。无论是对于诗句的涵泳，还是对于诗歌意象的编织，最终都被纳入一个诗意空间。也就在这一层面上，宋代绘画空间和诗歌意境相通。其共同的特点就是澄明静谧。就这一点而言，宋画空间和元代绘画、明代绘画空间有显而易见的差别。

第二节　题画词

题画词是指观画之后即兴所填之词，从书写形式来看，有的题于卷轴之后，有的题于画面空白处，不一而足。由于古画卷流失散佚，如今要了解两宋题画词的概貌需要借助《全宋词》之类的工具书，并依据词牌之后的题记说明来稽索整理，此外也可以历代词话、画史笔记的记载为据，找到一些补充性的线索。题画词展现了词画关系的一个维度，即“因画填词”“以词题画”，以绘画为由，融汇音乐美、韵律美和辞藻美，是文士审美生活的艺术结晶。

两宋题画词的研究，初始并未引起重视，近年来逐渐得到爬梳、完善[①]。经刘继才考证，两宋题画词留存至今的有 160 余阕[②]，这个体量在存世的两宋词中所占比例甚微，只是其中一条具体而微的脉络，同时来自多位作家，分布相对分散，客观上对研究造成了一定的障碍。然而，两宋时期题画词作者中不乏著名词家，其中北宋词家有苏轼、僧仲殊以及秦观、晁补之等“苏门文士”，南渡及南宋词家则有陆游、辛弃疾、高观国、吴文英、刘辰翁、张炎等，此外还有米友仁、杨无咎这样的著名画家。从基本的数据看，北宋留存题画词作在数量上远少于南宋，南宋留下题画词的作者数量也远远超过北宋，同时，北宋的题画词多是孤篇独立、偶然出现，南宋则有数位词家常作题画词，传世作品能够连缀成为系列。虽然不排除年代跌宕造成的文献散佚，但也不难揣想，词成为题画文学样式之一种，寄托文人艺兴雅趣、交游意旨，是随着词文体在两宋的接受传习，而有着一个逐渐发展、

① 刘继才《中国题画诗发展史》(2010 年)中有专门章节概述。此外，有河北大学吴文治的硕士学位论文《宋代题画词论说》(2005 年)，苗贵松有论文《宋代题画词简论》(2004 年)和《宋代题画词的主要贡献和后世影响》(2012 年)，谭辉煌有《论风雅词人题画词的文化意蕴和艺术手法》(2009 年)研究张炎、周密、王沂孙等南宋词人题画词创作，彭国忠的论文《唐五代北宋绘画与词》(2008 年)有专节列举北宋的题画词创作，王晓骊《题画词与书画传播》(2014 年)，于广杰等《两宋题画词与苏轼文人集团综合文艺观念》(2013 年)以苏轼文人集团为中心考察了题画词的创作，谭新红等《宋词的艺术媒介传播》(2010 年)考察了宋词的题画、题扇、题屏等传播方式。基于上述学者的研究，本节着重谈两宋题画词所展现出的“文学-图像”关系。

② 刘继才：《中国题画诗发展史》，辽宁人民出版社 2010 年版，第 131 页。

泛化的过程的。下面围绕词画关系这一主题，重访两宋遗存的这些题画词作。

一、北宋题画词创作

如果认为“题画词”是观画有感、因画填词的，那么有文献可查的题画词可以追溯到南唐后主李煜作《渔父》二首。郭若虚《图画见闻志》记载，“张文懿家有其（卫贤）春江钓叟图，上有李后主书渔父词二首”，其一为：“阆苑有情千里雪，桃李无言一队春。一壶酒，一竿身，快活如侬有几人？”其二为：“一棹春风一叶舟，一纶茧缕一轻钩。花满渚，酒盈瓯，万顷波中得自由。”渔父题材的词画合璧最早出现在盛唐，张志和以颜真卿《渔歌》五首作图（事见朱景玄《唐朝名画录》），又张志和有《渔歌子》一阕传世，对渔隐一类题材的词画创作有深刻影响，苏轼、黄庭坚、朱敦儒等有追和《渔歌子》而以《浣溪沙》为词牌填写的词作，元代画家倪瓒也有自作渔父词题自作画两卷。李煜题画词之后，可能仍有继为者，却没有十足的材料予以证明。

入宋之初，词尚不为士大夫重视，文人之间甚至以对方作了小词而相互讥讽。如柳永词，多供市井歌伎歌唱，长于抒情，在书卷气息上逊色不少。俞紫芝是王安石的门人，有《临江仙》一阕，题记中说系“题清溪图”，未言图为何人所作，词文如下：“弄水亭前千万景，登临不忍空回。水轻墨淡写蓬莱。莫教世眼，容易洗尘埃。　　收去雨昏都不见，展时还似云开。先生高趣更多才。人人尽道，小杜却重来。”这是现存的北宋最早一阕题画词，用的是《临江仙》这一近似诗体的词牌，其词文句句不离图画，一面描摹画面，一面称赞画艺，做法比较拘谨，词歌意趣稍嫌不足。这种盘亘于画面的拘谨之作，很快地为苏轼所打破。大诗人苏轼是一名诗文书画皆善的文士，其所交游者众，其中颇多通画史、善画艺者，而苏轼本人即是文人画风的倡导者，并有许多立论精辟的题画诗存世，可见其对题画文学的熟稔。他有一阕题画词传世，即《定风波・题墨竹图》，题记中说：“元丰五年七月六日，王文甫家饮酿白酒，大醉，集古句作墨竹词。”词云：

雨洗娟娟嫩叶光，风吹细细绿筠香。秀色乱侵书帙晚，帘卷，清阴微过酒樽凉。

人画竹身肥臃肿，何用？先生落笔胜萧郎。记得小轩岑寂夜，廊下，月和疏影上东墙。

苏轼这阕题画词写草木题材，上阕描写画面，下阕品评画艺、抒发感想，描写画景精妙生动，评画不拘俗格而有所立论，抒情借回忆而起，散淡天真，结构十分清晰，文风也顺畅得多，既吻合作词的构思法，也将词这种文学形式题画的长处发扬出来，几乎是奠定了后世题画词创作的基本套路。苏轼的题画词创作影响了数位词作家，例如晁补之有《满庭芳・用东坡韵题自画莲社图》词，词文如下：

归去来兮，名山何处，梦中庐阜嵯峨。二林深处，幽士往来多。自画远公《莲社》，教儿诵、李白长歌。如重到，丹崖翠户，琼草秀金坡。

生绡，双幅上，诸贤中履，文彩天梭。社中客，禅心古井无波。我似渊明逃社，怡颜盼、百尺庭柯。牛闲放，溪童任懒，吾已废鞭蓑。

据《鸡肋集》记载，晁补之自画《莲社图》是根据李公麟之画“附益”而成的，题记中又说这阕词是用苏轼词韵，可见，晁的词画俱是文人间神思携游、笔墨交往的产物。同为苏轼门人的秦观有《蝶恋花·题二乔观书图》词、《南乡子·题崔徽写真图》词，均是题人物画的，后一阕词云：

妙手写徽真，水剪双眸点绛唇。疑是昔年窥宋玉，东邻，只露墙头一半身。

往事已酸辛，谁记当年翠黛颦？尽道有些堪恨处，无情。任是无情也动人。

秦观的词首句恭维画家，并以“妙手”评之，篇幅较以往更加克制。随后秦观的词就开始描摹画中人物，遣词典雅，并用典故。词的下阕抒情，因画中人涉及唐代的一段传奇轶事①，因此，秦观用哀婉的笔调写出他对崔徽命运的同情，并阐述了他对崔徽故事的评断。后来许多题历史题材画卷的词作，都是沿用了秦观的成式。

前面所讲的是北宋文人的题画词作品，方外僧道也有题画词作品。像诗僧仲殊，便有《减字木兰花》一阕，系题于李公麟《山阴图》之后的词作，词云：

山阴道士，鹤目龟趺多秀气。右领将军，萧散精神一片云。

东山太傅，落落龙骧兼虎步。潦倒支公，穷骨零丁少道风。

仲殊这阕词其实是以文辞的形式概括李公麟《山阴图》所画四位人物的风貌，每个人物用一句七言来描述，是画面内容的命题作品，兼有阐发画意的特征。仲殊另有《惜双双·墨梅》一阕，词云：

庾岭香前亲写得。仔细看，粉匀无迹。月殿休寻觅。姑射人来，知是曾相识。

不要青春闲用力。也会寄、江南信息。着意应难摘。留与梨花，比并真颜色。

从词文来看，这阕词应是题自作墨梅图，是词人在庾岭梅花盛开之时亲自图绘，词人欣喜梅花的美，而又不愿折取梅枝，做个扫兴之人，便将起意作画。词人非常喜欢他所绘之画，上阕中甚至自夸画中梅花点染的墨彩均匀而雅致，画技不凡，让人睹之恍惚，有天人神话之遐想。仲殊这阕词反复地运用了多个与梅花有关的典故，其文辞不离画面的主题，词文的互文呈现一种主题性的黏着关系。总的看来，僧仲殊的词善于描摹画面，寓寄雅兴，与文士题画词风格近似，这或是因为他曾中举，是个弃家的半路僧人，在他身上，文士的修养要甚于禅修的功夫。北宋末年还有一位道士张继先，其题画词的套路迥异于仲殊，是借画言志，扬长而去。张继先有《临江仙》题画词一阕，题记中说明“郑恒甫画六鹤于浑沦庵，请予题，遂作”，可知其词是题咏仙鹤的，词云：

莫怪精神都素淡，全谙千载松头。羽人幽意苦相投。殷勤争点写，辗转动吟酬。

况有咸阳兄弟事，教人闻见忘忧。我生曾是眷仙标。一从挥洒后，相继未能休。

---

① 崔徽是唐代一位传奇名妓，因同裴敬中相爱，请画师为自己画像，并请人持画告诉裴，“崔徽一旦不及画中人，徽且为郎死矣。”诗人元稹有《崔徽歌》一首抒发同情之心。

张继先是江西龙虎山三十代天师，宋徽宗曾赐号“虚靖先生”，有《虚靖词》传世。这阕题画词较为特殊，依照张继先的题记，郑恒甫的六鹤可能是画在浑沦庵某壁上，这样张词就是题壁画的，其传播介质有别于其他题画词，画作的公共性及其面向的人群深刻地影响到词的作法。这样，虽该词是写仙鹤题材，但似乎与画面内容没有多少关系，对郑恒甫的画艺也没有太多赞许，甚至与“鹤”的主题也不太相关，倒不如说是劝道、勉励的偈语，是典型的借画言志、借词言志的路数。

二、南渡及南宋题画词创作

南宋初期，杨无咎的《四梅花图》（图 3－4）是词画合璧的杰作，刘克庄《后村题跋》中将其艺术称为“词画”，赞许他词、画艺术的结合。其后历代所和者众，仿其词画形式者亦多①。杨无咎，字补之，号逃禅老人，别号清夷长者。杨无咎的这件手卷，上画四枝梅花，分作未开、欲开、盛开、将残四种情态，依次装裱为手卷，而后题写四阕《柳梢青》咏梅词并附后记。后记中说应范端伯之请作词画，他因觉“画可信笔，词难命意”，所以选择了《柳梢青》这一谙熟的曲牌。杨无咎画卷上所题的词作，其情旨与图画一一对应。第一阕：

渐近青春，试寻红蕾，经年疏隔。小立风前，恍然初见，情如相识。

为伊只欲颠狂，犹自把、芳心爱惜。传语东君，乞怜愁寂，不须要勒。

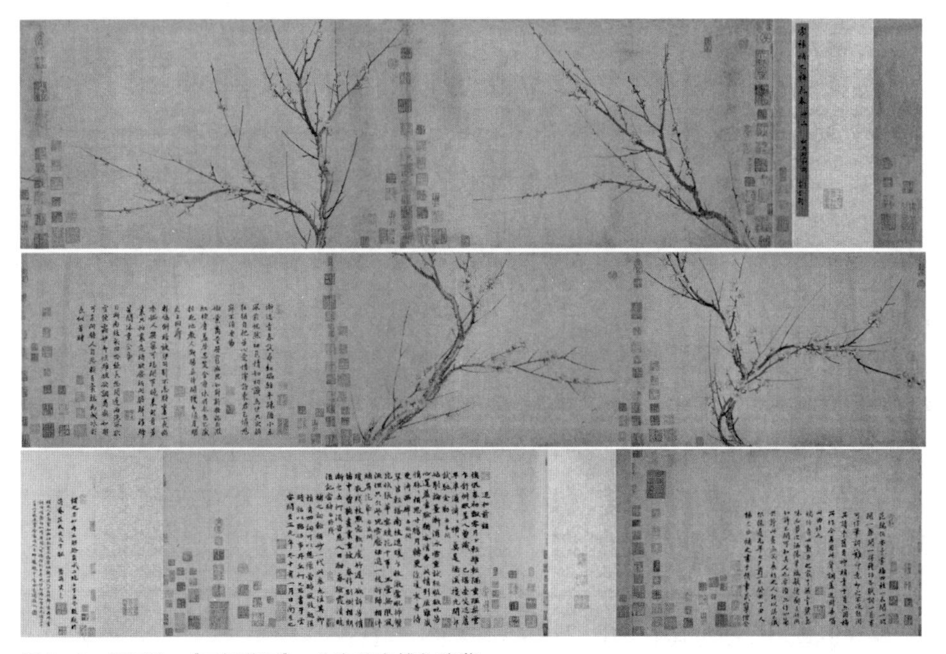

图 3－4　杨无咎　《四梅花图》　北京故宫博物院藏

① 次韵杨无咎词及仿其形制的作品，可参看饶宗颐先生论文《词与画——论艺术的换位问题》中所辑名目。

写词人寻觅未开梅蕾的情形。第二阕：

嫩蕊商量，无穷幽思，如对新妆。粉面微红，檀唇羞启，忍笑含香。休将春色包藏。抵死地、教人断肠。莫待开残，却随明月，走上回廊。

写梅花初放嫩蕊的可爱情状。第三阕：

粉墙斜搭，被伊勾引，不忘时霎。一夜幽香，恼人无寐，可堪开匝。晓来起看芳丛，只怕里、危梢欲压。折向胆瓶，移归芸阁，休薰金鸭。

写梅花盛开，梅香隽永的情状。第四阕：

目断南枝。几回吟绕，长怨开迟。雨浥风欺，雪侵霜妒，却恨离披。欲调商鼎如期。可奈何、骚人自悲。赖有豪端，幻成冰彩，长似芳时。

是整卷正文的尾声，虽写梅花开败，但词人并无痴怨，而是回顾梅花开放的过程，联想到古贤之事，借以宽慰自己、表达志向，最终回归画卷，认为以笔毫摹写梅花能“长似芳时”，从而获得艺术与理想的升华，词画内容形成回环，展现出高超的艺术品位。在形式上，这件画卷中的词画也有着很好的对应关系，且并未采用习惯的“左图右文”装裱方式，其词画的对应关系是神韵层面的，他的词并不描摹画面，而是围绕画面主题，充分地发扬词体长于抒情的特点，将梅花拟比佳人，表白对梅花的热爱，格物思古，又悟到坚韧、高洁的人格。与前述仲殊的《惜双双·墨梅》题自作画词不同，杨无咎的词画不仅是游园赏心、笔墨游戏的留余，虽然貌似受邀之作，却并没有漫不经心的应酬弊病。他嗜梅更善于画梅，咏物与绘像目的一致，词与画的创作合力表达了审美情操和人生理想，因此显得格调高雅，不是其他题画词所能媲美。

朱彝尊在《词综·发凡》中曾立论：“世人言词，必称北宋。然词至南宋始极其工，至宋季而始极其变”。从题画词的创作来看，到南宋中后期，的确出现了一个创作的热烈时代，不仅越来越多的词作者参与进来，而且出现了常作、善作题画词的词家，像吴文英、高观国、刘辰翁、张炎等，均有多首题画词传世，其中尤以张炎为最善者，有二十九阕题画词传世，仅他一人留存的题画词在数量上就能超过北宋诸贤之和，题画词这种艺术形式在张炎这里得到了总结。这些作者的题画词既体现出时代的特征，又表现个人的性情，既秉有词画合璧遗留下的创作套路，又能有所突破、别出巧思，因而各具风貌。下面就以作家为序，简述南宋中后期题画词的概貌。

吴文英，字君特，号梦窗，别号觉翁，四明人，谙熟乐理，卓有清真词风，有《梦窗词集》四卷传世，计十阕题画词。吴文英终生不第，曾做幕僚，主要游居苏、杭、越等地，他的题画词也主要是其交游的产物。他有两阕词题陈藏一、尹焕等的藏画，并为陈藏一、钱得闲、李中斋等的画作题词，这些画的题材主要是花卉，钱得闲的一卷画写的是四时图景。此外还有题故事人物画的两阕，分别是《望江南》题灵照女画像、《思佳客》题半面女骷髅画像。还有三阕花鸟题材的，分别题写墨梅、栀子花扇面、水仙花扇面。吴文英的题画词文辞清雅，常围绕画面主题纵横古今、运用文典，抒情则含蓄蕴藉，多上阕描摹画面、点出主题，转而运使神思，由对主题的比拟、联想一路铺陈开去，最后再回归主题，同时在“画面美—实景美”的比衬、融合上有巧思。吴文英的题画词善于概括地整理画面内容、景物形式，如《望江南》中用“衣白苎，雪面堕愁鬟”写灵照女像，《柳梢青》中用“翠嶂围屏”及“淡色烟昏，浓光清晓”来写四时图景，《燕归梁》中有“白玉搔头坠髻松，怯冷翠裙重”，将水仙比拟为美人，借以摹状画面形象。同时，他也有细致描摹画面的词作，如《思佳客》中描写半面女骷髅图，词文称：“钗燕拢云睡起时。隔墙折得杏花枝。青春半面妆如画，细雨三更花又飞。”从其头饰、姿态，写到装饰、妆容，再到周遭环境，是比较细腻的、紧扣画面的造型描述。吴文英的题画词善于运用形式美的联想，由物及人，由人及事，周转抒情，如《梦芙蓉·梅津所藏赵昌芙蓉图》，以“西风摇步绮”为绪摹状芙蓉姿态，紧接着运用联想，由“记长堤骤过”而起，怀想当年在西湖断桥游玩旧事和佳人，又想到盛夏已过、花期不再、已近深秋，估算远方的佳人正是懒起孤寂时候，词人虽然“书图重展，惊认旧梳洗”，却只能慨叹“仙云深路杳”，已难以对面传送“眼恨眉意”了。关于“图画美—实景美”的关系，在《柳梢青·题钱得闲四时图画》中，吴文英写道：“亭上秋声，莺笼春语，难入丹青”，认为画卷之中收纳四时美景已嫌不足，亭台上呜咽的秋风声、莺雀笼中悦耳的啼鸣更是难以用丹青图绘的，指出了丹青图画写景在媒介上的不足。而亭上的秋风声、莺雀的啼鸣对于季节的感知和记忆而言是重要的，这意味着在吴文英看来，实景具有多个层次的审美意兴，图画对景的表现仍有不足之处。图画中音声的表现及“图画—实景”美的比衬是文图关系研究的重要话题，吴文英的题画词能对此有所涉及，足见他对词画艺术的熟稔，以及对词画各自优缺点及艺术媒介有限性的反思。

高观国，字宾王，山阴人，与吴文英交游，著有《竹屋痴语》一卷，现存《昭君怨·题春波独载图》《杏花天·题杏花春禽扇面挂轴》《思佳客·题太真出浴图》《洞仙歌·题真》等四阕题画词。高观国本人的生平行事不见于史册，但其词艺常为人称道，尤其善作咏物词，张炎对其评价很高，他词风纤丽，有奇思妙想，立意、格调则较为平常。《昭君怨》系题泛舟图，其遣词、立意却不同于渔父词画淡薄天真、洒脱豪迈的主流风格，其中“粉绡”“云鬟”“微步”等语象都显示出纤丽的艺术风貌，高观国由“春波独载”渔父的画面中所见，体会到的不是“斜风细雨不须归”的悠然自得，而是感慨放舟春波中孤独的渔父远离开那粉绡云鬟的“温柔乡”，与闺中佳人层层相隔、杳然不得见，甚至由此流露出淡淡的哀愁情绪。可见他秉性中是个风流的才子，但这样的词题在画后就显得词画意趣相反，不仅词品格调不高，也会影响到其他人观画的审美经验。高观国这样风流的才子，还作了另外三阕题画词，一阕写花鸟，两阕歌美人，这才是同他的风流品格相恰切的。《杏花天》词是题“杏花春禽”这样艳丽美好的画面的，因此花露、胭脂、粉绡、芳心一类的辞藻就显得恰切主题，虽然香艳，但不算矫情。《思佳客》写杨玉环出浴图，是典型的“由图及事、叙事抒情”的套路，上阕描摹出浴美人的图像形象，语言风格与画面主题相符，写得十分香艳，下阕慨叹马嵬旧事，表现出对美人深深的同情和对马嵬旧事的遗憾，“天宝梦，马嵬尘，断魂无复到华清”，慨叹艳美绝伦的杨贵妃马嵬坡身死，再不能到华清池沐浴，这种凄美的联想更反衬出当下画面形象的香艳美好。《洞仙歌》是题某未具姓名的女子写真的，应是她与高两人分别时自作的写真，做留念存照之用，下阕中说“从今怀袖里，不暂相离，似笑如颦任舒卷……便雨隔云疏暂分携，也时展丹青，见伊一见”，可见二人是热恋之时分别，令人想起崔徽的故事。总之，从高观国的题画词中很容易看出他本人的情性、品格，他的题画词是他风流品行的产物，在遇到同样风流、艳美的题材时就显出他动人的文辞魅力，而遇到旷达、萧散的这类风格相反的绘画题材时，就益发地显出他文品的俗媚、风流。从高观国的题画词创作可以看出词画风格配合的重要性。

刘辰翁，字会孟，别号须溪，庐陵灌溪人，存有六阕题画词。刘辰翁的题画词带有强烈的“以画作真”色彩，即将画面当作实景来写，并不做画面美与实景美的区分。他的词作主要是题人物画的，四阕《如梦令》题写四美人图，每阕题咏一人，兼写春夏秋景，《菩萨蛮》一阕题《醉道人图》，另有一阕《点绛唇》题记中只说“题画”，未具明所题画卷的主题和画者，只能根据词文猜测为暮春山水图。题写《四美人图》的四阕《如梦令》，分别注有两字解说画面，依次包括“褪履”“托腮”“欠伸”“折桂”，“褪履”以猜测的口吻摹状佳人春游归来、心情忐忑、疲倦褪履的姣好形象，“托腮”写佳人斜倚柳下、伤怀远人、羞惭垂泪的感伤形象，“欠伸”写盛夏正午时佳人靠近栏杆、伸展腰身、轻举衣襟的慵懒形象，“折桂”写金秋晚间佳人园中折取丹桂、对月寄情的愁思形象。这四阕词都在概括描写画面佳人形象的同时，扩展了画面的内容，将画中的佳人放在一个想象的情境中，并赋予画中人以特定的情感，是以词解画的套路。《菩萨蛮》同样是一阕题人物画词，画面人物是醉道人，词云：

八仙名姓当时少，污尊牛饮同倾倒。惟有我公荣，旁人笑独醒。

多年村落走，泥饮无升斗。入了玉门关，人生一醉难。

由《醉道人图》纵横穿插了八仙、刘公荣、《玉门关盖将军歌》等诗文典故，表达了一种不饮而醉、旷达人生的态度。《点绛唇》并没有说明所题画作，根据词文可揣测为《暮春山水图》，词云：

鞲指春寒，陇禽一片飞来雪。无言可说，暗啄相思结。

只影年深，也作关山别。翻成拙，落花时节，倩子规声绝。

上阕写景，下阕抒情，以景结情煞尾，在候鸟迁徙、落花迟暮的山水风光中，生出一种孤寂莫名、伤怀旧人的愁思情绪，词风较为凄婉。

张炎，字叔夏，号玉田，又号乐笑翁，久居临安，入元不仕，过着宋朝遗民的生活，这种身份对其交游生活有着深刻的影响，也直接反应在他的题画词创作中。

根据《增订注释全宋词》的检索，张炎存世题画词作多达二十九阕，用湘月、疏影、甘州、风入松、清平乐、如梦令、蝶恋花、南乡子、临江仙、华胥引、小重山、浪淘沙、法曲献仙音、浣溪沙、南楼令、西江月、祝英台近、台城路等十八种曲牌，在题画词创作数量上甚至超过了北宋遗存题画词的总和，其中包括八阕题山水画、五阕题人物故事画、十六阕题花鸟画，所涉及题材之广也是其他题画词人难以比及的。其中题山水画的有：《湘月·题徐平野晋雪图》[1]《疏影·题宾月图》《甘州·题戚五云云山图》《风入松·题澄江仙刻海山图》《如梦令·题渔乐图》《清平乐·题倦耕图》《法曲献仙音·题姜子野雪溪图》《清平乐·题平沙落雁图》等八阕。题人物故事画的有《蝶恋花·题末色褚仲良写真》《南乡子·杜陵醉归手卷》《临江仙·太白挂巾手卷》《浪淘沙·题许田掷瓢图》《南楼令·题聚仙图》等五阕。题花鸟画的有《清平乐·题处梅家藏所南翁画兰》《华胥引·题钱舜举牡丹梨花图》《小重山·题晓竹图》《浣溪沙·写墨水仙二纸寄曾心传，并题其上》《清平乐·题墨仙双清图》《西江月·题墨水仙》《祝英台近·题陆壶天水墨兰石》《台城路·题李仲宾竹石、赵子昂枯木》《浪淘沙·题陈汝朝百鹭画卷》《浪淘沙·作墨水仙寄张伯雨》《西江月·作墨水仙寄张伯雨》《小重山·烟竹图》《风入松·子昂竹石卷子》《临江仙·题自作墨水仙图》《甘州·题曾心传藏温日观墨葡萄画卷》等十五阕，其中题咏水仙的有六阕。张炎的题画词艺术在创作数量、所用词牌数、所写题材、文辞讲求等多个方面达到了两宋的一个高峰。张炎的题画词又同他入元不仕的遗民身份深深关联，吟唱的乐曲是故国的遗声，词画间水仙蕴藉的孤芳自赏、竹石蕴藉的挺拔坚韧、人物故事蕴含的逍遥自在、清高不仕和山水林泉间的散淡清游都是他失意人生的写照与流露，与知己友人间的笔墨往来更是承担着相互劝慰、不辱气节的警示功能，作为笔墨游戏的题画词在坚韧清高的同时也带着“桃源无路”一类的失意感叹，在艺术形式、艺术内容上，都将题画词艺术推向一个极工极变的新图景。

除上述四家外，还有几阕值得注意的题画词作品。其一为杨妹子的《诉衷情》，是为题马远《松院鸣琴图》而作，其特殊之处首先表现在两人的身份上。杨妹子即南宋宁宗的皇后杨娃，马远则是宁宗画院待诏，两人的艺术合作密切，马远之画作常有杨妹子的题跋，是一阕皇家题咏院画的作品。其二为画家米友仁的《白雪》词（即《念奴娇》），这阕词的功用较为复杂，据他词之前后的题记、补记可知，它既是米友仁题自画“潇湘图”（可能是多幅）的题画词，又是与吴傅朋、蔡天任、翟伯寿等友人交游的雅证，更是追求艺业、淡泊名利的自勉，这阕词反复地题写在画卷后、冷金笺上，自米友仁始，有善画者作一阕得意之词而反复题写。这正是启发饶宗颐词画研究的那种文艺现象，他发现展览中文徵明两幅《朱竹图》都题有元代词家高启的《水龙吟》词，他由此想到，“画家有时亦需要词来充实

① 该词原题记较长，本书编纂时有概括删减，以下不再单独说明。

画面的内容，来增加读画者在联想上产生情感的共鸣”，继而对考订“词画换位”“词画并举”创作的源流产生了兴趣，他将词画的关系总结为“以词入画”“以词题画”“词证画史”“画法喻词”四类[①]，梳理资料缜密，又能在文人词画生活风韵处着眼，很有教益。惜饶宗颐的论文最初于境外发表，直到近期才对国内学者造成应有的影响。

三、宋代题画词的词画关系

通过对宋代题画词作品概况的梳理与浏览，可以发现，题画词艺术初创时还只是零星地出现，其后逐步发展成一种能够连绵为系列的题画文学，其中文学与图像的关系也得到更为复杂的孳生。

在宋代的早期，首先于文士交游活动中出现了题画词，这种词因词人所处的环境而不可避免地带着某种应酬和游戏的功用，其中不乏对他人画作、画艺的造作的夸耀，在词牌上也倾向于选取那种接近狭义格律诗体的。同时这类应酬词作的文辞与做法也不甚高明，“词之为体，要眇宜修”的美感特质也为直白的文辞掩盖，没能达到词与画艺术间的相互蕴藉，也未达到文图互融、相互提升的理想审美境界。

其后，随着苏轼及其门人的题画词创作，题画词的写作开始追求典雅含蓄的艺术意涵，词人在夸耀画艺时也更加含蓄克制，更侧重于借画为题，表达对事物的真情实感。同时，题画词所配合的画作题材也得到拓展，开始有题花鸟画、人物画的题画词出现，所题山水画的题材也不再局限于张志和和李后主那般的渔隐主题。虽然这时题画词仍不脱其游戏应酬的功用，却也开始出现了抒情性的题自画词，词画源于一人，艺术间的换位与映合似乎更易显好。

时值北宋南宋之交，题自作画的词焕发出引人入胜的艺术光彩。杨无咎的墨梅与墨梅词让研究者有理由相信，题自作画的词较题他人画作的词更容易在词画配合上显得高明。同时杨无咎的艺术在词画之间形成更为复杂的交织，围绕“梅”的主题，词画都具有了言志的功用，在文学和绘画的艺术品位上都达到了较高的水平。

南宋的题画词“极其工、尽其变”，不仅创作者多、创作数量大、题材丰富、词牌多样，更在文图关系上呈现出复杂的面貌。似乎是从题自画词艺术中受益，题他人画作的词也不再一味显其殷勤，对画艺的品评更加克制，言辞之中更多真情实感和艺术知己的相互劝慰，词“弱德”的艺术质性得以彰显。宋季惊变，由宋入元的文士们大多过着远离庙堂、保守名节的遗老生活，他们寄伤怀故国之情于山水诗画之中，词作为故国之遗产所承载的情感较以往更为深刻，题画词也体现出

---

① 饶宗颐:《饶宗颐二十世纪学术文集》卷十三《艺术》，中国人民大学出版社2009版，第347页。

更深邃幽远的况味，并开始具有互相劝诫、义而不仕的社会功能。

宋代的题画词还是一种配乐可歌的音乐性题画文学，像吴文英的《梦芙蓉·梅津所藏赵昌芙蓉图》甚至还是依自度曲牌填写。宋以后，词的乐谱散佚，渐渐不可唱了，题画词也就成为一种格律的题画文学。明代又有仿效宋人、依自度新曲填词的，已是另一种艺术面貌。宋代以后，历代均有诗人及画家从事题画词创作，宋人以题画词开辟的独特文图关系现象，也为这种不断的创作而拓展着。

第三节 题画诗

题画诗是指因画而作的诗，它可题于画面上，也可以题于画面外，其内容常与绘画作品或绘画活动有关。题画诗发展到宋代已经蔚为大观，刘继才根据《全宋诗》统计，宋代有5000余首题画诗留存于世，虽然这个数量在《全宋诗》中所占比例不大，但与唐代题画诗数量相比，是一个很大的数目①。

一、宋代题画诗发展概况和主要内容

宋代题画诗的成熟主要表现在以下几个方面。首先，中国历史上第一部题画诗集《声画集》，于南宋淳熙年间（1174—1189）由孙绍远编撰成书。该书共有八卷二十六门，书的题目取“有声画无声诗”之意。这本书的编著标志着宋代文人开始对诗歌与图像的关系进行系统地自觉思考。在《声画集》的序言中，孙绍远强调了画的重要性，“画之益于人也多矣”②。《声画集》共收宋代题画诗750余首，其题材极为广泛，涉及佛像、神仙、鬼神、人物、蛮夷、写真、山水、梅竹、花卉、屋舍、器用等等。其次，宋徽宗赵佶的《腊梅山禽图》《芙蓉锦鸡图》《祥龙石图》《听琴图》《五色鹦鹉图》是我们现今所能见到的最早题诗于画内的作品，这为我们研究题画诗提供了实物明证。再次，整个宋代从帝王帝后、宰辅大臣到理学大师再到民间隐逸者，各个阶层均有题画诗留存于世。宋代文人间盛行的雅集，在很大程度上促进了题画诗的发展。文人雅集时能诗者写诗，能画者作画。北宋驸马王诜的西园是当时文人墨客的常聚之地。元丰初年（1078），王诜请苏轼、苏辙、黄庭坚、米芾、李公麟、晁补之等十六人游园，在此吟诗作画、弹琴论道、相互唱和。李公麟为此画了《西园雅集图》，米芾为之作记，这次聚会史称“西园雅集”，李公麟所作的《西园雅集图》亦经常为后世画家所模仿。以苏轼为中心的元祐文人经常举行雅集活动，诗人画家常常一起观画谈禅，比如李公麟作《憩寂图》，苏轼、苏辙、黄庭坚作诗多首相互唱和，这表现出当时诗人与画家之间的相

① 这个数字统计来源于刘继才：《中国题画诗发展史》，辽宁人民出版社2010年版，第131页。

② 孙绍远：《声画集》，见卢辅圣主编：《中国书画全书》第二册，上海书画出版社1993年，第360页。

互影响。

宋代题画诗不仅数量多，内容也极为广泛，其中一个重要部分是记录绘画事件。一幅画在创作、流传过程中有各种不同的事件发生，有些题画诗便把这些事件记录下来。如苏辙的《诸子将筑室以画图相示三首》便详细记录了诸子筑室之始的困难和诗人所给的建议。而梅尧臣的《同蔡君谟江邻几观宋中道书画》则详细记录了诗人和蔡襄、江休复前往宋中道家中观画的情况，如观画经过，书画的数量、内容，以及东道主宋中道的热情。这些记事题画诗给后世研究当时绘画的创作状态及其流传线索提供了宝贵的资料，同时也为“语图合体”[①]的观点提供了有力的依据。

题画诗作为绘画作品的衍生物，还常常对画面所绘内容进行描述。这种描写有时详细有时简约，但都可以传达出画面的主要特征，因此即便有时原作没有流传下来，我们通过诗人的描绘也可以大致了解绘画的内容。比如下文将分析的梅尧臣《和江邻几学士画鬼拔河篇》，便很生动地描绘了隋代展子虔《鬼拔河图》的画面内容，原画虽早已失传，可是此诗还是留下了此幅画卷的很多细节。

宋人题画诗远不止于描述，诗人在描绘内容的同时往往会发表议论，或指涉政治，或关注民间疾苦，或品评画作并借此阐述绘画理论。对所题画作进行评价、探讨画理，是宋代题画诗中的重要内容。其中，最可贵的就是对绘画理论的阐述，这使得绘画实践和绘画理论可以相互印证，给后世绘画史及绘画理论的研究留下了宝贵的资料。

“在心为志，发言为诗”，诗歌是内心情感的表达。宋代诗人在观画之后往往借绘画抒发自己内心的情感，或忧国忧民，或感叹年华易老，或发隐逸遁世之思，或表现其遗世独立的人格。如苏轼在《陈季常所蓄朱陈村嫁娶图二首》其二中写道：“而今风物那堪画，县吏催租夜打门”，便表现其强烈的忧国忧民的情怀。欧阳修在《洛阳牡丹图》中感叹“但应新花日愈好，唯有我老年年衰”，感叹年华易老。南宋后期，有许多题画诗抒发了诗人强烈的爱国情怀，如陆游的《观长安城图》、汪元量的《题王导像》、文天祥的《题苏武忠节图》等等莫不表现了诗人们沉痛慷慨的爱国情怀。诗人观画作诗，往往还会借助绘画表现其高洁的人格，如王安石《观王氏雪图》中有“想有幽人遗世事，独临青峭倚长松”，表现了诗人遗世独立的高洁人格。另外，也有诗人对于画家人格的赞美，比如苏辙的《题李公麟山庄图·建德馆》中便赞美李公麟“幽人建德居，知是清风主”，对于画家人格的赞美其实也是诗人自我人格的另一种表现。

---

① 赵宪章认为在人类文明发展史上“语—图”关系形态主要表现为三种：1. 文字出现之前的口传时代表现为“语图一体”；2. 文字出现之后的文本时代表现为“语图分体”；3. 宋元之后的纸印文本时代表现为“语图合体”。关于这个观点的详细论述见赵宪章著：《文体与图像》，人民文学出版社 2014 年版，第 144—150 页。

当然,宋代题画诗的内容远远不止以上这些,其他还有描绘田园生活、赞叹画家技艺之高等方面的诗篇,在此不一一列举。总之,宋代题画诗的大量出现对于提升绘画地位、促进文人画的发展有积极的作用,正如梅尧臣所说的"为君题卷尾,愿君世世传"(《观杨之美盘车图》)。接下来我们通过对题画诗的梳理看一看宋代题画诗的发展脉络。

二、北宋题画诗

宋代建国之初,题画诗发展缓慢,极少有诗人或画家进行题画诗的创作。直到范仲淹、晏殊、梅尧臣、欧阳修、文彦博等人的出现,给被西昆体统治已久的诗坛注入了新的活力,扩大了诗的题材,加之又有董源、巨然、范宽、郭熙、李成等伟大画家的绘画实践作了很好的铺垫,宋代题画诗才迅速繁荣起来。宋代于文人而言是一个最好的时代,宋代几乎所有的诗人都做过官,其中不乏位高权重者。题画诗的兴起也与北宋前期的士大夫直接参与题画诗创作有关。范仲淹、晏殊、梅尧臣、欧阳修、文彦博等均有题画诗流传于世。范仲淹作有《桐庐方正父家藏唐翰林画白芍药予来领郡事因获一见感叹久之题二十八字》《献百花洲图上陈州晏相公》《书扇示门人》等,第一首诗表现了诗人对于国家兴衰的思考,"开元盛事今何在,尚有霓裳寄此花"。晏殊作有《次韵谢借观五老图》(也称《睢阳五老图》)。

梅尧臣,字圣俞,宣州宣城人。梅尧臣所存题画诗有 40 余首[①],正如欧阳修所说"梅诗咏物无隐情"(《盘车图》),也就是说梅尧臣在题画诗中常常对画面内容进行详细的描绘。前面提到的《和江邻几学士画鬼拔河篇》为其代表作,原诗如下:

蒲中古寺壁画古,画者隋代展子虔。分明八鬼拔河戏,中建二旗观却前。东厢四鬼苦用力,索尾拽断一鬼颠。西厢四鬼来背挽,双手揵下抵以肩。龙头鱼身霹雳使,持钺植立旗左偏。拔山夜叉右握斧,各司胜负如争先。两旁挝鼓鼓四面,声势助勇努眼圆。臂枭张拳击捧首,似与暴谑意态全。当正大鬼按膝坐,三鬼带韣一执旃。操刀擐囊力指督,怒发上直筋旧缠。虎尾人身又踣顾,蒺藜短挺金锤坚。高下尊卑二十四,二十四鬼无黄泉。角雄竞强欲何睹,曷不各各还荒埏。

诗人在诗中先交代了这幅画的地点是"蒲中古寺壁",再交代了画的作者及其年代。接着用大量的篇幅对鬼拔河的场面进行了细致的描写,不但对正在参加拔河的八鬼进行了细致刻画,同时还描写了中间两面旗帜的细微变化。在诗

① 关于诗歌数量的统计均依据《全宋诗》,并参考《声画集》《御定历代题画诗类》和诗人别集,后面不再特别说明。

中，助威者的外貌、表情、动作活灵活现，每一个助威的鬼不但外貌不一样，神态也决然不同。此外，梅尧臣另有题画诗《观杨之美盘车图》《表臣斋中阅画而饮》《当世家观画》等均属于这类，我们通过这些诗便可以知道其对应的画所绘内容，画的构图布局也常在诗中有所体现。梅尧臣的题画诗大多为古体诗，具有“古硬”“清丽”“平淡”的特点，如：“石上老瘦竹，忽在纨扇中。执之意已凉，不待摇清风。小节未见粉，泪痕应合红。日将炎暑退，畏蠹生秋虫。”(《画竹枝扇》)梅尧臣不但拓宽了宋诗的题材，而且也为宋代题画诗的发展奠定了基础。

欧阳修所存题画诗不多，其《盘车图》可以与梅尧臣的《观杨之美盘车图》对比着来读。梅诗注重对《盘车图》这幅画细节上的描绘，而欧诗把重点放在诗与画的比较上，阐发了其诗画理论：

古画画意不画形，梅诗咏物无隐情。忘形得意知者寡，不若见诗如见画。乃知杨生真好奇，此画此诗兼有之。乐能自足乃为富，岂必金玉名高贵。朝看画，暮读诗，杨生得此可不饥。

诗人把绘画提到了与诗歌同等的地位，认为“朝看画，暮读诗”是文人的一种修养。欧阳修提倡的诗文革新运动也直接影响到王安石、苏轼、黄庭坚等人题画诗的创作。身居高位的文彦博所存诗词很少，但是其中题画诗却不少，一共7首，其中《题韩晋公村田歌舞图后》赞美了百姓安居乐业的太平气象。他的《雪中枢密蔡谏议借示范宽雪景图》写雪中观看《雪景图》，饶有趣味：

梁园深雪里，更看范宽山。迥出关荆上，如游嵩少间。云愁万木老，渔罢一蓑还。此景堪延客，拥炉倾小蛮。

诗中先点出看画地点、环境以及绘画作者。接着赞叹范宽所画之山在关仝、荆浩之上，观画便如在嵩山的少室山中游览，愁云暗淡，万木森然，这时诗人又看到一位渔夫披着蓑衣打渔归来。接下来，题画诗中的镜头切换为室内诗人与访客围炉小酌的场景。刘乃昌先生认为这首诗是“诗、景、情、画、意融为一体”①。

北宋前期士大夫参与题画诗的写作还留下了一件共同的作品，那就是针对《睢阳五老图》(图3-5)所创作的同名题画诗。范仲淹、晏殊、文彦博、欧阳修以及当时的名相富弼、韩琦都写了同名题画诗《睢阳五老图》。睢阳五老是指北宋名臣杜衍、毕世长、朱贯、王涣、冯平，他们致仕后归老睢阳(今河南商丘)，均高寿而德才兼备，经常晏集赋诗，时称“睢阳五老会”。时人画有《睢阳五老图》，杜衍本人题有同名诗：

五人四百有余岁，俱称分曹与挂冠。天地至仁难补报，林泉幽致许盘桓。花朝月夕随时乐，雪鬓霜髯满座寒。若也睢阳为故事，何妨列向画图看。

后来范仲淹、晏殊、文彦博等人依韵再为此图题诗，所题诗歌也均押寒韵，韵

① 张鸣编：《宋诗选》，人民文学出版社2004年版，第65—66页。

图3-5　佚名　《睢阳五老图·王涣像》　美国弗利尔美术馆藏

脚用字也一样。现摘录两首如下：

道明回诏乐清闲，便向中朝脱冕冠。百日秉枢登相府，千年青史表旌桓。泰运正隆嫌气热，干纲初整畏冰寒。逍遥唱和多高致，仪象霜风俾后看。（晏殊《睢阳五老图》）

治道刚明老始闲，礼义曾著一朝冠。劝农省岁知民瘼，退寇安邦建夏桓。法驾六龙亲善御，吟游五老薄时寒。清名迈古今人慕，稷契余风后学看。（韩琦《睢阳五老图》）

诗中主要赞美五老的高风亮节和突出的贡献，并且表达了诗人要向五老看齐的愿望。在他们之后还有司马光、苏轼、苏辙、黄庭坚以及理学家邵雍、程颢、程颐等大量的文人依韵为此图题诗，其影响可见一斑。

继范仲淹、晏殊、欧阳修、文彦博之后，身居相位的王安石、司马光也创作过不少题画诗。王安石有题画诗 14 首。王安石的题画诗往往由画引申开来，把对现实的思考杂糅到对画的描绘中去，如《阴山画虎图》：

阴山健儿鞭鞚急，走势能追北风及。逶迤一虎出马前，白羽横穿更人立。回旗倒戟四边动，抽矢当前放蹄入。爪牙蹭蹬不得施，迹上流丹看来湿。胡天朔漠杀气高，烟云万里埋弓刀。穹庐无工可貌此，汉使自解丹青包。堂上绢素开欲裂，一见犹能动毛发。低徊使我思古人，此地抟兵走戎羯。禽逃兽遁亦萧然，岂若封疆今晏眠。契丹弋猎汉耕作,飞将自老南山边,还能射虎随少年。

诗中不但对画中健儿射虎的情景进行了描绘,也暗示当朝统治者不能对边防掉以轻心,要重用良将,寄托了诗人的政治理想。司马光是王安石变法的主要反对者,他在题画诗中却流露出林泉之思,如他在《自题写真》一诗中说自己是"骨相天生林野人"。在《和景仁答才元示花图》中也表达了同样的想法。北宋前期这些成就极高的士大夫对题画诗的青睐,为后来苏轼、黄庭坚等人把题画诗的创作推向高峰奠定了基础。

苏轼对促进中国文人画的发展作出了巨大的贡献,他继承了前人的成就,用力推展更新更深刻的方法与理论,使文人画在往后的画坛上形成独霸的局面。这些方法和理论主要是通过题画作品来进行阐述的,衣若芬在《苏轼题画文学研究》中指出,探讨北宋以降任何时期的题画文学,都不免要溯及苏轼,苏轼所造成的影响不仅是艺术观念上的启发,更落实于创作态度与作品风格。苏轼题画文学中的精髓便是题画诗,刘继才认为苏轼是中国"题画诗史上一颗极为耀眼的明星"①。苏轼现存题画诗 103 题,158 首,是宋代创作题画诗最多的诗人。苏轼的题画诗类型主要有描绘、抒情和议论,以议论和抒情为多。

苏轼的题画诗只有少数对画面内容进行详尽而客观的描绘,在描绘中,诗人往往加进了自己的想象,这些诗"生动、形象地记录了读画想象在再创造中的作用"②。比如《惠崇春江晚景二首》其一:"竹外桃花三两枝,春江水暖鸭先知。蒌蒿满地芦芽短,正是河豚欲上时。"是题画诗中的千古名篇,再现了惠崇画中的江南晚景,惠崇的原画已经看不到,诗人在画面的基础上加上了自己的想象,因而表现出了一些绘画无法表现的东西,比如水的温度、鸭的知觉、河豚的动作等都是画面没法直观表达出来的。又如《韩幹马十四匹》一诗:

二马并驱攒八蹄,二马宛颈鬃尾齐。一马任前双举后,一马却避长鸣嘶。老髯奚官骑且顾,前身作马通马语。后有八匹饮且行,微流赴吻若有声。前者既济出林鹤,后者欲涉鹤俯啄。最后一匹马中龙,不嘶不动尾摇风。韩生画马真是马,苏子作诗如见画。世无伯乐亦无韩,此诗此画谁当看。

诗人由画而引发联想,把静态的画面转化成动态的场景,马的声音、动作在诗中表现得淋漓尽致,其中八匹马且饮且行"若有声"。最后一匹马和前面所有马都不一样,它不嘶鸣也不动,只有马尾随着微风轻轻摆动,苏轼最喜欢的是这一匹马,称它为"马中龙",因为它不需要像前面的马那样用夸张的姿态来表现自己,它只需极简的"尾摇风"便可把内在精神完全表现出来。这些对于马的声音、动作、精神的描写都是苏轼观画之后进一步提炼想象的结果。

作为一个感情极为丰富的诗人,苏轼的很多题画诗是因观画兴情而写的,如

---

① 刘继才:《中国题画诗发展史》,辽宁人民出版社 2010 年版,第 165 页。

② 汤炳能:《论苏轼题画诗的丰富想象》,《学术论坛》1987 年 02 期,第 49 页。

《书文与可墨竹》:“笔与子皆逝,诗今谁为新。空遗运斤质,却吊断弦人。”文与可即文同,字与可,是苏轼的表兄,两人感情很深,苏轼对他的诗、书、画颇为推崇,他也认为只有苏轼最懂他。文同去世七年后,苏轼看到文同画的《墨竹》(图3-6),观画思人,便写下了这首诗。苏轼在《虔州八境图·其二》中便是抒发了被贬时的诗人对于故都的思念之情:“涛头寂寞打城还,章贡台前暮霭寒。倦客登临无限思,孤云落日是长安。”“一切景语皆情语”,无论苏轼的题画诗是写景还是议论,其实都饱含感情。

图3-6 文同 《墨竹》 台北“故宫博物院”藏

宋诗好发议论,苏轼也是如此,其在题画诗中有大量的议论。这些议论有的是对现实社会的讽刺,比如前面提到的《陈季常所畜朱陈村嫁娶图二首》其二,以及《虢国夫人夜游图》:

佳人自鞚玉花骢,翩如惊燕蹋飞龙。金鞭争道宝钗落,何人先入明光宫。宫中羯鼓催花柳,玉奴弦索花奴手。坐中八姨真贵人,走马来看不动尘。明眸皓齿谁复见,只有丹青余泪痕。人间俯仰成今古,吴公台下雷塘路。当时亦笑张丽华,不知门外韩擒虎。

诗歌通过对虢国夫人出游奢侈场面的描写针砭现实社会。在苏轼的题画诗的议论中,最为珍贵的是对绘画理论的阐述。苏轼对绘画创造中的灵感与天赋、绘画作品中的形神以及诗画关系,都有精彩论述。

首先,苏轼认为一个优秀的画家先要有基础训练,基础训练包括绘画技巧以及对现实的观察摹写。技巧的训练得益于先生的教导,比如韩幹就是大画家曹霸的弟子:“往来蹙踏生飞湍,众工舐笔和朱铅。先生曹霸弟子韩,厩马多肉尻脽圆。”(《书韩幹牧马图》)作者认为光有技巧还不行,画家还要发挥主观能动性,对现实进行观察摹写。韩幹画马之所以画得好,这是因为韩幹对马进行过细致的观察:“君不见韩生自言无所学,厩马万匹皆吾师。”(《次韵子由书李伯时所藏韩幹马》)苏轼认为只有通过仔细的观察,才能对所绘对象有一个整体的把握,即“得成竹于胸中”,下笔时才能做到内外一致,心手相应。其次,苏轼在其题画诗中更强调天才的重要性，技巧、观察是一个画家必备的素质，但是天赋更不可少，如“高人岂学画，用笔乃其天”（《次韵水官诗》），“吴生画佛本神授，梦中化作飞空仙”（《仆曩于长安陈汉卿家，见吴道子画佛……》），他认为伟大的画家不是学习的结果，而是天赋使然。最后，他强调诗人创作时灵感的重要性。他认为灵感的来去是不能预知的，画家需要在技巧上做好充分准备等待它的到来，“时来未可知，妙斫待轮扁”（《次韵李端叔谢送牛戬鸳鸯竹石图》）。在苏轼看来，灵感有时以睡梦和醉酒的形式表现出来，比如“天容玉色谁敢画，老师古寺昼闭房。梦中神授心有得，觉来信手笔已忘”（《赠写御容妙善师》），“闻说神仙郭恕先，醉中狂笔势澜翻”（《题李景元画》）。灵感除了以梦和醉酒的形式表现出来，在清醒的时候画家也可以通过达到一种“忘我”、物我合一的境界来激发灵感。

与可画竹时，见竹不见人。岂独不见人，嗒然遗其身。其身与竹化，无穷出清新。庄周世无有，谁知此疑神。（《书晁补之所藏与可画竹三首》其一）

君从何处看，得此无人态。无乃槁木形，人禽两自在。（《高邮陈直躬处士画雁二首》其一）

我心空无物，斯文何足关。君看古井水，万象自往还。（《书王定国所藏王晋卿画着色山二首》其一）

只有进入物我两忘的状态，才可以达到一种自由创作的境界，此时，“人禽两自在”“万象自往还”，灵感才有可能出现。灵感稍纵即逝，所以一定要及时把握，“当其下手风雨快，笔所未到气已吞”（《王维吴道子画》），“森然欲作不可回，吐向君家雪色壁”（《郭祥正家醉画竹石壁上郭作诗为谢且遗古铜剑》）。

苏轼认为好的作品要形神皆备，而且更强调绘画的“传神”，假如绘画只是“形似”而不能“传神”，在苏轼看来仅仅是画工之作而已，“丹青久衰工不艺，人物尤难到今世。每摹市井作公卿，画手悬知是徒隶”（《子由新修汝州龙兴寺吴画壁》），苏轼在诗中指出，宋代画坛人物画家大多只是普通的画工，不能达到艺的境界，因而所画人物不能得其神韵。市井和公卿的区别在于精神气质的不同，但是普通的画工在写真的时候往往只是画出他们的形貌，没有写出他们各自内在的精神，因而看起来没有什么分别。又如《书鄢陵王主簿所画折枝二首》其一：

论画以形似，见与儿童邻。赋诗必此诗，定非知诗人。诗画本一律，天工与清新。边鸾雀写生，赵昌花传神。何如此两幅，疏淡含精匀。谁言一点红，解寄无边春。

假如观画者只看重一幅画的“形似”，那么他的见识就和孩子差不多。边鸾画鸟雀画得好，是因为他把鸟雀画活了，也即是表现了鸟雀的神，这里的“写生”相当于邹一桂所说的“活脱”，“活者，生动也，用意、用笔、用色，一一生动，方可谓之写生。……脱者，笔笔醒透，则画与纸绢离，非笔墨跳脱之谓。跳脱仍是活意。

花如欲语，禽如欲飞……”[1]鸟雀的生命表现出来了，也就是表现出它内在的神韵。苏轼还在诗中说赵昌画花画得好，是因为他把花的精神也画出来了。他在另一首诗中还用“写生”来形容赵昌，“古来写生人，妙绝谁似昌”（《王伯扬所藏赵昌花四首》其二《黄葵》），称赵昌的写生为妙绝，可见这里的“写生”和上面的“传神”意义相仿。诗歌最后的“一点红”不求形似，没有把整个春天都描绘出来，却包含了整个春天，这就是苏轼所赞赏的传神之笔。

苏轼在讨论诗画关系时最重要的一个观点便是诗画一律，从这个观点出发，苏轼形成了诗画关系的理论系统，包括诗与画的关系、画家与诗人的关系，以及对画家修养的要求等。首先，他认为诗与画是相通的，就像他在《书摩诘蓝田烟雨图》中提出“诗中有画，画中有诗”的理论那样，他的题画诗中也有很多相似的观点，比如：

诗画本一律，天工与清新。（《书鄢陵王主簿所画折枝二首》其一）

摩诘本诗老，佩芷袭芳荪。今观此壁画，亦若其诗清且敦。（《王维吴道子画》）

少陵翰墨无形画，韩幹丹青不语诗。此画此诗真已矣，人间驽骥漫争驰。（《韩幹马》）

苏轼把王维的画奉为文人画的典范，是因为王维的诗和画是一致的，他还认为杜甫的诗就是无形的画，韩幹画的马就是无声的诗。其次，由于苏轼认为“诗画本一律”，因而他认为画家与诗人的地位也是一样的，只是他们表达的方式不一样而已，这无疑提高了画家的地位。“古来画师非俗士，妙想实与诗同出。龙眠居士本诗人，能使龙池飞霹雳。君虽不作丹青手，诗眼亦自工识拔”（《次韵吴传正枯木歌》），“古来画师非俗士，摹写物像略与诗人同”（《欧阳少师令赋所蓄石屏》）。最后，由于“诗画本一律”，苏轼还认为画家应该多读书、多作诗用以提高自身的修养。他认为吴道子的画虽然已经“妙绝”，但是比王维还差一些，“吴生虽妙绝，犹以画工论。摩诘得之于象外，有如仙翮谢笼樊”（《王维吴道子画》），因为王维是个诗人。他也说到李公麟作画作得好的原因是“龙眠居士本诗人”。苏轼乃至整个宋代对于“诗画本一律”理论的肯定，使得文人画得到迅速的发展。

苏轼题画诗风格特征很明显，他的题画诗中最突出的往往是主语“我”，这和他的胸襟有关，他是当时的文坛领袖，他的才华、他的气魄足以傲视群英，他的才华涉及各个方面，诗、文、词、书、画无一不精。因而我们也就可以理解苏轼的题画诗中“我”的地位的凸显。如《书王定国所藏王晋卿画着色山二首》其一：

白发四老人，何曾在商颜。烦君纸上影，照我胸中山。山中亦何有，木老土石顽。正赖天日光，涧谷纷斓斑。我心空无物，斯文何足关。君看古井水，万象自往还。

读完此诗，我们不可能像读完梅尧臣的《和江邻几学士画鬼拔河篇》那样心中有一幅完整的画面，我们读到是诗人自我的形象。不光是题画诗，他的画、他

[1] 邹一桂著：《小山画谱》，见卢辅圣主编：《中国书画全书》第十四册，上海书画出版社2000年版，第712页。

的词、他的书法等其他方面的创作无一不是为了凸显自我的个性而进行的。

苏轼对促进题画诗发展所作出的巨大贡献不仅仅在于他身体力行地创作题画诗，还在于他对聚集在其身边的诸多文人士大夫的影响。这些人有的是他的朋友，有的是他的亲人，有的是他的弟子，他们经常在一起赏画吟诗，相互唱和，这种方式也使得这个圈子题画诗的数量质量都得到提升。

在以苏轼为中心的文人圈子里，他的表兄文同及胞弟苏辙在题画诗方面成就突出。文同性情淡泊，诗、书、画皆善，尤善画竹。文同的题画诗留存于世的大约有 30 首，多为咏画，平淡朴实而有画意，钱锺书认为："他在诗里描摹天然风景，常跟绘画联结起来……文同这种手法，跟当时画家向杜甫、王维等人的诗句里去找绘画题材和布局的试探，都表示诗和画这两门艺术在北宋前期更密切地结合起来了。"[①]他的题画诗有一些是富含趣味的，比如《毛老斗牛图》：

牛牛尔何争，于此辄斗怒。长鞭闹儿童，大炬走翁妪。苍猪八九子，骇立各四顾。何时解角归，茅舍江村暮。

诗的开头就问：牛儿呀牛儿，你们为了争什么在这里大动肝火相斗呢？牛当然不可能作出回答。接着诗人又生动地描写了由于斗牛所引起的周围的变化：小孩拿着长长的鞭子像是在劝架，又像是在助威，老头老太太赶紧远远地跑开，与小孩的反应形成对比，八九头小猪也吓得不敢动环顾四周。诗的最后，诗人又提问：天色都晚了，你们俩何时停下来回家去呢？这首诗生动活泼，读来趣味盎然，是题画诗中的精品。

苏辙题画诗数量很多，共有 67 首，在北宋仅次于苏轼和黄庭坚，其中很多是与苏轼相和的，从中可以看出他们兄弟两人的情谊之深。苏辙不像苏轼那样有绘画创作的实践，因而其题画诗大多是出于对画的鉴赏或是对苏轼的一种响应。其古体题画诗苍茫古朴。如《吕希道少卿松局图》：

溪回山石间，苍松立四五。水深不可涉，上有横桥渡。溪外无居人，磐石平可住。纵横远山出，隐见云日莫。下有四老人，对局不回顾。石泉杂松风，入耳如暴雨。不闻人世喧，自得山中趣。何人昔相遇，图画入纨素。尘埃依古壁，永日奉樽俎。隐居畏人知，好事竟相误。我来再三叹，空有飞鸿慕。逝将从之游，不惜烂樵斧。

在苏轼的朋友中，米芾和张舜民的题画诗虽然不多，但是比较特殊，因为他们兼善诗画。米芾山水自成一家，对绘画有其独到的见解，其观点和苏轼相近，也推崇王维："关荆大图矜秀拔，取巧施工不真绝。意全万象无不括，维摩老手巨然夺。"(《题巨然海野图》)他评判巨然的画作时仍然以王维为参照标准。还有如《题董北苑画》："千峰突兀插空立，万木萧疏拥涧阴。日暮草堂犹未掩，从知尘土远山林"，则对画面内容进行了细致描绘。张舜民是陈师道的姐夫，《画继》说他

---

① 钱锺书：《宋诗选注》，三联书店 2002 年版，第 57—58 页。

“生平嗜画，题评精确……亦能自作山水。有自题扇诗云：忽忽南迁不记年，二妃祠外橘洲前。眼昏笔战谁能画，无奈霜纨似月圆”[①]。他在《画墁集·跋百之诗画》中提出“诗是无形画，画是有形诗”[②]的理论，这和苏轼的“诗画本一律”相呼应。他的题画诗如《题薛判官秋溪烟竹》：“深墨画竹竹明白，淡墨画竹竹带烟。高堂忽尔开数幅，半隐半见如自然。”诗中他区分了浓墨和淡墨所画竹的效果，浓墨画的竹黑白对比明显，竹与背景明明白白，淡墨画的竹则让人感觉有一层淡淡的烟雾笼罩在竹上。

苏门弟子中以黄庭坚题画诗成就最为突出，刘继才的《中国题画诗发展史》和李栖的《两宋题画诗论》都把黄庭坚和苏轼放于同等重要的位置。黄庭坚存世的题画诗100余首。他是宋代书法四大家之一，与书画巨擘苏轼、王诜、米芾、李公麟等人交往甚密，他们经常一起谈画论道，因而其绘画鉴赏力也极高，加之他在文坛的地位堪比苏轼，因而当时很多画家找他为画题诗。他的题画诗以四句短诗为主，长篇古诗较少。他的题画短诗基本上在于咏画，如：“惠崇笔下开江面，万里晴波向落晖。梅影横斜人不见，鸳鸯相对浴红衣。”（《题惠崇画扇》）其题画长诗便往往伴有议论和抒情。如《次韵子瞻题郭熙画秋山》：

黄州逐客未赐环，江南江北饱看山。玉堂卧对郭熙画，发兴已在青林间。郭熙官画但荒远，短纸曲折开秋晚。江村烟外雨脚明，归雁行边余叠巘。坐思黄柑洞庭霜，恨身不如雁随阳。熙今头白有眼力，尚能弄笔映窗光。画取江南好风日，慰此将老镜中发。但熙肯画宽作程，十日五日一水石。

同时，在黄庭坚的题画诗中，往往都会说明画的作者，这对于后人考证画的来源提供了材料。

黄庭坚题画诗的特点和他的诗歌整体风格一致。他在诗歌用典、章法、布局、用字等技巧上用力甚多，写成一诗往往反复修改，他的题画诗也“是精心构思的佳篇雅制”[③]。为了求新，他还有意造拗句，比如《题竹石牧牛》：

野次小峥嵘，幽篁相倚绿。阿童三尺箠，御此老觳觫。石吾甚爱之，勿遣牛砺角。牛砺角犹可，牛斗残我竹。

其中“石吾甚爱之”“牛砺角犹可”一改之前五言诗二三句式，变成一四、三二句式。他还提出过“点铁成金”“夺胎换骨”的理论。“点铁成金”指将前人的诗句、典故经过精密的安排变成自己的诗句，化腐朽为神奇；而“夺胎换骨”是对前人诗意加以变化，产生出新的诗意。比如《题画孔雀》：“桄榔暗天蕉叶长，终露文章婴世网。故山桂子落秋风，无因雌雄青云上。”其中“终露文章婴世网”是化用杜甫的“不露文章世已惊”（《古柏行》），“无因雌雄青云上”则是化用李白《白纻辞

---

① 潘运告主编，米田水译注：《图画见闻志·画继》卷三，湖南美术出版社2010年版，第297页。
② 张舜民著：《画墁集》，纪昀等编撰：《四库全书》文渊阁本，上海古籍出版社影印1987年版。
③ 祝振玉：《发明妙慧，笔补造化——黄庭坚题画诗略论》，《上海师范大学学报》1988第1期，第23页。

三首・其二》中的"一朝飞去青云上",只是他在这首诗中反转了李杜二人的诗意而已。又如他的《睡鸭》:"山鸡照影空自爱,孤鸾舞镜不作双。天下真成长会合,两凫相倚睡秋江。"全诗只是在徐陵《鸳鸯赋》的基础上改动了几个字而已,原作为:"山鸡映水那自得,孤鸾照镜不成双。天下真成长合会,无胜比翼两鸳鸯。"黄庭坚题画诗的另一个特点就是和朋友之间的和诗特别多,因而其诗题中经常出现"和""次韵""答"等字,这也说明当时文人间的交流之频繁。

黄庭坚在他的题画诗中也阐述了关于诗画的理论,和苏轼一样,他极力提倡文人画,主张诗画一律,"子舟诗书客,画手睨前辈"(《用前韵谢子舟为予作风雨竹》),"丹青王右辖,诗句妙九州"(《摩诘画》)。因而他认为画家要多读书提升自己的修养,强调画家需要天赋,"乃是神工妙手欲自试,袭取天巧不作难"(《观崇德墨竹歌》)。黄庭坚和苏轼一样,强调画作传神的重要性:"眼入毫端写竹真,枝掀叶举是精神。"(《题子瞻墨竹》)黄庭坚和苏轼的不同之处便是黄庭坚开始注意到绘画与书法的关系,在他的题画诗中多处强调书法与绘画是同理的,书法的笔力可以运用在绘画上。比如"子舟之笔利如锥,千变万化皆天机"(《戏咏子舟画两竹两鸲鹆》),"深闺静几试笔墨,白头腕中百斛力。荣荣枯枯皆本色,悬之高堂风动壁"(《姨母李夫人墨竹》),"折冲儒墨阵堂堂,书入颜杨鸿雁行"(《题子瞻枯木》),强调绘画的书法意味,是赵孟頫"书画同源"的先声。

苏门弟子除了黄庭坚外,其他如秦观、晁补之等均有一些题画诗存世。秦观性格敏感,其主要成就在词,其词基调哀婉,近似女郎。他的题画诗和他的词基调一致,如《拟题织锦图》:"悲风鸣叶秋宵冷,寒丝萦手泪残妆。微烛窥人愁断肠,机翻云锦妙成章。"诗人把自己主观的悲情移于画面,难怪元好问评价他的诗为"女郎诗"(《论诗绝句三十首》其二十四)。晁补之能画能诗,"善山水,而特工于摹写。每一图成,必自题诗其上,不读其诗,不知其为临笔也"①。他现存自题于画的诗有三首,分别是《自画山水寄正受题其上》《自画山水留春堂大屏题其上》《自画山水寄无斁题其上》。其题画诗多味淡隽永,如《题段吉先小景三首》其一:"惨淡天云欲雨低,秋山人静鸟声稀。似闻谷响飞黄叶,恐有孙登半岭归。"

宋徽宗赵佶作为皇帝并不成功,可是在文学艺术方面却造诣极高,精通诗、书、画。他的《腊梅山禽图》(见图3-7)《芙蓉锦鸡图》《五色鹦鹉图》《祥龙石图》《听琴图》等是我们现今所能见到的最早自题诗于画内的绘画作品。虽然有人怀疑其中一些作品是画院代笔,但这并不影响对他题画诗的讨论。除了这些诗画完整保留下来的,还有只存诗不存画的,计有《题修竹仕女图》《题芭蕉仕女图》《题涤砚仕女图》《题团扇仕女图》(见明代郁逢庆编《郁氏书画题跋记》)。《腊梅山禽图》画了一枝腊梅和立在腊梅上两只姿态舒逸的白头翁,画的左下角用非常漂亮的"瘦金体"题了他自己写的一首诗:"山禽矜逸态,梅粉弄轻柔。已有丹青

---

① 王毓贤著:《绘事备考》,见卢辅圣主编:《中国书画全书》第八册,上海书画出版社1993年版,第655页。

约，千秋指白头。”“矜逸态”表现出白头翁的舒逸姿态，“梅粉弄轻柔”表现出梅花开得轻柔而不激烈，梅香淡淡，一个“弄”字使得梅花神韵全出。“已有丹青约，千秋指白头。”这两句诗一语双关，既客观描绘了画面的内容——两只白头翁，也描写了忠贞不渝的爱情，还可以让人联想到赵佶本人——他和绘画前世早就有个约定，他一辈子确实在践行这样一个约定。这幅画和这首诗的内容及书法结合得非常完美，诗的题写使得画的左下角不至于太过空洞而失衡，可谓是诗、书、画三者相结合的典范。其余如《芙蓉锦鸡图》《五色鹦鹉图》《祥龙石图》《听琴图》等也都在构图布局上把诗、画、书完美结合。赵佶对画院制度的完善也对后来文人画的发展产生了极大的影响，尤其是他给画院学生出的考题“踏花归来马蹄香”“野渡无人舟自横”“深山藏古寺”等句可以看出他对画家诗歌修养方面的要求。从此以后，诗、书、画就成了文人画必不可少的修养。

图 3-7　赵佶　《腊梅山禽图》　台北“故宫博物院”藏

三、南宋题画诗

南宋题画诗继承北宋题画诗的传统，或咏画，或抒情，或发表议论，内容也较为广泛。随着金统治者挥兵占领北方，宋廷偏安南方，故国土地被侵占，文人们的爱国主义热情得以激发，这种爱国主义热情在题画诗中也得到体现，比如陆游、刘克庄以及南宋末年文天祥、郑思肖等人的题画诗大多表现慷慨激昂的爱国主义情怀，同时也有一部分诗人把题画诗的创作看成是对心灵那一方净土的耕耘，因而这些诗人的题画诗所描绘景物大多清新宁静，如陈与义、范成大、杨万里、朱熹等。南宋的帝后，如高宗、杨后也常题诗于画上。

陈与义是众多南渡诗人中的一个，他是江西诗派的"三宗"之一，现存题画诗约30首。他的题画诗极少涉及国破家亡的主题，大多清淡而有韵味。比如《题牧牛图》：

千里烟草绿，连山雨新足。老牛抱朝饥，向山影觳觫。犊儿狂走先过浦，却立长鸣待其母。母子为人实仓廪，汝饱不惭人愧汝。牧童生来日日娱，只忧身大当把锄。日斜睡足牛背上，不信人间有广舆。

诗人在诗中描绘了一幅宁静悠闲的牧牛图：新雨过后，千里烟草绵延起伏，两头牛和骑在牛背上的牧童进入画面，由于饥饿狂走过浦的牛犊回首等待其母并对之长鸣，似乎在催促它的母亲，这一声长鸣打破了山的宁静。而母牛驮着牧童在后面不急不慢地走着，牧童在牛背上也悠然自得，"不信人间有广舆"意味深长，这样的画面其实是诗人心境的反映。他的《和张矩臣水墨梅五首》被宋徽宗所赏识，现列举三首如下：

粲粲江南万玉妃，别来几度见春归。相逢京洛浑依旧，唯恨缁尘染素衣。（其三）

含章檐下春风面，造化功成秋兔毫。意足不求颜色似，前身相马九方皋。（其四）

自读西湖处士诗，年年临水看幽姿。晴窗画出横斜影，绝胜前村夜雪时。（其五）

其中第四首强调了绘画需要"造化"，作画追求的是"意足"而"不求颜色似"。第五首末两句不但准确描绘了画中的内容，还高度赞美了梅花的品格。

陆游是南宋前期著名的爱国主义诗人，与杨万里、范成大、尤袤并称为"中兴四大诗人"。《唐宋诗醇》卷四十二评价其诗作特点："其感激悲愤，忠君爱国之诚，一寓于诗，酒酣耳热，跌宕淋漓。至于渔舟樵径，茶碗炉熏，或雨或晴，一草一木，莫不著为咏歌，以寄其意。"陆游所存题画诗75首，其题画诗大多意不在咏画，而在抒发由图画内容所引发的爱国忧民的情怀。如《观长安城图》：

许国虽坚鬓已斑，山南经岁望南山。横戈上马嗟心在，穿堑环城笑虏孱。日暮风烟传陇上，秋高刁斗落云间。三秦父老应惆怅，不见王师出散关。

这一首题画诗全然在抒发诗人强烈的爱国主义情感，图画内容只是抒发诗人爱国情感的一个引子而已。"横戈上马嗟心在，穿堑环城笑虏孱"的万丈豪情在陆游的很多题画诗中都有体现，比如《观大散关图有感》这首著名的题画诗也表达了同样的情感，全诗如下：

上马击狂胡，下马草军书。二十抱此志，五十犹癯儒。大散陈仓间，山川郁盘纡，劲气钟义士，可与共壮图。坡陀咸阳城，秦汉之故都，王气浮夕霭，宫室生春芜。安得从王师，汛扫迎皇舆？黄河与函谷，四海通舟车。士马发燕赵，布帛来青徐。先当营七庙，次第画九衢。偏师缚可汗，倾都观受俘。上寿大安宫，复如正观初。丈夫毕此愿，死与蝼蚁殊。志大浩无期，醉胆空满躯。

陆游晚年也偶有清新淡远的题画诗，如《题柴言山水・其一》："阴阴山木合，幽处著柴荆。喧中有静意，水车终日鸣。"又如《题剡溪莹上人梅花小轴》："孤舟清晓下溪滩，为访梅花不怕寒。忽有一枝横竹外，醉中推起短篷看。"这样的小诗融画境、诗境、心境于一体，自然而有韵味，是陆游诗中的佳作。

"中兴四大诗人"中，除陆游之外，范成大、杨万里在题画诗方面成就亦颇高。范成大有50余首题画诗存世，其题画诗多为近体短诗，极少古体长诗。范成大也写过不少忧国忧民的诗作，可是他写得最好的还是田园诗，杨万里在为范成大的诗集写的《石湖诗集序》中，评价其田园诗"清新妩媚"。范成大的题画诗大都是此类题材，其所咏绘画均是一些小幅虫鸟瓜果等，极少涉及爱国忧民情感。比如《题赵昌木瓜花》："秋风魏瓠实，春雨燕脂花。彩笔不可写，滴露匀朝霞。"《题张晞颜两花图・繁杏》："红纷团枝一万重，当年独自费东风。若为报答春无赖，付与笙歌鼎沸中。"两首诗清新可爱，没有大悲大喜，读来让人会心一笑。

杨万里所存题画诗60余首，其题画诗主题和范成大相似，风格清新活泼，体现了"诚斋体"的特点，比如《跋葛子固题苏道士江行图》："江行图上指君山，寄语烟波不用看。悉水买船归雪水，全家搬入画图间。"诗的最后一句生动而充满趣味，也点出了画境的引人入胜。又如《跋尤延之山水两轴二首》其一："水际芦青荷叶黄，霜前木落蓼花香。渔舟去尽天将夕，雪色飞来鹭一行。"这首诗描绘了一幅极美的画面：初秋，开始下霜，池塘荷叶开始发黄，树叶慢慢飘落，但是黄色之中还有青色的芦苇，不时有淡淡的蓼花香飘过，渔舟慢慢归去，天边有一群白鹭飞过。原画肯定不会包含如此多的内容，比如蓼花的香味在绘画中就不能被描绘出来，而只能通过语言表现出来。

作为理学家的朱熹和楼钥也有不少题画诗存世。朱熹所存题画诗42首，多为短小的咏画绝句，只有少量的抒情、议论。他的咏画诗多是吟咏山水图画，这类诗恬静清空，比如《江月图》："江空秋月明，夜久寒露滴。扁舟何处归，吟啸永佳夕。"又如《题可老所藏徐明叔画卷二首・其二》："流云绕空山，绝壁上苍翠。应有采芝人，相期烟雨外。"这些诗已经不仅仅局限于图像本身了，而是诗人通过自己对画面的想象，注入了自己的精神。朱熹也有一些题画诗是充满理趣的，比如其中的精品《墨梅》："梦里清江醉墨香，蕊寒枝瘦凛冰霜。如今白黑浑休问，且作人间时世妆。"用绘画的黑白来比喻人世间的黑白是非。楼钥贯通经史，推崇朱熹，其所存题画诗约50首。楼钥的题画诗往往由画而引发议论，有时即使是短诗也不忘阐述义理。如《戏题龙眠马性图》："狗子已知无佛性，马又何曾有性来。伯乐若来休着眼，任它骐骥混驽骀。”这种诗其意不在图像，只是图像为议论所用而已。当然，他还有一些单纯咏画的诗也是极富韵味的。比如《题汪季路太傅所藏龙眠阳关图》：“离觞别泪为君倾，行李匆匆欲问程。不用阳关寻旧曲，图中端有断肠声。”

南宋中期，出现了一批辗转于江湖的落第文人，他们大多社会地位不高，以江湖气相标榜，被称作“江湖诗派”，代表人物有姜夔、刘克庄、戴复古。在题画诗方面以刘克庄、戴复古的成就较高。戴复古的题画诗大多故作豪放语，对政治也比较关心，比如《题曾无疑飞龙饮秣图》：

云巢示我良马图，一骑欲水一骑刍。竹批双耳目摇电，毛色纯一骨相殊。何人貌此真权奇，笔端疑有渥洼池。驽骀当用骅骝老，赢得画图人看好。盆中饮，槽中秣，无用霜蹄空立铁。何如渴饮长城濠上波，饥则饱吃天山禾。振首长鸣载猛士，龙荒踏碎犬羊窠。

诗人观画想象自己骑着画面上的良马直捣金国巢穴，其情感激昂慷慨，表达了诗人兴兵北伐的豪情壮志。作为流落江湖的诗人，豪言壮语的背后，往往也有某种落魄和凄凉，这种情感从诗人另外一首情真意切的题画诗中可以看出来，即《题亡室真像》：“求名求利两茫茫，千里归来赋悼亡。梦井诗成增怅恨，鼓盆歌罢转凄凉。情钟我辈那容忍，乳臭诸儿最可伤。拂拭丹青呼不醒，世间谁有返魂香。”这首诗不但表达了对亡妻至深的怀念，同时表达出自己辗转江湖求名求利而不得的凄凉落魄之感。

刘克庄是继陆游之后伟大的爱国诗人，他的题画诗中有些仅仅只是描摹绘画，有些则表现他忧国忧民的情怀，其中最具代表性的是《明皇按乐图》：

莺啼花开春昼迟，掖庭无事方遨嬉。广平策免曲江去，十郎谈笑居台司。屏间无逸不复睹，教鸡能斗马能舞。戏呼宁哥吹玉笛，催唤花奴打羯鼓。南衙群臣朝见疏，老伶巨珰前后趋。阿瞒半醉倚玉座，袖有曲谱无谏书。金盆皇孙真龙种，浴罢六宫竞围拥。惜哉傍有锦绷儿，蹴破咸秦跳河陇。古来治乱本无常，东封未了西幸忙。辇边贵人亦何罪，祸胎似在偃月堂。今人不识前朝事，但见断缣妆束异。岂知当日乱难人，说着开元总垂泪。

该诗表面上是写唐明皇按乐的奢侈场景，其实是借古讽今，希望当时的统治者不要再重蹈覆辙，表现出诗人强烈的忧患意识。

南宋皇室的题画诗人也非常值得一提，他们的题画诗对于图像的影响比一般文人甚至更大，这主要是因为当时最著名的画家如马远、夏圭、马和之、马麟等都聚集在皇家画院，皇室帝后和他们直接接触，帝、后经常在他们所作的绘画上题诗，有时双方还会进行诗画互动。宋代绘画发展到马远、夏圭这里，画面出现了大量的空白，因而他们的画有“马一角”“夏半边”之称，这大量的空白就是对题画诗的一种召唤。据徐邦达考证，南宋至少有高宗赵构、孝宗赵昚、宁宗赵扩、理宗赵昀、高宗吴皇后、宁宗杨皇后（杨妹子）等在画院画家的绘画上题过诗，而且都有相应作品存世。[①] 他们都善书法，或题别人诗作于画上，或自己当场写诗题于画上。其中杨皇后的题画诗影响最大，争议也最多。综合《全宋诗》和徐邦达的考证，我们了解到杨皇后存世题画诗十余首，其中题马麟《层叠冰绡图》(图 3-8)诗最具代表性。这幅画上画有两枝无根的梅花，这两枝梅花从画的右侧斜入画面，一枝向上，一枝向下，在画面上构成了一种张力，使得构图得以稳定，画面留有大量的空白，而杨皇后的诗歌题于图画正上方，恰好不会使画面显得太空，诗歌与梅花呼应，别有一番滋味。其诗云：“浑如冷蝶宿花房，拥抱檀心忆旧香。开到寒梢尤可爱，此般必是汉宫妆。”从诗的内容来看，此为不动声色地咏画，可是最后一句隐约透露了诗人淡淡的感伤。画面上的梅花无声地开着，画面上的题诗似乎也冷静优雅，淡淡的清香配着淡淡的忧伤，构成了这幅画的基本格调。文字与图像的结合似乎要比单独的文字或图像更有力量。南宋皇室成员对于题画诗的热衷极大程度促进了中国文人画的发展，为元代文人画鼎盛时期的到来奠定了基础。

图 3-8　马麟　《层叠冰绡图》　北京故宫博物院藏

南宋灭亡之际，涌现出许多爱国诗人，如文天祥、汪元亮、谢翱、郑思肖等，其中在题画诗方面成就最大的是郑思肖。郑思肖是南宋最后一位题画诗人，兼善诗画，根据《全宋诗》统计，其所存题画诗有百余首，其中大部分题咏先贤人物图，如《伯牙绝弦图》《车武子聚萤读书图》《卞和泣玉图》《屈原九歌图》《巢父洗耳图》《伯乐相马图》等，这些诗往往通过对先贤著名事件的吟咏，表达其对先贤的追慕以及自己的高逸情怀，如《老子度关图》：“紫气东来压万山，老聃吐舌笑开颜。青牛车外天风阔，摇动当年函谷关。”他的题画诗也充分表达了其热烈的爱国主义情感，他所吟咏的人物往往是李广、周亚夫、苏武等著名爱国人物，他希望宋朝也能出现这样的人物力挽狂澜。郑思肖在纯粹的咏画诗中也往往表现出宁死不屈

① 徐邦达：《南宋帝后题画书考辨》，《文物》1981 年第 6 期，第 52—64 页。

的气节，如《画菊》："花开不并百花丛，独立疏篱趣未穷。宁可枝头抱香死，何曾吹落北风中。"诗人用菊花来比喻自己的爱国气节，情感至深，饱含血泪。其中的苦心与衷心，用元代画家倪瓒的《题郑所南兰》来概括最合适不过："秋风兰蕙化为茅，南国凄凉气已消。只有所南心不改，泪泉和墨写《离骚》。"

四、宋代题画诗的诗画关系

唐代王维、张彦远等人从实践和理论上都积极倡导文人画，为宋代文人画的成熟作好了充分的准备。文人画成熟的一个重要标志便是诗画合体，也即前面所说的"语图合体"的特征之一，之所以用诗画合体的概念，是因为宋代文人开始进行大量的题画诗创作并有很多题诗于画上。当然，这也不是一蹴而就的，在宋代也经历了一个发展过程，而这个"语图合体"的过程也就是诗与画相互纠缠的过程。

北宋初年，虽然有像董源、李成、范宽、燕文贵等众多优秀画家以及杨亿、刘筠、钱惟演等优秀诗人，但是这时的诗与画各行其是，很少进行互动。其中一个很大的原因是这些台阁诗人对绘画并不感兴趣，所以这些在当时诗坛上很有影响的诗人并没有题画诗留下来。直到范仲淹、欧阳修、梅尧臣等人革新北宋诗坛，一方面他们积极主张复古，学习唐代诗歌传统，另一方面又试图超越唐代的诗歌成就，但是唐代诗歌形式已经无法被超越，这就使得他们试图在诗歌题材上有所突破，因而整个宋代的诗歌，世间万物，事无巨细，均可入于诗。这时开始出现大量的题画诗也是顺理成章的事情。这个时期虽然有范仲淹、晏殊、文彦博、欧阳修等文坛名宿进行题画诗的创作，但是还没有证据表明他们和画家有直接亲密的交往，他们写题画诗只是把绘画当作吟咏的题材之一，这个时期可以说只是"语图合体"的萌芽期，但是这些前辈的努力给后来以苏轼、米芾、黄庭坚、王诜等人有意识地把诗与画结合起来铺好了道路。

随着苏轼成为文坛领袖，由于他的才气和胸怀，身边聚集了身负各种才能的人，其中尤以画家、诗人居多，而且苏轼本人由于是通才型的文人，诗书画皆通，因而使得相互之间平等交流成为可能，诗不驭画，画也不必附庸于诗，这就使得绘画与诗歌逐渐变得平等起来。与此同时，出现了大量论证诗画一律的理论，比如前面提到的苏轼"诗中有画，画中有诗""诗画本一律"等理论，还有如张舜民的"诗是无形画，画是有形诗"。他们不但在理论上拉近诗画的距离，而且在创作上也极力把诗画结合在一起，比如苏轼、米芾、李公麟、张舜民都能诗能画，其中苏轼所画的《枯木怪石图》是不朽名作，此画画成之后，诗人题诗者不在少数。可惜由于年代久远，当时题诗于画的盛况我们已不得而知，或许王诜的《烟江叠嶂图》（图 3－9）可以让我们领略一二。王诜的《烟江叠嶂图》虽然保留不全，但是诗画俱在。从后面的题诗中我们可以看出，苏轼在王诜画完这幅作品之后题诗，而后王诜又和之，而后又有第二轮唱和，这足以见出当时以苏轼为中心的文人圈子借画唱和的风气之盛，同时也说明了诗画结合所带来的诗画相得益彰的结果。在苏轼的时代，诗画合体在理论和实践上似乎已经完成，可遗憾的是至今没有发现那个时期所流传下来的题诗于画面内的绘画作品，诗歌始终还是游离于画外，不敢有进一步的僭越，这一局面需要一个更大权力的人物来打破，这个人物便是北宋末年的皇帝宋徽宗赵佶。

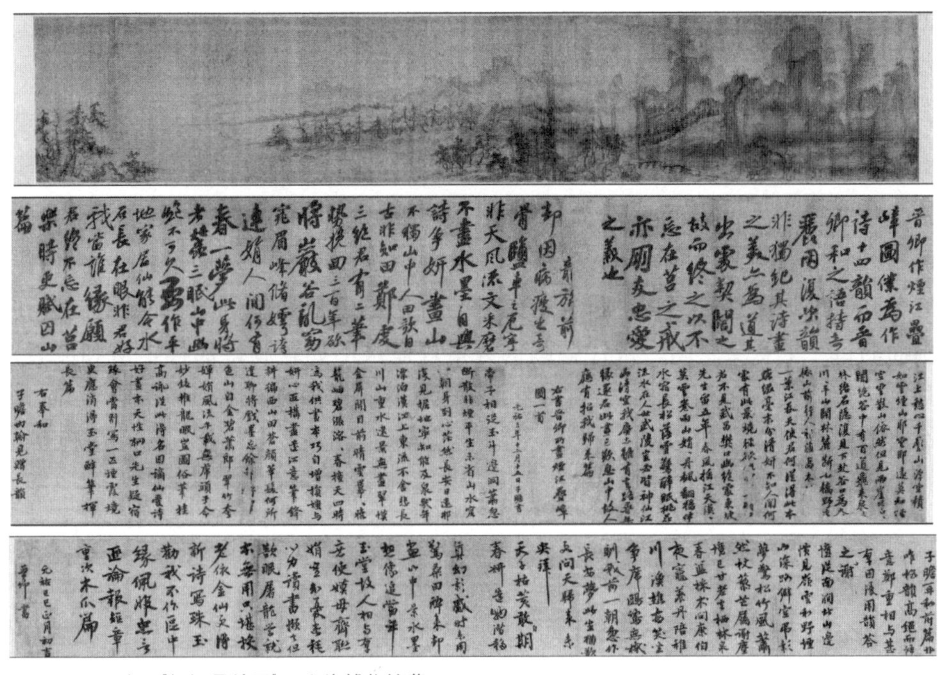

图 3－9　王诜　《烟江叠嶂图》　上海博物馆藏

前面已经说过，我们现今所能见到的最早题诗于画内的绘画出自宋徽宗赵佶，这对于诗画合体而言是一个标志性的转折，这个转折从唐代杜甫、王维等人便已经开始，后又经过苏轼、米芾等人的努力，直到赵佶才算是真正完成。由于特殊的身份，赵佶也完全有魄力当此大任，他有勇气也有才气把诗歌题到画面上去。这对促进文人画的发展也是一个壮举，从此之后诗歌是文人画家的必备修养，二者相互补充、相互彰显，“士大夫因诗而知画，因画以知诗”[①]。

南宋偏安于江南，由于北宋为诗画合体奠定了基础，南宋的文人也大多写有题画诗，比如朱熹、楼钥、陆游、杨万里、刘克庄等均有题画诗的创作，这些创作充分肯定了绘画的地位，从侧面支持了诗画合体。南宋也涌现出了许多优秀的画家，比如像李唐、刘松年、夏圭以及马远父子。这些画家都聚集在宫廷，为宫廷服务，南宋没有出现像北宋那样集诗书画于一身的画家，他们所作之画往往只有帝

① 孙绍远著：《声画集》，见卢辅圣主编：《中国书画全书》第二册，上海书画出版社 1993 年版，第 360 页。

后才能在上面题诗。南宋最大的一个特点就是帝后们的书法都很好，而且艺术品位都很高，所以他们在画上的题诗都不俗，这对于诗画合体进一步发展有很大的帮助。正如前面所说，马远、夏圭的绘画留有大量的空白，这也是一种对题画诗的召唤。这一切都说明，诗与画的合体经过宋朝诸多人的共同努力终于得以完成并达到了第一个高峰，后来的元、明、清文人画再也无法摆脱宋代在这方面对于他们的影响。

小结

宋代以来，不少绘画作品以前人诗句和诗意为表现对象，是中国文图关系史上诗歌和绘画深入联系的开端。同时，宋代图像更倾向于呈现隐士诗人及野逸诗情，这和宋人尚平淡的审美趣味有关。有一些宋代绘画虽然没有具体点名所画为某时代某诗人的诗句，但诗意在宋代绘画中无处不在。其中最典型的是“诗意图”或“觅句图”等绘画类型，其中的诗与诗句虽然未被命名，但实际上渗透在画面的每一个意象之间。宋代题画词数量规模虽不如题画诗那样丰富和庞大，却是后世词意画之滥觞。宋代是中国题画文学的繁荣时期，不但数量巨大，而且名家名作叠出。

第四章 苏轼的创作及其文图思想

在中国文学与图像关系的历史进程中，苏轼的思想理论和创作实践产生了较为重要的影响，直到今天仍有一定的价值。以历史发展的维度，检查探讨苏轼文图关系思想与前代、后世的关联，发现其具体论点，大都是建构于对文学、美术既往历史的梳理之上，遂为时人、后世所接受，从而可以在中国文学与图像关系史的叙述中占据一定的篇幅。

本章立足于苏轼文学和图像的创作实践与理论探讨，集中探讨苏轼在宋代文学和图像关系史中的关要地位，通过考查苏轼的诗文作品、绘画题跋，具体阐述其文图关系思想。

第一节 苏轼文学作品的图像性

在群星璀璨的宋朝士大夫中，苏轼闪耀出了独特的光辉。宋仁宗嘉祐二年(1057)，苏轼参加贡举考试，得到欧阳修的奖掖，后又凭文才，得到了皇帝的认可。一般情况下，这样的人才自然应该进入学术中心或权力中心，正如他的同年进士程颢、吕惠卿等人那样，但是，不合时宜的政治主张却令他屡遭贬谪。坎坷的仕途和潦倒的生活非但没有令他沉沦，反而成为他发挥其天分的契机。他性情豁达、博学多才，是中国文图关系史上的一位全才型、通才型的创作者，也是重要的理论家。这一节从具体作品的细读切入，主要探讨苏轼文学作品的图像性，在文学视域内发掘苏轼文图关系思想。

一、苏轼文学作品中的画面建构

在艺术发展的历程中，任何一种理论和技法的创新都是建立在前人基础之上的，苏轼深知这一点：

苏子瞻云："子美之诗，退之之文，鲁公之书，皆集大成者也。"①

① 何文焕：《历代诗话·后山诗话》，中华书局1981年版，第304页。

智者创物，能者述焉，非一人而成也。[①]

予尝论书，以谓钟、王之迹，萧散简远，妙在笔画之外。至唐，颜、柳始集古今笔法而尽发之，极书之变，天下翕然以为宗师，而钟、王之法益微。至于诗亦然。[②]

吾书虽不甚佳，然自出新意，不践古人，是一快也。[③]

图 4－1　苏轼像　《苏文忠天际乌云贴真迹》　商务印书馆 1938 年版

苏轼的诗、书、画创作，都是在前人的基础之上有所创新，在文图关系上，体现为他对唐代诗人王维的推崇："味摩诘之诗，诗中有画；观摩诘之画，画中有诗。"[④]事实上，王维"乃无声之箴颂，亦何贱于丹青"的文图思想，更多的是强调诗、画两种艺术形式在地位上的平等。在此基础上，苏轼提出了"诗画本一律"[⑤]的观点，将二者的融通提升到了"律"的高度，就是前无古人的开创了。在诗画一律的文图思想之下，苏轼的文学创作和绘画创作体现出强烈的融通倾向。在一些回文诗中，这种倾向更为突出，如创作于神宗熙宁年间的《晚眺》：

长亭短景无人画，老大横拖瘦竹筇。回首断云斜日暮，曲江倒蘸侧山峰。[⑥]

这首诗是苏轼诗画一律文图思想的较好体现。首先，苏轼以巧妙的构思和精到的文字，勾画出了郊野长亭的日暮景色。"长亭""日暮""断云""曲江"等环境描写，营造出了一个特定的审美时空；"长""短""横""瘦""倒""侧"，细致地形容了这一审美时空中的物象；无论正读或倒读，都能凸显诗歌建构的画面。恰到好处的写景状物，只能说明苏轼善于在文学创作中营造某种画面感，然而唐宋的山水田园诗人大都擅长营造画面感，所以，这首诗尚不足以在"律"的层面上体现

① 孔凡礼点校：《苏轼文集》，中华书局 1986 年版，第 2210 页。
② 同上，第 2124 页。
③ 同上，第 2183 页。
④ 同上，第 2209 页。
⑤ 孔凡礼点校：《苏轼诗集》，中华书局 1982 年版，第 1525 页。
⑥ 陈望道：《陈望道语言学论文集》，商务印书馆 2009 年版，第 404 页。

苏轼的文图思想。

这首诗是在辽使的诘难下创作的："东坡曰：'赋诗，亦易事也，观诗稍难耳'，遂作《晚眺》诗以示之。"[1]苏轼将这首诗概括为"观诗"，不仅是诗中有画可供观赏，更是在书写上独树一帜，使得诗歌本身也可供观赏。据《苏东坡轶事汇编》，苏轼将"长亭"的"亭"字，写得极长，"短景"的"景"字写得极短，"老大"的"老"字写得稍大，"横拖"的"拖"字则横写，"筇"字的部首写得极细，"回首"的"首"字反写，"断云"的"雲"字，雨、云间距稍远，"斜日暮"的"暮"字中，下日斜写，"曲江"的"江"写作"氵工"，"倒蘸"的"蘸"字倒写，"侧山峰"的"峯"字部首侧写[2]。一系列特殊的书写方式，改变了文字本来的形态，赋予其特定的形式美感，实质上是将文字本身看作图像，使得文字的形式美感与诗境相契，丰富了诗歌的审美层次。这样的创作方式在宋代文学中实属罕见。

图 4-2 徐宗浩 《苏文忠像》(局部)

考察苏轼涉画的一般诗文作品，发现其建构画面的基本方法大致通过两个层次或步骤得以实现。首先，通过某种哲学传统和文学传统中的概念和意象，营造特定的审美空间。例如用"空"等哲学的、宗教的理念建构朦胧的虚景，以虚景为隔断，描摹实景，形成虚实相生的画中画[3]。其次，在这一审美空间中，通过通感、比喻、衬托等文学修辞，或将听觉对象转变为可感的具体形象，或对视觉对象做位置、性状、色彩上的细致描摹，从而生成画面，建构画境。在诸多诗文作品中，《登州海市》一诗集中地体现了这两种构图方法。

(一)"空故纳万境"——诗文作品中的实景和虚景

在诗文作品建构画面感时，"空"有以下两种作用。首先，将"空"的理念引入诗文创作中，往往能够轻易地建构起某种难以言说的神仙意境。其次，朦胧

① 颜中其编注：《苏东坡轶事汇编》，岳麓书社 1984 年版，第 28 页。

② 同上，第 31—32 页。

③ 苏轼诗文构图中实景生虚景的情形，一定程度上类似于宋画对屏风的运用。

的“空境”，有利于运用“通感”的修辞达成“混淆视听”的效果，从而生成“有声画”：

东方云海空复空，群仙出没空明中。荡摇浮世生万象，岂有贝阙藏珠宫。[①]

一般而言，古代诗歌忌反复使用相同的文字。即使这首《海市》诗不属律诗，即使苏轼本人提倡“以文为诗”，这样连用三个“空”的情形，仍属罕见。有理由相信，前两句连用三个“空”字，是苏轼特意要营造出“空境”。

苏轼在诗文作品中通过营造“空境”而建构画面，并不是偶尔为之。《记承天寺夜游》中有“积水空明”，《赤壁赋》中有“击空明兮泝流光”，《月夜与客饮酒杏花下》中有“劝君且吸杯中月……惟忧月落酒杯空”，《双石》中有“一点空明是何处”。我们认为，苏轼在文学作品中营造的“空境”，是其建构画面和意境的基础。结合这一观点，下文将以其创作于黄州时期的《记承天寺夜游》和《书临皋亭》为例，通过文本细读的方法，解读苏轼“诗中有画，画中有诗”的诗画关系思想。

《记承天寺夜游》通过优美的文辞，建构起了虚实两帧妙到毫巅的小景图像，其核心素材实际上只是竹、柏两种物象：

庭下如积水空明，水中藻荇交横，盖竹柏影也。何夜无月，何处无竹柏，但少闲人如吾两人者耳。[②]

在这短短18个字的景物描写中，苏轼把月色照映下的竹柏，转换成水中的交横动荡的藻荇，遂建构起生动优美而又朦胧形象的画面感。这种天才般的物象转换而生成多重画面，体现出了苏轼超强的文章布局能力和文字操控能力：营造“空境”是一切的前提，因为只有在“空境”中，月色下的庭院才能够与水互喻，而只有以水比喻庭院，竹柏才有可能与藻荇互喻，只有以藻荇比喻竹柏，才能勾连水中交叉横斜而摇摆不定的藻荇与月色掩映下、秋风吹拂[③]中的竹柏。以“空明”喻水，以水喻庭下月色，苏轼建构出了摇荡、明亮的画面背景。以“水中藻荇”喻月下竹柏，苏轼建构出了虚实两帧画面。至于提前营造好的“空境”，与其说它是画面的背景，不如说它是一面映照实景的镜子[④]，镜子的外面是一帧存在于真实的“月下竹柏”图像，里面是一帧存在于想象中的“水中藻荇”图像。月色、秋风、庭院、竹柏、积水、藻荇诸多意象交相辉映而彼此独立，从一个侧面诠释了苏轼提倡的“诗中有画”。

宋代画家虽不长于描摹水中物象，但也有一些略同于这段文字的画作，如陈可九的《春溪水族图》等。此画描摹的水中物象，有水面的浮萍、水中的游鱼、水

---

① 孔凡礼点校：《苏轼诗集》，中华书局1982年版，第1388页。

② 孔凡礼点校：《苏轼文集》，中华书局1986年版，第2260页。

③ 苏轼在前文交代了时间为“元丰六年十月十二日夜。”

④ 将水比作镜子并描摹水中倒影，又见于苏轼《泛颍》：“我性喜临水，得颍意甚奇。……画船俯明镜，笑问汝为谁？忽然生鳞甲，乱我须与眉。散为百东坡，顷刻复在兹。”

底的水草以及水底淤泥上水草的影子，构图合理，状物细腻，层次感极强。画面虽摹写了水草的影子，但这影子与苏轼本段文字的倒影显然不是一回事。宋人细致描摹水中倒影的画作，实际上是较少的[①]。在苏轼的文字中，积水是虚幻的，是庭院反射的月光的比喻；水中的竹柏，则是存在于虚幻中的虚幻；而水中的倒影也并非竹柏的影子，以藻荇喻竹柏，则是三重虚幻下的物象。宋画中类似题材的作品，又有旧题郭忠恕的《梧桐庭院图》（藏于北京故宫博物院）、马和之的《月色秋声图》（藏于辽宁省博物馆）以及款识为“轼”的《松荫玩月图》（藏于美国大都会艺术博物馆）等。

《梧桐庭院图》建构了月色下山水梧桐环抱中的庭院，虽与《记承天寺夜游》的题材相近，但其着力勾勒建筑，应属界画。马和之《月色秋声图》的特色在于马氏独创的“柳叶描”，同是月色小景，马氏图像中的人物树石更加细腻清晰而富于韵律。画面左上有赵孟頫题跋李白诗句“白沙留月色，绿树助秋声”，诗画相映，共同生成意境。《松荫玩月图》的画面，虽无庭院，但很好地展现了月色空明下的树木掩映和大地朦胧。

在《月色秋声图》中，马和之是用线条、色彩建构的图像去描摹“秋声”，赵孟頫借用李白的诗句，则是用语言文字中的对比来描摹色彩。李白的诗歌在一定程度上建构了画面，马和之的绘画也在一定程度上建构了诗境，赵孟頫发现二者境界相通，遂题诗于画上。以“月色秋声”为题，唐、宋、元三代不同门类的艺术家不断开拓诗画范畴，逐步打通诗画界限，这种诗画共生的现象，是苏轼“诗中有画，画中有诗”的良好体现。

于文学作品中建构虚实两种画面和境界，不是苏轼偶然为之。《记承天寺夜游》通过“积水空明”的映照所生成的虚实相生的画面，并不是苏轼文学构图的最高水平。在《书临皋亭》中，苏轼通过对眼前景物和记忆中景物的描写，结合合理的行文布局，运用“重门”作为隔断，不但生成了画中画，而且利用这画中之画，造出了想象之画：

东坡居士酒醉饭饱，倚于几上。白云左缭，清江右洄。重门洞开，林峦坌入。当是时，若有思而无所思，以受万物之备。惭愧，惭愧！[②]

临皋亭原为水驿，是苏轼黄州时期的住所之一，他多次以“临皋”为题材创作诗文。这些诗文作品中的临皋亭，西临长江，北通黄泥坂、东坡，位于视野开阔[③]的高地之上。

结合《书临皋亭》原文，可以对临皋亭的周边地理情况和苏轼所建构的图像

---

① 佚名《浣月图轴》描摹了仕女、庭院、苍松、巨石、水池，但这些物象在水中的倒影，是通过仕女的动作表现的，而非直接在水中描摹，见于《故宫书画图册》。佚名《西湖春晓图》中描摹了水中岸边柳树的倒影，但这倒影是模糊的，见于《两宋名画册》，文物出版社 1979 年版。

② 孔凡礼点校：《苏轼文集》，中华书局 1986 年版，第 2278 页。

③ “已迁居江上临皋亭，甚清旷。”见孔凡礼点校：《苏轼文集》，中华书局 1986 年版，第 1786 页。

作以下解读。第一，临皋亭的“重门”，不可能开在院墙的东、西方向，因而苏轼醉眼看到的“林峦坌入”，应位于临皋亭的北方或南方。第二，根据苏轼在《黄泥坂词》记述的游览临皋周边景色的路线图，临皋亭的东边，有“从祠”，“从祠”向北，是“东坡”“黄泥长坂”，黄泥长坂再向北，则“路穷尽而旋反”。可知临皋亭向北是穷途；长江位于苏轼向黄泥坂行进方向的左侧（“大江汹以左缭兮，渺云涛之舒卷”），结合《书临皋亭》“清江右洄”，可以断定“重门”朝向为南，而这也是符合中国庭院建筑传统的。据此判断，苏轼醉眼所见的林峦，是临皋亭南侧的林峦，这一片林峦正对“重门”。

同样是卧览“南山”，从审美意境上讲，苏轼醉眼所见的林峦，略同于陶渊明“采菊东篱下，悠然见南山”。但陶渊明的视线并不受任何阻隔，所以他卧览“南山”时的心境是“悠然”的[①]；苏轼受“重门”阻隔，醉酒侧卧时，恰巧能够卧览“南山”，故其心境是“惭愧惭愧”。“重门”闭合时，苏轼醉眼所见，只能是冰冷的院墙和闭锁的重门而已，感到“惭愧”，可能是庆幸“重门”恰巧全部开着（“洞开”），江风拂面，“林峦坌入”，使他本来郁郁的心境得以舒缓。

宋画中有许多类似于“高士醉卧”的图像[②]，它们的主题大多囿于“高士”本身，而苏轼笔下的“高士”只是一个道具。他通过“高士”——也就是自己——的眼睛，建构起“重门洞开”中的“林峦坌入”，即“重门林峦”图像。这是一幅远景图像，苏轼与看到的林峦，隔着重门，隔着长江，人山对望的意境，略同于李白的“相看两不厌，只有敬亭山”。

“云缭江洄”图像，是三帧图像中唯一的虚景。它存在于苏轼的记忆和想象中[③]。“白云”“清江”“林峦”，都是真实存在的景色，但苏轼的视线被屋顶、房檐遮蔽，并不能看到这些景象。同时，这些景象不会因重门闭合而消散，醉中倚靠着几案的苏轼，却只能通过“重门洞开”得以卧览“林峦”“清江”，仿佛能够看到山间浮云的舒卷。

卧览美景后，苏轼的审美体验是：“若有思而无所思，以受万物之备。惭愧，惭愧！”可见“重门洞开”之于《书临皋亭》画面感的重要性。这种建构画面的方式，与宋画对“屏风”的运用相似。于屏风上作画，在宋代成为风气。苏轼曾在《欧阳少师令赋所蓄石屏》中描述了石屏风上不知何人所画的“峨眉孤松”图像；也曾赞叹文与可的墨竹屏风图像。《书临皋亭》中的“重门洞开”恰似一面屏风，苏轼在屏风上看到了“林峦坌入”的画面，想起了“亭下八十数步便是大江”的实景。“重门”的作用，在于营造多重图景，激发作者和观者的想象，增强画面的层

---

① 《书临皋亭》中高士所看到的图像，受到重门、长江多重阻隔。

② 如佚名《憩寂图》，佚名《松月图》，刘贯道《消夏图》等。

③ “临皋亭下八十数步，便是大江。……江山风月，本无常主，闲者便是主人。”见苏轼：《临皋闲题》。

次感[①]。与这一意境和方法相近的绘画作品，有元人刘贯道的《消夏图》[②]。同样是高士卧观，《消夏图》中的屏风造景则显得更加直接，同时，重屏和扇面中的高士图像和山水图像，在增益画面层次感的同时，极大地拓展了画面的表现力。绘画中的屏风与文学中的“重门”，实质上都是虚写景物，但是，这些虚景却更能引领观者深入图像，走进作者，营造出多层次的审美体验。

（二）“远近高低各不同”——文学修辞的运用与相应诗画作品

《登州海市》诗所描摹的海市蜃楼的景象，即使今人看来也是神秘莫测的，于宋人更是如此[③]。苏轼并没有从义理的角度去解释海市的成因，而是在某种程度上将海市景色看作是大自然的艺术创作[④]，近似于是他诗画关系思想中的“天工”“天巧”。

心知所见皆幻影，敢以耳目烦神工。……斜阳万里孤鸟没，但见碧海磨青铜。新诗绮语亦安用，相与变灭随东风。[⑤]

苏轼在欣赏这一自然杰作时，不单动用了视觉，而且动用了听觉。这是矛盾的：“心知所见皆幻影”，意味着苏轼是将海市景色当作一幅画来欣赏。在赏画时，动用视觉理所当然，动用听觉就显得多余而奇怪了。有研究者认为这与佛教“六根互用”进入宋代士大夫的视野有关。

周裕锴指出，佛教六根互用理念进入宋代士大夫的视野，有力地促成了宋代文学与图像的融合，而在宋代士大夫中，苏轼是第一个。他梳理了中国古代对与六根相关的“五感”的论述，叙述了宋前文学作品中的五感互用现象，结合钱锺书“通耳于眼，比声于色”[⑥]的论述，指出佛教的“六根互用”与中国文学传统中的五感，发展到宋代诗画创作实践，实质上就是今天所说的“通感”的修辞手法。而苏轼及其文人集团所反复提及的“有声画”“无声诗”的理念，正是通感在诗画创作中的具体运用[⑦]。

结合这一观点，可以对苏轼《赤壁赋》描绘的一些图景做文本分析。“前后

---

① 苏轼对门内、门外景象的多层次描写，又见于《舟中夜起》、《九日黄楼作》、《南堂五首》等诗文作品。

② 对宋元绘画中的“重屏”，巫鸿已有详尽论述，详见《重屏——中国绘画中的媒材与再现》。此处提及，是认为诗画两种门类艺术的造景方法可以进行深入的比较研究。

③ 沈括撰，张富祥译注：《梦溪笔谈》，中华书局 2009 年版，第 239 页。

④ 宋人喜好探求物理，苏轼也不例外，《石钟山记》是明显的例证。然而《海市》却没有从“格物”的角度切入。同时苏轼关于“天工”“天巧”“神思”“神工”的论述，多出现在其诗画评论文章中。据此判断，《海市》诗在一定程度上可以被看作是苏轼关于自然杰作——海市图景的题画诗。

⑤ 孔凡礼点校：《苏轼诗集》，中华书局 1982 年版，第 1387—1389 页。

⑥ 傅杰：《书林扬尘》，海豚出版社 2016 年版，第 163 页。

⑦ 参见周裕锴：《“六根互用”与宋代文人的生活、审美及文学表现——兼论其对“通感”的影响》，《中国社会科学》2011 年第 6 期，第 144 页。

赤壁赋”富于强烈的画面感,历代赤壁图是明证[①]。但是,以“前后赤壁赋”为题的赤壁图多集中于描绘“泛舟游于赤壁之下”的场景,较少涉及苏轼原文中建构的其他画面[②]。比如以下这段文字中的画面,就不在赤壁图的取材视野中:

于是饮酒乐甚,扣舷而歌之。歌曰:“桂棹兮兰桨,击空明兮泝流光,渺渺兮予怀,望美人兮天一方。”客有吹洞箫者,倚歌而和之,其声呜呜然,如怨如慕,如泣如诉,余音袅袅,不绝如缕,舞幽壑之潜蛟,泣孤舟之嫠妇。

与《记承天夜游》不同处在于,《记承天寺夜游》所建构的虚实画面是以“空境”为纽带,而这段《赤壁赋》断章所建构画面是基于“歌曰”中的诗句。苏轼运用通感的修辞,将箫声这一听觉体验转化为具体的图像,是“无声诗”论点的艺术实践。

“桂棹兮兰桨,击空明兮泝流光”出自屈原《九歌・湘君》“桂棹兮兰枻,斫冰兮积雪”句,苏轼此处借用,将“冰”“雪”变作“空明”“流光”。“空明”是指倒影在澄澈江水中的月色,“流光”是指流动的江水,“泝”是指上溯。借《九歌》中的画面写自己眼前的景象,本是合情合理的。然而屈原的作品与苏轼眼前、笔下的长江景色毕竟有所不同,变“斫冰”“积雪”的意象为“流光”,就必须结合苏轼当时的情境了。

苏轼在前文中交代了时间和背景:“月出于东山之上”。有了月色照映,“明”“光”所营造出的画面明晦,就是有根据的了。东山之上的月光经过江水的反射和折射,形成了澄澈摇曳的实景,这实景体现于诗中,就是“空明”。空明造就了朦胧恍惚的诗境,生成了画面的背景。“月色”“江水”“小舟”“船桨”这些物象都是常见的、可感的,故能引发读者的联想。然而“一苇扁舟”“桂棹兰桨”“空明流光”这些意象却是虚幻的、含混的[③],故能引发读者的想象。在这熟悉而又陌生、清晰而又恍惚的审美空间中,人们仿佛真的看到了诗人与客乘舟溯水而上的情景。

此后,苏轼记述了客人吹箫伴奏的情形,并描写洞箫这一乐器的音色特点,形容了乐曲的哀伤。这一部分的声音描述,为第三部分建构画面提供情感基础,是这一断章,甚至是整篇文章的情感转折点。苏轼继而发挥想象,通过蛟龙和寡妇来形容自己诗歌和客人乐曲所蕴含的情怀。同时,通过对蛟龙和寡妇的动作描写,苏轼将诗歌的意境和乐曲的声音相融,将声音转化为生动的图像,建构了

---

① 历代赤壁图多属山水画。在苏轼诸多富于画面感的诗文作品中,以赤壁为主题的文章能够入画,应是与五代到宋的山水画勃兴相关。

② 少数赤壁图则跳出苏轼“前后赤壁赋”所建构的画面,如明沈周《赤壁图》、明蒋乾《赤壁图》、清任颐《赤壁赋诗意图》等,详见下文。

③ “纵一苇之所如”是用《诗经・河广》“谁谓河广,一苇杭之”的典故。因存在于文学传统中,故它们同时也是为人所熟知的。

"潜蛟起舞"和"孤舟泣妇"的画面[1]。这后两幅画面,是"有声画"的生动体现。

"舞幽壑之潜蛟"的情境与《列子·汤问》中"瓠巴鼓琴而鸟舞鱼跃"相类,《荀子·劝学》也有"瓠巴鼓瑟而沉鱼出听"。"鸟舞鱼跃"和"沉鱼出听",都是富于画面感的文字,而且它们都是欢快的。苏轼用这些旧典是反用。"潜蛟起舞",以"如怨如慕,如泣如诉"的箫声为伴奏,显然不是欢快的舞蹈,而"孤舟泣妇"则更明确地体现出作者的悲伤。据《三苏文范》卷十六:"吹箫而潜蛟起舞,喻己潜伏于谪所也。寡妇闻此亦泣,喻己孤立不得于君也。"然而这种悲伤并不至于绝望。苏轼将"鱼跃"变为"蛟舞",暗含"潜龙勿用"的易学思想,寄寓了自己的政治理想。

元丰五年(1082)的苏轼,已经久居于黄州贬所了,黄州时期的创作,可以分为两个方面。一方面,前期因乌台诗案的打击,他曾在一段时期内闭门谢客而远离诗文创作,以至于"诗笔殊退"[2]。另一方面,他开始写作《易传》《书传》《论语解》三部学术著作:"某闲废无所用心,专治经书。一二年间,欲了却《论语》《书》《易》。"[3]

结合苏轼黄州时期的学术研究和生活状况,"潜蛟起舞"和"孤舟泣妇"两帧图像,可以与"潜龙在渊"联系起来解读。在《东坡易传》卷一中,苏轼说:"乾之所以取于龙者。以其能飞、能潜也。飞者,其正也,不得其正而能潜,非天下之至健,其孰能之!"蛟龙因听到了呜咽箫声而不安舞动,寡妇因听到了呜咽箫声而孤独哭泣。这两帧画面是悲伤的,然而这悲伤的情感却成为乐而放歌的伴奏,内蕴着苏轼能飞能潜的刚健。

除通感外,在具体摹写物象时,苏轼大量地使用比喻、对比等修辞手法,对物象的位置、色彩、形状等物理性状做细致描摹,这些同时也都是绘画的构成要素。对物象位置的摹写,可以对应"六法"中的经营位置;对色彩的摹写,可以对应"随类赋彩";对形状的摹写,可以对应"应物象形"[4]。值得注意的是,苏诗中物象诸多性状的描摹,往往集中呈现且相互配合,使人如见其景。

苏诗对物象的位置描摹,有方位、高低、远近等类型。摹写方位的,如《南堂五首》其一:"江上西山半隐堤,此邦台砚一时西。南堂独有西南向,卧看千帆落浅溪。"摹写高低的,如《赤壁赋》:"山高月小,水落石出。"摹写远近的,如《雨中游

① 这种情况少见于宋代山水画的构图。宋画及宋前绘画也有表现了声音的作品。如崔白《双喜图》左下野兔扭头抬眼,就是因为听到了右上山雀的鸣叫。又如宋人《宫乐图》,通过宫女吹奏各类乐器的动作,也能令人产生听觉体验。但是这些作品中的物象,都有真实的原型,而苏轼此处的"潜蛟"闻箫"起舞",却是由文学传统而生发的想象。

② 参见《与王定国四十一首》等苏轼在黄州时期的书信、年谱等相关记述。

③ 参见苏轼:《与滕达道六十八首》其二十一,相似记述又见于:《与王定国四十一首》其十一等黄州时期书信、年谱。

④ 苏轼对"谢赫六法"的论述,参见其《书黄鲁直画跋后三首》其三。

天竺灵感观音院》:“前山后山雨浪浪。”

在摹写物象色彩时,苏诗大致有三种类型:有时仅对物象本身的色彩做对比性的描摹;有时会结合光线,营造出晦明对比;有时又用彼物色彩描摹此物,激发读者想象。第一种类型如《东栏梨花》:“梨花淡白柳深青,柳絮飞时花满城。”第二种类型如《月夜与客饮酒杏花下》:“褰衣步月踏花影,炯如流水涵青蘋。”第三种类型实际上是运用通感的修辞,如《有美堂暴雨》“天外黑风吹海立”,是以乌云的颜色描摹风,使人仿佛看到了本无形无色的风声。

在摹写物象形状时,苏轼往往结合时空变化,做多角度描写,力求凸显物象的“变态”。结合空间变化的,如《题西林壁》:“横看成岭侧成峰,远近高低各不同”。结合时间变化的,如《和鲜于子骏郓州新堂月夜二首》其一:“去岁游新堂,春风雪消后。……山川今何许,疆野已分宿。……惟有当时月,依然照杯酒。”

当这些修辞手段互相配合,集中于某句诗中时,就形成了极强的画面感。接下来我们便选取苏轼两首诗歌中的句子做文本细读。

霜风渐欲作重阳,熠熠溪边野菊黄。[①]

这句诗运用通感、拟人、对比等修辞手法,通过摹写物象的位置、形状、颜色,建构起“霜风溪菊”图像。霜风是中国文学传统意象,庾信有“霜风乱飘叶”,柳永有“渐霜风凄紧”。风是无形无色的,绘画艺术多通过植物、烛光、帷幕等物象的倾摆来表现风向、风力[②]。苏诗描摹风,往往用通感的修辞,将风声转变为其他感官能够感知到的事物属性。上文提到的“黑风”,是将风声转变为视觉能够感知的黑色,此处的“霜风”,在将无形无色的风声转变为触觉能感寒冷的同时,又赋予其视觉可感的霜的白色,这种多重感官刺激下的审美体验,极大地增益了画面感。第二句是运用了对比的修辞。首先是用“溪边”,表明了溪水、野菊的位置。溪水是澄澈透明(即空明)的,苏轼以“熠熠”,强调野菊的黄色,与溪水的澄澈形成了颜色对比。

题材上,有霜风、溪水、野菊;构图上,野菊位于溪水旁边;色彩上,有白色、黄色,以及澄澈透明;气韵方面,我们仿佛听到了山风呼啸、溪水呜咽,看到了溪水流淌,野菊拒霜[③]。于是我们眼前浮现了一帧“霜风溪菊”图。

湖上青山翠作堆,葱葱郁郁气佳哉。笙歌丛里抽身出,云水光中洗眼来。白足赤髭迎我笑,拒霜黄菊为谁开?明年桑苎煎茶处,忆着衰翁首重回。[④]

---

① 孔凡礼点校:《苏轼诗集》,中华书局1982年版,第580页。

② 如崔白《双喜图》右中树后随风摇摆的小竹;又如传苏轼《枯木怪石图》右下向左倾伏的小草;再如李嵩《观灯图》中部向右飘摆的帷帐。

③ 此处熠熠黄菊随霜风摇摆的小景画面,略同于苏轼《九日寻臻阇黎遂泛小舟至勤师院》中的“拒霜黄菊为谁开”。

④ 孔凡礼点校:《苏轼诗集》,中华书局1982年版,第507页。

这首诗运用了夸张、通感、拟人、对比、时空转变等修辞手法，描摹出一种近似于青绿山水的图景。首句“湖上”点明位置，“青山”点明色彩，“翠作堆”与第二句“葱葱郁郁”极言山树茂密，突出色彩的浓重。第二句“气佳哉”，感叹山、树气息相通。三、四句运用通感。笙歌本无形，苏轼借山中树丛赋其形，湖水本透明澄澈，苏轼为其赋予云的白色。第五句通过脚、髭的白、赤色彩对比，凸显主人形象。第六句在对比白霜与黄菊色彩的同时，运用拟人，凸显主人的精神气质。七、八句通过时空转变，摹写主人形貌变化。修辞的合理运用，暗合“六法”的气韵生动、经营位置、应物象形、随类赋彩，仿佛使人看到了一幅青绿设色的“迎客山人图”。

总之，苏轼诗文建构的画面，大都是“寓意于物”的。《记承天寺夜游》建构的“月下竹柏”和“水中藻荇”图像，是“闲人如吾两人者”的寓意；《书临皋亭》中“高士醉卧”“重门林峦”“云缭清江”三帧图像，是“若有若无之思，以受万物之备”的寓意。“天地之间，物各有主”，苏轼文学作品所建构具体的画面，也只能存在于相应的审美空间之中。“水中藻荇交横”这种朦胧模糊的画面，其审美空间必须是皎洁月色下的“积水空明”。在《宝绘堂记》中，苏轼认为“寓意”是通过感官体验来实现的。在诗画创作实践时，尤其是在诗文建构画面时，苏轼极力发挥感官体验的功用。他的题材是“造物者之无尽藏”；他的方法是将“耳得之而成声，目遇之而为色”的视听感官互动；在摹写物象色彩时，善用对比，强化视觉体验，在视听的转换中，物象由实景变成虚景；在虚景描摹时，又巧用意象，寓意于物（《赤壁赋》图景中的“鱼跃”变为“蛟舞”，以“健”寓龙），遂创造出多元的视听审美体验。苏轼的“诗画一律”，并不是仅作为一种空泛的艺术理论，事实上，这一理论不但已经在他自己的诗文创作实践有所运用，而且也逐渐地传播、流行起来：“有声画”“无声诗”[①]即为时人的概括，“帘卷一场春梦，窗含满眼新诗”[②]即为时人的创作。

二、苏轼的绘画题跋

苏轼以画为题的诗文作品在300篇（首）以上，就涉及画科而言，大致有以下类别。第一，写真画和人物画的题跋。这类作品数量较多，有赞、颂、偈等多种文体，又有僧道画像、士夫画像以及自画像等多种类别。第二，鞍马画题跋，多以韩幹、李公麟画作为品评对象。第三，山水画题跋。在这类作品中，类似于“浮空”“云烟”“烟雨”“缥缈”等词汇反复出现，一定程度上反映了苏轼于山水画意境的审美情趣。第四，花鸟竹石画题跋。苏轼往往在这类题跋中提出重要的文图关

① 北京大学古文献研究所：《全宋诗》，北京大学出版社，1991年版，第15061页。
② 同上，第15277页。

系思想。此外,又有一些其他涉画题跋,数量相对较少。如民俗画题跋(《陈季常所蓄〈朱陈村嫁娶图〉》)、车马画题跋(《画车二首》),以及一些画册题跋(如《石氏画苑记》)等。

考查苏轼绘画题跋发现,第一,它们并不仅局限于描述和评论绘画、画家,有时也叙述与诗画无关的事件。如《阿弥陀佛颂并叙》就是苏轼"以荐父母冥福"[①]而作,类似作品又如《释迦文佛颂并引》《观世音菩萨颂并引》等。第二,一些题画诗文也并非专论绘画作品,而是由作品生发出某种情感、议论等,是苏轼"以议论为诗"的诗学思想与绘画的融合。如《书黄筌画雀》,由"颈足皆展"的飞鸟引发出"君子是以务学而好问"的议论[②],又如《书晁说之〈考牧图〉后》中的"老去而今空见画"[③],类似作品又如《跋赵云子画》[④]等。第三,值得注意的是,苏轼时常在题画诗文中阐发其诗画思想,典型的例子如《书鄢陵王主簿所画折枝二首》等。此外,还有一些题画诗文仅是记述绘画创作的事件,既不描述和评论绘画、画家,也没有生发情感、议论。如《书画壁易石》记述了元丰八年(1085)四月六日,苏轼画"丑石风竹",换得刘氏园中的一块奇石的事件[⑤],类似作品又如《临〈篔筜图〉并题》[⑥]等。

从源流衍变的角度看,苏轼绘画题跋是对唐人题跋的继承和发扬,显著地体现在"以议论为诗"观念下的题画诗作品中。有学者考证,题画诗最早可以追溯到扬雄[⑦],后来者如庾信、萧懿、上官仪等都有少数作品,发展到唐代,尤以杜甫题咏为重。一般认为宋前的题画诗多描述而少议论,事实上,东晋时期就已有议论的倾向,如"为枕何石,为漱何流?身不可见,名不可求。"与前代比较,苏轼题画诗中的议论显然是更具开拓性的。第一,释、道思想的融入,使得苏轼题画诗更具哲思。体现道家思想的作品详见下文对《枯木怪石图》的论述,此处不赘。体现释家思想的作品如"出家非今日,法水洗无垢"(《吴子野将出家赠以扇山枕屏》)等。第二,苏轼的归隐情结,使得题画诗成为他直抒胸臆的艺术形式。如"山中故人应有招我归来篇"[⑧],"云泉劝我早抽身"[⑨],以及"待向伊川买泉石"[⑩]等。第三,苏轼常在题画诗中品评历史,如"当时亦笑张丽华,不知门

---

① 孔凡礼点校:《苏轼文集》,中华书局1986年版,第585页。
② 同上,第2213页。
③ 同上,第1967页。
④ 同上,第2214页。
⑤ 同上,第2214页。
⑥ "石室先生戏墨,苏轼临。是日试廷珪墨。元祐元年十月廿三日"。见孔凡礼点校:《苏轼文集·临〈篔筜图〉并题》,中华书局1986年版,第2573页。
⑦ 参见孔寿山:《论中国的题画诗》,《文艺理论与批评》1994年第6期,第108—109页。
⑧ 孔凡礼点校:《苏轼诗集》,中华书局1982年版,第1608页。
⑨ 同上,第528页。
⑩ 同上,第1510页。

外韩擒虎"[1]等。第四，凭吊故人，如"空遗运斤质，却吊断弦人"[2]等。

从创作缘由的角度，苏轼绘画题跋多有酬唱之作，涉及苏辙、黄庭坚、王诜、张耒、晁补之、李端叔、吴传正等多位诗人，其中，与苏辙的题画诗唱和在数量上最多，而与黄庭坚的唱和则更为后人重视。明人毛晋在《东坡题跋・跋》说："元祐大家，世称苏、黄二老。……但同时品题，尤推东坡。"[3]王士祯在《居易录》中说："六朝以来，题画诗绝罕见……嗣是苏、黄二公，极妍尽态，物无遁形。"[4]苏轼与黄庭坚的题画诗唱和之所以为后人推崇，归根结底，是因为二人的文图关系思想相近。苏轼有"诗画一律""诗画互有"等论点，黄庭坚有"泼墨写作无声诗"（《次韵子瞻子由题〈憩寂图〉二首》）、"诗成无象之画，画出无声之诗"（《写真自赞》）等诗句。

绘画题跋诗文中的画面与苏轼一般诗文作品有所不同。在一般诗文创作中，苏轼是建构画面；在绘画题跋诗文中，苏轼是描写画面。从这种角度看，题跋诗文类似于西方艺术批评学四要素中的描述[5]。苏轼的描述与艺术批评学描述的不同处在于，他多描写画中物象呈现出的精神气韵，或将其与文化传统结合[6]，或将其与画家的精神气质结合，从而增益图像的内涵。这种"描述"方式，使他往往运用拟人、比喻等修辞方法，去展现物象的精神，进而引发议论。以下试以苏轼山水画、竹石画题跋为例，论述苏轼的描述和议论。

苏轼绘画题跋诗文中营造"空境"，多与山水画相关。因题跋对应的画作不同，"空境"的生成方式和语言表述也就略有不同，考查其题跋诗文，发现"空"多与"缥缈""云烟""烟雨"等高频词汇相关。

(1)《王晋卿所藏着色山二首》其一："缥缈营丘水墨仙，浮空出没有无间。"[7]

(2)《〈虔州八境图〉八首并引》

引："览群山之参差，俯章贡之奔流，云烟出没，……观此图也，可以茫然而思，粲然而笑，慨然而叹矣。"

---

① 孔凡礼点校：《苏轼诗集》，中华书局 1982 年版，第 1463 页。

② 同上，第 1392 页。

③ 王其和校注：《东坡画论》，山东画报出版社 2012 年版，第 161 页。

④ 徐复观：《中国艺术精神・石涛之一研究》，九州出版社 2014 年版，第 245 页。

⑤ 实际上，苏轼题画诗文的描述，并无一定之规。有对画面的单纯白描，如《题凤翔东院右丞画壁》："画僧踽踽而动"。有因画境而造诗境的，如《惠崇〈春江晓景〉二首・其一》："竹外桃花三两枝，春江水暖鸭先知"。有观古画而论史实的，如《虢国夫人夜游图》："当时亦笑张丽华，不知门外韩擒虎"。有游戏之作，如《戏书李伯时画御马好头赤》，又有专论画境的，如《书林次中所得李伯时〈归去来〉〈阳关〉二图后二首・其一》："画出阳关意外声"。但综合起来看，苏轼的描述，往往将画中物象与画家精神品格结合。

⑥ 将图像中的精神气韵与文化传统结合，如《题过所画〈枯木怪石〉》中的"散木支离得自全"。相关论述见于《枯木怪石图》的图像分析部分，此处不赘。

⑦ 孔凡礼点校：《苏轼诗集》，中华书局 1982 年版，第 1613 页。

其六:“却从尘外望尘中,无限楼台烟雨濛。”

其七:“云烟缥缈郁孤台,积翠浮空雨半开。”①

(3)《宋复古画〈潇湘晚景图〉三首》其一:“照眼云山出,浮空野水长。”②

(4)《书王定国所藏〈烟江叠嶂图〉》:“江上愁心千叠山,浮空积翠如云烟。山耶云耶远莫知,烟空云散山依然。”③

(5)《王晋卿作〈烟江叠嶂图〉,仆赋诗十四韵,晋卿和之,……亦朋友忠爱之义也》:“山中举头望日边,长安不见空云烟”。④

可以看出,苏轼所偏爱和激赏的山水画意境,是以“云”“烟”等构图元素营造出的“浮空”“缥缈”和“朦胧”。在《又跋汉杰画山二首》其一中,他将这种审美趣味与视觉体验追溯到王维、李思训:“唐人王摩诘、李思训之流,画山川峰麓……颇以云雾间之,作浮云杳蔼与孤鸿落照,湮没于江天之外,举世宗之,而唐人之典刑尽矣。”⑤事实上,苏轼激赏的“空境”本就源自于王维的诗画作品,“味摩诘之诗,诗中有画;观摩诘之画,画中有诗。诗曰:‘蓝溪白石出,玉川红叶稀。山路元无雨,空翠湿人衣。’此摩诘之诗”⑥。这种审美趣味与行文方式,与前文的论述是一脉相承的。

苏轼文图关系思想重视画家,强调画家的精神气质对绘画作品的重要性。在《跋蒲传正燕公山水》中,他说:“燕公之笔……已离画工之度数而得诗人之清丽也。”在《次韵黄鲁直书伯时画王摩诘》中,他说:“诗人与画手,兰菊芳春秋。”⑦苏轼强调画家,实际上是基于其“士人画”的艺术思想,他认为,一般画工只是描摹物象外形,而只有“达士”“君子”,才能在不失“常形”⑧的同时,做到“神与万物交,其智与百工通”⑨,从而将自己的精神融入画面。在苏轼笔下,这些“达士”“君子”有王维、韩幹、孙位、朱象先、李伯时、文同等人。在这些人中,苏轼与文同的关系更加亲密些,留下的题画诗也就稍多些。

与可之文,其德之糟粕。与可之诗,其文之毫末。诗不能尽,溢而为书。变而为画,皆诗之余。其诗与文,好者益寡,有好其德如好其画者乎?悲夫!⑩

这篇《文与可墨竹屏风赞》是苏轼题跋诗文的典型,专论文同德行与绘画的

---

① 孔凡礼点校:《苏轼诗集》,中华书局1982年版,第791—795页。
② 同上,第900页。
③ 同上,第1608页。
④ 同上,第1609页。
⑤ 孔凡礼点校:《苏轼文集》,中华书局1986年版,第2216页。
⑥ 同上,第2209页。
⑦ 相关论述过多,此处不一一列举。参见苏轼《书朱象先画后》《题〈憩寂图〉诗》《书黄筌画雀》《跋汉杰画山二首》其二、《韩幹马十四匹》等题跋诗文。
⑧ 孔凡礼点校:《苏轼文集》,中华书局1986年版,第367页。
⑨ 同上,第2211页。
⑩ 同上,第614页。

关系，并无一字描述其墨竹图像。苏轼指出文同的绘画，是其德行的体现，暗示了自己观赏文同画作，实际上是欣赏他的品德。

风梢雨箨，上傲冰雹。霜根雪节，下贯金铁。谁为此君，与可姓文。惟其有之，是以好之。[①]

这篇赞文前四句运用拟人、比喻的修辞描述图像，用文字呈现了修竹与竹笋坚韧、高洁的品性。第五句以“君”喻竹，将竹的品性与君子对应。第六句指明了创作者为文与可，暗示了文同的君子风范。七、八句点题，暗指文同因与竹品性相通而好之、画之，所画的并不是竹子的形式，而是画者与竹共有的品格。作为外物，文同于竹是收放自如的，他好竹却并不沉溺于竹。在“学道未至……意有所不适”时，文同“一发于墨竹”，但他自称这“是病也”，学道有成，“病良”之后，他也就不再总是画竹了[②]。苏轼欣赏文同对竹子的态度，并通过文同表达自己的物我观：“物之相物，我尔一也”。他自己画竹，也并不遵循竹子的形状，而是“意造”一种“不逐节”“从地一直起至顶”的画法。

综合地看，可以将苏轼绘画题跋的特质归结为以下几点。首先，它是在继承前代题画诗基础之上的开拓创新。其次，它是苏轼审美趣味的一种实现方式。再次，它是苏轼诗学思想与绘画艺术交接的重要路径，也是其文图思想的重要载体和传播方式。

第二节　苏轼的文图关系理论

苏轼的文图关系理论多出现于他对具体的绘画作品所作的题跋诗文之中。这些诗文作品包括《韩幹马十四匹》《韩幹马》《次韵黄鲁直书伯时画王摩诘》《王维吴道子画》《次韵吴传正枯木歌》《欧阳少师令赋所蓄石屏》《文与可画竹屏风赞》《书摩诘蓝田烟雨图》《书朱象先画后》《跋蒲传正燕公山水》《王晋卿作〈烟江叠嶂图〉仆赋诗十四韵晋卿和之语特奇丽因复次韵不独纪其诗画之美亦为道其出处契阔之故而终之以不忘在莒之戒亦朋友忠爱之义也》《书鄢陵王主簿所画折枝二首》等。

考查这些题画诗文，有助于在宏观上把握苏轼的文图关系理论。通过研读，发现苏轼的诗画理论提出，首先并不是仅基于山水画与山水诗，在对鞍马画、花鸟画、花卉画的论述中，他都能概括出诗画一律理论的相关论点。其次，苏轼的诗画一律理论不是仅适用于写意画，也适用于工笔画。“诗画互有”的论点，既出现于《书摩诘蓝田烟雨图》中，又出现于《韩幹马》中（“少陵翰墨无形画，韩幹丹青不语诗”）。可见苏轼的文学与图像理论，是在对不同画科、不同的风格画作的整

---

① 孔凡礼点校：《苏轼文集》，中华书局 1986 年版，第 614 页。
② 同上，第 2209 页。

体把握中，逐渐形成的。

一、文图关系思想

学界对苏轼文图关系思想的研究，多集中于论述其“诗画本一律”的理论。如王韶华《苏轼诗画一律的内涵》①，又如刘石《“诗画一律”的内涵》②，再如王宏林《“诗画一律”的产生背景与内涵》③。在《图像与文学关系的历史考察——兼谈文学在“图像时代”的生存策略》一文中，吴昊对比西方与中国历史中的文图关系，得出了中国古代的文学与图像处于“水乳交融的状态”的结论。继而从“言、象、义”“意境”“书画同源”“诗画一律”四个方面作历时性叙述，认为苏轼的“诗画一律”理论与“书画同源”关系密切。

傅怡静在《论诗画关系的发生与确立》一文从诗、画创作实践入手，以题画诗和诗意图的脉络为线索，将“诗画一律”的发展演变分为宋前与宋代两个阶段，认为宋前为发生发展期，宋代为确立期。在宋前时期，文章主要论述题画诗的创作实践是如何激发“诗画一律”理论的。在论述宋代时期时，文章以画院考试为例，说明“绘画的诗意化”对“诗画一律”的确立的贡献。我们认为，以画院考试题目为代表的宋代诗意图创作，是在“诗画一律”理论指导下的绘画艺术实践，要求应试者体察细节、表现细节。

张宏亮的《我国古代诗画关系的理论轨迹与历史演变》，立足于我国古代对于诗、画关系的相关理论论述，梳理苏轼“诗画一律”理论的发展衍变。文章将“诗画一律”的源头归于孔子的“诗画并举”观，继而论述了东汉王充的“诗高画低”。通过列举魏晋南北朝时期曹丕、曹植、陆机的观点，论述了这一时期诗、画在功能上的转变和地位上的逐渐对等；通过列举唐代张彦远的观点，论述诗、画在功能上的不同，结合唐代王维提出“乃无声之箴颂，亦何贱于丹青”，完成了诗、画关系在理论上完全对等的论述。同时，他根据汉唐时期的诗、画创作，在实践上论述二者已经出现融通的趋势。最终得出苏轼“诗画一律”是对历代诗画关系理论的继承和开创的结论。我们认为，在论述“诗画一律”发展源流时，文章遗漏了一处重要的阶段，即司空图的“韵外之致”对苏轼“美在咸酸外”的影响，以及“美在咸酸外”与“诗画一律”的关系的论述。

刘石的《“诗画一律”的内涵》，将注意力集中于山水画创作于“诗画一律”理论上，结合了文人画，历史性地论述“诗画一律”与山水画的关系。实际上，不宜仅将苏轼“诗画一律”理论局限于山水画画科。苏轼《韩幹马》中的“少陵翰墨无

---

① 王韶华：《苏轼诗画一律的内涵》，《文学理论研究》2001 年第 1 期，第 77—83 页。

② 刘石：《“诗画一律”的内涵》，《文学遗产》2008 年第 6 期，第 117—128 页。

③ 王宏林：《“诗画一律”的产生背景与内涵》，《南阳师范学院学报》2008 年第 2 期，第 62—64 页。

形画，韩幹丹青不语诗”[①]，是从鞍马画论述其诗画一律论点；《王维吴道子画》中的“今观此壁画，亦若其诗清且敦”[②]，是从人物画论述其诗画一律论点；《次韵吴传正枯木歌》中的“古来画师非俗士，妙想实与诗同出”[③]，是从树石小景画论述其诗画一律论点；《书鄢陵王主簿所画折枝二首》中的“诗画本一律，天工与清新”[④]，是从花鸟画论述其诗画一律论点。虽然，从美术史上看，“诗画一律”的主要影响的确是在山水画方面，但就苏轼的这些题画诗而言，其“诗画一律”理论并不是仅针对山水画而言的，也不仅是针对写意画而言的，而是涵盖了包括鞍马、人物、树石、花鸟等多种画科的诗画关系理论。

王韶华的《苏轼“诗画一律”的内涵》，从后世的接受与阐述入手，分析历代学者对苏轼“诗画一律”理论的三种理解：第一，否定形似；第二，并非完全否定形似，而是强调神似；第三，“诗歌要传达画面外的意思，但不能忽视对画面的形象描绘”。他撷取苏轼原诗中“天工与清新”一句作为论据，分析论述苏轼的审美趣味。

受张彦远影响，黄鸣奋的《苏轼的诗画同体论》将苏轼“诗画一律”理解为“诗画异名而同体”，“苏轼的诗画同体论，可作为第二阶段（汇通）的一座里程碑。”[⑤]文章将“诗画一律”的发展衍变分为“比较高下——汇通——寻找共同创作规律”三个阶段，以此为基础，论述诗、画的相通之处，认为诗、画创作在三点上相通：第一，论具体的创作实践和相关作品，他认为诗与画“都从作者的胸襟流溢而出”；第二，论诗画理论，他认为“王维的诗与画寄予了同样的思想感情”；第三，论苏轼原诗，他说“诗与画基点是它们都表现作者的思想感情”。文章是从创作主体的角度，细致地分析诗、画的创作实践、理论源流和苏轼的评论。

整体而言，苏轼的文图关系思想，突出地体现为其“诗画本一律”的论点。事实上，“诗画本一律”这一理论论点的提出，既是基于宋前文图理论的历史积淀，又有苏轼多种文学思想和绘画思想的支撑。钱锺书先生指出：“神韵派在旧诗传统里公认的地位不同于南宗在旧画传统里公认的地位，传统文评否认神韵派是标准的诗风，而传统画评承认南宗是标准的画风。在‘正宗’和‘正统’这一点上，中国旧‘诗、画’不是‘一律’的”[⑥]继而又说：“相当于南宗画风的诗不是诗中高品或正宗，而相当于神韵派诗风的画却是画中高品或正宗。”[⑦]可见，“诗画一律”并不是中国艺术史中的固有理论，而是经过了漫长发展、衍变才得以出现。

---

① 孔凡礼点校：《苏轼诗集》，中华书局 1982 年版，第 2630 页。
② 同上，第 109 页。
③ 同上，第 1962 页。
④ 同上，第 1525 页。
⑤ 黄鸣奋：《苏轼的诗画同体论》，《学术月刊》1985 年第 8 期，第 50 页。
⑥ 钱锺书：《中国诗与中国画》，《中国社会科学研究生院学报》1985 年第 1 期，第 8 页。
⑦ 同上，第 12 页。

考察宋前的诗画关系思想，我们会发现它大致经历了诗画并举、诗画有高下、诗画对等、诗画有同通之处四个阶段。这四个阶段并不是必然的历史性的承继关系，而是不同的观点在各个历史时期中的相互碰撞和启发。

中国文图关系史上首次将诗、画两种艺术门类并举，进行类比讨论的是孔子。“子夏问曰：‘巧笑倩兮，美目盼兮，素以为绚兮。何谓也？’子曰：‘绘事后素。’曰：‘礼后乎？’子曰：‘起予者商也，始可与言诗已矣。’”[①]孔子用绘画艺术反观《诗经》对庄姜容貌的描述，实际上是将文学与绘画两种不同的艺术门类并举，论述二者的通同。再深入分析，发现孔子的类比论述横贯舞蹈、绘画、诗歌三种艺术门类。虽然孔子没有就此话题做深入阐释，但正是这一带而过的论述拉开了后世探讨诗画关系的序幕。

东汉王充认为，文学与绘画有高下之分，文高而画低。诗作为文学的一部分也不应例外。他在《论衡・别通篇》中说：“人好观图画者，图上所画，古之列人也。见列人之面，孰与观其言行？置之空壁，形容具存，人不激劝者，不见言行也。古贤之遗文，竹帛之所载粲然，岂徒墙壁之画哉！”[②]从艺术功能的角度，对比论述文学与绘画的不同之处，认为文学在记录先贤的言行思想、劝诫后人等功能性上，比只是挂在墙上的那些仅具形容的绘画要有效得多。

三国曹氏兄弟对于诗、画的态度，就是一个显著的例子。曹丕在《典论・论文》中说：“盖文章经国之大业，不朽之盛事。”肯定了文学的重要性。曹植在《赞画序》中说：“是知存乎鉴戒者，图画也。”肯定了绘画的重要性。文学与绘画在功能上有着重要的区别，这是显而易见的，二曹对文学与绘画的态度差别之大，本就是单一指向下艺术批评的必然结果，对“诗画一律”理论的形成并无直接的影响。

晋代陆机在二曹论诗、画的基础上，把诗画关系由诗高而画低，推进到了诗画对等。“丹青之兴，比雅、颂之述作，美大业之馨香，宣物莫大于言，存形莫善于画。”[③]王充、曹丕、曹植、陆机四人的相同之处在于，他们的论述角度相同，都是在功能上，尤其是教化的功能上比较和论述诗、画关系，王充抑画而扬诗，二曹分别论述诗、画的优势，而陆机则在此基础上，明确地在功能上把绘画抬升到与文学齐平的高度上进行对比，指出二者各有所长，为诗、画由对等而相通的发展做好了理论铺垫。

由汉至唐，诗、画关系不但在理论上得以逐渐深入，在创作实践中也成果颇丰。诗意图的发展和题画诗的出现使得绘画的审美功能逐渐凸显。在前代理论和实践的基础上，王维因其“工草隶、善画”的多才多艺，在理论上和实践上融通

---

① 孔子：《论语・八佾》，中华书局 2006 年版，第 28 页。
② 王充：《论衡・别通篇》，上海人民出版社 1974 年版，第 208 页。
③ 张彦远：《历代名画记》，见俞剑华编：《中国古代画论类编》，人民美术出版社 1998 年版，第 28 页。

了诗、画两种艺术门类，提出了“乃无声之箴颂，亦何贱于丹青”。

唐代关于诗、画关系的讨论大体分为两个角度，一是张彦远的“诗画异名而同体”，二是王维的“（画）乃无声之箴颂”。初看之下，张、王二人的观点似乎是一个意思，实际上，二者大有不同。张彦远侧重于“同体”之下，允许两种形式共存。王维在立论上就把诗、画作为两种不同的体例区别开来，认为诗、画固有不同，最显著之处在于有声与无声，诗是在节奏上、韵律上引人入胜，而画可以在其他方面感人至深。王维“（画）乃无声之箴颂”，严格区别诗、画体例，并将二者放置于对等的地位，开创性地提出了“画是无声的诗”这一文图关系史上的重要命题①，从而在理论上打通了诗、画的界限。

自王维以下，历代的类似观点层出不穷。除了宋代欧阳修的“不若见诗如见画”，苏轼的“少陵翰墨无形画，韩幹丹青不语诗”，张舜民的“诗是无形画，画是有形诗”外，元代赵孟頫，明代李贽，清代叶燮、石涛等人都有类似的论述。

此外，唐代司空图诗学上的“韵外之致”“味外之旨”，在一定程度上推动了诗画关系的发展衍变。在《与李生论诗书》中，司空图说：“文之难，而诗尤难。古今之喻多矣。愚以为辨于味而后可以言诗也。……若醋，非不酸也，止于酸而已；若盐，非不咸也，止于咸而已。……知其咸酸之外醇美者，有所乏耳。……近而不浮，远而不尽，然后可以言韵外之致耳。”诗文的韵味，恰恰就在于那些外于诗文创作的醇美之中。司空图在审美层面的论述给苏轼以很大的启发。

诗画关系思想在经过了诗高于画、诗画对等、诗画相通后，最终由苏轼提出了“诗画本一律”。“味摩诘之诗，诗中有画；观摩诘之画，画中有诗”②是对王维“画是无声的诗”的继承，“论画以形似，见与儿童邻。赋诗必此诗，定知非诗人。诗画本一律，天工与清新”③则是苏轼自己的开创。需要说明的是，联系苏轼原文的语境，“观摩诘之画，画中有诗”的本意，并不是仅指王维的画作里蕴含着诗意，也是说《蓝田烟雨图》这幅画中有王维的题画诗《山中》。但是，苏轼又说“或曰非也，好事者补摩诘之遗”，则表明还有另一种可能，即有人在观赏王维的绘画后，把王维本人的诗题写于《蓝田烟雨图》之上。从这个角度也能说明王维的绘画创作在实践上证明了诗、画相通的理论。

张宏亮在《我国古代诗画关系的理论轨迹与历史演变》一文中指出，诗、画由对等而相通的一个重要理论途径在于二者大致在相同一个时代里解决了“形似”的问题，由此，诗人得以以画入诗，画家得以以诗入画。他认为在唐代前后出现的诗画在形式美的相通，为王维提出“乃无声之箴颂”奠定基础④。我们认为，苏

---

① 陶文鹏：《唐宋诗美学与艺术论》，南开大学出版社2003年版，第79页。

② 孔凡礼点校：《苏轼文集》，中华书局1986年版，第2209页。

③ 孔凡礼点校：《苏轼诗集》，中华书局1982年版，第1525—1526页。

④ 张宏亮：《我国古代诗画关系的理论轨迹与历史演变》，《云南农业大学学报》2010年第1期，第93页。

轼的诗画一律论是王维的诗画相通论的进一步发展，“论画以形似，见与儿童邻”，就是批判了形式美在诗、画创作中的桥梁作用，指出形似不是诗、画的相通之路。就苏轼的原诗来看，他所认可的能够沟通诗、画创作的共同追求和更高境界是“天工与清新”。

以“诗画本一律”为核心的苏轼文图关系理论，包括了诗画并举（诗人与画手，兰菊芳春秋）、诗画对等（文以达吾心，而画以适吾意）、诗画有相同之处（味摩诘之诗，诗中有画；观摩诘之画，画中有诗）、诗画一律（诗画本一律，天工与清新）等文图关系论点，涵盖了诗画关系发展衍变的各重要节点。总之，其文图思想是基于题画诗文所作出的分析论证而得出。这些分析论证有其内在逻辑，而这样的逻辑又与诗画关系发展衍变的历史进程相契，共同建构起了苏轼的文图关系理论。

二、士人画思想

张彦远在《历代名画记》中说：“自古善画者，莫匪衣冠贵胄，逸士高人，振妙一时，传芳千祀，非闾阎鄙贱之所能为也。”这些“衣冠贵胄”“逸士高人”所指的就是士人阶层。“善画者”是士人阶层，并不意味着士人阶层都是“善画者”。周代以降，对于士人的培养，大都严格地遵照《周礼·保氏》所提的“六艺”，即“礼、乐、射、御、书、数”，汉代之后，教育重心更是逐渐侧重于儒家理论，发展到宋代，正统的教育虽未至于仅拘于儒家，但是绘画并不在其范围之内。所以说，士人虽自有其精神风骨，却不一定能够把握绘画的具体规律和技法。然而随着唐代山水诗的发展，艺术家，尤其是以王维为代表的诗人，逐渐发现了诗、画之间的类似之处，促成了题画诗的进一步发展，但是题画诗并未在唐代形成创作上的潮流。这有两个原因。一是唐代的诗画关系理论尚停留于“诗画有相同之处”的阶段，没有发现诗、画在创作上的共同规律，所以唐代涉及诗画关系的题画诗多是从“形似”上探讨二者的相通之处。二是唐代的诗歌与绘画在社会地位上存在巨大差异。唐代是属于诗歌的时代，无论是诗歌理论研究，还是诗歌创作实践，唐代都做到了极致。这就极大地吸引了知识分子的注意力，而在一定程度上限制了绘画理论的发展。相比于诗歌，绘画在唐代多由画工完成。善画者如阎立本、薛稷，虽身居高位，也难免有诗歌讥讽如“左相宣威沙漠，右相驰誉丹青”，讽刺他们对国家没有贡献，仅是凭借绘画技艺得以幸进，以至于阎立本告诫后人坚决不要学习绘画：“尔宜深戒，勿习此艺。”

这样的情况在宋代得到了改变。一是苏轼等文人强调诗、画一律——“天工与清新”，二是从皇帝到士大夫都非常重视绘画艺术的发展。宋代立国之初，就十分重视引进覆亡国家的画家，如南唐的徐熙家族与西蜀的黄筌父子。实际上，在宋代之前，皇家就比较重视绘画艺术。唐代能不止一次地任命画家做宰相，就从侧面说明了这一问题。五代十国时期，后蜀孟昶建立了翰林图画院，招纳了如黄筌这样的著名画家，徐熙在去世前，也供职于南唐画院之中。宋代继承并完善了画院制度，徽宗更是为画院建立了完整的制度，并指导画家的创作。除此之外，科举考试也是提升绘画社会地位的一个因素。宋代在科举考试中也建立“画科”，促进了绘画的发展，极大地提高了绘画艺术的社会地位。在这样的社会氛围影响下，越来越多的知识分子开始关注绘画艺术、研究绘画理论、进行绘画创作，而苏轼提出的“诗画一律”更是深刻地影响了宋代绘画的发展，这种影响，不仅体现在文人画的发展繁荣上，当时的翰林图画院在宋徽宗的亲自领导下，也在很大程度上借鉴了苏轼的诗画理论。“国朝诸王弟多嗜富贵，独祐陵（徽宗）在藩时玩好不凡，所事者，惟笔研、丹青、图史、射御而已。当绍圣、元符间，年始十六七，于是盛名圣誉，布在人间，识者已疑其当璧矣。初与王晋卿侁、宗室大年令穰往来，二人者皆喜作文词，妙图画。而大年又善黄庭坚，故祐陵作庭坚书体，后自成一法也。时亦就端邸内知客吴元瑜弄丹青。元瑜者，画学崔白，书学薛稷，而青出于蓝者也。后人不知，往往谓祐陵画本崔白，书学薛稷，凡斯失其源派矣。”[①]引这段文字，是要说明徽宗对绘画的理解在一定程度上是受到王诜的影响。众所周知，王诜与苏轼交游紧密，所以徽宗受到苏轼诗、画理论的影响是必然的。即使不通过王诜，即使苏轼在徽宗即位之初已辞世，但仅以苏轼本身的盛名，徽宗也可能会受到他的影响。此外，徽宗时期的翰林书画院的入学考试要求应考者以诗为题进行绘画创作，也是说明当时诗画一律影响广泛、深刻的一个明显的例证。《画继》记载：“如‘野水无人渡，孤舟尽日横’，自第二人以下，多系牵舟岸侧，或拳鹭于舷间，或栖鸦于篷背。独魁则不然，画一舟人卧于舟尾，横一孤笛，其意以为非无舟人，止无行人耳，且以见舟子之甚闲也。又如‘乱山藏古寺’，魁则画荒山满幅，上出幡竿以见藏意，余人乃露塔尖或鸱吻，往往有见殿堂者，则无复藏意矣。”[②]同样的题目还有“踏花归去马蹄香”“万绿丛中一点红”等等。类似于作诗意图的考试，实际上是考验应试者能否从具体的诗句中提炼出符合绘画技法和审美趣味的东西。以寇准诗句化来的“野水无人渡，孤舟尽日横”为例。“野水”暗示了渡口的地理位置偏远，一般情况下，没有人会专门去偏远的渡口过河，无人去那里过河，舟自然少，少到仅剩一只，也还是处于横浮于水面的地步。这样的结论乍看上去是逻辑的必然，但这样的逻辑实际上是错误的，演绎出的结论也就是伪的，因为它忽视了一个重要的细节条件，就是摆渡者。多数人的思维都被“野水”所给出的暗示直接地引向了渡河者，忽视摆渡者就成为必然。所以，从摆渡者角度立意构图的人，就能够胜出。他的胜出，实际上并不是运用了逆向思维，而是抓住了细节，从而使画作更好地再现了诗作所描述

---

① 蔡絛：《铁围山丛谈》，中华书局出版社 2006 年版，第 5 页。

② 邓椿：《画继》卷一，湖南美术出版社 2005 年版，第 269 页。

的真实。但归根结底，这样的题目也只是从画关注诗的角度去理解和实践“诗画一律”理论，它的本质还是立足于诗、画相通，是以“（画）乃无声之箴颂”为出发点，把诗、画看作是可以合二为一的关系，却没有深入到把诗、画看作不同艺术形式而能相通融合的地步。

士人画在苏轼之前就已经萌芽，但作为一种绘画创作的观念和流派，却是始于苏轼。理论的本质和功能在于指导实践，士人画就是诗、画一律理论下的艺术创作实践。这一理论上承王维的诗画相通，下启士人画的发展壮大，使之最终成为了国画的主流。诗画一律对士人画的影响主要体现在这一理论的核心——“天工与清新”上。“天工”要求创作主体能够把握“常形常理”的辩证关系，苏轼认为这只有“高才逸士”才能做到。“清新”要求创作主体具备相当的精神素养，这只有通过“读书明理”才能做到。

在苏轼之前，绘画多是由画工完成，士人少有学画者。这在一方面使得绘画的社会地位长久以来就远逊于诗歌，另一方面讲，画工作画往往是呆板地复制对象，求形似而不求真实，更加谈不上传神。苏轼在《又跋汉杰画山二首》其二中说：“观士人画如阅天下马，取其意气所到。若乃画工，往往只取鞭策、皮毛、槽枥、刍秣，无一点俊发，看数尺许便倦。”这段话先是对比了士人作画与画工作画的区别，认为士人画有“意气”而画工画则完全是对对象的复现。在苏轼看来，过分地追求形似是没有意义的，如果画中物与原物完全相同，那么还不如直接去欣赏原物，从原物本身那里体会它的“气”，又何必把它画下来呢？

“取其意气所到”中的“意气”，可以认为是“意”与“气”的结合。“意”不单纯是“意境”的“意”，而是就主体而言的，是指主体的“意思所在”。在《宝绘堂记》中，苏轼说：“君子可以寓意于物，而不可留意于物”，表明了只有人有“意”，物本身是没有“意”的，否则不用人的寓、留，物自己就能展现它的“意”。人只有把“意”或“寓之”或“留之”，物才会“可喜”“悦人”。在《书朱象先画后》中，苏轼表达了相同的观点，“文以达吾心，画以适吾意”，意味着“意”是单一地存在于主体的。相对而言，“气”却不单是就客体而言的，它包括两个层面。一是能够化生万物的“天地之气”“宇宙之气”。苏轼说：“阴阳之未交，廓然无一物，而不可谓之无有……阴阳交而生物”[①]在《潮州韩文公庙碑》中，又引孟子语：“是气也，寓于寻常之中，而塞乎天地之间。”[②]苏轼认为，阴阳二气是宇宙处于无有（与苏轼文中的“无有”不是同指）状态中的存在，二者相交产生了万物，个别的物体不是作为“气”，而是作为“气”的体现和化身。而艺术创作要把这“气”发掘出来，就要靠主体的体察。可见，“气”是主体对客体的去除遮蔽。绘画作品蕴藉的“意气”，既不只是主体个人的性格气质和精神境界，也不只是客体所能够暗喻的品格，而是

---

① 苏轼撰，龙吟注评：《东坡易传》，吉林文史出版社 2002 年版，第 296 页。

② 孔凡礼点校：《苏轼文集》，中华书局 1986 年版，第 508 页。

主体与客体两方面的和谐的融合，包括了对象的神气与主体的性情气质两部分。

苏轼在《书鄢陵王主簿所画折枝二首》其一中，赞扬王主簿的画作能够达到“疏淡含精匀”。“疏淡”，指的是作品有“意气”。这句诗实际上是要说明两个问题，第一是上文论述了的意气的问题。第二就是“精匀”。要在绘画中把这种意气体现出来，用苏轼的话说，就是要做到“心手相应”。苏轼分别在文学和绘画两个方面论述了这一问题。在文学上，苏轼以“辞达”为切入点，论述了心手相应：“孔子曰：‘言之无文，行之不远。’又曰：‘辞达而已矣。’夫言止于达意，则疑若不文，是大不然。求物之妙，如系风捕影，能使是物了然于心者，盖千万人而不一遇也，而况能使了然于口与手乎？是谓之辞达。辞至于能达，而则文不可胜用矣。”苏轼很少就某一概念性的问题做专门的论述，但是他却详尽地论述了“辞达”这一概念，认为，辞达是文学创作的要点，因为它能使创作“不可胜用”。而要做到“辞达”，就必须先探求对象的“妙”，然而这是困难的，以至于能够在心中领会“物之妙”的人少之又少，能把心中对“物之妙”的领会通过文学创作表现出来，做到“文以达吾心”的人，就更少了。可见，“辞达”的本质实际上就是要求主体在创作中做到“心手相应”。在《评诗人写物》[①]这一篇艺评文中，苏轼就依据了“心手相应”的理论对不同的诗句作出点评：“诗人有写物之功：‘桑之未落，其叶沃若。’他木殆不可以当此。林逋梅花诗云：‘疏影横斜水清浅，暗香浮动月黄昏’，决非桃李诗。皮日休《白莲花》诗云：‘无情有恨何人见，月晓清风欲堕时。’决非红梅诗。若石曼卿《红梅诗》云：‘认桃无绿叶，辨杏有青枝’，此至陋语，盖村中学究也。”苏轼认为石曼卿作诗仅仅追求“形似”，未能像其他诗人那样把握对象的“神”或“妙”，这样的诗句是“至陋语”，而未能做到“求物之妙”的石曼卿，是“村中学究”。在绘画上，苏轼要求画家做到心手相应，在《书李伯时山庄图后》中，苏轼说：“虽然，有道有艺。有道而不艺，则物虽形于心，不形于手。吾尝见居士作华严相，皆以意造，而与佛合。”“形于心”，就是苏轼论文学创作中的“使物了然于心”，“形于手”就是苏轼文论中的“了然于口与手”。苏轼诗、画理论中的“了然于心”和“形于心”，就是要求创作主体把握对象的“意气”；“了然于口与手”和“形于手”，就是要求主体在创作中去“心手相应”，将对象的意气与自己的所思所感完满地表现出来。

苏轼认为，画工无法把握对象的意气，难以做到“形于心”：“若乃画工，往往只取鞭策、皮毛、槽枥、刍秣”，而士人虽可以做到“形于心”，却往往无法“形于口与手”。苏轼迫切地希望找到一种办法，能把画工与士人的优势结合起来。士人画理念的提出，在一定程度上是苏轼解决这一问题的尝试。

---

① 孔凡礼点校：《苏轼文集》，中华书局 1986 年版，第 2143 页。

第三节 《枯木怪石图》

“眷恋山海之胜，与同僚饮酒日宾楼上。酒酣，作此木石一纸，投笔而叹，自谓此来之绝。河内史全叔取而藏之。”[①]这段文字，记述了苏轼创作“木石图”的背景，提到了他自己对所画图像的评价，并指明了收藏者的身份、籍贯、名字。这则材料的重要性，首先在于它是苏轼不多的记录自己创作“木石图”的文学作品，虽然也许不是我们所要分析的图像[②]；其次就是它点明了创作的直接原因——“酒酣”。我们即以“酒酣”为切入点，结合米芾、黄庭坚以及苏轼自己的诗文记述，探讨苏轼木石图的创作。

一、苏轼创作“木石图”的状态及此状态下的作品风格和特点

苏轼经常在酒后创作文学作品，创作绘画时也不例外。

米芾《画史》：“吾自湖南从事过黄州。初见公，酒酣曰：‘君贴此纸壁上——观音纸也’。即起作两枝竹、一枯树、一怪石见与。后晋卿借去不还。”[③]

在这段史料中，“酒酣”“贴此纸壁上”“观音纸”“即起”“两枝竹、一枯树、一怪石”等皆为关键词。《书法离钩》记载：“宋有观音纸，匹纸长三丈，有彩色粉笺，其质光滑，苏黄多用是作字。”[④]《江西通志》记载：“案纸笺云，豫章彩色粉笺最光滑，山谷用之作画写字。又云永乐中，江西西山置官居造纸，最厚大者……曰观音纸。”[⑤]可见观音纸以“光滑”“厚大”的特点著于宋代。通过以上关键词，我们可以发现苏轼创作的“与米芾枯木怪石图”有三个特点：第一，乘酒兴而画；第二，在墙壁上悬腕而画；第三，用的载体是当时最厚、最光滑的观音纸。根据苏轼创作木石图的三个特点，可以分析其相应的笔墨风格。

第一，苏轼“与米芾枯木怪石图”的运墨特点。因纸质光滑而竖挂，苏轼在创作时应会注意到水墨的渗化效果。重力原因，在案几上作画，水墨是水平渗化，

---

① 孔凡礼点校：《苏轼文集》佚文卷六，中华书局 1986 年版，第 2572 页。也有作“枯木竹石”图的记述。另，《枯木怪石图》当时的名称是《木石图》，除本段材料可作证据外，也可参照赵良佐跋文：“润州栖云冯尊师……见示东坡《木石图》。”

② 据孔凡礼点校《苏轼年谱》，苏轼平生多次以木石为题进行绘画创作。《书自作木石》中的《木石图》，收藏者是“河内史全叔”；据刘良佐跋文，本文论述的《枯木怪石图》的收藏者是“润州冯尊师”。至于二者是一幅而转变了藏者，或是本就是两幅，又或者是还有其他木石图作品，就现有材料而言，是很难考证清楚的。苏轼也曾给米芾画过木石图，米芾记载的收藏者是王晋卿；另外，因要入《石氏画苑》一书，苏轼也画过木石图，还在与李公麟合作的《憩寂图》上画过相应的题材。

③ 米芾：《画史》，中华书局 1985 年版，第 41 页。

④ 陶小军：《中国书画鉴藏文献辑录》，南京师范大学出版社 2017 年版，第 175 页。

⑤ 文震亨著，赵菁编：《长物志》，金城出版社 2010 年版，第 285 页。

而在墙壁上贴纸作画，水墨有垂直渗化的倾向。此时，若墨中水分较大，则有可能流向下方，从而影响构图和美感。据此，送给米芾的《木石图》整体墨色较枯淡。

第二，苏轼“与米芾枯木怪石图”的构图特点。作画于壁上时，水墨的渗化效果有利于纵向垂直构图而不利于笔墨的横向水平发展。在树、竹、石这三者中，显然是有利于树、竹的描绘的，结合苏轼对竹子的理解，这样作画尤其有利于他画墨竹。米芾记述苏轼画墨竹“从地一直起至顶”，其特点是“不逐节”[①]。这一特点，与观音纸光滑厚大的纸质和竖贴于壁上的创作方式非常契合。苏轼显然是挖掘了载体的特点，目的是最大程度地呈现出他胸中的“成竹”。

第三，苏轼“与米芾枯木怪石图”的运笔特点。伏案与悬壁这两种创作方式对创作者运笔的要求是不同的，贴纸于壁上的方式要求更高。多角度、多变化的悬腕运笔，易使人疲劳，何况苏轼当时已经“酒酣”。我们可以推测，苏轼当时的创作速度会相对快些，构图会相对简洁明了些。快速地运笔，符合苏轼“急起从之，振笔直遂”的绘画理论；而简明的构图，则与他所崇尚的“疏淡含精匀”的论点相契。

那么苏轼创作木石图像的三种特点，能否推而广之？是不是符合苏轼其他的木石图？由于苏轼木石图的真迹多亡佚，我们并不能作出明确的判断，但是，我们可以结合苏轼本人的诗和黄庭坚的相关题画诗作出推测。

苏轼《郭祥正家，醉画竹石壁上，郭作诗为谢，且遗古铜剑二》：“空肠得酒芒角出，肝肺槎牙生竹石。森然欲作不可回，吐向君家雪色壁。平生好诗仍好画，书墙涴壁长遭骂。不嗔不骂喜有余，世间谁复如君者？一双铜剑秋水光，两首新诗争剑芒。剑在床头诗在手，不知谁作蛟龙吼。”[②]

黄庭坚《题子瞻画竹石》：“风枝雨叶瘠土竹，龙蹲虎踞苍藓石。东坡老人翰林公，醉时吐出胸中墨。”[③]

黄庭坚《题子瞻寺壁〈小山枯木〉二首》其二：“海内文章非画师，能回笔力作枯枝。豫章从小有梁栋，也似郑公双鬓丝。”[④]

黄庭坚《题子瞻画竹石》是苏轼酒后作木石图的旁证。“吐”字和“墨”字，可以被看作是比喻，既是写出了苏轼酒后真态，又隐晦地指出苏轼“胸中”积郁了厚重的情感，平时不说，只是在酒后才能倾吐。黄庭坚《题子瞻寺壁〈小山枯木〉二首》其二是苏轼悬腕竖作木石图的旁证。此外，诗歌前二句说明了苏轼是以文人的情怀作画。“回”字指出苏轼的文学才情走在绘画的前

---

① 米芾：《画史》，中华书局 1985 年版，第 41 页。

② 孔凡礼点校：《苏轼诗集》，中华书局 1982 年版，第 1234—1235 页。

③ 刘尚荣校点：《黄庭坚诗集注》，中华书局 2003 年版，第 563 页。

④ 同上，第 348 页。

面。这与苏轼《文与可墨竹屏风赞》中评价文同的德行、文学、绘画三者关系是一样的[①]。苏轼《郭祥正家，醉画竹石壁上，郭作诗为谢，且遗古铜剑二》，首先是诗题点明了醉酒后作木石图的情形，其次是记述了作画时的状态是情感已经充沛到“不可回”的地步，而竹石已经在胸中形成，刺激肝肺到了不吐不快的地步[②]。

可见，苏轼酒后于壁上作枯木怪石图，应是常态，而非偶尔为之。结合上文的论述，墨色枯淡、构图简洁、运笔迅速是符合这种创作状态的三种风格特征。

二、《枯木怪石图》的图像分析

米芾记述苏轼画枯木“枝干虬屈无端”，画石“亦怪怪奇奇无端”[③]。结合图像看，《枯木怪石图》中的木石图像的确符合米芾的记述。《枯木怪石图》中“无端”的木石图像难道是从天而降的吗？下文将在分析图像的基础上，结合相关文史材料和画史材料，对流传于当今的《枯木怪石图》(图 4－3)作深入解读。

图 4－3　苏轼　《枯木怪石图》(局部)

四川眉山市的三苏纪念馆存有此图的摹本，为本文的研究提供了便利。画面中除树、竹、石“三益之友”[④]外，在右下树根处，还有一丛随风偃伏的小草。枯树、怪石、嫩竹、小草、斜坡，是画面的主要构成元素。

就构图而言，怪石的重心在画面左下，画家用浓重的皴法皴擦出的怪石的凹

---

① “与可之文，其德之糟粕。与可之诗，其文之毫末。诗不能尽，溢而为书，变而为画，皆诗之余”。见《苏轼文集》，中华书局 1982 年版，第 614 页。

② 可以参照苏轼“胸有成竹”的相关论述。

③ 米芾：《画史》，中华书局 1985 年版，第 165 页。

④ 孔凡礼点校：《苏轼文集》，中华书局 1986 年版，第 614 页。“竹寒而秀，木瘠而寿，石丑而文，是为三益之友。”在构图上，画面中的竹、木图像，是以石为纽带而形成共生关系。将竹、木、石三者并立并以友概括其关系，又见于苏轼《寄怪石石斛与鲁元翰》：“老去怀三友，平生困一箪。”

点，而这近似于反“J”形的凹点，在视觉上又与怪石的前凸处相交。浓重的墨色和突出的石尖，最大程度上聚焦了观者的目光，成为画面的重心。然而这个重心并未与画面整体的物理重心重合。枯树方面，树干向斜坡下行方向倾斜，配合同向倾斜的偃俯的小草和半截生出的断枝，营造出一种倾斜、扭曲的视觉体验。怪石和枯木作为构成画面的两个主要元素，其重心完全相反。这也许就是米芾认为苏轼画“木石图”不讲传统，甚至是不讲道理，说他的枯树、怪石属于“无端”“怪怪奇奇”之类的缘由。

结合苏轼之前和同时代的“木石图”看，米芾这样讲苏轼，是有木石图像创作传统的依据的。

黄筌《雪竹文禽图》同样有枯木、竹、石图像。柳树虽然荒枯了，但柳枝线条流畅，造型优美，白石结构匀称，大小适宜，同样是竹干藏于石后，探出一节竹枝，但可以看出这竹子已经长成。画面整体上生动流畅，孕育着勃勃生机。画中的树、石、竹当然是有隐喻的，但是这种隐喻是以画面构成元素的“相似”为基础的。

崔白《双喜图》（图 4－4），描绘的是山喜鹊向野兔示警，宣示领地的情形，表现出了野兔与飞禽之间的对视关系。画面除了描绘枯木外，还有树后的那一株随风摇曳的竹子，当然还有倾斜的土坡和偃俯的小草。从构图上看，枯木和土坡构成了优美的“S”形，在“S”形的右上和左下空白处，分别描绘了山雀和野兔，并通过视线的暗示，使它们互相关照。从枯木的形态上讲，虽然主干向斜坡方向倾斜，但是随风飘扬的枝叶是朝向了斜坡的反方向，配合以树后同向摇摆的竹和下方同向偃俯的草、花，有力地扭转了枯木的颓势，使得画面得以平衡。同时，树木虽然已经荒枯，但毕竟有叶，结合两只飞禽，更添生机。这种写实的野趣风格与苏轼的《枯木怪石图》是完全不同的。崔白此图注重描绘构图元素之间的关系，可见他并不是单纯刻板地写实，而是能够通过对对象的细致描摹，烘托出真实的秋景，切实地营造出了某种意境。这又与苏轼倡导的“写真传神”有相通处了。与此相似的古画又如李成《读碑窠石图》等，此处不再赘述。

图4－4　崔白　《双喜图》　台北“故宫博物院”藏

与黄筌、崔白图像中的枯木尚有树叶不同，郭熙《窠石平远图》(图 4－5)中的一些枯木则完全没有树叶了。远近景的表现是《窠石平远图》的主要成就，不必多说。此图中的木石图像，是枯木与窠石。郭熙笔下的枯木，是“寒林”中的枯木，其中最引人瞩目的，应当是被窠石环绕的三株。这幅画的平衡，是远近景形成的视觉平衡，与枯木的具体形态关系不大。图中的散石，有卧有立，形态各异，但都偏于圆润，不像苏轼所画的石头那样奇特。散石围起的三株枯树，皆无树叶，左侧两株相对挺直，右侧一株则低矮虬屈，向右延伸，枝杈与右侧卧石相接。右侧枯木虽然虬屈，但其扭曲程度仍然在自然法则之下，是常见枯木的艺术化的抽象，并未到“无端”的地步。

图 4－5　郭熙　《窠石平远图》　北京故宫博物院藏

考查宋前画作中的枯木图像，黄居宷《竹石锦鸡图》中的枯木与苏轼木石图有相似之处。画面中的枯木为横生，描绘了一枝向下生长并向上作 180°蜷曲枯槎。不同之处在于，黄居宷描绘的是分枝的蜷曲，而苏轼描绘的是主干的蜷曲。

总的来说，苏轼之前及大约同时的木石图像，首先都是对真实物象的写生和一定程度的抽象，其次是逐渐地体现出了绘画构成元素之间的精神关照。反观苏轼画作，枯木、怪石的造型与绘画传统迥异，同时，木、石之间，木、石与嫩竹、偃草之间几乎没有关照。这难道不“无端”，不“怪怪奇奇”吗？

实际上，苏轼画作中木、石等构图元素的造型及其关系并不是“无端”地从天而降的，它们在一定程度上继承了前代的绘画传统，但是更主要地是来源于前人的哲学论述、史料记载、文学传统，来源于“人迹所罕至者”而苏轼“曳杖”而往的山野寺庙，来源于他坎坷的人生经历，来源于他与僧道的交往游访，甚至是天涯海角和梦中泡影。树、竹、石图像的来源是如此的复杂，所承载的情感又是如此丰富，以至于我们不得不分别论述。

三、《枯木怪石图》中的文图关系

宋人为苏轼“木石图”而作的题跋诗文，流传至今的至少有26种[①]。在这些文人中，较著名的如苏辙、刘攽、米芾、黄庭坚、僧道潜、朱熹等。篇幅所限，无法一一引录。在诸多题跋诗文中，朱熹跋文与本文选用的画作在意韵上较为相近：

苏公此纸出于一时滑稽诙笑之余，初不经意，而其傲风霆阅古今之气，犹足以想见其人也。[②]

如果说“滑稽诙笑”，是我们可以从苏轼《枯木怪石图》中直观感受到的，那么“傲风霆，阅古今之气”，又是从何而来的呢？

作为此图的重要构成元素，苏轼笔下的枯木极具特点。首先是造型上的虬屈：树干大幅度地向右侧倾斜，而枝梢则向左侧略作回收，整株枯木图像有三个扭曲点和一个断点。前两个扭曲点都近于直角，在第二个直角处，树干向上发展。近于直角的扭曲，在视觉体验上是相当突兀的。第三个扭曲点则是作了一个几乎不可能的椭圆形扭曲，树干消失于椭圆左侧，椭圆之上则是向左、右、后三个方向延伸的枯杈。如果说近于直角的扭曲令人感到突兀的话，那么椭圆形的扭曲，给人的感觉就是不可思议了。苏轼笔下的枯木图像为什么右倾而左收？三处扭曲点和一处断点有何寓意？椭圆形扭曲点之上为什么是三枝枯杈？下文将通过苏轼的人生经历和所作诗文，做文本细读。

我们将从造型的角度，对枯木整体、树杈、树根三个方面做图像文本的描述和分析。从整体造型上看，苏轼笔下的枯木图形倾斜而虬屈：树根的最左端与怪石相交并隐于石后，树梢的最左端则刚过树干的第一处垂直扭曲点左侧；树根的最右端与树干第一处垂直扭曲点处于一线，而树梢的最右端竟然延伸到整个画面的最右端，左右两端的空间足以容下巨石，营造了某种怪异的平衡感。这是枯木图像的横向描述。

从纵向上看，以三处扭曲点为隔断，将枯木图像分成三个部分。从下往上，树干中部的空间大于底部，上部的空间大于中部。底部和中部的分割，是以两处垂直扭曲点为分割线的两端。两处扭曲点集中于同一水平线，是极具视觉吸引力的。当观者将目光聚焦于这一水平线时，会不自觉地将枯木图像分作上下两截，而上截大于下截、宽于下截且重于下截时，观者将自然地产生被压迫感。第三处扭曲点呈椭圆形。一般而言，圆形意味着回环，意味着峰回路转、柳暗花明，

---

① 王其和校注：《东坡画论》，山东画报出版社2012年版，第165—175页。

② 水赉佑：《苏轼书法史料集》（下），上海书画出版社2017年版，第1104页。

进而意味着生机。然而，椭圆形扭曲点上方的树杈，竟然连一片叶子都没有。可以看到，苏轼在树梢处作反复的皴擦。反复皴擦而不画树叶，说明了枯木图像中的三枝枯杈是苏轼有意为之。

综上所述，此图中的枯木图像，迥异于绘画传统。苏轼说："君子可以寓意于物，而不可留意于物。"[①]不符合自然法则的三处扭曲，枯木中部的断枝，完全没有叶子的树杈，这些元素的寓意又是什么呢？以下文献可以说明问题：

苏轼《孤山二咏并引》："孤山有陈时柏二株，其一为人所薪，……己见其枯矣，然坚悍如金石，愈于未枯者。"

其一《柏堂》："道人手种几生前，鹤骨龙筋尚宛然。双干一先神物化，九朝三见太平年。忽惊华构依岩出，乞与佳名到处传。此柏未枯君记取，灰心聊伴小乘禅。"[②]

苏轼《题王晋卿画后》："丑石半蹲山下虎，长松倒卧水中龙。试君眼力看多少，数到云峰第几重。"[③]

苏轼《服胡麻赋并序》："乔松千尺，老不僵兮。"[④]

图左刘良佐题画诗："……浮荣木脱衣。支离天寿永……"

苏轼《题过所画〈枯木竹石〉三首・其二》："散木支离得自全，交柯蚴蟉欲相缠。不须更说能鸣雁，要以空中得尽年。"[⑤]

作为苏轼塑造的文学典型，以上材料中的枯木意象在意义指向上虽然各有所重，但皆与《枯木怪石图》关系密切，有资格作为图像分析的佐证，而进行辅助分析。

《孤山二咏并引》的引文指出了苏轼所见过的陈朝枯柏，其特异处在于看起来枯，而实际上是"坚悍如金石，愈于未枯者"。这段引文点出了枯木的特点：表面干枯而内里坚悍，相通的文字描述又见苏轼《服胡麻赋并序》。《柏堂》诗，则具体描述了苏轼所见枯木的形状："鹤骨龙筋尚宛然。"是将枯树的形态比作龙、鹤。以龙喻树，不是偶然。在《题王晋卿画后》中，苏轼也将"长松"比作"卧龙"。同时，苏轼也有以龙喻竹的诗句："苍龙犹是种时孙。"[⑥]以龙喻树、竹，应是一种文学的传统[⑦]，非苏轼首创。但是枯木图像中的三处扭曲点形成的树干，的确是近似于龙行的姿态。

---

① 孔凡礼点校：《苏轼文集》，中华书局 1986 年版，第 356 页。

② 孔凡礼点校：《苏轼诗集》，中华书局 1982 年版，第 480 页。

③ 同上，第 1774—1775 页。

④ 孔凡礼点校：《苏轼文集》，中华书局 1986 年版，第 5 页。

⑤ 孔凡礼点校：《苏轼诗集》，中华书局 1982 年版，第 2347—2348 页。

⑥ 同上，第 481 页。

⑦ "种松皆作老龙鳞"。见陈铁民校注：《王维集校注・春日与裴迪过新昌里访吕逸人不遇》，中华书局 1997 年版，第 357 页。

刘良佐的题画诗有“支离天寿永”句，苏轼《题过所画〈枯木竹石〉三首》其二有“散木支离得自全”句。结合刘良佐跋文“仍约海岳翁同赋”的说法（图4－6），刘、米二人的题画诗实际上都是赋诗[①]。这意味着他们二人是依据某人的某些诗句，“断章取义”而作题画诗。

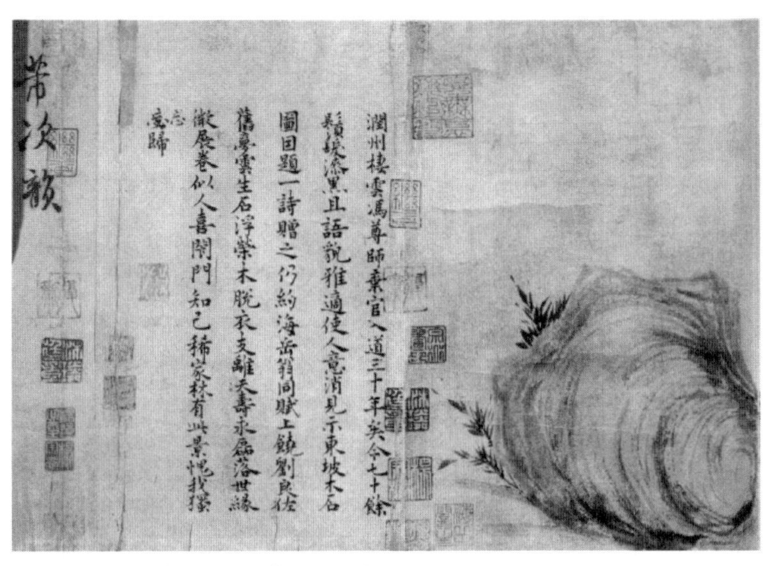

图4－6　苏轼　《枯木怪石图》（题跋局部）

赵良佐跋文：“润州栖云冯尊师，弃官入道三十年矣。今七十余，须发漆黑且语貌雅适，使人意消。见示东坡《木石图》，因题一诗赠之，仍约海岳翁同赋。上饶刘良佐。”

刘良佐题画诗：“旧梦云生石，浮荣木脱衣。支离天寿永，磊落世缘微。展卷似人喜，闭门知己稀。家林有此景，愧我独忘归。”

米芾题画诗：“芾次韵：四十谁云是，三年不制衣。贫知世路险，老觉道心微。已是致身晚，何妨知我稀。欣逢风雅伴，岁晏未言归。”

这两首题画诗都涉及了“知己稀”“忘归、未归”等思想情感[②]，我们将这种情感放在第三部分论述。这里主要论述枯木图像的文学原型。刘良佐“支离天寿永”应是苏轼“散木支离得自全”的断章取义无疑，否则这句诗不可解。刘良佐用“支离天寿永”解读苏轼的枯木图像，是用苏轼《题过所画〈枯木竹石〉三首》其二的典故，而苏轼用“散木支离得自全”论说儿子苏过所画的枯木图像，又是用了《庄子・人间世》的旧典。也就是说，在刘良佐看来，苏轼的枯木图像符合《庄

① 赋诗是中国古代诗歌创作的传统手法，源于春秋战国时期“断章取义”的外交手段。苏轼《东坡易传》有“若赋诗断章然”；《书鄢陵王主簿所画折枝二首》有“赋诗必此诗，定知非诗人”；《泛颍》有“共赋泛颍诗”。

② “知己稀”典故应出自《古诗十九首・西北有高楼》：“不惜歌者苦，但伤知音稀”。

子·人间世》寓言中的树木形象。本文认为，这种符合是形式和寓意两方面的符合。

《庄子·人间世》有三木一人四个相关寓言[①]，分别是“栎社树寓言”“大木寓言”“柏桑寓言”和“支离疏寓言”。“栎社树寓言”记述了以石为名的木匠在齐国见到极大的栎树的故事。通过木匠对栎树所下的无用的判断、栎树托梦给木匠反驳无用判断、木匠醒后意识到无用有长生之用的事实，阐述庄子散木长生、散人短寿的无用之用的观点。“大木寓言”与“柏桑寓言”大略与此相同。需要提一句的是，“柏桑寓言”提到了树木的一个用处在于可以作为“狙猴之杙”。“支离疏寓言”讲了一个叫做“支离疏”的容貌体态畸形的人[②]，不单能够免服兵役、徭役，而且能够领到国家的救济，从而“养其自身，终其天年”。像支离疏这样在外表上畸形的人都能“终其天年”，庄子感叹道：“又况支离其德者乎！”

苏轼笔下的枯木图像并不是一味地为了虬屈而虬屈，同时，枯木图像的虬屈也不是毫无缘由，而纯粹是苏轼自己心中的生发。虬屈的枯木图像，虽然少见于自然界，但是作为庄子哲学和文学中的经典意象，早已深入人心了。同时，《庄子》对于苏轼而言，又有特殊的意义。苏轼少年时代读《庄子》后曾说：“吾昔有见于中，口未能言。今见《庄子》，得吾心矣。”[③]在作于元丰元年（1078）的《庄子祠堂记》中，苏轼说：“余以为庄子盖助孔子者，要不可以为法耳。……故庄子之言，皆实予而文不予，阳挤而阴助之，其正言盖无几。”[④]同时，苏轼的《超然台记》《宝绘堂记》等记叙文，《赤壁赋》《后赤壁赋》等文学作品，都曾涉及庄子思想。现在，我们又在“木石图”中找到了《庄子》的影子。“又况支离其德者乎”的感叹，直指颜回与孔子关于“德”的辩论。颜回提出“端而虚，勉而一”和“我内直而外曲，成上而比”的观点。孔子连呼“恶可”，指出这是“止于是耳”的权宜之计，“师心”才是根本。结合庄子后文的寓言和论述，可知他显然是倾向于支持与“支离德”相近的“内直而外曲”观点的。

苏轼诗句中所引用的“支离”“散木”，是借庄子寓言，抒写自己的人生观。苏轼认为苏过所画的枯木图像符合“支离”“散木”的特点，实际上是认可颜回的“内直而外曲”的方法论。他将这样的人生观和方法论应用于绘画，呈现出的枯木图像当然是“枝干虬屈无端”的了。反之，这“虬屈无端”的枝干的寓意，也大略就是“内直而外曲”“似僵而实坚”了。

基于以下两点考虑，我们将怪石图像与枯木、丛竹结合起来论述：第一，从画面整体构图讲，怪石图像与枯木图像是分庭抗礼的；第二，从木石、竹石的局部

---

① 孙通海译注：《庄子》，中华书局 2007 年版，第 80—89 页。
② “颐隐于脐，肩高于顶，会撮指天，五管在上，两髀为胁”，这样的畸形是人所未见的。
③ 曾枣庄、马德富点校：《栾城集》，上海古籍出版社 1987 年版，第 1410 页。
④ 孔凡礼点校：《苏轼文集》，中华书局 1986 年版，第 347 页。

关系来看(竹生石后、树根绕石),三者是通过怪石图像而呈现其之所以为“友”的内在联系的(见图4-7)。

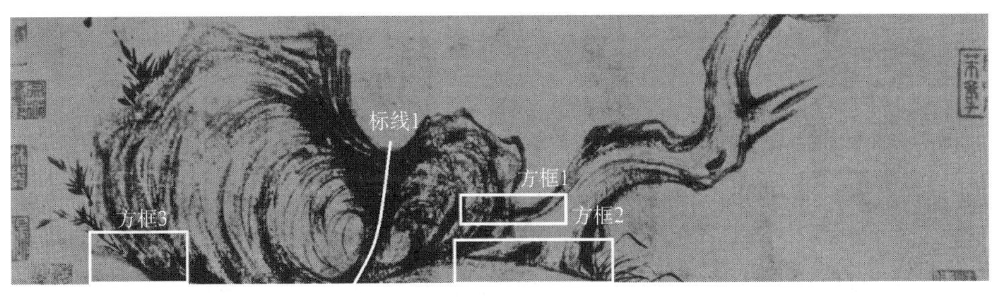

图4-7 苏轼 《枯木怪石图》(木石图像、竹石图像局部)

这一局部画面给人的视觉体验,首当其冲即巨大的怪石,有以下几点“奇怪无端”的地方。第一,如方框1所示,可以看到,树干处的皴擦进入了怪石图像内部。第二,如方框2和方框3所示,方框2处有笔墨线条勾画出的斜坡,然而这一线条在与怪石相交后就停断了,并未延伸到方框3处,这是不合常理的。第三,如标线1所示,怪石图像实际上并不是一块完整的石头,它不单是有反“J”形残缺,而且残缺处的底部是从前向后地完全断裂了。第四,如方框3所示,竹子根部与怪石皴擦处完全重合,这一处皴擦,既皴出了怪石的轮廓边缘,又皴出了嫩竹的下部竹竿。同时,用皴法画竹竿是极少见的,皴擦是一个反复的过程,而苏轼的墨竹画法却是“从底一直起至顶”。这四个问题,可以结合一些木石图的相关题画诗等文献作一些初步的探讨。

刘良佐:“旧梦云生石,浮荣木脱衣”。

苏轼《〈柏石图〉诗并叙》:“柏生两石间,天命本如此。虽云生之艰,与石相终始。韩子俯仰人,但爱平地美。土膏杂粪壤,成坏几何耳?君看此槎牙,岂有可移理?苍龙转玉骨,黑虎抱金柅。画师亦可人,使我毛发起。当年落笔意,正欲讥韩子。”①

苏轼《和子由记园中草木十一首》其三:“柏生何苦艰,似亦费天巧。”②

苏辙《和鲜于子骏益昌官舍八咏》其三《柏轩》:“……筑室城市间,移柏南涧底。山林夙所尚,封植聊自寄。崎岖脱岩石……”③

袁说友《苏公内翰〈柏石图〉》:“柏生两石间,颜状何落落!行须接石脉,生理初甚约。岂无蝼蚁窥,未免风雨剥。孤撑谢栽培,欲取那可攫。森然两石意,与柏真不薄。峥嵘炎凉外,盘踞互相络。千尺意有余,凛凛未可度。公看养口体,

① 孔凡礼点校:《苏轼诗集》,中华书局1982年版,第1578—1579页。

② 同上,第203—204页。

③ 司马光:《司马温公集编年笺注》(1),巴蜀书社2009年版,第255页。

怪此躯干削。满眼较短长，琐细公所略。”①

韩愈《招杨之罘》：“柏生两石间，万岁终不大。野马不识人，难以驾车盖。柏移就平地，马羁入厩中。马思自由悲，柏有伤根容。伤根柏不死，千丈日以至。……我自之罘归，入门思而悲。之罘别我去，能不思我为？……前陈百家书，食有肉与鱼。……作诗招之罘，晨夕抱饥渴。”②

苏轼、苏辙以及稍晚于苏轼的袁说友，都在题画诗或唱和诗中论及了《柏石图》的树石关系。我们可以作以下分析：

苏轼的《〈柏石图〉诗并叙》，先是记叙了图中生长于两石之间的柏树，指出其生长环境的艰难是天命，而天命是不可改变的。他以韩愈招杨之罘不成的例子来论证自己的观点。韩愈招杨之罘不成的典故见于《招杨之罘》一诗。韩愈在诗中以石间柏和野马的生存状态和存在价值为喻，召唤杨之罘入京做官而未能成功。在论柏树时，韩愈认为应该将柏树从石间移植到平地之上，虽然会暂时伤害树根，但有利于柏树成长。苏轼用这个典故，是反用，目的在于论述无论是生于平地，还是生于两石之间，都是天命。生于两石之间的柏树，与石相伴长久，树、石已经紧密地结合了（“苍龙转玉骨，黑虎抱金柅”），它习惯了艰难的环境，并且长出了“槎牙”般的枝干，已经不适合再移植到平地了。同时苏轼的说法又以苏辙和袁说友的诗句为旁证。

比照图4-7，方框1中树干的皴擦进入怪石图像可以被看作是文学意象的图像表现。这些文学意象包括：苏轼的“苍龙转玉骨，黑虎抱金柅”，苏辙的“崎岖脱岩石”以及袁说友的“行须接石脉”“盘踞互相络”。同样，画面右侧树根下有线条标示斜坡而左侧竹石下无线条标示（体现于方框2和方框3），也可以被看做是苏轼对“树木不可移植于平地”观点的强调。

实际上，树根裂石、络石等说法，在苏轼为数不多的论及木、石的文学作品中是常见的。

古柏亲手种，挺然谁敢干。枝撑云峰裂，根入石窟蟠。③

孤根裂山石，直干排风雷。④

楚山固多猿……化为狂道士……窃饮茅君酒。君命囚岩间……松根络其足，藤蔓缚其肘。苍苔眯其目，丛棘哽其口。三年化为石，坚瘦敌琼玖。⑤

将视角转入竹石图像，图像中共有两丛小竹，集中于画面的左侧，与怪石伴生而向左倾斜。最左侧的丛竹较低矮，它的生长环境极差，几乎是顺着怪石左侧

---

① 袁说友：《东塘集·苏公内翰〈柏石图〉》。按，此诗据考证为宋人袁说友所作。另，袁说友《东塘集》已佚，清四库馆臣据《永乐大典》辑为二十卷，见于文渊阁本《四库全书·集部·别集类》。

② 钱仲聊集释：《韩昌黎诗系年集释》，上海古籍出版社1984年版，第771—772页。

③ 孔凡礼点校：《苏轼诗集》，中华书局1982年版，第312页。

④ 同上，第922页。

⑤ 同上，第1376页。

边缘向上生长，在画面中表现为竹竿与怪石左下边沿的重合。相对而言，右侧的丛竹稍高，最高处从怪石左后方肋部，紧贴怪石上部皴擦处探出，隐约地表明怪石后方应是一个平整的断面。

这一竹石图像有两处不合常理：一是前文提及的竹竿与怪石边缘皴擦处重合。二是竹子图像不符合米芾《画史》中记述的苏轼作墨竹的技法和风格。米芾记述苏轼作墨竹的特点在于"从底一直起至顶""不逐节"。同时，苏轼送给米芾的《三益之友图》中的竹子图像是"两枝竹"，而不是此图中的"两丛竹"。可见，苏轼擅长的墨竹图像应属"修竹"一类。那么图像中的"两丛竹"是从何而来的呢？

苏轼在《与友人书》中写道："墨竹与石，近又变格"，表明苏轼作墨竹曾经转变过风格，至于转变成了什么风格，他却并未细说。考查苏轼诗文，涉及丛竹者如下：

海山兜率两茫然，古寺无人竹满轩。白鹤不留归后语，苍龙犹是种时孙。两从恰似萧郎笔，十亩空怀渭上村。欲把新诗问遗像，病维摩诘更无言。[①]

门前两丛竹，雪节贯霜根。[②]

官舍有丛竹，结根问囚厅。[③]

欲饮径相觅，夜开丛竹轩。[④]

与可……昔岁尝画两丛竹于净因之方丈。[⑤]

余亦善画古木丛竹。[⑥]

前日人还，曾附古木丛竹两纸，必已到。[⑦]

由以上材料可知，苏轼也是擅长画"丛竹"的。然而，丛竹也可以是"修竹"，并不一定是嫩竹或小竹。查米芾《画史》，宋前已经有人画过小竹图像了："唐希雅……又作棘林间战笔小竹，非善是效其主李重光耳。"[⑧]苏轼所画的小竹图像，也是绘画传统题材。又《书画题跋记·续题跋记》（卷五）记载："予曾见人得一墓石，乃东坡作铭。自书：'后亦作小竹以尽兴。'"这段记载又见于《珊瑚网》（卷三十二）、《御定佩文斋书画谱》（卷八十五）。据这些材料，苏轼不仅擅长画修竹、丛竹，也偶尔画过小竹。

---

① 按，此处萧郎应指萧悦。《唐朝名画录》，萧悦只是"能品下二十八人"之一。白居易《萧郎画竹歌》描述萧悦所画的竹子是"不根而生从意生，不笋而成由笔成"。我们认为，萧悦的"从意生""不笋而成""由笔成"的风格和技法，与苏轼"尚意""不逐节""诗在口，笔在手"等艺术思想相契，所以能够引发苏轼的欣赏和赞叹。

② 孔凡礼点校：《苏轼诗集》，中华书局 1982 年版，第 109 页。

③ 同上，第 206 页。

④ 同上，第 726 页。

⑤ 孔凡礼点校：《苏轼文集》，中华书局 1986 年版，第 367 页。

⑥ 同上，第 365 页。

⑦ 同上，第 1793 页。

⑧ 米芾：《画史》，中华书局 1985 年版，第 25 页。

回归图像。就位置而言，两丛小竹都出在画面左侧边缘处，一丛是顺怪石图像左侧边缘而生，另一丛的竹竿则完全隐于怪石之后，仅露出不长的一截枝叶。两丛竹子所占的画面空间虽与枯木下方的三丛野草相当，但其视觉体验和整体气韵却不如小草清晰活泼。就画面的平衡而言，由于怪石本身的质量感极强，这两丛小竹存在与否，都不会对画面的视觉平衡产生任何影响。而三丛小草则能够增强画面右倾的视觉体验。就整体气韵而言，由野草向右侧摆动，可以推想风是从左向右吹。然而左侧两丛小竹的枝叶并无一点随风而动的倾向，其中左侧小竹的枝叶竟一意向左延伸、下垂。

综上所述，苏轼画作中的木、石图像及其关系有以下特点：第一，根据苏轼诗文作品（除了《题过所画〈枯木竹石〉三首》这唯一一次外），他总将自己的三益之友图像称为“木石图”或“竹石图”。第二，苏轼擅画修竹、丛竹，小竹只是偶尔为之。第三，小竹图像的底部竹竿与怪石边缘皴擦处重合，以皴法画竹竿与米芾《画史》的记述相违。第四，苏轼画小竹是为了“尽兴”。由以上逻辑前提，我们对竹石关系做如下判断：这幅《枯木怪石图》中的两丛小竹，至少是左侧的小竹，可能只是苏轼在作画时的“尽兴”而为。这正与苏轼提倡的“文以达吾心，画以适吾意”[①]的文图思想契合。

四、图像对文学的再现与表现

眉山三苏纪念馆所藏的《枯木怪石图》摹本在刘良佐、米芾二人跋文之后，又有元人俞希鲁跋文：

余读庾子山《枯树赋》，爱其造语警绝，思得好手想象而图之，卒不可遇。今观坡翁此画，连蜷偃蹇，真有若鱼龙起伏之势，盖此老胸中磊砢，落笔便自不凡。子山之赋宛在吾目中矣。上饶刘公、襄阳米公二诗亦清俊，而米书尤遒媚可法，皆书画中奇品也。宗道鉴赏之余，出以相示，因以识余之喜云。京口俞希鲁。[②]

作为与苏轼大致同时的文人，刘、米二人所作的跋文和题画诗，倾向于抒写观画后的情感体验。元人俞希鲁则更多地从鉴赏者的批评角度，描述了画作中的枯木是“连蜷偃蹇”“鱼龙起伏”，分析了苏轼作画时的心态是“胸中磊砢”，而“子山之赋宛在吾目中”则更是直截了当地对枯木图像做出判断，认为它与庾信《枯树赋》中的枯木意象存在精神上的契合。

---

① 孔凡礼点校：《苏轼文集》，中华书局 1986 年版，第 2211 页。

② 这段跋文少见于其他材料，《雍睦堂法书》中《次韵刘良佐东坡木石图诗帖》条目中有：“帖后俞希鲁跋云‘此卷坡翁画，刘、米二诗，而米书遒媚可法，皆书画中奇品也’。”水赉佑：《苏轼书法史料集》（下），上海书画出版社 2017 年版，第 962 页。

庾信的《枯树赋》围绕"枯树",广泛地引用历代典故,将自己的情感隐晦地寄寓于枯树之中。以其言辞的华美,情绪的饱满,成为中国文学史中的咏物典范。庾信笔下的"枯树"意象不单成为后代文学家的常用典型,更进入了书法、绘画等艺术门类的创作视界。俞希鲁认为苏轼《枯木怪石图》中的枯木图像,是庾信《枯树赋》中枯树意象的图像再现,并不只是他的个人看法,刘良佐的题画诗已经隐晦地表达过这样的观点。如果说"支离天寿永"是刘良佐对苏轼枯木图像中蕴藉的庄学思想的评论,那么"家林有此景,愧我独忘归"就是他对枯木图像文学原型的溯源:

"采薇采薇,薇亦作止,曰归曰归,岁亦莫止。……曰归曰归,心亦忧止。……曰归曰归,岁亦阳止。……昔我往矣,杨柳依依,今我来思,雨雪霏霏。行道迟迟,载渴载饥,我心伤悲,莫知我哀。"①

"淮南子云:'木叶落,长年悲。'……桓大司马闻而叹曰:'昔年种柳,依依汉南,今看摇落,凄怆江潭。树犹如此,人何以堪。'"②

"三年辄去岂无乡,种树穿池亦漫忙。暂赏不须心汲汲,再来唯恐鬓苍苍。应成庾信吟枯柳,谁记山公醉夕阳。去后莫忧人剪伐,西邻幸许庇甘棠。"③

"今年手自栽,问我何年去。他年我复来,摇落伤人意。"④

"故园多珍木,翠柏如蒲苇。幽囚无与乐,百日看不已。时来拾流胶。未忍践落子。当年谁所种,少长与我齿。仰视苍苍干,所阅固多矣。应见李将军,胆落温御史。"⑤

从《诗经·采薇》到刘良佐题画诗,文学作品中的枯树意象往往所蕴含的离愁别绪和羁旅思归的情感,是通过与"起于青葱"的对比而得以呈现。正如枯树赋所描述的"若乃山河阻绝,飘零离别,拔本垂泪,伤根流血"一样,这种情感是悲伤而无奈的。"身如不系之舟",在某种程度上,离别与羁旅是苏轼人生的旋律,有时是他离开了某地某人,有时是某地某人离开了他。苏轼以此为题的文学作品,不可计数,较著名的如"人生到处知何似,应似飞鸿踏雪泥。泥上偶然留指爪,鸿飞那复计东西",又如"但愿人长久,千里共婵娟",又如"天涯倦客,山中归路,望断故园心眼",再如"此心安处是吾乡"等等。青年时期的苏轼意气风发,尚不知羁旅宦游的悲伤;中年时期,在失去了父母妻子后,所思所念的,只有峨眉雪水顺江而下;晚年更是感叹"嗟余寡兄弟,四海一子由"。

---

① 周振甫译注:《诗经译注》,中华书局2002年版,第241—244页。

② 许逸民点校:《庾子山集注》,中华书局1980年版,第53页。另,笔者并未在《淮南子》中找到"木叶落,长年悲"这句话,但《淮南子》的一些涉及草木的段落,确实有此意味,如"秋风下霜,倒生挫伤",又如"形若槁木,心若死灰"等。参见顾迁译注:《淮南子》,中华书局2009年版,第14、116页。

③ 孔凡礼点校:《苏轼诗集》,中华书局1982年版,第122页。

④ 同上,第140页。

⑤ 同上,第1004页。

飞鸿、圆月、故园、枯木，能够表达思乡和羁旅的文学意象有很多，在绘画创作中，苏轼选择了枯木。在后世文人看来，枯木图像在很大程度上是苏轼对庾信《枯树赋》中枯树意象的再现。枝干的虬曲盘旋、树梢的枝杈列举，正是庾信笔下“鱼龙起伏，节竖山连”的图像表达。而《枯树赋》中的“昔之三河徙植，九畹移根”，则被苏轼发展为木石间的缠绕共生，不离不弃。同时，庾信的枯树意象也关照了庄子哲学。“拳曲拥肿”映照了《人间世》的“拳曲不可以为栋梁”；“匠石惊视”映照了《逍遥游》中的“匠者不顾”。

与枯木图像相同，怪石图像也是有文学原型的。苏轼喜石、玩石，曾经引领一时风尚，但他也并不是在一开始就能够理解怪石本质、欣赏怪石之美。

“家有粗险石，植之疏竹轩。人皆喜寻玩，吾独思弃捐。以其无所用，晓夕空嶄然。砧础则甲斮，砥砚乃枯顽。于缴不可碆，以碑不可镌。凡此六用无一取，令人争免长物观。谁知兹石本灵怪，忽从梦中至吾前。初来若奇鬼，肩股何孱颜。渐闻硿礲声，久乃辨其言。云：我石之精，愤子辱我欲一宣。天地之生我，族类广且蕃。子向所称用者六，星罗雹布盈溪山。伤残破碎为世役，虽有小用乌足贤。如我之徒亦甚寡，往往挂名经史间。居海岱者充禹贡，雅与铅松相差肩。处魏榆者白画语，意欲警惧骄君悛。或在骊山拒强秦，万牛汗喘力莫牵。或从扬州感庐老，代我问答多雄篇。子今我得岂无益，震霆凛霜我不迁。雕不加文磨不莹，子盍节概如我坚。以是赠子岂不伟，何必责我区区焉，吾闻石言愧且谢，丑状欻去不可攀。骇然觉坐想其语，勉书此诗席之端。”[①]

这是苏轼记梦中怪石独白的诗，可以与刘良佐题跋中的“旧梦云生石”联系起来，另一方面，这种外表丑陋而内在美好的文学典型，又见于韩愈《送穷文》：“又其次曰命穷：影与形殊，面丑心妍，利居众后，责在人先。”[②]命穷鬼与丑石，都是似丑而实美的文学典型，体现了中国文人士大夫独特的审美趣味。苏轼笔下的怪石，是如铅松般的稀有贡品；将它喻为人臣，则能开口劝谏君主；将它喻为武将，则能力拒强秦；将它喻为学者，则能雄辩作文。怪石向苏轼阐述了石头的小用和大用，指出小用者“伤残破碎为世役”，不足以被称为贤，而大用者相貌丑陋，却节概坚伟，不为雷霆所动，既刻不下美丽的纹路，又磨不亮黯淡的本色。允文允武，气节高洁，怪石的这种形象，契合了苏轼“奋厉有当世志”“致君尧舜”和“挂名经史”的人生理想，遂赢得了他的尊敬。由此，苏轼赏石从外在进入精神。《枯木怪石图》中的怪石图像，应该是苏轼这种审美趣味和人生理想的图像表达。

作为山水画的重要构成元素，木石图像在苏轼之前就已进入画家的创作和研习视野之中了。同时，它们也早在《诗经》《楚辞》中就已经形成文学典型而为

---

① 孔凡礼点校：《苏轼诗集》，中华书局 1982 年版，第 2605 页。

② 马其昶校注：《韩昌黎文集校注》，上海古籍出版社 1986 年版，第 571 页。

历代文人反复吟咏。但是苏轼之于木石，显然有着与众不同的情感体验，并且它绝不是某一种单一的情感：在丁忧守孝其间，他曾手植三万青松；在御史台的囚房里，他曾隔窗凝望院中的古槐；在月色清幽的承天寺庭下，他沉醉于疏离婆娑的竹柏；在赤壁涛声中，他曾惊叹于美丽的鹅卵；在只属于自己的梦境，他也曾愧服于怪石的雄辩；尚青壮时，有诗句“但当对石饮，万事付等闲”[①]；暮年又有诗句“心似已灰之木，身如不系之舟”[②]。木石贯穿了他的生命经验，它们是如此地贴近苏轼的生活，遂成为他心灵的寄托。在创作《枯木怪石图》时，苏轼显然是浸入了他沉积已久的情感体验和与众不同的审美趣味，从而使木石成为文学和绘画共同关注的题材，形成了艺术史中的一个长盛不衰的创作题材。

今天的观者看到苏轼枯木图像的第一观感也许是对枯木将死的同情，然而浸淫于文学传统中的古人，其第一观感则是《诗经·采薇》、庾信《枯树赋》，以及它们所蕴藉的思归之悲愧和迟暮之无奈。文学作品中的“枯木”，有时是柳树，有时是松柏，有时是古槐，有时是桂树，无论如何，都是有具体品种的。然而绘画中的枯木，尤其是苏轼此图中的枯木却是虬曲盘旋，不知品种。对枯树做出这种模糊的描绘，一方面自然是囿于苏轼本人的画技，但若从庾信《枯树赋》的文学意象上看，枯树本就是一个抽象的典型，也就无所谓品种了。这种传统的文学典型所蕴藉的情感是人所共有的，也是人所熟知的。在绘画作品中，苏轼将这一文学典型进一步抽象化，使之成为一种近似于“理念”的枯木，用苏轼本人的话说，就是得到了枯木的“常理”。同样的，也许我们在第一眼看到怪石图像时会感到茫然无措，但在当时文人看来，怪石正是文学传统中“面丑心妍”的典型形象，蕴藉了以苏轼为代表的士人的人生理想。

枯木和怪石是《枯木怪石图》，或者说是“木石图”的主要构成元素。作为典型形象，二者在文学传统上各有蕴藉。当它们共存于同一幅画中，以彼此缠绕依存的形象呈现时，会互相地激发各自的蕴藉，形成强烈的视觉震撼。在当时和后世的文人那里，这种审美体验会直接导向文化上的认同感。这正是《枯木怪石图》的魅力所在。“君子可以寓意于物”在这种意义上，与其说这幅画作是源于文学传统，不如说文学与绘画共同关注了人类的普遍情感和哲学认知。苏轼往往于酒酣后作木石图，也许是因为枯木与怪石所蕴藉的情感，能使他暂时地摆脱生活和仕途的麻烦，引领他进入一种完全由自己创造的审美空间，正如饮酒和做梦一样。漫步于在这一清境空间[③]，有修竹古木陪伴他左右，又有农家腊酒供其享用，于是他回归天真，孤寂的心灵得以安置。

---

① 冯应榴辑注，黄任轲、朱怀春校点：《苏轼诗集合注》，上海古籍出版社 2001 年版，第 93 页。

② 孔凡礼点校：《苏轼诗集》，中华书局 1982 年版，第 2641 页。

③ “雪斋清境，发于梦想。此间但有荒山大江，修竹古木。每饮村酒，醉后曳杖放脚，不知远近，亦旷然天真，与武林旧游，未易议优劣也。”见孔凡礼点校：《苏轼文集》，中华书局 1986 年版，第 1892 页。

小结

中国古代艺术在宋代呈现出一种转折的倾向：书法至宋代提倡“尚意”，绘画至宋代出现了文人画，文学至宋代则有古文运动、宋词的自觉，在诸多门类艺术的向前推进中，特别是在文学与绘画两种门类的和合相系的进程中，苏轼走在了时代的最前端，引导着潮流，他的文图思想和创作实践很大程度上影响了宋代文图关系的发展进程。一方面，正如《苏轼评传》所说：“苏轼及其门下对这样的大转折，是有着高度自觉的。”[①]苏轼以超拔的才华和旷达的胸襟，团结和影响了一大批的文人，遂在一定程度上影响了当时和后世的文图关系发展。另一方面，无论是在艺术理论上，还是在艺术实践中，苏轼都能“集大成”且“出新意”。他自觉地总结前人艺术成就，并从中探索文图发展路径。这一工作固然是由苏氏兄弟及苏门文人共同完成，但苏轼显然是处于领袖的地位。

与同时代的其他人相比较，苏轼文图关系的思想和实践体现出两个特点。首先，他对文图关系的探讨不是蜻蜓点水式的偶然涉及，而是大量的、多角度的反复论述。其次，他通过自己的诗、书、画创作，在实践中验证其文图思想，切实地打通了门类艺术之间的壁垒。一方面，苏轼以题画诗的形式描述前代绘画，同时，其文学创作中所营造的审美空间和蕴藉画面感的语象，也成为当时和后世的画家的创作题材；另一方面，苏轼的画作，或传为苏轼的画作中，又蕴藉了丰富的文学传统。在《枯木怪石图》中，我们仿佛读到了寓于图像中的诗文；在《晚眺》诗中，我们仿佛看到了诗文隐喻的画面。苏轼的文图关系思想不是某种空泛的形而上的理论，而是基于宋代文学、绘画发展进程的，基于苏轼本人文学、绘画创作实践的思想体系，在一定程度上影响了文学、绘画两种门类艺术的发展方向，促进了二者的融合。

---

① 王水照、朱刚：《苏轼评传》，南京大学出版社 2004 年版，第 534 页。

第五章　苏轼的图像母题

苏轼的文图思想对后世文人、画家产生了较大的影响，最直观地体现为后世画作中的苏轼图像母题以及相关题画诗文。本章立足于绘画对苏轼及其诗文作品的呈现，围绕《东坡笠屐图》、历代赤壁图和《苏轼回翰林院图》三类苏轼图像母题展开论述，这些图像母题，或基于史料，或基于文学作品，是对苏轼文图关系思想的多角度体现。

第一节　《东坡笠屐图》

翁方纲作为书画题跋创作数量最多的作家，他的画像题跋不仅涉及众多人物画像，而且对于同一人物多种画像的题写在其题跋中也较为常见。翁方纲对某一人物画像创作的题跋数量，往往与其对此人的尊敬程度或者说是对此人学术、诗歌创作主张的认同程度密切相关。翁方纲画像题跋着墨较多的有苏轼、黄庭坚、虞集、李梦阳、王士禛等人的画像。在诸多先贤中，最为翁方纲敬重的当属苏轼，他对苏轼画像题跋的次数也相应最多。翁方纲曾经目睹多个版本的苏轼像，有古人创作者，如李公麟、赵孟頫(图 5 - 1)、朱完等的真本或摹、拓本；有同时代的创作者，如闵贞、黄景仁等的笠屐图、罗聘的《东坡毡笠折梅像》《坡公噉荔图》等等[①]。对这些作品，翁方纲皆有题跋创作。这些题跋从内容上看主要可分为两类，一是对坡公真实相貌的考订辨正。这类作品以对《苏文忠公宋本真像》的系列题跋为代表，但在题跋笠屐图等作品中也会偶有所及。另一类是对《东坡笠屐图》较重性情的题赞，翁方纲对笠屐图的题跋虽并不排除考订因素存在，但其对苏轼画像的题跋，较多性情抒发的作品多是出于对苏轼笠屐图的题写。

一、坡公真像的题跋与苏轼真实相貌的辨正

翁方纲题跋对于苏轼真实相貌的辨正，《坡公真像——吴门陆谨庭寄赠》是

① 翁方纲：《复初斋诗集》(二)，《续修四库全书》册 1455，上海古籍出版社 1995—2002 年版，第 268 页。

图5-1　赵孟頫　《东坡小像》(局部)　北京故宫博物院藏

较早的一篇[1]。在此跋中,翁方纲曰:"卅秋积疑处,一旦获快伸。"翁方纲对于苏轼真实相貌的疑虑,由陆氏所赠"坡公真像"得以释解。题跋作于嘉庆六年(1801),时年翁方纲六十九岁。陆氏名恭号谨庭,王文治婿,与翁方纲同有金石之好。翁方纲从陆恭处获得坡公真像后跋曰:"我斋奉公像,百摹不一真。漫堂镂施注,元迹云传神。又见梅溪本,松雪下笔亲。肥瘦迥不同,笠屐名则均。"文章开头指出苏轼画像与其真实相貌不相符的作品极多,而世人所传关于东坡画像相貌存在肥瘦迥异的差别。然后结合陆恭赠本论苏轼真实的相貌特征曰:"世称仙曰髯,每拟于思伦。岂知髯逸气,超绝凡笑颦。两颧清不肥,修眉秀峨岷。神在目炯光,下上照千春。轴有声衲偈,传自吴阊闉。松下叟得之,以供吾几陈。憬然始下拜,往者空墙循。"并不讳言自我在东坡真实相貌辨别中存在的失误。接下来结合陆恭赠本与其他较为可信的版本及相关典故叙述曰:"番禺朱季美(朱完),德云参嶙峋。金山龙眠笔,江水所问津。匡庐本来面,悟此清净身。横岭与侧峰,分合谁主宾。异哉漫堂补,肯共邵髯论。松雪盖临此,兰亭帖未湮。所以郝陵川,题为王安仁。面右多黑子,江月凌霜晨。"对苏轼的相貌特征作进一步补充。诗作旨在阐明苏轼真实相貌,而与苏轼同时的李公麟画作,是诸多版本坡公真实画像流传下来的源头,同时也是判断东坡真实相貌最可信的依据。对于这一点,翁方纲在《跋东坡像》中阐述得更为明确。跋云:

此真本刻石于阳羡蜀山书院,今以石本对此轴,又合明嘉靖丙寅吴门尤茂先家藏松雪手写本,及康熙戊寅长洲李枢以所藏写本刻于《王注苏诗》卷前者,又南海朱完摹刻小金山本,凡四本合对,信世间所传丰颐多髯者,非真也。

吴门尤叔野茂先藏松雪白描坡像,后有陆五湖师道题,云有合于伯时所作按藤杖坐磐石意态也。又南海朱完所作小金山像,及长洲李枢藏松雪画像,皆与宋人所画真本相合。盖疏眉凤眼,秀摄江山,两颧清峙,而髯不甚多,右颊近上,黑

① 翁方纲:《复初斋诗集》(二)卷五十六,《续修四库全书》册1455,上海古籍出版社1995—2002年版,第184页。

痣数点，是为宋李伯时之真本，赵松雪、朱兰嵎临本，皆足证也。嘉庆壬戌二月，以此数本合对得真，敬识于此。

世人不知详考，谓坡公貌丰腴，山谷貌清瘦，此因读其诗而误会耳。其实山谷貌转丰，而坡公两颧清峙。即以东坡集中题跋一条云："传神在于颧颊，吾尝灯下顾见颊影，使人就壁画之，不作眉目，见者皆失笑，知其为吾也。"以此条证之，最明白矣。右颊有黑痣数点，见《郝陵川集》。①

此则题跋是为题写李公麟创作的东坡真像而作，它针对世人所谈苏轼"丰颐多髯"之言，对苏轼真实相貌进行确证。在考证过程中，翁方纲采取多种版本相对照的方法。他列举当时所能见到的关于苏轼画像的四个著名版本：阳羡蜀山书院石本、尤茂先家藏赵孟頫手写本、李枢藏本、朱完摹刻小金山本，四个版本相互对照，并以李公麟所创作的东坡"按藤杖坐磐石"的画像意态相合为佐证，同时进一步证以苏轼对自我画像题跋的形态描写，以确定苏轼清瘦、髯不甚多的真实相貌，证明"丰颐多髯"者非真，而李公麟真本即阳羡蜀山书院刻石本则为"坡公真像"。这种对东坡真实面貌的辨正，在《跋苏文忠公宋本真像》中亦有论及，但言语相对简略。文曰：

岷山峨峨，江水所出。钟为异人，生此王国。秉帝杼机，黼黻万物，其文如粟帛之有用，其言犹河汉之无极。若夫紫薇玉堂，琼崖赤壁，阅富贵于春梦，等荣名于戏剧。忠君之志，虽困愈坚。浩然之气，至死不屈。至其临绝答维琳之语，此尤数子之莫及也。启宗讲主慕苏文忠公之为人，得真像以事，俾九皋妙声制赞于上。辛酉二月。方纲临。

南海朱完者所画"小金山像"正与王梅溪注本内所摹"赵松雪画像"可以相证。十二月十九日。宝苏室书。

此本刻石于阳羡蜀山书院，今以石本与王注本，又尤茂先刻松雪本，南海小金山本四本合证，皆与多髯本异。壬戌二月记。

按《陵川集》云："坡公真像面有黑痣。"此为当日真本无疑。方纲识。

怜余老病艰扶拜，累尔开筵笋脯加。欲借元诗添白集，故教松翠接邻家。欢髯笑示金针度，笠屐来凭玉画义。试卜苏门风格近，瓦盆消息逗梅花。

兰卿借苏像并"偃松屏赞卷"作坡公生日。嘉庆丙子十二月十九日。八十四叟方纲。（沈津注：此为石刻，在苏州祠内。）②

此组题跋中，第一则跋语是翁方纲对画像已有题跋的临摹。跋文原作者为僧人妙声，叶廷琯对妙声曾做考证，其《鸥陂渔话》卷一《东坡画像赞》言："妙声吴人，居常熟慧日寺"，为明洪武间僧人③。此则跋语后所列各跋是翁方纲多次题

---

① 翁方纲撰，沈津辑：《翁方纲题跋手札集录》，广西师范大学出版社2002年版，第445页。

② 翁方纲：《翁方纲题跋手札集录》，广西师范大学出版社2002年版，第445页。

③ 叶廷琯撰：《鸥陂渔话》卷一，清同治九年刻本。

写而成，其中第二跋与《跋东坡像》同样提及“刻石于阳羡蜀山书院”，落款日期与《跋东坡像》同题为嘉庆壬戌（1802）二月，二者的题跋对象应为同一版本，其原本皆为李公麟所画。而《坡公真像——吴门陆谨庭寄赠》曰：“轴有声衲偈”[①]，“声衲偈”即指上文所提及的僧人妙声的题跋。因此可知，《坡公真像吴门陆谨庭寄赠》《跋苏文忠公宋本真像》《跋东坡像》皆是针对同一幅画像而作。另叶廷琯《东坡画像赞》曰：“吾郡陆氏旧藏宋本东坡画像，貌秀伟而髯不甚丰，不类世所传者。幅间题云：岷山峨峨，江水所出。钟为异人，生此王国。秉帝杼机，黼黻万物，……乾隆末，我郡韩旭亭封翁是升主讲宜兴蜀山书院，尝借摹此像，刻石龛奉院中”[②]，同样可证翁方纲在《坡公真像——吴门陆谨庭寄赠》中所言的“坡公真像”、《跋东坡像》中所言的“真本”以及上组题跋所涉及的“苏文忠公宋本真像”乃是针对同一画像而言。翁方纲为此画像撰额曰：“苏文忠公宋本真像”，以苏轼的谥号命名，极为正式。画中人物神态严肃端庄，衣冠整齐。“苏文忠公宋本真像”曾为翁方纲收藏多年，它的题跋时间跨度较长，从嘉庆辛酉（1801）至嘉庆丙子（1816）年。此版画像的石刻本现藏于苏州慧定寺，翁方纲题写的部分跋语也一并刻于石面。石面题跋字体大小不一，围绕画像分布于画面空隙处。图像正上方为翁方纲抄录妙声的跋语，正下方的隶体小字为翁门弟子李彦章的跋。翁方纲跋语题写内容、形式多样，除有结合不同版本对苏轼相貌的考订外，还有对自我情怀的抒发，以及对相关事件的随笔记载，其中散体与韵体、四言、杂言、七言随表情达意的需要各有所用，既随意适性，又紧密结合题跋的阐释说明功能。题跋文体的共性与翁方纲对苏轼的敬重与崇拜在多次、多形式的题跋中都有所反映。

而“真像”一词，在翁方纲题跋苏轼画像时并非“真实画像”意义上的泛指，而是对陆恭所赠以李公麟创作为原本的“坡公真像”缩略与特指；此真像经后人反复临摹、刻石，以上关于苏轼画像辨正的三组作品，皆是针对这幅作品而言。同时，在覃溪诗文中，其他为东坡“真像”创作的题跋，也可能是针对这幅画像创作。在嘉庆甲子（1804）年翁方纲还曾为“真像”作诗四首。此四首见于《复初斋诗集》，其中三首题为《十二月十九日苏斋拜先生真像三首》：

三年阙拜像，公乎不我嗔。今日腊雪筵，惠此真精神。昔也兰嵎生，今之朱野云。肖彼颧右志，会此眉后纹。双瞳翦岷江，碧宇下星辰。大海回紫澜，浩荡谁知津。万古一元气，偶露于斯文。敢谓十笏斋，片纸留公真。

是日墨卿子，自前惠守至。为写白鹤峰，轩然堕空翠。商略龙眠稿，参诸泛颍义。湖滨前梦在，尚想骑鲸气。梦中同笑者，野云记旁睨。定影即吾斋，松风荡虚吹。涉川莽无涯，喻苇得根蒂。印须招我友，寻源托攸济。

---

① 翁方纲：《复初斋诗集》（二）卷五十六，《续修四库全书》册 1455，上海古籍出版社 1995—2002 年版，第 184 页。② 叶廷琯撰：《鸥陂渔话》卷一，清同治九年刻本。

昔闻山谷翁，快觌龙眠轴。搘藤据于磐，醉态忆之熟。谓当诸友集，筵间挂一幅。想约秦、晁、张，共此窗灯烛。吾斋渺何有，遗字照犹绿。苏斋偈无二，苏门客傥卜。三山叩蓬莱，一峰携天竺。试问垂慈老，菖蒲连石竹。[①]

此三首诗是翁方纲为高宗守陵归来后第一次苏轼生日集会时所作。诗歌提及朱之蕃、朱鹤年对苏轼画像的摹写，表达对苏轼的崇敬，并着重记录了集会时的情境与心情。在第三首诗后，翁方纲有注曰："山谷老人云：'见李伯时作子瞻像，按藤杖坐磐石，极似其醉时意态，可乞伯时作一幅。吾辈会聚时如见其人，亦一佳事。'嘉庆九年，岁在甲子十二月十九日，先生生日，敬拜新摹真像，赋此三诗。"[②]嘉庆九年为1804年，离陆恭赠坡公真像三个春秋，而翁方纲"阙拜像"亦三年，此跋虽言"新摹"，但其最原始的作者仍然是李公麟。题跋由自我与友人的集会联想到黄庭坚在苏轼去世后请李公麟绘坡公像，以便与秦观、晁补之、张耒等人集会共同缅怀的建议。借黄庭坚对苏轼的怀念来表达自己对苏轼的敬仰，并以黄、秦等人集会怀苏轼与自己及友人的聚集拜坡公相映衬，其中透露着对前贤的钦慕、追从甚至是以东坡自我比附意。

以上三诗以苏轼真像与集会拜坡公为题写中心，另《野云摹坡公真像以赠金进士，题此即以送别》云："磐石筇枝醉态真，谁从灯影见精神。匡庐八万四千偈，正要吾斋举似人。（坡公云：吾尝灯下顾见颧颊，使人就壁画之，不作眉目，见者皆一笑，知为余也。据此知外间所摹像皆非真耳。）"[③]诗作简短，但以李公麟的画像与苏轼自叙作为说明真像特征的依据，实可谓简明扼要而说服力极强。辨正苏轼真实面貌，是翁方纲一些苏轼画像题跋中花大量篇幅反复论证的问题，翁方纲创作了大量的苏轼画像题跋，在部分题跋中，即使辨正真像不再是题写的重点，也会常常提及苏轼相貌特征。如在《十二月十九日苏斋拜先生真像三首》创作的同一天，翁方纲还创作了一首歌颂苏轼才华及成就的诗作："禅人瘦影道人风，虽写轩髯实不同。书格僧虔兼子敬，诗怀白傅接陶公。圆光汝海澜翻偈，真面庐山峡吐虹。酣放精微难喻处，试拈仍在雪窗中。"[④]诗作把苏轼对佛道二家的信奉与其清瘦形象结合，并再次强调后世苏轼多髯丰颐形象的误传，同时结合苏轼的生活经历、处世态度，对其书风、诗风、诗学理论予以高度评价。题跋围绕画中人的学术、相貌、性格等展开，与同日创作的其他三诗同样采取在刻写苏轼画像的同时联系相关人事的题写方式。

---

① 翁方纲：《复初斋诗集》(二)卷五十八，《续修四库全书》册1455，上海古籍出版社1995—2002年版，第208页。

② 翁方纲：《翁方纲题跋手札集录》，广西师范大学出版社2002年版，第301页。

③ 翁方纲：《复初斋诗集》(二)卷六十三，《续修四库全书》册1455，上海古籍出版社1995—2002年版，第260页。

④ 同上，卷五十八，第208页。

二、《东坡笠屐图》的题赞中的相貌辨正

"我斋奉公像，百摹不一真。漫堂镂施注，元迹云传神。又见梅溪本，松雪下笔亲。肥瘦迥不同，笠屐名则均。"[①]《坡公真像——吴门陆谨庭寄赠》还包含了较多苏轼画像的版本信息，从此跋我们可知，苏轼画像笠屐图较多，宋荦（漫堂）、邵长蘅（邵髯）刻补苏诗施顾注本的苏轼像，以及钱泳（号梅溪）所收藏赵孟頫临摹的坡公像皆为笠屐图。对笠屐图的题跋是翁方纲苏轼真像辨正外的另一题写中心。翁方纲对笠屐图的题写并不排除辨正东坡容貌特征的内容。《野云为摹赵子固砚背坡像》，是一首对朱鹤年摹赵孟坚《砚背笠屐图》的题跋。赵孟坚《砚背笠屐图》也是苏轼画像中较为著名的版本。翁方纲曾作《苏文忠公三像（宋李伯时画金山像、明南海朱完画广州小金山像，又宋赵子固画砚背笠屐像）》是针对三种拓本的题跋[②]。此跋创作较早，在此翁方纲将其与赵孟坚本与李公麟本、朱完本并列，未涉及相貌辨正问题。然赵孟坚虽为宋人，却并不若李公麟般与苏轼生活于同一时代且多有交往。"子固砚图尚未肖"[③]，翁方纲后来在《野云为摹赵子固砚背坡像》明确指出这一点。

《又得朱兰嵎摹龙眠坡像》《再跋朱兰嵎画坡公像》，是针对李公麟原创、朱之蕃临摹的《东坡笠屐图》的题跋，其中也包含考订苏轼真实相貌的成分。此二跋于1802年前后相继创作，前诗后文，文跋叙述较为详尽。其曰："乾隆癸卯春，颜运生购得朱兰嵎临《李伯时坡公笠屐像》，寄来供于苏斋，今二十年矣，复购得此轴，即兰嵎同时所作也。此像与宋溈堂刻图于施注苏诗卷内者正相合，而彼云元人笔，此云李伯时者。"据此文可知翁方纲曾收藏两幅朱之蕃临摹的《东坡笠屐图》，一为刚刚获得，一为二十八年前所得，两图相合，原作者皆为李公麟，前者为朱之蕃据李公麟原作而摹写者，后者是朱之蕃对元人临摹李公麟作品的再次临写。

《再跋朱兰嵎画坡公像》提到"东坡谒黎子云"以及"儋州事"。《梁溪漫志》卷四有《东坡戴笠》，云："东坡在儋耳，一日过黎子云遇雨，乃从农家借箬笠戴之，着屐而归。妇人小儿相随争笑，邑犬群吠。"[④]这段记载是坡公笠屐图大量创作的直接缘由。在李公麟后，许多画家选取东坡戴笠踏屐（或兼执杖）的题材创作苏轼图像。赵孟坚、赵孟頫、唐寅、娄坚、沈燧、张问陶（图5－2）、张廷济、任熊等等

① 翁方纲：《复初斋诗集》（二）卷五十六，《续修四库全书》册1455，上海古籍出版社1995—2002年版，第184页。

② 翁方纲：《复初斋诗集》（一），《续修四库全书》册1454，上海古籍出版社1995—2002年版，第467页。

③ 翁方纲：《复初斋诗集》（二）卷六十四，《续修四库全书》册1455，上海古籍出版社1995—2002年版，第264页。

④ 费衮：《梁溪漫志》，清知不足斋丛书本，卷四。

图 5-2 张问陶 《海南笠屐图》

皆有此主题的绘画存世。至现代的张大千，亦有此作。各类图像中苏轼形态各异，面容清瘦及“丰颔”者并存。从这些同人不同貌的笠屐图，不难体会翁方纲作为一位实学家，对其最为推崇的苏轼的真像着力辨正的良苦用心。《再跋朱兰嵎画坡公像》还提及黄庭坚关于苏轼书法的一则题跋：“山谷题坡书云：‘李伯时近作子瞻按藤杖坐盘石，极似其醉时意态。此帖妙天下，可乞伯时作一子瞻像，吾辈会聚时开置席上，如见其人，亦一佳事。’玩此跋是坡公身后语。坡卒于建中靖国元年辛巳，则山谷云欲乞伯时作像，当在崇宁初年。是伯时画坡公儋州事，毋庸致疑者矣。”黄庭坚此跋在翁方纲的苏轼像题跋中反复提及，《又得朱兰嵎摹龙眠坡像》亦用此典，其曰：“醉余真意态，江岭几人传。雨笠空云水，风襟摄海天。”[①]与画像版本最为直接的联系是画中人物的面貌意态，同一幅笠屐图的两则题跋皆涉及苏轼按藤杖坐磐石的醉时意态，据此而推此幅作品的原本为黄庭坚题跋中所提及者或有可能。同时，翁方纲在这幅笠屐图的题跋中两次提及坡公“真意态”，仍具有阐明、辨正、还原东坡真实面貌的意图。

三、“真放本精微”与《东坡笠屐图》的题跋

如上文所述，翁方纲最初获得朱之蕃笠屐图摹本在“乾隆四十八年癸卯(1783)春”，此年翁方纲五十一岁。恰在这一年初，《苏诗补注》刊刻[②]。而在此前后，翁方纲已为笠屐图作了大量题跋。他作为苏轼的敬仰者、苏轼诗书的推崇者，以及苏轼诗集的整理者，对苏轼图像尤其是笠屐图予以极大关注。在获得朱之蕃摹本之前，翁方纲所收藏、题跋的笠屐图已有很多。这一点，我们可以从前

① 翁方纲：《复初斋诗集》(二)卷五十六，《续修四库全书》册 1455，上海古籍出版社 1995—2002 年版，第 185—186 页。

② 翁方纲：《复初斋诗集》(一)卷二十六，《续修四库全书》册 1454，上海古籍出版社 1995—2002 年版，第 589 页。

一年翁方纲的题跋中略窥一斑。乾隆四十七年(1782),翁方纲作《今年夏予得吴莲洋所书邢和璞事,因属安邑宋芝山为作邢房悟前生图于东坡笠屐像册子前。今同人集苏斋作坡公生日,又适题句于册。芝山为莲洋乡人,作篆及画皆有师法,故附诗及之》,诗题中提及"东坡笠屐像册子"应是其在获得朱之蕃摹本之前对已收藏笠屐图及所作题跋的汇集。对众多笠屐图的收藏表现了翁方纲对东坡笠屐图的珍爱,而他对笠屐图的多次题跋以及此类题跋风格与苏轼诗文风格的相似,则更见苏轼对翁方纲的影响。

在翁方纲众多苏轼画像题跋中,除了涉及真实相貌辨正的作品,我们不难体会出翁方纲坡像题跋作品中与苏轼诗风类似的风格的存在。而这类作品,尤以笠屐图的题赞为多。乾隆四十八年(1783)春,翁方纲分别于正月、二月两次题跋朱之蕃摹本,前跋记录了初得此图与好友的一次集会;后者诗文二体并用,对摹写者朱之蕃的相关信息及东坡戴笠着屐事等予以交代。同年冬,在坡公生日作《十二月十九日东坡先生生日同人集苏斋拜像作》:

我为公诗补旧注,西吴施与东吴顾。先生印可意云何,去岁腊筵香一炷。果有龙眠笠屐图,摹来江左人如晤。笔力挽回五百年,纱縠行边记初度。翩然吹下横江鹤,蜑雨蛮烟渺风露。向来传本安得似,别有精神在空处。仍到焚香腊后筵,江海灵音答豪素。然犹抚卷三自思,更倩重摹恐微误。稽首今辰若有得,平生浩气端来驻。南斗日躔凭几筵,奎宿光芒拨云雾。坐中忽起弦外音,似公吴淞梦中吟。峨眉山高江水深,泠风帘幕生春阴。高生弦指思何属,宋生洪生劳寸心。或写论文对主客,皖峰万里来同岑。或写空山坐涧石,流水一曲传幽襟。二图孰为今夕写,一觞聊对明月斟。此觞属公公孰寻?此觞属我我弗任。请属苏斋今夕之明月,清光照澈无古今。何须渊源师友征配食,龙眠施顾皆来歆,意并不关诗画琴。①

此诗由李公麟画《东坡笠屐图》联想开去,牵涉翁方纲及其弟友宋葆淳、洪占铨对苏诗施元之、顾禧注本的补充整理,及其往年及当时对苏轼的祭拜。全诗诗思灵动飞转,气势磅礴,豪气灌注。它结合学术,在据实的基础上发挥想象,平实谨严之中透露出豪迈气概,颇见苏轼"酣放本精微"的诗风对翁方纲的影响。

翁方纲苏轼画像题跋诗中表现出了其题跋风格"酣放本精微"的一面。"酣放本精微"是翁方纲最为推崇的诗文风格,他常拈此评苏诗。此语出于苏轼《子由新修汝州龙兴寺吴画壁》"始知真放本精微"句②,在《杜诗附记》中,翁方纲认为此语可作苏诗"通集总序"③。翁方纲《东坡笠屐图》题跋的"酣放精微"与苏轼

---

① 翁方纲:《复初斋诗集》(一)卷二十七,《续修四库全书》册1454,上海古籍出版社1995—2002年版,第605—606页。

② 孔凡礼点校:《苏轼诗集》,中华书局1982年版,第2027页。

③ 翁方纲:《杜诗附记》卷十五,清宣统元年夏勤邦钞本。

的诗风甚至是其人格秉性相映合，体现了翁方纲的画像题跋的文风对画中人物其人其诗风格的照应融合。而这种照应，在翁方纲最为崇敬的苏轼画像的题跋中表现至为明显。《今年夏予得吴莲洋所书邢和璞事，因属安邑宋芝山为作邢房悟前生图于东坡笠屐像册子前。今同人集苏斋作坡公生日，又适题句于册。芝山为莲洋乡人，作篆及画皆有师法，故附诗及之》也是这类题跋中较具代表性的一篇。诗曰："蹁跹息息证前盟，月下松间怅望情。次律何必铁门限，莲洋傥记玉溪生。故书江渚琴弦语，短轴天风环珮声。宋迪于今为谁写？嵩阳一笑大河横。"[①]翁方纲在此"以学入诗"，却写得豪气跌宕起伏，学术性与艺术感染力共蕴其中。

苏轼画像赞，尤其是笠屐图画像赞在翁方纲众多题跋中尤其引人注目。赞文是历史最为悠久、题跋画像最为常见的一种文体。它的形式散韵不拒，四言较为多见，篇幅短小，语句凝练。这些作品在翁方纲大多客观重实学的金石书画题跋中显示出更多豪放酣畅而又韵味隽永的审美特征。如《坡公笠屐像赞》曰：

此像绘于粤东，时甫得嵩阳帖，载一苇之烟篷。后廿七年供于苏斋之中，乃得《偃松屏赞》与《施顾集注》，共香篆而交玉虹，浩乎襟袖，大海长风。

《苏文忠笠屐像赞》曰：

焉得好手，散发而骑鲸，惟此金山之迹，龙眠所营。蔡诗公书，宋椠公集。天风海涛，坐客起立，寄之公像，篆烟一缕。一笠一屐，横万黄古。昔闻陈氏之苏庵与蒋氏之苏斋，今我宝苏名室，真见公来。蒋有麓台之画，陈则不知。我但日诵《汉书》，以配公书与诗。

另如《黄秋庵所供东坡笠屐像赞》："黎乡载酒之东坡即玉堂制草之东坡。秋影庵中之东坡即诗境龛间之东坡。呜呼，奎躔月午，星斗森罗。乞公墨渖而不克肖也。"《坡公像赞》："此像摹自苏斋，邀我友兮同侪，焚香对榻，稽首遥怀，仙风笠屐，大海云回，九霞洞开，策杖声来。"这些题赞皆意象宏大，境界开阔；文笔省净，抒情酣畅淋漓。其对画面及苏轼形貌的刻画或想象，颇显苏轼的豪放个性。而翁方纲笠屐图题跋的豪放之风，也在这种对苏轼像的摹写刻画中得以展现。翁方纲坡公像题跋的"酣放"主要体现在笠屐图的题赞中，另有两则题跋，其画像是否为笠屐图已难得其详，但同样可见题跋风格与画中人物诗文风格及个体性情相谐处。如《梦苏草堂坡像赞》题跋冯应榴所收藏的坡公像："翩然乘风为谁而来？草堂月下人静帘开。公眸炯炯注视徘徊。其有所指顾耶？喜补注之写怀，王、施、顾、查而后谁许订为同侪？是以题自宝苏之室而供于踵息之斋。"《东坡居士像赞为周载轩题》借对周厚辕的藏品以抒情："昔于湖口记石钟山，噌吰镗鞳响激人寰。后七百年，有奉公像者焉。呜呼，心耳之微，口不能传，万窍喁于，即此

① 翁方纲：《复初斋诗集》(二)卷二十六，《续修四库全书》册1455，上海古籍出版社1995—2002年版，第589页。

坐间。”这类题赞抒发自我对苏轼的追寻、崇敬、怀念之意，较少考订笔触，想象飞驰，情感奔腾，文风之“酣放”胜于翁方纲诗文中较为常见的平实，结合其人之文风、个性或诗歌主张题跋其画像，或是对画主表达崇敬与纪念的最好方式。画像题跋结合画主的生平、学术题写的现象极为常见，而题跋的诗文风格与画主紧密关联的现象则不多见。翁方纲的东坡笠屐图的题跋是较为典型的一例。翁方纲这种题赞风格的形成，得力于苏诗的影响，在这种影响下，一方面，翁方纲苏轼画像外的其他一些诗作，如《鱼门将售所藏僧石涛画〈竹西歌吹图卷〉，邀诸公同观，赋诗留之》《题谢蕴山〈三山揽胜图〉》《与诸君望落星石三首》等[①]，也以雄奇、豪壮阔大的面貌呈现。另一方面，这种风格在苏轼画像题赞中表现尤为集中、突出，则与画主苏轼的性格本色以及翁方纲在苏轼画像题跋中主观的应和不无关系。

翁方纲的东坡笠屐图的题跋不仅以雄豪气势稍异于其他诗作，而且与其他人的东坡笠屐图的题跋相较，也不难体味出其中的雄豪特色。在元明清题跋文体渐趋繁兴的时期，东坡笠屐图成为众多文人的题跋对象。但这些题跋赞体相对较少，多以诗与跋文的形式题写。并且多数题跋作品如张雨、张昱、郑元祐《东坡笠屐图》，陈继儒《题〈东坡笠屐图〉》，包世臣《题〈笠履图〉》，邓廷桢《东坡生日同人礼像赋诗用公集中游武昌寒溪西山寺韵》，法式善《坡公生日同人集何氏方雪斋，用公集〈李委吹笛诗〉，分韵得飞界二字》等结合东坡身世羁旅而书[②]，风格平和，读来并无情感奔泻、豪气干云之感。且很少从绘画艺术方面着手，题跋者更感兴趣的，是东坡的坎坷生平及画作留在人们心目中的东坡豁达、乐观的形象。

四、东坡笠屐典与笠屐图情结

东坡笠屐图与其在后世文人心目中的地位相协调，已经成了一种摆脱困境、乐观开朗的旗帜或符号。正如《梁溪漫志》卷四周紫芝诗所揭示：“持节休夸海上苏，前身便是牧羊奴。应嫌朱绂当年梦，故作黄冠一笑娱。遗迹与公归物外，清风为我袭庭隅。凭谁唤起王摩诘，画作东坡戴笠图。”[③]笠屐图已不再是一幅苏轼相貌的记录，其中蕴藏了更为丰富的精神内涵与情感寄托，从而形成了后世文人的一种笠屐图情结。

有宋以后，更多文人笠屐图的创作以及文人寄托情思的笠屐图题跋，实际是

① 翁方纲：《复初斋诗集》(二)卷十九，《续修四库全书》册1455，上海古籍出版社1995—2002年版，第523页；卷三十四，第674页。

② 张雨撰：《句曲外史贞居先生诗集》，四部丛刊景钞元刻本，卷二；张昱撰：《张光弼诗集》，四部丛刊续编景明刊本，卷三；郑元祐撰：《侨吴集》，清文渊阁四库全书本，卷六；陈继儒撰：《陈眉公集》，明万历四十三年刻本，卷一；包世臣撰：《小倦游阁集》，小倦游阁抄本，卷九；邓廷桢撰：《双砚斋诗钞》，清末刻本，卷五；法式善撰：《存素堂诗初集录存》，清嘉庆十二年王墉刻本，卷十九。

③ 费衮撰：《梁溪漫志》卷四，清知不足斋丛书本。

文人们笠屐图情结的反映。苏轼作为文人的农夫装扮，以一种“谪非病”[①]的豁达，如郑元祐《东坡笠屐图》所言：“得嗔如屋谤如山，且看蛮烟瘴雨间。白月遭蟆蚀不尽，清光依旧满人寰。”[②]代表了一种率性与超脱。另如《跋临上人所藏东坡像》：“平生所见坡像此笔最凡，宛然闾里一翁耳。那称如许文章学问。然文章学问东坡一生流离万状，安得如闾里翁优游终老，不识半点荣辱邪。”[③]此跋是否为《笠屐图》作尚待考证，但《笠屐图》中苏轼的装扮，则无疑散发出一种颇具归隐意味的祥和的田园气息。不仅如此，由于笠屐图本身就具有超脱意蕴，而历代文人的反复题跋，使这种意蕴进一步突出、深化。冯子振《东坡先生笠屐图》较具代表性，此文在叙述借笠屐事后曰：“缣素摸索如昨日，前赤壁，后赤壁，玉堂茆屋皆瞬息。流行坎止随所适，海南海北共眠食。天一笠，地双屐，风不能飘雨不湿。”[④]此则题跋与翁方纲对东坡笠屐图的题跋同样具有一种雄壮之气，作者完全忽略现实时空束缚，把笠屐图中所隐含的超然予以极致拓展，极具壮阔之美。

戴笠履屐对苏轼来说，是一种文人放下仕宦沉浮的“潇洒”[⑤]，而与笠屐图相关的“东坡谒黎子云”事本身也颇具趣味性。因此，苏轼笠屐图成为其被后人广泛接受的一幅画像，苏轼笠屐图，被画家反复刻画。戴笠着屐也成为后世文人画像较为常见的装束。尤其是自明清之交始，笠屐图的创作更为多见，覃溪《载酒堂》言“世间好手争作笠屐图”[⑥]，即描绘了这样一种盛况。清代文人如吴伟业、钱谦益、吴历、朱彝尊、高凤翰、罗聘、汪中、程恩泽、邓石如、叶方蔼等皆有笠屐图存世[⑦]。文人画像的服装有朝服、野服之分，而笠屐尤其是斗笠则成为野服中最具有田园气息与归隐意味的一种服饰。与文人笠屐图的创作相对应，笠屐图的题跋也大量产生。其中，董元度《自题笠屐图小照》曰：“强着宫袍踏软尘，靴纹面目失天真。韩卢休吠童休笑，我本山中笠屐人。”“敢将清兴拟东坡，滑滑其如蹩躠何。指日颍川充钓叟，忘机稳对浴鸥波。”[⑧]黄任《沈学子以王楼山先生笠屐图遗照寄示怀恩感旧奉题四诗》(其二)曰：“苍生不许遂初衣，潇洒知公意所希。脱了绣裳穿野服，劝耕春暖乐郊归。”[⑨]皆表现了文人们向往田园生活、渴望归隐的

① 翁方纲：《复初斋诗集》(一)卷二十六，《续修四库全书》册1454，上海古籍出版社1995—2002年版，第596页。

② 郑元祐撰：《侨吴集》，清文渊阁四库全书本，卷六。

③ 许棐撰：《梅屋集》，文渊阁四库全书本，卷五。

④ 朱存理撰：《珊瑚木难》，浙江人民美术出版社2012年版，第454页。

⑤ 翁方纲有《东坡笠屐图研并序》“有赵彝斋(赵孟坚)爱其潇洒”语，翁方纲：《复初斋诗集》(一)卷二，《续修四库全书》册1454，上海古籍出版社1995—2002年版，第378页。

⑥ 翁方纲：《复初斋诗集》(一)卷四，《续修四库全书》册1454，上海古籍出版社1995—2002年版，第392—393页。

⑦ 叶衍兰，叶恭绰撰：《清代学者像传合集》，上海古籍出版社1989年版，第43、75、87、135、263、289、355、357、379、424页。在这些画像中，屐似和普通鞋履并无太大差异，在很多东坡笠屐图中同样如此。

⑧ 董元度撰：《旧雨草堂诗》，乾隆四十三年刻本，卷七。

⑨ 黄任撰：《秋江集》，清乾隆刻本，卷五。

愿望。而这种向往与渴望，正是明清之际笠屐图大量创作最直接的原因。

当然，笠屐图的盛行与苏轼在后世文人心目中的崇高地位也不无关系。但关于笠屐图的故事在其流传过程中起着决定性的作用。翁方纲有一则《杜少陵戴笠像赞》，是对杜甫戴笠图的题跋。文曰："饭颗之诗，传其戴笠。太瘦之神，万古独立。其瘦似耶，其笠似耶？则吾何敢执！"从覃溪的题跋内容看，杜甫戴笠图的创作缘由盖起于李白诗："饭颗山头逢杜甫，顶戴笠子日卓午。为问因何太瘦生，只为从来作诗苦。"[①]虽然，杜甫在后世文人心目中同样有着崇高的地位，但由于画作的起因有别，杜甫戴笠图对后世的影响远非东坡笠屐图可比。故后人题跋笠屐图多提及东坡在海南的戴笠着屐事，如张雨《东坡笠屐图》、张昱《东坡笠屐图》、王鏊《〈东坡笠屐图〉赞》等提及此典[②]，翁方纲《〈东坡笠屐图〉砚并序》则全文征引。

《〈东坡笠屐图〉砚并序》是翁方纲最早涉及笠屐图的一则题跋，创作于乾隆三十一年丙戌(1766)，时翁方纲三十四岁，是针对赵孟坚东坡笠屐图砚而作：

研长八寸八分，广五寸五分，厚一寸一分。背刻赵子固画东坡像戴笠着屐手策竹杖，右子固二字印，下文彭二字，左紫芝生藏四字，下俞龢紫芝生印，左侧下济之印，又下王澍识九字。研匣上虚舟自书赞，其序曰："东坡在儋耳，尝与军使张中访黎子云，中途值雨，乃于农家假箬笠木屐，载(当作戴)履而归。妇人小儿相随争笑，邑犬争吠。东坡曰：'笑所怪也，吠所怪也。'赵彝斋爱其潇洒，因作巨研而勒图其后。元末为俞紫芝所藏，有明宏正间，归之王文恪已，又转入国博文三桥手。康熙丁亥十月舟过奔牛，忽得之市屠中，乃为之赞"云云。

先生负瓢行歌时，岂意后人绘诸研。严陵滩边新月出，落水兰亭神一变。脱帽睎发狂歌呼，斯人傥亦苏之徒。不知何处得此雨归态，摩挲片石旋成图。桄榔树叶摘可书，谁谓青箬非吾须。翛然策杖出尘埃，泥涂那复需人扶。固宜犬吠妇子笑，岂有如此笠屐之农夫。往者宋商邱绢本出家藏，亦有王麓台吮笔苏斋旁。千载招邀作尚友，只疑真有载酒堂。未若此研神致尤青苍。俞紫芝、文三桥，流传艺苑非一朝。夙爱济之作赞语，谁知印章宛可觏。古墨荧荧照影寒，真研不损知者难。(真研不损语见坡公墨迹)只应却与周公谨，薄暮西泠放棹看。[③]

本文以序交代砚的大致形态，从规格尺寸到砚背的笠屐图，从文彭、俞和、济之等人的印鉴文字到王澍印匣的题赞，作一较为系统的介绍，使我们对笠屐图砚的形貌、收藏源流等有一较为全面的了解。而翁方纲题跋的正文，则以诗歌的形式，在内容上与序文相呼应，再现苏轼当年戴笠着屐策杖时的意态及情形，对序文中提及的"潇洒"结合海南之地境进行重墨渲染，以诗笔重现画面却较画面更

---

① 李白：《李白全集》，中华书局2015年版，第1644页。

② 张雨：《句曲外史贞居先生诗集》四部丛刊景钞元刻本，卷二；张昱撰：《张光弼诗集》，四部丛刊续编景明刊本，卷三；王鏊撰：《震泽集》，文渊阁四库全书本，卷三十二。

③ 翁方纲：《复初斋诗集》(一)卷二，《续修四库全书》册1454，上海古籍出版社1995—2002年版，第377—378页。

具体生动，较画面蕴含了更为丰富的内容。

翁方纲在上跋中全文录入此典故，而在《予既考证李伯时画〈东坡笠屐图〉事，复题二诗于帧》则以用典的形式提及：

同在元符末，江南望海南。山川心不隔，笠屐影无惭。逸气留天地，蛮烟老惠儋。只应故友识，摘叶写茆庵。

旧史传文苑，当年想画图。烹茶来释子，载酒有生徒。万丈光遥接，千秋墨共摹。衣纹托清梦，知我室名苏。①

从此则题跋看，翁方纲对苏轼除了敬重之意，还有将其视为千古一知己之情。翁方纲对苏轼的敬重，与其诗、书有着非常重要的关系，但苏轼的品德性情则是更为重要的一个方面，翁方纲对苏轼的为人处世之道有很高的评价，其在《跋苏文忠公宋本真像》中曰："若夫紫薇玉堂，琼崖赤壁，阅富贵于春梦，等荣名于戏剧。忠君之志，虽困愈坚。浩然之气，至死不屈。至其临绝答维琳之语，此尤数子之莫及也"②，褒扬苏轼摒名弃利，忠君为国；而此跋曰："逸气留天地，蛮烟老惠儋"，则凸显其洒脱、屡处逆境而从容的个性。前文提及的《再跋朱兰嵎画坡公像》《〈坡公笠屐像〉赞》也皆涉苏轼儋州事，在说明画作创作缘由的同时揭示东坡超然物外的豁达。

五、翁方纲的"笠屐禅"

这种超脱、乐观、豁达的精神，使得苏轼戴笠着屐事为后世文人津津乐道，争相歌咏或效仿。清代李星沅以"笠屐风流"来描绘东坡此事③。而翁方纲则把其对苏轼的追从与敬重视为参禅，在《渔洋先生五七言诗钞重订本锓板成，赋寄粤东叶花溪十二首》以"笠屐禅"喻之④，更见其对苏轼崇敬之笃。翁方纲笠屐图情结的流露从其首题赵子固东坡笠屐图砚，至其终老，不仅反映在东坡笠屐图的题跋中，而且我们从其他的诗文也不难领会。如《腊月十九诸公集苏斋作坡公生日，观宋漫堂小像及西陂草堂图。同用西陂集中祭坡公韵》云"十年屋扁题宝苏，掇拾补注惭功夫。空教日对笠屐像，轩轩千仞苍眉须。怜余骄笔日枯涩，但丐公迹思霑濡"⑤；《芝山为予绘杭湖新建坡公祠二首》其二曰"先生神在水云间，夜月

---

① 翁方纲：《复初斋诗集》(一)卷二十六，《续修四库全书》册1454，上海古籍出版社1995—2002年版，第596—597页。

② 翁方纲：《翁方纲题跋手札集录》，广西师范大学出版社2002年版，第445页。

③ 李星沅撰：《题郑云麓观察笠屐图》，有"笠屐风流今宛然，又持藜杖入南天"语，见《李文恭公遗集》，清同治五年李概刻本。

④ 翁方纲：《复初斋诗集》(二)卷六十，《续修四库全书》册1455，上海古籍出版社1995—2002年版，第231页。

⑤ 同上，卷三十九，第30页。

遥应笠屐还”[①];《雨宿徐州记东坡石刻诗惟登云龙山一首,又送张师厚第二首尚存,因语太守拓之。先次二诗韵》曰:“今来午睡秋雨长,梦醒笠屐疑犹望”,或临图如对其人,或以恍然来归、思极入梦的虚幻方式表达自我与苏轼之间的应答交流。而《和苏药玉船诗为星实两峰别》曰“年年公生日,笠屐拜我师”,则是对现实生活的描写。在这些诗作中,无论是虚幻还是实笔,以“笠屐”指代的东坡画像都是必不可少的媒介。这些只言片语,并非是为题跋笠屐图而作,却更见东坡笠屐图对翁方纲的影响。翁方纲所收藏的苏轼画像并非仅是笠屐图,然在翁方纲心目中,可以用来指代苏轼形象的,只有笠屐图才更为恰当。这种观念的形成,同样与明清以来文人笠屐图情结不无关系。

为自己绘一幅笠屐图,是后世文人笠屐图情结的一种表现,是他们借苏轼的超脱寄托、表达自己生活理想的一种方式。但对苏轼最为敬重的翁方纲却对此有着不同的观点。王士禛有一幅笠屐图存世。翁方纲作《题渔洋先生戴笠像》,是翁方纲的笠屐图的题跋以至画像题跋中较为独特的一篇作品:

先生非戴笠人也,而其门人常赞之曰:“身着朝衫头戴笠,孟县眉山共标格。”夫苏有笠图,韩则无之,乃以为共标格者,何哉?愚以为此诗家之喻言耳。古今不善学杜者,无若空同、沧溟。空同、沧溟,貌皆似杜者也。古今善学杜者,无若义山、山谷。义山、山谷貌皆不似杜者也。夫空同、沧溟,所谓格调,其去渔洋所谓神韵者,奚以异乎?夫貌为激昂壮浪者,谓之袭取。貌为简淡高妙者,独不谓之袭取乎?渔洋先生提倡唐贤三昧“无迹可求”之旨,其胸中超然标举,独自得于空音镜像之外者,而其一时友朋门弟子,或未之尽知也。此当时画者,但知以戴笠之况,写其萧寥高寄之神致,而于先生之实得,究未能传者也。先生尝谓杜陵与孟襄阳不同,而其诗推孟浩然独至,若宋之山谷、元之道园,皆与先生不同调,而先生尤推述之不置,则知先生论诗,初不系乎形声象貌之似矣。然则当时画者之貌先生如此,其门人之赞先生如此,而今日方纲之以所见见先生又如此。此赵松雪赞杜陵云“先生有神,当赏此意”者也。天都朱舍人,诗人之隽也,摹是图,属方纲题其后,窃举其所见者以质之。

王士禛“貌似东坡”[②],而其门人常将其笠屐像与东坡笠屐图并举。翁方纲此跋以“先生非戴笠人也”起领全篇,开门见山对渔洋门人对王士禛的夸赞提出异议。题跋鉴于王士禛及求题者的诗人身份,题写内容以论诗为主。翁方纲由人之外貌论及诗作,由追求画像的外貌形似写及诗歌创作“貌似而神离”的因袭,“渔洋先生提倡唐贤三昧‘无迹可求’之旨,其胸中超然标举,独自得于空音镜像

---

① 翁方纲:《复初斋诗集》(二)卷五十三,《续修四库全书》册1455,上海古籍出版社1995—2002年版,第164页。

② 翁方纲:《复初斋诗集》(二)卷六十,《续修四库全书》册1455,上海古籍出版社1995—2002年版,第231页。

之外者，而其一时友朋门弟子，或未之尽知也”，认为学诗只追求“形声象貌之似”，并非王士禛的初衷。从而以对王士禛笠屐图的创作者及称赞者的批评，来表达自己对诗歌创作中盲目拟古的质疑与反对。此题跋名为题图论画，实为阐述自己的诗学观点。而王士禛的笠屐图，在这则题跋中成为翁方纲演绎自己诗学主张的道具，同时也表达了翁方纲对笠屐图的观点：衣冠外貌的因袭，并非是恰如其分地表达对苏轼师从及自我人格价值或人生理想的方式。

因此，翁方纲拒绝别人为其画笠屐图。由对苏轼的崇敬而仿效，本在情理之中。然在众多学者皆效仿东坡绘制笠屐图的情形下，翁方纲却拒绝以衣着仿效的方式表达自己的崇敬。按《翁方纲年谱》，“嘉庆十七年壬申(1812)十月二日，朝鲜金正喜进士于先生旧作《拜苏轼生日诗》草稿后，又写《覃溪先生像》，洪占铨题。先生又有诗题于后，诗云：‘箬笠焉能效写真，瓣香未敢许知津。只应月照松窗影，苏像筵前执役人。(或欲仿坡公，作戴笠像，予谢不敢也。第作科头服役者耳。)’(朝鲜友人藏复印本)”。对苏轼诗、书至为宝重，而对苏轼其人则以自我的谦逊与卑微，烘衬苏轼在其心目中的崇高地位。这种谦逊与卑微，与翁方纲终其一生的谨小慎微、兢兢业业颇为相符。苏轼画像尤其是其蕴含着超然物外思想的东坡笠屐图，对翁方纲来说，的确是代表了一种可以祈求之而无法实现之的人生至境。翁方纲对苏轼师从之、向往之，对其诗书成就、忠君豪放、洒脱不羁的人格魅力梦寐以求之。在翁方纲一生漫长的敬苏、拜苏过程中，东坡笠屐图一直是翁方纲对苏轼师从、敬重、缅怀情感的重要寄托之一。

第二节 历代东坡赤壁图

自元丰二年(1079)乌台诗案之后，到元丰七年移汝之前，苏轼以检校水部员外郎、充团练副使的名义和身份被安置到了黄州。谪居黄州的四年既是苏轼仕宦经历的一个低谷期，也是他文学创作的一个高潮期，远离了庙堂的斗争和州官的政务，黄州的山水风情潜移默化地滋养着苏轼的心灵。元丰五年的七月和十月，年近半百的苏轼先后两次与友人流连于圆月下的赤壁江山，论古谈今、长啸呼风，在一叶扁舟中感叹江水东逝和明月盈缺，在辗转寤寐间找寻横江孤鹤和梦中道士。在这样一种人生境况和情感体验下，前后赤壁赋文与前代文人墨客凭吊赤壁古战场的诗文作品见出区别，与此同时，作为“寓意于物”的文学题材，黄州赤壁独特的自然环境①在进入文学后，建构起了超越现实的动人画面②，成为

---

① 据苏轼自己的记述和后人考证，黄州赤壁并非三国赤壁古战场。

② 由宋人范成大的记述：“辰时过黄州，泊临皋亭。下赤土山也，未见所谓乱石穿空及蒙茸巉岩之境。东坡词赋微夸焉”，可知黄州赤壁的自然环境与苏轼文章中的山水描写略有差异。参见范成大：《范成大笔记六种》，中华书局2002年版，第228页。

后代文人、画家"向往和憧憬的桃花源"①。

苏轼擅于在文学作品中建构画面，前后赤壁赋也不例外，若仅将它们看作"眷恋山海之胜"②的文学作品，则更加凸显其画面感。在山水画已臻成熟的宋代，以这样的文学作品为题行绘画创作，既是皇室主导下的画院所提倡的③，也为具备文学鉴赏力的画家所关注④。经过宋代画家的多次再现和表现，苏轼笔下的黄州赤壁逐渐地成为一种成熟的绘画题材，引发后世画家们的模仿和再创作。有据可查的历代赤壁图有 90 种左右⑤，其中，宋代计 11 位画家，11 幅画作；金元时期计 5 位画家，5 幅画作；明代计 30 位画家，44 幅画作；清代计 19 位画家，20 幅画作。除此之外，尚有大量的画作已经亡佚，只能根据相关的题画诗判断它们曾经存在。通览历代赤壁图，画家们几乎用尽了一切绘画的技法和手段表现前后赤壁赋的审美意境：在形制上，有长卷、立轴、小景、扇面册页等类型，在设色上，有水墨、青绿、淡设色等区别；在内容和方式上，有长于叙事的异时同图，也有专于特定文字片段的图像化表现；此外，线条的长短粗细、皴法的灵活运用，构思的精巧细腻，都可以传达画家对苏轼赋文的不同理解。

仅从题名上看，历代赤壁图的表现内容大体呈现逐渐细化的倾向。宋、金、元三代的画作多直接以"赤壁图""赤壁赋图""后赤壁赋图"为题⑥，明确地点出绘画题材的来源。明代画作在继承宋、金、元三代的基础上，生发出两种变化。一是出现了书画并题的作品，如文徵明《前后赤壁赋书画卷》、文嘉《赤壁图并书赋》等；二是出现了以"游"为题的作品，如张宏《赤壁夜游图轴》、陈淳《赤壁游图卷》等。这两种新变，说明了画家更加关注图像对文学作品的顺势模仿⑦。清代画题在继承明代两种变化的基础上，进一步向文学贴近，出现了"诗意图"，如任颐《赤壁赋诗意图》等。

一、宋、金、元时期的赤壁图

这一时期的主要画家包括李公麟、王诜、马远、马和之、乔仲常、李嵩、杨士

---

① 板仓圣哲著，张毅译：《宋代绘画和工艺作品中的赤壁图》，《上海文博论丛》2006 年第 3 期，第 57 页。

② 孔凡礼点校：《苏轼文集》，中华书局 1986 年版，第 2572 页。

③ 马和之《诗经图》可以看作是皇室主导下的绘画创作。另，宋孝宗赵昚曾手书《赤壁赋》，宋高宗赵构草书《后赤壁赋》与马和之《后赤壁赋图》同装。据邓椿记述，宋徽宗画学专以诗句为题，考查画工艺能。参见邓椿《画继》，潘运告主编，米田水译注：《图画见闻志・画继》，湖南美术出版社 2000 年版，第 269 页。

④ 宋代以李公麟、马和之为代表，元代以赵孟頫、吴镇为代表，明代以文徵明为代表，历代赤壁图的创作者多为文人画家。此外，李公麟的《孝经图》可看作是文人画家对经典的图像化表现。

⑤ 参见中国古代书画鉴定组编：《中国古代书画图目》，文物出版社 1996 年版；宋画全集编辑委员会：《宋画全集》，浙江大学出版社 2008 年版等。

⑥ 马远：《画水二十景・子瞻赤壁》。

⑦ 参见赵宪章：《语图互仿的顺势与逆势——文学与图像关系新论》，《中国社会科学》2011 年第 3 期，第 170 页。

贤、赵伯驹、赵伯骕、朱锐、杜莘老、武元直、吴镇、赵孟頫等，流传至今的画作有传马远《画水二十景·子瞻赤壁》、马和之《后赤壁赋图》（图5-3）、乔仲常《后赤壁赋图》（图5-4）、李嵩《赤壁图》（图5-5）、杨士贤《赤壁图》（图5-6）、武元直《赤壁图》（图5-7）、吴镇《后赤壁赋图》（图5-8）等。

图5-3　马和之　《后赤壁赋图》　北京故宫博物院藏

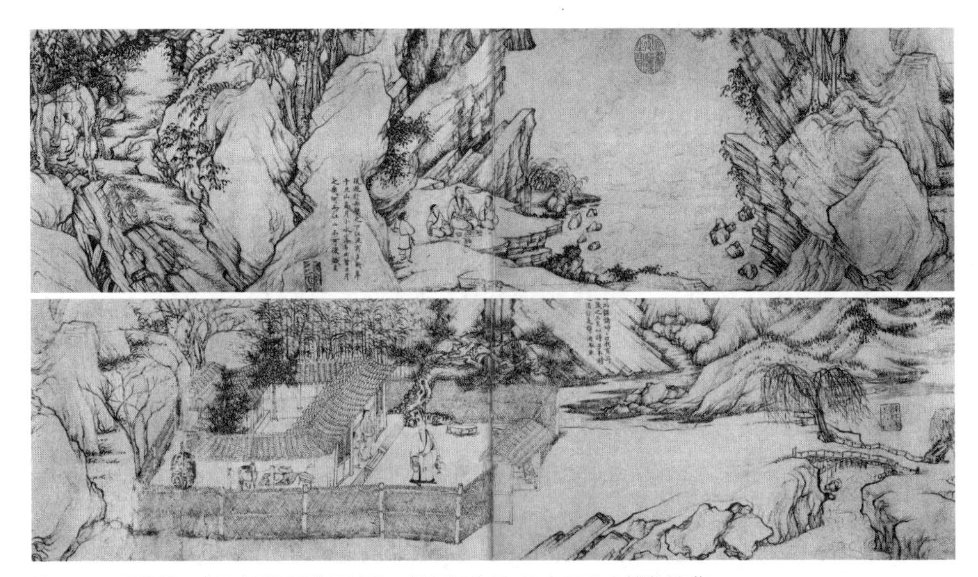

图5-4　乔仲常　《后赤壁赋图》（局部）　美国纳尔逊-艾金斯艺术博物馆藏

图5-5　李嵩　《赤壁图》　美国纳尔逊-艾金斯艺术博物馆藏

图5-6 杨士贤 《赤壁图》(局部) 美国波士顿美术博物馆藏

图5-7 武元直 《赤壁图》 台北"故宫博物院"藏

其中,《画水二十景》是马远对其画水法的总结和展现,作为其中一景,除"子瞻赤壁"是画家自题于画面上方左侧外,再无其他题跋文字。画面中的江水以勾描法展现出了苏轼前后赋文中"游于赤壁之下""风起水涌""水落石出"等文字片段。

马和之《后赤壁赋图》描绘了孤鹤"掠予舟而西"的场景,属于对苏轼《后赤壁赋》特定文字片段的图像化表现。据文渊阁本《四库全书·艺术类·南宋院画录》所述,"马和之《后赤壁图》,绢画一卷,画法简逸,意气有余。后高宗书《后赤壁赋》一篇,书法宗钟王二家",可知这是一幅早期的书画合璧的作品,是明代文徵明《前后赤壁赋书画卷》和清代唐泰《前赤壁赋书画卷》等作品的源头。

传乔仲常《后赤壁赋图》采用异时同图的方式,以柳桥、山树作为分隔符号,用九段画面再现了苏轼的《后赤壁赋》。这种方式下,画家可以通过全景式的构图描绘苏轼赋文的主要情节,九段画面都配有相应的原文文字,既是对画面内容的说明，也起到分隔不同画面的作用。画后有宋赵德麟跋文：“观东坡公赋赤壁，一如自黄泥坂游赤壁之下。听诵其赋，真杜子美所谓及兹烦见示，满目一凄恻，悲风生微绡，万里起古色者也。宣和五年八月七日德麟题。”又有齐可圣跋文：“老泉山人书赤壁，梦江山景趣，一如游往，何其真哉！武安道东齐圣可谨题。”

李嵩《赤壁图》是纨扇画作，采用南宋典型的“一角半边”式构图，右上角为赤壁的一段，左下角描绘了苏子与客泛舟的情景，画水法上与传马远《画水二十景·子瞻赤壁》类似，近景勾描，远景留白，极力体现水势的汹涌，并通过水势反衬舟中主客的从容淡定。

另有两幅佚名画作，一幅藏于北京故宫博物院，一幅藏于台北“故宫博物院”。这两幅佚名画作都是斗方，在尺寸、内容、笔墨等方面与传李嵩《赤壁图》非常相似，在设色、舟中主客的神态动作方面，又略有不同。

杨士贤《赤壁图》为山水长卷，充分运用三远法构图，近山陡峭，远山尖耸，从右向左，山势渐缓，水势渐阔，扁舟位于近山崖下，是“游于赤壁之下”图像化表现。这幅画作以“赤壁”为题，从笔墨语言上，看不出具体是对《赤壁赋》或《后赤壁赋》二者哪个的图像化表现，从画后的题跋诗文看，历代观赏者和收藏者的判断也矛盾重重。据元人马臻题画诗“一声鹤唳东方白”一句，可知马臻认为这是“后赋图”；据明人吴宽题画诗诗句“举酒试说曹征西”和文嘉草书《赤壁赋》，可知吴、文认为这是“前赋图”。

武元直《赤壁图》采用特定场景图像化的方式构图，描绘了“游于赤壁之下”的情景，是历代赤壁图中影响较大的一幅。与传杨士贤《赤壁图》相反，武元直画作中的山势、水势、扁舟都是自画面左侧向右侧发展，较合理地营造出江水东逝的视觉体验。画后有赵秉文依苏轼《念奴娇·赤壁怀古》韵所作的题画词：

清光一片，问苍苍，桂影其中何物？一叶扁舟，波万顷，四顾粘天无壁。叩枻长歌，姮娥欲下，万里挥冰雪。京尘千丈，可能容此人杰？

回首赤鼻矶边，骑鲸人去，几度山花发。澹澹长空古今梦，只有归鸿明灭。我欲从公，乘风归去，散此麒麟发。三山安在，玉箫吹断明月。

作为较早采用立轴方式的赤壁图，明代画家丁玉川的《后赤壁赋图》（图5-8），以“一角半边”的构图，描绘了孤鹤“横江东来”的情景，舟中二人仰头观鹤，一人平视前方赤壁。赤壁位于画面左侧，近山高而厚实，远山低而虚淡，凸显孤鹤的缥缈，孤鹤颈足皆伸，双翅展开，呈俯冲姿态，似乎是正要降低高度，掠过小舟。此画中的小舟改变了前代赤壁图的扁舟形制，明清一些赤壁图中的小舟即沿袭了吴镇的传统。实际上，以泛游为题的画作描绘蓬舟，丁玉川并非首创，至少可以追溯到马和之《诗经图·鄘国四篇·柏舟》处。此外，李清照“风休住，蓬舟吹取三山去”的诗句，也赋予蓬舟以随风飘荡的意趣。从这一点上说，蓬舟的自由自在也同样符合苏轼所言的“放舟”。

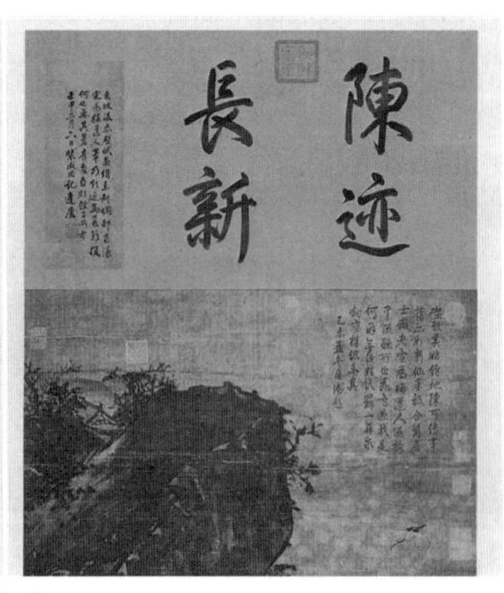

图5-8 丁玉川 《后赤壁赋图》 台北"故宫博物院"藏

画上有乾隆御书"陈迹长新",又有明代郁逢庆跋文:"东坡后赤壁赋图,卷绡断烂,都南濠定为梅道人笔。乃颇近马夏篱援何也?要其苍厚处,自非余子所有。壬申二月六日装成因记。逢庆。"画面右上角有乾隆御书题画诗:"磔烈奚妨纻地陈,可传事旧亦如新。仙乎只合髯居士,识者定为梅道人。返放中流听所止,飞鸣过我是何因?无须姓氏辨一再,求剑守株总未真。"

宋、金、元三代的赤壁图虽然数量不比明清,但规格相对较杂,基本上囊括了立轴、长卷、册页扇面等多种绘画形式,在构图方式上分化为异时同图和特定情景的图像化表现两种,在笔法、墨法上,能够比较细腻地通过水纹、石皴等技法表现出苏轼赋文对赤壁江山的描写。总体而言,这一时期的画作为后代赤壁图确立了基本范式。

二、明代赤壁图

明代是赤壁图创作的高潮期,从明初的郭纯到明末的张翀,创作者计 30 余位,在风格流派上可大致分为宫廷画、浙派和吴门三种。囿于篇幅,我们只能简要地列举几种有代表性的画家、画作。

就现有资料,明代最早的赤壁图出自郭纯和周文靖两位宫廷画家之手。从构图上看,两幅《赤壁图》尚未完全跳脱出"一角半边"的图式传统[①]。郭纯《赤壁图》又称《青绿山水图》,是他唯一一幅传世的作品。在风格上,郭纯应受元人盛

① 郭纯条:"有言其宗马远、夏圭者,上辄斥之曰是残山剩水,宋僻安之物也。"参见文渊阁四库全书本《画史会要》,卷四。

懋影响较深[①]。画面中的小舟，船身横江，船头指向赤壁，是对“泛舟游于赤壁之下”的极力强调，这样的经营位置，在宋金元时期赤壁图中较为少见。周文靖《赤壁图》中的蓬舟，应是承继传丁玉川《后赤壁赋图》的传统，值得注意的是，如果刘洋名的判断属实，那么在赤壁图像中描绘蓬舟应是始于周文靖。自此，蓬舟较多地进入明清诸赤壁图“泛游”情景。

除了宫廷画家外，明代早期赤壁图的创作者还包括浙派画家，较为典型的创作者是戴进。《前赤壁图》旧为清宫收藏，后为台北故宫博物院收藏，但未见出版。《石渠宝笈三编》有戴进《赤壁图》一种，款署“钱唐戴进写”，钤印一为“静庵”，另一印不可辨[②]。苏州灵岩山寺藏有明人仿本《赤壁夜游图》，呈现出一些浙派特征。这三幅画作，或不可查，或为仿作，皆难定真伪。此外，前文提及的吴镇《后赤壁赋图》本无款识，据考证为浙派画家丁玉川所作。除了这两位画家、画作外，浙派似再无其他赤壁图流传于世，遗憾的是，浙派赤壁图或多或少存在不确定因素，于此不作更多论述。

明代赤壁图创作主要集中在吴门画派，吴门赤壁图有以下特点。第一，倾向于前后赤壁图的合璧，代表性的画家、画作如沈周《前后赤壁图》、文徵明《前后赤壁赋书画卷》等。第二，倾向于诗、书、画合璧，代表性的画家、画作如文徵明《后赤壁赋书画卷》，文嘉《赤壁图并书赋》和文嘉、文彭《赤壁赋书画卷》等。第三，倾向于多人合作和反复创作。如钱穀有《后赤壁赋图扇页》，又与文徵明合作《行书赤壁赋补赤壁图卷》，与吴应卯合作《赤壁赋书画卷》等。第四，较之前代，出现了大量以扇面为载体的画作，如文嘉《后赤壁图扇页》、张翀《赤壁夜游图扇页》、张凤仪《赤壁图扇页》等。

周道振《文徵明书画简表》[③]，记录了文徵明六种赤壁图作品，另有多种画作见于《中国古代书画图目》《故宫书画图录》等文献资料，在历代画家中，他的赤壁画作在数量上是最多的，既有仿前人画作，也有与他人合作，更不乏独自创作。可以说，文徵明在一定程度上带动了吴门画家的赤壁图创作。文渊阁四库全书本《石渠宝笈》卷四十一记载了唐寅、仇英、文徵明三人共同创作赤壁图的情况：“明唐寅、仇英画前后赤壁二图，文徵明书赋。首幅素绢本著色画《前赤壁图》，款署苏台唐寅。末幅素绢著色画《后赤壁图》，款云吴郡仇英实父制。”相似的记录又见于《石渠宝笈》卷十六：“文徵明赤壁图，祝允明书赋一卷。”

《仿赵伯骕后赤壁赋图》采用异时同图的方式，将画面分为八段，每段画面皆无苏轼后赋原文相配。前四段，通过童子的肢体动作连接画面，后四段又以苏子的视线互相呼应。画后有文嘉跋文：“后赤壁图乃宋时画院中题，故赵伯骕伯驹

---

① 盛懋，字子昭。郭纯条：“郭纯山水学盛子昭。”参见文渊阁四库全书本《御定佩文斋书画谱》，卷五十五。

② 参见单国强：《戴进》，吉林美术出版社 1996 年版，第 83 页。

③ 周道振：《文徵明书画简表》，人民美术出版社 1985 年版，第 354—355 页。

皆常写，而予皆及见之，若吴中所藏则伯骕本也。后有当道欲取以献时宰，而主人吝与。先待诏语之曰：'岂可以之贾祸，吾当为之重写，或能存其仿佛。'因为此卷。庶几焕若神明，复还旧观，岂特优孟之为孙叔敖而已哉。壬申九月仲子嘉敬题。"可见，此画是文徵明为使苏州友人免于严嵩、严世蕃威逼而作，因是仿作，在整体构图上应与赵伯骕原画出入不大，但文徵明在创作之初也不是计划机械复制，而是"存其仿佛"。这幅画作中的建筑、树木、人物、山石等，都与宋代风格有明显的区别，应是文徵明的发挥。

文徵明《赤壁胜游图》(图 5－9)采用了类似于"一角半边"的构图方式，只描绘赤壁悬崖的下半部分。在水法上运用描水法结合留白法，极力表现江水的平缓宽广，是"清风徐来，水波不兴"的图像化表现。

图 5－9　文徵明　《赤壁胜游图》　美国弗利尔美术馆藏

文嘉、文彭、朱朗、居节、陈淳、钱榖等吴门画家都曾游于文徵明门下，在风格上深受其影响。钱榖《赤壁图》就采用了同样的"一角半边"式的构图，同样的笔墨语言描绘树石江水。类似画作又如藏于上海博物馆的文伯仁《前赤壁图扇页》《后赤壁图扇页》等。

仇英共有三种赤壁图流传于世，一为藏于辽宁省博物馆的《赤壁图》(见图 5－10)，一为藏于上海博物馆的《后赤壁赋图》(图 5－11)，一为嘉德 2007 年秋季拍卖会中的《赤壁图》(图 5－12)。

图 5－10　仇英　《赤壁图》　辽宁省博物馆藏

辽博收藏的《赤壁图》属于单一情景的图像化表现。与其他赤壁图不同的是，此画中的赤壁悬崖较为低矮，并略向左侧倾斜，通过崖顶横生的树木，与江中扁舟形成微妙的视觉平衡。上博收藏的《后赤壁赋图》也是单一情景的图像化表现，画家同样通过横生的树木将崖、舟联结。嘉德秋季拍卖会中的《赤壁图》，是

图 5-11 仇英 《后赤壁赋图》 上海博物馆藏

图 5-12 仇英 《赤壁图》 嘉德 2007 年秋季拍卖会

结合了泛游和临皋亭两种情景的图像化表现,画家通过画面中上部的留白,营造出一种朦胧缭绕的审美意境。

蒋乾的《赤壁图》描绘了孤鹤、蓬舟、赤壁、苏子与客等苏轼《后赤壁赋》的文学意象。然而,画家的构图并不是对后赋一个或多个情节的再现,而是发挥了自己的想象,营造了一种与苏轼原文审美意境相契的画面。画面中的蓬舟已经靠岸,孤鹤尚未飞走,苏子与客正在回家的山路上行进。这幅《赤壁图》的特别之处在于它既不拘泥于文学作品中的场景,又能符合文学作品的意境,与沈周《前后赤壁图》有异曲同工之妙。

在明代诸赤壁图中,我们选取了其中比较有代表性或比较特殊的作家、作品,通过描述和分析,发现这一时期赤壁图的构图方式在继承前代的基础上,又有一些新的变化,在笔墨语言的细节方面,也有自己的特点。但是,由于画派传统的影响,这一时期的赤壁图的图式在一定程度上呈现出了单一性和重复性①。

① 这种现象明显地体现在吴门画派,尤其受文徵明影响较深的吴门画家的画作中,主要指向那些对单一情景的图像画表现的赤壁图。

实际上，自明代中晚期开始，就有人质疑这种绘画对文学作品的无意义重复[①]，并批评赤壁泛游图式固化对山水画创作所造成的消极影响[②]。

三、清代赤壁图

这一时期的赤壁图在数量上呈现下滑趋势，见于资料记载的创作者有任颐、黄慎、王鉴、王翚、李杭之、高简、王梦龙、今释、杨晋、钱杜、吕焕成、方薰、张在辛、郑斌、唐泰、翟大坤等。纵向地看，清代的赤壁图有以下特点。第一，在构图和笔墨语言上，主要是继承前代而少有创新和开拓，且出现较多仿古人赤壁图的画作，如王翚《仿唐寅赤壁图轴》、徐坚《临唐寅赤壁图卷》、翟大坤《仿文衡山笔意》等。第二，出现了以"诗意图"为题的画作，如任颐《赤壁赋诗意图轴》等。

翟大坤《仿文衡山笔意》是清代画家模仿前人赤壁图的典型。虽然无法判断翟大坤具体模仿了文徵明哪一幅赤壁画作，但仅就笔墨而言，翟大坤画作中的树石、水法，与文徵明《仿赵伯骕后赤壁赋图》中的泛舟片段存在一定程度的相似性。

晚清任颐有《赤壁泛舟图》《赤壁赋诗意图》和《赤壁夜游图》三种赤壁图。《赤壁泛舟图》与《赤壁夜游图》两幅画作应是对"泛舟游于赤壁之下"这一情景的图像化表现，从笔墨语言可以看出，画家有淡化"赤壁"而突出"泛舟"的倾向。《赤壁赋诗意图》虽以"诗意"为题，其实也是对苏轼原文单一情景的图像化表现，具体地说，就是对《后赤壁赋》"划然长啸，草木震动"这一情景的图像化表现。

黄慎《赤壁图》是清代少有的有新意的赤壁画作。此画采用立轴的规制，突出了赤壁的高耸峭立，悬崖略向小舟方向倾斜的构图，应是前代赤壁图传统，但是黄慎对小舟以及舟中人物的细腻描绘，却是超越了前人的。首先，画面中的扁舟，是有篷的小舟，但其形式又不同于传吴镇、周文靖和仇英画作中的篷舟，而略近于蒋乾画作。其次，舟中人物只有两位，头戴东坡巾的自然是苏子，稍低矮些的可能是童子，与前代赤壁图中往往出现 1 至 2 位客人显出区别。最后，舟中人物都呈将起未起的半站立姿态，且二者视线完全不同，这是前代赤壁图从未描绘过的。

历代画家以苏轼前后赤壁赋为题的反复创作，是中国文学与图像关系史的盛事，这些赤壁图数量之多，不可能在此一一描述，实际上，美术史中的赤壁图像也不是仅局限于绘画，早在宋代，赤壁母题就进入了工艺美术视野[③]。我们通过

---

① 陈淳《赤壁图》跋文："余于赤壁未尝识面，乌能图之？客强不已，因勉执笔图"。此画现藏于日本大阪市立美术馆。

② 徐渭《似赤壁游》："一艇泛三人，多疑游赤壁。无处少江山，但无此好客。"参见《徐渭集》，中华书局 1999 年版，第 330 页。

③ 板仓圣哲著，张毅译：《宋代绘画和工艺作品中的赤壁图》，《上海文博论丛》2006 年第 3 期，第 55 页。

总结各历史时期赤壁图的特点，针对性地列举一些有代表性的赤壁图，管中窥豹，既是对赤壁图的宏观把握，也是深入研究的必要前提。

第三节 《苏轼回翰林院图》

明清画家多有以“东坡”为题的人物画创作，除了“东坡笠屐”外，又有一些“玩砚图”“题竹图”“博古图”等，比较典型的如明代陈洪绶的《东坡赏砚图》、明代杜堇的《东坡题竹图》以及清代萧晨的《东坡博古图》等。砚、竹、书，都是苏轼极喜爱的事物，相关的文字零散地分布于苏轼的文学作品或题跋诗文之中；苏轼赏砚、观竹和读书的故事，也被当时和后世的文人反复记录。以这三幅作品为代表的绘画创作，其题材虽然并不是直接地来源于苏轼某篇文学作品，但也与文学有千丝万缕的关系。事实上，以苏轼某一活动为题材的画作，在宋代就出现了，何充为苏轼画过写真①，李公麟也曾为苏轼画过“家庙像”②。此外，李公麟《西园雅集图》以绘画的形式，记录了当时文人雅集的盛况，其中就有苏轼的形象。这些画作中的苏轼多以文士形象出现，明代画家张路的《苏轼回翰林院图》则以历史画的形式，描绘了官员形象的苏轼，是苏轼图像母题的另一种类型。

相对于《雪夜访普图》等明代历史画而言，传张路《苏轼回翰林院图》（见图5－13）的名气不是很大，由于流落国外，尚未引起研究者足够的重视，对图像的解读，也尚未达成一致的意见，甚至对画题都有不同的说法。在《艺苑掇英·景元斋珍藏历代绘画专辑》中，这幅画被命名为《东坡玉堂宴归图》，认为“应是张路作品无疑”③。在湖南美术出版社《海外藏中国历代名画》中，此图被命名为《苏轼回翰林院图》，认为是传张路所画。在展开论述之前，有必要首先了解当下对于这一画作的认识和描述：

> 由于和王安石的矛盾，（苏轼）被朝廷贬谪，但不久又受重用，被皇上任命于翰林院。一夜忽然被宣仁太后召见，向他解释原委，并重申对他的信任，宣仁太后与苏轼都潸然泪下。尔后宣仁太后派人送苏轼回翰林院，并让侍从摘下自己座椅上方悬挂的一对金莲灯为他照明。此图表现的正是这一情节。图中主要位置是苏轼，一左一右两位侍从手持莲花灯，莲花灯亦安排在画面的醒目位置。苏轼在侍从的簇拥下缓步回宫，但仍恋恋不舍地向后回顾。画面无作者题款，传为浙派张路作。④

此图表现苏轼被朝廷贬谪后，又被召回翰林院，宣仁太后派人迎护的场面。

---

① 孔凡礼点校：《苏轼诗集》，中华书局1982年版，第587页。

② 颜中其编注：《苏东坡轶事汇编》，岳麓出版社1984年版，第127页。

③ 此图为高居翰收藏，景元斋即为高居翰藏画之所。参见《艺苑掇英》第41期，上海人民美术出版社1990年版，第2、30、58页。另，玉堂即宋人对翰林院的一种别称。

④ 林树中主编：《海外藏中国历代名画》（第5卷，明，上），湖南美术出版1998版，第180页。

图5－13 张路 《苏轼回翰林院图》 美国高居翰景元斋藏

图中主要位置为苏轼，左右两位侍从手持莲花灯为其引路。苏轼向后回顾，似有恋恋不舍之意。人物用线细利率直，略带速写之意，画面无款，传为张路作。①

在图像志层面上，研究者至少有三种论调。第一种，图像呈现了苏轼于夜间"回宫"的事件，"莲花灯"在一定程度上蕴藉了宣仁太后与苏轼的君臣情感。第二种，图像呈现了宣仁太后派人迎护从贬谪地回京的苏轼这一事件。第三种，即为《艺苑掇英》第四十一期描述的"苏轼在宣仁太后赐宴中归返寓所的情形"。无论哪一种论调，都认为苏轼是画面的主要人物，占据"主要位置"。这样的分歧，使我们不得不将图像放归于宋代的历史中，去考查和辨析画面中的器物、人物。

从构图元素看，《苏轼回翰林院图》以人物为主体，由树石、庭院、石桥、人物，以及仪仗、乐器、花灯等构成。人物计17位，分占三截画面。左侧人物两位，一位双手持钺，一位双手捧盘，与身后人物拉开距离，呈回望姿态，似乎是人群的引导。画面右侧，又有二侍从行于桥上，稍落后于身前众人。画面主体由十三位男女人物构成，十一位女性和稍消瘦的一位男性众星拱月般地跟随、围绕着另一位男性。十一位女性中，笼袖者一人，持灯者六人，吹笛者一人，弹琴者一人。被她们围绕着的位于画面主要位置的男性，神态高雅平和，左手自然下垂，右手提起

① 刘玉成主编：《中国山水名画鉴赏》第3卷，九州出版社2002年版，第254页。

身前衣带，正驻足回首，见出与后方男性人物的眼神交流，他冠后带子随头部转动，向左侧飘出。后方男性头戴乌纱官帽，身着官服，侧身站立，面貌恭谨，左臂弯曲，悬于胸前，躯干略向前倾，似乎正在谦恭地回应身前的男子。从人物姿态和所持物品上看，图像中的众人物似乎是在仪卫的引导下，趁着月色行进。

在画面左侧，两位仪卫身后，画家用浓墨点染近处的树叶，用淡墨点染远处的树叶。在画面右侧，二侍从身边，画家用淡墨点染出远处朦胧的树影。画面中段下部，画家用笔描出数枝枯槎。画面左侧，二仪卫身前，画家用浓墨皴出一方怪石和一节枯枝。浓墨、淡墨的合理运用，生成了一种朦胧的视觉体验，与女性人物手持的各式灯笼呼应，巧妙地刻画出了月色下的图景。从树木的荣枯情况，结合人物的衣着，可以判断画面中的季节应为春天或秋天。

综合以上描述和分析，结合画题，我们暂时将图像的题材内容作如下概括：在春天（或秋天）的月色中，苏轼在仪仗的引导下，在各式宫灯和乐曲的伴奏中，路过石桥，行进在返回翰林院的路途上。相关的基本史实最早出现于宋人笔记《随手杂录》之中：

子瞻为学士，一日锁院，召至内东门小殿，时子瞻半醉，命以新水漱口解酒；已而入对，授以除目：吕公著司空平章军国事，吕大防、范纯仁左右仆射。承旨毕，宣仁（即宋英宗皇后高氏）忽谓："官家在此。"子瞻曰："适已起居矣。"宣仁曰："有一事要问内翰，前年任何职？"子瞻曰："汝州团练副使。""今为何官？"子瞻曰："备员翰林，充学士。"曰："何以至此？"子瞻曰："遭遇陛下。"曰："不关老身事。"子瞻曰："必是出自官家。"曰："亦不关官家事。"子瞻曰："岂大臣荐论耶？"曰："亦不关大臣事。"子瞻惊曰："臣虽无状，必不别有干请。"曰："久待要学士知，此是神宗皇帝之意。当其饮食而停筯看文字，则内人必曰：'此苏轼文字也。'神宗忽时而称之曰：'奇才奇才！'但未及用学士而上仙耳。"子瞻哭失声，宣仁与上左右皆泣。已而赐坐吃茶，曰："内翰内翰，直须尽心事官家，以报先帝知遇！"子瞻拜而出，撤金莲烛送归院。子瞻亲语余如此。[①]

笔记所记录的，是苏轼任职于翰林院期间的事件，图像所呈现的，是这一事件中的一个片段。值得注意的是，笔记对于苏轼返回翰林院的事件或情形的描述，只有"撤金莲烛送归院"七个字，而图像蕴藉的信息则远远超越了文字的记述。可见，"苏轼回翰林院"这一场景，是画家根据历史事件而生发的艺术创造。

以金莲烛赏赐臣子，始于唐宣宗与令狐绹故事。叶寘《爱日斋丛钞》记述道："唐令狐绹为翰林承旨，夜对禁中，烛尽，宣宗命以金莲花炬送还，此莲炬故事之始。"《新唐书》更为详尽地描述了"送归"的情节：

"夜对禁中，烛尽，帝以乘舆、金莲华炬送还，院吏望见以为天子来。及绹至

① 王巩：《随手杂录》，见朱易安、傅璇琮等：《全宋笔记》第二编第六册，大象出版社2006年版，第58页。

皆惊。”[①]

唐宋两朝的翰林院都位于皇宫之内，也就是“禁中”[②]，同时，史料中的赐烛事件，都是发生于夜晚。这意味着在真实历史事件中，有且只有一位男性，因为没有哪一位官员敢于在不奉旨意的情况下行走于夜晚的“禁中”。结合这样的认识，如果说主要位置人物为苏轼，那么右侧的男性人物是谁，画家又为何要违背常理地描绘第二位男性人物呢？

自令狐绹之后，“赐烛归院”在宋代逐渐成为君主向臣子表示恩荣、礼遇和劝勉的重要形式。有学者统计，整个宋代，先后有十位大臣曾被赐金莲烛。[③]《宋史》记载了晁迥由“内侍”送归的情形：“诏令多出迥手。尝夜召对，帝（即宋真宗）令内侍持烛送归院。”[④]比较图像发现，画家似乎并没有描绘内侍这一人物形象。另一方面，《宋史》也并未明确说明苏轼的“赐烛归院”事件，究竟是内侍送归，还是令人送归，又或者是皇帝亲自送归。结合图像描绘的环境——禁中、深夜——可知令其他男性人物送归的可能性不大，这就为我们的解读提供了两种思路：第一种，画面右侧的男性人物为苏轼，正中的男性人物为皇帝；第二种，画面正中的男性为苏轼，右侧的男性为前来迎接的翰林院某院吏。

若第一种假设成立，则图像呈现了皇帝在赐予金莲烛后，又亲自送苏轼返回翰林院的事件。这种情节几乎是不可能发生在封建王朝中，同时，也缺乏史料佐证。若第二种假设成立，则图像呈现出某翰林院院吏迎接苏轼的场景。这是有逻辑漏洞的，因为迎接者应在被迎接者身前，而不是身后。

第一种假设符合逻辑，却不符合封建伦理；第二种假设符合画题，符合人物画传统，却有先天的逻辑漏洞，两难选择使我们不得不考虑其他的可能性。考察苏轼诗文作品，发现除王巩记述之外，在元祐二年（1087）十一月一日，他再次得赐灯烛：

微霰疏疏点玉堂，词头夜下揽衣忙。

分光御烛星辰烂，拜赐宫壶雨露香。

醉眼有花书字大，老人无睡漏声长。

何时却逐桑榆暖，社酒寒灯乐未央。[⑤]

“请郡”指请求外任，从诗题看，苏轼是因病请求外调，但未被批准。据孔凡礼注，翰林院双日锁院，单日降麻[⑥]。诗题中“十一月一日锁院”，暗指苏轼当夜有书写制诰的任务，而他创作这首诗的时间，是十一月一日子时之后，日出之前。

---

① 欧阳修，宋祁：《新唐书》，中华书局 1975 年版，第 5102 页。

② 宋代翰林院又有学士院、翰林学士院、玉堂等别称。据《东京梦华录》：“内诸司皆在禁中，如学士院、皇城司……”

③ 张彦晓：《宋代的赐烛之制》，参见《文史知识》2015 年第 2 期，第 42 页。

④ 脱脱等：《宋史》，中华书局 1977 年版，第 10086 页。

⑤ 孔凡礼点校：《苏轼诗集》，中华书局 1982 年版，第 1600—1601 页。

⑥ 宋代制诰用黄白麻纸书写。

"诏赐官烛法酒",是皇帝对苏轼的劝勉,可以驱寒暖身。微霰是雪花,词头即翰林院知制诰的俗称。前四句诗是说苏轼正在书写制诰,门外飘着雪花,这时,宋哲宗派人送来了宫烛、法酒给他照明、驱寒。

我们认为,《苏轼回翰林院图》应与这次得赐灯烛无关。首先,从文学作品的叙事逻辑看,苏轼此次得赐宫烛并不涉及从别处返回翰林院的情节。诗题中的"直玉堂""锁院",指明苏轼等一众官吏已经被锁在翰林院之内了。可见,此次得赐宫烛是皇帝安排他人直接送到翰林院苏轼处,而不是召苏轼面谈后,赐他带回翰林院。另一方面,苏轼此诗中的环境、人物、季节等,都与画作不符。第一,苏轼诗歌描述的情节发生于"玉堂"之内,无论是看到雪花,还是书写制诰,或是拜赐灯烛,都是翰林院之内的情景,而图像呈现的是路途中的情景。其次,诗题"书呈同院"表明当时还有其他同僚,图像中的人物以女性居多,而女性不大可能集中现身于翰林学士院。再次,"十一月一日""微霰"表明诗歌描写的是冬夜中的翰林院,而画家并未描绘雪景。

相比较而言,苏轼诗作中记述的得赐灯烛事件,距离图像更远,可以直接排除因诗作画可能性。回到史料,发现宋代官员在某些特定情况下是可以行走于夜晚的皇宫中的:

《宋史·职官二》:"凡拜宰相及事重者,晚漏上,天子御内东门小殿,宣召面谕(谓面喻掌翰林学士知制诰者),给笔札,书所得旨。禀奏归院,内侍锁院门,禁止出入。夜漏尽,具词进入;迟明,白麻出,阁门使引授中书,中书授舍人宣读。"①

《宋史·职官二》:"翰林学士知制诰……掌制、诰、照、令、撰述之事。凡立后妃,封亲王,拜宰相、枢密使、……加封、加检校官,并用制。"②

《宋史·列传第九十七》:"二年(此谓元祐二年),轼尝锁宿禁中,召入对便殿,宣仁后问曰:'卿前年为何官?'曰:'臣为常州团练副使③。'……轼不觉哭失声,宣仁后与哲宗亦泣,左右皆感涕。已而命坐赐茶,撤御前金莲烛送归院。"④

根据史料,官员只有在受诏时,才可以在夜晚落锁后往返于禁中的翰林院和内东门小殿之间。这里的官员,特指负责撰写制诰的翰林院知制诰。《宋史》中的"轼尝锁宿禁中",点明了苏轼当晚是在翰林院值班,意味着他应该头戴官帽、身着官服。与右侧男性相比,图像主要位置男性头上所戴,显然不是正规的官帽。

---

① 脱脱等:《宋史》,中华书局 1977 年版,第 3812 页。

② 同上,第 3811 页。

③ 此处存疑。按,苏轼于元丰七年(1084)三月接到汝州团练副使的任命,却未上任。元丰七年十月上书神宗,乞请于常州居住,元丰八年二月再次上书乞请于常州居住。元丰八年三月五日,神宗驾崩,次日下旨,允许苏轼所请,不久,朝廷再下旨意,任命他为登州太守。可知宣仁后所说的元祐二年的前年,也就是元丰八年,苏轼的确身在常州,官职却是汝州团练副使,只是未曾就职。

④ 脱脱等:《宋史》,中华书局 1977 年版,第 10811 页。

清代范玑曾说:“画人物须先考历朝冠服,仪仗器具。”[①]接下来,我们从图像出发,反观史料和文学,看一看画家笔下的器物、人物各有怎样的暗示。

一般情况下,大臣在接到皇帝的命令或任务后,往往是快速地予以执行。何以张路画作中的众人物,步态缓慢,神色从容,前有两位内侍持节引导,左右有数位宫女持灯照明,甚至有宫女操琴、笛伴奏?值得注意的是,在持灯的六位宫女中,有两位宫女将宫灯挑在肩后,且宫灯被幔布遮蔽,张路又为何要描绘这样的宫灯呢?

图像中可见的莲花型宫灯有两支,分别被两位宫女操持,位于占据主要位置男性的左右两边。可见这两支宫灯是用于照明的。值得注意的是,画面中又有两支被幔布遮蔽的宫灯,显然不是用于照明,分别位于人群首排和末排、人物行进方向的最右侧。由史料可知,金莲烛是皇家御用的器物,在“回翰林院”的具体事件中,则是宣仁后赏赐给苏轼的器物,代表了宣仁后和宋神宗与苏轼之间的相得和知遇。另一方面,得赏赐的大臣一般会立即使用宫灯,这一点,《新唐书》的记载很清楚,苏轼的诗作也可以作为旁证。也就是说,如果画面主要位置的人物为苏轼,那么画家似乎没有必要再描绘两支被幔布遮蔽的宫灯。

人群前方的两位人物,一位双手持钺,一位双手捧盘,回头观望,应该是负责仪卫的引导人员。在人群中,有两位女性,一人操琴,一人吹笛。《宋史》记载仪卫卤簿的条目繁多,现将与图像相关者列举如下:

1. 《宋史·仪卫五》:“宋制,臣子无卤簿。”

2. 《宋史·仪卫二》:“宫中导从,……司薄一人,内省一人,司仪一人,司给一人,皆分左右前导。”

3. 《宋史·仪卫五》:“矛四、戟四、钺四。”

4. 《宋史·仪卫五》:“歌工十八,……箫三十六。”

5. 《宋史·仪卫五》:“日常导从,殊无礼典所载公卿奉引之盛。”[②]

6. 《宋史·进书仪》:“乐人作乐,仪卫、仪仗迎引。”[③]

由《宋史》的记载,导从、乐人,以及钺、箫等人物、器物,都属于皇帝的仪卫卤簿,而臣子是不能享用的。如果画面主要位置的男性为苏轼,那么描绘这样的仪卫卤簿就有僭侈逾制的嫌疑,在明代的特定历史环境中,画家这样做的政治风险极大[④]。

综上所述,结合苏轼文集中关于吕公著、吕大防、范纯仁的三篇制诰,图像指

① 范玑:《过云庐画论》,参见潘运告主编:《清代画论》,湖南美术出版社2003年版,第210页。

② 1—5条详见脱脱等:《宋史》,中华书局1977年版,第3455、3386、3341页。

③ 脱脱等:《宋史》,中华书局1977年版,第2714页。

④ 明初有一些画家因画得罪,历史画创作尤为突出,典型者如赵原“图历代功臣,原以应对不称旨坐死”,事见明代王鏊《姑苏志》,又见于晚明王穉登《丹青志》等。有这样的前事,我们认为此图不会复蹈前辙。

向的是《宋史·列传第九十七》所记述的，发生于元祐二年（1087）四月四日晚间[1]的“赐烛归院”的史实。画家依据史料，发挥想象，以人物、器物、木石为主要构图元素，描绘了春夜月影中的宋哲宗、苏轼君臣，在仪卫的引导下，在各式宫灯照映中，踏着乐曲的节拍，路过石桥，缓步行进于返回翰林院路途的情景。其中，被幔布遮挡的宫灯和人群左右两侧的金莲烛，代表着君臣知遇的千古美谈；它们与苏轼对皇帝所表现出的恭谨，共同体现出明代统治者的政治需求，反映了明代历史画的创作情况。

通过史料、笔记、诗歌的记述，结合绘画笔墨语言的种种暗示，我们推断画面主要位置的男性是宋哲宗，右侧官员为苏轼。但是，必须承认的是，元祐二年，也就是苏轼“回翰林院”事件发生的当年，宋哲宗只有 13 岁，而画面主要位置的人物更像是一位年富力强的男性。我们认为，这样的人物造型，既是顺应人物画传统，尤其是帝王画像的传统，也是受明代特定政治需求的影响。

张路“写人物师吴士英，结构停妥”[2]。吴士英即吴伟，他“初学戴进，亦属南宋院体传派”[3]。可见，作为浙派后起，张路显然是继承和顺应中国人物画传统的。众所周知，相对于形似而言，中国人物画传统更看重传神，同时，在张路所处的时代，强调“像”的西洋人物画风气，也尚未对这一传统形成有力冲击。倾于浙派的孙钌对人物画和帝王画像的论述，在一定程度上能够体现中国人物画传统的造型特点：

“凡世所传人像多未必真，……南京帝王庙，系塑像，文皇髯亦不虬，梁武晚节乃老瘦，此状魁梧，安非中年像耶？隋文亦不细瘦，乃是像减小耳。”[4]

由此看来，首先，当时的人物画造型不必相似；其次，为了体现君权的神圣和君主的威严，帝王像允许进行一定程度的变形，比如将杂乱的须发理顺，又如将年老瘦弱的形象变作中年时期魁梧的形象。既然明代画论针对帝王像有这样的论调，那么画家顺应绘画传统而将宋哲宗画作年富力强的形象，也就有了理论的依据。

另一方面，明代历史画又带有一定政治色彩：“借古喻今、讴歌当朝，无疑起着美化、粉饰明代统治者的作用。……颂扬仁政、贤才……为当朝政治需要服务。”[5]具体到《苏轼回翰林院图》，则体现为宋哲宗的高贵优雅和苏轼对他的恭敬。顺应统治者的政治需求而改变了皇帝的体貌，并通过笔墨语言暗示君臣关系，正是明代人物画强调“助名教而翼群伦”[6]的体现，而作为“群伦”的重要部

---

① 三篇制诰和“四月四日”的具体日期，详见于孔凡礼点校：《苏轼文集》，第 1094—1096 页。

② 单国强：《中国美术史·詹氏小辩》，中国人民大学出版社 2014 年版，第 88 页。

③ 李福顺编著：《中国美术史》（下），辽宁美术出版社 2000 年版，第 499 页。

④ 潘运告主编：《明代画论·月峰画跋》，湖南美术出版社 2002 年版，第 98 页。

⑤ 单国强：《明代宫廷绘画概述》，《故宫博物院院刊》1992 年第 4 期，第 7 页。

⑥ 周积寅编著：《中国画论辑要画原》，江苏美术出版社 2005 年版，第 74 页。

分，君为臣纲则是明代历史画必须呈现的内容。在这种意义上，张路此图又与南宋《晋文公复国图》《雪天运粮图》《中兴瑞应图》等历史画见出区别。

至此，我们大致厘清了《苏轼回翰林院图》的人物和事件，倾向于将图像主要位置的人物判定为宋哲宗。画题的强烈暗示和历史的隔阂，使我们对图像的解码存在一定的困难。解码所面临的难题，在某种程度上是由明代人物画特有的顺应性决定的。一方面，画家顺应明代的政治需求，强调君臣纲常，体现“图君臣上下节义，则使人知忠”①的政治正确性，这同时决定了描绘宋哲宗形象的必要性；另一方面，将帝王安排在图像的主要位置，突出其精神气度，并与右侧人物的恭谨形成对应关系，也是人物画传统“尚有精神体态，谓有贵贱中外”②的要求使然。

小结

本章从诗意画的角度，围绕着图像中的苏轼，在美术史的语境中考查苏轼的文学作品和后人的相关题跋。诗意画是文图关系研究的重要课题，苏轼图像母题，尤其是基于“前后赤壁赋”的赤壁图，是诗意画的典型形式。历代赤壁图是对苏轼“前后赤壁赋”的多角度图像呈现，通过整理这些画作，可以较全面地了解和把握绘画呈现文学作品的方式方法，是深入研究的必经之路。另一方面，《东坡笠屐图》和《苏轼回翰林院图》又从贬谪和仕宦两个侧面，描绘了苏轼的人生经历，其中所涉及的苏轼诗文和后人题跋，体现了文学与图像间的互有、互仿和互证。这些材料贯穿了宋代以降的画家、画作，以及相关诗文记述，涉及山水画、人物画等画科，比较全面地展现了苏轼的文图思想和人生经历。

---

① 潘运告主编：《明代画论》，湖南美术出版社 2002 年版，第 357 页。

② 同上，第 326 页。

第六章　米芾与文人画观念

米芾是北宋时期个性独特，在书、画领域均有开流创派之举的一代宗师。米芾相关的艺术思想和实践在中国文学和图像关系史上具有关键性作用，米芾文图关系理论和创作实践也对宋代以后的文图创作产生极大的影响。此外，宋代及宋以后，以米芾为表现对象的绘画作品，如《西园雅集图》和《米芾拜石图》被反复图绘，其人其诗亦成为图像母题。

第一节　米芾其人其艺

北宋绘画是中国绘画史的分水岭。“自北宋起，在意识上，在作品上，山水画断然取人物画而代之，居于我国千年来绘画中的主流地位。”[①]宋以后的文人士大夫普遍地参与绘画创作，他们往往书画两栖，既是诗人，又是画家，“把绘画的地位提高到文人艺术的高度，以笔墨作为主观表现的新模式，建立起一种新颖、精到的与往昔的对话，以赋予绘画新的或政治、或智性、或伦理的内容”[②]。这种提倡以书法笔墨来表达自我的新形式，将绘画的性质由再现客观物象转变为表现主观心绪。诗意山水的出现，进一步促进了书画、诗画合一，将“书画同体”的艺术形式推向了高峰，从而构成了元代文人画的开端。而在这其中，北宋文人米芾则格外引人瞩目。

一、会心于禅，寄心于艺

米芾，初名黻，41 岁后改为芾，字元章，号襄阳，海岳等。晚年定居镇江，曾官至礼部员外郎，因礼部又称“南宫”，故而也被称为“米南宫”；其个性怪异，举止癫狂，遇石称“兄”，膜拜不已，又得名“米颠”。

米芾能诗文，《宋史·文苑传》中，他赫然在列，其诗词作品也得到了苏轼、王

---

① 徐复观：《中国艺术精神》，华东师范大学出版社 2001 年版，第 183 页。
② 高居翰：《诗之旅——中国与日本的诗意绘画》，三联书店 2012 年版，第 7 页。

安石等人的赏识推崇。苏轼曾评价他:“词韵高雅,形色增光,感服不可言也。”[①]“王安石尝摘其诗句书扇上”[②],宋葛立方《韵语阳秋》卷二云“米元章赋诗绝妙,而人罕称之,以书名掩之耳”[③]。米芾是北宋书家群体“宋四家”(苏轼、黄庭坚、米芾、蔡襄)之一,书法造诣高深。同时,在画坛上,米芾也是名声斐然,他所开创的“墨戏云山”带来了中国山水画的新画风。其自成一家的书画受到当时统治者的赏识,曾两度被宋徽宗诏为书画学博士;另外,米芾还是一位很有眼光的收藏鉴赏家,精于鉴别。其《书史》《画史》《砚史》等都是书画收藏鉴定研究的重要历史文献。米芾主要著作《山林集》一百卷已失传,现存仅有米芾之孙米宪收罗而成的《宝晋山林集拾遗》八卷,绍定五年岳珂辑佚而成的《宝晋英光集》八卷及补遗、附录一卷,另外,《全宋诗》《全宋词》分别收录了米芾的诗词作品。

米芾不仅是北宋最重要的书画家之一,亦是最异类的书画家之一,这从世人对其的称谓“米颠”中就可以看出。米芾之“颠”不仅体现在其现实生活当中,更是延伸到了诗、书、画、鉴赏等艺术活动中。米芾性格之癫,主要体现在三方面:一是明明为宋人,却偏偏冠服用唐人规制,引得人们啧啧称怪;二是其好洁成癖,如果说时时涤器具、巾帽少有尘、因洁癖放弃挚爱的上好之砚尚可理解的话,那么,以名段拂,字无尘的人为婿,洗去祭服藻火因而丢官[④]就真的让人不得不叹其痴绝了;三是其嗜古书画、砚、奇石如命,竟至于不能远离它们一刻,“米家书画船”时时随行,甚至不止一次地以死相胁,从而巧取友人所藏名迹。对于米芾,其好友蔡京曾有过恰到好处的评价:“芾人品诚高,所谓不可无一不可有二。”[⑤]

这种不肯趋众,不讲礼法的鲜明个性所引发的种种“颠”行,招致了世人颇多议论,褒贬不一,然而不可否认,正是他的这种狂放个性,促使其独特思想观念的形成以及艺术创作上的成功。在品画论人方面,即使是众口一词的问题,米芾也总是能提出与众不同的见解。对于其时已是声名大噪的前代画家,如吴道子、关仝、李成、范宽等人,他也是毫不留情,直陈己见,不畏权威。心眼高妙的他,重新发现和推崇山水画大家董源,可谓是其对于北宋山水画史做出的一大贡献。在书画创作方面,他打破传统,不拘形迹不落俗套。其书法超越时代,以古人为师,与古人为友,吸取众家所长,并在集古的基础上大胆创新,自创一体,艺术价值非凡;其绘画摒弃了前辈画家的勾皴程式,另辟蹊径,求变求新,最终创出了神闲意足的“米氏云山”。米芾独特的个性气质使其以天马行空的自由状态,脱

① 孔凡礼点校:《苏轼文集》,中华书局 1986 年版,第 1778 页。
② 脱脱等:《宋史》,中华书局 1977 年版,第 13124 页。
③ 葛立方:《韵语阳秋》,见吴文治编:《宋诗话全编》卷八,江苏古籍出版社 1998 年版,第 8213 页。
④ “有好洁之癖,任太常博士(崇宁二年,1103),奉祠太庙,乃洗去祭服藻火,而坐是被黜,然亦半出不情。”(庄绰:《鸡肋编》,见《宋元笔记小说大观》,上海古籍出版社 2001 年版,第 3980 页)
⑤ 潘永因:《宋稗类钞》卷三十三,清文渊阁四库全书本,子部第 1034 册。

出了前人的窠臼，突破了传统的艺术观念，从而在艺术史上拥有了其独特地位。

然而米芾之“颠”，并非天生之“颠”，这与其身世以及官场遭遇有很大的关系。米芾之母曾是神宗的乳母，因为这一层关系，米芾得以开始其官宦生涯，因此，米芾被说成是因母恩入仕，后来还因出身冗浊和平日举止颠黠而遭言官弹劾，被罢黜官位。蔡肇就曾指出米芾仕途困顿的原因在于其“举止颉颃，不能与世俯仰，故仕数困踬”[①]。这种困顿是令人十分郁闷的，郁闷无法释怀，米芾只能寄情于诗词，他很多的诗歌都表达了对于身世浮沉、时运不济的感慨，如《壮观》中“江山一世新，风雅六朝卑。对酒劝不饮，操怀谁与知”、《拟古》其二中“鹤有冲霄心，龟厌曳尾居”等等都是其壮志难酬、愤懑心情的真实写照。其实，米芾之“颠”表现了其对官场中所必须遵守的礼法容仪制度的不以为然，是对壮志难酬心绪的一种抒发和宣泄。

师晋是米芾之“颠”的另一直接来源。32岁时，米芾在苏轼的劝说下开始学晋。他不仅临摹二王书法，甚至连其书斋也取名为“宝晋斋”，他对晋人风度赞赏有加，在评张旭、怀素的草书时说：“草书若不入晋人格，辄徒成下品。”[②]在临摹二王书法的同时，亦受到王羲之、王献之等晋人纵意、洒脱处世态度的影响，开始刻意效仿晋人“风度”。“颠”字便是米芾得自晋人风度的自我表达，《清波别志》云“米元章风度飘逸，自处晋宋人物，然所为不羁，得‘颠’之名”[③]。程俱在其《北山小集》卷一六《题米元章墓》中赞米芾：“公风神散朗，姿度瑰玮，音吐鸿畅，谈辩风生，东西晋人也。”[④]在后人看来，米芾的精神风貌与晋人无异。

米芾之“颠”，与其所来往之人也有着一定的关系。米芾交游广泛，知己众多，自32岁与苏轼相交以后，二人信札来往不断，米芾受这位大文豪的影响很深。苏轼也是一位豪放之人，一肚子的不合时宜，其众多的诗歌作品佐证了这一点，他有大骂唐代书法家张旭、怀素的《题王逸少帖》“颠张醉素两秃翁，追逐世好称书工。何曾梦见王与钟，妄自粉饰欺盲聋”[⑤]的狂傲不羁，也有“一蓑烟雨任平生，也无风雨也无晴”的轻快潇洒。对于苏轼和米芾的颠，北宋刘克庄的两句诗“苏郎不醉常如醉，米老真颠却辨颠”[⑥]诠释得恰如其分。

另外，当时的禅师摩诘对于米芾的言行、人格、思想、书画技艺都产生过较大影响。蔡肇在所撰米芾墓志铭中提及其“少与禅人摩诘游，诘以为得法，其逝不

---

① 蔡肇：《故宋礼部员外郎米海岳先生墓志铭》，见张丑：《清河书画舫》，上海古籍出版社2011年版，第447页。

② 米芾撰，辜艳红点校：《米芾集》，浙江人民美术出版社2014年版，第221页。

③ 周辉：《清波杂志·附别志》，中华书局1985年版，第131页。

④ 米芾撰，辜艳红点校：《米芾集·附录2》，浙江人民美术出版社2014年版，第244页。

⑤ 苏轼：《苏轼全集·题王逸少帖》，上海古籍出版社2000年版，第314页。

⑥ 傅璇琮等编：《全宋诗》，北京大学出版社1999年版，第36278页。

怛，作偈语有伦”[①]，揭示出了米芾自少年起便与禅宗渊源颇深。米芾一生以禅为悦。这从米芾很多关于禅的诗文和生平事例中也可以看出来，如《方圆庵记》《天衣怀禅师碑》《净名》《十六罗汉赞》《临化偈》《米元章书山谷大悲证赞帖》以及《职方郎中刘泾》《紫金研帖》《书戒》《多景楼诗》等。定居润州时期，米芾曾建“海岳庵”，并有号海岳外史，在其人生的最后阶段，还曾表明来世愿入寺庙伽蓝的想法。终其一生，米芾都在不停参禅，禅宗是米芾“平淡天真”的思想根源，影响了其秉性与人格。随着禅修加深，他逐渐悟破红尘，看淡世事，对于天命、时运、人生有了深刻的体悟，即使是前期随身携带看得比性命还重要的宝晋斋收藏品也能放下[②]，即使是追求了半辈子的功名利禄也愿让之随风散去。

“如果说米芾及其书画活动是‘因缘’和合的结果，他迈往凌云、狂傲不羁的性情与官宦生涯中所积累的忧愤之气是其言行与书画实践及批评等面貌之‘因’，那么，其一生坚持的禅修则是其言行与书画实践及批评等面貌之‘缘’。”[③]狂傲不羁的米芾将自己的壮志难酬、胸中郁闷之气全部表现在“颠黠”的言行举止中，表现在那些豪放超逸的诗书画作品中。一生禅修的结果，使米芾终究获得超脱圆满，即使在现实生活中没有实现自己的雄心壮志，但在艺术世界中，他留下了平淡天真的书画“逸品”，在当时与后世宣示了其独一无二的价值。

二、米芾诗书画创作

（一）迈往凌云，奔逸绝尘——“以字为心画”的书法创作

米芾是北宋最著名的书法家之一，其书法影响深远，后世大书法家中，学米书者大有人在。明代董其昌《画禅室随笔》谓：“吾尝评米书，以为宋朝第一，毕竟出于东坡之上。”[④]苏轼《雪堂书评》云：“海岳平生篆、隶、真、行、草书，风樯阵马。沉著痛快，当与钟王并行。非但不愧而已。”[⑤]其书体潇散奔放，又严于法度，熔铸千古，风开百代，具有极高的艺术价值。

米芾一生的书法创作主要可以分为三个阶段，早期下苦功“集古字”，中期“远追魏晋”勤学二王，后期自成一家。米芾从幼年开始学书，从颜体楷书入门，循序渐进，广泛涉猎各家，据米芾自己和他人记述，他曾师法过的书法家包括褚遂良、周越、苏舜钦、李邕、沈传师等人，他“集古字”，认真钻研、艰苦磨砺，博取众

---

① 蔡肇：《故宋礼部员外郎米海岳先生墓志铭》，见张丑：《清河书画舫》，上海古籍出版社 2011 年版，第 447 页。

② “余家晋唐古帖千轴，盖散一百轴矣，今惟绝精只有十轴在。有奇书亦续续去矣。”（《画史》409 页）

③ 韩刚：《迈往凌云：米芾书画考论》，人民美术出版社 2010 年版，第 14 页。

④ 董其昌：《画禅室随笔·评法书》，江苏教育出版社 2005 年版，第 29 页。

⑤ 苏轼：《雪堂书评》，见张丑：《清河书画舫》，上海古籍出版社 2011 年版，第 454 页。

家所长，最后得以超脱于众家之外，自成体系。米芾之所以能达到常人所无法企及的书法成就，在于他勤奋刻苦、一日不落的练习，苏轼有诗云“元章作书日千纸，平生自苦谁与美”①。米芾也曾自述“一日不书，便觉思涩。想古人未尝片时废书也”②。业精于勤，米芾这般刻苦钻研各家书法的结果便是其临摹的书帖足以乱真，据传他经常借别人收藏的古帖临摹把玩，等到主人来取时，常常分不清真假。《宣和书谱》中也说，“好事簪缨之流，出其所有奇字，以求跋语，增重其书。而芾或喜之，即为作古纸临仿，便与真者无辨”③。

到了中期，在与苏轼相识之后，苏轼劝他深入晋人书法，多多涉猎古人真迹。于是，米芾潜心魏晋，开始大量搜集魏晋法帖，如王献之《十二月帖》等，欲学二王书风，入魏晋平淡。今传王献之墨迹《中秋帖》，据说是米芾的临本，形神俱佳，精妙至极。苦习二王书法，加之前期取诸家长处的书法积累，使得米芾的书法有了质的提高，这一时期是米芾书法创作的过渡期。晚年的米芾褪去了浮躁，对待书法的态度集中在一个单纯的“趣”字上：“学书须得趣，他好俱忘，乃入妙；别为一好萦之，便不工也。”④看淡功名之后的豁达，使得米芾立意于“趣”，追求“平淡天真”的书风，从而达到了他中期欲求而不得的豁然开朗、风流洒脱，完成了从“集字”到“终成一家”的最终转变。

米芾曾有“善书者只得一笔，我独有四面”⑤一说，其书法学古而不泥古，独辟蹊径创出了自己的风格，在“宋四家”中书法成就首屈一指。米芾的存世墨迹主要有《三吴帖》《砂步帖》《法华寺帖》《蜀素》《苕溪诗》《珊糊帖》《元日帖》《多景楼帖》《研山铭》《值雨帖》《虹县诗》《参政帖》《淡墨秋山帖》《中秋诗帖》《论草书帖》等。其中以行书作品最多，其次是草书，再者是真书，最后是篆隶。

《苕溪诗》与《蜀素》二帖是米芾中年的代表作，二者都写于元祐三年（1088年）。此时期是米芾摸索出书法门径的阶段，其创作亦日臻佳境。二帖分别以外拓和内按两种笔法写成，《苕溪诗》用笔厚重爽捷，洒脱豪达，内含筋力，牵丝与点画轻重悬殊，书风纯任自然，情重于法。《蜀素》帖写于宋代川中所织的绫素上，用笔清挺、精微、紧敛、遒劲，书风含蓄深沉，法胜于情⑥。由二帖意境格调可以看出书者自身的学养和气质。

从书法史上看，米芾行书对后世的影响很大。“元四家”，及明代祝枝山、董其昌、王铎等人都受到其书法风格的影响。米芾书法自明中期取得经典地位以

---

① 苏轼：《苏轼全集·次韵米芾二王书跋尾二首》，上海古籍出版社 2000 年版，第 354 页。

② 米芾撰，洪丕谟注：《海岳名言评注》，上海书画出版社 1987 年版，第 34 页。

③ 书画集成初编：《宣和书谱》，中华书局 1985 年版，第 284 页。

④ 米芾撰，洪丕谟注：《海岳名言评注》，上海书画出版社 1987 年版，第 39 页。

⑤ 书画集成初编：《宣和书谱》，中华书局 1985 年版，第 283 页。

⑥ 赵运虎：《窥米芾绘画“墨戏”，探〈苕溪诗〉、〈蜀素〉二帖书风》，《文艺研究》2008 年第 8 期。

来[1]，一直深受人们的喜爱与推崇，成为中国书法史上不可替代的杰作。在近年的多届全国书法展中几乎都能找到米家风格的影子。米芾的书法艺术，影响已经持续了近千年，且仍将不断地延续下去。

（二）烟云掩映，意似便已——另辟蹊径的“米氏云山”

从《宋史》列传记载其“画山水人物，自名一家，尤工临移，至乱真不可辨”[2]，《宣和书谱》也载“兼喜作画”[3]以及米芾《画史》中自述其山水云：“又以山水古今相师，少有出尘格者，因信笔作之。”[4]可以得知米芾不仅书法造诣极高，同时也是一位颇有成就的画家，且在画史上的地位是不可小觑的。

据研究，盛传为米芾所作设色纸本《春山瑞松图》（图6－1）也被人指为伪作（此画原藏于北京故宫，现存台湾），可以说，米芾本人已无画作存世。根据朱熹、张元干的《跋米元章下蜀江山图》，王恽的《跋米元章芦雁图》《南宫老仙雪山图》，元代吴海的《题刘监寺所藏海岳庵图》，顾瑛的《柯九思题米元章海岳庵图》等人的记载和题评，米芾或许曾作《下蜀江山图卷》《芦雁图》《老仙雪山图》《海岳庵图》等，但因年代久远，后人记载许有误差，已然无从考证。正如启功所云：“世传所谓米画者若干，可信为宋画者无几，可定为米氏者又无几，可辨为大米者，竟无一焉。”[5]

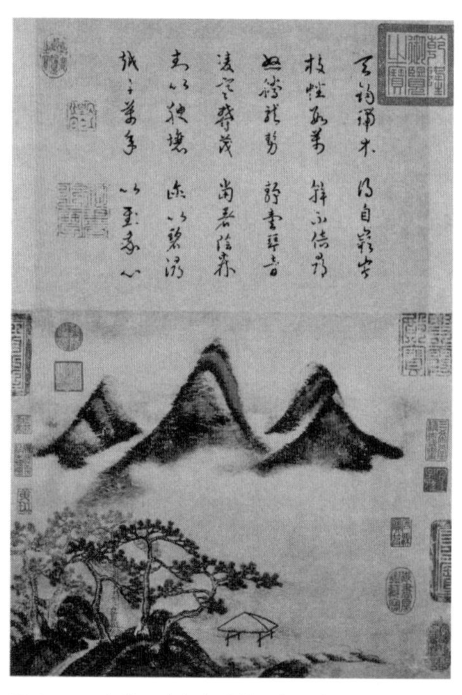

图6－1　米芾　《春山瑞松图》　台北“故宫博物院”藏

米芾是一位富有开拓创新精神、勇于变革画风的实践者。他长居镇江，近山临水，陶冶情操，以“畅神、怡情”为目的，于江南的烟雨朦胧之中，寻求着自己独特的艺术魅力。在创作方面，关于米芾山水画的技巧、笔法，我们无法亲眼见到，只能借助于当时和后世的记载。

---

① 李吾铭：《米芾书法的经典化历程》，《书法世界》2004年第11期，第37页。

② 脱脱等：《宋史》，中华书局1985年版，第13123—13124页。

③ 王群栗点校：《宣和书谱》，浙江人民美术出版社，第117页。

④ 米芾：《画史》，见王伯敏，任道斌主编：《画学集成》，河北美术出版社2002年版，第406页。

⑤ 启功：《启功丛稿》，中华书局1981年版，第289页。

北宋李彭有《赋米芾所画金山图》一诗“楚狂澹墨扫绢素，澄神卧游知所处”①，郭祥正有《题米芾山水》“远山浓淡几无影，远树高低略带行。不是模糊并纸败，无人知是米元章”②。张元干《跋米元章下蜀江山图》中云：“此老风流，晋、宋间人物也，故能发云烟杳霭之象于墨色浓淡之中。连峰修麓，浑然天开；有千里远而不见落笔处，讵可作画观耶！”③明代都穆题《米元章云山图卷》云：“米公之画世不多见，以予好之之笃，平生所阅仅三四卷，兹复获观是图，虽纸墨短少，而云烟模糊，山川辉映，有咫尺千里之势，知为米公得意笔也。”④董其昌跋《米南宫山林图》云：“观其纵横泼墨，师友造化，脱去《画史》廉纤，如达摩宗下之临济，诚为古今之冠。”⑤这些评价透露出米芾山水画“有笔似无笔”“以翰墨为戏”的高超技巧，自创“米点皴”，以墨代笔，从而“发云烟杳霭之象于墨色浓淡之中”，精妙地表现出了长江沿岸烟云幻灭的秀润景致。

“米氏云山”在技法形式上独具一格，打破了传统绘画的观念。最突出的就是其有墨而无笔，画中山水有千里之势，却不见落笔之处，可谓是气韵不凡、意超物表。从“风气肖乃翁也”⑥的米友仁之《云山图卷》《潇湘奇观图》（图 6－2）等传世作品中我们依稀能够领略到米芾“信笔作之，多烟云掩映树石，不取细，意似便已”⑦的独特神韵。

图 6－2　米友仁　《潇湘奇观图》（局部）　北京故宫博物院藏

米友仁，字元晖，系米芾长子，世称“小米”。书法绘画皆承家学，故与其父合称“大小米”。米友仁也作米点山水，其绘画代表作有《楚山清晓图》《云山墨戏

① 李彭：《日涉园集》卷六，见《宋辽金画家史料》，文物出版社 1984 年版，第 562 页。
② 郭祥正：《青山集》卷八，见《宋辽金画家史料》，文物出版社 1984 年版，第 579 页。
③ 张元干：《芦川归来集》卷九，文渊阁四库全书本（第 1136 册），第 659 页。
④ 吴升：《大观录》，全国图书馆文献微缩复制中心 2001 年版，第 389 页。
⑤ 董其昌：《米南宫山林图》，见张丑：《清河书画舫》，上海古籍出版社 2011 年版，第 458 页。
⑥ 邓椿：《画继》，见于安澜编：《画史丛书》第 1 册，上海人民美术出版社 1963 年版，第 19 页。
⑦ 米芾：《画史》，见王伯敏，任道斌主编：《画学集成》，河北美术出版社 2002 年版，第 406 页。

图》《潇湘奇观图》《远岫晴云图》等。

《潇湘奇观图》用淋漓水墨表现出苍茫雨雾中山水清虚飘渺的韵致。南宋关注题《米元晖潇湘图》云："米元晖作远山长云，出没万变，古未有辈，安得匹纸以尽其笔势之妙乎！至于林麓近而雄深，冈峦挺拔，木露干而想高茂，水见涯而知渺沵，皆发于笔墨之外，此常人之所难，元晖之所易也。"①钱闻诗《题友仁潇湘白云图》云："雨山、晴山，画者易状，唯晴欲雨，雨欲霁，宿雾晓烟，既泮复合，景物昧昧，时一出没于有无间，难状也。此非墨妙天下，意超物表者断不能到。"②无论是米友仁的"发于笔墨之外""意超物表"，还是米芾的"不取细，意似便已"，"米氏云山"的独创性便在于其对自然山水进行了一种全新的阐释与表达。"借物写心，超以象外"，其阐述了在绘画中占据主导地位的是画家的主观内在，而不是客观外在的题材、技法、画面等。正如元代吴师道《吴礼部集・米元晖云山图》中云："书法、画法至元章、元晖而变，盖其书以放易庄，画以简代密。然于放而得妍，简而不失工，则二子之所长也。"③

米芾的绘画理念是与其豪逸的书法作品追求相一致，与其迈往凌云、狂放不羁的性格相一致的。由其开创而由其子米友仁继承并发展的"米氏云山"，是文人山水的重要一格，"墨戏"思想更是对元代文人画产生了深远的影响。据记载，元代文人画大家倪瓒曾临摹过米芾的《海岳庵图》④；明代董其昌曾有"诗至少陵，书至鲁公，画至二米，古今之变，天下之能事毕矣"⑤一说。由此可见，米芾对于山水画发展史的贡献是不容置疑的。

（三）超然奇逸，词韵高雅——"语无蹈袭"的诗词创作

在文学史上，米芾的文学创作并不为人熟知，一方面由于米芾书画之名太盛，遮掩了其文学上的造诣；另一方面，米芾去世不久，其号称有一百卷的诗文集《山林集》于战火之中被毁，惜已散佚。后世虽有拾遗和辑佚，但仍不及原来十分之一，因而对于米芾具体的文学成就，我们已无缘考究了，只能从其存世诗歌作品中探得一二。

米芾的诗词作品，虽不及书画那般取得了高超的成就，却也是诗名在外，除去一些零碎的句子，根据《全宋诗》所录，米芾创作、题字的诗，约有258首⑥。同时代的名家对于米芾的诗词，都曾有过高度的赞扬，苏轼说米芾"示及数诗，皆超

---

①② 朱理存：《铁珊瑚网》，见卢辅圣：《中国书画全书》（第三册），上海书画出版社1992年版，第660—661页。

③ 吴师道：《吴礼部集》卷十八，见《宋辽金画家史料》，文物出版社1984年版，第583页。

④ 见于董其昌题米友仁《潇湘奇观图》之中。卢辅圣：《中国书画全书・郁氏书画题跋记》，上海书画出版社1992年版，第605页。

⑤ 董其昌：《画禅室随笔》，山东画报出版社2007年版，第153页。

⑥ 陶文鹏：《唐宋诗美学与艺术论》，南开大学出版社2003年版，第223页。

然奇逸，笔迹称是，置之怀袖，不能释手”[①]，对其诗作赞赏不已。王安石也曾因喜爱其诗，而将其书于扇面之上，能够得到这两位大诗人的赞扬，可见米芾在诗词创作上也是有着一定影响力的。

米芾的诗词作品从题材上主要可以分为四类：题画诗、论书诗、感怀诗与山水诗。题画诗主要是指以画为题而作的诗，米芾题画诗歌与画作的关联较为密切，诗中有对于画中景物的描写与再现，也有对画家的赞美和欣赏。主要有《题巨然海野图》：“江郊海野坡陀阔，林远烟疏淡天末。枰分蓁町暮潮生，星列渔乡夜梁活……”通过诗歌把一幅平远开阔的江郊海野图展现在读者面前。《题董北苑画》：“千峰突兀插空立，万木萧萧拥涧阴。日暮草堂犹未掩，从知尘土远山林。”山林幽邃，幽静森然，日暮之下门犹未掩的草堂，一幅别有野趣的画卷就恰到好处地展现在眼前。《题李成画》：“画号为真理或然，悠悠觉梦本同筌。殷勤封向青山去，要识江东李谪仙。”此诗题为论画，实则论人，表达了作者对于已逝画家李成的缅怀与追思。此外他还有《刘径收得梁武像见报余时在涟漪答以诗》《题嗣濮王芦雁二首》《题苏中令家故物薛稷鹤》《弈棋图歌》《题南昌县君临堰竹》等众多题画诗。

米芾论书诗的内容主要有以下两方面：一是品评他人及其作品。如题论二王之帖的《王略帖赞》《王羲之兰亭帖赞》《王献之苏氏宝帖赞》等，在论书诗中米芾赞颂了众多书法家的作品，如《咏晋帖》《黄龙真赞》《李邕帖赞》《题子敬范新妇唐模帖》三首、《题所得蒋氏帖》《智钠草书》等。除了赞扬以外，米芾的论书诗也常常表达批评，如评价唐人书法的《寄薛绍彭》中有“欧怪褚妍不自持，犹能半蹈古人规。公权丑怪恶札祖，从兹古法荡无遗”，这表现了米芾“卑唐”的思想，即使对自己曾师法的欧阳询、柳公权、褚遂良等大师也进行了毫不留情的批判。二是阐发自己的书法主张、创作态度。如《答绍彭书来论晋帖误字》：“何必识难字，辛苦笑扬雄。自古写字人，用字或不通。要之皆一戏，不当问拙工。意足我自足，放笔一戏空。”“意”“戏”字就表明了米芾书法创作中对于意趣的追求。

米芾的感怀诗作多抒发其在官场上的不得志，抒发对于时运不济的感慨与无奈。如《萧闲堂诗》：“吾生终不逢，二陵已相失。豢养走四方，公卿更绝迹。向老交渐稀，背憎十六七。”诗中杂糅着身世之思、世态之叹。还有借古咏今的《读杜甫集》：“自叹万古名，寂寞身后事。此老皇皇心，悬鹑破无里。”这首诗写于任职淮南期间，任上索然无事，米芾得以遍游当地山水胜景。游至嘉兴时，米芾于舟中读杜甫诗集，联想到自己的身世与遭遇，遂有感而发作此诗。米芾的失意情绪表现得最明显的当属《虹县诗》二首之一：“碧榆绿柳旧游中，华发苍颜未退翁。天使残年司笔砚，圣知小学是家风。长安又到人徒老，吾道何时定复东。题柱扁舟真老矣，竟无事业奏肤公。”时年米芾 56 岁，已然是“华发苍颜”，宋徽宗召任其

---

① 孔凡礼点校：《苏轼文集》，中华书局 1986 年版，第 1777 页。

为书画博士，想到自己年华已老，壮志未酬，只能以艺侍君，不禁心中苦闷，诗中遗憾之情溢于言表。

山水诗在米芾的诗词创作中所占比例最大，也是与其绘画联系最为紧密的部分。米芾一生四处做官，在任职之余又爱游历各地名山大川。他在遍游各地山水风景的同时，也留下了不少诗歌佳作。其早期作品《尧山》一诗："信矣此山高，穹窿远朝市。暑木结苍阴，飞泉落青翠。"描绘了尧山山清水秀的宜人风光。此诗作于其广东浛光县尉任上，当时米芾初入仕途，任职之余，游览了尧山。尧山清幽宁静、树木葱郁，犹如一幅远离尘嚣的秀丽山水画卷，米芾倾心不已。其在涟水任上赞盱眙南山的《都梁十景诗》在山水诗中最为著名。南山在今江苏盱眙境内，是自汴京水路去往江南的必经之地。米芾忽见挺拔俊秀的南山，甚是欣喜，赞誉其为"东南第一山"："京洛风尘千里还，船头出汴翠屏间。莫论衡庐撞星斗，且是东南第一山。"(《题泗滨南山石壁曰第一山》)此后，他又多次来南山游玩，留下了著名的《瑞岩庵清眺》《杏花园春昼》《玻璃泉浸月》《清风山闻笛》《龟山寺晚钟》《宝积山落照》《会景亭陈迹》《五塔寺归云》《八仙台招隐》，合称为《都梁十景诗》。诗人以十首七言绝句一一描绘了南山上的十处景色，高塔云影、西山月落、碧泉青苔、落叶韶光、累累怪石，米芾以画家之眼选取景物组合入诗，使读诗之人如入画境。

润州在米芾生命中占据着重要的地位，可谓是他的心灵憩所、灵魂归宿，其绘画、诗歌创作大多与润州有关。如《净名五首》，细致地描绘了净名斋的景色。如吟咏镇江城内望海楼的《望海楼》："云间铁瓮近青天，缥缈飞楼百尺连。三峡江声流笔底，六朝帆影落樽前。几番画角催红日，无事沧洲起白烟。忽忆赏心何处是？春风秋月两茫然。"正是在润州烟山云雨的熏染之中，米芾的"米氏云山"应运而生。此外，还有众多诗作作于此时期，包括《甘露寺》《萧闲堂诗》《早来堂》《登米老庵呈天启学士》《秋暑憩多景楼诗》等。

除了以上这些作于任职期间的咏景绝句外，米芾还有众多感怀天物、抒发性情之诗词。亭台楼阁、远山碧水、清风明月、秋林暮霞，皆为其山水诗所常吟咏。《江皋晚泊》："柳外舣舟晚，醉余双眼醒。水光涵一气，星彩动圆灵。炯炯月初上，翛翛风更泠。远山横秀碧，淡墨说吾经。"水光一色、炯月初上，风清星动、远山碧秀，诗人用一系列的自然意象铺开了一幅晚泊江皋的淡墨图卷。远山、寒水、晚霞、烟树是米芾山水诗中所常用的意象，其诗常采素淡之色，构造烟云淋漓、水月朦胧之诗境。如《赏心亭晚望》："晴新山色黛，风纵芦花白。"《净名二首》之一："山晚烟栖树，渔收鹭宿沙。曲生初月魄，远淡满川霞。"《过当涂》："鸥鹭寒依水，蒹葭静靡风。朝烟开雨细，轻素淡山重。"《秋山》："淡墨秋林画远天，暮霞还照紫添烟。"《周氏园居》："高花落落照轩明，沼水涓涓绕砌声。静里闻香醒倦思，雨中无事见闲情。"等等。

米芾的诗词作品不多，但是在其艺术创作中所占的分量却很重。论书诗和题画诗是直接与其书画创作相关的，对照其诗歌创作，能够更好地理解和阐释其诗书画之间相互牵连、相互影响的关系。另外，诗歌的风格和内容体现了作为书法家和画家之外的另一个米芾，将米芾诗歌创作与书画领域的理论主张相结合，可以帮助我们更完整、深刻地理解米芾。

第二节 米芾诗书画之间的关系

一、"脱俗不群""平淡天真"的诗书画一体

米芾诗、文、书、画样样皆通，非古非今，自成一体，在中国艺术史上大放异彩。他在诗书画领域极力冲破前人桎梏，在艺术理论和实践方面独具心眼的追求与思考也恰恰体现了其不受世俗束缚、创新求险的自由风貌。如果说，"脱俗不群"是米芾一生都在贯彻的艺术态度，那么"平淡天真"则是米芾始终都在追求的艺术理念。求新求异之态度与随意自然之思想的最终结合，便清晰勾勒出了米芾的艺术生涯。可以说，"奇险怪绝"是其"平淡天真"的前提，既达险绝，才可复归平正。

米芾为人狂癫，多有惊世骇人之举。其豪迈不羁、超然奇逸的性格使其在书画领域开一代之先河，做出了创造性贡献。而在诗歌创作方面，其亦是求奇求险，力求标新立异。学养深厚的苏轼晚年评价其诗文道："岭海八年，亲友旷绝，亦未尝关念。独念吾元章迈往凌云之气、清雄绝俗之文、超妙入神之字，何时见之，以洗我积岁瘴毒耶？今真见之矣，余无足言者。"[①]关于诗歌创作，米芾曾自述"老弟《山林集》多于《眉阳集》，然不袭古人一句"[②]，由此可见其对自身诗词创作数量、创作才能的自信。观其诗，突破常规、经奇蹈险是其一大特征。虽然作品不多，但奇险雄壮之风不减。

米芾赋诗绝妙，气势磅礴。葛立方评价其诗"殆出翰墨畦径之表，盖自迈往凌云之气流出，非寻规索矩者之可到也"[③]。如《东坡居士作水陆与金山，相招，足疮不能往，作此一寄之》："久阴障夺佳山川，长澜四溢鱼龙渊。众看李郭渡浮玉，晴风扫出清明天。颇闻妙力开大施，足病不列诸方仙。想应苍壁有垂露，照水百怪愁寒烟。"苏轼在金山寺作水陆法会，并邀米芾参加，米芾患足疮不能前去，只能在诗中用"长澜四溢""苍壁垂露""照水百怪"等一系列雄奇险怪的意象组合将普济群灵的金山寺水陆法会的盛大之势写出。为了刻意求新，米芾往往在诗歌中追求一种陌生化的用词用字。如"白盐赤甲龙虎趋"之"趋"字，"遗文何

① 孔凡礼点校：《苏轼文集》，中华书局 1986 年版，第 1783 页。
② 傅璇琮等编：《全宋诗》，北京大学出版社 1999 年版，第 36278 页。
③ 葛立方：《韵语阳秋》卷二，见《丛书集成初编》，商务印书馆 1939 年版，第 16 页。

崛奇，岱舆争屃奰"之"屃奰"，"嶕峣忆三休"之"嶕峣"，"阴崖谅潜虬"之"潜虬"，"况兹对众物，其致一揆收"之"揆收"等等。这些生僻难懂的字词是米芾为了达到"语无蹈袭"而刻意为之。不仅如此，他为了"不袭古人一句"，常常是剑走偏锋，多以丑陋少见的意象入诗，不惜破坏诗歌整体的美感，牺牲诗句的韵律感和节奏感，可见其追求狂放雄奇之良苦用心。

在书画方面，他亦是不落俗套，对于众口皆云的问题，他往往持不同看法，遗世独立，自有其风骨。在书法方面，最常用的品评标准是"俗"与"不俗"，坚决反对循规蹈矩之俗书，对于自己曾师法的前代大家也是毫不留情，《海岳名言》中有言"颜鲁公行字可教，真便入俗品"[①]。在创作中，米芾亦是用笔多变，依情而为，触处成妙，可以说是对于"不俗"的完美阐释。如其《吴江舟中诗帖》，笔画上下连延，用墨痛快淋漓，如行云流水，灵动优美，潇洒自然；其体势左右摇曳，浑然一体，不失磅礴之气，正是米芾自己所说之"刷字"。在绘画领域，《画史》对于当朝最为兴盛的北方画派持批评态度，认为其代表人物李成、关仝"俗气"。对于不被人们重视的画派与画家，他却不惜笔墨，对其"清趣""不俗"加以推崇和发扬。在创作上，其更是不拘传统，独创出了"米氏云山"，从而颠覆以往山水画传统，将文人画的进程向前推进了一大步。《清河书画舫》中评论米芾云："米南宫跅弛不羁之士，喜为崖异卓鸷、惊世骇俗之行，故其书亦类其人，超轶绝尘，不践陈迹，每出新意于法度之中，而绝出笔墨畦径之外，真一代之奇迹也。"[②]

米芾一生"以禅悦为乐"，追求其最钟爱的《净名经》所倡导的"平淡天真"之境界。这是他后期放下世俗官场，潜心于艺术领域从而取得独特艺术成就的伏笔。他将对于禅的深厚热爱以及在禅理中获得的生命感悟融入诗书画的创作过程中。在书法中，他天马行空，挥洒自如，不为任意一家所束缚，颇有舍我其谁的狂士之风；绘画上，亦是师法自然、笔墨随心，"米点云山"的水墨之舞、意似便已更能给人以一种超凡脱俗的禅趣，营造出了仙逸的意境；在诗歌中，会心于禅、寄心于诗，不仅写了大量与禅有关的诗作，更是将禅宗中有关生命的真谛糅合进其作品之中，使得诗歌更添禅意。"平淡天真"这一理念始终贯穿于其全部的艺术批评与实践当中。

米芾自述其山水画是"信笔作之"，脱出尘格。后人著述也多出此评，如邓椿《画继》中有一段关于米芾画松的论述："今古画松未见此制……以为繁则近简，以为简则不疏，太高太奇，实旷代之奇作也。"[③]王恽《南宫老仙雪山图》中"南宫玉堂春画晴，琐窗雾垂幽思清。先生胸次几丘壑，淡墨落纸诗无声"[④]；"米芾字

① 米芾撰，洪丕漠注：《海岳名言评注》，上海书画出版社 1987 年版，第 32 页。

② 张丑：《清河书画舫》，上海古籍出版社 2011 年版，第 449 页。

③ 邓椿：《画继》卷三，见于安澜编：《画史丛书》，上海人民美术出版社 1963 年版，第 14 页。

④ 米芾撰，辜艳红点校：《米芾集》，浙江人民美术出版社 2014 年版，第 274 页。

元章，山水学董源，天真发露”[①]；张羽“岂知南宫迥不群，一扫千古丹青尘。神闲笔简意自足，窈窕青山行白云”[②]。天真发露、神闲笔简都反映了米芾山水画写意不画形的境界，这说明米芾之画真正达到了他所提倡的“平淡天真”之境。

“米氏云山”追求的就是“意超物表”，不作精巧的细节刻画、没有细琢的山木树石，简单的笔墨晕染出云烟缭绕的江南水乡，一派平淡自然的风景。无论是对于自己绘画“不取细，意似便已”的自述，还是《画史》中对于董源山水画“不装巧趣”“平淡天真”的高度评价，对于李成、关仝、荆浩之“巧”“不真绝”的批判，米芾绘画实践、理论中最核心的观念始终是自然与天真。

《海岳名言》中，米芾曾说过：“心既贮之，随意落笔，皆得自然，备其古雅。”[③]他认为书写过程中，首先要心中有字，然后以意落笔，才得自然，单纯地写字传达不出真实的情感，而书法最重要的就是抒写个人的情怀，表现个人的情感。米芾在《答绍彭书来论晋帖误字》诗中有“意足我自足，放笔一戏空”两句。“墨戏”是米芾书法中最重要的创作手法，一个“戏”字不仅传达出米芾创作中的随意而行，也折射出米芾追求的是振迅天真的书风。《苕溪诗帖》作于元祐三年(1088)，是米芾行书作品的代表作，此卷运笔飞扬，结构舒畅。其用笔多变，起笔颇重而落笔迅疾，左右上下皆有不同，正、侧、藏、露各锋变化多端，提、按、起、伏超逸自然，潇洒爽利，沉着痛快。其结体舒畅，敛放自如，八面生姿，每字修长，摇曳生情，大小、疏密兼具，全幅灵巧多变，洒脱流利，随笔赋形，毫无刻意雕琢之感。整卷书风轻畅淋漓，天真自然。正合乎米芾自述的“借物写心，超以象外”“随意落笔，皆得自然”的思想。

不仅在创作上，在书法评价上，米芾最看重的评判标准也是“真趣”“平淡天成”。《海岳名言》中常提及“真”字，如：“沈传师变格，自有超世真趣，徐不及也”“颜鲁公行字可教，真便入俗品”“学书须得趣”[④]等。《书史》中有一段对唐人书风的批判：“挑剔名家，作用太多，无平淡天成之趣……大抵颜、柳挑剔，为后世丑怪恶札之祖，从此古法荡无遗矣。”[⑤]其中“挑剔”“作用太多”都是平淡、自然的对立。米芾强调书法创作最主要的是保持自然状态，反对一味地“用力捉笔”，追求一种自然的执笔姿势。把笔轻、手心虚，以便作书时不受束缚，能够任感情自由地流淌。他认为只有这样，才能做到使转纵横，才能自如地运用笔锋的不同侧面，从而写出振迅天真、出于意外的好字。米芾一生反对刻意做作，主张书法作品的真诚，提出书法要以“意”为主，张扬自身的个性，不要过度考虑外在因素，任

① 张丑：《清河书画舫》，上海古籍出版社2011年版，第461页。

② 张羽：《静居集》卷二，见《宋辽金画家史料》，文物出版社1984年版，第591页。

③ 米芾撰，洪丕谟注：《海岳名言评注》，上海书画出版社1987年版，第2页。

④ 同上，第24、32、39页。

⑤ 米芾撰，辜艳红点校：《米芾集》，浙江人民美术出版社2014年版，第216页。

意而行。《宣和书谱·米芾》云："晚年出入规矩，深得意外之旨。"[1]这"意外"之旨正是米芾一生书法创作中所追求的随意、天成之凝练，只有米芾能真正觉悟到这"意"到"意外"之妙，并在书法批评与实践中表现出来。

米芾平淡天真的艺术理念，与其诗歌创作也是紧密联系在一起的。诗歌与书法一样，都是抒发主体情感，是真实心绪的外现。米芾诗歌作品中多为抒发身世感慨的感怀诗和情满于山水的山水颂歌。

感怀诗是米芾一生坎坷仕途遭遇的真实写照。如前文所述的"向老交渐稀，背憎十六七"道尽了世态炎凉，"天运亦已广，四序或不周"是他对时运不济的无奈感慨，"鹤有冲霄心，龟厌曳尾居"是他在表明自己志向高洁。《周氏园居》中"高花落落照轩明，沼水涓涓浇砌声。静里闻香醒倦思，雨中无事见闲情"则表达了自己与落花流水之美景相伴的闲逸之情。《太常二绝》之一中："尘埃彻脑老侵寻，误入清流听八音。鱼鸟难驯湖海志，岸沙汀竹忆山林。"米芾自比鱼鸟，表明其厌倦尘世，欲归湖海的出世之志。米芾的感怀诗多是在抒发个人的真实情感，他并不像一般的文人那样试图掩饰自己向往官场的心志，反而大方地坦诚自己对于官场的痴念，他将自己的率直个性、狂放不羁寄放于诗作中，渴望能够遇到知己，被人提拔与重用。

山水诗无疑是米芾淡然天真生活态度的折射。米芾的一生，是奔波辗转于官场的一生，常常要赴各地任职，大部分时间，都处在旅途中，所创诗歌亦为途中所见、所闻、所感。寒山冷水、星空皓月、云烟朝霞皆成为其所诵。诗歌作品是其对生活经历的真实感慨，是个人情怀的寄托与承载，更是其"平淡天真"艺术观念的深度体现。诗歌语言流畅、自然，意境天真、闲远，诗境通画境，见诗若见画。米芾的诗歌创作与其书法、绘画创作一样，始终追求其诗中所述的"吟看飞鸟没，坐到夕阳时"的那种古朴天真、平淡自然的意境。

二、题画诗——写画中之景、延画之意境

题画诗在米芾的诗歌创作中所占比例不大，然有其独到之处。米芾的题画诗通常与画作本身息息相关，要么是描绘画中景物，诗的语言同画之语言交相辉映，塑造出完整的画面感；要么是阐释画中之意，诗歌丰富并延展了画之内涵，诗意与画意相融合。总之，诗歌是作为画中之景、画之意境的一种延伸。

作为画家的米芾，在鉴赏绘画作品时，能够敏感地抓住画中最具有阐释价值的部分，能够以绘画者的眼光去观照画面，领悟到画作的精髓，并用隽永的诗歌语言表达出来。因而米芾的题画诗中，诗与画相通，诗句往往是画面的再现，具有较强的画面感。《题董北苑画》"千峰突兀插空立，万木萧萧拥涧阴。日暮草堂

---

① 王群栗点校：《宣和书谱》，浙江美术出版社，第116页。

犹未掩，从知尘土远山林”中的“千峰”“万木”“草堂”“山林”是对于画面景物细节的描绘，近处的山峰树木、日暮下的草堂、远处的山林这三者构成了一个完整的画面，见诗若见画，几句诗便把董源的画作生动形象地铺现在读者眼前。《题巨然海野图》“江郊海野坡陀阔，林远烟疏淡天末。枰分蓁町暮潮生，星列渔乡夜梁活……”的前四句中，米芾就把一幕由宽阔的坡陇、疏远的林烟、晚潮、田野和渔乡组成的平远辽旷的江郊海野图展现出来。在米芾的题画诗中，常常用精练的诗歌语言来写景，“突兀”二字便写活了董源笔下的奇峰，读者眼前仿佛真有突兀之感，置身于千峰之中；一个“拥”字亦写出了萧萧林木之中山涧的湍湍而过，枯木的树枝随着水流正打着旋涡；“远、疏、淡”描绘了天边那若有似无的山林里缕缕白烟飘出的情景；“生”字表达了晚潮一波而来、一波又去的情绪，“活”正是夜晚田间那潺潺的水流声。米芾用简练的语言写出了饱满的景物，诗歌也更添韵味。

一首好的题画诗不仅能传神地写画景，更应当传画意。米芾的很多题画诗十分注重诗意与画意的融合，既对画中景物作真实的再现，又不仅仅止步于摹写景物，而更多地在于营造画之意境。《题董北苑画》中写千峰耸立、林木萧萧、山涧淙淙的整体之森然感，尔后是日暮下似掩非掩的草堂，远处天边淡漠如烟的山林给人之幽寂感，不仅用诗歌描绘了画中具体之实景，还将画之虚境展现在读者眼前，画中的景物在诗歌的描绘下，不再只是画家笔下构图的要素，而是饱含着深刻的情感，一草一木都充溢着诗意。再如《题嗣濮王芦雁二首》“偃蹇汀眠雁，萧梢风触芦。京尘方满眼，迷为唤花奴”“野趣分苕水，风光剪鉴湖。尘中不作恶，为有郢公图”，这两首诗的前两句都是描述画面，点出了水岸汀渚、风吹芦苇、鸿雁栖息，充满野趣的情境；后两句是咏叹人物的修养和情操。在米芾看来，这茕茕孑立、萧疏孤傲的鸿雁亦是人格精神的象征。

《题巨然海野图》一诗中，米芾不仅精准描绘了巨然画中之景，更是毫无保留地赞扬和推崇了画家，最后又结合自身，发出了苍凉之慨叹。诗中前四句写景，中间的大篇幅是在赞扬巨然此画的“意全万象无不括”，提到了桥堤边隐约的人物以及篱笆旁的牛羊，不仅说明巨然之工绝，也说明了米芾观画之细致；到了诗的尾声“楠盘疑是少陵宅，芦深恐有詹何客”引入少陵、詹何两位历史人物的典故，提升了绘画的历史感和时间感，用诗意渲染画意；诗的最后发出了“黄尘蔽天归兴结，时向虚斋一开涤”的感怀，米芾一生在官场浮沉，难免乌烟瘴气，展开此《海野图》，得巨然之清新自然，仿佛一切的污浊都能涤荡干净，此句是对画作内在意蕴的提炼与延伸。

米芾用诗歌来传达自己所体悟到的画外之旨，用诗歌的语言丰富和补充了画意，使得画作的内涵更为深刻。米芾的题画诗，以诗歌的语言将画中之景、画中之意以及画外之旨展现出来，是诗意与画意的完美结合，是文字对于图像的延续和升华。

三、山水诗与“云山”——文人山水的诗歌意境

钱锺书说：“自宋以后，大家都把诗和画说成仿佛是异体而同貌。”[①]“诗画一律”是宋代普遍的美学思想，这一方面是因为在宋代，文人们常常诗画兼修，像苏轼、文同、米芾，作诗的同时也作画，诗与画意境相通；另一方面，自五代至宋初，山水画空前兴盛，山水画在空间、时间的突破上亦影响到了诗人们，画家的思维方式、感觉以及技巧通常被运用于山水诗当中。反过来诗歌作为传统的观照内心、表达自我的言志形式，亦促使文人画家在山水画中强调对于个人主观意志的抒发，讲求于画中见我，传达个性，而不是作千篇一律的范式绘画。这样一来，宋代的山水诗出现了前所未有的绘画意趣，山水画中又浸染了诗歌之意，诗中有画，画中有诗。

“所谓诗画一体，从形式上来说，是指诗歌的语言和表现手法创造了具有画面感的质地，而绘画则是用笔墨线条点染了具有诗意的画面；从本质上来说，是指诗歌与绘画所表达的情志和思想有共通之处。”[②]米芾一生喜游山玩水，抒发情意之山水诗作众多，这些诗作是米芾“与世不能俯仰”的心绪外露，是寄托于山水的真实情感表现。米芾以其山水画家的独特视角去创作山水诗，其山水诗无论从意象、意境、表现手法来看，都可见出山水画的影响。

读米芾的山水诗，常能体味到“米氏云山”所独有的朦胧淋漓之感。米芾之画，不求形似，而重意似，不拘于对物象的精确描摹，逸笔草草，另有一种意韵，营造的是云雨变幻、烟雾茫茫之境。作画时入画的是江南朦胧的云雨、袅袅的雾气、幻灭的暮霞、素淡的远山、森郁的林木；写诗时也偏爱以水天一色、烟雨朦胧的晨景、晚景入诗，勾勒出江南沿江两岸秀丽的山、云、水、树。米芾的山水诗中有很多都是描写清晨、黄昏时分特定景致的，如《净名》“山晚烟栖树，渔收鹭褚沙。曲生初月魄，远淡满川霞”，《瑞岩庵清眺》“西山月落楚天低，不放红尘点翠微。鹤唳一声松露滴，水晶寒湿道人衣”；米氏父子多画江南淫雨霏霏、云雾缭绕、清润隐逸之山水，米芾之诗常写烟树迷离、水光潋连、出尘脱俗之景，如《赏心亭晚望》“晴新山色黛，风纵芦花白”，《五塔寺归云》“塔边云影任高低，闲逐清风自在飞”。米氏画中，淡墨云烟，一气呵成，画面景物连成一片，不对景物作细致精准的刻画，而是以墨一笔带过，只见云烟，不见山石（参见米友仁《云山墨戏图卷》《潇湘奇观图》）；米芾诗中亦是不作近景的具体描绘，只从远山、暮霞写起，全景掠过，而不为细节停留，如《秋山》“淡墨秋林画远天，暮霞还照紫添烟”，《过当涂》“鸥鹭寒依水，兼霞静靡风。朝烟开雨细，轻素淡山重”，《江皋晚泊》“柳外舣

---

① 钱锺书：《七缀集·中国诗与中国画》，上海古籍出版社 1985 年版，第 4 页。

② 刘晓成：《论米芾诗歌与其书画创作之关系》，浙江大学硕士论文 2011 年，第 23 页。

舟晚，醉余双眼醒。水光涵一气，星彩动圆灵。炯炯月初上，翛翛风更冷。远山横秀碧，淡墨说吾经”。

米芾似乎对清晨、黄昏的云雾幻灭、水光朦胧的情景特别钟爱，这与其开创“云山”中“烟云变幻、寒树迷离”所追求的“信笔作来，意似便已”的意趣是相通的。米芾不仅在诗中呈现画境，也十分注重在画中追求诗的审美意境，通常我们所见的“米氏云山”，山丘、树木都是被随意点染的烟云笼罩着，浓墨勾出的树枝和淡墨渲染的云气营造出韵味无穷的山水诗般的审美意境，呈现出若隐若现、脱俗隐逸之感。米芾诗中有此隐逸之情，米氏父子画中亦有此出尘之境。

除了诗画追求的隐逸意境相同，米芾的山水诗中，常常采用日落暮霞、远山秋林、寒水烟树等意象，这些意象是水墨山水中所常画的题材，是“米氏云山”中必不可少的景致。如《秋山》一诗中的前两句“淡墨秋林画远天，暮霞还照紫添烟”，秋林、远天、暮霞、紫烟这四个意象组合在一起，就正是一幅烟云幻灭、林泉幽壑的秋山图。《净名》中“山晚烟栖树，渔收鹭褚沙。曲生初月魄，远淡满川霞”，《望海楼》“几番画角催红日，无事沧洲起白烟”，“晚山烟树”“沙渚云霞”“红日”“白烟”等水墨画意象使得诗歌内容更丰富，并极具画面感，一首诗就是一幅有山有水的水墨画。作为画家的米芾敏锐捕捉到绘画意象，然后表现在其诗歌中，意象及其组合使其诗歌更加丰富立体。《五塔寺归云》“塔边云影任高低，闲逐清风自在飞。四海望遥人久渴，不成霖雨又空归”，《瑞岩庵清眺》“西山月落楚天低，不放红尘点翠微。鹤唳一声松露滴，水晶寒湿道人衣”。二诗中，高塔和云影，西山和月落两组意象组合在一起，使得诗中景物层次清晰，历历在目，犹如一幅别致的山水图式。

此外，在米芾的诗中，山是素淡的山，水是荒寒的水，如“鸥鹭寒依水”“轻素淡山重”；诗中采撷的意象色彩也多为素色，如前所引诗句中白烟、白鹤、鸥鹭、石堆、云影、芦花、细雨等。米芾山水诗中的浅色调与他所推崇的墨戏云山之素雅亦是相当契合的。米友仁《潇湘奇观图》中，丝毫不着重色，水墨氤氲出云山、雨雾，一派清新淡雅。黑、灰、白是他营造素淡山水诗的主色调，也正是其水墨山水画的主色调。而不着重色，平淡自然，又正是贯彻其一生的艺术创作态度。

四、米芾山水画中的书写性——以笔写物象，以墨为画魂

山水画到了北宋，已有江南董源、巨然一系之天真平淡，北方荆浩之飘渺雄伟，李成之墨法精妙，范宽之深厚灵动。米芾不仅收藏前贤画作众多，日益受到名画的影响，从而开始临摹习法，更是在临摹画作的同时开创了自己独特的绘画天地。书法家的身份使得米芾山水画中渗透进书法的笔墨思想和笔墨经验，其书法性用笔使得山水画进一步走向书写性。

书写性“是指源自书法审美理念和用笔规范，不涂不描一次成像的语言特

性,过程的时间性和笔迹的空间性同为有效语素。简而言之,即用笔方法清晰、过程明确,笔笔立得住,笔笔有形象”①。书写性意韵是水墨写意画中最关键的部分。书写性的特质使画者得以摆脱外在物象的束缚,从而更充分地表达主观心灵,绘画者能够更自由地抒发自身的情感、生命体验,绘画中的自我表达性大大增强。

绘画中笔墨因素的增加,这在苏轼、文同的“枯石墨竹”中早已有所体现,后世文人画多用书写性笔墨,元代黄公望有《写山水诀》,以“写”替“画”,清代《石涛画语录》中亦有“一画”论,将其视为亿万笔墨之根。由此可见,书写性在文人画笔墨语言中的核心地位。天然随意的“米氏云山”,正是精湛的书法造诣与深厚的绘画修养的完美融合,这是米芾对于文人画的发展做出的独特贡献。正如张郁乎先生所说:“山水画从此发生一个大的转向,这个转向是以回到董、巨的方式实现的,其倡导者是米芾,最终的完成者则是元人——元人的幽亭秀木,笔墨上的书法性意趣,都可以溯源至董巨、米芾。”②

书写性笔法随意自由,画者能够充分控制手中之笔,控制笔下的物象,虚实相生、动静结合,真正做到随心所欲,并能清晰地反映出画家的审美追求和修养境界。南宋赵希鹄《洞天清录》记载米氏画:“其作墨戏不专用笔,或以纸筋子,或以蔗滓,或以莲房,皆可为画。”③在这一记述中,从纸筋、蔗滓、莲房皆可以成为米芾的绘画工具来看,米芾的确是用墨的高手。书法中,米芾讲求的是随意落笔,字从于心;绘画中,米氏父子善于运用积墨、破墨、渍染、渲淡等多种笔墨技巧以达到云山空蒙、烟云变幻之画境。无论是他笔下模糊朦胧的江南云山,还是继承其画风的米友仁的《潇湘奇观图》,都是以墨为核心:墨迹渲染的浓淡有致的远山,卧笔横扫的山脚皴石,淡墨钩出的空蒙云雾,浓墨点出的树木,山石树木浑然一体,茫茫不可辨细真,整幅画作都给人以一种率意为之,水墨嬉戏之感。不惟求形似,不追求精确摹写的具象,不拘于实际景物的准确精致,而是草草而成、意似便已。兼具了书法的抽象性和自由性,情寓于物象又超脱于物象,这是米氏笔下的山水最大的特征。

书写性语言具有浓厚的抽象性意味,其不受客观对象的束缚,主观性较强,塑造了偏于符号化的形象,为绘画艺术开拓了更广阔的精神空间。米氏山水中,山常常是简单的三角图形,树常常是随意落下的墨点,显然已无具象山水中的写实描摹,而更偏向主观的抽象写意。米友仁《潇湘奇观图》描写的是江上的烟云变幻,是典型的米家手法,云是勾出来的,山用原始的三角形象征,用墨点点饰的岸边的树,只取物象简略之形,用水和墨把一切都推向远方。米芾的《珊瑚笔架

---

① 房俊焘:《书写性的价值》,《艺术百家》2007 年第 5 期,第 214 页。

② 张郁乎:《画史心香——南北宗论的画史画论渊源》,北京大学出版社 2010 年版,第 96 页。

③ 赵希鹄:《洞天清录》,见张丑:《清河书画舫》,上海古籍出版社 2011 年版,第 457 页。

图》(图 6－3)更为率意,直接用笔写出了整幅作品。笔架底座用行书写成,珊瑚枝用的是篆法,形式上具备画的特征,用笔却是书法的意味,卷中珊瑚枝的写意线条正是其行书飘逸秀劲风格的形象化再现。

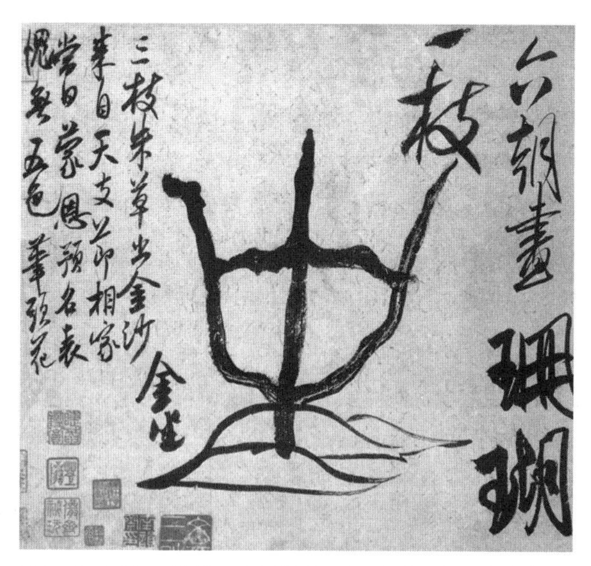

图 6－3　米芾　《珊瑚笔架图》(局部)　北京故宫博物院藏

在米氏画法中,物象都被抽象为一种形式,绘画所表现的就是一种抽象的形式美,无论是画的意象还是画的意境都是由形式构成,正如书法作品中字呈现出来的形式之美。符号化的形象背后,有着深刻的内涵,它表达的是作者的艺术个性与创造,无限的笔墨活力中传达出自由灵动的意趣,而这正是文人山水中不可或缺的人格内涵。米芾的画更多地是一种对于笔墨本体的回归,可称为“笔墨的表演”。他的每一根线条、每一个墨点都有自己的生命,都有别具一格的意蕴和趣味。这一画法是前所未有的,是米芾之变,正如董其昌所说“米元章作画,一正画家谬习”[①]。米芾这一“正”,让画家更多地回到笔墨自身,着眼于本体内心,使得画家得以摆脱外在物象的困束,从而达到生命的自省,更充分地表达内在精神。

米氏云山的“墨戏”理念,在文人画发展史上有着极其重要的意义。张元干在《芦川归来集・跋米元晖山水》中很好地阐释了墨戏的含义:“士人胸次洒落,寓物发兴,江山云气,草木风烟,往往意到时为之。聊复写怀,是谓游戏水墨三昧,不可与画史同科也。”米家墨戏说发展出了一种新的画意,成为元代文人画笔墨写意的重要取法资源,可以说米氏云山的墨戏思想对于元代文人画成熟的笔墨写意表现起到了重要的催化作用,这也是米芾虽无作品传世,却在画史上功不可没的原因。

---

① 董其昌:《画禅室随笔・题自画》,江苏教育出版社 2005 年版,第 173 页。

第三节　米芾的图像母题

一、《西园雅集图》

相传北宋元祐二年(1087),驸马王诜曾邀苏轼、苏辙、黄庭坚、米芾、李公麟等十六名士游其宅邸西园。松桧梧竹,小桥流水,极园林之胜;宾主风雅,琴诗书画,极宴游之乐。善画人物的李公麟为此次盛会作《西园雅集图》(图6-4),米芾为此图撰记,名为《西园雅集图记》。但因当时无文献确切记载,此图、此记甚至此次集会是否真有其事,历来是众说纷纭,莫衷一是①。

图6-4　李公麟　《西园雅集图》(局部)　台北"故宫博物院"藏

① 研究"西园雅集"的文章主要有:梁庄爱伦:《"西园雅集"与〈西园雅集图〉考》,《朵云》1991年第1期;徐建融:《"西园雅集"与美术史学——对一种个案研究方法的批判》,《朵云》1993年第4期。

根据后世记录和今人研究，关于“西园雅集”主要有以下几点。一、举行时间，主要有三种说法：一种认为雅集于熙宁至元丰二年之间举行；另一则认为雅集共举行了两次，除元丰年间外，元祐时期又聚会了一次；其三则此集会发生于元祐二年。二、举行地址，一直以来有两种争论：一种观点认为西园雅集只发生过一次，且就是位于驸马王诜府邸；另外一种认为雅集有两次，一在王诜之第，一在赵德麟府邸[①]。三、参与者，有十六人、十四人、十二人之说。据米芾记载，参与者共十六人：苏轼、王诜、蔡肇、李之仪、苏辙、黄庭坚、李公麟、晁补之、张耒、郑靖老、秦观、陈景元、米芾、王钦臣、圆通大师、刘泾。后两种说法变数都是在张耒、李之仪、陈景元、晁补之之间。四、李公麟《西园雅集图》及米芾《西园雅集图记》是否为伪托之作。

有关《西园雅集图》最早的记载见于南宋楼钥《跋王都尉湘乡小景》：“国家盛时，禁脔多得名贤，而晋卿风流尤胜。顷见《雅集图》，坡、谷、张、秦一时矩公伟人悉在焉。”[②]而传为米芾所作的《西园雅集图记》则始见于明代，至清才录全文[③]。“西园雅集”在不同的历史资料中有不同版本的记载，现不作详细考究。

宋代存世有三幅《西园雅集图》，一幅佚名，一幅传为李公麟所作，另外一幅为南宋马远作品。传为米芾的《西园雅集图记》是对李公麟《西园雅集图》的文字介绍。《西园雅集图记》对西园雅集这一事件中的人物、衣冠、坐卧神态及周围清幽旷远的环境一一记载，和《西园雅集图》形成了互文。如“孤松盘郁，上有凌霄缠络，红绿相间。下有大石案，陈设古器瑶琴，芭蕉围绕”“下有激湍潨流于大溪之中，水石潺湲，风竹相吞，炉烟方袅，草木自馨”等，“其着乌帽黄道服捉笔而书者，为东坡先生”“唐巾深衣，昂首而题石者，为米元章”等，是为景物、人物之绝妙小照。

元代姚文焕《题西园雅集图》中道：“宋家全盛日，戚里肃高风。四海才华萃，西园爽气浓。衣冠名教异，兴趣一时同。雅好随宾客，风流见主翁。珍藏出古物，能事竞新功。离席高谭永，行厨异味重。台池迷远近，杖屦任西东。竹色仍多碧，蕉花也自红。文章关世道，富贵感秋蓬。良会难为数，清欢未易穷。兰亭祓禊事，金谷绮罗丛。回首俱陈迹，君看画图中。”[④]“西园雅集”表现了北宋翰苑奇才的清旷之乐、高逸之态，后世文人纷纷摹绘《西园雅集图》以表景仰之情，特别是明清时期，社会动荡不安，封建统治专制严酷，文人画家们置身于黑暗的朝局之中，往往身不由己，只能在思想上追求苏轼、米芾、黄庭坚等文人偶像的高远

① 陆友仁：《研北杂志》卷上，中华书局 1991 年版，第 75 页。

② 楼钥：《楼钥集》，浙江古籍出版社，第 1348 页。

③ 米芾：《西园雅集图记》，始见于明贺复徵：《文章辨体汇选》卷五八四（四库全书本）。全文收录在清代湖北先正遗书本《宝晋英光集》补遗中。另，有观点据元人黄溍《述古堂记》（黄溍：《金华黄先生文集（四部丛刊本）》，记载北宋政和甲午（1114 年）郑天民曾经作过的《述古图记》与传为米芾所作图记相差无几，认为米芾图记为伪作。）

④ 陈邦彦等编：《历代题画诗》，北京古籍出版社 1994 年版，第 507 页。

淡泊、绝尘超脱，而宋代文人栖居的“西园”亦成为他们所渴望、向往的心灵家园。据记载，仇英、沈周、唐寅、陈洪绶、李士达、尤求、石涛、华嵒等人都有《西园雅集图》传世；在工艺美术中，其亦成为一个经典母题，后世的砚台、犀角杯、扇面、笔筒、鼻烟壶上都可见到《西园雅集图》的身影。随着“西园雅集”这一经典图式被后世画家反复描摹，米芾作为传说中亲临雅集并作图记者，其旷达天真的形象亦在被不断描绘，不断塑造的过程中，逐渐成为这一画题中的经典形象。

南宋马远存有《西园雅集图》(图 6－5)，又名《春游赋诗图》。此画的构图及造型，有着自己鲜明的个性追求。虽然以李公麟图为依据展开，但又不是原图中景象的再现。其画面中物象丰富，一树一草作细致入微的刻画，山石劲朗瘦硬，人物简洁生动，全一派江南风物特征，已不同于北宋末期李公麟的画风。在马远的画中，米芾的形象有所改变，其不再是昂首题壁，而是变成了挥毫作书，比李公麟笔下的米芾，似乎更有潇洒飘逸之风神。马远的画面中，人物形象更加凝练，事件更加集中，虽然主题是北宋的西园雅集故事，但实际此卷体现更多的已是南宋文人士大夫在艺术活动中的情貌风度了。

图6－5　马远　《西园雅集图》(局部)　美国纳尔逊-艾金斯艺术博物馆藏

明清仇英、华嵒等人的《西园雅集图》更多追求的是一种意境的表达。他们的画作多已无李公麟叙事性质图式的影响，其不再一一描绘人物，而更加注重造景立意，人物不止拘于一园，而更像置身山水之中，借以抒发自身对于自然山水、轻松闲适的向往。“苏轼、米芾们这种生活方式一直影响着明清文人。他们在思想上绝对做不到超然于尘世之外，只能在情感上、心理上憧憬，传统儒家思想常常使他们痛心疾首，这种责任感、使命感使他们不能绝对平静下来。所以，《西园雅集图》只能说是一个想象、一种向往，只能说是理想中的家园，使他们暂时地感到一种轻松与闲适，但那种抑郁思想时时地、隐隐地充塞于《西园雅集图》的完美的虚构境界之中。"[①]他们顶礼膜拜的是其求之不得的宋元文人一般流连于山水、寄情于书画的畅达生活。在这些画作中，米芾与苏轼以及其他众文人一道，作为文人生活的典范，成为明清画家精神家园中的一员，成为他们寄托情思的理想中的文人形象。

二、《米芾拜石图》

米芾一生放荡不羁，留下的奇闻异事众多，最著名的要数"拜石"了。米芾爱石，到了痴迷的地步，他在诗中曾自云"襄阳野老渔竿客，不爱纷华爱泉石"。《宋史》中就有米芾拜石的记载："无为州治有巨石，状奇丑，芾见大喜曰：'此足以当吾拜！'具衣冠拜之，呼之为兄。"[②]因整日醉心于奇砚怪石，以至于荒废公务，好几次遭到弹劾贬官，但他仍然迷石如故，对怪石顶礼膜拜。据《梁溪漫志》记载，他在安徽无为做官时，听说河边有一块奇丑怪石，当时人们出于迷信，认为其为异石，不敢妄动，而米芾听说后便命令衙役将它移进州府衙内，见到此石后，大为惊奇，跪拜于地，口称："我欲见石兄二十年矣！"后诗人周少隐过此地，见石有感，赋诗曰："唤钱作兄真可怜，唤石作兄无乃贤？望尘雅拜良可笑，米公拜石不同调。"[③]自此，米芾为石"醉"，为石"痴"，为石"癫"的典故便广为流传，他的痴颠中透露出的独特审美意识，恰恰与其倡导的自然、纯真的艺术审美观相呼应。"米芾拜石"的故事如其诗书画一样让人赞美，成为众多丹青高手笔下百绘不厌的题材。传世"米芾拜石"图有明末陈洪绶的《米颠拜石图》(图 6－6)、《米芾拜石图》，清代任颐的《拜石图》(图 6－7)，此外国画大师张大千、著名画家李可染也都画过米芾拜石的图像。

陈洪绶是明代晚期一位艺术风格独特、成就突出的书画大家。"深得古法，渊雅静穆，浑然有太古之风，时史靡丽之习，洗涤殆尽，至其力量宏深，襟怀高旷，直可并驾唐仇，追踪李赵，允为画人物之宗工。"[④]陈洪绶笔下的线条挺劲有力，常常以顿挫、流畅的线来勾描、塑造人物形象。他的人物画中，线型是造型的基础，人物的衣纹、头饰、胡须、毛发都用粗细不一、疏密有致的线条来勾画，于细微处传达人物的性格、神采等，十分具有个人特色。另外，他善于利

---

① 汤德良：《西园雅集——文人画家的理想家园》，《东南文化》2001 年 08 月，第 38 页。
② 脱脱等：《宋史》，中华书局 1977 年版，第 13124 页。
③ 费衮撰，骆守中注：《梁溪漫志》卷第六，三秦出版社 2004 年版，第 199 页。
④ 秦祖永：《桐阴论画》卷首，中国书店 1983 年版，第 5 页。

图 6-6 陈洪绶 《米颠拜石图》 嘉德 2010 年秋季拍卖会

图 6-7 任颐 《拜石图》 嘉德 2014 年秋季拍卖会

用方、圆等形式多变的几何式艺术语言来布局和造景，从而丰富和提升作品的表现力。《米颠拜石图》一轴中，陈洪绶用温雅浑厚的线条，用其特有的方圆图式语言塑造了上锐下丰、宽袍广袖的米芾形象。灵活的线描，如行云流水，收放自如，蕴含着优美遒劲的力度；方圆对立，色彩丰富，更突出卓越的造型布局能力。图中的米芾，已然不是我们所常见的那种温柔敦厚的文人形象，其拜石行为既体现了他桀骜不驯的独立性格，又寄寓了他对于人生、艺术理想的追求与探索。

另外，清代著名画僧石涛曾画过《米芾玩石图》。此图为石涛为数不多的人物画之一，表现了米芾豪迈不羁的情怀。上题“风流北宋米元章，迈往凌云气自昂。殿上挥毫天子下，华峰在西御称扬。几回拜石端袍笏，一弄空青舞袖藏。笑杀白头人爱写，想君当日癖难忘”。画中米芾长髯飘飘，潇洒不凡，手握奇石，揣摩玩味，逸趣盎然，此图此诗正是米芾玩石、拜石的真实写照。

任颐，字伯年，祖籍浙江山阴，清末著名画家。人物、花鸟画法师承“二任”，即任熊、任薰，也学陈洪绶。此外，他善于集各家所长，形成了清新活泼、生动多姿的画风。《米芾拜石图》在构图、技法和人物精神气质上都受到陈洪绶作品的影响。画中米芾宽袍加身，对一嶙峋怪石拱手作揖，洒脱中自有一股“痴气”。此图用墨酣畅淋漓，写实与写意结合，人物形象简洁传神。任伯年性格潇洒，无所顾忌，正如徐悲鸿《任伯年评传》所说：“伯年嗜吸鸦片，瘾来时无精打采，若过足瘾，则如生龙活虎，一跃而起，顷刻成画七八纸，元气淋漓。”[①]这幅画大约就是作于作者精神亢奋之际，此时，画内米芾与画外作者融为一体，才会有如此精神、如此痴态。

清道光七年，由孔继尧绘，石蕴玉正书赞，谭松坡镌苏州石刻像——《沧浪亭五百名贤像》，米芾为之一。米芾石刻像上赞的是“宋知淮扬军米公芾，嵚崎磊落，古之畸人，精书善画，旷然天真”。后十六字可谓是对米芾一生的真实写照，其情怀、其风骨都达到了后世多数文人所难以企及的高度。

小结

米芾的文图关系理论是植根于其具体艺术创作之中的，其诗书画在形式和思想上都是相融相通的。诗与书、诗与画、书与画，是其文图关系思想的重要组成部分。可以说，在“宋人尚意”的大语境之下，米芾又将这“意”向前推动了一格，诗心、画骨、书魂，浑然一体，相辅相成。

① 徐悲鸿：《徐悲鸿谈艺录》，湖南大学出版社2009年版，第99页。

第七章 宋徽宗及其诗、画实践

宋徽宗是中国文图关系史上的一个特殊人物，他不仅是北宋末期的君王，更是一个诗人、书法家和画家，并且在多幅绘画作品上以瘦金书体写有御题诗。在目前流传的多幅徽宗名下的画作中，有一部分作品非他本人所绘，如《芙蓉锦鸡图》。他的御题只是占有图像的一种方式。本章将梳理流传至今的徽宗绘画作品，简单考察其真伪，并着重讨论宋徽宗作为一个帝王的诗歌、绘画创作。徽宗作为北宋画面题诗实践的先导，其御题画和题画诗隐藏着独特的权利话语和君王视角。徽宗认为绘画最有价值的地方，就是其中的诗意以及画面叙述的巧妙性，而非仅仅是绘画技巧和写实能力。因而，他招考皇家画院画师，都是以诗句为题。绘画对于诗意的完美呈现，继徽宗之后，成为南宋甚至中国绘画最为根本的审美标准。可以说，徽宗以他的君王地位和权利，进一步促进了中国绘画对诗意的追求。

第一节 宋徽宗与画院的革新

一、“画院”历史及北宋画院的形成

宫廷美术的发展历史十分悠久，《庄子》中就有画史“解衣盘礴”的典故。政治统治者出于教化宣传、装饰娱乐及丧葬礼祀等需求，对于图像有着非常广泛的用途，这就需要长时间服务于宫廷的专职画工，尽管针对这些早期画工并没有健全的机构设置，在人身依附关系上也比较松散，但在职责功用上与后代画院画工基本相同。汉代之时，就有关于“应诏画工”的记录，如毛延寿、陈敞等；魏晋南北朝时期皇帝出于为宗教服务的目的更是大量的招募画师，我们所熟知的顾恺之、陆探微、张僧繇、毛惠远、展子虔、郑法士、董伯仁都是类似的“待诏”。文献中“画院”一词最早出现是在《历代名画记》中，在卷九“法明”传中写道：“法明尤工写貌，图成进之，上称善，藏其本于画院；后数年，上更索此图，所由惶惧，赖康子元先写得一本以进，上令却送画院。”不过此处所提“画院”与后世所形成的画院不同。文献载，唐代专门成立翰林院以供养各种文艺技工，《旧唐书》卷四三“职官

志”记载：“其待诏者有词学、经术、合炼、僧道、卜祝、术艺、书弈，各别院以各禀之”。其中“术艺”包含工艺、书法、绘画等方面，在现代传世的书画作品中我们仍可看到题有“翰林院”的文字，例如唐摹刻王羲之《十七帖》、凌烟阁功臣像等。唐代的“待诏”画师更是队伍庞大技艺超众，如阎立德、阎立本、僧法明、曹霸、韩干、边李等，吴道子与李思训也曾作画竞美于皇宫粉壁，而吴道子更是开收徒著述的先河。“待诏”画师的招募向自主培养的转变是画院机构成熟的重要标志。

在五代时期的后蜀、南唐相继成立翰林图画院。“明德元年(934)孟知祥在成都称帝，史称后蜀。他接过前蜀雄厚的绘画班底，首次创建了翰林图画院，这是中国绘画史上正式宫廷画院的开始”①。南唐中主李璟“仿效西蜀画院之制，于保大元年(943)亦建立翰林图画院”②，并以画工的不同职责进行了分类，设有翰林待诏、翰林供奉等职位。自此建制成熟的宫廷画院机构正式形成，后又经过北宋初期的发展到北宋后期徽宗朝时达到顶峰。宋徽宗即位之后就开始了对画院的革新，他依都省之建议将书法引入画院的日常学习之中，据《宋会要辑稿》记载，“朝廷图绘神像，与书一体，令附书学，为之校试约束”③。而后又将书画学归属到国子监的行政系统中，“修成书画学敕令格式一部，冠以崇宁国子监为名”。不但将画院的机构明确化，同时也提高了画院机构的行政地位，在选拔与考核画院学生和画家时采取以诗句为题作画的新形式。

之所以说宋徽宗时期画院制度达到了顶峰，有两方面原因。第一，就画院的建制方面看，宋徽宗时期的画院不但职位设置清楚，而且还能受到宋徽宗本人的直接选拔、召见，可以说北宋后期的画院在整个行政部门的地位达到了前所未有的高度，“本朝旧制，凡以艺进者，虽服绯紫，不得佩鱼。政、宣间独许书画院出职人佩鱼，此异数也。又诸待诏每立班，则画院为首，书院次之，如琴院、棋、玉、百工，皆在下。又画院听诸生习学，凡系籍者，每有过犯，止许罚直，其罪重者，亦听奏裁。又他局工匠，日支钱谓之‘食钱’，惟两局则谓之‘俸直’，勘旁支给，不以众工待也”④。其次，在北宋后期画院画家数量众多，而且画院作品在绘画水准上也达到了极高的成就，涌现出了一大批名家、名作，“有宋一代画院职人，字画史上可考的，竟达一百五六十人，当然失考的还很多”⑤。而推动北宋后期画院发展的最大因素就是宋徽宗对画院的重视。宋徽宗创设画学，援书入画并以诗句为题目考核画院画工，他以既有画院建制、绘画水准为基础，通过一系列新举措的实施，将北宋末期的宫廷绘画推向高峰。宋徽宗在绘画观念上的创新，

①② 王朝闻，邓福星主编：《中国美术史》第六卷，齐鲁书社2000年版。

③ 徐松：《宋会要辑稿》，中华书局1957年影印本，第2208页。

④ 潘运告主编，米田水译注：《图画见闻志·画继》，湖南美术出版社2010年版，第421页。

⑤ 滕固：《中国美术小史》，吉林出版集团有限公司2010年版，第113页。

引领了北宋画院的新思潮。《画继》载徽宗时期“始建五岳观，大集天下名手。应诏者数百人，咸使图之，多不称旨。自此之后，益兴画学，教育众工。如进士科，下题取士，复立博士，考其艺能”[1]。如若不是画工“多不称旨”，不符合宋徽宗的绘画艺术需求，那么就不会出现“下题取士，复立博士”的情形。上文对宋徽宗绘画思想来源的考证，对于理解其画院的革新将大有帮助，而在宋徽宗对画院的建设中，最具有艺术史价值的一个方面就是其以诗句作为画院画家考核的题目。

二、诗句与画题

有关宋徽宗以诗句考核画院画工在文献中有多处记载，包括《画继》《绘事微言》《清河书画舫》《御定佩文斋书画》《式古堂书画汇考》《萤雪丛说》等都有相关记载。其中《画继》记载为：“如进士科，下题取士，复立博士，考其艺能。当是时，臣之先祖，适在政府，荐宋迪犹子子房，以当博士之选。是时子房笔墨，妙出一时，咸谓得人。所试之题，如‘野水无人渡，孤舟尽日横’，自第二人以下，多系空舟岸侧，或拳鹭于舷间，或栖鸦于篷背。独魁则不然，画一舟人，卧于舟尾，横一孤笛，其意以为非无舟人，止无行人耳，且以见舟子之甚闲也。又如‘乱山藏古寺’，魁则画荒山满幅，上出幡竿，以见藏意。余人乃露塔尖或鸱吻，往往有见殿堂者，则无复藏意矣。”[2]

何以会出现以诗句为画院考试题目的现象？原因应该包含两个方面。从直接原因看，还是因为宋徽宗自己的艺术观念、偏好。诗画关系在北宋是一个流行的新艺术问题，郭熙、苏轼、李公麟、黄庭坚乃至米芾都关注并论述过这一问题。徐复观认为徽宗以诗为题是“因为在北宋时代诗画的融合，在事实和观念上已经成熟，所以在宋太宗雍熙元年(984)所设立的画院，至徽宗时，‘如进士科，下题取士’，即以诗为试题”[3]。宋徽宗作为一个才气横溢的皇帝，对于当时诗歌和绘画的融合倾向应该是非常敏感的。而画上题诗这一现象，在徽宗的实践以后，也沉寂了一段时间：“此种考绩，亦惟宋代画学有此，以后就不行了。”[4]从间接原因看，以诗为题的出现是因为绘画功能的转变，唐代开始出现以装饰为主要功能的花鸟画，经过五代画院的发展到北宋时已经形成一个稳定的传统，出现了许多知名的画家与作品。如果绘画还是停留在“成教化，助人伦”的社会功能上，表现题材很难与山水画、花鸟画结合在一起，山水画与花鸟画的呈现对象主要是来自自然界，对社会伦理的表现能力比较弱。最适宜表现社会伦理、具有教

---

①② 潘运告主编，米田水译注：《图画见闻志・画继》，湖南美术出版社 2000 年版，第 269—270 页。

③ 徐复观：《中国艺术精神》，华东师范大学出版社 2001 年版，第 292 页。

④ 滕固：《中国美术小史》，吉林出版集团有限公司 2010 年版，第 115 页。

化功能的绘画题材主要是人物画、故事画，这是魏晋南北朝以及唐代人物画发展鼎盛的主要原因。而人物画所绘内容因为其对道德教化的强调，和诗歌的抒情传统有差异。张其凤认为："宋朝自宋初画院录用新人，都是要经过考试的。但那时的考试，以其当时录用画工的目的是为了搞宗教壁画或先烈遗迹，自然不会用'诗句'这种只能使绘画完全摆脱教化色彩而向玩赏趣味功能转化的考试模式，宋中期，神宗时代大受推崇的郭熙也主持过画院考试，但他所出试题为'尧民击壤图'，就含有比较强烈的教化色彩。"[①]由此看，山水画、花鸟画释放了绘画的审美空间，使其一定程度上摆脱了社会教化的功能要求，在这个基础之上绘画与诗两种艺术趣味相融合，才可能出现以诗意作画，以及以诗为题的现象。

画史载宋徽宗偏爱唐人诗句："每召名公，必摘唐人诗句试之。"[②]事实也未必尽然，上文作为画院考试题目所出现的诗文并非全是唐人所写，"野水无人渡，孤舟尽日横"虽是从唐代诗人韦应物《滁州西涧》诗中的"野渡无人舟自横"一句化来，但此联为宋人寇准《春日登楼怀旧》[③]篇中一联。而在郭熙的《林泉高致》中则收录了韦应物的这句诗作为"有发于佳思而可画者"[④]。"乱山藏古寺"一句文献鲜有记载，不知何人所作；"竹锁桥边卖酒家"一句未知作者，载于《诗人玉屑》"妙入丹青摹写"章；"踏花归去马蹄香"一句传为杜甫诗歌，见于《草堂诗话》[⑤]；"万绿丛中一点红"可能出自王安石《咏石榴花》残篇——"浓绿万枝红一点，动人春色不须多"。通过梳理我们发现，被用作画院考题的诗句并非全部出自古人，也有宋人的诗句。画上题诗既然能以时人的诗句为考题，那么我们不禁会问，为何宋徽宗没有将自己的诗句拿来作为考题？从目前存世的宋徽宗诗歌记载来看，其数量也较为丰富，明毛晋编《二家宫词》收录包括《宣和御制宫词》在内的宋徽宗诗词三百首左右[⑥]，再加上散落于其他书籍的诗歌作品数十首，目前能见到的宋徽宗诗词不下四百首，既然其善作诗词，为何只取他人诗句作为考题？比较符合逻辑的解释就是：以诗为题的标准是诗歌本身的艺术价值和可绘画性两个方面都非常突出，宋徽宗认为自己的诗歌尚不符合要求。

这些诗句可分为两个特征。一是用词巧妙，如"深山藏古寺"句，"藏"字就

---

① 张其凤：《宋徽宗与文人画》，荣宝斋出版社 2008 年版，第 58 页。

② 唐志契：《中国书画全书（四）·绘事微言》，上海书画出版社 1992 年版，第 69 页。

③ 寇准《春日登楼怀归》："高楼聊引望，杳杳一川平。远水无人渡，孤舟尽日横。荒村生断霭，古寺语流莺，旧业遥清渭，沉思忽自惊"。

④ 郭思：《林泉高致》，见俞剑华编：《中国古代画论类编》，人民美术出版社 1998 年版，第 641 页。

⑤ "昔时曾从汉，濯锦江边醉几场。拂石坐来衫袖冷，踏花归去马蹄香。当初酒贱宁辞醉，今日愁来不易当。暗想旧游浑似梦，芙蓉城下水茫茫。"（《古今词话》）

⑥ "凡宋徽宗皇帝三百首，宁宗杨皇后五十首。徽宗卷末有帝姬长公主《跋》，称自建中靖国二年至宣和六年，缉熙殿所收藏御制宫词，共三百首，命左昭仪孔祯同嫔御章安恺等收辑，类而成书云云"。

将山与寺庙之间的关系拟人化了，巧用字词是其艺术魅力所在。但是仅就这句诗歌所描写的题材来看是我们每个人几乎都看见过——深山之中建有寺庙，如果不是以一种富有趣味的方式如“藏”字来描写，诗句会变得平庸，可以说这类诗句的艺术价值就在于语言的妙用。另一特征是叙事新奇，比如“踏花归去马蹄香”句，并非言辞上的活用，而是所叙事件的趣味，通过奔马马蹄上残留的花香来表现季节以及人物内心活动的特质是一个新鲜而富有趣味的角度。然而这种文学的艺术趣味（尤其是第一种类型）一旦转换为绘画就会丢失其本真，语言自身的艺术价值将会减弱，如莱辛所说“在他的描绘中我们所认为更难能可贵的那一面的价值就会消失，而剩下来的就只有价值较小的那一面了”①。

这些诗句还有一个共同的特质，即画面感较强，更多从视觉的角度来描述。诗句中的内容不是时间承续中的动作，而是相对的静态视觉画面，多用名词、形容词而较少用动词，如“野水无人渡，孤舟尽日横”“乱山藏古寺”“竹锁桥边卖酒家”“万绿丛中一点红”。这一点与莱辛在《拉奥孔》中所举例的诗歌的时间性有所不同，拉奥孔传说中的主人公在与蛇的激烈缠斗中身体运动形态丰富而极具变化性，这种瞬间动作的描述的确是绘画所难达到的。但是中国山水田园诗成熟之后，偏于静态的自然风光在诗歌中大量存在，绘画就与这一类型的诗歌在艺术趣味以及表现内容上取得高度的一致，苏轼所说的“诗中有画，画中有诗”正是在品鉴王维的诗歌时所提出来的。正是王维诗歌中对叙事具体时间性的超越，才会使得苏轼在品鉴其绘画时联想到其诗歌。需要注意的是，为什么这一命题的提出是在品鉴绘画时想到了诗歌，而不是相反的一种顺序。其中原因可能有两个方面，一是绘画中时间性的加强要比诗歌中图像性的强化更加容易被辨识，另一个方面，可能诗歌在古代艺术体系中居于比绘画更高的地位，话语弱势一方通过向强势一方的主动靠拢可提升自身的艺术性，“比肩文学中最具盛誉的诗词，意味着绘画和画家文化地位的提高”②。

我们再看一下，上述以诗句为题所描绘出的作品面貌如何。“野水无人渡，孤舟尽日横”一题“自第二人以下，多系空舟岸侧，或拳鹭于舷间，或栖鸦于篷背。独魁则不然，画一舟人，卧于舟尾，横一孤笛”，应当属于一小景山水画作品，水、岸、船、人等绘画符号是比较典型的宋元山水小品的元素。画面上也肯定呈现了诗句文字所没有涉及的意象，如水的元素，其中可能包含了未被文字呈现的波纹，岸边可能会长有各种树木或者草丛，甚至远景可能会出现隐约的远山。前文提到的赵令穰就以善画这种小景山水著称，与画院考试夺魁之作有很多相似之处，只是再补“一舟人，卧于舟尾，横一孤笛”，应当就比较接近当时的考试作品。

---

① 莱辛著，朱光潜译：《拉奥孔》，人民文学出版社 1979 年版，第 65 页。

② 杜朴、文以诚著，张欣译：《中国艺术与文化》，北京联合出版公司 2014 年版，第 239 页。

"乱山藏古寺"一题的夺魁者"画荒山满幅，上出幡竿"，这应当也是一幅山水画，"竹锁桥边卖酒家"与"万绿丛中一点红"的夺魁者作品也都是偏向于山水风景画的类型，"踏花归去马蹄香"的夺魁者则是鞍马、花鸟类题材的作品，而这其中并没有宋徽宗宣和画院所最具有代表性的花卉、珍禽题材。从中我们可以推测，在考官选择诗句作为考题时应当是有较为明确的目的，就是要避免传统宫廷画家只重写生形态的习惯，那我们不难想象以善于描绘花卉、珍禽形态的传统宫廷画家（如黄荃等）在这类考试中并无优势可言。这就传达了一种观念，在考官看来绘画并非只关注造型、笔墨问题，作品的立意和表现手法是更为重要的。宋徽宗在这里对造型与笔墨趣味的冷落与后世文人画对笔墨的追求是不同的，宋徽宗对诗画的理解是建立在其宫廷绘画既有基础之上的，也即宫廷画家大都具有较强的造型、色彩能力，与不求形似（一定程度上说是不能为形似）的文人画家是不同的。

如我们再进一步抽离诗句中所用的物象，将可以更加清楚当时的诗画融合状况。文献中记载的画院诗题中的诗句意象，主要包括水、人、舟、山、寺、竹、桥、酒家、花、马等，而这些物象同样是当时绘画中的常见题材。按贡布里希在《艺术与错觉》中所说的"制作与匹配"的关系原则，我们可以追问到底是因为画家既有的表现能力和惯例决定了诗句的选择，还是所选择的诗句决定了绘画的表现题材。很显然，以上所选择的诗歌都是比较容易用绘画的方式进行诠释的，静态物象多、激烈动作少，并且所描写的都是常见和常画的主题。由此可见，在选择可以作为考题的诗句时，考官就开始了以绘画的视角来衡量诗歌了，这是艺术史上一个重要的转折，尽管诗歌在艺术系统中仍然居于最重要的位置，在诗画融合中所表现出来的也是绘画向诗歌的主动靠拢。钱锺书《中国诗与中国画》一文曾经批评了这种标准的弊端，但是这也同时说明了这一种品评标准的流行和深入人心。诗画的融合过程是渐进的，最初是需要一个挑选的过程，首先实现点对点的连接，当艺术惯例形成之后，这种融合的面积就变得很大了，绘画不但可以跟容易入画的诗歌相融合，还可以更普遍地与抒情诗、散文、画论等形式的文字相结合，从宋徽宗所选为题的诗句中，我们也能看出诗画融合之初的特质。

三、诗题绘画的形意品评新标准

宋徽宗以诗句为题招考宫廷画家，在美术史上有重要的意义，其中最为主要的一条就是，这种考试形式创立了一种新的艺术品评标准。宋徽宗在评阅画作时以绘画如何巧妙切合考题诗句为标准。如文中记载在考试"乱山藏古寺"一题时，夺魁者因画"荒山满幅，上出幡竿，以见藏意"而成功，"余人乃露塔尖或鸱吻，往往有见殿堂者，则无复藏意矣"而失败，在衡量考试绘画作品时，夺魁者并非是因为其所画荒山、幡竿的造型准确，构图巧妙，笔墨趣味等绘画因素而成功，而是因其以幡竿对古寺的暗示而夺魁，失败者的作品则是因为视觉的直白，“往往有见殿堂者”，这说明在这种考试形式之下画作的品评标准并不是绘画技术技巧、画面的舒适美观，而是绘画对诗句的阐释方式，也即绘画的构思比表达显得更加重要。但是莱辛在论述诗画之间的界限时认为，在一般意义上“对于艺术家来说，我们仿佛觉得表达要比构思难；对于诗人来说，情况恰好相反，我们仿佛觉得表达要比构思容易”①。依照莱辛的观点，绘画如何表达，如何在视觉上使观者获得更多的审美愉悦是重要的，但是，在宋徽宗的画院考试中，绘画的视觉性并非最重要的。在宋徽宗看来，对考试题目更有创意的构思要比绘画技术的表达更加重要。如宋人俞成在《萤雪丛说》所说：“夫以画学之取人，取其意思超拔者为上，亦犹科举之取士，取其文才角出者为优。二者之试虽下笔有所不同，而于得失之际，只较智与不智而已。”②在其看来，画院考试重在“意思超拔”，与当时科举考试具有相同的品评标准，很显然这并非常规的绘画考试模式。再结合事例来看，在题为“万绿丛中一点红”的考试中，“众有画杨柳楼台一美人者，有画桑园一女者，有画万松一鹤者”③，这已经是巧妙地对诗句进行了绘画的阐释，不论是画杨柳楼台站立的女子还是桑园中的采桑女子，还是松林中的一只仙鹤，都并非对“万绿丛中一点红”诗句的直接表现，这几种创作理念都突出了“万绿”与“一点红”在视觉上的对比关系，甚至通过引入女性形象来体现红色的寓意，这已经可谓是极具创意。这种绘画品评，减弱视觉性的特征很显然，在画院考试中就是“不在画中考究艺术上之功夫”，而是以绘画对诗句的立意表达（对诗句的感想）作为评价标准。“作画者必须先理解诗文的微妙之处，评比中构思的新奇似乎比绘画技巧更重要。”④

需要注意的一点是，画院考试是一种特殊的创作情境，与一般的自由创作并不相同。以诗句作为画院考试命题的形式，本身就规定了绘画是阐释性的，给最终的品鉴设置了双向的标准：不但要从绘画技巧方面进行品鉴（前文所说绘画视觉地位的降低并不表示被完全忽略），而且还要看其构思“智与不智”，后一标准在文人手中被尽可能地放大，使得绘画成为一种文人“墨戏”，其游戏处不仅在于绘画造型与技巧，而是更突出地强调构思上的智慧。但一般的绘画创作并非都是命题创作，文字题跋以及绘画作品名称可能产生在绘画创作完成之后，自由创作一般是一种先图后款的创作顺序，往往是先将绘画完成再落款，文字在一定层面上是对图像的阐释，文字的意义受到了画面的影响；命题创作却恰恰相反，

---

① 莱辛著，朱光潜译：《拉奥孔》，人民文学出版社 1979 年版，第 65 页。

② 滕固：《滕固美术史论著三种》，商务印书馆 2017 年版，第 122 页。

③ 唐志契撰：《绘事微言》，人民美术出版社 1985 年版，第 115 页。

④ 杜朴，文以诚著，张欣译：《中国艺术与文化》，北京联合出版公司 2014 年版，第 241 页。

文字先于图像存在，文字的内容对绘画的观看产生了影响，图像对文字的阐释技巧在品评中占据了重要的地位。绘画题有诗文后来成为中国画鉴赏的一种惯例，观者在欣赏中国绘画时不仅要看画面形象还要阅读其画上题跋，欣赏分为两个部分，也就是说中国传统的文人画审美系统并非单纯的图像解码，同时也是诗意解读。

因此绘画作品上的文字题跋就变成了创作的必要成分，在阐释创作的意图时以还原创作情景为目的的画中文字要比画面内容更加具有说服力的。比如齐白石所作《蛙声十里出山泉》，如果仅就画面自身来看，这是一幅画有山水与蝌蚪的作品，在就绘画形式语言上说，山体与蝌蚪之间的互动关系也多不合视觉的要求，但是在其具体的创作情景中，这的确是一幅成功的作品，就是因为其对绘画主题的表达给人以意想不到的新奇感，以游向远处的蝌蚪暗示了蛙声的存在。当然在大多数情形下文本往往是后于画面产生，但由于文本叙述的明晰性是强于绘画的，这就使得文本为欣赏品评提供了一个角度，绘画与文本之间的表现内容匹配方式也成为欣赏绘画的一个重要方面。而两者的错位恰恰能形成新的趣味，在这个错位的钟摆之中过于重合或者过于偏离都无益于提高艺术表现能力。中国美术传统或许自身内部就暗含了这种形式，但宋徽宗以诗句作为考核画院画工明确地确立了一种范式，美术作品可以通过画面与文本之间的错位来提升趣味表现力。

宋徽宗在画院之中开设“画学”，直接促进了北宋后期院体绘画的成就，其援书入画、以诗为题的措施是意欲提升画家的文化修养，并期望通过对画家综合艺术修养的提升来提高其绘画的品格，在表现技巧的基础上来提升绘画的构思立意。宋徽宗立足于绘画的角度所进行的诗画融合，不同于以文人的角度所追求的诗画融合，前者是从绘画内部出发主动寻求助力以提升自己，根本的着眼点还是在绘画本身；而王维、苏轼、黄庭坚、米芾甚至是后来的赵孟頫、董其昌等文人本不是画家，其人生的精力也并没有过多地投入到绘画上，他们的绘画作品多是“诗余”的产物，可以说他们出发点与着眼点都并非绘画。尽管两者都关注诗画问题，但是立足点的不同也会导致最终观念的不一致。纵观宋徽宗的作品，他从未放弃对形态描绘的追求，也未走向如赵孟頫那样对书法用笔的追求，他对画院的革新也只是在既有的基础之上强调绘画在创作立意上的重要性，通过对诗歌的引入而提升绘画的趣味性。在这个过程中，绘画的造型仍旧占据重要的位置。这一点与苏轼等人所追求的纯粹笔墨趣味与“墨戏”精神并不相同。但是在宋南渡之后，尽管画院依旧存在徽宗朝的画院画家，而“画学”却未延续下来。“‘画学’的命运，随着北宋的灭亡也就结束了，前后共二十多年的时间。”[①]不过北宋末期的一些画院画家依然在南宋画院供职，在一定程度上保留了宋徽宗时期的

① 令狐彪：《关于宋代“画学”》，《美术研究》1981年第1期，第88页。

绘画观念。李泽厚在其《美的历程》中就提出，南宋山水画注重对自然对象的截取，就是受到诗意入画的影响。南宋院体画家的绘画实践又直接影响了元代以及之后的艺术创作。宋徽宗本人由于身份的特殊没有进入艺术史的序列，但是其艺术观念通过北宋入南宋的宫廷画家而得以传播，"由于徽宗朝画学、画院建设的卓著成效，尤其是画学出身的画家，在北宋末年已打下了坚实的基础，此际恰当创作精力最为旺盛的时期。他们于靖康变乱之后流散民间，有的则辗转南渡，通过各种途径进入高宗画院"①。只是这种传播缺少了自主的创造性，同时也受到了新画院领导者的影响，干扰了其内在的生命活力。比如在南宋宫廷画院中画家多是举荐与继承性质，师徒父子等多累世供职于画院，因此与北宋末期面向社会广泛招聘的现象形成鲜明对比，缺乏竞争故而导致风格的单一以及艺术思想的陈旧，宫廷绘画的诗画融合之路最终渐行渐弱。

四、画院革新的社会影响

宋徽宗艺术观念的形成受到了当时宫廷绘画传统和文人论画风气的综合影响，前者给予了宋徽宗艺术实践中基本的形式与技巧，后者在这个基础上对宋徽宗的艺术观念做了拓展。尽管宫廷绘画与文人画在元明之后成为两个鲜明的派别，甚至具有一定的对立色彩，但是在北宋时期，宫廷绘画的社会地位仍然高于还在草创发展阶段的文人画，宋徽宗以及诸多宫廷画家并没有刻意将二者做对立的区分，反而是借鉴了文人画的艺术趣味，率先在宫廷绘画中实现了诗书画的风格与形式上的融合。宋徽宗在绘画上进行题款的实践(无论是出于何种目的)，通过不同的途径在当时以及后世产生了影响。在北宋之时，无论是被苏轼所看作"士人画"典型的宋子方，还是书画博士米芾，乃至蔡京等，构建北宋艺术史的中坚力量都与宫廷绘画以及宋徽宗具有直接而紧密的联系。在绘画理念、技巧上，文人画家可能会影响宋徽宗，但是在艺术政策、艺术活动上，宋徽宗对文人画家又具有绝对的影响力。这就形成一个双向的互动模式，绘画理念与技巧的传播者，传播给宋徽宗；宋徽宗在艺术政策、活动上的权力反过来又不可抗拒地影响了画家，产生了更大的社会效应。而当时"士人画"，更多地指向一种绘画观念。因此在一定程度上说，宋代文人画观念的传达其实是借助了宋代(主要是宋徽宗)宫廷绘画政策。与一般文人艺术观念相比，皇帝或者是国家层面上对社会所传达的观念具有更广泛的吸引力，况且在北宋时期党锢争乱，一个文人团体的艺术观念往往会遭到来自非艺术角度的非难。宋徽宗通过在画院之中设立画学、附设书学、以诗为题，来提升画院画家的艺术趣味，在形似之外加强对绘画神采、作品立意的表现，给当时画院画家的考核增添了新的标准，一系列的努力最

① 徐建融:《宋代名画藻鉴》，上海书店出版社 1999 年版，第 70 页。

终实现了北宋末期画院绘画的综合成就。宋徽宗本人的艺术实践尽管没有直接而完整地进入艺术史的序列，但是其对诗、书、画的融合做出了重要的贡献，并通过画院画家产生了一定的社会影响。

第二节 宋徽宗的诗画创作

宋徽宗"讳佶，神宗第十一子也，母曰钦慈皇后陈氏。"①元丰五年（1082）十月丁巳生于宫中，绍兴五年（1135）四月甲子死于五国城（今黑龙江省依兰县城北古城），绍兴十二年（1142）十月丙寅移葬于永佑陵（今浙江省绍兴市柯桥区东南），终年 54 岁。赵佶是宋哲宗的弟弟，哲宗于 1100 年病逝而无子继承皇位，皇太后以"先帝尝言，端王有福寿，且仁孝，不同诸王"②为理由将赵佶扶为皇帝。宋徽宗因与北宋灭亡有直接的联系而被历史所铭记，同时也因为他喜爱并擅长书画、发展画院制度而被载入美术史。另一方面，他本人也因为沉溺书画而为历史诟病，如《宋史》徽宗条写道："自古人君玩物而丧志，纵欲而败度，鲜不亡者，徽宗甚焉，故特著以为戒。"③客观上讲，徽宗在位期间确实没有展现出一国之君强有力的统治，但他在诗歌和绘画领域的影响，以及对宋代诗歌和绘画的融合，起到了不可替代的作用这一点必须肯定。况且我们不要忘记，赵佶本为端王，在正常的情形下他是不可能坐上皇帝宝座的，只因哲宗意外去世而皇太后又垂爱有加等一系列机缘并发，才在 19 岁时成为北宋的皇帝。可见无论是赵佶本人的人生规划还是其早年所受的教育都并非以一位皇位继承者为目标的。与其意外继承皇位不同的是赵佶对于生活倒是有自己明确的追求，文献记载在赵佶十六七岁间就在书画方面有了一定的成就："国朝诸王弟多嗜富贵，独祐陵在藩时玩好不凡。所事者惟笔研、丹青、图史、射御而已。当绍圣、元符间，年始十六七，于是盛名圣誉，布在人间，识者已疑其当璧矣。"④

宋徽宗是一位极具文艺才能的皇帝，不但精通诗词书画，而且还对茶艺、琴艺、赏石等活动也颇为擅长。他一方面具有超群的个人艺术才能，另一方面发展完善了宋代宫廷画院制度。就个人创作而言，他的存世作品不但类型多样而且风格独具个人特征，绘画作品涉及花鸟、山水、人物，尤其以对珍禽花卉的写真作品最为突出，在追求所画物象形态逼真的同时又不失笔墨趣味，比如《写生珍禽图》《四禽图》《竹禽图》等；山水作品则有《雪江归棹图》等；并以瘦金书在画上题诗，促进了宋代诗歌和绘画的融合。另外，宋徽宗的书法成就也颇有值得肯定之

---

①② 脱脱等：《宋史》，中华书局 1985 年版，第 357 页。

③ 同上，第 418 页。

④ 蔡绦：《铁围山丛谈》，中华书局 1983 年版，第 5—6 页。

处，他独创的“瘦金体”成为书法史上一种独特的风格，其草书技艺也能在宋代书坛占有一席之地。除去个人艺术成就以外，宋徽宗在美术史上还有 ·个重要贡献，就是对画院制度进行了革新。他不但首创将画学纳入科举考试制度、以诗句为题目考评画工的形式，而且亲自参加画工的考评实务。他的做法不仅在客观上提升了画院画工的社会地位，画院画工的俸禄与服饰都高于其他艺人（绘画在宋代文人中的广泛流行，与皇帝的推崇有着极大的关系），而且还对宋代的诗画融合做出了重要的贡献。此外，宋徽宗还组织画院以皇室所藏书画作品为基础编纂了两部重要的书籍《宣和画谱》《宣和书谱》，这两部书籍一直被看作研究中国美术史的重要文献资料。

一、绘画思想来源及作品的流传

不可否认，宋徽宗是非常具有艺术天赋的，但是其个人艺术风格的形成离不开向艺术传统的学习，就目前的文献资料看，关于宋徽宗早年学习艺术的记载比较少，蔡京之子蔡绦在《铁围山丛谈》中的记载可能是比较罕见而完整的表述。蔡绦写到赵佶早年的时候，“初与王晋卿诜、宗室大年令穰往来。二人者，皆喜作文词，妙图画，而大年又善黄庭坚。故祐陵作庭坚书体，后自成一法也。时亦就端邸内知客吴元瑜弄丹青。元瑜者，画学崔白，书学薛稷，而青出于蓝者也。后人不知，往往谓祐陵画本崔白，书学薛稷。凡斯失其源派矣”①。以此为据，我们可以分析宋徽宗的绘画创作观念及其和诗歌的密切关系。

上段引文中所提到的王诜、赵令穰、吴元瑜皆为一时书画名流。王诜与赵令穰在《宣和画谱》中均有记录，考其二人生平相似之处颇多，②两人皆为书画名家，以山水画为主要创作题材，同时皆有很好的学识修养，喜爱收藏古人书画。实际上王诜与当时书画巨擘苏轼、黄庭坚、李公麟等有很深的交往，著名的“西园雅集”汇聚了当时北宋文化名流，就发生在王诜的庭院。而苏轼给王诜写过多篇的题画诗或是画评文章（《宝绘堂记》文中称“驸马都尉王君晋卿……而求文以为记”）。但是王、赵二人与苏轼等人的不同之处在于他们是较为专业的画家，所受到的美术训练和实践要远远多于苏轼等文人，可以想见在作品的造型能力上，王、赵二人比一般的文人要高出许多。当然宋徽宗“初与王晋卿诜、宗室大年令

---

① 蔡绦：《铁围山丛谈》，中华书局 1983 年版，第 6 页。

② 潘运告编著：《宣和画谱》，湖南美术出版社 1999 年版，第 12 页、第 261—262 页。王诜“幼喜读书，长能属文，诸子百家，无不贯穿”，“诜博雅该洽，以至弈棋图画，无不造妙”。“即其第乃为堂曰宝绘，藏古今法书名画，常以古人所画山水置于几案屋壁间，以为胜玩，曰：要如宗炳，澄怀卧游耳”。赵令穰“而能游心经史，戏弄翰墨，尤得意与丹青之妙，喜藏晋宋以来法书名画每一过目，辄得其妙”。

穰往来”，并非一定是跟其学画，文中所记载的宋徽宗真正的绘画老师是吴元瑜[①]。吴元瑜虽然也是院体画家，但是他能改变既有院体画的某些面貌，强调笔墨的个性与创作者的立意表现，从这一点来说，宋徽宗时常表现出的对于院体画缺乏文人情趣的不满，倒是跟他有几分相似。以文人诗文之修养与绘画相结合本身是一种极为具有吸引力的观念。以诗入画，画诗意的画，对当时年轻的宋徽宗而言，应该非常有吸引力。因此我们有理由认为，宋徽宗艺术思想的形成是受到了当时文人群体中所流行的绘画思想的影响，尽管宋徽宗自己并未明确地阐述过这一命题，但就其艺术实践来看，这一论断是成立的。

宋徽宗早年学画的过程中主要是承袭了院体绘画的风格，而在绘画理念上明显受到了当时文人论画思想的影响，正是由于其美术实践和思想的综合性，所以宋徽宗很难被清晰划入院体画或者文人画阵营：在绘画风格上宋徽宗无疑符合院体画家，但是从诗书画结合的体式上看则属于文人画家类型。另一方面，宋徽宗尽管具备了诗书画印一体的文人画体式，但是其绘画作品风格与苏轼等人的绘画风格迥然不同，不能以其将诗书画印融于一体而就断定其为文人画家类型，况且宋徽宗的诗书画印的融合具有特殊性，与元明之后出现的诗书画印融为一体的典型文人画体式有别，具体分析下文将详细展开。而有学者曾经因为宋徽宗绘画作品中具备了诗书画印四者一体的样式而把宋徽宗看作是文人画家，这种结论是值得商榷的。

目前的绘画遗迹中有宋徽宗题字或者归于其名下的作品有二十多幅，近代美术史研究者对于其作品的真伪也进行了一定的考证，艺术鉴定名家徐邦达、谢稚柳、贺文略，学者薄松年、郑珉中以及美国学者伊沛霞[②]等人都有文章对这一问题作了不同程度的考证。就结论而言，多位学者并不完全一致，对诸多作品所做的判断并不相同。徐邦达经研究指出，宋徽宗传世画作有大量的代笔画，所谓代笔，即找人代作书画，落上自己的名款，加盖自己的印章[③]。而在具体作品真伪的判定上，徐邦达从作品风格的角度做了划分：“现存的具名赵佶的画，面目很

---

① 潘运告编著：《宣和画谱》，湖南美术出版社 1999 年版，第 384 页。“武臣吴元瑜字公器，京师人。……善画，师崔白，能变世俗之气所谓院体者。而素为院体之人，亦因元瑜革去故态，稍稍放笔墨以出胸臆。画手之盛，追踪前辈，盖元瑜之力也。故其画特出众工之上，自成一家，以此专门，传于世者甚多，而求元瑜之笔者踵相蹑也。”但是吴元瑜仍旧是一个院体画家，其对院体绘画的革新是建立在院体绘画既有基础之上，对于个人笔墨与胸臆的强调都要求无损绘画的写实性，这就与典型的“文人画”思想不同，苏轼说“论画以形似，见与儿童邻”，作品中形象的准确性在他那里变得无足轻重，两者之间的差距显而易见。因此说，吴元瑜与宋徽宗都是较为典型的院体画家，但是他们都不满于院体绘画对于事物的刻板描绘，在寻求绘画作品的趣味性上吸收了“文人画”的部分思想，在保持院体绘画面貌的前提下主动寻求诗书画的有机融合。

② 徐邦达《宋徽宗赵佶亲笔画与代笔画的考辨》、谢稚柳《宋徽宗赵佶全集绪论》、贺文略《宋徽宗赵佶画迹真伪案例》、薄松年《宋徽宗传世的墨笔花鸟画》、郑珉中《读有关宋徽宗画艺文著的点滴体会——兼及〈听琴图〉为赵佶“真笔”说》、伊沛霞《宫廷收藏对宫廷绘画的影响：宋徽宗的个案研究》。

③ 徐邦达：《宋徽宗赵佶亲笔画与代笔画的考辨》，《故宫博物院院刊》1979 年 1 期，第 62—63 页。

多，基本上可以分为比较粗简拙朴和极为精细工丽的两种。比较简朴的一种，大都是水墨或淡设色的花鸟，极为工丽的，则花鸟以外还有人物、山水等，而以大设色为多。”[①]并且认为：“工与拙的界限是不可调和逾越，哪能像赵佶绘画那样忽拙忽工，各色兼备，全无相通之处的道理。”[②]其最终认定宋徽宗真迹有如下：《柳鸦图》卷，《竹禽图》卷，《枇杷山鸟图》执扇页，《池塘秋晚图》卷，《写生珍禽图》卷，《四禽图》卷，《梅花绣眼图》存疑，其他则是画院代笔之作。作为近代书画鉴定专家，徐邦达先生对作品的考证是有很深的功力的，但其中也难免会有疏忽，为了谨慎起见我们再列举其他学者的研究成果以做旁证。

薄松年认为宋徽宗“传世绘画作品至今尚有二十余件，数量之多在北宋画家中占据首位，其中以花鸟画占多数，就其风格又有工能富丽和朴拙水墨两种，工能富丽者数量最大，多画宫苑中的珍禽异卉，用笔细腻，设色秾艳，精密不苟，形神兼备，堪称宋代花鸟画中的上乘之作”[③]。但其并未一一鉴别举证。薄松年先生也是近代著名的书画研究专家，薄先生同样将宋徽宗作品分为工与拙两类，尽管在真迹作品的鉴定数量上与徐邦达先生的看法不一致，但他也没有列举哪些作品是代笔。除去以上被认定为宋徽宗真迹的作品外，还有十几件是与宋徽宗有关系的作品，这些作品大都有宋徽宗的题字或是画押或是印章，如《江山归棹图》《芙蓉锦鸡图》《祥龙石图》《瑞鹤图》《听琴图》《文会图》《腊梅山禽图》《金英秋

① 徐邦达：《宋徽宗赵佶亲笔画与代笔画的考辨》，《故宫博物院院刊》1979年1期，第62页。

② 然而将宋徽宗的作品仅以工拙二分并断定其“工与拙的界限是不可调和逾越”未免牵强，工笔与写意本是中国绘画的两大类别，一身兼善者自古就有。比如北宋时期的人物画家梁楷，传世作品中既有工整的白描人物如《黄庭经神像图》，插图也有大写意泼墨人物《泼墨仙人图》；近代齐白石更是典型代表人物，既能做工笔鸟虫，极尽写实之能事，而转手又可大写意花卉更能逸笔草草。可见宋徽宗的绘画风格也是有可能兼具工拙两种风格的。而宋徽宗鉴赏绘画常常极为细腻，如果说观察是为了描绘，那么宋徽宗的绘画作品中也必定有极为写实之作。《画继》载“徽宗建龙德宫成，命待诏图画宫中屏壁，皆极一时之选。上来幸，一无所称，独顾壶中殿前柱廊眼斜枝月季花。问画者为谁，实少年新进，上喜赐绯，褒锡甚宠。皆莫测其故，近侍尝请于上，上曰：‘月季鲜有能画者，盖四时、朝暮、花、蕊、叶皆不同。此作春时日中者，无毫发差，故厚赏之。’……宣和殿前植荔枝，既结实，喜动天颜。偶孔雀在其下，亟召画院众史令图之。各极其思，华彩烂然，但孔雀欲升藤墩，先举右脚。上曰：‘未也。’众史愕然莫测。后数日，再呼问之，不知所对。则降旨曰：‘孔雀升高，必先举左。’众史骇服。”中国绘画常常是画理不画形，而像宋徽宗这样将月季在不同时候的各种形态以及孔雀升空先迈左脚都能观察仔细的人在中国美术史上是非常少见的。“宋徽宗对写生体物非常敏锐，如孔雀升墩、日中月季花，前者遭到了赵佶的批评，而后者受到了“赐绯”的恩宠。这些记载，都说明赵佶对写生的严格”。尽管郭熙在《林泉高致》中有“真山水如烟岚，四时不同。春山淡冶而如笑，夏山苍翠而如滴，秋山明净而如妆，冬山惨淡而如睡”之分，但仍难以与宋徽宗之对绘画对象的仔细观察相比。如果不是对绘画对象观察精微是不会有此种认知的，如果说在这种观察认识的指导下，在绘画过程中只是“粗简拙朴”的描绘景物仿佛情理不通。而谢稚柳先生以为宋徽宗绘画因创作时间的不同也呈现出了多种的面貌，“赵佶的画笔，不论是他哪一个时期，它的风貌，不止只有一种，不是‘代御染写’而确是亲笔”。所以对宋徽宗的作品进行真伪判断应当更加谨慎，不能仅以工、拙二分的方式进行，或许从图文关系的角度来展开这一工作会得到一些新的进展。

③ 薄松年：《宋徽宗传世的墨笔花鸟画》，《中国书画》2003年12期，第72页。

禽图》《六鹤图》《御鹰图》等。其中《江山归棹图》《祥龙石图》《瑞鹤图》《五色鹦鹉图》等作品被谢稚柳先生认为是宋徽宗的真迹，只有《芙蓉锦鸡图》《听琴图》《腊梅山禽图》《文会图》被谢稚柳先生看作御题画（参见“《宋徽宗赵佶全集》序”[①]以及“赵佶画真伪辨”[②]）。中国古代书画鉴定组主持编著的《中国古代书画目录》也将《江山归棹图》《祥龙石图》等看作为宋徽宗真迹。而在由中国美术全集编辑委员会编著的《中国美术全集——两宋绘画》（文物出版社 1988 年版）卷中共罗列八幅宋徽宗作品，《柳鸦图》《竹禽图》《芙蓉锦鸡图》《腊梅双禽图》《枇杷山鸟图》《瑞鹤图》《江山归棹图》《祥龙石图》，其中只将《芙蓉锦鸡图》《瑞鹤图》看作宋徽宗的御题画。

本章的研究主要是侧重宋徽宗在艺术实践中所体现出的文图关系，尽管有许多是其御题画，但不影响我们剖析其艺术实践中所秉持的文图观念，况且凡是宋徽宗所题款的绘画在艺术风格上肯定是得到其认可的。当然，题写自己的作品与题写他人作品还是存在着细微的差异，而对这种差异性的研究本身就可以丰富我们对宋徽宗文图观念的认识。

二、宋徽宗作品中的文图表现

按照徐邦达先生的看法，我们会发现一个比较有趣的现象。在他看来为宋徽宗真迹的作品大都只有简单的画押或者盖印，《柳鸦芦雁图卷》仅有画押，《四禽图》《竹禽图》《池塘秋晚图》《枇杷山鸟图》仅有画押以及“御书”印，《写生珍禽图》卷无标示，这些作品都没有配诗文题跋，甚至是画作名称也没有；相反，像《祥龙石图》（图 7－1）、《芙蓉锦鸡图》（图 7－2）、《瑞鹤图》等被认为是代笔的作品却有较长的文字题跋，于是我们不禁要思考一个问题，那就是徽宗为什么在自己的作品中并不写诗文作跋，而在画院画工进呈的作品上题跋。

这里，对绘画的功能问题稍作回顾，也许能够为我们解答此问题提供一些线索。从作品的文字记载中我们可以知道《芙蓉锦鸡图》《祥龙石图》《瑞鹤图》有着记录祥瑞与伦理教化的功能，而《竹禽图》《池塘秋晚图》《枇杷山鸟图》等作品的主题与功能则相对单纯，后一类作品绘画内容较为常见，因此不像瑞鹤升天的景象那样奇特，诗文题跋简单并无记录创作缘起及绘画内容。一般来说，宫廷绘画的功能可分为以下几种：装饰类（如屏风画、团扇画）、记录类（包括肖像画、行乐图、纪年大事活动、生产技术图解等）、规鉴类（宣扬道德、礼法、教化）、祭祀类（用于祭拜活动的场合）。在宋徽宗眼中绘画还有一个功能，就是作为赐品赏给大臣：“宣和四年三月辛酉，驾幸秘书省，讫事，御提举厅事，再宣三公、宰执、亲王、

① 谢稚柳：《中国古代书画研究十论》，复旦大学出版社 2004 年版，第 190—204 页。

② 谢稚柳主编：《中国书画鉴定》，东方出版中心 2007 年版，第 164—166 页。

使相、从官观御府图画。既至，上起就书案，徙倚观之。左右发箧，出御书画。公宰、亲王、使相、执政，人各赐书画两轴。于是上顾蔡攸分赐从官以下，各得御画兼行书、草书一纸。又出祖宗御书，及宸笔所摹名画，如展子虔作《北齐文宣幸晋阳》等图。灵台郎奏辰正，宰执以下，逡巡而退。是时既恩许分赐，群臣皆断佩折巾以争先，帝为之笑。此君臣庆会，又非特币帛筐篚之厚也。”①而宋徽宗赏赐的绝大部分作品为画院画工所画，那么宋徽宗具有标志性的题跋就成为证明其为帝王赏赐的标志，题跋也能证明其所赏赐之画都是其中意之作。从这点看，宋徽宗在画上题诗就具有现实性和政治功用性了，他进行着诗画融合的实践。另一方面，就题画诗文中的内容来看，借物宣教的可能性也非常明显。宋徽宗的题画诗文主要有两类：一是题画诗，如《芙蓉锦鸡图》《腊梅山禽图》，此类题画诗多是描写画面景物的，文字简短；还有一种是跋文与题诗，如《祥龙石图》《瑞鹤图》等，文中记叙了绘画的时间、缘起并附上应景的诗歌，文字内容比较丰富。

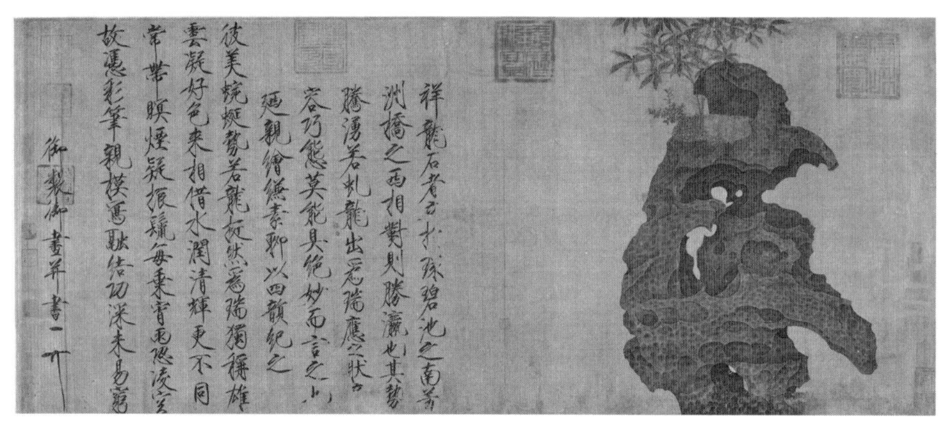

图 7－1　赵佶　《祥龙石图》　北京故宫博物院藏

依照既有的鉴定结果来看，《芙蓉锦鸡图》无疑为宋徽宗御题之作，目前多方对其判定都极为统一，因而对其文图之间的互动关系进行分析能够让我们更加清晰地解析宋徽宗在绘画上题诗的现象。《芙蓉锦鸡图》画面包含锦鸡、芙蓉花、菊花以及蝴蝶，芙蓉花从左方中部分两支分别向右上、右下方伸展，锦鸡站立在右下方的芙蓉花枝上侧目向右上方观望，视线所及正有两只蝴蝶翩翩飞舞，画面左下底角配有四枝菊花，呈右上斜生长之势态，这是较为典型的画院题材，因宋代画院作品多以观赏花卉与珍禽为主，例如芙蓉、腊梅、海棠、梅花、怪石以及各种珍禽。从画面右上方空白处，宋徽宗题写了五言诗：“秋劲拒霜盛，峨冠锦羽鸡。已知全五德，安逸胜凫鹥。”右下落款“宣和殿御制并书”，以及画押和“御书”印章。从整体上看作品还是比较舒适，色彩以及画面虚实的处置也非常妥当，而

① 潘运告主编，米田水译注：《图画见闻志・画继》，湖南美术出版社 2010 年版，第 266—267 页。

且题画诗由于空间没有完全掌握好，画面题诗最后一句与蝴蝶下端略有冲突而字比前面要低一些，这也可能是因为画与文非是一人所作，在空间处理上略有不统一。这幅作品与其他作品的不同之处在于，题款诗侵入了画面之中，而并非像《祥龙石图》《瑞鹤图》一样，作品绘画部分与题跋是有明显的分界。这种格局在北宋也很少见。“北宋的题画诗，大概和画跋一样，只是写在画卷的后尾，或是画卷的前面；而不是写在画面的空白地方。”[①]《芙蓉锦鸡图》的题画诗文字与图像交融构成了作品特有的视觉形态。不过有一点需要注意的是，《祥龙石图》《瑞鹤图》是横向的绘画作品，而《芙蓉锦鸡图》《腊梅山禽图》是纵向的绘画作品，横向绘画的空间伸展与纵向作品不同，这也可能是导致题字位置不同的原因。《芙蓉锦鸡图》在客观上形成了画与文交融的形态，落款文字构成了画面的主体部分，在欣赏绘画的活动中起到了丰富或者破坏画面效果的作用，与元代之后的典型文人画体式形成了呼应。

图 7－2　赵佶　《芙蓉锦鸡图》　北京故宫博物院藏

作为这幅作品最有权威的阐释者，宋徽宗的题跋解读与一般品鉴性的题跋并不相同。题跋的文字内容并非关于绘画本身的述评，对作品的构图、造型、笔墨都未加评判，也并非对绘画作品创作的文字记载，而是对作品的题材寓意的阐释，将绘画中锦鸡的形象比拟“五德”。以锦鸡比喻“五德”的典故出自《韩诗外传》卷二：“君独不见夫鸡乎？头戴冠者文也；足搏距者武也；敌在前敢斗者勇也；见食相呼者仁也；守夜不失时者，信也。鸡虽有此五德，君犹日瀹而食之者，何也！”[②]原文出自君臣之间的对话，情景是“田饶事鲁哀公而不见察”，而后“田饶去鲁适燕”，田饶认为自己能力出众而不为重用，正如锦鸡即使有美德也只沦为食物一样。而此处宋徽宗以“五德”形容锦鸡与田饶之以“五德”写鸡并不相同，田饶之意重在“鸡有此五德，君犹日瀹而食之者”的原因，是欲抑先扬，而宋徽宗却说“已知全五德”，标榜自己明辨贤臣，聪慧睿达之意，在“五德”与宋徽宗许诺

① 徐复观：《中国艺术精神》，华东师范大学出版社 2001 年版，第 292 页。

② 韩婴撰，许维遹点校：《韩诗外传集释》，中华书局 1980 年版，第 60—61 页。

的安逸生活之间有因果关系，这无疑是宋徽宗在向臣子进行宣教，并含有自夸能知人善任的才能。可惜，事实并非如此，徽宗就是因为身边多奸臣而招致亡国之祸。如此看来，宋徽宗从自身的角度对作品的阐释绝非创作者的本来意图，一个画工是绝不敢自诩"已知全五德，安逸胜凫鹥"的。这就使得宋徽宗的题画诗具有了更高的权威性，同时也以语言霸权成功地"占有"了这幅绘画，徽宗本人也可以看作这幅绘画的"第二作者"。

从中我们可以看到一种不平等的鉴赏关系。以《芙蓉锦鸡图》为中心串联了三种人：作品的作者、作品的占有者(宋徽宗)与观者。本来宋徽宗应该是与一般观者处于同样的位置，但是由于原作者自己又呈现了一个开放的空间(没有任何说明性的文字)，宋徽宗在某种程度上就参与了作者的创作，就有了一个特殊的身份，我们可以将其看作是这幅作品的"第二作者"。当然宋徽宗之所以能够成为"第二作者"也是因为其与这幅作品有特殊的关系，从作品的角度看，他的题跋可能与绘画发生时间非常接近；从创作主体的角度看，绘画作者与宋徽宗具有人身的依附关系，宋徽宗完全有可能从时间、地点、题材、形式等方面影响画院画家的绘画创作，因此说从作品的历史性与作者的共时性上说，宋徽宗完全可以成为绘画作品的"第二作者"。与宋徽宗相比，乾隆皇帝也非常喜欢在历代名书画上进行题跋，但是其与作品既不能达到历史性的融合也无法做到与作者的共时性的融合，所以我们从来未将乾隆皇帝作为某些作品的"第二作者"，只是一位具有特殊身份的普通鉴赏者。当然，乾隆皇帝也是有"占有"作品的意图，但是乾隆帝对作品的占有是指物质上的，诗文题跋是为了证明其拥有了这幅作品的处置权，而非对作品进行定义的权力。

让我们再回到《芙蓉锦鸡图》。从诗画关系来看，徽宗题画诗的内容与画之间联系仿佛并不紧密，或者也可以说两者是在不同层面上对锦鸡这一主题进行了解读。绘画作品是在视觉形象上对锦鸡以及芙蓉等事物的描绘，图像本身并没有明确的社会意义或者政治意味。它可能是对物写生，也可能是对另一幅作品的临摹，还可能是对作者想象情境的呈现。这一系列的可能性都说明了绘画不对自身进行充分的解释与记录，而只呈现所描绘之物，使锦鸡、芙蓉以及其他事物在绘画中得到了阐释。绘画中的景物在诗歌中变成了符号，《芙蓉锦鸡图》的菊花变成了第一句"秋劲拒霜盛"的对季节的暗示性符号，而在这个基础上文字内容又会成为进一步暗示的基础，比如此处菊花对秋季的暗示，而中国文人从屈原就开始了"悲秋"的传统，秋天成为中国诗人热衷于描绘的季节，秋季所具有的凋零、收获、气温转变等因素又会成为某种人性品格的符号，因此不同的读者会产生不同的解码，但任何解码都会有继续跳转的可能性，这一点跟视觉的符号不同。在绘画作品中我们可能会更加关注视觉可见的菊花形态、色彩以及生长的样貌，联想更加容易指向具象的画面。而《芙蓉锦鸡图》的题画诗中为语言提及的意象只有锦鸡，画面之中的芙蓉花、菊花、蝴蝶的形象都在诗歌中被忽视了。

对于宋徽宗的诗来说,《芙蓉锦鸡图》的右上方画的是蝴蝶或者是蜜蜂对于主题的表达都没有任何影响。同样在《腊梅山禽图》中,梅花下方的杂花也在诗歌中被忽略的。但是我们可以逆向想一下,如何能够破坏既有的这种关系,如果将《腊梅山禽图》中的山禽去掉,题画诗中"山禽矜逸态"一句就成为空穴来风,并就会影响整首诗歌的表达。而对于图像而言,去掉山禽之后这幅作品依然能够成立,梅花以及杂花的造型依然具有视觉的趣味,点点飞雪依然能将腊梅的神态衬托出来。

由此我们可以认为,徽宗的题画诗更关注绘画中的视觉焦点,对于绘画中的点缀和背景往往不加描述,但是就绘画创作本身,任何一根线条、一个物体造型、一处颜色渲染都具有视觉上的同等重要性。这也就是说文字不能有废话,但是绘画却可以有"余物",只要能在绘画语言上与绘画主题保持统一和和谐就可以共存,尤其是在题画诗文中,诗歌对于绘画只关乎其主题,而非点缀之物,因为绘画中的点缀之物往往是作为丰富、平衡视觉而存在的,形象在主题表现上并不存过多的价值。而与《芙蓉锦鸡图》不同的是另一种图文样式,以《祥龙石图》《瑞鹤图》为代表。在这两幅作品中,图文之间界限清晰分明,文字没有参与到图像的结构之中,仅是图文二者被放置到一个视域中。这与宋代之前的绘画题跋形式相似,题跋文字包含绘画时间、创作缘起以及题画诗,如上文所写这一种跋文既可以指向绘画同时也包含了绘画景物,可以看作对绘画完成的解释。以著名的《瑞鹤图》(图 7 - 3)为例,文图之间有着非常紧密的联系,宋徽宗在跋文中写道:"政和壬辰(政和二年 1112)上元之次夕,忽有祥云拂郁,低映端门,众皆仰而观之。倏有群鹤飞鸣于空中,仍有二鹤对止于鸱尾之端,颇甚闲适,余皆翱翔,如应奏节。"仙鹤飞翔于宫殿之上应是徽宗宫廷中的现实生活景象,在《宋史》中也有类似的事件记载。我们在宋徽宗的遗留诗文中能够看到与这个主题、形式极为相似的一首:"上清讲席郁萧台,俄有青田万侣来。蔽翳晴空疑雪舞,低徊转影类云开。翻翰清唳遥相续,应瑞移时尚不回。归美一章歌盛事,喜今重见谪仙才。"[①]作为统治者总是习惯并喜欢将吉祥的景象看作对太平与繁荣的预示,以

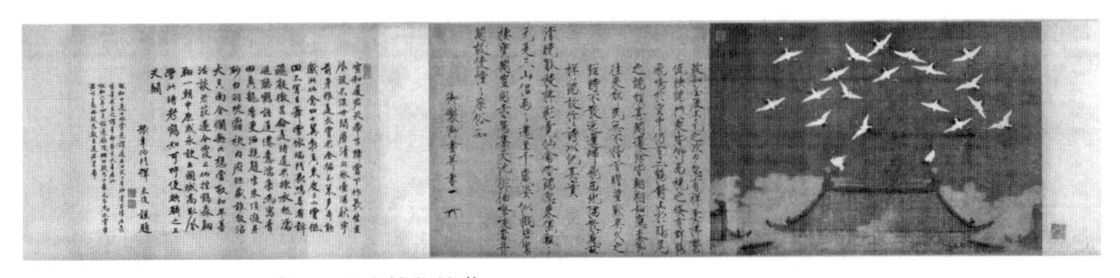

图 7 - 3　赵佶　《瑞鹤图》　辽宁省博物馆藏

① 北京大学古文献研究所编:《全宋诗》,北京大学出版社 1996 年版,第 17073 页。

彰显自己英明的统治。同样是偶然一日，有白鹤飞在宫廷之上，众人仰望盛景，宋徽宗作诗纪实。让我们再比较一下两首诗歌的内容以及语词，可谓极为相似。“清晓觚棱拂彩霓，仙禽告瑞忽来仪。飘飘元是三山侣，两两还呈千岁姿。似拟碧鸾栖宝阁，岂同赤雁集天池。徘徊嘹唳当丹阙，故使憧憧庶俗知。”首句，一写时间场景“清晓觚棱拂彩霓”，一写地点场景“上清讲席郁萧台”；“俄有青田万侣来”意同“仙禽告瑞忽来仪”，点明事件；“翻翰清泪遥相续，应瑞移时尚不回”与“飘飘元是三山侣，两两还呈千岁姿”一句，同是表达白鹤在空中相互结伴迎合的状态，在感情态度上一个是“归美一章歌盛事，喜今重见谪仙才”，另一个是“岂同赤雁集天池”“故使憧憧庶俗知”。从内容以及语言上我们很难判断出两首诗歌存在明显的差异，尽管一个是题画诗写于绘画之卷后，而另一个可能只是一般的诗歌。我们可以再将宋徽宗另外十首《白鹤词》进行对照，《白鹤词》十首所写内容与语词都与以上二首多有重复之处，“世人莫认归华表”“来瑞升平亿万年”“昂昂不与鸡为侣”“白鹤飞来通吉信”“来瑞清都下紫霄”等，与上两首所写意思相同。大量相同的白鹤诗不可能是每一首诗记录一次白鹤升天的景象，其中肯定存在两首以上的诗歌是对同一次事件的描写，在宋代《玉音法事》中记录了宋徽宗“步虚词二首”的题记中写道：“后一首因讲御注《道德经》，仙鹤翔集而作”与“上清宝箓宫立冬日讲经之次”记录相符，应为对一次事件的描写，由此我们也不排除其中有与《瑞鹤图》中所记录的白鹤升天相同的诗歌。

通过比较我们发现，《瑞鹤图》上的诗歌与宋徽宗一般的诗歌创作不存在明显的差异，似乎《瑞鹤图》上的诗歌文字并非是根据图画而作，以此为基础会出现两种情形：第一，诗文的创作先于绘画，而非以绘画为依据，并且在绘画完成后被抄录于绘画后面；第二，诗文的创作后于绘画，但是并不依据绘画，仅是对同一事件以不同方式来描绘。《瑞鹤图》诗文中所写“故作诗以纪其实”，应当是对事件的纪实，那么诗歌的创作肯定是与事件的发生非常相近，而诗往往也是应景而作，但是一幅工笔画尤其是像《瑞鹤图》一样内容较为烦琐的作品绝不可能在短时间完成，从事件的发生到绘画创作的完成可能需要几天甚至几个月的时间，那么诗歌中就不应该写“故作诗以纪其实”。再看文图之间的匹配。文中所写：“倏有群鹤飞鸣于空中，仍有二鹤对止于鸱尾之端，颇甚闲适，余皆翱翔，如应奏节。”画面的笔墨语言也的确如此，不过绘画作为一个生活时间点的截图，具有诸多的选择性。仅就仙鹤升天的景象来说，绘画的可描述性瞬间非常多，文字中所写的“倏有群鹤飞鸣于空中，仍有二鹤对止于鸱尾之端”，可能只是存在的一个瞬间，而文图都同时抓住了这一个瞬间。可见，在创作之初就锁定了文中所描写的情景，即使是先画后题款的制作顺序，但在其意识中也是由文字内容来支配画面的，“文”仍旧是先于“图”的状态。而且这是一幅宋徽宗的御题画，极有可能绘画是根据宋徽宗的授意，或者是直接按照其诗文内容而创作的作品，不过这种假设很难得到确切的证明，我们在此也只能提出问题以供日后相关研究者更为详细地探讨。正如以上文字所述,宋徽宗所作题画诗较少关乎绘画本身的艺术性,无论是对作品的笔墨意味、构图虚实、形象造型还是作者的艺术思想都不置评论,仅就画面形象、绘画主题以诗的形式进行阐释。当然我们是肯定宋徽宗自身主张并寻求诗画融合的,这也能从其在绘画上题写的是诗,而不是姓名或者一般文字中看出来,我们同时也不能忽视的一个前提是,宋徽宗的题画诗有许多是写在别人的绘画作品上。

综上所述,宋徽宗以院体绘画为基础,吸收了"士人画"思潮中诗画融合的观念,并在具体的创作活动中做到了诗画之间由艺术趣味的互通向艺术形式语言的共存,对诗画的全面融合起到了重要的作用,正如研究者指出:"唐代及其以前的题画诗,并未题在画上。宋代,由于文人画运动的掀起,题画诗有了进一步的发展。文同、苏轼、米芾、米友仁等,作了大量的题画诗,但多数可能题在画前或跋在画后的。有画迹可考,在画上题诗的,当推宋徽宗赵佶为第一人。"[①]尽管有关学者充分肯定了宋徽宗对艺术史的贡献,但是有一点我们也必须清楚,在宋代宫廷绘画中,画上题诗的现象并不普遍,除去宋徽宗外我们极少见到其他人在绘画上进行题诗,即使到了南宋也仍有很多无任何文字落款的宫廷绘画作品,这也说明,宋徽宗的画上题诗是一个特殊的现象,具有艺术实践的超前性。"画面题诗的风气,实入元而始盛。"[②]而宋徽宗自己也没有提倡在画上题字的行为,否则我们现在应该会看到大量的画上题诗的宫廷作品。他自己在实践的事情而没有得到广泛的效仿,这只能说明这件事情是跟权力紧密联系在一起的。那么在绘画上题诗所彰显的某种权力只能是对绘画的占有权,宫廷画家不但不能占有别人的作品,而且也没有占有自己作品的权力,所以才不会在绘画上题诗。宋徽宗特殊的社会身份决定了他的绘画实践不能广泛地进入艺术史的传承系统当中,不像文同、苏轼等人是"亲民"的文化偶像,能够在一定的文化圈中成为大家谈论、批评、模仿的对象。不过就风格上来看,宋徽宗的绘画仍属于院体绘画的类型,其外在诗书画印的形式融合具有特殊性,与典型的"文人画"诗书画印融合的体式不完全相同。

小结

从文图关系的角度来看,宋徽宗的意义在于实践方面对诗书画实现了艺术风格以及形式上的融合,尽管这种融合具有特殊性和超前性,但无法磨灭其价值;宋徽宗对画院的革新不但进一步明确了诗歌与绘画的关系,以诗句作为绘画考试的题目,同时在绘画品评上也发展了一种新的标准。诗书画的完全融合又

---

① 周积寅编著:《中国画学精读与析要》,上海人民美术出版社 2017 年版,第 16 页。

② 徐复观:《中国艺术精神》,华东师范大学出版社 2001 年版,第 293 页。

需要一个从观念到形式上的渐进过程，如果说在诗画观念的融合上郭熙、苏轼是关键人物的话，那么宋徽宗就是诗书画在形式上走向融合的关键人物，在以往的艺术史探讨中，往往是侧重诗画在观念上的融合这一角度，而在形式上的融合未能得到广泛的讨论，这也遮蔽了宋徽宗的艺术史价值。

第八章　陆游诗歌在后代的图像呈现

陆游作为南宋最著名的诗人、书法家，其作品中蕴含着系统而全面的书画艺术思想。他所提出的“诗外功夫”以及崇尚“气格”等诗歌创作理念在书画创作领域同样适用。明清书画家有多幅与放翁诗意相关的书画作品流传至今，而陆游的《钗头凤》，也被人一再搬上戏剧戏曲舞台。

陆游是中国古典诗歌领域中颇受瞩目的诗人。其一生倾情于笔墨，纵意于诗酒，留下了近万首诗作，是中国古代诗歌史上最多产的诗人。南宋刘克庄称其为“自过江后一人”[①]。元代方回《瀛奎律髓》、清代王士祯《古诗选》、吴之振《宋诗钞》、乾隆年间御选诗集《御选唐宋诗醇》、陈衍《宋诗精华录》等多个诗歌选本中都收录了陆游多首体律不一、脍炙人口的诗篇。身为南宋四家之一的陆游，除文学领域外，在史学、书法等领域亦颇有建树。

作为有思想、有才华的艺术家，陆游的诗词文作品中包含着成熟、完整的书画理论。他认为六艺皆相通，向内，艺术家要摈除杂念、凝神专注，向外，艺术家要注重修身养“气”，作品要面向自然和现实生活，只有二者结合，才能达到艺术创作的高妙境界。

第一节　陆游其人其艺

陆游（图 8－1），字务观，号放翁，越州山阴（今浙江绍兴）人，南宋著名诗人、文学家、史学家、书法家，与杨万里、范成大、尤袤合称“南宋四大家”，传世作品有《剑南诗稿》《渭南文集》《南唐书》《老学庵笔记》等。

陆游出身于一个世宦家庭，生逢北宋灭亡之际的他，饱经战乱和流离之苦，受到爱国主义思想的深刻熏陶。少年时便刻苦躬行，读书万卷，有壮志。《宋史》记载其“年十二能诗文”，“才气超逸，尤长于时”[②]。宋高宗时，两次参加礼部考试，皆因受到秦桧的排挤和打压而不顺。秦桧死后，绍兴二十八年（1158），陆游始出仕，担任福州宁德县主簿，不久后调回临安，除敕令所删定官。绍兴三十二

① 刘克庄撰，辛更儒笺校：《刘克庄集笺校》，中华书局 2011 年版，第 1924 页。

② 脱脱等：《宋史》，中华书局 1977 年版，第 12057、12059 页。

年(1162)宋孝宗即位后,赐进士出身,迁枢密院编修。后因坚持抗金,言语触怒孝宗,先后贬为镇江府、建康府、隆兴府通判。乾道二年(1166)陆游又因喜论恢复,遭到台谏弹劾,被罢职还乡。乾道六年(1170),陆游被任命为夔州通判(今属重庆奉节)。次年,应四川安抚使王炎之请,投身军旅,任职于南郑(今属陕西省汉中市)幕府。几个月后,幕府解散,陆游改任成都府安抚司参议官。不久后,陆游改知嘉州(今属于四川省乐山市)、蜀州(今属四川省成都市)等地。淳熙二年(1175)范成大任四川制置使,辟陆游为锦城参议。他们性情契合,唱酬往来,成为知己。之后,因主和势力多次攻击其"不拘礼法""颓放"等,所任官职多清闲无实,颇不得志。淳熙十四年(1187)于严州任上编成《剑南诗稿》二十卷,凡二千五百余首诗,并世诗人多有题咏。淳熙十六年(1189)宋光宗继位,绍熙元年(1190),陆游升为礼部郎中兼实录院检讨官,但朝廷不久即以"嘲咏风月"为由将其罢官。陆游悲愤不已,离开京师。嘉泰二年(1202),宋宁宗诏陆游入京,主持编修孝宗、光宗《两朝实录》和《三朝史》,书成后,官至宝章阁待制。嘉泰三年(1203),陆游回归故里,此后长期蛰居山阴,嘉定二年(1210)与世长辞,留绝笔《示儿》。

图 8-1 放翁先生遗像 杜甫草堂工部祠碑刻

陆游一生勤奋刻苦、笔耕不辍，在诗、词、文、书等领域皆取得了较高成就。其中，尤以诗词为最。陆游存世诗词作品众多，留有诗作九千三百多首，词作约一百四十首，是现存诗歌数量最多的诗人之一。其存世诗词主要分为两类，一类是忧国忧民，风格雄放的爱国主义诗歌。如《关山月》《十一月四日风雨大作》《书愤》《示儿》《冬夜读书示子聿》《夜读兵书》《农家叹》《汉宫春·初自南郑来成都作》《谢池春·壮岁从戎》《诉衷情·当年万里觅封侯》《夜游宫·记梦寄师伯浑》等。另一类为抒写闲适生活，流年光景的清新之作。如《游山西村》《临安春雨初霁》《沈园二首》《洞庭春色》《山居食每不肉戏作》《钗头凤·红酥手》《卜算子·咏梅》《双头莲·华鬓星星》等。其诗章法谨严，语言通畅，爱国诗兼具李白的豪迈雄放与杜甫的沉郁悲怆，闲适诗受到陶渊明、王维等人的影响，风格平淡天真、自然素朴。

陆游的一生，都在郁郁不得志中度过，悲愤之情积于内而发乎其外，除了诗词文外，书法是他表达内在自我、抒发心绪的重要方式。陆游擅长多种书体，尤精于草书。清代赵翼称其“不以书名，而草书实横绝一时……是放翁于草书工力，几于出神入化”①。其正体书法，远宗晋唐法帖，风格沉雄浑厚、法度严谨；其行草相参，师法张旭、杨凝式等人，又受到北宋文人“尚意”精神的影响，注重以笔写心，追求精神性的书写表达。其书笔意精妙，清劲挺拔。存世书作有《自书诗卷》《尊眷帖》《苦寒帖》《自书钗头凤石刻》《北齐校书图跋》《怀成都十韵诗》等，真迹多藏于北京故宫博物院、台北故宫博物院以及美国波士顿美术馆等地。据记载，陆游亦能作画，他曾“画唐诗人岑参像于斋壁”②，又曾作山水屏赠好友韩元吉。楼钥曾评其“妙画初惊渴骥奔，新诗熟读叹微言”③。不仅如此，他还与当时的众多画家都有过来往，鉴赏画作，畅谈画理，家中曾收藏多幅唐宋画家的绘画作品。

第二节 陆游的诗歌创作与书画艺术理论

陆游的艺术生涯大致可以分为三个时期：46 岁入蜀之前（1125—1170），总的来说处于师法他人的阶段，诗从江西诗派而远尚唐前，书法上取法晋唐，研习钟王；入蜀到 64 岁罢官东归（1171—1189），是其艺术生涯的中期，亦是其诗歌创作的成熟期。这一时期，他始悟诗家三昧，并注重“诗外功夫”，诗歌和书法皆博采众长，逐渐自成一家；晚年蛰居故乡山阴（1190—1210），这一时期陆游隐居自然山水之中，艺术风格趋向平淡自然、天真质朴，诗中流露出一种“陶渊明式”的

① 赵翼：《瓯北诗话》，人民文学出版社 1963 年版，第 95—96 页。
② 欧小牧：《陆游年谱》（补正本），天地出版社 1998 年版，第 84 页。
③ 楼钥著，顾大朋点校：《楼玥集》，浙江古籍出版社 2010 年版，第 202 页。

田园气息，但亦不乏忧愤之意、苍凉之叹。

一、“诗家三昧”与“诗外功夫”

陆游生于官宦世家，家中所藏前代书画、经学典籍甚丰，正如其诗《杂兴》所说：“兰台遗漆书，汲冢收竹简。辛勤万卷读，不负百年眼。”自小，陆游便从谢朓、陶渊明、王维、李白等众多前代大诗人的作品中汲取了丰富的营养。尔后拜入曾几门下，学习江西诗派诗法，深受恩师诗学思想的影响，除此之外，陆游亦十分推崇吕本中的“活法”“悟入”等诗歌主张。

早期的陆游才华横溢，却遭秦桧等人的打压和排挤，郁郁不得志，只能将满腔愤懑寄寓于诗酒之中。他前期诗歌师法曾几，讲求“律令合时方帖妥，功夫深处却平夷”。诗歌创作重声律、合规矩，追求妥帖平实的诗歌境界。如《园中绝句》：“溪北溪南飞白踏，夕阳明处见渔舟。凭谁为剪机中素，画取天涯一片秋？”诗歌风格多自然平淡，温和朴实。由于受到吕本中的“换骨”和“活法”的影响，陆游亦十分注重句法的变通与创新，遵循规矩而不囿于规矩，终至从有法到无法，从师法他人到自成一家。

入蜀后，边关的军旅生涯和辗转各地的任职经历使得陆游的心胸、视野更加开阔，复杂的环境、丰富的生活对陆游的创作和思想产生了巨大的影响，也正是在此时，他悟得了“诗家三昧”。陆游在《九月一日夜读诗稿有感走笔作歌》中说：“我昔学诗未有得，残余未免从人乞。力孱气馁心自知，妄取虚名有惭色。四十从戎驻南郑，酣宴军中夜连日。打球筑场一千步，阅马列厩三万匹。华灯纵博声满楼，宝钗艳舞光照席。琵琶弦急冰雹乱，羯鼓手匀风雨疾。诗家三昧忽见前，屈贾在眼元历历。”“三昧，《大智度论》：‘善心一处住不动，是名三昧。’又：‘一切禅定，亦名定，亦名三昧。’此用以指诗家悟入之境也。”[①]此时期的陆游，在繁杂激烈的环境和内心悲愤沉郁之志的双重刺激下，领悟了“诗家三昧”的真谛，从而驰骋笔墨、得心应手，进入了文艺创作的高妙境界，诗歌创作及其艺术思想皆取得了突破性的飞跃。

陆游提出，世间万象皆“寓意笔砚间”，书法、绘画的本质都在于借笔墨来宣泄主观的情感，《草书歌》中有“有时寓意笔砚间，跌宕奔腾作诙诡。徂徕松尽玉池墨，云梦泽干蟾滴水。心空万象提寸毫，睥睨醉僧窥长史。联翩昏鸦斜着壁，郁屈瘦蛟蟠入纸。神驰意造起雷雨，坐觉乾坤真一洗。”无论哪种艺术，只有胸中有象，才能形之于手，意到笔到，挥洒自如。

陆游在向内得“三昧”之后，向外则开始强调“诗外功夫”。艺术不是凭空捏造出来的，诗、书、文、画都是来源于现实生活，作者要学会在自然和生活中寻求

---

① 陆游撰，钱仲联校注：《剑南诗稿校注》，上海古籍出版社 2005 年版，第 1802 页。

材料。其论诗诗《示子遹》云:“我初学诗日,但欲工藻绘。中年始少悟,渐若窥宏大。怪奇亦间出,如石漱湍濑。数仞李杜墙,常恨欠领会。元白才倚门,温李真自郐。正令笔扛鼎,亦未造三昧。诗为六艺一,岂用资狡狯?汝果欲学诗,功夫在诗外。”陆游从自己的创作经历出发,注重“诗外功夫”,强调作者的真实生活体验,认为艺术创作者应走向广阔的自然界,在山程水驿中获得灵感和题材,而不是两耳不闻窗外事,一心只知闭门觅句。艺术美是自然美的凝练,在陆游看来,“村村皆画本,处处有诗才”,一草一木、一虫一鸟皆能入诗入画。

除了要求艺术家要走进生活、取法自然之外,陆游还提出诗人应提高自身精神境界,多多读书、养气。陆游在《次韵和杨伯子主簿见赠》中说:“谁能养气塞天地,吐出自足成虹霓。”这“气”,不是普通之气,而是浩然正气,是心中郁然,尔后的厚积薄发。“气”,尤其是悲愤之“气”,是决定艺术家创作水平的重要条件,正如唐代韩愈所说“气盛,则言之短长与声之高下者皆宜”①。陆游认为:“盖人之情,悲愤积于中而无言,始发为诗。不然,无诗矣。”②真正具有艺术价值的作品,必定是饱含深切情感的真挚之作,眼中囊括天下之事,心中常怀悲愤之气,才有可能创作出感人至深的杰作。

陆游认为气格是贯穿六艺的根本。从他运笔流畅、一气呵成的尚意草书作品,“文章与画共一法,腕力要可回千钧”“莫遣良工更摹写,此诗端是卧游图”等理念中,可以看出其对于气格的崇尚。在艺术创作中,由心中沉积之“气”带动手、笔的自由流动,不加雕琢的清新自然最是难得,无论是诗文抑或是书画创作都要讲求心手合一,浑然一体。

二、爱国诗词与闲适诗词

陆游的诗歌创作主要有两种:一为慷慨激昂的政治抒情诗,一为清新雅致的隐逸闲适诗。即《四库全书总目提要》中所分“感激豪宕,沉郁深婉”与“流连光景”③两类。陆游笔下那些关心政治、感时忧世的忠君爱国之诗,在南宋人眼里及清代《御选唐宋诗醇》、沈德潜《宋元三家诗选》等多个官方选本里都始终被视为陆诗主流和真正价值所在。而第二方面的作品常常因为无关道德、不涉劝教而被看轻,在陆游诗歌的接受史、发展史上一直处于被压抑的地位,曾遭受很多批评和非难,如纪昀《瀛奎律髓刊误》批判道:“……如全集皆‘石研不容留宿墨,瓦瓶随意插新花’句,则放翁不足重矣。”④

---

① 韩愈:《韩愈文集汇校笺注(2)》,中华书局 2010 年版,第 701 页。

② 陆游:《陆游集·渭南文集·澹斋居士诗序》,中华书局 1976 年版,第 2110 页。

③ 纪昀:《四库全书总目提要·剑南诗稿提要》,河北人民出版社 2000 年版,第 4129 页。

④ 方回选评,李庆甲集评校点:《瀛奎律髓汇评》,上海古籍出版社 1986 年版,第 1372 页。

尽管一直以来，“感激豪宕”“温柔敦厚”的爱国主义诗词成为陆游的主要代表作品，备受盛赞和推崇，但语言细腻优美、真切有趣的“流连光景”之作亦有其独特的艺术魅力，后世不乏欣赏、共鸣者。“陆游的诗歌作为真正的文学作品，能够打动几百年间的众多读者，自有真正动人之处，或是对‘国’、对‘群’的牺牲奉献突破了小我生命的狭窄，或是英雄梦想超越了平凡人生的局限、或是优美、充实的情趣实现了日常生活的空灵化、审美化。”[①]大量闲适、优美的隐逸诗词与激情、悲壮的爱国诗词一道构成了完整、全面的陆游。二者本无褒贬、高低之分，都有其自身的艺术价值。

陆游存世词作约一百三十余首，虽然不能与其诗歌成就比肩，但基本同其诗歌一致，也可分为表达爱国主义精神、抒写一生不忘匡复志事的名篇和抒发惆怅、闲情的哀思之作两类。前者如《蝶恋花·桐叶晨飘蛩夜语》《谢池春·壮岁从戎》《诉衷情·当年万里觅封侯》《夜游宫·记梦寄师伯浑》等，后者有《鹊桥仙·夜闻杜鹃》《蝶恋花·水漾萍根风卷絮》《鹧鸪天·杖履寻春苦未迟》《鹊桥仙·华灯纵博》《钗头凤·红酥手》等。这其中既有“壮岁从戎，曾是气吞残虏”的豪迈雄阔，亦有“功名梦断，却泛扁舟吴楚”的怅然苦楚。

在大词人辈出的宋代，陆游的词并不突出，但因其中饱含对于家国之深情而感人之至，正如后世评论家所说：“陆游这些词，比之两宋诸大家：姿态横生，层见间出，不及苏轼；磊块幽折，沉郁悲怆也不及贺铸；纵横驰骤，大声鞺鞳，尤不同辛弃疾；但是他写这种瘖寐不忘中原的大感慨、不必号呼叫嚣为剑拔弩张之态、称心而言，自然深至动人，在诸家之外却自有其特色。”[②]陆游的一生都在矛盾中度过，有“拥雕戈西戍”的理想，却偏偏活在“泛扁舟吴楚”的现实中。回首流年，感慨万千，陆游一生的挣扎与深情都寄寓在诗词作品中，可以说其诗词是他悬于后世永不褪色的画像。

陆游存世题画诗约一百余首，虽然在其诗歌中所占比例不大，但是这些书画题跋材料是陆游艺术思想与绘画理论的集中体现。陆游的题画诗大致可分为两类，一类是与画作本身无关，只是借题画之笔，抒发忧国忧民、感叹时事的思想感情，如《草堂拜少陵遗像》《题阳关图》《观溪庄图》《观运粮图》《题传神》《自题传神》《赠传神水鉴》《观大散关图有感》《观长安城图》《题拓本姜楚公鹰》《题海首座侠客像》《韩幹马图》《桃源忆故人·题华山图》等。

另外一部分主要是品评画技、画面等内容。如赞咏文同高尚气节的《嘉祐院观壁间文湖州墨竹》，夸赞画家高超技艺的《唐希雅雪鹊》，抒发对画作喜爱之情的《跋韩晋公〈牛〉》以及着重写画中之景的《观小孤山图》等。另外，陆游有众多涉及绘画理论的论画诗，如《夜梦与数客观画》中“文章与画共一法，腕力要可回

---

① 张毅：《陆游诗传播、阅读专题研究》，复旦大学博士论文2008年，第12页。

② 夏承焘：《陆游的词》，《文学评论》1963年第5期，第75页。

千钧。锱铢不到便悬隔，用意虽尽终苦辛。君看此图凡几笔，一一圆劲如秋莼”；《小阁纳凉》“莫遣良工更摹写，此诗端是卧游图”；《舟中作》“村村皆画本，处处有诗才”；《舍北闲望作六字绝句》“潘岳一篇秋兴，李成八幅寒林。舍北偶然倚仗，尽见古人用心”等。

其中比较少见的《观小孤山图》着重写景，将天苍苍，水茫茫的长江绝岛展示于人前：“江平风不生，镜面渺千里。轲峨万斛舟，远望一点耳。大孤江中央，四面峭插水。小孤特奇丽，丹翠凌云起。重楼邃殿神之家，帐中美人粲如花。游人徙倚栏干处，俊鹘横江东北去。”小孤山为江中孤岛，高耸陡峭，与彭郎矶相对，因而又被人呼为“小姑”与“彭郎”。陆游此诗抓住了大孤山小孤山的美景，对小孤山的秀丽多姿和大孤山的雄奇壮美作了形象而精确的描绘。

陆游的诗词创作与其书法创作、绘画理论是一脉相承的。他要求作品要投入真情实感，推崇自然、天真的艺术风格，这与其真挚热烈的爱国主义诗歌，平淡淳朴的闲适诗风以及运笔如风、信手拈来的书法作品是相互对应的，这也是他在后世影响深远，被反复学习模仿的根本原因。

第三节　陆游文学图像分析

一、陆游诗在后世的图像呈现

晚年的陆游归隐故乡山阴长达二十年，在山水田园的浸润中，虽雄心壮志犹在，然隐逸之风见长，他的诗歌创作和艺术思想受到了“田园诗祖”陶渊明和唐代山水诗人王维的影响。陆游在《跋王右丞集》中说：“余年十七八时，读摩诘诗最熟，后遂置之者几六十年。今年七十七，永昼无事，再取读之，如见旧师友，恨间阔之久也。”[①]晚年的陆游重读王维之诗，受其“诗中有画，画中有诗”诗歌风格的影响，《剑南诗稿》中有许多以寥寥动人之笔描绘如画般自然风光的诗篇，和王维的《辋川集》同出一辙，多触目写景，细致入微。

陆游常常以画意入诗，诗中的景物组合巧妙，营造了十足的画面感。如“雨长苍苔满钓矶，坐令秋暑敛余威。天高月破残云出，野旷风惊蠹叶飞”，“微丹点破一林绿，淡墨写成千嶂秋”，“万瓦清霜夜漏残，小舟斜月过阑干”等。关山月作于 1980 年的《陆游诗意图》上题“微丹点破一林绿，淡墨写成千嶂秋”两句。此图基本按照陆游诗句而来，峰峦叠嶂由泼墨挥就而成，满山苍翠之中偶现一抹丹红。磅礴气势中细节精妙入微，丹红、青绿、墨黑构成一幅诗意盎然的山中秋景图，诗画契合一致，意境幽远。

---

① 陆游：《陆游集·渭南文集·跋王右丞集》，中华书局 1976 年版，第 2262 页。

陆游善于描摹景物的动态，且用字巧妙，用词精湛。如“斜日半穿临水竹，好风遥送隔城钟”“山经宿雨修容出，花倚和风作态飞”中，将晚风吹过竹林、花瓣轻舞飞扬的场景生动轻盈地描绘了出来。在“风翻翠浪千畦麦，水漾红云一坞花”两句诗中，用“翻”“漾”二字将“风吹麦浪，水映花影”的细致袅袅精确地刻画出来，景物如浮在眼前，花香似扑鼻而来，读过此诗，难忘此景。

清代王翚有《放翁诗意图册》十二开，摘取了陆游《遣兴》《横塘》《舟过季家山小泊》《冬晚山房书事》《题斋壁・四》《游山西村》《晓出南山》《上虞逆旅见旧题岁月感怀》《秋雨初霁试笔》《山园》《眉州披风榭拜东坡先生遗像》《书事》诗中秀句汇成小景十二幅。画作承袭陆游精妙笔意，将诗中之意境孕育于一笔一墨之间，第三开则为写陆游《舟过季家山小泊》中“风翻翠浪千畦麦，水漾红云一坞花”两句诗意。画面中青山掩映，山间云雾飘渺，江水两岸，树影绰约，远处风吹麦浪，花枝灿烂，屋舍数座隐现其间，王翚以细致写实的用笔、清新淡雅的用墨将生趣盎然、清秀灵动的山水小景精细地描摹于纸上，可视为陆游诗境的再现。

陆游作诗喜用叠字、叠词，更能状自然之情貌，增强对事物、思想和感情的表达效果。“白塔昏昏才半露，青山淡淡欲平沉”“陂塘漫漫行秧马，门巷阴阴挂艾人”等，诗人用叠字赋予了诗歌饱满的情绪，更鲜明地构架意境、渲染气氛，增强了作品自身的感染力，加深了读者对作者及作品的理解与体悟。《登赏心亭》中，“黯黯江云瓜步雨，萧萧木叶石城秋”一句奠定了全诗“孤臣老抱忧时意，欲请迁都涕已流”的感情基调，“黯黯”“萧萧”二词蕴含了诗人欲语还休的忧愁与慨叹。国画大师陆俨少有著名的《宋人诗意册》二十二开，其中第十八开写陆游“黯黯江云瓜步雨，萧萧木叶石城秋”诗意。图中树木是大块墨点的积染，草石以较淡较小的墨点画成，层次丰富，内容饱满。丛树环绕着城墙，城墙内是亭台楼阁林立的建康城，暗暗沉沉的江云飘向长江对岸的瓜步山，山间云雾缭绕、水汽蒸腾，城外木叶萧萧，落英缤纷，一幅层林尽染的秋景图跃然于眼前。陆俨少此画不仅将陆游登赏心亭时眼中之景尽收画底，而且以动情的笔墨折射出诗人“欲请迁都泪已流”的时意之忧，将其对于建康城的向往与渴望渲染得恰到好处。

陆游诗中常常采写日常生活中的真实的经验与场景。如“重帘不卷留香久，古砚微凹聚墨多”，通过细腻的观察，表达了平常生活中那种真实确切的体验与感受。“山重水复疑无路，柳暗花明又一村”是千古名句，陆游用笔精到，将人人都会遇到的寻常事件文艺化并写入诗中，于事态转折之处，于开合起伏之间，生动新鲜地描绘出故事情境。王翚《放翁诗意图册》第六开以此句诗意绘图。王翚善取前人之法，然又不拘于一家，将巨然、范宽的构图方式与黄公望、王蒙的书法用笔结合于一体，创造出一种苍茫浑厚、气势勃发的山水画风格。图中山石体势巨大，给人面山临石之感，房屋亭舍没于山林之中，营造出“山重水复”无路之错觉，然纵观全图，巨石、深林之中隐现数条小路，远处良田阡陌，水流纵横，豁然开朗。

王原祁亦有以“山重水复、柳暗花明”为题的《放翁诗意图》(图 8-2)。与王翚不同,王原祁画中,“山重水复”以层层山石迂回盘转来体现,“柳暗花明”以点点桃花、纤纤垂柳来渲染。山石青绿、花柳盛开,小桥石阶、流水人家,一派醉人的春日之景铺展于眼前,或许,这“山重水复”便是一种诗意,静下心来,流连于山水之间,又何必急着寻这“柳暗花明”呢?

图 8-2 王原祁 《放翁诗意图》 北京匡时国际 2013 年春季艺术品拍卖会

此外,陆游写景诗中呈现出的富有情韵、生动活泼的景物特点亦是后世画家所取法的对象。近代工笔画家于非闇画白荷图,上题“白菡萏香,红蜻蜓弱”,此八字出自陆游《六月二十四日夜分梦范致能、李知己、尤延之同集江亭》,原句为“白菡萏香初过雨,红蜻蜓弱不禁风”。诗中描绘了雨后白荷、蜻蜓点立的妙景,与杨万里“小荷才露尖尖角,早有蜻蜓立上头”有异曲同工之妙。于非闇画中所描绘的是刚刚经历了雨的洗礼,清冽的白荷亭亭玉立,碧叶蓊郁,花瓣洁白,似一位姿态曼丽的美人;一只红蜻蜓仿佛嗅到了雨后清逸的荷香,缓缓而来,白荷之上,微风袭来,小精灵显得愈发楚楚动人。这幅由红蜻蜓和白荷组合而成的画面清新脱俗,有一种超然于尘世之外的清雅、清幽,意趣盎然。

除了悠然自得的闲适写景诗,陆游激情慷慨的爱国诗也同样影响了后世无数的艺术家。陆俨少曾作多幅陆游诗意图，其1983年作《出峡图》，题款云："江上荒城猿鸟悲，隔江便是屈原祠。一千五百年间事，只有滩声似旧时。写放翁诗意，复参酌往时江行所见成之。癸亥九月，陆俨少。"

淳熙五年(1178)二月，陆游离开成都东归，途中过楚城，面对猿鸟悲啼的江边荒城有感，遂作《楚城》一诗，全诗借古讽今，深刻表达了他爱国忧民的强烈感慨。陆俨少受到诗歌触动，《出峡图》布势雄浑，构思精妙，力透纸背、情透纸背，于一笔一墨中营造出沧桑历史感，江水流怨，滩声吐恨，将陆诗中蕴蓄于慨叹和停顿之中那说不出、道不尽的家国之忧展露无遗，余意无穷。

陆俨少深受陆游爱国思想的激励，其存有多款陆游诗意图。其中，作于上世纪60年代初期的《宋元诗意册》首开即为陆游诗意图。款识为："秋山瘦益奇，秋水浅可涉。出城西风劲，拂帽吹脱叶。新霜拆栗罅，宿雨饱豆荚。枯柳无鸣蜩，寒花有穿蝶。郊行得幽旷，颇觉耳目惬。断云北山来，欣然与之接。挂冠易事尔，看镜叹勋业。永怀桑干河，夜渡拥马鬣。放翁此诗忠义爱国之气，千载之下犹跃然也，俨少。"此诗为陆游《秋郊有怀·秋山瘦益奇》。画中山水雄浑，气势磅礴，实乃"断云北山来，欣然与之接"的再现，道中现一拄杖人物，是诗人陆游，亦是画家陆俨少，诗画相通，手笔独到，有大师风范。

二、闲适诗与清代楹联

在特殊的时代环境中，在王阳明心学以及李贽等人反道学思想的冲击下，明清时期的审美理念和艺术精神逐渐开始游离于传统的儒家美学传统之外。徐渭、李渔、八大山人、石涛等人，虽然作为儒门知识分子，但更多的是对于传统美学的反叛和背离。他们"公开提倡和追求'趣''险''巧''怪''浅''俗''艳''谑''惊''骇''疵''出其不意''冷水浇背'等等，便与'温柔敦厚'的传统诗教、'成教化助人伦'的儒学准则，实际距离拉得相当远了"[①]。在反传统、轻道德、远政治的时代环境之下，陆游那些无关道德、不涉政治的诗歌得以风靡一世。在明末公安派和钱谦益等人的推动下，形成了"究未知宋人三百年间本末也，仅见陆务观一人"[②]的局面，到了清康熙年间，陆游的《剑南诗稿》仍然被奉为楷式。

"渔舟樵径，茶碗炉薰，或雨或晴，一草一木，莫不著为咏歌，以寄其意。"[③]明清的读者从这类寄意于花草的陆诗中捕捉到了他们熟悉的生活场景；从陆游诗中涌现的茶、酒、花、砚、屏风、重帘、熏炉、铜瓶等人文意象中发现了他们所欣赏的文人生活中的平常意境，从而倍感亲切与欢喜。陆游闲适诗中生动逼真、工巧

---

① 李泽厚：《华夏美学》，天津社会科学院出版社2002年版，第240页。

② 贺裳：《清诗话续编本·载酒园诗话》，上海古籍出版社1983年版，第453页。

③ 冉苒校点：《唐宋诗醇》，中国三峡出版社1997年版，第896页。

细致的生活小景，砚墨瓶花等极富装饰性的元素与明清时期注重技巧和工序，风格精细繁复、错彩镂金的工艺美术风格不谋而合。“重帘不卷留香久，古砚微凹聚墨多”“绕庭数竹饶新笋，解带量松长旧围”“瓶花力尽无风堕，炉火灰深到晓温”“花如解笑还多事，石不能言最可人”这些语言通畅、趣味悠然、清新雅致、描摹工巧的碎金屑玉，一方面符合明清普通读者的审美眼光，另一方面，也满足了文人、名士等对典型文人高雅生活的想象，因而备受推崇和追捧。

钱锺书评陆诗时曾说道：

他的学生称赞他说：“论诗何止高南渡，草檄相看了北征”；一个宋代遗老表扬他说：“前辈评宋渡南后诗，以陆务观拟杜，意在寤寐不忘中原，与拜鹃心事实同”。这两个跟他时代接近的人注重他作品的第一方面。……然而，除了在明代中叶他很受冷淡以外，陆游全靠那第二方面去打动后世好几百年的读者，像清初杨大鹤的选本，方文、汪琬、王苹、徐釚、冯廷櫆、王霖等的模仿，像《红楼梦》第四十八回里香菱的摘句，像旧社会里无数客堂、书房和花园中挂的陆游诗联都是例证。①

由现存较多的明清装饰楹联、书法等作品可知，明清时期，陆游的诗歌名句被一再地引用、模仿，其诗意、诗境被反复地呈现与摹写。

楹联，亦称“楹帖”“对子”“对联”，是融合文学、书法、绘画、篆刻等多种元素的一种装饰艺术。它起源于五代的桃符，明代兴起而盛行于清代，成为中国传统建筑装饰不可缺少的组成部分。陆游诗歌题材广泛，清人赵翼曾评价道：“凡一草、一木、一鱼、一鸟，无不裁剪入诗。”②在清代，寺庙、禅房、书房等地处处皆可见陆诗楹帖。李慈铭《越缦堂诗话》中说：“为人书楹联六帖。放翁诗如‘正欲清言闻客至，偶思小饮报花开’‘常倚曲阑贪看水，不安四壁怕遮山’……‘静喜香烟萦曲几，卧惊玉子落纹枰’，此等数百十联皆宜于楹帖。至如‘寻碑野寺云生屦，送客溪桥雪满衣’，予曾为云门寺僧书之，‘两桨去摇东浦月，一盦回望上方灯’，予曾为王城寺僧书之，皆切合佳境。‘胜偿平日清游愿，更结来生熟睡缘’，则禅房皆宜之。‘外物不移方是学，俗人犹爱未为诗’，则非寻常书室所得用也。”③

陆游闲适诗中大量对仗工整、意象可人的对句和单句进入清代楹联，《剑南诗稿》像杜甫、苏轼的诗集一样，成了清人取材的楹联资料库。如“杯羹最珍慈竹笋，瓶水自养山姜花”（《诗稿》卷六《初到荣州》）、“小几研朱晨点易，重帘扫地昼焚香”（《诗稿》卷七十七《闲咏》）、“浅碧细倾家酿酒，小红初试手栽花”（《诗稿》卷三十五《睡起至园中》）“嫩莎经雨如秧绿，小蝶穿花似茧黄”（《诗稿》卷二十二《村

① 钱锺书：《宋诗选注》，北京三联书店 2002 年版，第 270 页。

② 赵翼：《瓯北诗话》，人民文学出版社 1963 年版，第 78 页。

③ 李慈铭撰，蒋瑞藻辑：《中国诗话珍本丛书 · 越缦堂诗话》，北京图书馆出版社 2004 年版，第 687 页。

居初夏》)、“丹炉弄火经年熟,竹院听琴竟日留”(《诗稿》卷六十五《道院杂兴》)等,隶书、行书、楷书、行楷、行草、小篆兼有,翁方纲、何绍基、李慈铭、曾国藩、张之洞等人都题过一首或数首陆诗楹联。

陆游闲适诗作多是对于日常生活情境的直接观照,这些诗作取材于真实的生活经验,生动活泼而不失逼真写实。作者以诗人之眼、诗人之笔使得寻常景物获得了新的生命力,成为诗意的象征,从自然美升华为艺术美。清代楹联又转而从陆诗中取材,剪辑出全诗最富表现力的诗句,实则是凝练基础上的再创造。这些用文字雕琢出来的工巧小景,兼具物质装饰和精神涵养于一体,是陆游技艺高超的明证,是其诗歌艺术风格在明清审美领域渗透力和影响力的投射。

三、《钗头凤》在后世的图像呈现

(一)《钗头凤》

《钗头凤·红酥手》是陆游为数不多的以爱情为题材的作品之一,因其与唐婉的爱情悲剧而流传千古。据载,陆游年轻时娶表妹唐婉为妻,感情深厚。但因陆母不喜唐婉,威逼陆游休妻,之后,陆游另娶王氏为妻,唐婉也嫁给了当时的皇室贵族赵士程。十年之后的一天,陆游沈园春游,与唐婉不期而遇,唐婉在征得丈夫的同意后,给陆游送去了酒菜。此情此景,陆游怅然久之,赋《钗头凤》一词,题于沈园壁间。传说唐婉见了这首《钗头凤》词后,感慨万端,亦提笔和《钗头凤·世情薄》词一首。不久,唐婉竟因愁怨而死。四十年后,陆游重游沈园,感念唐婉其人其情,作《沈园》诗二首。《钗头凤》历来广为传唱,从古至今,以绘画、戏剧、电影等多种不同的艺术形式呈现在观众面前。

红酥手,黄縢酒,满城春色宫墙柳。东风恶,欢情薄,一怀愁绪,几年离索。错!错!错!

春如旧,人空瘦,泪痕红浥鲛绡透。桃花落,闲池阁,山盟虽在,锦书难托。莫!莫!莫!

宋代文人善用典故,擅长将复杂的故事内容和深刻内涵寄寓于寥寥数字之中。从《钗头凤》本身来说,陆游通过巧妙的用典使原本抽象、内敛的情感得以形象化,通过撷取“东风”“桃花”“锦书”等具体意象将自己与唐婉二人的情愁故事化、情节化,从而极富艺术魅力和感染力。宋词《钗头凤》正是基于图像性的特征,才得以成为文学经典流传下来,经久不衰。

整首词用典颇多,上阕中,化用《礼记·檀弓》中“吾离群而索居,亦已久矣”一句深刻表现出二人的被逼分离,突出现状之悲惨。下阕中,首先引入神话传说,“鲛绡”是一种来自海水中却入水不湿的特殊织品,词中用“泪痕红浥鲛绡透”,形象表现出二人肝肠寸断、眼泪湿透“鲛绡”的情境。“锦书难托”一句用的是苏蕙赠夫窦涛“织锦回文”的典故，进一步衬托出相看泪眼、无语凝噎，恩爱夫妻不得相守之伤感境遇。对于叠词“错错错”和“莫莫莫”，戴鸿森先生分析道：“梁范静妻沈氏《晨风行》有云：‘风弥叶落永离索，神往形返情错漠。’似可看作陆词造语设词的切近出处。‘错漠’同‘错莫’，也可作‘莫错’，李白《寄远十二首》：‘朝共琅玕之绮食，夜同鸳鸯之锦衾。恩情婉恋忽为别，使人莫错乱愁心。’二诗皆写恩爱夫妻不得会合之苦情，陆游与之同心相应，笔下有所取资，为极自然事。”[1]陆游熟稔前代爱情典故，并观照自我，借经典抒发自己的感情，使得全词情感含蓄动人、深刻真挚。

陆游面对彼时的心爱之人，此时的他人之妻，既有惆怅，却又无可奈何，只得将一首《钗头凤》题写在沈园墙壁上，以此方式一泄心中相爱却不得相守的愁绪。因为题于壁上，此后唐婉得以提笔和词，四十年后的陆游再次游沈园时仍然能够重读此词，为这首情真意切的爱情词增添了更多的故事性和传奇性。正因为如此，《钗头凤》超脱了本来的文学存在形式，被后世画家、戏曲家等反复描摹、一再延伸，从而成为艺术史上经典的图绘范式。

（二）《钗头凤》在后世的图像呈现

1. 连环画

上世纪七八十年代产生了多个版本的《钗头凤》连环画。这些绘本脱胎于词作文本，以故事内容为基础，但又不囿于简单的叙事方法，在文本内容之外进行了形象的重塑和情节的延伸，逐渐形成了一套独立于文本的图像系统。《钗头凤》连环画自产生以来，以其图文并茂的通俗性、简单易懂的直观性大受民众欢迎，并和其他民间艺术种类诸如戏剧戏曲一道成为古典爱情故事《钗头凤》的传播和再创造者，促进了《钗头凤》从诗词文本到图像形态的转变。

从形式上来说，连环画以图为主，以文为辅。每页的文字均为本页图画的解释说明，或交代故事的起因、背景，或铺陈故事情境，或对画面进行补充论述，一般来说，图文对应关系十分明确。如孔继昭的彩绘连环画《钗头凤》中，每幅彩图的一旁均有文字说明。有些绘本中，会将文字的着力点放在人物的思想和心理描写上，例如钱笑呆所绘《古代戏曲故事——钗头凤》（图 8 - 3）中第五十三页有这样一段阐释：“陆游怕蕙仙累坏了身子，劝她早点歇息，说了许多话，蕙仙总是不肯。”图中场景是蕙仙为陆游整理行装，既有陆游和妻子的对话，也有类似于旁白的画外音，既与此情此景密切相关，又似乎隐隐地暗示之后的故事发展情节。

从内容上来说，连环画的连续性和叙事性较强。比起文学和单幅画作，连环画最大的特点就在于它能够通过连续的画面，具体形象地展现内容丰富、情节曲

---

① 戴鸿森：《陆游〈钗头凤〉疑义试析——与俞平伯先生商榷》，《北京师范大学学报》1980 年第 3 期，第 37 页。

图8-3 钱笑呆 《古代戏曲故事——钗头凤》

折的故事。在第六届全国美展上获银质奖章、第三届全国连环画创作评奖获荣誉二等奖的卢辅圣的彩绘《钗头凤》是连环画的重要版本之一。他共作六十五幅彩绘，人物形态有一定变形，姿态夸张，融戏剧造型和工笔画风格为一体。画幅之间既能串联成一个完整的故事，也能独立欣赏。多幅紧密相连的图绘叙述了长时间、多空间的人物故事的持续发展，从宏观、微观两个方面对陆游和唐婉的爱情故事作了细致、完整的描绘。

2. 戏剧戏曲

《钗头凤》在戏剧戏曲舞台上的呈现更是多姿多彩，可以说，包括京剧、昆曲、越剧几大著名剧种在内的众多戏曲舞台都曾演出过《钗头凤》。荀派创始人荀慧生曾多次演绎京剧《钗头凤》，它还成为荀派六大悲剧之一；当代名家于魁志和李胜素演唱的新编历史剧《钗头凤》也是家喻户晓；中华人民共和国成立前魏于潜的话剧版本，几十年来，也是经历了多次复排。地方戏剧更是百花齐放，百家争鸣，据不完全统计，《钗头凤》共有苏剧、昆曲、越剧、潮剧、粤剧、闽剧、吕剧、秦腔等多个版本的演出①。

戏剧戏曲作为综合性的艺术门类，受到时间、空间、表演媒介等条件的限制，已不可能停留于对文本的简单再现阶段，其往往是在保证宋词《钗头凤》主题立意不变的基础上，又非常注重词本外的延伸与挖掘。从文学文本到戏剧表演，其侧重点和精神内涵多有差异，概括几大剧种中关于《钗头凤》的再创造过程，可以发现以下几点：

一、突出时代环境，塑造典型人物。在戏剧戏曲领域，《钗头凤》已不仅仅是单纯的才子佳人间的爱情悲剧，剧中多将陆游与唐婉的婚姻悲剧置于民族矛盾、统治阶级内部矛盾突出的南宋这一时代背景下，男女主人公并不是偶然存在的，而是作为典型环境中的典型人物。昆曲《钗头凤》共七场戏，以陆唐爱情故事为主线，贯之以陆游报国无门、壮志难酬的一生经历。七场戏中，前四场演绎恩爱夫妻相伴相依却最终难逃被封建家长逼离的伤感结局，后三场戏的时间跨度达六十一年之久，着重于刻画陆游饱经主和派贬抑、排挤、打压，却依然心怀君国、反抗侵略、执意收复国土的爱国主义者形象，完整展现了主角的悲剧命运。剧作

① 王欢：《陆游钗头凤的视觉呈现》，东南大学硕士论文2013年，第16页。

是对于原词的升华，深刻表现了陆游和唐婉爱情的忠贞不渝以及主人公遭遇厄运却矢志不渝的爱国信念。

二、注重创新性，提升故事吸引力。昆曲《钗头凤》在陆游和唐婉的悲剧故事中，穿插了另一对夫妻李贵和兰香的故事。李贵和兰香与陆唐二人命运相仿，他们也满怀报国热情，希望收复中原，重返故土，但最终也未能如愿。在剧中沈园成为两组故事发展的关键节点，“一进沈园”时的烂漫美好，“二进沈园”时的无奈怅惘，“三进沈园”时的凄凉追忆，主线与副线巧妙衔接、相互映衬，张力十足，使得观众的情感与剧情产生了强烈的共鸣。

三、独到的细节设计，极具感染力。这主要包括灯光、道具、服装造型、音乐等舞美方面新颖又不乏深度的设计。如越剧《陆游与唐婉》，该剧创意性地用具有象征意义的道具来辅助情节的推动，充分利用细节，前后呼应，深化情感。例如“落花”这一意象在舞台上的反复出现。剧中，共有四次落花的情景，第一次出现在陆唐二人共游沈园之时，此时的落花天真烂漫，象征着夫妻二人真挚的感情；第二次、第三次分别出现在陆唐二人婚姻破裂三年后，故地重游的陆游上场和与新夫相伴的唐婉游园时，此时的落花哀伤多愁，仿佛在诉说离索之人心上的悲苦；第四次出现在陆游奋笔疾书《钗头凤》之时，满台落花，片片含情，是相爱不能相守的叹息，是“除却巫山不是云”的伤感。这里的落花，是无声的艺术语言，它是人物心态的外化，是凝练、直观的视觉形象，情韵兼具，富有感染力。

戏剧艺术通过将文学、绘画、音乐、雕塑等艺术种类结合在一起，以演员的形体为媒介来诉说情感和故事，将以往文学层面的想象打造成眼前的直观场景，其已不只是停留在追求叙述故事的简单层面上，它的表现形式、叙事方法更具有综合性。从文学到表演，由《钗头凤》改编的戏剧戏曲在剧本核心思想不变的前提下，抓住了关键的历史人物和事件，在新与旧间找到了平衡点，以《钗头凤》中所描绘的陆游唐婉爱情的千古绝唱为依据，又超脱于单一的悲剧爱情本身，注重向内挖掘深度、向上提升高度，铺设多重线索，讲求纵横发展。既有文人戏剧的高雅，又符合广大普通民众的审美习惯，雅俗共赏，精彩层出不穷。

3. 电影

《钗头凤》除了在戏剧戏曲舞台上经久不衰，在电影电视上的呈现，最具影响力的就是 1981 年由峨眉电影制片厂拍摄的电影《风流千古》和第 21 届金鸡百花电影节展映的越剧电影《沈园情》。从内容上看，《风流千古》和《沈园情》依旧是以《钗头凤》词作及陆游和唐婉的悲剧爱情故事为题材，讲述了陆游与表妹唐婉情投意合，却在婚后遭遇陆母的百般阻挠，处于封建礼教压制下的二人虽有过反抗，最终仍没能逃脱分离的悲剧命运。

电影能够逼真地纪录现实生活中人和物的空间状貌，最大程度地还原和模拟真实的事件过程。为了精准地还原陆唐二人本真的生活状态和周边环境，这两部电影都曾到江浙一代取景，力求自然真实与艺术真实的完美契合。在电影中，通过匠心独运的布景与造型，通过演员的肢体动作和台词对白，观众不用联想和想象，就能够清晰地看到全方位的故事。

电影《风流千古》是以真实历史人物为原型的故事片，编剧寇嘉弼、江沛在创作《风流千古》剧本的过程中，在阅读了《宋史》等有关著作的基础上，还进一步查阅了《绍兴志》等大量直接或间接的资料，通过各类古籍中记载的生平事迹以及陆游自身的诗词著作，深度了解和剖析陆游，之后在此基础上塑造人物、展开情节。因此《风流千古》中的陆游形象更为饱满和完整，他饱读诗书，才华横溢，却壮志难酬；他挚爱妻子唐婉，却心虚胆怯、唯唯诺诺，不敢与父母抗争，最终导致婚姻的失败，基本与历史上陆游的真实形象吻合。《沈园情》在绍兴沈园、香炉峰、西园、兰亭等多个景点中选取了真实优美的场景，将故事发生地的建筑风格、民俗民风、自然风光等一览无遗地展现在观众面前，伴随着场景的自由切换，将陆唐的爱情故事娓娓道来。

矛盾冲突是情节发展的主要线索，一方面，它推动故事的发展和高潮，另一方面，激烈的矛盾更能突出人物的性格，从而塑造出经典的银幕人物形象。无论是《风流千古》还是《沈园情》都十分注重还原这种冲突性。首先强化了以陆母为代表的封建礼制和陆游、唐婉甜蜜爱情之间的冲突，主要表现在陆母对于儿媳唐婉的百般刁难上。其次是突出了陆游自身性格中的矛盾与对立，一方面他与妻子情投意合，恩爱十分，但另一方面，在面对父母的无理要求时，又软弱无能、缺乏决断力，最终只得以不情愿地休妻告终。另外，陆游一腔爱国热血与秦桧的老奸巨猾之间的性格对立，陆游休妻之后的无奈惆怅与往日幸福相伴时光之间的强烈对比等，这些矛盾与冲突是推动电影叙事向前推进的动力，也正是电影的可看性和艺术性所在。

电影艺术站在更全知、更多样的视角上，立足于角色情感的着力点，深入浅出地用现代化的方式全新地阐释了千古名词《钗头凤》。虽然从情节的编排来看，影片在传统的故事内容上有了众多的创新改编之处，但《风流千古》和《沈园情》仍然是以《钗头凤》词作及陆游和唐婉的悲剧爱情故事为核心情节，是在文学文本基础上的二次创作。

小结

文学与图像一道构成了中国文人在历史领域、艺术领域的双重身影，而陆游，就是这其中一道亮丽的风景。无论是爱国诗词，抑或是隐逸之文，皆是作者本人艺术思想和精神世界的真实写照。陆游的作品在后世经历了诗意画、楹联、戏剧戏曲等形式多样的图像重构，使我们可以通过文学和图像这两种彼此补充、相互完善的形式追索作者的心思、意图和观念，从而更深刻、更全面地理解作为诗人和艺术家的陆游形象。

第九章　“十咏诗”与《十咏图》

《十咏图》(彩图 6)是北宋著名诗人张先按照其父张维诗意创造的一幅山水人物长卷,并将原诗题写于其上。“十咏诗”并非严格意义上的题画诗,因为其直接创作来源是现实生活而非观画所感,它在外形上是题画诗,但从内容上看与一般题画诗有很大不同。一方面,“十咏诗”是《十咏图》的创作依据,另一方面,正是因为题写在《十咏图》上,才促进了“十咏诗”流传至今。《十咏图》创作顺序为从诗到图,书写顺序为从图到诗,图和诗俱保留了下来,为文图关系研究提供了一个很好的案例。本章将对《十咏图》文图关系做一个较为详细的个案分析。

第一节　“十咏诗”和《十咏图》

本节直接从文本解读入手,对“十咏诗”的语象进行分类和解读,对“十咏图”图像进行细读;在做好文本分析后,重点是《十咏图》与“十咏诗”诗画对读,从具体分析中可以发现许多有价值的问题,为下一节深入研究和得出结论打下基础。

一、“十咏诗”语象分析

(一)“十咏诗”语象分类

“十咏诗”是张维游居乡里所作,内容有文人集会,人情往来,也有咏物抒情,寄兴畅达,表达了张维自在闲适、淡泊名利的心态,有些诗句直接表达了张维不慕名利的心态,如“休言身外荣名好,但恐人间此会无”“莫问乘舟客,利名同一途”“谁言五福仍须富,九十年余乐太平”等句。其诗歌语言清新闲雅,古朴自然,在宋诗中具有较高的艺术水准。陈振孙在“十咏图”跋文中称赞“滩头斜日凫鹭队,枕上西风鼓角声”“花有秋香春不知”等句皆“清丽闲雅”。“十咏诗”在体裁上以七言律诗为主,另五言律诗一首和七言绝句二首;在题材上有叙事诗、咏物诗、抒情诗等,内容差别很大,反映了较广阔的生活层面。

中国传统诗歌分析大多以意象为基本单位，袁行霈认为："意象是融入了主观情意的客观物象，或者是借助客观物象表现出来的主观情意。""是由作者依循主观感动的原理和个性化的原则艺术加工出来的相对独立的语象结构。"①也就是说，物象是客观存在的事物，意象是经过了诗人的审美经验和人格情趣两方面加工的物象。而叶朗认为："意象的基本规定就是情景交融。……意象就是一个包含着意蕴于自身的一个完整的感性世界。"这其实是很多诗歌分析中对"意境"的理解，而他认为意境"就是超越具体的有限的物象、事件、场景，进入无限的时间和空间，即所谓'胸罗宇宙，思接千古'，从而对整个人生、历史、宇宙获得一种哲理性的感受和领悟。"②可见，意象的基本含义就是"象"，而且是包含着情感色彩的"象"，意象仍然是一个内涵比较广的单位。另外，诗歌意象研究无法包含诗歌中的抽象名词、动词、形容词等，这些词语虽然不能自我成像，却有着提示画面或唤起心理表象的作用，在诗歌文本分析中同样应该注意。因此，对"十咏诗"文本分析，本文以语象为基本单位，语象和物象、意象、意境等是相互联系的，"语象是诗歌本文中提示和唤起具有心理表象的文字符号，是构成本文的基本素材。物象是语象的一种，特指由具体名物构成的语象。意象是经作者情感和意识加工的由一个或多个语象组成、具有某种意义自足性的语象结构，是构成诗歌本文的组成部分。意境是一个完整自足的呼唤性的本文。"③

"十咏诗"中的语象很多，我们可以一一提取出来分为具体名词、抽象名词、动词和形容词三类，如表 9-1 所示：

表 9-1 "十咏诗"语象分类

"十咏诗"	具体名词类	抽象名词类	动词、形容词类等
（一）吴兴太守马太卿会六老于南园人各赋诗天童阁侍讲胡瑗有序及余诗皆不录 贤侯美化行南园，华发欣欣奉宴娱。 政绩已闻同水薤，恩辉遂喜及桑榆。 休言身外荣名好，但恐人间此会无。 他日定知传好事，丹青宁羡洛中图。	贤侯、南园、华发、宴娱、水薤、桑榆、丹青、洛中图	政绩、恩辉、人间、好事、荣名、人间、他日、好事	美化、行、欣欣、奉、闻、喜、休言、好、无
（二）庭鹤 戢翼盘桓傍小庭，不无清夜梦烟汀。 静翘月色一团素，闲啄苔钱数点青。 终日稻粱聊自足，满前鸡鹜漫相形。 已随秋意归诗笔，更与幽栖上画屏。	戢翼、小庭、鸡鹜、清夜、烟汀、月色、苔钱、一团素、几点青、稻粱、鸡鹜、诗笔、画屏	秋意、幽栖	盘桓、梦、静翘、闲啄、自足、相形

① 袁行霈：《中国诗歌艺术研究》，北京大学出版社 1996 年版，第 63 页。

② 叶朗：《说意境》，《文艺研究》1998 年第 1 期，第 18—19 页。

③ 蒋寅：《语象·物象·意象·意境》，《文学评论》2002 年第 3 期，第 74 页。

续 表

“十咏诗”	具体名词类	抽象名词类	动词、形容词类等
(三) 玉蝴蝶花 雪朵中间蓓蕾齐，骤开尤觉绣工迟。 品高多说琼花似，曲妙谁将玉笛吹。 散舞不休零晚树，团飞无定撼风枝。 漆园如有须为梦，若在蓝田种更宜。	雪朵、蓓蕾、绣工、琼花、玉笛、晚树、风枝	品高、曲妙、漆园、梦、蓝田	齐、骤开、迟、似、吹、散舞、不休、团飞、无定
(四) 孤帆 江心云破处，遥见去帆孤。 浪阔疑升汉，风高若泛湖。 依微过远屿，仿佛落荒芜。 莫问乘舟客，利名同一途。	江心、云、去帆、浪阔、升汉、风高、泛湖、远屿、荒墟、乘舟客	利名	破、遥见、孤、莫问
(五) 宿清江小舍 菰叶青青绿荇齐，□□□□□□□。 □□□□□□□，□觉轻舟过水西。	菰叶、绿荇、轻舟、水西		青青
(六) 归燕 社燕秋归何处乡？群雏齐老稻青黄。 犹能时暂栖庭树，渐觉稀疏度苑墙。 已任风庭下帘幕，却随烟艇过潇湘。 前春认得安巢所，应免差池拣杏梁。	社燕、何处乡、群雏、稻、庭树、苑墙、风庭、帘幕、烟艇、前春、安巢所、杏梁	潇湘	秋归、齐老、青黄、栖、度、认得、差池
(七) 闻砧 遥野空林砧杵声，浅沙栖雁自相鸣。 西风送响暝色静，久客感秋愁思生。 何处征人移塞帐，即时新月落江城。 不知今夜捣衣曲，欲写秋闺多少情。	遥野、空林、浅沙、栖雁、西风、暝色、久客、征人、塞帐、新月、江城、今夜	砧杵声、自相鸣、愁思、捣衣曲、秋闺、情	送响、静、感秋、生、移、落、写
(八) 宿后陈庄偶书 腊冻初开苕水清，烟村远郭漫吟行。 滩头斜日凫鹥队，枕上西风鼓角声。 一棹寒灯随夜钓，满犁膏雨趁春耕。 谁言五福仍须富，九十年余乐太平。	腊冻、苕水、烟村、滩头、斜日、凫鹥队、枕上、西风、寒灯、夜钓、满犁、时雨、春耕	鼓角声、五福、富、九十年余、太平	初开、清、吟行、乐
(九) 送丁秀才赴举 逊咸平元年进士第八人后贤良方正第一人登科 鹏去天池凤翼随，风云高处约先飞。 青袍赐宴出关近，带取瑶林春色归。	鹏、众翼、风云、高处、青袍、赐宴、出关	天池、瑶林、春色	随、飞、近、归
(十) 贫女 蒿簪掠鬓布裁衣，水鉴虽明亦懒窥。 数亩秋禾满家食，一机官帛几梭丝。 物为贵宝天应与，花有秋香春不知。 多少年来豪族女，总教时样画蛾眉。	蒿簪、鬓、布、衣、水鉴、秋禾、满家食、官帛、几梭丝、物、花、豪族女、蛾眉	贵宝、天、秋香、春	掠、裁、懒窥、不知、画

从语象分类可以看出，三类语象中具体名词类语象最多，也是最容易将语象

转化成图像的,但是受一幅画的画幅限制,不可能将所有的具体名词语象都转化成图像,而要根据画面需要适当进行取舍。抽象名词类语象不易转化成图像,在图像中不易直接表现出来,有时需要借助其他相关的具体事物去意指或言说。对于动词、形容词类语象,这些带有时间性、动作性、心理性的语象更不容易在图像中表现出来,而只能表现其中最具表现性的一瞬间,或者有些语象干脆在图像中被略去了。"十咏图"对于这三类语象分别采取了不同处理方式。

(二)"十咏诗"关键语象

"十咏诗"每一首都有一些关键性的语象,这些关键语象是形成诗歌意象的基础,在"十咏图"中必然得到重点表现。这些意象不是张维或者张先独创的,而是在中国古代诗歌和绘画中反复出现和摹写的,经过不断演绎和强化,成为积淀在中国人文化心理的意象原型,是中国人独特审美心理和审美趣味的反映。正是基于共同的文化心理,才有了创作和欣赏一件艺术作品的共同文化背景。"十咏图"将"十咏诗"的意象在画面中一一表现出来,形成了整幅画的审美意境。"十咏诗"的语象在古诗中并无特别新奇之处,但对今人来讲,隔了近一千年,理解起来仍感到陌生,因此需要对这些关键语象的文化内涵略加以分析。

1. 六老会

文人雅集是中国古代文化的一个重要现象,文人集会常常以品诗论画、玩赏古物、谈玄论道为主题,历史上有名的文人雅集如兰亭集会、香山九老会、西园雅集等,到了明清更是成为一种风气。雅集跟诗画创作有密切关系,雅集中相互赠答诗作保留下来,雅集盛况也经常被描绘成图画。

张维诗名并不显赫,如果不是"十咏图"流传,南园集会这一在当地文化史上比较重要的文化事件可能被后人遗忘了。陈振孙在"十咏图"跋文中详细考证了南园集会,做了重要的文献补充。他说:"庆历六年,吴兴郡守马寻宴六老于南园。酒酣赋诗,安定胡先生瑗教授湖学,为序其事。六人者:工部侍郎郎简,年七十九;司封员外郎范说,年八十六;卫尉寺丞张维,年九十一,俱致仕。刘馀庆,年九十二;周守中,年九十五;吴琰,年七十二,三人皆有子弟列爵于朝。刘,殿中丞述之仲父;周,大理丞颂之父;吴,大理丞知几之父也。诗及序刻石园中,园废,石亦不存。其事见《图经》及《安定言行录》。余尝考之。郎简,杭人也,或尝寓于湖;范说,治平三年进士,同学究出身;周颂,天圣八年进士;刘、吴盛族,述与知几皆有名迹可见;独张维无所考。"[①]新太守马太卿非常重视当地文化发展,上任伊始就晏集当地有名望的六位老人,这是当地文化盛世的一个缩影。这六位老人分别是郎简、范说、张维、刘馀庆、周守中、吴琰,平均年龄是85.83岁,不得不让人惊叹!

---

① 周密撰,朱菊如等校注:《齐东野语校注》,华东师范大学出版社1987年版,第306—307页。

这次集会的地点南园，据《齐东野语》记载："南园故址在今南门内，牟存叟端平所居是也。其地尚为张氏物，先君为经营得之。"南园是张氏的私人家产，后为周晋经营得之。牟端平曾赋诗称赞："买家喜傍水晶宫，正是南园故址中。我欲筑堂名六老，追还庆历太平风。"[①]表达了对庆历年间文化风气的追思。张维作为一个游居乡里的老人，自然对在他宅地的南园集会表示重视和自豪，因此赋诗记之，但没有录入胡瑗的序及其他人诗。

张维有"六老会"，张先也有"六客会"。熙宁七年(1074)九月，苏轼罢杭州通判，知密州军州事，出发前与张先(字子野)、杨绘(字元素)、李常(字公择)、陈舜俞(字令举)、刘述(字孝叔)同会于垂虹亭上，张先作《定风波令》即"前六客词"以记之。

定风波令

雪溪席上，同会者六人：杨元素侍读，刘孝叔吏部，苏子瞻、李公择二学士，陈令举贤良。

西阁名臣奉诏行，南床吏部锦衣荣。中有瀛仙宾与主，相遇，平津选首更神清。溪上玉楼同宴喜，欢醉，对堤杯叶惜秋英。尽道贤人聚吴分，试问，也应旁有老人星。[②]

张先是年长者，长苏轼46岁，自喻为"老人星"，显示了他达观的心态。16年后，元祐六年(1090)三月，苏轼重过湖州。前六客中唯东坡尚在，他感念旧游，与张询、苏伯固等六人复作六客之会，苏轼作《定风波》，即"后六客词"。

定风波

余昔与张子野、刘孝叔、李公择、陈令举、杨元素会于吴兴。时子野作六客词，其卒章云："见说贤人聚吴分，试问，也应旁有老人星。"凡十五年，再过吴兴，而五人者皆已亡矣。时张仲谋与曹子方、刘景文、苏伯固、张秉道为坐客，仲谋请作后六客词云。

月满苕溪照夜堂，五星一老斗光芒。十五年间真梦里。何事？长庚对月独凄凉。绿发苍颜同一醉，还是，六人吟笑水云乡。宾主谈锋谁得似？看取，曹刘今对两苏张。[③]

苏轼词承接张先词，词中表达了对张先"六老会"的感怀之情，六人中唯有苏轼在世，人生如梦，甚是凄凉。

2. 庭鹤

鹤是长寿吉祥的象征，鹤与老人在一起更是形成互文映照关系。《庭鹤》这首诗描写了一只闲庭信步的老鹤，"闲""自足"等字眼突出了庭鹤的悠闲自适，其

① 周密撰，朱菊如等校注：《齐东野语校注》，华东师范大学出版社1987年版，第308页。
② 张先撰，吴熊和、沈松勤校注：《张先集编年校注》，上海古籍出版社2012年版，第78—79页。
③ 同上，第82—83页。

实这是张维自己心态的写照。旧题陶渊明《续搜神记》卷一:"丁令威本辽东人,学道于灵虚山。后化鹤归辽,集城门华表柱。时有少年举弓欲射之,鹤乃飞,徘徊空中而言:'有鹤有鹤丁令威,去家千里今始归。城廓如故人民非,何不学仙冢累累。'遂高上冲天。"[①]其他诗人也有咏鹤诗,表现了老鹤在庭院中暂且与鸡鹜为伍、聊以自足的相似情感。白居易《寄陆补阙》:"忽忆前年科第后,此时鸡鹤暂同群。秋风惆怅须吹散,鸡在中庭鹤在云。"白居易《鹤》:"人各有所好,物固无常宜。谁谓尔能舞,不如闲立时。"姚合《题鹤雏》:"羽毛生未齐,嶙峭丑于鸡。夜夜穿笼出,捣衣砧上栖。"雍陶《和刘补阙秋园寓兴六首》:"禁掖朝回后,林园胜赏时。野人来辨药,庭鹤往看棋。晚日明丹枣,朝霜润紫梨。还因重风景,犹自有秋诗。"

3. 玉蝴蝶花

花是喜庆繁荣的象征。六老会的地点南园是一个百花争艳、生机勃勃的花园,张先多次在诗词中写南园的花,如"南园百卉千家赏,和气兼春,不独花枝上"(《醉落魄·吴兴莘老席上》),"南园已恨归来晚。芳菲满眼。春工偏上好花多,疑不向、空枝暖。"(《玉联环》),"去年春入芳菲国。青蕊如梅终忍摘。阑边徒欲说相思,绿蜡密缄朱粉饰。归来故苑重寻觅。花满旧枝心更惜。鸳鸯从小自相双,若不多情头不白"(《木兰花》),"花满南园月满楼"(《庆佳节》)。

玉蝴蝶花也称木蝴蝶花,因略似蝴蝶形而得名,是一种紫葳科植物。玉蝴蝶花在中国古代诗词中出现得很少,宋代诗人施枢有诗《玉蝴蝶花》:"芳意深深掩绿苔,粉团香翅自裴回。多应又怨春归早,化作飞花满树开。"与"十咏诗"之《玉蝴蝶花》有神似之处,都写了花朵骤然开放,随风飘荡,绕树乱舞的样子。在"十咏诗"中,为了突出此花的高贵,将它与人们比较熟知的琼花作比,"品高多说琼花似"。琼花是一种吉祥的花,相关记载赋予它传奇色彩,王禹偁《后土庙琼花》二首序:"扬州后土庙有花一枝,洁白可爱,且其树大而花繁,不知实何木也,俗谓之琼花云。"周密《齐东野语》卷十七云:"扬州后土祠琼花,天下无二本,绝类聚八仙,色微黄而有香。仁宗庆历中,尝分植禁苑,明年辄枯,遂复栽还祠中,敷荣如故。"[②]在文人笔下,同样赞美琼花的美丽。李白《秦女休行》:"西门秦氏女,秀色如琼花。"卢纶《孤松吟酬浑赞善》:"回首望君家,翠盖满琼花。"贺铸《新念别·夜游宫》:"湖上兰舟暮发。扬州梦断灯明灭。想见琼花开似雪。"晁补之《虞美人》:"明年珠履赏春时。应寄琼花一朵、慰相思。"

4. 孤帆

孤帆在古诗词中经常出现,古代交通不便,水路以帆船为主,乘帆远去不知何时才是归期,常常引起人对前途渺茫的愁绪。李白《送孟浩然之广陵》:"故人西辞黄鹤楼,烟花三月下扬州。孤帆远影碧空尽,唯见长江天际流。"《望天门

---

①② 张先撰,吴熊和、沈松勤校注:《张先集编年校注》,上海古籍出版社2012年版,第7—8页。

山》："天门中断楚江开，碧水东流至此回。两岸青山相对出，孤帆一片日边来。"皎然《杂言重送皇甫侍御曾》："人独归，日将暮。孤帆带孤屿，远水连远树。难作别时心，还看别时路。"李频《春日南游寄浙东许同年》："孤帆处处宿，不问是谁家。南国平芜远，东风细雨斜。旅怀多寄酒，寒意欲留花。更想前途去，茫茫沧海涯。"皇甫冉《归阳羡兼送刘八长卿》："湖上孤帆别，江南谪宦归。前程愁更远，临水泪沾衣。云梦春山遍，潇湘过客稀。武陵招我隐，岁晚闭柴扉。"刘禹锡《步出武陵东亭临江寓望》："鹰至感风候，霜余变林麓。孤帆带日来，寒江转沙曲。戍摇旗影动，津晚橹声促。月上彩霞收，渔歌远相续。"苏轼《临江仙》："一别都门三改火，天涯踏尽红尘。依然一笑作春温。无波真古井，有节是秋筠。惆怅孤帆连夜发，送行淡月微云。尊前不用翠眉颦。人生如逆旅，我亦是行人。"晁补之《千秋岁》："叶舟容易，行尽江南地。南雁断，无书至。怜君羁旅处，见我飘蓬际。如梦寐，当年阆苑曾相对。休说深心事，但付狂歌醉。那更话，孤帆起。水精溪绕户，云母山相砌。君莫去，只堪伴我溪山里。"

5. 村舍

夜宿村舍是田园诗中经常表现的主题，农村以其清新自然的环境，淳朴原始的风气吸引着厌倦世俗、返璞归真的诗人。诗人笔下的村舍也充满了安详自足的气息，成为人们的心灵家园。中国是农耕文明国家，田园诗可谓源远流长，试举几例：陶渊明《归园田居》五首是田园诗的代表，表现了他回归自然、返璞归真的心态，如其一云："少无适俗韵，性本爱丘山。误落尘网中，一去三十年。羁鸟恋旧林，池鱼思故渊。开荒南野际，守拙归园田。方宅十余亩，草屋八九间。榆柳荫后檐，桃李罗堂前。暧暧远人村，依依墟里烟。狗吠深巷中，鸡鸣桑树颠。户庭无尘杂，虚室有余闲。久在樊笼里，复得返自然。"孟浩然《过故人庄》："故人具鸡黍，邀我至田家。绿树村边合，青山郭外斜。开轩面场圃，把酒话桑麻。待到重阳日，还来就菊花。"杜甫《江村》："清江一曲抱村流，长夏江村事事幽。自去自来堂上燕，相亲相近水中鸥。老妻画纸为棋局，稚子敲针作钓钩。多病所须惟药物，微躯此外更何求。"白居易《村夜》："霜草苍苍虫切切，村南村北行人绝。独出前门望野田，月明荞麦花如雪。"

6. 归燕

燕子是随着季节改变巢所的候鸟，燕子常寄居屋檐下，与人们的日常生活关系密切。燕子秋去春回，它的飞行轨迹常常引起诗人的思绪，让人产生思乡之感。诗人常用归燕来托物寄兴。如崔道融《归燕》："海燕频来去，西人独滞留。天边又相送，肠断故园秋。"王维《春中田园作》："屋上春鸠鸣，村边杏花白。持斧伐远扬，荷锄觇泉脉。归燕识故巢，旧人看新历。临觞忽不御，惆怅远行客。"杜甫《归燕》："不独避霜雪，其如俦侣稀。四时无失序，八月自知归。春色岂相访，众雏还识机。故巢傥未毁，会傍主人飞。"杜牧《归燕》："画堂歌舞喧喧地，社去社来人不看。长是江楼使君伴，黄昏犹待倚阑干。"

7. 捣衣

捣衣是古代民俗。古代贵族穿丝织品，而百姓穿的衣服大多用葛麻制成，葛麻比较生硬，穿起来不舒服，因此需要先捣柔弄平，再制作衣服。妇女把织好的布帛铺在平滑的砧板上，用砧杵敲击以求柔软熨帖，好缝制衣服，称为“捣衣”，凄冷的砧杵声称为“寒砧”。唐宋边塞战事紧急，捣衣尤其常见，深秋到来征人需要增加冬衣，妇女们就要赶制冬衣，这时捣衣声四起，正如李白所言“长安一片月，万户捣衣声”。捣衣一般在秋夜里进行，往往表现了征人离妇思念故乡等愁绪。

古代征战不断，诗词中经常出现捣衣内容。南朝宋谢惠连《捣衣》：“檐高砧响发，楹长杵声哀。微芳起两袖，轻汗染双题。纨素既已成，君子行未归。裁用笥中刀，缝为万里衣。”唐王建《捣衣曲》：“月明中庭捣衣石，掩帷下堂来捣帛。妇姑相对神力生，双揎白腕调杵声。高楼敲玉节会成，家家不睡皆起听。秋天丁丁复冻冻，玉钗低昂衣带动。夜深月落冷如刀，湿著一双纤手痛。回编易裂看生熟，鸳鸯纹成水波曲。重烧熨斗帖两头，与郎裁作迎寒裘。”这是动作描写最为丰富和生动的一首。王勃《秋夜长》：“鸣环曳履出长廊，为君秋夜捣衣裳。”李白《捣衣篇》：“闺里佳人年十余，颦蛾对影恨离居。忽逢江上春归燕，衔得云中尺素书。玉手开缄长叹息，狂夫犹戍交河北。万里交河水北流，愿为双燕泛中洲。君边云拥青丝骑，妾处苔生红粉楼。楼上春风日将歇，谁能揽镜看愁发。晓吹员管随落花，夜捣戎衣向明月。明月高高刻漏长，珍珠帘箔掩兰堂。横垂宝幄同心结，半拂琼筵苏合香。琼筵宝幄连枝锦，灯烛荧荧照孤寝。有便凭将金剪刀，为君留下相思枕。摘尽庭兰不见君，红巾拭泪生氤氲，明年若更征边塞，愿作阳台一段云。”杜甫《捣衣》：“亦知戍不返，秋至拭清砧。已近苦寒月，况经长别心。宁辞捣熨倦，一寄塞垣深。用尽闺中力，君听空外音。”

8. 闻砧

捣衣和闻砧是联系在一起的，秋夜里客居他乡的征人、游子听到一声声凄清的砧杵声，加剧了思念家乡和亲人的愁绪。闻砧成了古诗中一个常见的题材。杜荀鹤《秋夜闻砧》：“荒凉客舍眠秋色，砧杵家家弄月明。不及巴山听猿夜，三声中有不愁声。”白居易《江楼闻砧》：“江人授衣晚，十月始闻砧。一夕高楼月，万里故园心。”孟郊《闻砧》：“杜鹃声不哀，断猿啼不切。月下谁家砧，一声肠一绝。杵声不为客，客闻发自白。杵声不为衣，欲令游子归。”秦观《满庭芳》词：“又是重阳近也，几处处砧杵声催。”贺铸《捣练子》词：“砧面莹，杵声齐，捣就征衣泪墨题。”

9. 赴举

中国古代是一个科举社会，科举是古代读书人由平民进入统治阶层的唯一通道，张维教养其子张先有成，张先也是中举为官，既荣耀了家门，也造福一方百姓。送秀才赴举的题材也经常出现在诗词中，这是一个喜庆的场面。赴举送别，举子们如大鹏展翅正欲起飞，寄托着鹏程万里的希望。如孟郊《山中送从叔简赴举》："石根百尺杉，山眼一片泉。倚之道气高，饮之诗思鲜。于此逍遥场，忽奏别离弦。却笑薛萝子，不同鸣跃年。"孟浩然《送丁大凤进士赴举，呈张九龄》："吾观鹪鹩赋，君负王佐才。惜无金张援，十上空归来。弃置乡园老，翻飞羽翼摧。故人今在位，歧路莫迟回。"

10. 贫女

"贫女"是诗人吟咏的题材，贫女诗中最有名的是唐代秦韬玉的《贫女》："蓬门未识绮罗香，拟托良媒益自伤。谁爱风流高格调，共怜时世俭梳妆。敢将十指夸针巧，不把双眉斗画长。苦恨年年压金线，为他人作嫁衣裳。"这首诗中写了贫女才貌双全，但因出身贫寒只能辛苦劳作为他人作嫁衣裳，那些贵族家的女儿们总是照着时下的流行画蛾眉。清人沈德潜在《唐诗别裁》卷十六中说这首诗："语语为贫士写照。"张维诗中也写了"花有秋香春不知"，似含有怀才不遇之意。

中国古代是一个男耕女织的社会，纺织是中国古代妇女从事的一项活动，织机也经常出现在诗词中，诗人往往以织女的身份诉说身世感慨。北朝《木兰诗》中就有"唧唧复唧唧，木兰当户织。不闻机杼声，惟闻女叹息。"吴融《鲛绡》："云供片段月供光，贫女寒机枉自忙。莫道不蚕能致此，海边何事有扶桑。"孟郊《杂怨》："贫女镜不明，寒花日少容。暗蛩有虚织，短线无长缝。浪水不可照，狂夫不可从。浪水多散影，狂夫多异踪。持此一生薄，空成百恨浓。"于濆《织素谣》："贫女苦筋力，缲丝夜夜织。万梭为一素，世重韩娥色。五侯初买笑，建章方落籍。一曲古凉州，六亲长血食。劝尔画长眉，学歌饱亲戚。"

这些语象是经常出现在诗词中的，张先对其并不陌生，还可以张先词为例说明这些文化意象的传承性。张维"十咏诗"和张先诗词在语象的选择上存在着诸多关联，在诗词意象、意境上也存在着惊人的相似。

表 9－2 《十咏图》和张先词语象对比

"十咏诗"		张先词		解释
会六老诗	贤侯美化行南园，华发欣欣奉宴娱。	《醉落魄·吴兴莘老席上》	南园百卉千家赏，和气兼春，不独花枝上。	都写了地点南园，突出南园欣欣向荣、其乐融融的氛围。
庭鹤	戢翼盘桓傍小庭，不无清夜梦烟汀。	《塞垣春·寄子山》	犹记竹西庭院。老鹤何时去，认琼花一面。	都描写了庭院，庭院中有老鹤。
玉蝴蝶花	品高多说琼花似，曲妙谁将玉笛吹。	《塞垣春·寄子山》	犹记竹西庭院。老鹤何时去，认琼花一面。	都写琼花，在诗词中是一种美好寓意的花。

续 表

"十咏诗"		张先词		解释
玉蝴蝶花	散舞不休零晚树，团飞无定撼风枝。	《天仙子·别渝州》	二月柳枝柔似缕，落絮尽飞还恋树。	都展现了柳絮纷纷扬扬飞舞的场景。
孤帆	江心云破处，遥见去帆孤。	《喜朝天·清暑堂赠蔡君谟》	人多送目天际，识渡舟帆小，时见潮回。	都是一幅江岸送别、孤帆渐远渐渺小的情景。
归燕	已任风庭下帘幕，却随烟艇过潇湘。	《熙州慢·赠述古》	潇湘故人未归，但目送游云孤鸟。际天杪，离情尽寄芳草。	潇湘是一个文化意象，是游人将去的目的地。
闻砧	遥野空林砧杵声，浅沙栖雁自相鸣。	《少年游·渝州席上和韵》	拓夫滩上闻新雁，离袖掩盈盈。此恨无穷，远如江上，东去几时平。	都写到了江边的水生生物，江岸是送别的地方，充满愁绪。
宿后陈庄偶书，去城七里	腊冻初开苕水清，烟村远郭漫行吟。	《转声虞美人·霅上送唐彦猷》	紫禁多时虚右。苕霅留难久。	苕水位于湖州，多次出现在诗词中。
送丁秀才赴举	青袍赐宴出关近，带取瑶林春色归。	《采桑子》	花发瑶林春未知。	瑶林指传说中美好的地方，都写到了瑶林春色。
送丁秀才赴举	青袍赐宴出关近，带取瑶林春色归。	《清平乐》	青袍如草。得意还年少。	青袍指官服，都是中举得意场景。
贫女	蒿簪掠鬓布裁衣，水鉴虽明亦懒窥。	《卜算子》	临镜无人为整妆，但自学、孤鸾照。	都写了镜中窥影、懒于梳妆的场景。

语象选择和意境营造上的相似性，表明了张维和张先在生活环境和文化心理上的相通性。张先对张维"十咏诗"内容谙熟于心，对该绘画题材并不陌生，文人身份上的不隔，内心情感的相通，加之一定的绘画功底，使得该画的创作顺理成章。《十咏图》以"十咏诗"为创作契机，但并未拘泥于诗歌。张先绘画目的是再现南园集会，更是对自我文人情志的表达；他选取南园集会的场景，不是为了如实再现南园集会盛况，而是对他心目中理想的文人雅集进行描绘；他描摹山水是对诗歌意境的转译，是对吴兴一带山水的再现，更是对他心中理想的山水田园的写照。

二、《十咏图》图像分析

(一)《十咏图》图像细读

《十咏图》是一幅长卷,由三幅画卷组成,观者在观画时是从右向左依次展开。《十咏图》将不同时间地点的十幅画面融入一幅画,可能会使观者感到突兀,但手卷形式延长了观画时间,调和了诗歌时间和绘画时间,对《十咏图》解读也将依循观画的视觉经验分析。

打开手卷,最先映入眼帘的是画面的重心——界画。画面右幅两座亭台,右边较高的是一座重檐歇山式亭子,雕梁画栋很精致,石栏很精美,亭子的立柱有十二根之多,显得比较大气,从亭子规模可以看出主人家的实力;左边较小的是一座半露于水中的水榭,显得小巧秀气,水中支撑着十二根木桩,非常牢固结实,木桩周围一圈圈水纹清晰可见。亭台后面有桑树、榆树等树木映衬,使亭子不显得很孤立。曲曲折折的雕栏将两座亭子围起来,与山水背景隔开,形成了一个比较封闭的空间,这是文人的天地。在这一空间中,有一些或静或动的人物,像是正在进行一次集会。人物中穿白衣、戴黑色纶帽者年龄较长、地位较高,而穿青衣者较年轻,身份地位较低。

右边亭子里,两位老人相对而坐,正在专注地对弈。他们身后各站了一个穿青衣的侍从,抄手而立。侍从的兴趣没有在对弈上,他们都在侧身向后顾。右边的侍从向后看着在亭柱间抚琴助兴的一女子(应是有名的歌伎),似乎被她的琴声吸引了。而左边侍从正在望向台阶,离他不远的亭柱边立了一女子,她也在望向台阶,左右对称的布局使得画面更加稳重。于是,循着他们的目光,看到一位跟对弈老人穿着差不多的老人正弯着腰,缓缓地拾级而上,他也是这次集会的嘉宾之一。他身后一青衣侍从双手抱琴,跟随而至。庭院中,有两个手持乐器的侍从(其身份也可能是乐师),也正往亭子这边走来。一位老人坐于案台后,正面对着画面,兴致勃勃地观战。他身后是一幅山水屏风,此山水屏风与该画卷的山水背景形成了互文关系。山水是文人寄兴的地方,文人也把自然山水搬到了自家庭院中,身处俗世却向往着超然出世,一入世一出世,形成对照。屏风的另一作用在于将对弈场景独立出来,划分了区域,“把抽象的空间转换成了具体的地点。地点因此是可以被界定、掌控和获取的,它是一个政治性的概念”[①]。处在屏风前的人,特别是背对屏风的人代表着一定的权力,在画中正是三位老人,而侍从则处在屏风两侧。

庭院内,大约在小亭前方,靠近雕栏的一边,有一只仙鹤的形象比较突出。

---

① 巫鸿著,文丹译:《重屏:中国绘画中的媒介与再现》,上海人民出版社 2009 年版,第 2 页。

它神态自若，垂头闲啄，轻灵信步，全然不顾周围人的活动，显得悠闲自得。鹤超然世外的形象和长寿吉祥的象征，也与画中六位老寿星呼应。庭院右边，也是画面最右边，有一株苍老的柏树，它的树干弯曲嶙峋，枝叶繁茂，与重檐歇山亭左边的桑树一起映衬着亭子，提供庇荫。同时，这棵柏树的苍老也暗示着这座庭院的年代之久，代表着文化传承的绵延繁荣。在小亭左边邻水位置，也有几株柳树、桑树，这些树木都长得高大繁茂，而小亭右边一株却显得比较柔弱。这是一株玉蝴蝶花树，虽然它枝干纤细，颜色也比桑、榆等树木更淡，却也是画中着重表现的。这株玉蝴蝶花开满了一簇一簇的花，许多落花在小亭中团飞散舞，为这文人集会的盛事增添了喜庆之气。

《十咏图》右幅的集会场景压住了画面的重心，约占整个画面三分之一的空间，与中幅、左幅的山水形成了鲜明对比。《十咏图》基本构图可以分为右、中、左三个画幅，一道淡淡的水线又从画面右上到左下斜斜地延伸，连接起画面左下的山石，将画面分为了右下和左上两部分。右下的部分就是上面说的六老会场景，约占三分之一画幅，左上部分的其他场景约占了三分之二的画幅。在邻水小亭的左上方，画面中间偏右位置，那是一大片江水，水中有一叶孤帆，上有一游子。与大片江水相比，孤帆显得那么渺小。孤帆的形象并不陌生，在唐诗宋词中经常被吟诵，孤帆寄托着离别的愁绪以及前途的渺茫等感情。孤帆为何出发呢？是为了追求功名、建功立业而远离家乡和亲人吗？孤帆将驶向何处呢？观者视线循着孤帆行驶的轨迹，由这一点到了虚无缥缈的彼岸。

顺着小舟行驶方向向右上延伸，画面右上是淡淡的山影，淡到只见山的轮廓和山头的暗影，不见整山形体。山前是河岸，岸边是一丛丛繁茂树林，各种树木夹杂分辨不出，河岸向水边自然延伸，与水接为一体，山水云气融而为一，显得朦朦胧胧，充满诗意。这部分很有意境，是整个画面中设色最淡的，显得旷远飘渺，有潇湘奇观的意境。虽然位于亭台楼阁的上方，但因为隔水相对，也就是通过画面的留白让人觉得距离很远，仿佛是两个世界。这部分山水在处理上设色最淡、用墨最浅、线条最朦胧、比例最小，让人产生距离最远的感觉，虽然中国画讲究散点透视，但在某个局部还是注意到了近大远小的比例关系

与这只空荡荡的小舟隔水相对的河岸，离观者更近一些，河岸背后倚着山石的轮廓，河岸上柏树、桑树等生长茂盛，用墨更重，树木掩映中可以看到一两座茅屋，茅屋比较矮小，是一般的山间小屋。在这样一个偏僻的地方，能找到一个住处真是幸运。茅屋前的庭院中，一个人立在树旁边向远处山水张望着。他是寄宿这间茅屋的行人，是岸边送别的人，还是其他身份？他一个人站在岸边，若有所思的样子，显得非常孤独。位于画面中间河岸上比较突出的两个形象是捣衣的两个女子。她们站在光秃秃的岸边，显得比较突出，两人相对而立，正持着长长的杵用力捣衣。捣衣女子身后是隐隐约约的房屋。

这一片山水比较独立，从中间的树丛转过来，看到了另一处有篱笆围墙的比

较大的房舍,虽不见人,但有房舍便使这一片自然山水有了人的踪迹。这里已经远离了市镇,远离了人烟,渐渐进入深山。在高山的罅隙间有一条蜿蜒曲折的小路引向了深山,路边是一队送别的行人。两位故人在路中间作揖谈话,他们的身后各有一匹马和两个人,人物有的骑在马上,有的立在旁边,有的半身隐藏在山后,马的形象也很简洁。与孤帆游子、深夜捣衣相比,这是一个令人愉快的画面,因为将要远行者是新中举的秀才,他将去赴举,实现自己的理想抱负。“它通过宾主辞别的场面使画境递远,直送出画面,有不言之妙。”①整幅画最左边的山石也是倾斜着直插云霄的,山势峻峭,山的层次感比较明显,看不到它的全貌,这也预示着秀才中举的远大前程。

画幅左下角也是一景。虽然被群山环绕和树木掩映,显得有些不起眼,但仔细分辨看到一间简陋的茅屋,茅屋中一名妇人坐在织机前弓腰辛勤织布。她不知在织机前坐了多长时间,但仍然神情专注地盯着织机上的一丝一线,观者仿佛可以听到梭子来回飞驰的声音和织机的吱吱声。她衣饰简朴,发髻松松地绾着,掠过发鬓,显得很不经意,她没有时间和心绪去打理自己的发髻。画面在处理上非常精细,一丝发、一丝线画得都非常细致。在这样一间山野中的茅屋,只有不停地纺织,消融了空间,也消融了时间。梭子来回飞驰,像光阴一样穿梭,织机前的这位女子从少女变成了中年,仍在不停地织着。这可能是他们一家的生计,这些做工精细的布料将要卖到哪里去呢?又将穿在哪位贵族小姐身上呢?我们不得而知。由一间山间茅屋中的织机,可以联想到广阔的社会背景,联想到人生贫富,正是这幅画的不尽意味。

(二)《十咏图》图像风格

陈葆真在分析曹植《洛神赋》转译成《洛神赋图》时指出:“画家真的是充分了解并且成功地表现出《洛神赋》所具有的音乐性,也就是这件文学作品的精髓。他借由各种可能的图绘技巧,包括运用构图、造型、比例关系、笔法以及图像和赋文的互动等方面的特殊表现法,重新创造了图画本身的音乐性,而非仅仅机械般、逐字逐句地以直译法去图解赋文中那些美丽的辞藻而已。”②《十咏图》也是如此,整个画面用笔流畅,富有音乐韵律。除了右下角的南园集会是相对独立的部分,其他大部分都融入自然山水之中。水面从画面的右上往下延伸,遇岸则分出三个汊,就像是一棵大树长出的枝杈,与岸上的树木相呼应;水岸山石的处理也是一块块卷曲着像树根一样自然向水中延伸,犬牙交错,与水面咬合在一起。画面中无论是水面的延伸,还是山间小路都是呈弧形曲曲折折的,没有突兀的地方。对于画面留白,即水面,作者也合理地利用起来,将十首诗依次题写在画面

---

① 洪再新:《〈十咏图〉及其对宋代吴兴文化圈的影响》,《故宫博物院院刊》2003 年第 1 期,第 25 页。

② 陈葆真:《〈洛神赋图〉与中国古代故事画》,浙江大学出版社 2012 年版,第 52 页。

上，从右向左，依次为《会六老诗》《庭鹤》《玉蝴蝶花》《孤帆》《宿清江小舍》《归燕》《闻砧》《宿后陈庄偶书》《送丁秀才赴举》和《贫女》。画面中间下方的留白处，则是孙觉作的序。文字与画面的配合，使得整幅画疏密相间，显得比较紧凑，没有太空荡或太拥挤的地方。这十首诗题写在相应绘画内容的附近，十首诗的排列也是错落有致，整体上呈一条起起伏伏的曲线，像一串优美的音符，给这幅画增添了节奏感和音乐美。诗歌对仗工整，具有音乐美，不仅有释读画面内容的作用，其本身方块构型也成了画面美的一部分。

从整体上看，《十咏图》兼具写实和写意的风格，或者可以说兼具精工细描和意境营造。画面右幅的南园集会场景写实生动，而画面中幅和左幅的大片山水风光却充满了写意情调。在笔法上，左幅山石的皴擦笔法很像荆浩《匡庐图》中山脉的皴擦渲染，而右幅对云山的渲染又有江南烟雨的朦胧，对亭台的描绘更是有着江南园林的秀气，体现了多种风格的融通。“至于它的时代，从山石皴法及布置方法看，大体是北派山水的继承，属于荆浩、关仝体系，而无李成、郭熙痕迹，更不入南宋格调，显然是北宋前期的风格。”[①]宋元之际是中国绘画风格的转变时期，主流画风由写实走向写意，文人画崛起逐渐成为中国古代绘画的主流。《十咏图》显示了多种风格融合而未定型的特点，“就此而言，可将《十咏图》看做中国文人画生成时期的作品，即由写实转向写意时期的代表作品之一。如果再考虑到技法和题材，《十咏图》和《清明上河图》可有一比：前者表现文人雅集和私人情感，后者表现主流意识形态视野中的大宋盛世，皆为经典之作”[②]。“如果说《清明上河图》是表现都市繁华的话，那么此图则重在描绘江乡的生活实景，同为写实的杰作。”[③]学者们为《十咏图》创作时代给出了定位，对其艺术价值给予了很高评价。

在局部上，《十咏图》与前代或后代绘画存在着相承关系。比如《十咏图》右幅高耸的山石、树木皴擦手法类似于五代荆浩《匡庐图》的用笔。《十咏图》中的孤舟画法也有些类似于南宋马远的《寒江独钓图》。捣衣这一场景与唐代张萱名画《捣练图》局部也存在相似之处，都画有两个女子拿着砧杵弯腰捣衣的情景。

所以，“十咏图”在整体布局上和谐流动，在局部细节上生动细致，体现出多种风格融合的特点，让观者流连忘返。

---

① http：//www.dpm.org.cn/shtml/117/@/8030.html

② 赵宪章：《语图传播的可名与可悦——文学与图像关系新论》，《文艺研究》2012年第11期，第34页，注第25条。

③ 周笃文：《艺苑奇珍〈十咏图〉——略论〈张先十咏图〉的文献与艺术价值》，《文学遗产》1996年第4期，第43页。

三、“十咏诗”和《十咏图》诗画对读

赵宪章教授指出：“‘文学的图像化’说到底是‘语象的图像化’。因此，文学图像论只有立足于语象和图像的比较，才能发现文学和艺术的内在关联及其互文规律，才能对两种符号的互动及其所重构的世界进行有效阐释。”[①]《十咏图》处处体现了“因诗设景”，诗画关系密切，通过“十咏诗”和《十咏图》的诗画对读，可以将语象和图像进行比较，从而发现语言符号和图像符号的转化规律。

（一）右幅对读

“十咏诗”第一首《会六老诗》全称是《吴兴太守马太卿会六老于南园人各赋诗天童阁侍讲胡瑗有序及余诗皆不录》，诗文如下：

贤侯美化行南园，华发欣欣奉宴娱。政绩已闻同水薤，恩辉遂喜及桑榆。休言身外荣名好，但恐人间此会无。他日定知传好事，丹青宁羡洛中图。

这首诗描写的是庆历六年（1046）吴兴太守马寻与张维、郎简、范说、刘馀庆、周守中、吴琰六老集会的情景。新太守上任伊始就宴请当地有名望的六位老人，集会地点是张维的宅地南园，张维以诗记之，充满了自豪和超拔之情。在六老会中，“人各赋诗”“胡瑗有序”，但我们看不到其他人的赋诗内容及胡瑗的序。诗中写了“宴娱”，但画面中却只见“娱”不见“宴”，代表文人雅趣的琴棋书画在画面中只见棋和琴。可见，《十咏图》并非对《会六老诗》直接模仿和完全转译，而是根据画面表现需要进行适当取舍。显然琴棋和清谈更能成为代表文人雅趣和闲适心态的符号，如若真的画上饕餮大餐、残羹冷炙等，那可真是大煞风景。“若描绘普通的欢宴场景易显得俗气而不可取，因为他们长寿的秘诀主要在于琴棋诗画的陶冶，特别是山水造化的供养，这是北宋士绅理想生活的缩影，体现了文化和自然的亲和力。”[②]

需要注意的是，诗中写到了贤侯（代指马太卿）上任吴兴，华发（代指六老）欣然奉宴，在画中六老都戴当时流行的纶帽，我们看不出“华发”，且“吴兴太守马太卿会六老”总共应是七人，在画面中我们却只见六位老人，另外增加了数位相伴的侍从，有人认为坐在右边对弈的是马太卿，但没有出现的一老是哪位呢？张先为何要将他故意隐去呢？这个问题还没有相关研究论文，笔者倾向于认为马太卿还未到来。原因是马太卿是一位官员，自然公务较忙，最迟到来情有可原，这六老或对弈或清谈，等待马太卿的到来，而真正的宴会部分还未拉开帷幕。不过

---

① 赵宪章：《“文学图像论”之可能与不可能》，《山东师范大学学报（人文社会科学版）》2012 年第 5 期，第 25 页。

② 洪再新：《〈十咏图〉及其对宋代吴兴文化圈的影响》，《故宫博物院院刊》2003 年第 1 期，第 25 页。

这还不是主要原因，六老都是或致仕家居、或闲居乡里的老人，只有马太卿是在职官员，如果没有马太卿在场，这完全是一幅文人（老人）雅集的场景，而不是官员集会。从六老神情看，他们完全沉浸在雅兴当中，怡然自得，看不出等待的焦急神情，因此六老才是南园集会的主角。

《十咏图》着重表现的是《会六老诗》，另外九首诗在画中都分别表现，图表分别截取了与诗对应的画面内容，画面保留了原始比例大小。画面右幅表现了三首诗的内容《会六老诗》《庭鹤》《玉蝴蝶花》。

第二首诗《庭鹤》描写了庭院中一只悠然自得的鹤，"戢翼盘桓"突出了鹤的形态特征，在画面上看到一只形体矫健、翩然欲飞的鹤。从全诗内容看应该描写了一只在清静的月光下悠闲地啄着青苔的老鹤，但从《会六老诗》看应是白天进行的集会。由于《会六老诗》无疑是画面右幅表现的重心，处在同一场域中，《庭鹤》不得不做出"牺牲"，消解了这首诗的时间性。不仅如此，《庭鹤》诗其他内容也没能充分表现出来，第二句"不无清夜梦烟汀"，梦境本身就是很难表现的，更何况是老鹤的梦境？这只老鹤对每日的稻粱姑且感到满足，与眼前的鸡鹜相形相映。这是一句很微妙的诗，鹤应该是逍遥仙乡的，但这只老鹤却只能在庭院中与鸡鹜为伍，对此还感到自足。写老鹤实际上是写张维自己，写他对幽居乡里暂且感到满足，这种感觉很难在画面中表现出来。画面右幅《庭鹤》处于次要位置，所以画面只能看到一个栩栩如生的鹤的符号，正应了诗的最后一句"已随秋意归诗笔，更共幽栖上画屏"，可见张维的诗是具有绘画指向性的。"鹤"在中国传统文化中是一个特定意象，观者能从"鹤"的符号感受到长寿、吉祥、超然世外、不与世俗同流等含义，鹤的意象与六老相呼应，但该诗中的其他含义则很难表现出来。

第三首诗《玉蝴蝶花》描写了一株骤然开放的玉蝴蝶花，落花飘落非常美丽。为了突出这株玉蝴蝶花的高贵美丽，作者用了多种手法，用绣工的迟缓来形容花开之骤，更加突出见到花开之喜悦；用琼花来衬托她的高贵，用玉笛来衬托她的轻灵。这首诗同样写到了梦，作者用了漆园和蓝田的典故来突出玉蝴蝶花的不与俗同流。漆园是战国时期庄周管理的园子，庄周在这里酣然入睡，庄周梦蝶的故事也流传了千年。玉蝴蝶花花瓣形似蝴蝶，在这里用了双关，如果这株玉蝴蝶花种在漆园里，她飘落的花瓣会像蝴蝶一样进入了庄周似真似幻的梦境。诗人进一步写到这株玉蝴蝶花可以种在蓝田，蓝田因盛产良玉而出名，李商隐《无题》诗云："庄生晓梦迷蝴蝶，望帝春心托杜鹃。沧海月明珠有泪，蓝田日暖玉生烟。"进一步增强了这首诗的迷幻效果。总之，这首诗用抒情、比喻、象征等手法把玉蝴蝶花写活了。画面中这株玉蝴蝶花位于邻水小亭靠后位置，而且被伸出的飞檐一角遮住了部分，但与庭院中其他苍老的柳柏桑榆相比，这株玉蝴蝶花虽秀气但有生命力，其设色也比较淡，能感受到花瓣飘落的美感。玉蝴蝶花位于两座亭子中间，为这次宴会增添了喜庆气氛，至于漆园、蓝田的典故，就表现不出来了。南园是张先的私家园林，张先自己在诗词中多次提到了南园，在张先的心目中，南园是一个百花繁盛的地方,"南园百卉千家赏",但画面中除了一株玉蝴蝶花和几棵树之外,并没有画其他的花卉,整个庭院显得规整大方,参照其余几首诗,如《庭鹤》"已随秋意归诗笔",画面描写的是秋季,不可能有太多花盛开,但至少可以画菊花,这也是文人喜欢的花,但画家在这里还是比较忠实于原诗,一株花已足以代表整园的花色。

(二) 中幅对读

画面中幅延伸范围比较广,表现了《孤帆》《宿清江小舍》《归燕》《闻砧》和《宿后陈庄偶书》诗。

第四首诗《孤帆》描写了江中渐行渐远的孤帆,与天水慢慢融为一体,浪头越来越阔,海风越来越高。这首诗写得非常清旷,茫茫的江水中只有一孤帆,仿佛到了"荒墟"之地。乘舟远行的人一定是为了某种目的,带着某种希望离开的,但实现希望却是渺渺无期的,该诗最后点出"莫问乘舟客,利名同一途"。只有看淡名利的人,才能写出这样的诗句。画面中仅能看出一叶扁舟影,舟上有撑起的孤帆和孤独的游子。"水"是中国古代诗歌和绘画中经常出现的意象,屈原笔下的渔父说:"沧浪之水清兮,可以濯我衣;沧浪之水浊兮,可以濯我足。"马远的《水图》仅以"水"为表现对象,线条流畅神秘,非常有意蕴。水和孤帆的组合是多义的,由孤帆远水并不一定引起关于名利的思考,看到画面中一只孤帆,不同观者可能会产生不同的联想和感受。

第五首诗《宿清江小舍》仅存首尾两残句,周密《齐东野语》收录时已经残缺不全。第一句写水边的菰叶青青,绿荇长齐了,这应不是秋天景色,证明这十首诗不是作于同一时间。画面上没有特别表现出水生植物的生长状况,画中河岸的处理都是山石一块块伸向水中,呈犬牙交错状。最后一句诗中出现了"轻舟",在画面中有一只横斜的空舟浮在河对岸,很有宋徽宗时期画院考题依"野水无人渡,孤舟尽日横"作画的意境。根据标题"宿清江小舍",这应是一处临江屋舍,画面中有低矮的茅屋,可见其窗棂屋脊,屋前树下站一人眺望江边,若有所思的样子。不知原诗中写了什么内容,但由画推测诗中应该有人物活动。

第六首诗《归燕》也是一首咏物诗,写秋天归巢的燕子,应该认得旧巢。这首诗在画中表现得最弱,诗中出现了多个语象,如群雏、稻、庭树、苑墙、风庭、帘幕、烟艇、潇湘等等,但在画面中仅可以看到两只燕子的符号,诗中其他语象没有表现出来,看不到"群雏齐老稻青黄"的景象,看不到燕子在庭树和苑墙间穿梭……但是,画家将归燕置于孤帆和捣衣两个场景之间,却生出了新的意味,观者的视线随着燕子的轨迹移动,在空旷的江面上,燕子似与孤帆相伴,传递游子的心声,虽然这不一定是要过潇湘的那只烟艇;燕子似要飞到岸上的庭院中,虽然这不一定是下帘幕的风庭,岸边捣衣的妇女看到归燕遂想到了征人还未归来,更加起愁绪。诗中燕子识巢的意思在画中隐退了,却在图像互动中生出了新的意味。

第七首诗《闻砧》写深夜里听到砧杵声而生发的感慨。诗中描绘了一个清旷的夜晚，在遥野空林中听到砧杵声，还听到了栖雁相鸣的声音，在这里有久客感秋的愁绪，也有思妇征人的愁怨，凄凉的夜里只能听到砧杵声、雁鸣声、西风声，更加衬托了夜之静，也衬托了愁之深。诗中并未直言捣衣情景，而画面中清晰可见两妇女拿着砧杵在岸边捣衣；诗中出现的久客也未在画面中出现，捣衣女身后隐约可见屋舍，树林丛中有一处篱笆围墙的村舍，也并非"空林"。至于诗中出现的"征人移塞帐"和"新月落江城"，都未在画面中表现出来。诗写了听到砧杵声而联想到的诸多情景，画面很难表现捣衣曲，于是直接出现两个捣衣女，至于其他的情感内容，就只能由观者去联想了，所指向的并非都是原诗内容。

第八首诗《宿后陈庄偶书》写宿后陈庄所见所感，时间上应是冬末初春，冰冻融化，苕水清澈，夕阳西下，凫鹭集聚滩头，听到鼓角西风。作者还写到了农村特有的画面，寒灯夜钓，时雨春耕。垂钓图是文人画中常见的题材，如柳宗元《江雪》"孤舟蓑笠翁，独钓寒江雪"受到历代喜欢，经常在绘画中得以表现。但是很遗憾的是诗中描写的"一棹寒灯随夜钓"意境并未出现在画面中，这种超然世外、悠然自得的画面很适合表现文人的心态，但画面可能由于人物比较多的缘故没有画上，因此诗的最后两句"谁言五福仍须富，九十年余乐太平"这种旷达情感更是表现不出来了，不过这种情感在南园集会场景中有所表现。

（三）左幅对读

画面左幅表现了《送丁秀才赴举》《贫女》。

第九首诗《送丁秀才赴举》写送丁秀才赴举。丁秀才在咸平元年(998)中进士，后以贤良方正第一人登科。作者没有实写送别场景，而是对中举者给予赞美和期望。中国古代经常用大鹏展翅比喻前途远大，中举者如大鹏飞过天池，希望他能将瑶林美景带回，为家乡带来音信。"天池""瑶林"都是传说中的地名，在画面中可以看到高山间有一条弯弯曲曲的小路，两位老友在路中间作揖，后面分别有马匹和两个随从，从人物衣着可以看出是两位交好的文人。单从画面看，这一山间路人景象可以有多个解释。

第十首诗《贫女》写一个织机的贫女。女子辛勤地劳作，蒿簪掠过她的云鬓，她也懒得打扮自己。织机是她的生计来源，而那些豪族妇女们可以照着流行的样子画蛾眉。这首诗写到了贫女的生活，映射了社会贫富等级差别，同时对贫女给予赞美，她辛勤的劳作一定会有收获，她的美丽也是豪族妇女所没有的，正是"花有秋香春不知"，这句也成为这十首诗中的名句。和诗歌相比，织女丰富的内心活动以及对贫富等级的批判隐匿了。"左上角的'贫女'诗和左下方一村妇在简陋的茅屋中辛勤织布的画面可谓全图的收笔，象征性十分明显"①。

① 洪再新：《〈十咏图〉及其对宋代吴兴文化圈的影响》，《故宫博物院院刊》2003 年第 1 期，第 26 页。

不论是叙事诗还是咏物诗，“十咏诗”每首都很有画面感，均可以文学成像，且每首诗成像的可能性是多种多样的，若把这些像置于一幅画中就不得不进行取舍安排。通过以上分析发现，“十咏诗”转译成《十咏图》可谓有增有减，《十咏图》基本忠实于“十咏诗”，十首诗的主题都反映在了画面上，并且有机融为一个整体。诗歌的美在于以有限语言生出无限意味，诗歌语象在画面中几经筛选简化，很多内容被遗漏了，遗忘了，保留在画面上的语象都是根据绘画的审美需要进行选择的。同时，这十首诗描绘场景在画面中经过新的组合，又生出了原诗没有的意味。

如果只是观画，对画面可能存在多种解读，甚至与原诗产生较大偏差，以上诗画对读就出现了诸多“空白”和“未定点”，因此将十首诗题写在相应画面旁边，既填充画面空白又起到解释和限定画面含义的作用。诗画共处同一文本，诗画存在着互文关系，画面突出了语言，语言补充了画面，并引申了画面含义。“这就像是在语言能够表现的尽头由绘画加以承接，在绘画展现的极端由诗歌加以发挥。语言的终点是图像的起点，图像的终点是诗歌的始端。”[①]这正是诗歌和绘画两种艺术相互模仿产生的艺术魅力。

表 9-3 “十咏诗”和《十咏图》诗画对读

诗	画
《庭鹤》 戢翼盘桓傍小庭，不无清夜梦烟汀。 静翘月色一团素，闲啄苔钱数点青。 终日稻粱聊自足，满前鸡鹜漫相形。 已随秋意归诗笔，更共幽栖上画屏。	
《玉蝴蝶花》 雪朵中间蓓蕾齐，骤开尤觉绣工迟。 品高多说琼花似，曲妙谁将玉笛吹。 散舞不休零晚树，团飞无定撼风枝。 漆园如有须为梦，若在蓝田种更宜。	
《孤帆》 江心云破处，遥见去帆孤。 浪阔疑升汉，风高若泛湖。 依微过远屿，仿佛落荒芜。 莫问乘舟客，利名同一途。	

① 李彦锋：《语图视域中的诗画关系研究》，《南京艺术学院学报（美术与设计版）》2012 年第 1 期，第 110 页。

续　表

《宿清江小舍》 菰叶青青绿荇齐，□□□□□□□。 □□□□□□□，□觉轻舟过水西。	
《归燕》 社燕秋归何处乡？群雏齐老稻青黄。 犹能时暂栖庭树，渐觉稀疏度苑墙。 已任风庭下帘幕，却随烟艇过潇湘。 前春认得安巢所，应免差池拣杏梁。	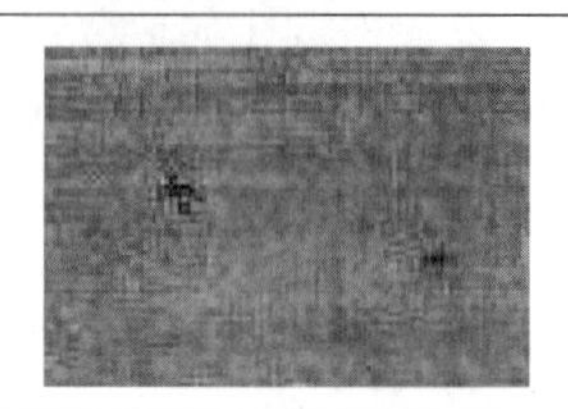
《闻砧》 遥野空林砧杵声，浅沙栖雁自相鸣。 西风送响暝色静，久客感秋愁思生。 何处征人移塞帐，即时新月落江城。 不知今夜捣衣曲，欲写秋闺多少情。	
《宿后陈庄偶书》 去城七里 腊冻初开苕水清，烟村远郭漫吟行。 滩头斜日凫鹭队，枕上西风鼓角声。 一棹寒灯随夜钓，满犁膏雨趁春耕。 谁言五福仍须富，九十年余乐太平。	
《送丁秀才赴举》 逊咸平元年进士第八人后 贤良方正第一人登科 鹏去天池凤翼随，风云高处约先飞。 青袍赐宴出关近，带取瑶林春色归。	
《贫女》 蒿簪掠鬓布裁衣，水鉴虽明亦懒窥。 数亩秋禾满家食，一机官帛几梭丝。 物为贵宝天应与，花有秋香春不知。 多少年来豪族女，总教时样画蛾眉。	

第二节 从“十咏诗”到《十咏图》的转化

从“十咏诗”到《十咏图》的转化是在多个层面进行的，运用了多种方法，其中内蕴着文图转化的规律，体现了转化的价值，需要我们运用符号学知识，从文图关系角度仔细分析。

一、文图转化的方法

《十咏图》文图关系研究，最根本的是要研究如何从语象转化成图像，即文学是如何成像的。诗画对读可以发现《十咏图》并非完全转译“十咏诗”，而是根据画面需要对“十咏诗”的语象进行了保留、删除、增加等处理。具体分析如下表所示：

表 9－4 从“十咏诗”到《十咏图》的转化

“十咏诗”	保留语象	删除语象	增加语象	文图转化方式
《会六老诗》：突出“娱”删除“宴”，马太卿未出现在画中。				
贤侯美化行南园，华发欣欣奉宴娱。	贤侯、美化、行、南园、华发、欣欣、奉、娱	宴、马太卿	侍从、歌妓、琴棋、亭台	叙事性语象，易于在画中表现
政绩已闻同水薤，恩辉遂喜及桑榆。	水薤、桑榆	政绩、闻、恩辉、喜		象征性语象，画中出现该物象
休言身外荣名好，但恐人间此会无。	人间、此会	休言、荣名、好、无		抒情性语象，不易入画，只能意会
他日定知传好事，丹青宁羡洛中图。		他日、好事、丹青		抒情性语象，不易入画，只能意会
《庭鹤》：画中只见鹤的符号。				
戢翼盘桓傍小庭，不无清夜梦烟汀。	戢翼、小庭	盘桓、清夜、梦、烟汀		描绘性语象，易入画
静翘月色一团素，闲啄苔钱数点青。	静翘、闲啄、苔钱	月色、一团素、数点青		描绘性语象，易入画
终日稻粱聊自足，满前鸡鹜漫相形。		稻粱、自足、鸡鹜、相形		抒情性语象，不易入画，只能意会
已随秋意归诗笔，更共幽栖上画屏。		秋意、诗笔、幽栖、画屏		抒情性语象，不易入画，只能意会
《玉蝴蝶花》：画中只见花的符号。				

续　表

<table>
<tr><th>“十咏诗”</th><th>保留语象</th><th>删除语象</th><th>增加语象</th><th>文图转化方式</th></tr>
<tr><td>雪朵中间蓓蕾齐，
骤开尤觉绣工迟。</td><td>雪朵、蓓蕾、齐、骤开</td><td rowspan="4">绣工、迟</td><td rowspan="4">庭院</td><td>描绘性语象，易入画</td></tr>
<tr><td>品高多说琼花似，
曲妙谁将玉笛吹。</td><td></td><td>象征性语象，画中未出现</td></tr>
<tr><td>散舞不休零晚树，
团飞无定撼风枝。</td><td>散舞、不休、晚树、团飞、无定、风枝</td><td>描绘性语象，易入画，但花的神态很难表现</td></tr>
<tr><td>漆园如有须为梦，
若在蓝田种更宜。</td><td></td><td>抒情性语象，不易入画，画中未出现</td></tr>
<tr><td colspan="5">《孤帆》：画中保留了江上孤帆游子符号。</td></tr>
<tr><td>江心云破处，遥见去帆孤。</td><td>江心、云、去帆、孤</td><td>破、遥见</td><td></td><td>描绘性语象，易入画</td></tr>
<tr><td>浪阔疑升汉，风高若泛湖。</td><td>浪阔、风高</td><td>升汉、泛湖</td><td></td><td>描绘性语象，易入画</td></tr>
<tr><td>依微过远屿，仿佛落荒芜。</td><td>远屿、荒芜</td><td>依微、仿佛</td><td></td><td>抒情性语象，不易入画</td></tr>
<tr><td>莫问乘舟客，
利名同一途。</td><td>乘舟客</td><td>利名</td><td></td><td>议论性语象，不易入画</td></tr>
<tr><td colspan="5">《宿清江小舍》：画中有茅舍、树木、人物等。</td></tr>
<tr><td>菰叶青青绿荇齐，
□□□□□□□□。
□□□□□□□□，
□觉轻舟过水西。</td><td>菰叶、绿荇、轻舟、水西、小舍</td><td>青青</td><td>人物、树木、庭院</td><td>描绘性语象，易入画</td></tr>
<tr><td colspan="5">《归燕》：画中只有两只燕子符号。</td></tr>
<tr><td>社燕秋归何处乡？
群雏齐老稻青黄。</td><td>社燕</td><td>秋归、何处乡、群雏、齐老、稻、青黄</td><td>江面</td><td>描绘性意象，画中未充分表现</td></tr>
<tr><td>犹能时暂栖庭树，
渐觉稀疏度苑墙。</td><td>庭树</td><td>苑墙</td><td></td><td>描绘性语象，画中未充分表现</td></tr>
<tr><td>已任风庭下帘幕，
却随烟艇过潇湘。</td><td>烟艇</td><td>风庭、帘幕、潇湘</td><td></td><td>描绘性语象，画中未充分表现</td></tr>
<tr><td>前春认得安巢所，
应免差池拣杏梁。</td><td></td><td>前春、安巢所、杏梁</td><td></td><td>议论性语象，不易入画</td></tr>
<tr><td colspan="5">《闻砧》：画中有两女子岸边捣衣场景。</td></tr>
<tr><td>遥野空林砧杵声，
浅沙栖雁自相鸣。</td><td>遥野、空林</td><td>砧杵声、浅沙、栖雁、自相鸣</td><td>捣衣女</td><td>直接用捣衣画面表现声音</td></tr>
<tr><td>西风送响暝色静，
久客感秋愁思生。</td><td></td><td>西风、送响、暝色、静、久客、感秋、愁思、生</td><td></td><td>描绘性语象，画中未充分表现</td></tr>
<tr><td>何处征人移塞帐，
即时新月落江城。</td><td></td><td>征人、塞帐、新月、江城</td><td></td><td>叙事性语象，画中未充分表现</td></tr>
</table>

续 表

“十咏诗”	保留语象	删除语象	增加语象	文图转化方式
不知今夜捣衣曲，欲写秋闺多少情。	今夜	捣衣曲、秋闺、情		抒情性语象，不易入画，只能意会
《宿后陈庄偶书》：画中有茅舍、庭院、树木。				
腊冻初开苕水清，烟村远郭漫吟行。	苕水、清、烟村	腊冻、初开、远郭、吟行	茅舍、篱笆	描绘性语象，易入画
滩头斜日凫鹥队，枕上西风鼓角声。	滩头	斜日、凫鹥队、枕上、西风、鼓角声		描绘性语象，画中未充分表现
一棹寒灯随夜钓，满犁时雨趁春耕。		寒灯、夜钓、满犁、时雨、春耕		描绘性语象，画中未充分表现
谁言五福仍须富，九十年余乐太平。		五福、富、九十年余、太平		抒情性语象，不易入画，只能意会
《送丁秀才赴举》：画中有山间送别场景。				
鹏去天池凤翼随，风云高处约先飞。		鹏、天池、凤翼、随、风云、高处、飞	人物、马匹、山间小路	描绘性语象，鹏的语象未在画中表现
青袍赐宴出关近，带取瑶林春色归。	青袍、出关	赐宴、近、瑶林、春色、归		叙事性语象，画中未充分表现
《贫女》：画中有茅屋女子织机场景。				
蒿簪掠鬓布裁衣，水鉴虽明亦懒窥。	蒿簪、鬓、布、	衣、水鉴、懒窥	茅屋、织机	描绘性语象，易入画
数亩秋禾满家食，一机官帛几梭丝。		秋禾、满家食、官帛、几梭丝		描绘性语象，画中未充分表现
物为贵宝天应与，花有秋香春不知。		物、贵宝、天、花、秋香、春		抒情性语象，不易入画，只能意会
多少年来豪族女，总教时样画蛾眉。		豪族女、画、蛾眉		叙事性语象，画中未充分表现

由图表可以发现，文图转化的方法主要有保留、删除、增加等。《十咏图》保留了“十咏诗”中的主要名词类型的语象，删除了“十咏诗”中其他关联不大的名词类型语象，特别是抽象名词语象，对动词语象和形容词语象也只选择了少量容易表现的，另外增加了若干对图像叙事有帮助的物象。语象的作用，大致可以分为叙事、描绘、抒情、议论等，相对来说，叙事性语象和描绘性语象容易表现在画面中，画家只是选取了部分表现，而抒情性语象和议论性语象不易直接表现在画面中，需要借助于他物以及意境的烘托营造去表现。十首诗涉及的语象非常杂多，具体到各首诗的语象，画家采取了不同处理方式。

（一）落实语象，有删有增

《会六老诗》是一首非常完整的集会诗，诗中只是点出了参加集会的人物是

“贤侯”(马太卿)、“华发”(代指“六老”),集会地点是南园,用“美化”和“欣欣”突出了集会的喜庆气氛。画中对集会的人物和地点一一进行了落实,“六老”的穿着依当时风俗,另增加了数名侍从,“六老”的神态表现了欣然前往赴会。南园具体到有大小两座亭子围成的院子。该诗中最突出的就是删去了“宴”,仅保留了“娱”,并将“娱”具体落实为对弈、弹琴、清谈等。画中悄悄隐去了马太卿的形象,似乎别有用意,为了突出“六老”。

(二) 化繁为简,保留符号

《庭鹤》《玉蝴蝶花》《归燕》《孤帆》几首都是短小精致的咏物诗,诗中不乏佳句,表达的思想深刻,但在画面中仅剩下代表这些语象的图像符号,诗中其他丰富含义都省略了。

(三) 合并语象,生成新意

《宿清江小舍》《宿后陈庄偶书》都是夜宿农村的田园诗,描绘了农村自然优美的田园风光。在画面中,都是依照山势和水波走向,村舍依山而立,临水而居,兼顾了整幅图的构图,与整幅图的山水意境融为一体。除了村舍茅屋的外形,诗中其他内容没有在画面中过多表现,于是,两处村舍与相邻图像符号的互动中,生出诗之外的新的意义。

(四) 化虚为实,选择场景

《闻砧》《送丁秀才赴举》《贫女》都是叙事性和抒情性很强的诗歌,这些诗歌皆可自成图像,但在一幅画中由于篇幅所限,只选择了一个场景、一个瞬间进行表现,诗中大量的内容被遗漏了。对这三首诗的转化更多地是从标题出发,而不是着重表现诗中的某一句。这三首诗都写得很含蓄有味,《闻砧》不直言捣衣,而是写游子听到捣衣曲生出的愁思;《送丁秀才赴举》不直言送别场面,而是用鲲鹏展翅高飞寓意前程万里;《贫女》通过与豪族女对比,赞美了贫女的勤劳,暗含对社会差距的讽刺。但这三首诗在画面中都进行了直接表现,画面上直接出现两个捣衣女子、一队送别人马、一个纺织女子,至于诗的其他意味,留待读诗之后再去体会。

“艺术的许多持久性的功能是通过无意识的心理机制产生的。通过深层心理学的研究,我们现已发现,在某些艺术表达和戏剧性的表现形式中,在某些模糊的符号形式中,存在着一种永久性的冲突和抑制。这种冲突和抑制是每一个文明人都具有的,然而他自己对这种倾向的意识却很模糊。这类艺术所表达的东西被认为是来自于艺术家本人的无意识领域,它被表达出来后又作用于观赏者的无意识领域。它能帮助观赏者更加完全地意识到自己的内在问题,并且能在更加理智的水准上解决自己的问题。”[①]《十咏图》中出现了很多图像符号，如六老会、孤帆、捣衣、送别、织机、亭台、茅舍、山水等等，为什么《十咏图》在描绘这些场景和事物时用这样的图像符号，而不是其他的？有人或许觉得没有必要提出这个问题，中国古代的写意山水画都是这样画的，这不是理所当然的吗？但是，我们在看日本受中国影响形成的写意画时，很明显会发现不同于中国写意画的日本民族特色。因此，这些图像符号实际上是中国人看惯了写意画中的审美模式，是中国人对世界认识的反映。基于共同的文化背景和文化心理，画家和观者之间才无意识地有了沟通的可能性。

从十首诗的意象群可以看出，这些意象以自然物象居多，表现了山水田园乡村生活的方方面面，而且这些物象多跟“水”有关，如“潇湘”“江城”“滩头”等，应是南方水乡生活环境的写照。这些意象不是张维发明的，而是中国古典诗词中经常出现的意象，有着深厚的文化渊源，是中国文化的意象原型，比如“潇湘”就是中国古典诗歌和绘画中反复摹写的对象和原型。这个原型就像渗透在中国人心灵中的文化基因，使中国古代文人画都或多或少地带上了潇湘的烟雨朦胧氛围。总之，“十咏诗”每首诗的关键语象在画面中都得到了表现，但除第一首《会六老诗》的叙事情节得到重点表现外，其余诗的关键语象在画面中只保留了一个图像符号，咏物诗只保留了咏物符号，叙事诗也只是选择“最富包孕性的顷刻”。

二、文图转化的层面

当文学和图像共处同一文本时，它们之间的关系是多样的，“十咏诗”诗歌内容和《十咏图》相应画面的关系也是不同的。从“十咏诗”到《十咏图》的转化是绘画对文学的模仿，即图像对语象的模仿，这是在不同层面进行的。波兰现象学家英伽登把文学作品的文本由表及里分为四个必不可少的层次：“1. 字音和建立在字音基础上的更高级的语音造体的层次。2. 不同等级的意义单元或整体的层次。3. 不同类型的图式的观相、观相的连续或系列观相的层次。最后还有：4. 文学作品中再现客体和它们的命运的层次。”[②]这一分析为很多文本研究所借鉴，也是本文分层的理论基础。

李彦锋在《语图视域中的诗画关系研究》[③]中指出，宋元以后语图逐渐走向合体，在语图合体[④]形态中，语和象存在着重合和错位的关系。该文认为可以把

---

① 托马斯·门罗著，石天曙译：《走向科学的美学》，中国文联出版公司 1985 年版，第 369—370 页。

② 罗曼·英伽登著，张振辉译：《论文学作品》，河南大学出版社 2008 年版，第 49 页。

③ 李彦锋：《语图视域中的诗画关系研究》，《南京艺术学院学报（美术与设计版）》2012 年第 1 期，第 103 页。

④ 参见赵宪章：《文学和图像关系研究中的若干问题》，《江海学刊》2010 年第 1 期。该文把文图关系分为三种体态：语图一体、语图分体、语图合体。语图合体即语言和图像书写在同一文本上，二者呈语图互文关系。

一首诗分为三个层次：第一层是语言点明物象名称（名词），第二层是诗文语言描述（形容词），第三层是言外之意；相应地，绘画也有三个层次与之对应，即造型色彩、情状风格、意蕴意境。可见，意境是诗画融通的基础平台，除了说理诗和抽象画以外，大多数诗歌和绘画都营造了韵味无穷的意境。在语-象重合的情况下，诗和画存在三层关联，即名词与物象关联，形容描述与情状风格关联，语图意境内在关联；但在语-象错位的情况下，诗和画可能只存在两层关联，即形容描述与情状风格关联、语图意境内在关联；或者只存在一层关联，即语图意境内在关联。

这一分析给本文研究以启示，笔者认为，一首诗可以分离成三个层面，第一是抽离出语象符号，第二是语象符号的组合状况，第三是语象符号相互组合形成的意象和意境；相应地，一幅画也可以分离成三个层面，第一是抽离出图像符号，第二是图像符号的组合状况，第三是图像符号相互组合形成的意象和意境。从这三个层面，具体分析“十咏诗”在《十咏图》中的转化情况。

（一）语象符号层

第一首诗《会六老诗》基本上语-象完全重合的，诗中重要的物象，如南园、华发、娱都表现了出来，为了更突出文人雅趣，将宴的部分删去仅保留娱的部分，我们也可以认为诗中的宴娱是虚写，并非日常生活中的宴娱。在组合上，这些语象按照原诗进行组合，观画时自然能够产生“休言身外荣名好，但恐人间此会无”的兴味。

第二、三、六首《庭鹤》《玉蝴蝶花》和《归燕》都是咏物诗，在画面上仅可见庭鹤、玉蝴蝶花、归燕的符号，并没有过多描摹它们的姿态。外在物象性的描摹都没有了，更别说原诗中抒发情感性的诗句了，在画面中更是无从表现，因此画中这三个图像符号都没能很好地替它们的原始语象“代言”。符号的能指是三个物象在画中的形象，但它们的所指是不确定的，由于该符号与画中其他符号的互动关系，相互映衬，相互关联，从而生发出了原诗没有的意味。比如，庭鹤象征着老人们的长寿、吉祥，玉蝴蝶花象征着喜庆繁盛，归燕反衬了游子未归、思妇闺怨等等。

（二）符号组合层

第四首《孤帆》描摹了空旷江面上的孤帆，对孤帆的描摹也基本遵循原诗，但这只孤帆到底指向前途茫茫，还是雄心壮志，还是逍遥江上，还是归心似箭等，并不明确；对画面的解读也是多样的，是“长风破浪会有时，直挂云帆济沧海”的意味，还是“莫问乘舟客，利名同一途”，或者其他，其实都是说得通的。由于孤帆形象在中国诗歌和绘画中出现很多，画中孤帆虽然在物象选择和描摹上基本遵循原诗，但意味指向是多样的，含混的。

第五、八首《宿清江小舍》和《宿后陈庄偶书》都是寄宿村舍的诗，都描摹了乡村的风光，很有田园诗的意境。原诗中描写了菰叶、绿荇、腊冻、斜日、凫鹥等，这些富有乡间特色的景物都没能很好地表现出来。原诗中描写的夜钓、春耕两个活动也没有表现出来，令人感到比较遗憾，取而代之的是画面上出现了两处隔江相对的茅舍和树木，两处房屋只有大小上的差别，其他都很相似，甚至在诗画对读时难以一一对应。对这两首诗的转化只是保留了题目，然后进行再创造，在画面上表现最弱，语和图的关系对应最弱，但它们在画风上与整个画面保持了统一。

（三）意境生成层

第七、九、十首《闻砧》《送丁秀才赴举》和《贫女》都出现了不同人物，《闻砧》是游客听到砧杵声而生发的感慨，《送丁秀才赴举》是一首赠别诗，充满了豪迈气概，《贫女》是一个纺织女子的感怀。《闻砧》和《送丁秀才赴举》写得都比较虚，而画面的处理却比较实在，描摹了两个捣衣女子，一队送行的人，至于听到的砧杵声以及送别的感情，则留给观画者去体会。《贫女》写的内容比较丰富，但画面用一个坐在织机前劳作的女子形象来表示，化繁就简，一定程度上弱化了原诗丰富含义。这几首诗在绘画处理上都让人物亲自“出场”去言说自己，用形象造型直接与诗中的意味去对话和沟通。由于捣衣女、织女、送别等在中国传统文化中含义相对稳定，因此，即便只描写其形象，也能生成相似的意味。

综上，“十咏诗”在向《十咏图》转化过程中，为了尽可能使画面和谐，语象和图像出现了重合和错位的关系。具体来说，第一首诗《会六老诗》是整幅画着重表现的，该诗的叙事性比较强，基本上是语图重合关系；《庭鹤》《玉蝴蝶花》《归燕》三首咏物诗，通过对物象的描写和抒情，借物抒怀，表达了作者深刻的人生体悟，但在画面上仅剩下意指这些物象的符号，原诗中的深刻含义被消解了，出现了意义落空，因此在图像组合中寻找和生成新的意义；《孤帆》表达了诗人淡泊名利的心态，在画中孤帆形象得到了重点表现，但孤帆形象在中国古代诗歌和绘画中大量出现，其含义也不尽相同，因此这一能指符号在由语象到图像转化中，所指飘忽游离，出现了不确定性；《宿清江小舍》《宿后陈庄偶书》两首都是写了寄宿村舍的情景，属于田园诗，在画中表现得类型化，都是依山傍水而建、被树木掩映的茅草屋，外形非常相似，但诗中描绘的其他语象在画中没有很好表现出来，在转化过程中甚至有点抛开原诗，仅仅保留了诗歌语象的空壳；《闻砧》《送丁秀才赴举》《贫女》三首表现了不同人物，都有一定情节性，在画中虽然所占比例不大，但都得到很好表现，并且它们之间形成互文关系，贫富尊卑的对比形成了张力，展现了广阔社会背景。

在第一层面上，十首诗的主要物象在画面中都得到了造型表现；在第二层面上，每首诗的语言描述都部分反映在了画面上，其中第一首《会六老诗》表现最多，其余诗只是表现了描写情状的诗句；在第三层面上，第一首《会六老诗》象和意的结合最稳固，奠定了整幅画文人雅会的祥和基调。其余诗转化成画的意义呈现则分情况讨论，如果该意象在中国古代诗画中的含义比较明确固定，则虽然在画中只是一个符号，仍能传达出原来含义；如果该意象的含义是在诗的语境中才能生成的，则仅仅将一个符号或一个场景转化在画面中，出现了意义的游离和落空，图像符号在相互关联、重新组合当中生成了新的意义，使整幅画和谐而有意味。

这里提出一个问题，从诗歌到绘画的转化，关键是哪个层面的转化呢？最基本的层面将诗歌中出现的物象转化在画面上，但不可能将全部物象都表现出来，所以只能选取关键物象；再一层是不一定按照诗歌描写去转化，而是选取最有代表性的文化意象，选取最具包孕性的瞬间，同样达到传达诗歌意象的效果；再一层是不拘泥于具体物象，而是着意情感传达，这时关注重点不在于直接表现还是间接表现物象，而是诗歌情感的传达，比如“十咏诗”尽管涉及范围非常广，但情感基调是一致的，即就吴兴山水抒发乡居感怀，这一点绘画和诗歌基调是一致的。从根本上讲，是无法将诗歌完全转化成绘画的，因为它们属于不同艺术类型，所谓“转化”，不在于形式的变化，更在于情感的相通相融，因此能产生相似的审美体验。

尽管我们指出了画面没有包含和表现原诗的种种地方和遗憾，但仍要说这是一幅绘画精品。因为将十首诗表现在一幅画上本身难度就很大，十首诗虽是同一作者，但它们之间是没有逻辑的，写于不同时间，不同地点，写了不同内容，甚至各诗之间存在诸多逻辑上的矛盾，比如时间冲突、物象冲突，但画家力求进行调和弥补，使绘画显得和谐统一。

三、文图转化的规律

《十咏图》以“十咏诗”为创作契机和依据，但《十咏图》绝不仅仅以另一种媒介去模仿和表现“十咏诗”。如果是照搬这十首诗，画家应该画成十幅连环画，即使在一幅画中这十个场景也应均等表现，但事实上《十咏图》表现十首诗的画幅比例是不均等的。《会六老诗》无疑是画面的重心，所占比重最大，而像《庭鹤》《玉蝴蝶花》《归燕》等咏物诗，仅仅以几笔勾勒出物象，原诗中其他丰富内容很难表现。另外几首叙事性较强的诗《闻砧》《宿后陈庄偶书》《送丁秀才赴举》《贫女》等，无论从人物大小还是画中位置来看，均处于次要位置。与之相比，在画面中显得宏大辽阔的是自然山水，在这幅诗意画中，为了表达淡远旷达的意境，烘托文人平淡自如的心境，画家用约三分之二的篇幅来表现自然山水，以较为成熟的手法摹写山水。简言之，《十咏图》表现的主要内容就是文人雅集和自然山水。对这两个不同绘画对象，采取了不同的绘画方式，有着不同的转化规律。

(一) 对南园集会的表现：细节描绘

在表现南园集会时，最突出的就是画了两座亭台，属于界画。界画是中国古代绘画的一个门类，即在作画时使用界尺引线，界画适于画建筑物，其他景物用工笔技法配合，称为"工笔界画"。界画要求精准细致地再现对象，界画难工，往往不为文人所重，也有人据此认为《十咏图》为多人完成，有画工帮助，张先题诗于上。

针对"十咏诗"和《十咏图》的密切关系，前人论述大多把"六老会"场景当作该画的"画眼"，正所谓画龙点睛，没有该场景，《会六老诗》部分在整幅画中并没有原先理解的那么重要。《十咏图》表达对父亲集会的缅怀、对家族荣耀的彰显便没有根据了。但从艺术价值上来说，真正为人所称道的，应该是对大片自然山水的描摹，体现了宋代山水画发展的特点和流变，这更具有艺术史的价值。很多人在分析这幅画的时候都指出，画面右下角的"六老会"是全画的"画眼"和中心，但如若把这个雅集场景单拿出来，这幅画的价值一定会大大逊色，很难说能成为千古名画；但如若去掉这"六老会"的场景，在这里补充一些山石树木，相信这幅画仍然是文人画形成初期的艺术精品，它的精湛的山水描摹仍能产生不尽的兴味。这是因为，从魏晋时期伴随着人的觉醒，山水逐渐成为独立的审美观照对象，有了独立的审美价值。除去画面右幅的"六老会"场景，这幅文人写意山水以其特殊的皴擦手法，体现了北方山水的大气，同时在一些细部又有南方山水的秀美，值得后人仔细研究。一种传统观点认为文人画注重写意，轻视写实，认为写意更能表现文人的自由情志，而写实则是匠人所为，为文人画家所不齿。但从该画可以看出，写意山水同样需要很高的写实功力。该画作对山势表现，对树木渲染，都充满了昂扬向上的张力；对一处处人物场景的精致表现，成为山水中一个个"包孕性的顷刻"。

对于庆历六年(1046)发生的南园"六老会"这一历史事件，实际上存在着三重叙事，即历史叙事、文学叙事、图像叙事。历史事件已成过眼云烟，后人只能根据叙事文本试图还原当时情景，相对而言，历史叙事最接近历史真实，但不幸的是，南园"六老会"这一文化盛事没有保存在官方史书中，陈振孙在《十咏图》跋中称："诗及序刻于石园中，园废，石亦不存。事载《续图经》及《胡安定言行录》。"如果不是张维的记述，这一事件可能被历史遗忘。张维以诗记之，并非为了单纯记录保存这一集会及其文化成果，更多地是为了抒发自我的情怀，所以胡瑗的序和其他人的诗都没有记录下来。张维的《会六老诗》似乎成了南园"六老会"的唯一凭证，但很显然，这是一片面的记录，不可能表现集会的整体风貌。况且，诗中直接叙述这一集会的只有前两句"贤侯美化行南园，华发欣欣奉宴娱"，只是笼统地记录了太守宴请、六老赴会这一事件，言语中流露出欣喜之情。第二句表达了视政绩如水薤，第三句表达了淡泊身外名利，第四句表达了希望有朝一日图绘成画。全诗由第一句叙事引申进行抒情，处处流露出珍惜集会、淡泊名利的心态，因此，画家描绘南园“六老会”这一场景的直接依据只有第一句诗。这给绘画增添了很大难度，也给绘画留下了很大想象空间。于是，画家为了突出“六老”的怡然和超脱，干脆把“宴娱”变成了“娱”。这倒符合了绘画的审美要求，观者不会去追究“六老”有没有“宴”，观者在意的是从视觉直观上感到愉悦，从而与画中的“六老”一起沉浸在雅兴之中。后世看到这幅画，大概都会有这样的审美起兴。当然，也有人观画的目的不同，比如为《十咏图》作跋者陈振孙。陈振孙博学古今，是一位大目录学家，他在修《吴兴人物志》时，偶尔在周密处见到了《十咏图》，“见之如获拱璧，因细考而详录之，庶几不朽于世”。陈振孙显然把《十咏图》当作了“图像证史”的重要文献，他并不特别关注《十咏图》的艺术价值或者作者问题，而是详细考证了“六老”的姓名及身份，并且感慨道：“子野于其间擢儒科，登膴仕，为时人闻。赠其父官四品，仍父子皆耄期，流风雅韵，使人遐想慨慕不能已，可谓吴乡衣冠之盛事矣！”陈跋以其严密考据，确证了南园“六老会”这一文化盛事，从而从史实方面丰富了《十咏图》内涵，更加促进了《十咏图》的传播。

由《十咏图》一例，我们可以看出在历史叙事文本不可见的情况下，文学叙事文本成了主要的依据，在其基础上生成的图像叙事文本与历史事件更是相去甚远，套用柏拉图的比喻，如果文学叙事是对历史真实的模仿，是历史真实的“影子”，那图像叙事就是“模仿的模仿”“影子的影子”“与真理隔离三层”，更加不可靠。图像叙事虽然最具有直观性，但并不能还原历史真实，当然，图像叙事所使用的艺术加工手法有其内在的逻辑性，并不能因为真实性而消解了图像的艺术性。有些人对图像的解读，不是基于图像的艺术性，而着意从“图像证史”的角度，试图从图像去还原历史，别有目的。

（二）对吴兴山水的表现：意境营造

除了得到重点表现的《会六老诗》外，其余九首诗都采用了弱化处理，在这九首诗中，除去《庭鹤》等三首咏物诗，《孤帆》《宿清江小舍》《闻砧》《宿后陈庄偶书》诗都出现了“水”或“江”的意象，《送丁秀才赴举》《贫女》跟山林的联系比较紧密。也就是说，即便这六首诗写了不同时间地点的人和事，但在大背景上都是远离喧嚣的自然山水，这就为《十咏图》的转化提供了一个非常好的途径，画家采取的处理手法也是利用山和水将这些场景串联在一起，所以观者看到的是整体山水，沉浸在圆融的审美意境中，而不必刻意区分这片山水分别对应于哪首诗。这里出现了一个矛盾，这几首诗并不是专门咏山或咏水的，山水往往是作为叙事、抒情的背景出现，在全诗处于次要位置，甚至有时并没有专门描写山水的句子，仅仅出现“山”或“水”的字眼，而在画面上却得到了重点表现，占据了主要篇幅，观者一眼望去是大山大水，仔细观看才能看到山水间的游子、织女等。与图像相反的是，在诗中重点表现了人物心理，抒发了作者的感怀等，如果不去读题写在画上的原诗，从缩小的人物形体中观者不能很好感受到这些感情，有时即便读了原诗，也不能将诗的情感完全与画对应。

诗歌和绘画出现了一个轻重颠倒的问题，即在诗歌中重点表现的情感，在画中没有成为重点表现对象；在诗中作为次要部分的山水，在画中得到了重点表现。这与中国古代诗画不同评价标准是一致的，即“诗歌崇实，绘画尚虚”，钱锺书指出：“中国传统文艺批评对诗和画有不同的标准：论画时赏识王世贞所谓‘虚’以及相联系的风格，而论诗时却赏识‘实’以及相联系的风格。”①

绘画还无法在同一个空间中表现不同的时间，既是白天又是夜晚，既是春天又是秋天，除非是特殊寓意的画面，否则便不合逻辑。为了解决这一问题，绘画只能选择一个时间点进行创作，正如莱辛指出的“最富包孕性的顷刻”。鉴于此，张先有意模糊了《十咏图》的时间性，我们看不出具体特定的时间，因而感觉到整个画面的时间是统一的；另一方面，该画的长卷形式对观画产生了独特影响，随着从右向左依次展开，一个个场景依次展现在眼前，人们在欣赏时从一个空间延伸到另一个空间，这样在观画时间上的延展也在一定程度上克服了绘画缺乏时间性的先天缺陷。

通过以上对比分析可以看出，诗意画的创作绝非由诗到画的简单模仿，而是画家选择和再创造过程，其中语言符号侧重于实指性和图像符号侧重于虚指性，使得图像符号在模仿语言符号时可以顺势而为，从学理上保证了模仿的可行性。《十咏图》与“十咏诗”表现内容和重点有差别，但有一点是一致的，就是表现文人的情志，这再次印证了张先绘制《十咏图》不是以再现这十首诗为目的，而是为了表现一种文人情趣和文人理想。《十咏图》并没有完全照搬“十咏诗”描写内容，它之所以成为中国绘画史上的名画，不仅由于对“十咏诗”的“形”模仿，更重要的是对其“意”模仿。在这一模仿过程中，原诗中大量的信息被遗漏和遗忘了，“图像对于语言的模仿实则是前者对后者的筛选，并以其‘可悦’原则改变了前者的所指。”“‘图以载文’不过是‘图’对‘文’的筛选和重置。”②

诗歌是语言的艺术，“十咏诗”的基本表达方式是叙事、咏物和抒情，在转译成画面时发生了强化或者弱化现象：对于叙事部分，强化成了一个个叙事瞬间；对于咏物部分，弱化成了一个个物的符号；对于抒情部分，则通过叙事、咏物部分进而由整幅画的意境进行联想生发。图像在表现语言的叙事和咏物时，已经进行了简化处理，对于抒情这种抽象内容的表达更是变得不确定，使得对诗的含义理解和对画的含义理解出现了偏差。绘画的抒情氛围不能像诗那样通过语言符号去营造，更多的是通过描绘山水的线条符号去营造，正所谓寄情山水。这些在画面中占去三分之二画幅的山水，在诗中不过用几个字提起，大多数情况是作为

---

① 钱锺书：《中国诗和中国画》，三联书店 2002 年版，第 23 页。

② 赵宪章：《语图传播的可名和可悦——文学与图像关系新论》，《文艺研究》2012 年第 11 期，第 32 页。

背景出现的，或者是借山水起兴的，在画中却得到了重点表现。诗和画的关注重点出现了倒置现象，这是诗画两种不同媒介针对各自特点，追求最佳表达效果造成的现象，这样出现了诗歌和绘画精品。所以我们不必去比较语言符号和图像符号的优劣，而是要在它们各自擅长的领域发挥它们的优长。

四、文图转化的价值

从“十咏诗”到《十咏图》不仅是从诗歌到绘画艺术媒介形式的变化，而且诗画两种艺术交相呼应，使得这一文本增值，其价值体现在多方面。

（一）艺术价值：诗歌流传，绘画精品

如前所述，“十咏诗”促进了《十咏图》这件绘画精品的诞生，《十咏图》使得“十咏诗”保留和传播下来，二者相互映衬。“十咏诗”清丽闲雅，如“滩头斜日凫鹭队，枕上西风鼓角声”，又“花有秋香春不知”，皆佳句也，为北宋诗坛增添了佳作。《十咏图》的艺术性很高，为研究北宋初期绘画提供了一个有鲜明特色的案例。“如果说《清明上河图》是表现都市繁华的话，那么此图则重在描绘家乡的生活实景，同为写实的杰作。”“整个画面将高华的池馆与农家劳作场景巧相映衬，笔墨清雅，气韵醇古，达到了很高的成就。”[①]《十咏图》失而复得，北京故宫博物院以 1800 万元人民币竞价买回，让后世更加珍视它的艺术价值。

（二）文献价值：保留墨迹，传承文化

《十咏图》一开始只是作为私家家藏，后世文人认可其艺术价值，并赋予了更多文化价值。作为流传至今的珍贵文献资料，《十咏图》的文献价值是不容忽视的。陈振孙的慧眼对《十咏图》的价值再发现有着重要作用。陈振孙修著《吴兴地方志》将《十咏图》作为文献，详细考证了南园“六老会”始末，称为“吾乡衣冠之盛事”，并写到“安定胡先生瑗教授州学”，这也是湖学繁荣的一个见证。《十咏图》成为中国古代“以图证史”的一个案例。“此图除艺术性高外，另一极可珍贵处，在于保存了一批名家、巨公的旷世孤迹。比如张先的墨迹，天壤间仅此一件。此外如孙觉、陈振孙的序跋，也都是仅存的手迹。后附元人三跋，除鲜于枢外，其他如颜尧焕、脱脱木儿之题跋，不仅笔墨精妙，同时也是唯一的墨本。五家孤迹，萃于一编，这是何等辉煌的巨宝，这是何等惊人的发现。”[②]

《十咏图》重现于世，关于它的文章多围绕鉴定真伪展开，但它确实保留了许多珍贵墨迹，并对地域文化产生了重要影响，研究《十咏图》在这方面的价值显然

---

①② 周笃文：《艺苑奇珍〈十咏图〉——略论〈张先十咏图〉的文献与艺术价值》，《文学遗产》1996 年第 4 期，第 43 页。

更有意义。

（三）文化价值：诗画互动，文人传统

《十咏图》进入论文研究视野，是因为它的诗画关系非常有特点，从文图关系角度会有新的发现。《十咏图》的诗歌和绘画出现在一个文本上，诗画呈互文关系，既有图像对语言的选择和重置，也有语言对图像的阐发和赋义。后世将《十咏图》作者归于张先，使其在诗人身份之外，又多了层画家身份，更符合文人的审美需求。在宋代诗画合一、语图走向合体的审美范式下，《十咏图》体现了文人画形成阶段的特点，符合文人画从写实走向写意的审美要求，因此受到追慕。

《十咏图》的这几种价值是交织在一起的，故受到藏家喜好，但研究者需要仔细分辨。作为一件艺术品，首先当然是其艺术价值，其绘画在艺术手法上与前代或同代相比，有哪些异同，哪些创新之处，这是从艺术自身发展角度评估其价值。但作为文人涉猎绘画的尝试，该画的文献价值、文化价值使其价值倍增，可以说，《十咏图》不仅是张先创作的，更是后世在题跋吟咏中共同完成的，《十咏图》的接受史也是其研究不可缺少的部分，需要研究后世更看重哪部分，评价侧重哪方面等。

第三节 《十咏图》及其题跋的文图关系

《十咏图》促进了“十咏诗”的传播，这是中国古代图像促进文学传播的一个典型案例，正如陈振孙在跋诗中曰：“平生闻说张三影，《十咏》谁知有乃翁。逢世升平百年久，与龄耆艾一家同。名贤叙述文章好，胜事流传绘素工。遐想盛时生恨晚，恍如身在画图中。”[①]陈振孙在诗中，重新发现了一位闲居乡里、吟咏自娱的太平老人，表达了对太平盛世、文人遗风的追忆，进一步提高了《十咏图》的价值。实际上，《十咏图》在流传过程中，不仅与“十咏诗”发生着图文互动关系，还与后代对它的题跋和咏诗文发生着新的图文互动关系，生成了新的内涵意蕴，使《十咏图》成为跨越时空、承载着深厚文化内涵的一个独立文本。本节关注的是《十咏图》与由它衍生的语言文本的文图关系。

一、《十咏图》与孙觉序

《十咏图》绘成之后的流传过程比《十咏图》本身更加曲折，更有故事，考察这一过程可以管窥一些有趣的文化现象。张先作画目的是敷写诗意、缅怀先父，并不慕画名，但《十咏图》没有像张维的“十咏诗”那样湮没在历史长河中，而是在后代得到发扬光大。绘成后八年，张先请新任吴兴太守孙觉为之作序。孙觉，字

① 周密撰，朱菊如等校注：《齐东野语校注》，华东师范大学出版社 1987 年版，第 307—308 页。

莘老，少学于胡瑗，举进士。据《嘉泰吴兴志》载："孙觉，右正言直集院，熙宁四年十一月到任，六年三月移知庐州。"[①]张先与当地官员、文人往来酬唱密切，据统计，唐圭璋先生编《全宋词》存张先词165首，宴饮酬唱词有26首，除闺情词外数量最多。[②] 熙宁五年(1072)，张先有《醉落魄吴兴莘老席上》一词。

山围画障，风溪弄月清深漾。玉楼苕馆人相望，下若浓醅，竞欲金钗当。

使君劝醉青娥唱，分明仙曲云中响，南园百卉千家赏。和气兼春，不独花枝上。

该词写了在风景优美的月夜与太守宴饮听曲的场景，一幅"和气兼春"、其乐融融的画面。同时，该词也写到了"六老会"地点"南园"百花繁盛的景色。同年，张先请孙觉为《十咏图》作序。孙觉是一位重视保护文化的地方官员，曾集历代散置于湖州的刻石于府第，修建墨妙亭以保存，并请苏轼、曾巩为墨妙亭赋诗撰文。苏轼赞曰："吴兴太守真好古，购买断缺挥缣缯。"[③]孙觉在序文点明其欣然作序："余既爱侍郎之寿，都官之孝，为之序而不辞。"侍郎指张维，都官指张先。这篇序文题写在《十咏图》右幅的左下角空白处，是关于《十咏图》最早的重要文献，这篇文献内容丰富，主要有三层意思。第一，首次为《十咏图》定名，并言明张先与《十咏图》关系。序文称张先"取公平生所自爱诗十首，写之缣素，号'十咏图'"。第二，考察了张维生平及性情。张维"少年学书，贫不能卒业，去而躬耕以为养。善教其子，至于有成。平居好诗，以吟咏自娱。浮游里闾上下，于溪湖山谷之间。遇物发兴，率然成章，不事雕琢之巧，采绘之华，而雅意自得。徜徉闲肆，往往与异时处士能诗者为辈。盖非无忧于中无求于世，其言不能若是也"。张维出身贫寒，但教养张先有成，喜欢写诗，但吟咏自娱，"与异世处士能诗者为辈"点出了张维的性格特点和精神境界。张先作为词人非常有名，孙觉的序重新发现了一位"无忧于中无求于世"的太平老人，让人追忆其风骨神貌，这也正是张先所期望的。第三，表达了对人生在世的深刻体悟。孙觉序由对人生贫富长短的思考开始："富贵而寿考者，人情之所甚慕；贫贱而夭短者，人情之所甚哀。然有得于此者，必遗于彼，故宁处康强之贫，寿考之贱，不愿多藏而病忧，显荣而夭短也。"富贵和长寿都是人之所愿，张维、张先都是太平老人的代表，可谓文人人生的标杆，"公不出仕，而以子封至正四品，亦可谓贵；不治职而受禄养以终其身，亦可谓富；行年九十有一，可谓寿考"。这一思想对后世文人有着深远影响。

---

① 转引自张先撰，吴熊和、沈松勤校注：《张先集编年校注》，上海古籍出版社2012年版，第49页。

② 参见周玲：《论张先词的创新》，《唐都学刊》2001年第4期，第78页。

③ 孔凡礼点校：《苏轼诗集》，中华书局1982年版，第371页。苏轼：《孙莘老求墨妙亭诗》："兰亭茧纸入昭陵，世间遗迹犹龙腾。颜公变法出新意，细筋入骨如秋鹰。徐家父子亦秀绝，字外出力中藏棱。峄山传刻典刑在，千载笔法留阳冰。杜陵评书贵瘦硬，此谕未公吾不凭。短长肥瘦各有态，玉环飞燕谁敢憎。吴兴太守真好古，购买断缺挥缣缯。龟趺入座螭隐壁，空斋昼静闻登登。奇踪散出走吴越，胜事传说夸友朋。书来乞诗要自写，为把栗尾书溪藤。后来视今犹视昔，过眼百世如风灯。他年刘郎忆贺监，还道同是须服膺。"

孙觉序内容丰富，思想深刻，对《十咏图》传播的影响体现在两方面。第一，孙觉是当地的官员，他在序中点明张先是“十咏图”的作者，有一定权威性，对“十咏图”进行了定位。第二，孙觉序将“十咏图”与主流文化思想湖学联系在一起。南园“六老会”中有胡瑗讲授湖学作序，孙觉曾受学于胡瑗，是湖学代表，他的序进一步将《十咏图》与湖学联系起来，强调了南园“六老会”在吴兴文化史上的地位。这样，《十咏图》就不仅是对家族荣耀的彰显，更是对地方文化盛事的保存。

二、《十咏图》与陈振孙跋

陈振孙的跋文进一步肯定了《十咏图》在地方文化史上的价值。陈振孙是南宋后期著名目录学家，有《直斋书录解题》，还有《吴兴人物志》等。《十咏图》散出张家后，流传于吴兴，为周密的父亲周晋所得，周密在《齐东野语》中首次著录了该画。《十咏图》的再发现得益于陈振孙的跋。自1072年孙觉作序以来，《十咏图》终于在177年后，得到了一位别具慧眼的吴兴同乡人赏识。1250年，陈振孙主修地方志，“会余方辑《吴兴人物志》，见之如获拱璧，因细考而详录之，庶几不朽于世”。陈的跋文考察了“六老”姓名及身份，用语言进一步确认了图像的叙事，称“可谓吾乡衣冠之盛事矣”，达到了“图像证史”的目的。在这里，图像被当作了修地方志的文献资料，而图像本身的艺术价值并未特别强调，《十咏图》不过是陈言说的一个凭借和替身。

对于《十咏图》价值的发现，有一个关键人物——周密。《齐东野语》载：“先世旧藏吴兴《张氏〈十咏图〉》一卷，乃张子野图其父平生诗，有十首也。”以更加肯定的语气确认了张先就是《十咏图》的作者。处在宋元之际的周密，对先世流传下来的《十咏图》情有独钟，这件旧物成了他回忆家乡山水的精神家园。作为周密朋友，元代画家“吴兴八俊”之一赵孟頫曾一睹《十咏图》，并有题诗《题先贤张公〈十咏图〉》[①]：

吴兴潇洒郡，自古富人物。
溪山映亭榭，尊俎照华发。
当时盍簪地，蓁莽久芜没。
空余诗语工，不共芳草歇。
抚卷想胜风，冠佩其敢忽。
先民不可见，惆怅至明发。

赵孟頫题诗先是称赞吴兴山水自然、人杰地灵，又追忆起“六老会”，充满了怀古之气和沧桑之感。由宋入元，政治环境发生了很大变化，文人的社会地位下降，已经无法回到庆历年间的太平盛世。画家的创作心态发生了变化，绘画风格

---

① 赵孟頫撰，黄天美点校：《松雪斋集》，西泠印社出版社2010年版，第54页。

也随之一变，由北宋全景式大山水发展到南宋“马一角”“夏半边”似的小景构图。像《十咏图》这样展现吴兴山水的全景式构图，成了元代画家追忆先贤，重塑山水境界的范本，因此《十咏图》这样的山水模式启发了赵孟頫这样的“大手笔”。赵孟頫《吴兴山水清远图记》：“昔人有言：‘吴兴山水清远。’非夫悠然独往有会于心者，不以为知言。”[①]

三、《十咏图》与三位元人题跋

“十咏图”上题有三位元人鲜于枢、颜尧焕、脱脱木儿所作跋。

元大德改元(1297)，鲜于枢为“十咏图”作跋。鲜于枢本人是一位书法家，他的跋无论从书法艺术还是绘画评价，皆有很高价值。他非常喜欢《十咏图》卷，“展之味之，终日忘倦”，“信摩诘当让一头地也”。在这里，鲜于枢将《十咏图》与王维画作比较，语虽夸张，但将它提到与王维画作同样的水平。王维是经过后世选择的文人画家代表，被誉为“南宗之祖”，他的诗和画相互映照，皆传递出文人情志，苏轼称：“味摩诘之诗，诗中有画；观摩诘之画，画中有诗。”[②]更是给王维定了位。鲜于枢的评价，将《十咏图》归于王维文人画一脉，有着重要意义。

1325年，87岁的颜尧焕为《十咏图》作跋。颜尧焕是前朝进士，“‘十咏图’在他眼里成了在元廷‘崇重儒道’形势下弘扬安定先生的学术主张的视觉教材”[③]。颜尧焕跋文肯定了南园“六老会”在文化史上的意义，阐发了胡瑗“体用之学”对湖州地方及天下学者的影响。颜感叹：“安定先生之序不可见，而其所得序之人及其门人，其诗其序，俱于是图见之……余耄矣，偶得拭目，因考是图始末，皆本于安定先生之门也。”在这里，《十咏图》本身的艺术价值淡去了，它成了传播湖学的手段，而且以其视觉形象更加便于传播。“六老”不是文人自由精神的代表，而成了理学道德规约的符号。中国古代通常讲“文以载道”，也可以“图以载道”，图像所载之道，并非图像的本意和目的，却在后世的阐发和赋义中，承载了说教的意义。

《十咏图》上最后一位作跋的元人是脱脱木儿，他的跋诗如下：

吴兴老子会南园，十咏于今只独传。
潇洒丹青如一日，风流文彩未千年。
情留去燕秋山外，兴满扁舟野水前。
庆历向来诗不少，清新自觉侍归贤。

这首诗先叙述了“六老会”及《十咏图》，然后用“潇洒”和“风流”赞美《十咏图》的“丹青”和“十咏诗”的“文采。第三句是写景，刘勰在《文心雕龙》中说：“登

① 赵孟頫撰，黄天美点校：《松雪斋集》，西泠印社出版社2010年版，第168页。
② 苏轼：《东坡题跋》，人民美术出版社2008年版，第299页。
③ 洪再新：《〈十咏图〉及其对宋代吴兴文化圈的影响》，《故宫博物院院刊》2003年第1期，第30页。

山则情满于山，观海则意溢于海”，该句对自然景物同样寄予了感兴，“去燕”“秋山”“扁舟”“野水”这几个语象都出现在“十咏诗”中，并在《十咏图》中得到了很好表现，该句是对观看“十咏图”的描摹。第四句是对张维“十咏诗”诗风“清新”的赞美。这首题画诗紧紧围绕诗和画，有叙事，有抒情，有描写，有议论，情景交融，充满韵味，只有对“十咏诗”和《十咏图》有一定的了解，才能更好地理解这首诗的含义。因此，题画诗和一般诗的写作不同，画是诗的意义基础和凭借。

以上，我们考察了《十咏图》流传过程中与其题跋在互动中形成的文图关系，《十咏图》的文化价值超出了图像本身所描摹对象，对文人画范式的确立起着先导和示范的作用，这种范式在后代文人画创作中得到了强化和定型。在流传过程中，《十咏图》的价值体现在多个层面，有对南园“六老会”的保留，对吴兴山水的描摹，对湖州学派的传承等，后世往往根据时代需要进行取舍和附会，“如果说陈振孙以图像证史的方法重新发现了吴兴地方史中的一位平凡人物，那么，颜尧焕的读画眼光则帮助人们形象地认识了中国思想发展史上的一个伟大的学派。”①

第四节 《十咏图》与文人画范式的形成

《十咏图》作为一个文图关系研究案例，体现了文人画形成初期诸多未定型的特点。本节将《十咏图》与其他文会图进行比较，体现《十咏图》文图关系的特点。《十咏图》这种独创的构图方式对诗意画构图样式产生了影响，后世可见这种构图样式的余绪。《十咏图》作为文人画的一次尝试，对宋元文人画家的创作有着深刻影响，文人画范式的形成，是文人在绘画领域确立自身身份的需要，因此，《十咏图》在后世不断受到文人的关注。

一、《十咏图》与其他文会图文图关系比较

《十咏图》对文人集会图的创制体现的创新性，在于它不是为了突出人物形象，而是将吴兴山水作为主要描绘对象。这里将《十咏图》与《睢阳五老图》及《西园雅集图》进行简单比较，以更加突出《十咏图》的文图关系特点。

（一）《十咏图》与《睢阳五老图》文图关系比较

稍早于张先《十咏图》的《睢阳五老图》（图 9－1）与《十咏图》的创作契机有些相似。五老指的是北宋名臣杜衍、毕世长、朱贯、王涣、冯平，他们致仕后归老睢阳（今河南省商丘市睢阳区），宴集赋诗，时称“睢阳五老会”。“五老会”的情形跟“六老会”的情形很相似，都是致仕家居的老人相互唱和，当时名人欧阳修、范

---

① 洪再新：《〈十咏图〉及其对宋代吴兴文化圈的影响》，《故宫博物院院刊》2003 年第 1 期，第 29 页。

仲淹等人曾依韵和诗，时人绘成《睢阳五老图》，钱明逸为之作序。根据钱明逸《五老图序》写作时间为至和丙申中秋日，推算《睢阳五老图》可能绘作于至和三年(1056)。其后宋元明清数十人为之题赞，可谓流传有绪。《睢阳五老图》同样是一幅传承悠久的国宝，但时人在绘制这幅画时采取了功臣像的方式，将五老的肖像依次排列，五老都是身着官服，身体微倾，双手作揖或轻捋胡须，表情庄重，让人肃然起敬。五老的肖像上分别题着“致仕齐国公杜衍八十”“司农卿致仕毕世长九十四岁”“礼部侍郎致仕王焕九十岁”“兵部郎中致仕朱贯八十八岁”“驾部郎中致仕冯平八十七岁”。通过对比，更能看出张先“十咏图”的创新之处及其在绘画史上的意义，它没有像《睢阳五老图》那样突出五老的形貌和功绩，而是着重表现了六老的宴集场景以及山水清貌，如果未出现在画面上的人物是马太卿，更能看出文人的自由洒脱情怀。

图 9-1　佚名　《睢阳五老图·毕世长像》　美国大都会艺术博物馆藏

(二)《十咏图》与《西园雅集图》文图关系比较

雅集是文人喜欢进行的活动。我们不妨将《十咏图》与《西园雅集图》(图 9-2)做一简单对比。西园为北宋驸马都尉王诜之第，当代文人墨客多雅集于此。元丰初，王诜曾邀同苏轼、苏辙、黄庭坚、米芾、蔡肇、李之仪、李公麟、晁补之、张耒、秦观、刘泾、陈景元、王钦臣、郑嘉会、圆通大师等十六人游园。米芾为记，李公麟作图二，一作于元丰初王诜家，一作于元祐元年(1086)赵德麟家。南宋马远、明代仇英等皆有摹本，清代石涛、华嵒等亦多仿之。南宋马远《西园雅集图》中之人或挥毫用墨、吟诗赋词，或抚琴唱和，或打坐问禅，每个人的表情动态皆栩栩如生、动静自然，人物衣纹、草石花木的每一笔线条都处理得十分精致。显然，西园雅集是为了记录雅集集会的盛况，着重表现苏轼等文人的风貌，这一长卷中文人们三五聚在一起，无论人物所占的比例大小，还是人物神态，都占据了画面主要部分，我们可以根据文献记载将这十六人一一对应，而树木山石等部分是为了衬托文人活动的场所，这里集会地点“西园”的特色并不突出。

图9-2　马远　《西园雅集图》(局部)　美国纳尔逊-艾金斯艺术博物馆藏

张先《十咏图》不同于《西园雅集图》及其后的文人雅集图，它虽然也着重表现了文人集会的场景，但所占不过三分之一的画幅，人物的形貌特征也不明显，或者说他们只是代表着文人的一个符号，除非有文献记载，我们分不清六老中哪位是哪位。画面另有三分之二的大片篇幅是山水。《十咏图》的绘画年代处在文人画形成初期，不同于宋代以后大量出现的文人写意山水，因为它毕竟还着重表现了集会的写实部分。这种现象的出现，一方面是由于《十咏图》以“十咏诗”为创作原型和底本，它的创作初衷是为了模仿“十咏诗”，所以必须要突出表现“十咏诗”；另一方面，张先所处的时代，文人写意山水画已经成为一种风气，但是还没有走向成熟，张先在此画中也有意着力描写吴兴地区的自然山水，因此该画最终成了这样一个“复合体”。

二、《十咏图》对诗意画构图样式的影响

《十咏图》的构图是大幅全景的写意山水构图，与南宋时期“马一角”“夏半

边”的构图方式有很大不同。这种画法是宋元绘画史之外的一个特例。“《十咏图》即在常见的宋元时期流传下来的作品之外，以特殊的吴兴景物事件以及相关的题跋墨迹极大地丰富了我们对山水类型演变的认识，观者可以藉此来把握时代风格的发展特征。”①

有人认为，《十咏图》开创了“家产山水”（或名“地产山水”）的范例。所谓“家产山水”，与传达自然形式与力量的“自然山水”不同，“在所选的每一个景点上，每一座山脊，每一个庭院都被置放在诗化的形象里，放在从吟咏、漫游和观景中形成的个人联系中”。地产山水的观者不是公共大众，而是思想和处境相似、互相交往的文人，因此它“把公众的视觉语言个性化成为私下的用语”，“地产山水包括了许多隐含着的比喻，它隐喻着积蓄和财产，控制和失散，主要是对所有权（或被剥夺这种权利）、个人禀赋（或性格）以及继承权（或文化和家庭传绪）的陈述”②。

“十咏图”在构图上的特色是鲜明的，它的创新对后世产生了影响。《十咏图》右幅南园“六老会”体现了精工细描的功底，左幅对吴兴山水的描摹体现了写意的创制。《十咏图》的这种山水画法尚属创新，宋人所画《江帆山市图》可以看作这种构图方式的余绪。在这幅画中，最左边两座山峰呈回抱态势，山寺野店隐现其间，另外山坳间有一座庙宇，依山而建，山谷间则云雾缭绕，和谐融融，对画船、人物、建筑、树木、水纹的用笔都非常细腻精致，将山城点染得极为活泼而有生意。有意思的是，《江帆山市图》可以看作是对《十咏图》中幅和左幅的“模仿”，去掉了右幅文人集会场景，但该画同样是完整精致的，依然是一幅精美文人写意画。

三、文人画范式的形成

张先创作了《十咏图》，但并不以画家标榜自己，亦没有在诗文中提到《十咏图》，中国古代绘画史没有将张先作为画家列入，所以《十咏图》应是中国古代绘画史主流之外的一个特例；另一方面，从该画作上大量题跋咏诗来看，该画对后世文人产生了长久影响，是一个值得关注的文化现象。后世将《十咏图》作者归于张先，是因为张先的文人身份符合了文人在绘画领域确立自身身份的需要，因此，《十咏图》体现了中国古代绘画另一脉的发展，这就是文人画的形成及其确立。根据徐邦达鉴定，《十咏图》的画法出自文人手笔：“此卷先有图，作人物、界画描写张维在吴兴南园中所作的十首诗的种种内容，论书画虽然张先的作品没见过第二件，难以比较，但时代风格、绢墨气息，确很醇古；其为北宋人之笔无疑。

---

① 洪再新：《〈十咏图〉及其对宋代吴兴文化圈的影响》，《故宫博物院院刊》2003 年第 1 期，第 23 页。

② 文以诚著，洪再新译：《家庭财富：王蒙 1366 年〈青卞隐居图〉中的个人家境和文化类型》，《新美术》1990 年第 4 期，第 48 页。

张先并非书画专门名家，所以以艺术水平不能和李成、范宽、董源诸人比肩，但无俗韵，自是文人手笔。”①《十咏图》作为文人画形成初期的作品，体现了文人画尚未定性的特点。

“何谓文人画？即画中带有文人之性质，含有文人之趣味，不在画中考究艺术上之功夫，必须于画外看出许多文人之感想，此之所谓文人画。”②绘画从士大夫词翰之余的一时兴趣到士大夫身份的一个标志，文人画范式的形式是一个历史发展过程，其中苏轼的理论尤为重要。张先和苏轼往来酬唱，交往密切，苏轼在《祭张子野文》中称：“我官于杭，始获拥彗。”可见二人存在传承关系。苏轼认为“诗画本一律，天工清与新”，其诗画一律说是对中国古代诗画关系的高度总结，他认为“论画以形似，见于儿童邻。赋诗必此诗，定知非诗人”，对中国古代绘画从注重写实走向注重写意起到了重要作用。

“文人作为一个群体在中国的兴起，是一个历史发展的过程。故‘士人画’观念发展演变的过程实际上就是士大夫在绘画领域逐渐确立其文化身份的过程。”③文人作为中国古代一个特殊群体，其对自身身份的确立体现在政治、文学各方面，绘画也是重要方面。“绘画作为‘艺’之一种，之所以能够对士大夫的身份产生积极的建构作用，是通过儒家传统的‘道艺’关系模式呈现出来的，并由此进入北宋士大夫所关注的思想史的命题之中。从这个角度来说，‘艺’也成为观察知识界思想观念结构的一个重要窗口。对于士大夫画家来说，从‘士人画’到‘艺’再到‘物’，他们找到了通向完整的精神生活的路径。”④

小结

“十咏诗”本来是被遗落在历史长河中的十首清新淡雅的小诗，是一位闲居老人对乡村恬淡生活的书写，因被图绘成《十咏图》，诗歌凭借绘画的媒介得以流传千年。《十咏图》本是对南园集会和家乡山水的描摹，却在后代不断地被题跋赋诗，而使图像文本有了深刻的文化内涵。概言之，《十咏图》促进了“十咏诗”的传播，《十咏图》题跋又促进了图的传播。在这一案例中，诗文和图画的关系是多重的，既有图像对语言的选择和重置，也有语言对图像的阐发和赋义。语言和图像两个半球合而为一个圆球，紧密结合在一起，像滚雪球一样，意义越来越厚重。语是图的意义来源和依据，图也是语的意义来源和依据，语和图相互生发意义，这一良性互动使得文图关系进入了一个文图“旋涡”。

---

① 转引自杨仁恺：《中国书画鉴定学稿》，辽海出版社2000年版，第403页。

② 陈师曾：《陈师曾讲绘画史》，凤凰出版社2010年版，第65页。

③ 唐卫萍：《身份建构的焦虑：北宋“士人画”观念的发展演变》，中国社会科学出版社2012年版，第4页。

④ 同上，第180页。

第十章　宋代童趣诗与婴戏图

宋代婴戏图和童趣诗虽然在艺术形式的表达上有所不同，却内蕴着共同的情感，即对童真世界的向往和赞美，同时它们也具有相似的美学原则，也即对朴素自然之美的追求。这使得它们在精神上能够实现一种内质中的共鸣，在这个基础之上，两者之间便存在了可以相互借鉴、相互渗透、相互影响的可能，人们在继续对宋代童趣诗和婴戏图进行欣赏和研究活动时，可以将两者间相同的特质结合并融通，将两者间不同的特质加以更深刻的比较，取其所长，补彼所短，从而在各自以及两者交叉的研究领域中实现富有创造性的超越。

第一节　童趣诗与婴戏图概述

在中国古代艺术发展史上，儿童题材占据了非常重要的位置，这从历史上各类以儿童为题材的艺术形式中就可以看出。儿童题材普遍出现于古代绘画、雕塑、诗歌等艺术表现领域之中，并以其喜闻乐见的形式和内容受到了民间百姓的青睐。这其中，又尤以文学中的童趣诗和绘画中的婴戏图最为人称道。

宋代的文学作品中涌现出了一大批与孩童游戏有关的童趣诗，苏轼、杨万里、范成大、陆游等著名诗人都作过数量不菲的童趣诗。婴戏图自战国萌芽开始，至唐代已发展到成熟阶段，到了宋代更是进入了全盛时期。宋代的很多诗人、画家都因擅作童趣诗、擅画婴戏图而名垂史册。可以说，宋代为童趣诗和婴戏图的发展提供了良好的条件和契机，使它们进入到了各自的全面繁荣期。童趣诗和婴戏图是中国古代艺术家表现儿童生活的两种主要的艺术形式，童趣诗以文本的形式呈现，婴戏图则以图像的形式呈现。

童趣诗这一概念在中国古代并没有被明确提出来过，也少见相关著述对其作过注解。我们认为，童趣诗就是表现儿童童真童趣的诗。《中国古代童趣诗注评》中说："大凡作者着眼于儿童的形象、动作、情态、语言和心理，从而通过对他们贪玩、调皮、淘气、滑稽等孩子特点的描绘，表现其天真活泼、单纯幼稚、坦率真诚的天性和既可笑又可爱的风趣的诗，就是童趣诗。"[1]中国古代童趣诗的数量

---

① 赵旭东、张学松、张宏运：《中国古代童趣诗注评》，北京语言学院出版社 1993 年版，第 1 页。

并不是很多，但其中也不乏佳作，童趣诗正如同一朵清新自然的小野花，开放在瑰丽多姿的中国诗歌大花园中。

探索童趣诗的渊源，最早可溯至两千五百年前的《诗经》时代。《国风·卫风·芄兰》中就有一段描写儿童模仿成人玩耍嬉闹的景象："芄兰之支，童子佩觿。虽则佩觿，能不我知？容兮遂兮，垂带悸兮。芄兰之叶，童子佩韘。虽则佩韘，能不我甲？容兮遂兮，垂带悸兮。"[①]《诗经》中另有一首《周南·芣苢》："采采芣苢，薄言采之。采采芣苢，薄言有之。采采芣苢，薄言掇之。采采芣苢，薄言捋之。采采芣苢，薄言袺之。采采芣苢，薄言襭之。"[②]有人认为，这原本是一首描写众多儿童相聚斗草的诗歌。由此可见，早在上古时期，中国诗歌诞生之初，就已经开始关注儿童生活，且涉及儿童游戏的题材了。

魏晋时期，描写儿童的诗歌也时有出现。西晋左思的五言古诗《娇女诗》是我国最早的长篇儿童古诗。此外，还有陶渊明的《责子》诗，此诗可算是描写儿童生活情态的佳作，唐朝诗人多有效仿。

唐代，中国古典诗歌进入到鼎盛时期。才华非凡的诗人们对儿童生活倾注的笔墨也渐渐增多。诗人所创作的儿童题材更加丰富多样，儿童形象也更加丰满多彩。如胡令能的《小儿垂钓》、施肩吾的《幼女词》、路德延的《小儿诗》、白居易的《池上二绝》等。此外，李白的《长干行》虽为歌颂爱情的诗歌，但其中"郎骑竹马来，绕床弄青梅"[③]一句却成为描摹孩童间无邪情谊的千古名句。唐代的童趣诗以其清新活泼之风，为壮丽繁荣的唐诗注入了一股自然流淌的活水清泉。

在前代不断积淀的基础之上，童趣诗于宋代进入繁盛阶段。文人墨客们都或多或少地歌咏赞叹过儿童的童真与童趣。曾有研究者对《全宋诗》做过统计，其中，童趣诗数量过百，其题材范围也已经非常广泛。乐雷发的《夏日偶书》中"家童偶见草字头，误认《离骚》是药方"[④]一句塑造了一个惹人喜爱的小童形象。范成大的《四时田园杂兴》组诗中也多有描写儿童的句子，如"小童一棹舟如叶，独自编阑鸭阵归"[⑤]"童孙未解供耕织，也傍桑阴学种瓜"[⑥]等，这些生动活泼的诗句将乡村儿童的生活图景描绘的有声有色。姜夔的《观灯口号》中"花帽笼头几岁儿，女儿学着内人衣"[⑦]一句，则将元宵佳节观灯途中众儿童的情态与装扮描写得惟妙惟肖。除此以外，苏轼、陆游、梅尧臣等诗人都曾作有童趣诗，而其中最著名的莫过于杨万里。他倾注了大量热情于儿童的世界，有相当数量的童趣诗留传于世，并且因为其诗歌中"童真童趣"的特点，而造就了"诚斋体"的独一无

---

①② 刘毓庆、李蹊译注：《中华经典名著·诗经》，中华书局 2011 年版，第 21、165 页。

③ 中国社会科学院文学研究所古代组：《唐诗选注》，北京出版社 1978 年版，第 81 页。

④ 叶章永：《千古名篇咏童真》，新世纪出版社 2006 年版，第 34 页。

⑤⑥ 高海夫：《范成大诗选注》，上海古籍出版社 1989 年版，第 109、111 页。

⑦ 姜夔：《姜夔集》，三晋出版社 2008 年版，第 59 页。

二。宋代的童趣诗诗歌语言多样，风格各异，塑造出了许多生动传神、活泼可爱的儿童形象，优秀作品数量颇为可观，兴盛一时。

婴戏也作戏婴，《康熙字典》中对“婴”的解释是“人始生曰婴儿。胸前曰婴，抱之婴前，乳养之，故曰婴。一曰女曰婴，男曰孩”①。婴戏图，顾名思义，即描绘儿童游戏时的画作，亦作戏婴图，是风俗画的一种。薄松年的《中国艺术史图集》中指出，婴戏图“从唐代描绘妇婴的题材中脱胎而出，至北宋成熟。多描绘儿童游戏和纠缠货郎，少则绘两三人，多则上百，借表现儿童天真烂漫的生活情趣，祈祝国泰民安，多子多福”②。

关于婴戏图的起源并没有十分确切的史料记载。据考古发现，战国时期出土的玉佩和玉雕上就有了欢舞嬉戏的儿童形象。到了汉代，人物画有了较大发展，儿童形象也开始成为绘画中经常表现的对象。汉墓中出土的帛画、画像砖、画像石上孝子故事和烈女故事的画像中多画有儿童，如《孝孙故事图》和《梁节姑姊故事图》③。但儿童形象多为成人世界的附属，艺术价值不高。

以上朝代的绘画作品中虽然已有儿童形象的出现，但儿童多处于陪衬地位，不是主要的表现对象，所以，严格意义上，这些画作并不能算作是婴戏图。

到魏晋南北朝时期，专门描绘儿童游戏生活的绘画作品开始产生了。据《历代名画记》载，南朝的顾景秀画有《小儿戏鹅图》，江僧宝画有《小儿戏鸭图》，刘瑱画有《少年行乐图》。其次，魏晋的墓室壁画中也多绘有儿童游乐的题材，如嘉峪关新城一号墓的《射鸟图》，四号墓的《拉羊图》《打果图》，五号墓的《驱乌护桑图》等等④，都是通过对儿童生活场景的专门描绘，表现出了儿童在嬉戏玩耍时的童真童趣。与汉代相比，这个时期的作品在形象上更加多样，人物神态也更加丰富，但儿童形象仍然多为其他人物的陪衬，主体性不强，与其他人物相比，对于儿童的塑造在技法上还存在不足，例如，画家顾恺之擅画儿童，但其笔下的儿童也存在着“身小状貌”的缺陷（图 10－1、图 10－2）。

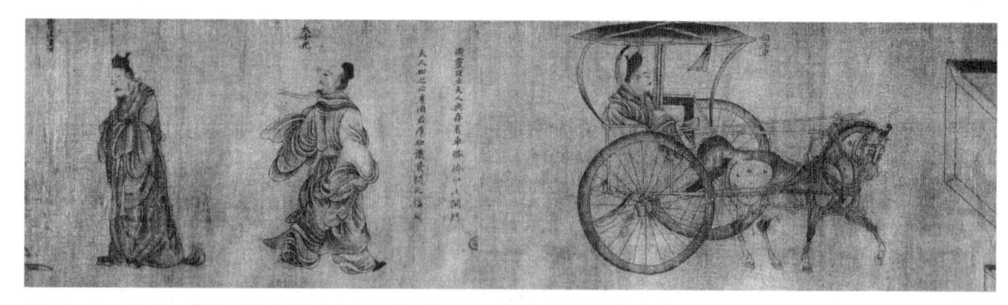

图 10－1　佚名　《摹顾恺之列女仁智图》（局部）　北京故宫博物院藏

① 《康熙字典》，汉语大辞典出版社 2002 年版，第 210 页。

② 蒲松年主编：《中国艺术史图集》，上海文艺出版社 2004 年版，第 120 页。

③ 《孝孙故事图》《梁节姑姊故事图》，见陕北绥德贺家沟砖窑梁汉墓母子图，见陕西省博物馆、陕西省文物管理委员会：《陕北东汉画像石刻选集》，文物出版社 1959 年版。

④ 畏冬：《中国古代儿童题材绘画》，紫禁城出版社 1988 年版，第 12 页。

图 10-2 佚名 《摹顾恺之列女仁智图》(局部) 北京故宫博物院藏

唐代,人们对儿童的重视程度不断加大,与此同时,涌现出了一批擅画儿童的画家,婴戏图亦日益丰富。著名人物画家张萱就画有众多儿童题材的作品,如《乳母抱婴儿图》和《乳母将婴儿图》等。与张萱儿童题材作品风格相近的还有周昉、戴重席。《历代名画记》载戴重席"工子女,极精细",周昉则绘有《孩儿》等作品。此外,还有与张萱风格不同的一些画家,画有表现农村儿童生活情景的画作。如韩滉的《村童戏蚁图》,戴嵩的《逸牛戏童图》等等。不仅如此,唐代的民间画工也喜画婴戏题材。如新疆阿斯塔那墓出土的《弈棋仕女图》上就绘有两个儿童逗小狗玩儿的情景。工艺美术中还有了以孩子戏耍为题材制成的"孩儿壶"。这个时期的绘画广泛涉及了婴戏题材,儿童形象较之前代变得生动明朗,有了很大进步,且此时期的绘画著作开始有了对于婴戏题材的论述,如《宣和画谱》:"盖婴儿形貌态度自是一家,要于大小岁数间,定其面目髫稚。世之画者,不失之于身小而貌壮,则失之于似妇人。又贵贱气调与骨法,尤须各别。"[①]由此可见,唐代的婴戏图已经形成了独特的艺术风貌,成为婴戏图发展的成熟阶段,而此阶段又为宋代婴戏图的全面展开奠定了深厚的基础。

五代时期,婴戏图多继承唐风,并未有较大开拓与发展。然而,擅画婴戏题材的画家人数多有增加,绘画作品的题材范围也相应有所扩大。此时擅画儿童的画家有:阮知晦、阮惟德父子,竹梦松,周行通,丘文播、丘文晓兄弟。此外的一些画家及其作品还有:赵岩的《小儿戏舞图》以及郭忠恕的《小儿放鸢图》。比较重要的还有周文矩的《宫中图卷》,据传,此画中画有"妇人、小儿其数八十"[②],是五代婴戏图中的一件佳作。总之,五代时期的画家继承了唐代的绘画风格和手法,婴戏图的取材更加广泛,技巧更加纯熟,为婴戏图在宋代得到高度发展,最后达到兴盛辉煌的巅峰局面创造了良好的条件。

宋代是婴戏图创作的全盛时期。这一时期,涌现出了一大批擅画婴戏题材的高手,如勾龙爽、苏汉臣、杜孩儿、徐世荣、刘宗道、李嵩等。据《图绘宝鉴》载,勾龙爽"尤善婴孩,得其态度,国(宋)初为翰林待诏"[③]。苏汉臣专精于婴孩题

---

① 俞剑华注释:《宣和画谱》,人民美术出版社 1964 年版,第 106 页。

② 畏冬:《中国古代儿童题材绘画》,紫禁城出版社 1987 年版,第 22 页。

③ 李娅萌:《宋代儿童题材绘画初探》,《大众文艺学术版》2012 年第 7 期,第 70 页。

材，在画史上享有盛名，相传其“作婴儿，深得其状貌，而更尽神情”[①]，《历代名公画谱》中评价其画：“着色鲜润，体度如生，熟玩之不啻相与言笑者，可谓神矣。”[②]其婴戏作品众多，有《秋庭戏婴图》（图 10－3）、《二童赛枣图》《婴儿斗蟋蟀》《婴儿戏浴》《冬日婴戏图》《百子嬉春图》（图 10－4）等，影响颇为深远。杜孩儿，杜姓画家，杜孩儿之名，就是因为擅画婴儿所得，据南宋邓椿《画继》载，杜孩儿的作品，“画院众工，必转求之，以应宫禁之需”。徐世荣被传“画界画，兼工婴儿”。刘宗道，擅作“照盆孩儿”，每作一扇，必画数百本，一日之内即销售一空，满城流布，恐怕他人传摹仿冒，抢占先机。李嵩，长于描绘乡间婴孩，传世作品有《货郎图》《骷髅幻戏图》《傀儡牵机图》等。宋代婴戏画风靡，成为流行，各路画家纷纷参与其中。除了以上画家，甚至有一些山水花鸟大师也涉足婴戏图的创作，如刘松年有《诱鸟图》传世，马远有《蟋蟀图》，高克明有《村学图》。此外，还有大量优秀的佚名婴戏画作流传于世。甚至，连当时绘画的分科也流行有这样的说法：“一人、二婴、三山、四花、五兽、六神佛”，可见，婴戏题材在宋代已经非常流行，成为可以和人物、山水、花鸟等相提并论的专门画科，此外，民间的瓷器、年画、铜镜等工艺美术作品中也大量出现了儿童形象，可见其影响力之深远。宋代的婴戏图中，儿童的体貌特征已经非常明显，画家笔下的儿童大多衣着鲜丽，动作和表情生动逼真，动态感十足，而且每个儿童都展现出其独有的个性，风貌千姿百态。这一时期的婴戏作品不仅数量众多，题材广泛，且绘画技巧高超，质量上乘。由此，婴戏图在宋代达到了它的黄金时代。

图 10－3 苏汉臣 《秋庭戏婴图》 台北“故宫博物院”藏

图 10－4 苏汉臣 《百子嬉春图》 北京故宫博物院藏

① 于安澜编：《画史丛书・南京画院录》，上海人民美术出版社 1963 年版，第 32 页。

② 顾炳：《历代名公画谱》，广西师范大学出版社 2001 年版，第 82 页。

无论是童趣诗的文本形式还是婴戏图的图像形式,从本质来看,此两者都是古代艺术家们对儿童天真童趣进行赞美的载体。儿童本真纯粹的状态和自然烂漫的天性,还是不断地吸引着追求美好的艺术家们去讴歌和颂扬,中国古代绵绵不绝的童趣诗和婴戏图就是最有力的证明。我们从以上的论述可知,以儿童生活为主要表现内容的童趣诗和婴戏图都是在宋代达到了它们的繁盛阶段,而这其中又必然有着广泛而深刻的社会、文化等方面的原因。

第二节 儿童题材在宋代繁荣的原因

一、社会与文化基础

在博大精深的古代中国艺术史上,儿童题材拥有着其无与伦比的独特地位,一代又一代的艺术家们不厌其烦地去努力表现和挖掘孩童身上的美好,去创作表现儿童生活的艺术作品,究其原因,是源于其有着深厚而广泛的社会基础。

首先,儿童身上蕴含着人类普遍的生命意识。在中国古代的传统观念中,人的一生大致分成九个阶段,分别是:"幼""弱""壮""强""艾""耆""老""耄""期"。西汉的典章制度著作《礼记·曲礼上》中记载:"人生十年曰幼,学。"[①]其中的这个"幼"指的就是儿童阶段。在传统中国的民间意识形态中,儿童一直被看作是血脉的延续和希望的象征,是吉祥欢喜的文化符号,是古代百姓对于生命和生活的美好寄托。因此,儿童形象便在人们日常生活中的诸多事物之中都留下了印记,例如,年画中的儿童图像、瓷枕中的孩儿枕、剪纸中的各种娃娃等。除了这些以外,在一些祭祀活动和巫术活动中人们也把儿童的形象加了进去,比如蕴含着繁衍和驱邪意味的"抓髻娃娃"和"拉手娃娃"等。

其次,儿童除了具有生命延续的象征意味外,还被人们赋予了宗教意义。比如佛教中把四岁或八岁以上,不满二十岁,还没有剃发的男孩子,称为童子,或者童儿。在一些佛教故事中,各路神仙的身边总会有仙童陪伴,如我们所熟悉的观音菩萨身边的"善财童子"和"龙女"。在佛教中,还有一种"化生童子"的说法,"化生"[②]就是"莲花化生",这一形象经常在敦煌壁画中出现,常常表现为一童子脚踩莲花,或坐或立,或者是童子们在莲花中、莲池里追逐嬉戏的场景。宋代佛教非常盛行,佛教中关于童子的观念逐渐在民间流传,和民间思想相汇融合,民间百姓又根据自己的想象,创作出了更多的传说故事,加入了切合自身需要的观念,比如,人们就普遍把"祈子"的愿望渗透到了"化生童子"中去,在宋代大为流

① 孙希旦撰:《礼记集解》,中华书局1989年版,第12页。

② 化生一词出自于《金刚经》:"所有一切众生之类,若卵生、若胎生、若湿生、若化生,若有色、若无色、若有想、若无想、若非有想非无想,我皆令入无余涅槃而灭度之。"

行的"摩睺罗"[①]就是七夕节用来乞巧求子的。如此,佛教中的童子形象便在民间慢慢走向了世俗化、平民化,流传越来越广泛,并且因为其丰富多彩的内涵和吉祥如意的形象而深受人们的喜爱。除了佛教以外,儿童还受到了儒教、道教等宗教学派的推崇,比如,儒家学派的创始人孔子就有和童子共游的理想,其在《论语·先进篇》中提到:"莫春者,春服既成,冠者五六人,童子六七人,浴乎沂,风乎舞雩,咏而归。"[②]另一位儒家学派代表孟子在《孟子·离娄下》中有"大人者,不失其赤子之心者也"[③]的说法,其中的"赤子"指的就是婴儿。道家学派对儿童的赞美更是不吝溢美之词,有"专气致柔,能婴儿乎"[④]的说法,道家常把得道之人比作童子,在《庄子·大宗师》中南伯子葵问女偊:"子之年长矣,而色若孺子,何也?"对方回答道:"吾闻道矣。"[⑤]其中对儿童的崇拜可见一斑。总之,儿童题材所拥有的深厚广泛的社会基础为其在宋代走向繁荣提供了必要前提。

宋朝的商品经济进入到了一个前所未有的全新的历史发展阶段,城市数量和规模都相应增加,城市人口开始迅速增多,在此基础之上,宋代热闹非凡的市民社会得以形成,市民阶层也蓬蓬勃勃地发展壮大起来了。

市民阶层并非只是简单的城市工商业者的代称,还包括了商贩、苦力、游民、工匠、贫民、自由职业者等,是一个成分构成比较复杂的群体。这个阶层的空前繁荣壮大使得其在宋代的政治经济生活中的地位不断提高,并逐渐地表现出旺盛热烈的生活热情,创造出了带有世俗化、平民化、商业化色彩的,相对比较自由活泼的市井文化生活,形成了一种不同于宫廷和精英文化的,具有自身独特趣味的审美理想和精神追求。伴随着这个阶层的壮大而产生的市井艺术慢慢变得繁盛,逐渐成为了宋代艺术中一个独特的景观。于是,这个阶层也开始作为一个独立文化的代表在宋代丰富而广阔的文化艺术天地里出现了。

宋代的市民阶层处于相对安定的社会环境中,具有一定的经济实力和相对充裕的闲暇时间,理所当然,便会对文化娱乐生活产生极大的需求。高雅的诗歌和绘画对于处在社会中下层水平的平民百姓来说是具有一定的吸引力的,但这个阶层的审美需求又必定会带着他们自身的特点。宋代市民生活于社会底层,他们纠缠于生老病死之中,烦扰于婚丧嫁娶之事,游戏放肆于瓦舍勾栏里。他们对于理想和愿望的表达就更为简朴和直接,从根本上就不同于上层文人雅士的"阳春白雪",而是显示出强烈的生存活力和本真的生命理想,是一种接近于"下里巴人"的俗文化。这样,自然而然就产生了一系列展现农村及市民生活的,并

① 一种木制、泥塑或蜡质的儿童偶像。根据宋代风俗,七夕节时,市井儿童都要手持荷叶,仿效摩睺罗之状乞巧。

② 陈晓芬、徐儒宗译注:《中华经典名著·论语大学中庸》,中华书局 2011 年版,第 135 页。

③ 方勇译注:《中华经典名著·孟子》,中华书局 2010 年版,第 155 页。

④ 王弼注,楼宇烈校释:《老子道德经注校释》,中华书局 2008 年版,第 22 页。

⑤ 方勇译注:《中华经典名著·庄子》,中华书局 2010 年版,第 105 页。

且和他们的审美趣味相符合的绘画、诗歌、戏剧等艺术形式。而表现童真童趣的童趣诗和婴戏图无论在内容上还是形式上都更加通俗有趣，十分贴近现实生活，世俗气息浓郁，其所反映的就是普通百姓的日常生活状态以及他们对于人生和社会生活的基本愿望和要求，理所当然就受到了市民阶层的欢迎。广大市民阶层对于儿童题材的接受和喜爱是童趣诗和婴戏图在宋代昌盛的群众基础。

中华民族本身就是一个极其重视子嗣的民族，历史上，自从进入父系氏族社会以后，中国人便把为家族延续香火，不断壮大家族力量作为人生需要完成的头等大事。以孔孟思想为主要核心的儒家学说，又从“孝”的观点出发，强调了传宗接代、多子多孙乃是实践孝道的最重要的方面。这种重视子嗣后代的情况在尊崇礼教法度的宋代更不例外，这从宋代那些复杂而烦琐的育子礼俗以及理学家们对学校教育尤其是小学教育的重视上就可以体现出来。而且由于宋代特殊的人口问题所产生的一系列影响，导致了宋代社会对儿童的尤其重视。

北宋后期，由于外族的不断入侵，赵宋王朝战乱频仍，国家长期处于不安定的状态，生活生产秩序接连遭到极大破坏，人口数量随之急剧下降，婴幼儿的成活率也大大降低。例如，“在宋代，婴儿的夭折率相当高。据统计，宋代皇帝除度宗二子死于战乱外，共有子女 181 人，其中夭亡者 82 人，约占一半。皇室尚且如此，民间的情形可想而知”[①]。此时，宋王朝实行雇佣兵役的募兵制度，对人口数量有极大的需求，为此，国家制定出一系列相关政策以鼓励民众积极生育。但是，宋王朝为弥补战争亏空不断地加重税收负担，尤其是按人口所征收的丁赋，使得百姓不堪忍受巨大的压力和重负，生活陷入贫困无依的境地。这种土地和生活资料严重不足的情形下，人们显然无力生养更多的孩子，于是，在全国各地就普遍出现了“生子不举”的状况。与此同时，宋代民间还广泛流行着“溺婴”“计产育子”等节育习俗，这就使得宋代的人口问题变得极其严峻。

人口增长缓慢、人口数量锐减的残酷现实，更加激发了政府对子孙繁衍、人丁兴旺的迫切热望。于是在宋代出现了中国历史上的第一家由国家设置的幼儿慈善机构——“慈幼局”[②]，用以收养民间所遗弃的婴幼儿。由此也可见宋代社会对儿童生存问题的重视。

由于生活状况的窘迫以及迫不得已的杀子、节育，宋人内心深处实际上对于多子多福、子孙满堂有着更为强烈的期望，当时十分盛行的象征着祈子育儿愿望的儿童玩具“摩睺罗”恰恰说明了这一点。而这种现实情态和心理状况比较集中地反映到了文艺作品中，我们便可以了解到，宋人之所以如此热衷于童趣诗，是由于对多子多福、幸福圆满的人生理想的渴盼；宋人之所以无比钟情于婴戏图，是因为对童子嬉闹、欢乐吉祥的美好生活的追念。可以说，宋代社会从上到下对

① 刘黎明：《宋代民间巫术研究》，四川出版社 2004 年版，第 164 页。

② 陶宗仪：《说郛三种》，上海古籍出版社 1988 年版，第 347 页。

儿童的重视为童趣诗和婴戏图的繁荣提供了客观条件。

除了以上社会方面的原因外，影响这二者发展的还有一些文化方面的因素。

宋代文人士大夫的审美取向是促进童趣诗和婴戏图繁荣的重要原因之一。宋朝时期，朝廷确立了文官治国的体制。“以文化成天下”“崇文抑武”成了基本国策，文人士大夫受到了朝廷的广泛重用，其社会地位较之以前得到很大提升，时代赋予了以书本笔墨为人生道具的文人士大夫们绝好的历史际遇和显赫的位置。因此，与前代相比，宋代的文人就更加强烈地表现出“先天下之忧而忧”的家国责任感，以及“居庙堂之高则忧其民，处江湖之远则忧其君”的文化心态。然而，宋朝统治者为防止文官专权所采取的对上层官僚机构的权力限制、国家内部大肆蔓延着的激烈的朋党之争，宋王朝事实上始终存在着的内忧外患又常常使得文人士大夫们的报国之心屡屡受挫，宏伟抱负无法施展，建功立业困苦艰难，以致他们饱经仕途不顺、命途多舛。再加上主张回归主体心界，讲求“静观”的宋代理学的熏染以及儒释道的相互融合补充，以儒学为主体，佛、道为辅翼的“三教合一”的影响，宋代士大夫们形成了特有的文化心理基础。

宋代的文人士大夫开始由“绚烂”转为“平淡”，由“奔放”转为“平和”，由积极向外追求转为投向自我，并且不断地抑制内心的欲求，沉静下来修身养性和反省思索，慢慢向本性中回归，心态特质也逐渐向内转，开始“内倾化”“内敛化”，进入到了一个宠辱偕忘、淡泊恬静，专门为个体心灵自由缔造出的自在无为的境界里，一种内趋性的文化心理结构已然形成。在这种文化心理结构的影响下，人们的审美情趣开始有所改变，不再像唐朝那样只是关注于气势恢宏的山河壮丽、浩瀚无边的铁马金戈，而是进一步地归于自我，对个体宇宙进行探索，感受起真实的人生况味，更加沉迷于对庭院生活、草长莺飞的描摹和感叹。同时，由于市民的审美意识在不同程度上冲击着士大夫审美意识的趋向，使其在不知不觉中发生转化，逐渐形成了与以往任何时代都不同的新趋向①，致使宋代的文人士大夫们无论在生活上还是审美上都开始提倡“以俗为雅”。人们较之以往更加热衷于远离是非、悠然自得的普通生活，希冀在此间渐渐摆脱外界尘世的忧扰，寓理想追求于生活中，在生活里体验存在和美，从而变得超然物外，宁静淡泊。时间越久，文人士大夫们对于幽静自然的世俗生活也越沉醉，他们的文化心理性格发生了微妙又明显的转变，即对于那些不太熟悉的陌生化事物不再保持原有的好奇心和探索精神，而是把关注点停留在了日常生活中平常事物的温情脉脉和亲切美好之上。其审美心理开始与日常生活融合为一体，感受力也不断地发端于日常、浸润和孕育于日常。最后，当他们把这些感受寄托于书卷和画幅时，一系列平民化的单纯而轻松的艺术作品就产生了。童趣诗和婴戏图都极具生活气息，

---

① 冯勤：《北宋市民文化的勃兴及其与士大夫审美趋向的转化》，《西南民族学院学报（哲学社会科学版）》2002年12月，第71页。

显然是文人士大夫们此类审美取向影响之下的产物。

二、宋诗的平实闲趣对童趣诗的影响

宋诗散文化对童趣诗的发展也具有一定影响。宋诗“以文为诗”[①],具有散文化的倾向,宋诗“‘好议论’、‘散文化’以及‘浅露俚俗’的几点,一面是宋诗的缺点,同时也就是宋诗的长处”[②]。宋代诗人们力图打破诗与文的界限,以散文手法入诗,使诗歌摆脱了束缚,在表达上更加自由。与此同时,诗歌的语言变得通俗化,选材上也趋向于日常生活中的凡俗事物,诗歌的整体风格也更接近于散文的那种平淡天真。宋诗的这种审美追求对于内容上浅显通俗、形式上自由灵活的童趣诗的发展具有一定的影响。

诚斋体对童趣诗的繁荣有促进作用。诚斋体这个名称源于“中兴四大家”之一的杨万里。杨万里号“诚斋”,其诗歌创作始学于江西诗派,后逐渐摆脱了其陈腐和束缚,另辟蹊径,自成一家,形成了别具一格的诗体形式。南宋严羽的《沧浪诗话》里就把杨万里后期的诗歌称为“诚斋体”。诚斋体师法自然,观察细致独特,语言清新活泼、流畅明快,雅俗共赏。率真脱俗的诚斋诗中描述最多的就是儿童,可以说,诚斋诗的核心就是表现童真童趣。诚斋诗通过幽默诙谐、新奇巧妙的语言描摹,运用创意非凡的想象力,着眼于儿童细微的心思、姿态、神情等不同特点,或涉足于他们的追逐嬉戏,或关注于他们的生活学习,或投视于他们的放牧劳作,将儿童们的天真烂漫、娇憨可人、活泼可爱等特点表现得淋漓尽致。诚斋诗中处处洋溢着生趣盎然的童心童趣,为世人开辟出了一个归至自然的无忧无虑的纯净世界。不仅如此,诚斋诗通过童趣童真与人生哲思的巧妙结合,让人在感受到儿童世界真纯无邪的同时,还能够体悟到天地之间浑然天成又意蕴深远的大境界,甚至还能够触及到广博无边又自由自在的赤子之诚和万物之心。一方面,正是这片至真至诚的童心成就了诚斋诗的伟大和独特,另一方面,诚斋诗对儿童生活的细致体会和广泛关注终于促使一直以来都默默无闻的童趣诗在宋代达到了一个突如其来的“大爆发”局面。这一点上,可以说,诚斋诗确实起到了一种良好的引导作用。它的清新诗风和对儿童世界的重新发掘审视得到了同时代很多诗人的肯定,例如陆游就有“文章有定价,议论有至公。我不如诚斋,此评天下同”的赞语,宋代另一位诗人姜特立有“今日诗坛谁是主?诚斋诗律正施行”的高度评价,评论家严羽也有“天地间自欠此体不得”[③]的说法。这些都表明

① 中国文学史上,韩愈最早倡导“以文为诗”,主张诗歌创作中引进或借用散文的字法、句法、章法和表现手法的诗歌创作主张,到北宋时,这一文学现象成为大观,苏轼继承韩愈,开创了宋代“以文为诗”的新局面。

② 刘大杰:《中国文学发展史》,百花文艺出版社 2007 年版,第 372 页。

③ 郭绍虞:《沧浪诗话校释》,人民文学出版社 1983 年版,第 180 页。

了诚斋诗在当时巨大的影响力和受推崇的程度。由此可以推断,诚斋体对于清新自然诗歌的蔚然成风和宋代众多文人纷纷涉足童趣诗的创作起到了推波助澜的作用。

三、宋代画院对婴戏图的积极推动

宋代画院在婴戏图的发展繁荣中扮演了重要的角色。宋朝在西蜀、南唐画院的基础之上建立起了结构更加完备、规模更加宏大、力量更加雄厚的翰林图画院。在这里,聚集着一大批从天下各地而来的才华横溢的绘画人才,他们的绘画创作主要是为了满足皇家帝王和达官贵人们的艺术享受,是专门为整个宫廷服务的。

在宋代,画院创作极其繁荣,许多以婴戏图闻名于世的画家都是画院画家,如苏汉臣、李嵩、李迪等。除此之外,还有一大批画过婴戏图但不为我们所知的画院画家。婴戏图因其吉祥美好的寓意和喜庆热闹的内容深得统治阶级的喜爱,因此,婴戏题材在宫廷画院中颇为盛行,宫廷画师们争相创作,以满足皇族的精神审美需求以及契合他们的政治理想。通过对童真童趣的描绘和吉祥如意的表达,以达到宣扬太平盛世和赞美皇家功德圆满的目的。

宋代宫廷画无论是用笔技巧还是构图都更加注重细节的表达,观察角度新颖别致、细致入微,整体风格富丽精工、优雅细腻,色彩鲜丽灵动、润泽典雅,绘画技艺十分高超,画作常常达到了逼真生动、如在眼前的效果。这些宫廷画院创作出来的画作,在对现实物象一丝不苟、栩栩如生的描摹过程中,往往能达到既忠实于现实又超越现实的理想境界。

第三节 童趣诗和婴戏图比较研究

宋代童趣诗和婴戏图作为同样表现儿童童真童趣的两种不同艺术形式,二者之间必然会在诸多方面都存在着相同点和不同之处。下面本文就从作者身份、题材类别、叙事性特点、文化内涵四方面对宋代童趣诗和婴戏图进行比较。

一、作者身份

宋代童趣诗的主要作者,如杨万里、陆游、范成大等人,都是典型的集官员与文士于一身的文人士大夫。如杨万里是南宋绍兴二十四年(1154)的进士,曾在朝廷担任过一系列重要职务,他富有才华,学问深厚,喜欢作诗,曾创作诗作共计两万多首,许多诗歌流传至今,脍炙人口,其中童趣诗有四十余首。陆游曾中举,却被秦桧除名,孝宗年间被赐予进士出身,后出任福州宁德县主簿。中年期间还曾随军队一起入蜀抗金，戎马生涯大大丰富了其阅历，为其诗歌创作增色不少。陆游才华横溢，尤其是诗歌创作，成就斐然，有九千多首诗歌流传于世，其中童趣诗有三十多首。据《宋史·范成大本传》记载，范成大于高宗绍兴二十四年擢进士第，起初授户曹，后来入监和剂局，又任处州知府，一生为官，正直清廉，其善作诗，共有近两千首诗歌传于世，其中的童趣诗约二十首。杨万里、陆游、范成大三人都是"中兴四大诗人"，文学诗歌造诣极高，以他们为代表的宋代文人士大夫们所创作的童趣诗语言清新活泼、题材生动有趣，皆是不可多得的艺术佳作。

宋代创作婴戏图的画家主要有两类，一类是民间画工，一类是宫廷画院画家。民间画工自不必说，他们就是散落在民间的以绘画为谋生职业的艺人，又称"处士"或"丹青师傅"，是一个数量庞大的群体。这些人的社会地位是比较低下的，即我们通常所说的"手艺人"，属于庶民阶层，甚至有的比庶民还要低一等。民间画工这一职业非常艰苦，他们的绘画创作不像文人士大夫那样是为了修身养性，而是依靠绘画来辛苦地谋生的。历史上无数默默无闻的民间画工曾创作出了众多精彩绝伦的艺术珍宝，然而，民间画工并没有获得能够和他们的艺术成就相提并论的待遇，处于"有用而不为贵"的尴尬地位，他们收入微薄，遭人歧视，不能够在其劳动成果上署名，甚至还会无端遭到任意滥杀。

民间画工社会地位低下。唐代诗人王维就曾在其《为画人谢赐表》一文中提到"臣某言：臣猥以贱伎，得备众工。"其中的"猥"和"贱"两字就可见出画工的社会地位。晚唐的绘画理论家张彦远在《历代名画记》中说道："自古善画者，莫匪衣冠贵胄，逸士高人，振妙一时，传芳千祀，非闾阎鄙贱之所能为也。"[①]其中的"闾阎鄙贱"指的就是画工。宋代郭若虚有言论称："高雅之情一寄于画，人品既已高矣，气韵不得不高；气韵既已高矣，生动不得不至；所谓神之又神而能精焉。凡画必周气韵，方号世珍；不尔，虽竭巧思，止同众工之事，虽曰画而非画。"[②]从中我们就可以了解到处于庙堂之上养尊处优的文人士大夫们对画工的鄙薄态度以及画工极不受重视，非常卑微的社会地位。

"艺术源于生活"，画家的社会地位对其画作的表现内容和表现形式必然会产生决定性的影响。宋代民间画工长期生活游走于社会中下层的普通百姓中间，他们或是在自由纯朴的乡村民风间饱经浸润，或是徜徉流连在宋代繁华热闹的市井俚俗之中，对于广大勤劳质朴、热情善良的乡村百姓和普通市民的心理特征及生活愿望有着切身的理解和体会。他们用画笔表现的就是他们再熟悉不过的生活，他们的画幅所流露出来的就是和其社会地位相一致的生活观和价值观，寄托的也是底层社会民众最朴素真实的情感。土地的滋养和底层生活的经历致使他们更加懂得普通百姓人生的艰辛，为了满足百姓们对于平安幸福、吉祥美满

① 张彦远：《历代名画记》，浙江人民美术出版社 2011 年版，第 17 页。

② 郭若虚：《图画见闻志》，见俞剑华编：《中国画论类编》，人民美术出版社 1986 年版，第 59 页。

的渴望，安慰大众在现世劳苦下饱受折磨的心灵，民间画工投其所好，靠着长久生活历练中得来的宝贵经验和天地灵气所赋予的绘画才能，创作出了一幅幅精美绝伦的婴戏作品。这些画作凝结着民间画工高超的智慧和才华，彰显着地气十足的色彩斑斓与温情脉脉，体现着平常人最微不足道却又感天动地的心愿，它们来自于民间，色彩热烈，情感真挚，问世后也受到了民间百姓热烈的追捧和喜爱。喜画婴戏图的民间画家数不胜数，但大多都没有留下名字，比较著名的例如杜孩儿、刘宗道，邓椿《画继》中说："杜孩儿，京师人，在政和间，其笔盛行，而不遭遇，流落辇下。画院众工，必转求之，以应宫禁之需。"[①]"刘宗道，京师人，作《照盆孩儿》，以水指影，影亦相指，形影自分。每作一扇，必画数百本，然后出货，即日流布，实恐他人传模之先也。"[②]

除了民间画工，擅画婴戏图的还有宫廷画院中的画家。宋代统治者大力发展翰林院，从民间招募来了大量画工进入翰林院成为专门为皇家服务的宫廷画师，因此，宋代擅画婴戏图的宫廷画师中有很大一部分在进入翰林图画院之前都是民间画工。例如苏汉臣，活动于北宋末南宋初，早年当过民间画工，宣和年间被招入宫廷画院，为宣和画院待诏，擅画婴戏。李嵩，南宋画家，出身贫寒，少时当过木工，喜爱绘画，得到画院画家李从训欣赏，收为养子，后来进入宫廷画院为待诏，绘画多取材民间，擅画货郎图。勾龙爽，善画婴孩，得其态度，神宗时任翰林院待诏，入宫前也为民间画师。

长期的平民身份和下层社会的生活，使得他们在绘画表达上更加偏爱于描绘世俗生活方面的内容，在他们的内心深处，对百姓日常生活中的感受颇有体会，早期的民间生活体验使得他们具有一种与生俱来的，对日常生活中细小题材的敏锐感受力和观察力，这种世俗风情的影响对他们来说是根深蒂固的，再加上宋代统治者对于体现民间百姓日常风俗、喜庆祥和的婴戏图的喜爱和重视，这些宫廷画家才能够长时期、大范围地致力于婴戏题材的绘画创作。

综上所述，宋代童趣诗的作者大都是文人士大夫，集官员和文人于一身，其社会地位相对较高，且多怀揣着家国抱负，精神境界比较宏大。但细追究其出身，可以发现，他们多是通过"十年寒窗苦读"而最终走上仕途之路的底层读书人，早年的底层生活经历使他们对于朴素平实的民间生活情态有着切身的体会和深厚的理解。而宋代婴戏图的作者中，一类是民间画工，一类是宫廷画院画家，但由于宫廷画院画家有很大部分都是来自民间的，所以，宋代婴戏图的作者几乎都是带着下层的生活体验和经历的。由此看来，虽然宋代童趣诗和婴戏图的作者在身份特征上有地位差别，但从另一方面来看，他们却也有着共同的特点，即都自觉或不自觉地受到了民间经验的浸润和影响，对于世俗情感有着广泛的了解，正是在这种来自市井乡野的纯朴气息的感召下，才使得他们都将目光投

①② 潘运告主编，米田水译注：《图画见闻志・画继》，湖南美术出版社 2000 年版，第 371 页。

注到拥有着天然生命力的儿童身上，从而创作出了富有童真童趣、生动美好的童趣诗歌和婴戏图作品。

二、题材类别

宋代童趣诗和婴戏图有着相同的题材，即能够反映儿童的玩耍天性。

首先，宋代童趣诗对儿童关注最多的就是他们的游戏和玩耍活动，玩耍是儿童的天性，处于游戏和欢乐中的儿童才能最大程度地彰显出他们身上纯真无邪的特质，他们在游玩嬉戏中流露出来的快乐常常能够使得成人羡慕和留恋。

宋代诗人徐铉《柳枝辞》中的一首就描述了成人对儿童世界的向往：

蒙蒙堤岸柳含烟，疑是阳和二月天。醉里不知时节改，漫随儿女打秋千。[①]

夏季堤岸边的柳树葱翠茂密，诗人却误以为是阳春二月天气，因为世事烦扰，诗人借酒消愁，沉浸在儿童赤诚无邪的世界里迟迟不愿出来。这首诗在表达诗人对庸碌无常的成人生活的无奈和厌烦的同时，也抒发了自己对于儿童世界的向往，儿童们永远没有烦恼忧愁，无忧无虑是他们生活的全部基调，诗人对儿童的欢乐倾注了无限的深情，渴望能够融入其中，去追寻童心童趣，实现乐以忘忧的愿望。

宋代诗人刘安上的诗歌《万田道中》描写了江南水乡中一群儿童的生活：

水阔疑无路，云深仅有山。儿童划小艇，出没稻塍间。[②]

诗人行走在江南水乡的路途上，远望水面辽阔，似乎看不到任何能够通行的路，高处山峦起伏、望不到边，眼前却有一群儿童划着小船，穿梭出没于乡间稻田畦埂之中，一路欢声笑语，热闹有趣。诗人写到此处，白纸黑字之间洋溢起一派清新欢乐的童真之趣。

宋代描写儿童游戏类的童趣诗还有很多，例如僧道潜的《春晚》一诗中“儿童赌罢榆钱去，狼藉春风漫不收”，描写了一群用榆钱来做打赌游戏，玩耍结束后各自散去的儿童。诗僧释慧远的《示僧》一首中“两个儿童舁木鼓，左边打了右边舞”，通过幽默有趣的语言将两个边跳舞边打木鼓、顽皮好动的僧童形象描摹的生动可爱。叶绍翁的《夜书所见》中“知有儿童挑促织，夜深篱落一灯明”[③]，写出了儿童因为贪玩，甚至深夜仍不肯归去，为了捉住蟋蟀，挑着灯趴在篱落中观察，兴致勃勃又不知疲倦的心性。杨万里的《闲居初夏午睡起二绝句》中的第二首中“戏掬清泉洒蕉叶，儿童误认雨声来”[④]，诗人故意捧了一捧清水洒到了芭蕉叶

---

① 赵旭东、张学松、张宏运：《中国古代童趣诗注评》，北京语言学院出版社 1993 年版，第 28 页。

② 傅璇琮：《宋人绝句选》，齐鲁书社 1987 年版，第 159 页。

③ 同上，第 411 页。

④ 周汝昌选注：《杨万里选集》，中华书局 1962 年版，第 41 页。

上，一旁的儿童听到叮咚的声音还以为是天上下雨了，如此就将孩子们的单纯率真和幼稚可爱刻画得入木三分。

其次，婴戏图，从名字上可以看出，就是以儿童游戏欢闹为主要表现内容的绘画作品，宋代婴戏图中表现儿童游戏娱乐情景的画作理所当然也就占了相当大部分比重。我们从宋代婴戏图中常常能够发现儿童的各种游戏活动，例如，儿童蹴鞠、放风筝、击球、斗蟋蟀、闹学、扑蝶、捉迷藏、购物、采莲、扑枣、舞蹈、耍枪、戏猫、幻戏、沐浴、下棋等等。宋代婴戏图中表现儿童各类游戏题材的作品可谓数不胜数。从下表[1]中，我们可以对其有大致的了解。

内容	作品名称	作者
蹴鞠	《长春百子图》	苏汉臣
放风筝	《百子戏春图》	苏汉臣
击球	《蕉阴击球图》	苏汉臣
斗蟋蟀	《蟋蟀居壁图》	马远
闹学	《村童闹学图》	佚名
扑蝶	《婴戏图》	苏汉臣
捉迷藏	《蕉石婴戏图》	陈宗训
购物	《货郎图》	李嵩
采莲	《长春百子图》	苏汉臣
扑枣	《扑枣图》	佚名
舞蹈	《百子图》	佚名
耍枪	《秋庭婴戏图》	佚名
戏猫	《冬日婴戏图》	苏汉臣
幻戏	《骷髅幻戏图》	李嵩
沐浴	《浴儿图》	佚名
下棋	《童子弈棋图》	田景

从上表可见，宋代的婴戏画家们对于儿童游戏方面的题材十分偏爱，创作范围也异常广泛，几乎包括了当时日常生活中所能见到的供儿童们玩耍的各种游戏名目。另一方面，婴戏图中出现的这些游戏活动也极其准确地凸显出了宋代社会具有的时代特点。以儿童所玩的蹴鞠为例，它备受婴戏画家们的青睐，在婴戏图中更是屡屡出现。

苏联作家高尔基曾说过："游戏是儿童认识世界的方法，也是他们认识世界

① 内容参考王伯敏《中国绘画通史》，王敏硕士学位论文《宋代婴戏题材绘画研究》，畏冬《中国古代儿童题材绘画》等。

的工具。”儿童的聪明才智和纯真天性正是在游戏中才能淋漓尽致地体现出来。通过童趣诗和婴戏图中所展现的各式各样的游戏活动，才让我们在这丰富有趣的儿童世界里体会到生活的美好和人间的欢乐，并长久地流连忘返于其中。

除了游戏类这一共同的题材类别外，宋代童趣诗和婴戏图还各有许多不同的题材类别，通过对相关资料的整理，我们可以发现宋代童趣诗主要有采摘劳动类、思亲类、待客类等；宋代婴戏图主要有读书学习类、宗教类、货郎类等。以下分别是对这些不同类别所作的具体说明。

（一）童趣诗的题材类别

1. 采摘劳动类

儿童具有天生的创造力，在他们的眼中，世上的任何事物都仿佛是天然的游戏，就连在田间劳作也不例外，在成人看来无比乏味的采摘和稼穑活动对于想象力丰富的儿童们来说却是新鲜和充满吸引力的。

宋人孙光宪的《采莲》一诗就描述了这样一群嬉笑顽皮的采莲小姑娘：

菡萏香连十顷陂，小姑贪戏采莲迟。晚来弄水船头湿，更脱红裙裹鸭儿。

池塘里一大片荷花开得正好，一个出来采莲的小姑娘因为贪玩忘记了采莲，玩水久了船头被浇湿，就连船上的鸭子也没能幸免，于是，天真无邪的小姑娘脱下自己的小红裙把鸭子严严实实地裹起来。此诗一出，让人或笑或叹，笑的是儿童们往往把世上的任何事物都看作是有知觉的，诗中的小姑娘因为玩水把鸭子淋湿，担心鸭子因此感到寒冷，就脱下自己的衣服裹住鸭子，殊不知，鸭子本来就是在水里生活的，哪里会感到冷呢？叹的是，儿童初来人世，心地纯洁如玉，未被污染，把周围的一切都当作是有感情的，对待一个迟早要被宰杀的动物都如此怜惜，世上有多少成年人都不及。如此，小姑娘那纯洁善良的秉性即刻间便深入人心。

宋人范成大的《四时田园杂兴六十首》（之一）对于学习稼穑种植的儿童也作了相关描写：

昼出耘田夜绩麻，村庄儿女各当家。童孙未解供耕促，也傍桑阴学种瓜。[①]

乡村里的农活很多，连不懂事的小儿女们都争着要干活劳动，年纪最小的一个孙儿甚至还不知道耕种纺织是怎么一回事，居然也在桑树旁煞有介事地学习种瓜。在这里，儿童对于劳动的认识并不像成人那样全面，在他们的眼里，无论是耕种还是纺织，都充满了新奇感，他们积极热情地投入其中并不是为家庭劳动出力气做贡献，而是把他们尚不了解的耕种活动当作了游戏，好奇心是每个孩子的特点，在这首诗中，诗人就给我们呈现出了一个对世界充满好奇的农村儿童形象。

---

① 杨万里、范成大：《杨万里范成大诗选》，巴蜀书社2001年版，第127页。

宋代童趣诗中还有很多描写儿童采摘种植的场景。杨万里的《幼圃》“稚子落成小金谷，蜗牛卜筑别珠宫。也思日涉随儿戏，一径惟看蚁得通”[①]，塑造了一个在园圃中浇灌蔬菜瓜果的小儿形象，同时作者也萌发了想要追随着儿童一起嬉戏，共同去观察蚂蚁生活的微观世界的想法。杨万里的另外一首《插秧歌》中，“小儿拔秧大儿插”[②]描写了儿童们追随着大人一起在农忙时分到田间插秧劳作的景象。诗僧道潜的《秋日西湖》一诗中“稚子相呼入林去，应知病果落莓苔”[③]，一群蓬头稚子们呼朋引伴相约着一起到林子去，因为他们知道这个时节树上的果子都已经落了，要赶紧去捡拾。诗僧德洪的《十月桃》中“雪中桃花夜来折，儿稚犯寒争欲摘”，写出了当大雪把桃花枝压断以后，儿童们冒着严寒纷纷争着摘桃花的景象，诗人一句诗把儿童那种见到新奇事物后兴奋而不顾一切的形态塑造得生动形象。

2. 思亲类

子女绕膝是所有中国人对于天伦之乐最基本的幻想。不管是行旅在外的大人还是守盼在家的孩子都渴望一家团圆，无论贫富贵贱，但求平安，共尝甘苦。孩子和大人之间，哪怕相隔万水千山，相互之间的惦念是不会停止也不会被任何事情所中断的，思念亲人的儿童所流露出来的真挚情感往往格外让人感动。

诗人黄公度的《乙亥岁除渔梁村》一诗描写了诗人旅居在外，在除夕之夜思念家中小儿女的情形：

年来似觉道途熟，老去空更岁月频。爆竹一声乡梦破，残灯永夜客愁新。云容山意商量雪，柳眼桃腮领略春。想得在家小儿女，地炉相对说行人。

诗人旅居在外，一年来觉得回乡的道路似乎很熟悉，只是人老了，反倒空觉得岁月更替频繁，一年又过去，在爆竹的欢庆声中归乡的梦也跟着破碎了，诗人彻夜未眠，思乡的愁苦又新添了一层，孤寂时分诗人想起了家中的小儿女，诗人想象着他们此时肯定也在家中围着地炉思念并谈论着他。儿童的思念不像成人那样满含艰辛和苦楚，他们的思维是单向的，对于亲人的思念也一样，他们不是把这种情感藏在心中，而是选择围在一起把心中的想念说出来，这种简单纯粹的方式正符合孩子的性格，别有一番童趣。

诗人姜夔的《除夜自石湖归苕溪》一诗也是写了除夕之夜守在家中的儿女们对父亲的思念之情：

千门列炬散林鸦，儿女相思未到家。应是不眠非守岁，小窗春色入灯花。[④]

诗人在除夕之夜归家，一路上看到万家灯火，处处洋溢着节日的喜庆气氛，

---

① 周汝昌选注：《杨万里选集》，中华书局 1962 年版，第 141 页。

② 杨万里、范成大：《杨万里范成大诗选》，巴蜀书社 2001 年版，第 26 页。

③ 叶章永：《千古名篇咏童真》，新世纪出版社 2006 年版，第 161 页。

④ 姜夔：《姜夔集》，三晋出版社 2008 年版，第 33 页。

诗人无比思念家人，由此想象到此时家中的小儿女们一定也在思念他这个未归之人，除夕夜本是彻夜守岁的，可是家中的亲人们之所以一夜不眠并不单单为了守岁，他们聚集在新出的灯花前，盼望着诗人能早点回家。此首诗歌通篇流露着一股淡淡的温情，读来让人心生感动。

宋代僧道潜的《次韵黄子理宣德田居四时》中"稚子羡赢余，牵衣傍翁妪"，一句写出了收获时节，小孩子们守着爷爷奶奶，对于家里获得丰收体会到羡慕喜悦的感情，大家欢聚一堂，快乐欢欣。楼钥的《早起戏作》中"天明更欲从容睡，长被孙儿恼觉来"，写出诗人到了耄耋之年，本想在白天也从容地睡觉，却常常被调皮的小孙子打扰。诗人虽然这样写，但字里行间表现出来的全部都是对活泼的小孙子的喜爱之情。诗人胡朝颖的《旅夜书怀》中"遥怜儿女寒窗底，指点灯花语夜深"和姜夔的"应是不眠非守岁，小窗春色入灯花"有着异曲同工之处，都是在诗人的想象中，小儿女们正坐在窗前守着灯花思念着远在他乡的亲人。刘克庄的《乍归九首》中"儿童娱膝下，母子话灯前"描写了孩子在双亲的膝下玩闹，表现出了一家人欢聚一堂、其乐融融的温暖景象。

3. 待客类

对于儿童来说，有客人到家中来是一件新鲜的事情。儿童和成人的心理特征不同，社会经验也不同，因此他们待客的方式也会有很大的差异。儿童不会受到成人世界条条框框的束缚，他们喜怒常形于色，丝毫不加隐藏，这种特点就使得他们在对待客人的时候，少了些中规中矩，多了些任性和率真，反倒生出一种可贵的真实与可爱。

苏轼在诗歌《被酒独行遍至子云、威、徽、先觉四黎之舍三首》中就塑造了一位对待客人十分用心，感情朴素真挚的小童形象：

总角黎家三四童，口吹葱叶送迎翁。莫作天涯万里意，溪边自有舞雩风。[①]

诗人醉酒后到姓黎的人家去做客，黎家的三个小童口含葱叶，吹着口哨迎接并欢送诗人，诗人虽遭贬谪，但在如此淳厚真挚的民风情谊下，感到了前所未有的欢欣。而戴复古的《觉慈寺》中的儿童却和苏轼诗中的儿童在对待客人的态度上有所不同：

踏破白云登上方，自嫌尘土涴禅床。千山月色令人醉，半夜梅花入梦香。深谷不妨春到早，老僧殊为客来忙。山童懒惯劳呼唤，自拗枯松煮术汤。

寺院有贵客来临，老和尚为招待客人招呼小童子去为客人煮汤，小童子一向贪玩耍懒，但是师父召唤，虽然不情愿却还是跑去煮术汤去了。诗人并没有把这个寺院里的小童写成一个小大人的形象，他和别的孩子一样地贪玩，一样地爱偷懒，但是面对师父的命令他虽然不情愿却能够管住自己，把该做的事情做好，乖巧的性格令人爱怜。

① 叶章永：《千古名篇咏童真》，新世纪出版社2006年版，第23页。

宋代赵师秀的《访韩仲止不遇题涧上》云："隔涧竹扉深，苍童引客寻。虽然乖晤语，犹得见园林。"[①]诗人描述了他上山访友的过程中，遇到一个小童子为他引路，两个人因为年龄悬殊，无法交谈，小童子面对年长的诗人显得十分腼腆害羞。戴复古的《石亭野老家》中"奔走儿童见客惊"一句描写出了一个住在山林中的儿童见到外来的客人后惊慌失措的情态，形象逼真有趣。谢翱的《僧房疥壁》中"山童错相认，应道我来曾"写的是一个认错人的山童，硬说作者曾经来过这里，让作者哭笑不得。释仲皎的《庵居》中"山童问我归何晚，昨夜梅花一半开"，诗人因为赏梅花归来晚了，小童便追问他为何回来晚，体现出了孩子对万事都十分好奇的特点。

除了以上的游戏类、采摘劳动类、思亲类和待客类，宋代童趣诗还涉及儿童放牧、垂钓、学习等许多方面的内容。

（二）婴戏图题材类别

1. 读书学习类

由于两宋时期对教育的极大重视，读书上学成了儿童生活中重要的一部分。宋代的官学私学都很发达，达到一定年龄阶段的儿童就要进入学堂接受童蒙教育，因此，有关儿童入学堂读书学习的诸多情景就成为宋代的婴戏画家们常常喜欢关注并乐于表现的题材之一。

图 10－5　苏汉臣　《长春百子图》(局部)　台北"故宫博物院"藏

对于儿童来说，读书学习本是一件枯燥无味的事情，在表现这一题材的时候，如果把握不好，就会使画面氛围显得生硬严肃，人物形象变得老气横秋，这样就会丧失掉婴戏图应有的感染力。然而，宋代的婴戏画家们在表现这一题材的时候，发挥出了让人钦佩的聪明才智，以他们敏锐的观察力紧紧抓住儿童活泼好动的特点，用他们的生花妙笔使得本来死板乏味的学堂生活充满了欢声笑语，中规中矩的学堂在画家的笔下成了一座妙趣横生的乐园。

苏汉臣的《长春百子图》(图 10－5)中，就有几个孩童围在一起共同学习品鉴一幅墨竹图，孩子们围在旁边或饶有兴趣地看画，或拉拽着同伴一起前往，

① 北京大学古文献研究所：《全宋诗》第 54 册，北京大学出版社 1995 年版，第 33849 页。

或趴在小伙伴肩头向前面探着脑袋观看，边上还有两个扛着树枝嬉闹追逐的儿童。品鉴画作相对来讲本是一件较为安静的活动，但由于品鉴的主体是儿童，这样一来，整幅画看上去就少了一份呆板和文人的酸腐正经，而多了许多趣味活力和孩子的天真好奇，总体上给人一种灵动有趣的感觉。

在宋代的婴戏画中，描摹儿童读书学习概况最具有代表性的要数一幅佚名的《村童闹学图》了，这幅画表现的是淳朴的乡村学堂的生活，一群儿童趁教书先生睡觉之际肆意起哄捣乱的情景，整个画面的氛围十分轻松活泼，情节别有生趣。先生的小憩使得孩子们暂时摆脱了读书的束缚，于是，大家纷纷利用这短暂的休息时刻玩耍。画面右边的三个孩子，一个正张牙舞爪地蹦跳着扮鬼脸，一个躺在桌上双脚转凳子演杂技，另外一个则张开双臂招呼别的孩子快点儿来看。画面的左边，两个孩子在同伴的呼唤下扭头观看，有一个则趁先生睡熟之际，大着胆子偷偷拿走了先生的帽子。画面前方，一个孩子蹲在地上照着先生的模样画像，还有一个穿着大褂，手里拿着“笏板”，扮成了上朝的官员。

如果没有巧妙的构思和充分的感知力，就无法创作出震撼人心的艺术作品。宋代的婴戏画家立足于现实生活，从中得到了如此宝贵的艺术发现，能把本来普通的儿童读书题材发挥得如此惟妙惟肖，如此恰到好处，使画面充满了生活气息，其水平之高不言而喻。

2. 宗教类

宋代的宗教发展十分繁荣壮大，儒释道三教合一的思想成为主流。其中，道教、佛教以及民间的各种信仰崇拜发展蓬勃，而且，宗教发展逐渐呈现出了世俗化、平民化的态势，与普通百姓的日常生活联系更加密切。与此同时，民间对佛道教故事以及宗教传说的吸收和改编也渐渐拉近了宗教与平民百姓的距离。宗教文化开始渗透于宋代社会的方方面面，必然也会影响到大为流行的婴戏图。

傀儡戏发展到宋代达到兴盛。“傀儡”在《辞海》中的解释为：“木偶戏里的木头人。也作为木偶戏及傀儡戏的简称。比喻受人利用、毫无自主权的人或集团，以及无意义的机械行为。”傀儡戏原本和原始的宗教祭祀活动有关，是丧葬活动中的一种驱邪避难的表演形式，在祭祀鬼神的氛围中，用极具象征意味的偶戏表演来酬神祈福，以达到实现人们美好愿望的目的。

李嵩的《骷髅幻戏图》中，一个大骷髅坐在地上，手里操控着一个舞蹈着的小“悬丝傀儡”，大骷髅的后面，一个妇人正在给娇儿喂奶，骷髅的前面，一个还不会走路的小孩爬在地上伸手向前够着，对正在表演的小傀儡充满了好奇，小孩的身后，一个妇人伸开双臂企图将他抱起，在画面的前方一角，画有几个黑色的箱子，像是专门存放演出工具的。据后人研究，李嵩的这幅《骷髅幻戏图》意义很深刻，体现的恰是一种佛教的理念，因为在佛教看来，人生似梦，世上的人无论富贵贫穷、高低贵贱，事实上彼此是一样的，无非都是一群被皮肉包裹了的骷髅而已，这样看来，一切财物名利其实都是身外之物、转瞬即逝，不值一提。此外还有人从

图 10-6 刘松年 《傀儡婴戏图》 台北“故宫博物院”藏

中发掘出了诸如向死而生、生死轮回、因果转化等深意，在此不做赘述。

另外一幅刘松年的《傀儡婴戏图》(图 10-6)中，一个儿童在搭起来的傀儡戏台上表演提线木偶，旁边的一个儿童正在敲鼓助阵，另外两个孩子则在一旁兴致勃勃地观看，画面很是精彩热闹。

其他的一些婴戏画作，如《大傩图》《五瑞图》《小儿戏舞钟馗》《春日婴戏图》等表现的也是民间宗教信仰方面的内容。画幅中的儿童多头戴面具，插着花枝，身披彩服，手拿各色乐器工具，装扮作钟馗、小鬼、判官、货郎、卖药郎等人物形象，通过手舞足蹈的戏舞仪式来达到驱除瘟疫和鬼邪的目的。这些仪式性的活动都是以消灾纳福为主要宗旨的。而祈求祥瑞和神仙赐福，必然多派童子。这在《后汉书》中就已有记载：“先腊一日，大傩……选中黄门子弟，十岁以上十二岁以下百二十人为侲子。”[①]到了宋代时，又称其为“小儿后生辈”，由此可知，古代的童子参加此类的祭傩仪式是非常普遍的。因此，宋代的婴戏图中大量出现此类题材便不足为奇了。

除了这些以外，婴戏图中还大量出现了佛教方面的内容。如苏汉臣有《灌佛婴戏图》，其中描绘的就是一群儿童一起礼佛的情形。灌佛乃是佛教的一种仪式，即用浸泡过名贵香料的水来为佛像灌洗清洁，以示敬重。这幅画中的儿童，有的跪在地上手持佛台，有的手拿水罐正在灌佛，有的正全神贯注地观看，有的则跪在佛前俯身敬拜。画作虽然选取的是比较严肃的礼佛场景，但由于参与礼佛的是一群涉世未深的童子，因此，他们那一板一眼的动作和煞有介事的表情非但没流露出一丝沉闷，反而因为他们的特别身份而显得别开生面，令人捧腹。

除此画外，与佛教文化相关的还有苏汉臣的《秋庭婴戏图》《庭院婴戏图》以及佚名的《玩泥菩萨图》等，可以看出，在这些画作中都或多或少地出现了与佛教相关的一些物什，如佛像、佛塔、佛瓶等，可见其影响力之大，已经广泛地渗透到普通人的日常生活中了。

---

① 范晔：《后汉书》，中华书局 1965 年版，第 3127 页。

3. 货郎图类

货郎图在宋代十分流行，作为风俗画的一种，其多选择以乡村生活为背景，风格质朴亲切，清新自然，通过对平凡真实的现实生活的再现，体现出淳朴的乡村古风，具有浓郁的生活气息和乡土味道。这类画作是画家通过观察周围景象，基于真实的现实细节创作出来的，描绘的就是人们身边所熟悉的事物和场景，所以深受当时普通百姓的喜爱。而宋代的婴戏画家则常常将货郎图与婴戏图结合起来，把儿童的天真活泼、欢声笑语融入其中，使得这类画作在朴实无华的基础之上，又增添了许多别样的情趣。

宋代画货郎图最著名的要数李嵩，其才华造诣颇深，这类画作传世于今的就有四幅，件件都可谓精品，李嵩对乡村妇孺的观察非常细腻，描绘极其传神，清代梁章钜曾评价云："神气奕奕欲动，用笔细如毛发。"①

李嵩最具代表性的是手卷《货郎图》（图 10－7）。此画高度写实，描绘的是一个走街串巷、挑担吆喝的货郎的到来引得众多儿童妇女前来围观的情景。画面的左方一组，货郎所挑的货担上各式各样的货物堆得满满的，种类数量繁多，引得许多孩子和大人前来观看，许多孩子们已经蹦跳着跑过来围着货郎，旁边一位抱着孩子的妇女一边哄着孩子一边挑选商品。画面的右方一组，一个抱着孩子的妇女引着一帮儿童前来，其中一个孩子兴奋而急切地拉着这位妇女，后面的一个孩子手里拿着拨浪鼓逗得妇女肩上的小孩伸手欲要，后面的一只大狗和一只小狗也撒欢随同主人一起来凑热闹，一个孩子立在中间张望，画面前方有一个孩子张开手臂欣喜地拉拽着另一个一同前往。整幅画面的场景热闹欢喜，儿童们天真质朴，憨态可掬。画家将这微不足道的乡间生活描绘得奇妙而深刻，使得画作洋溢着一种令人感动的朴素温情。除了《货郎图》，李嵩还有《市担婴戏图》《货郎戏婴图》等。

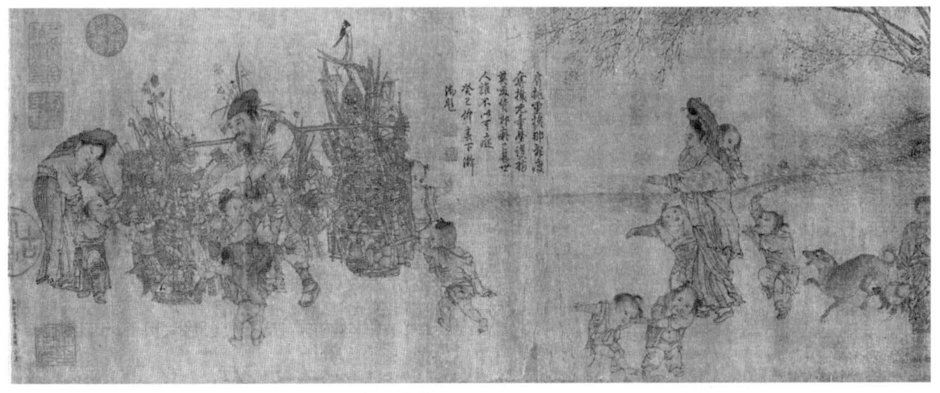

图 10－7　李嵩　《货郎图》　北京故宫博物院藏

---

① 畏冬：《中国古代儿童题材绘画》，紫禁城出版社 1988 年版，第 36 页。

除了游戏类、读书学习类、宗教类和货郎图类，宋代的婴戏图还有一种节令类的题材。中国人自古以来就对各种传统节日极其重视，而且在这些节日中，庆典活动是必不可少的，例如春节放炮仗、清明放风筝、端午赛龙舟、中秋赏月、重阳登高等等。而在这些节庆活动里，必然少不了爱热闹的儿童的身影。另外，天真活泼的儿童自古以来就被认为是吉祥美好的象征，人们在传统节日里表达喜庆平安的愿望的时候，就常常喜欢把儿童纳入其中，因此，许多婴戏画家就会经常把各种节令活动和欢天喜地的儿童结合起来，以此来抒发心愿和顺应众民之意。宋代这类的画作有很多，如苏汉臣的《百子戏春图》《重午婴戏图》，苏焯的《端阳婴戏图》《萱草婴儿图》等。

与宋代童趣诗相比，宋代婴戏图所表现到的范围也非常广泛，可以说两者在题材类别的比较上既有相同之处又有各自不同的特点。

首先，两者都是对儿童"游戏"的体现。无论是童趣诗还是婴戏图，一个"趣"，一个"戏"，都是对儿童嬉戏玩耍的强调，显而易见其侧重点相似。再根据儿童的生理和心理特点来看，两种艺术形式在表现儿童生活的时候对儿童"游戏"题材进行大规模地展现是必然的，因此，两种艺术形式在题材类别中都有相当数量的作品是关于游戏题材的，两者的不谋而合恰恰反映出"玩耍是孩童的天性"这一真理。

其次，两者不同的题材内容蕴含着共同的精神本质。童趣诗中的采摘劳动类、思亲类、待客类和婴戏图中的读书学习类、宗教类、货郎图类等题材在表现儿童生活方面有所不同，但如果具体分析，童趣诗中儿童的采摘瓜果、与亲人相处、礼遇客人以及婴戏图中儿童的读书学习、礼佛祭傩、追逐货郎等都是儿童游戏玩耍的一部分，其内容方面虽然有差别，但归根结底都逃不过童"趣"和婴"戏"的范围，两者有着共同的精神本质。从这层意义来看，宋代童趣诗和婴戏图虽然题材内容的具体方面有所不同，但本质上都是对儿童生活较为全面的反映，是始终围绕着儿童"游戏"这个大框架进行的更具体更细致的深入表现。

再次，两者在表现细节上存在着一些差别。从以上对两者题材类别的具体分析中，可以发现，宋代童趣诗多是直接对儿童个体进行描述，相对来讲，对宋代社会生活方面体现较少，总体上更注重对儿童精神本体世界的关注。而宋代婴戏图更偏向于在表现儿童的同时从侧面展现宋代的风俗面貌、生活常态，涉及了诸如礼佛祭傩、货郎买卖、节日习俗等各种民间生活的内容，因而也更具有宋代的社会文化特色。

三、叙事特点

我们在欣赏宋代童趣诗和婴戏图的时候，可以发现，这两者在表达方式上都具有一种"讲述"的叙事特点。宋代童趣诗作为一种文本形式，是以文字符号和语言作为载体来进行叙述的，这种叙述效果具有一定的构图性和情节性，其通过对儿童嬉戏活动进行文字描述及记录来达到对童真生活的表现，以此实现一种叙事的目的。南宋杨万里的《宿新市徐公店》“篱落疏疏一径深，树头新绿未成阴。儿童急走追黄蝶，飞入菜花无处寻”①，既言简意赅又富含趣味，寥寥几笔看似抽象的文字语言却使读者心扉大开，通过“篱落”“树头”“儿童”“菜花”等词语意象大大激发了读者的联想和想象，唤起了脑中所存在的形象记忆，使我们仿佛看到了一幅春意盎然的儿童扑蝶图，从而摆脱了字句表面的束缚，使得这首诗进入到一个更加广阔自由的境地，同时，也让读者在这种叙述的过程中体会到了更加悠然深远的意蕴。

宋代婴戏图可以说就是一幅幅“无字图画故事”，其通过图画塑造出儿童戏耍形象，通过设置丰富有趣的故事情节来保存、记录和传达相应的信息，画面直观、故事性强，易于被人们把握和理解，叙事特征非常显著。以苏汉臣的《冬日婴戏图》(图 10－8)为例，画上画有姐弟两个孩子，姐姐手拿竹竿，两人都扭头看着地上的一只跳跃的小白猫，画面精致细腻，活泼有趣。看到这幅画，人们能够很直观地把握到这幅画的人物形象和故事情节，即两个孩子在玩逗猫的游戏。静止的画面内容作用于视觉器官，从而引发我们对隐藏在画面背后的故事内容和意义的深度挖掘，无限地进行想象和猜测，这就是宋代婴戏图的叙事特点带给我们的其乐无穷。

图 10－8　苏汉臣　《冬日婴戏图》
台北“故宫博物院”藏

宋代的童趣诗和婴戏图，一种作为文本，一种作为图像，二者在表现的过程中都流露出了较强的叙事特点，或者说，二者正是以叙事为工具来进行艺术表达的。而作为两种不同的艺术表现形式，在表现同一种内容或主题的过程中，其所体现出来的叙事特点也必然会存在差异。

(一) 童趣诗的间接性和婴戏图的直观性

作为文本的宋代童趣诗是通过文字符号作为材料和方法来进行形象塑造的，其最基本的物质材料是语言文字。语言是一种非具象的、有着定向含义的符号代表，宋代的童趣诗诗人就是通过操作运用这些具有一定概念的符号来抒发自己的理想，传达对生活的感悟。这种抒发和传达并不是像婴戏图那样通过色

① 周汝昌选注：《杨万里选集》，中华书局 1962 年版，第 204 页。

彩笔墨的描绘来塑造视觉上可以直接把握的形象，而是通过语言符号将心中孕育成熟但并非完全固定不变的可供读者进一步丰富的艺术形象描述于笔端，是一种间接性的表达方式。这种间接性的表达往往能够产生两种效果，即表现功能和再现功能的同时实现。诗人所运用的语言符号所要传递的意义具有抽象化的特点，但这种抽象化并不是绝对的，一定程度上也具有具象性，我们在阅读的过程中，触及具象性的层面时就会看到诗歌对现实世界进行再现的一面，而当我们触及抽象的层面时就会看到诗歌对于理想世界进行表现的一面。但不管是其进行表现还是再现，它的内容、表现方式等都是观念性的，无论多么伟大的诗歌，尽管它能够用最高超的技法进行描写，但其中对人物形象的塑造、景物的刻画、情感的抒发都是不可触摸的，而是必须要读者在阅读的过程中调动自己的情感，通过灵活有效的想象和联想，间接性地在自己的头脑中唤起与描写相接近的形象和感受，从而达到"如闻其声如见其人"的相对真实的效果。黑格尔在其著作《美学》中指出："诗人的创造力表现于能把一个内容在心里塑造成形象，但不外现为实在的外在形状或旋律结构，因此，诗把其他艺术的外在对象转化为内在对象。"①这就很好地反映出了诗歌在叙事效果上所具有的间接性特征。

宋代的童趣诗只需寥寥几笔语言，就将一个个栩栩如生的儿童形象和有声有色的童趣故事全部展现出来，虽然我们不能够通过感官直接感觉到，但是通过字斟句酌的赏读和丰富广泛的想象，反而能获得更加不同的审美享受。

例如，宋代范成大的《春日田园杂兴十二绝句》中的一首："社下烧钱鼓似雷，日斜扶得醉翁回。青枝满地花狼藉，知是儿孙斗草来。"②我们一句句读来，在脑海中渐渐铺设出这样的画面来，春社之际人们热闹地庆祝祭祀土地神，傍晚时分喝得酩酊大醉的老人们被搀扶回家，这时候青色的枝叶和摘下的花朵被扔得遍地都是，狼藉一片，却原来是一群调皮的儿童们斗草完毕刚刚散去。这首童趣诗的前两句和儿童无关，只是交代了一下事情的背景，后两句对儿童玩耍过后的场面状态以及作者的猜想也只是轻描淡写、简要带过。就是如此简单的两句诗却很大程度上激发了我们对儿童游戏场面的无尽想象，仿佛他们斗草时的吆喝吵闹以及喜怒的表情、欢欣鼓舞的形态一瞬间都历历在目了，甚至带我们延伸向一片更加广阔无边、生动有趣的天地里，给人留下了巨大的想象空间，可以说这种效果只有在童趣诗叙事的间接性作用下才能够达成。

宋代婴戏图描绘的则是一个直观、具体的世界。宋代画家们选择在二维的空间范围内，通过运用一系列的色彩光影、线条和构图来描绘出精致独特的风景，构造出形态多样的儿童形象，并且在技巧的帮助下从视觉上营造出一种画面

---

① 弗里德里希·黑格尔著，朱光潜译：《美学》第三卷(下册)，商务印书馆 1981 年版，第 56 页。
② 杨万里、范成大：《杨万里范成大诗选》，巴蜀书社 2001 年版，第 123 页。

的纵深感和空间的立体实在效果。这样，这些色彩光影、线条和构图共同创造出来的就是一个真实的、可以被我们直接把握的世界。德国的艺术理论家莱辛在其著作《拉奥孔》中谈到："绘画用空间中的形体和颜色，而诗却用在时间中发出的声音；既然符号无可争辩地应该和符号所代表的事物互相协调，那么，在空间中并列的符号就只宜于表现那些全体或部分本来也是在空间中并列的事物……全体或部分在空间中并列的事物叫作'物体'，因此，物体连同它们的可以眼见的属性是绘画所特有的题材。"[①]莱辛的大意就是绘画通常要受到空间的影响，因此其更适宜于描绘各种物体，绘画是诉诸人的视觉的，给人以更直接、更突出的感受。

宋代画家的造型技法十分高超，并且具有很强的现实写生能力，他们把独特的审美情感和审美理想付诸笔端，对于客观世界的描绘也非常精准，因此，当画幅展现在我们面前的一刹那，我们往往就能够对其中所陈列的事物以及所发生的故事情态有总体的了解。

例如，宋代佚名的《浴婴图》(图 10-9)，此画一展开，我们通过直接观看就能对其中所讲述的事情作相应的了解。这幅画所绘的是古人生活中常见的场景——母亲们给婴儿沐浴。画面给人直接的感觉就是热闹温馨，三个慈祥温和的母亲哄着四个婴儿，企图让他们乖乖地进浴盆沐浴，婴儿们有的已经被抱进盆中，有的站在盆边玩水，有的哭闹着不愿洗澡，有的抱着母亲哀求，情态各异。这幅画并不需要做多余的解释，我们在欣赏的刹那间就能够对其中的所有细节产生最精准的掌握，就仿佛孩子的啼哭与欢笑，妇人慈爱的话语和安慰声全部萦绕

图 10-9 佚名 《浴婴图》 美国弗利尔美术馆藏

① 莱辛著，朱光潜译：《拉奥孔》，人民文学出版社 1979 年版，第 82 页。

于耳，画家想要表达的故事情态和情感寄托都随着明丽和谐的色彩笔调自然而然地展现出来，使得整幅画在叙事上达到了简洁直观、一目明了的效果。

（二）童趣诗的流动性和婴戏图的瞬间性

由于童趣诗的物质材料是语言文字，而语言文字的表现能力非常强，能够表现时间和空间、物质与精神中的任何事物，这种广泛性和广阔性就使得诗歌的表现作用十分灵活自由，既能表现多个时间的物象，也能同时表现两个动作，对先后承继的动作也能够完整地描述出来。这种对人物相继性动作、情节、形态的描述，使得其在叙事的过程中表现出一种流动性的美。莱辛说："诗的图画的主要优点，还在于诗人让我们历览从头到尾的一序列画面。"①另外，诗歌中的意象既是具象的，又是抽象的，这种抽象作用于人的想象，使人的想象更加多样化、广泛化，能够轻易地超脱时空的限制。正如钱锺书所说："诗歌描写一个静止的简单物体，也常有绘画无法比拟的效果。诗歌里渲染的颜色，烘托的光暗可能使画家感到彩色碟破产，诗歌里勾勒的轮廓，刻画的形状可能使造型艺术家感到凿刀和画笔力竭技穷。"②因此，诗歌在一定程度上更容易唤起人们反复欣赏的需求。

与童趣诗相比，婴戏图中所设计的情节、塑造的形象都是静止的，它所表现的只能是瞬间的情景。但这一瞬间又极具典型性，不是随意选取的，而是画家统摄全局之后对于艺术效果做出的精准考量。按照莱辛的话就是："最富于孕育性的那一顷刻，使得前前后后都可以从这一顷刻中得到最清楚的理解。"③这是运动即将达到顶点之前的一刹那的状态。这种瞬间是具有生发性特征的，可以将画面外前后发生的一系列动作情节都提炼包孕在其中，这个瞬间就如同一个窗口，通过它，我们调动起强烈的想象力和感受力，从中便能够展望到整个运动过程丰富连贯的状态。婴戏图不能像诗歌那样在时间的流动中叙事，但它却能够抓住"暗示性顷刻"，在静止的图像里把画面以外已经发生的和即将发生的动作、情节、状态等都完完整整地体现出来。婴戏图中，画家通过选择这样一个孕育性丰富、高度凝练、典型性的瞬间，使我们能够把握住那些从画面中隐去和延伸的内容，为画作增添更宽广的艺术容量和空间。

文同的一首童趣诗写道："可笑庭前小儿女，栽盆贮水种浮萍。不知何处闻人说，一夜一根生七茎。"这首诗的前两句先是把一对趴在庭前栽种浮萍的小儿女的形态描述了出来，精短的两句诗，几个简单的词语，就将小儿女种浮萍的动作、神态、心理等等表现得淋漓尽致。我们读诗，仿佛就看到了两个孩子又是栽盆又是贮水的整个事情的经过，其呈现给我们的不是单一的一个画面，而是由几幅画面共同

① 莱辛著，朱光潜译：《拉奥孔》，人民文学出版社 1979 年版，第 76 页。

② 钱锺书：《七缀集》，三联书店 2002 年版，第 40 页。

③ 同上，第 85 页。

组成的连贯流动的过程。后两句又对小儿女的行为做了补充说明,两个孩子为什么会如此认真,原来是他们不知从何处听来,一根浮萍种下后,一夜就会生出七根茎。这样,不用加以多余的引导,两个小儿女天真的童心和好奇的天性就展露在世人面前。后两句诗的表述十分轻松自由,还带有一点儿怜爱的意味,巧妙地对小儿女以及作者自己的心理情感进行了剖析,使这首小诗充满了温情与喜悦。

在佚名的《秋庭婴戏图》(图 10-10)中,画家画了三个儿童正拿着红缨枪玩耍,这幅画最精彩的部分就是两个儿童正在抢夺一支红缨枪,抢夺红缨枪是一个过程性的事件,然而,对于只能表现出一个固定画面的绘画来说,画家在创作的时候,必然也只能选取事件发展过程中的某个具有典型性的瞬间来表现,陈宗训描绘的恰恰就是这样一个瞬间,画面中处于抢夺状态的两个儿童抓着红缨枪各自向后扯夺,两个孩子的身体处于紧张状态,然而表情却略微轻松,步态也显得相对轻盈,展现的并不是抢夺中动作和情态达到顶点的极致状态,画面中两个孩子的争抢还没有达到千钧一发的紧绷时刻。这样,人们在欣赏的时候,不会看到面红耳赤和激烈争抢,反而透过这个富有包孕意味的画面感受到孩子的天真烂漫、生气勃勃,仿佛下一秒钟,两个孩子就能够分出胜负,这样一来,画家对这个瞬间的描绘就使整幅画显得生动有趣起来。

图 10-10 佚名 《秋庭婴戏图》 北京故宫博物院藏

宋代童趣诗和婴戏图在叙事特点上除了以上两方面的区别外,还有一点值得关注。婴戏图在叙事的过程中,作者是处于画面以外的,就像是艺术创作中的“旁观者”一样,和描绘的对象保持着一定的距离,创作的过程就是客观的描绘,站在旁观者的角度以静观的态度对儿童的生活进行再现。而宋代童趣诗在叙事的过程中,作者却往往在诗中出现。例如范成大的诗:"雨后山家起较迟,天窗晓色半熹微。老翁欹枕听莺啭,童子开门放燕飞。"[①]这首诗中的老翁就是作者自己,另如杨万里的《闲居初夏午睡起二绝句》之一:"梅子留酸软齿牙,芭蕉分绿与窗纱。日长睡起无情思,闲看儿童捉柳花。"[②]整首诗描述的就是诗人午睡醒后,百无聊赖之时观看儿童追逐柳花玩耍的情形。这首诗中,诗人和儿童两个形象是一起出现的。这样看来,童趣诗的作者就在创作中担任了"分享者"的角色,和描述对象一同出现,融为一体,通过自身的直接参与更加接近儿童们的生活,从而以独特的视角对儿童进行细致的观察,在叙事的同时又能够身临其境地表达心中的所思所感,使得童趣诗散发出别样的魅力。

四、文化内涵

(一)宋代童趣诗的文化内涵

1. 道家思想的体现

从某种程度上来看,宋代童趣诗对儿童无忧无虑、天真无邪的童真世界的描绘和赞美恰恰与中国古代道家的老庄思想相契合,可以说,宋代童趣诗在文化内涵上就体现了这方面的内容。

在道家的哲学思想中,对于儿童始终是推崇备至的。道家学派的创始人老子认为婴孩身上的特质正是那些有着高尚道德情操的人才会有的,真正的道就是婴孩身上所表现出来的自然、天真、素朴的状态,最理想的人生境界就是婴孩的那种无欲无为的境界。在道家的标志性著作《道德经》一书中,涉及论述婴孩的内容就有五次之多。例如,第十章中的"载营魄抱一,能无离乎?专气致柔,能婴儿乎"[③],就揭示了老子对婴儿状态的赞美,如果能够像婴孩那般无知无求、混沌无欲,就能够超脱世俗纲常,达到至顺柔软、天人合一的境界。第二十章中"我独泊兮其未兆,如婴儿之未孩"[④],表现出了老子渴望独自淡泊宁静,对外界不表现也不炫耀,就如同未出世的婴孩一般不为烦琐事务所牵累所羁绊。在老子的心目中,如孩子般晶莹无瑕的品质只有圣人才会具备,凡是修养深厚、纯真柔和的人都拥有着赤子之心,所以他才会说"圣人皆孩之","含德之厚,比于赤子"。在老子对儿童境界的描绘和论述中,最著名的还有第二十八章中提到的"为天下豁,常德不离,复归于婴儿"[⑤]一句,所谓的"豁"就是溪水的意思,甘愿做润泽万

---

① 杨万里、范成大:《杨万里范成大诗选》,巴蜀书社 2001 年版,第 126 页。
② 同上,第 10 页。
③ 王弼注,楼宇烈校释:《老子道德经注校释》,中华书局 2008 年版,第 22 页。
④ 同上,第 46 页。
⑤ 王弼注:《老子道德经注》,中华书局 2008 年版,第 75 页。

物的溪水，高尚的道德就不会消失，就能回归到如婴孩般的无邪状态。在老子看来，对婴孩状态的回归，就是回归于人类最原始的朴素本性和大道的混沌境界，就是在退守无求的过程中逐渐返璞归真，最终获得永恒的自由和心灵的解放，从而达到一种纯粹而美好的生命之境。

除老子外，道家的另一位大思想家庄子对于婴孩的赞美与老子如出一辙。如其在《庄子·庚桑楚》一篇中论述到："儿子终日嗥而嗌不嗄，和之至也；终日握而手不掜，共其德也；终日视而目不瞚，偏不在外也。行不知所之，居不知所为，与物委蛇，而同其波。"[①]还有"儿子动不知所为，行不知所之。身若槁木之枝而心若死灰。若是者，祸亦不至，福亦不来。祸福无有，恶有人灾也！"[②]其中所说的"儿子"就是"婴孩"，从这里我们就可以看出庄子对婴儿身上那种顺应万物、无知无求、纯任自然、了无心机的大道精神的崇拜。

对于"复归于婴儿"思想的宣扬是道家理论中的一个核心，中国的文人士大夫们在道家哲学思想的浸淫下，受到相应的影响是必然的，况且，道教自唐朝统治者的重视而发扬于世之后，在宋代得以继续发展，不能不说，宋代的文人士大夫钟情于童趣诗的创作是受到了道家思想的影响和渗透的，一系列童趣诗都表明，他们都在诗歌的国度中或隐或显地追寻着婴孩身上那宝贵的自在精神。

2. 田园牧歌的精神家园

在宋代朝廷"以文德治天下"的治国政策影响之下，宋时期的文人士大夫们获得了较之以前所从未有过的政治地位，然而，在看似光鲜优厚的朝廷礼遇下，宋代文人却有着不足为外人道的苦楚。宋代士大夫对于国家和社会的政治命运关注度极高，在政治上，他们普遍具有着非常强烈的使命感，但是，这种宏伟的家国理想在和严峻现实的相遇过程中往往会遭受挫折，宋代士大夫无论多么忧国忧民，在统治者"受之无妨，彼谓国家事皆由汝书生尔"[③]的意识形态控制下，也只能是皇权的附庸品。另外，由于宋朝官制的不完善，出现了历史上最为严重的冗官现象，在臃肿庞大的官僚机构中，一些有思想的士大夫被完全限制住了手脚，无法正常发挥自身的才华，只能在毫无意义的官位竞争和等待中逐渐地消耗掉自己的能力和精神，昔日"兼济天下"的理想最终变成了一纸空谈。除此之外，宋代还存在着非常严重的朋党之争，从北宋的仁宗、神宗即庆历、熙宁时期，一直到南宋孝宗、宁宗时期，整个宋代几乎都笼罩着结党相争的阴云，而这又主要是发生于宋代的文人士大夫之间的，正如欧阳修所说的"小人无朋，惟君子则有之"[④]。集结起来的各个党派为了集团内部的利益，互相倾轧，不断斗争，不惜一切手段来排除异己，这就不可避免地造成了宋代文人士大夫仕途道路上的困境，

---

①② 方勇译注：《中华经典名著·庄子》，中华书局 2010 年版，第 383 页。

③ 脱脱等：《宋史》，中华书局 1977 年版，第 8933 页。

④ 李焘：《续资治通鉴长编》，中华书局 1985 年版，第 3580—3581 页。

他们或遭诽谤或被谗言所扰，有许多都经历了被贬谪免官的痛苦，纷纷落得“志未伸，行未果，谋未定，而位已离矣”[1]的下场。

而诸多的童趣诗人几乎都曾有过政治官场失意的经历。例如，诗人刘安上曾经因为上书直言蔡京罪状而遭受排挤，一度被贬；诗人黄庭坚屡次受到新党诬陷，屡次遭贬谪；贺铸仕途不顺，理想愿望不能实现，一生郁郁不得志；刘宰因对朝廷不满，屡次辞官，退居三十余年；诗人方岳由于触犯丁大全、贾似道等权势，多次被贬谪，后来终于罢官；黄公度虽取进士第一，但被秦桧陷害，只得罢官；除此之外，最著名的还有苏轼，其为官期间，为奸人所谤，卷进了“乌台诗案”，导致身陷囹圄，出狱后仕途坎坷，屡遭贬谪流放，饱经辛苦。

在这种时代背景之下，宋代的文人士大夫们大多历经宦海沉浮，难免身心疲惫，昔日的满腔热血也逐渐化作心灰意冷，不断的打击和挫折使他们对仕途之路渐生怀疑和绝望，经世济民之心得不到肯定，他们便只好从纷乱复杂的官场世界中抽取出来，企图转向到一个充满宁静、欢欣的田园牧歌般的精神家园，而遍布着孩子们欢声笑语的童趣诗歌王国就恰恰为他们提供了这样的园地，可以使他们暂时忘却现世的苦难、人生的劳顿，得以在这里安放命途多舛的灵魂。在这个世界中不会有钩心斗角和尔虞我诈，诗人们满眼看到的都是无邪和纯真，满耳听到的都是稚趣盎然的童声欢笑，体会到的是“童子柳阴眠正着，一牛吃过柳阴西”[2]的自由自在以及人与人、人与自然和谐相处的美妙境界，儿童们的一语一颦，一举手一投足，都能使诗人看到生命之初的可贵和美好，从而在心灵上彻底摆脱了凡俗的羁绊，达到对本真状态和精神家园的永恒回归。

（二）宋代婴戏图的文化内涵

1. 祈求多子多福的美好愿望

在中国，传统文化中最为重要的一件事就是传宗接代、繁衍子嗣。在传统的中国社会中，生儿育女这一原本极其自然化的现象被赋予了浓重的社会文化意味。上至宫廷，下到平民，在整体社会都以家庭为基础、为本位的传统观念影响下，生儿育女、多子多孙历来都被视作尘世间最有分量的幸福美满，对于家族中的长辈来说，子孙满堂、几代同堂的局面是其梦寐以求的景象，也只有在这种情境里，天伦之乐的渴盼才能得以真正实现；对于家族中的晚辈来讲，成家立业后最大的任务就是生儿育女，只有多多繁衍子嗣，为家族延续香火，才算尽到了孝道，对得起长辈和祖宗。

多子多福的观念起源于《庄子》中的“华封三祝”，其中就有“多子多孙多福寿”之说，后来这一观念逐渐发展成为儒家“孝”文化中的一部分，并最终内化成

---

① 王夫之：《宋论》，中华书局 1964 年版，第 46 页。
② 周汝昌选注：《杨万里选集》，中华书局 1962 年版，第 206 页。

为了中华民族最重要的价值观之一。宋代婴戏图中常常画有儿童数人，梳着歪桃头，身上穿着红肚兜，裸着胖胖白白的胳膊，几个儿童或追逐或嬉戏，情态动作惹人喜爱，其迎合的就是“多子多福”的寓意。而且宋人尤其喜画一些“百子图”，画面吉祥如意、喜庆祥和，这在当时十分喜闻乐见，是一种很受人们喜爱的婴戏作品。百子图一直是民间流传广泛的传统婴戏题材，在《诗经·大雅·思齐》中就有“大姒嗣徽音，则百斯男”[①]之句，民间又有周文王百子的传说，把此视作吉祥福气的象征。宋代画家之所以喜画百子图，就是为了迎合人们这种祈求香火旺盛、子孙满堂的心理需求。百子图中所绘儿童众多，欢庆吉祥，虽叫百子图，但并非就真的是整一百个，如苏汉臣的《百子戏春图》中，众儿童欢聚一堂，嬉闹异常，在一起做着各种游戏及庆祝活动，有下棋的，有品画的，有爬树的，此外，还有玩麒麟的，捧着观音像的，意喻“麒麟送子”“送子观音”等祥瑞之兆。百子图气氛热烈、形象生动，在宋代流传甚广。

另外，宋代婴戏图中的儿童多为男孩儿，这也彰显出了传统中国社会“重男轻女”的观念。在汉字中，“男”是由一个“田”和一个“力”组成的，这其实意味着男子多的情况下劳动力就会多。古代中国是传统的农耕经济以及父权制的社会，男子在社会中处于统治地位，女子处于附属地位，需要遵循三从四德的道德标准。人们始终认为男子的数量对于家族的兴旺发达起着至关重要的作用，男子数量众多，家庭的收益才会更好，人丁兴旺，宗族得到壮大，社会地位才能提高。所以，重男轻女的观念便在整个古代社会根深蒂固地流传下来。而宋代的婴戏图亦非常充分地反映出了这一点。

2. 渴望驱邪禳灾的意愿

很多宋代婴戏图中都体现出了中华民族的传统民间习俗，这些民间习俗都饱含着在生产力并不发达时期，广大人民群众对于吉祥如意和美好幸福的热烈向往。孩子是未来的希望，是热闹、欢乐、福气的象征，人们自然而然会把所有对于美好事物的幻想和纯真自然的儿童联系起来。在成人们看来，孩子集合着天地之间的灵气，拥有着他们所不具有的自然力量，因此，婴戏图中一些民间习俗和欢天喜地的儿童的结合实际上就寄托着成人对于驱邪禳灾、纳福迎祥的渴盼。

好多宋代婴戏图中都绘有儿童放风筝的情节，从民俗学的角度来看，放风筝最早是具有一定祭祀意义的活动。远古时期的人类由于知识的贫乏和经验的不足，对于身边发生的自然现象无法做出合理的解释，从而对于神秘的自然产生了崇拜和敬畏的心理，认为“万物有灵”。在生活中，风的力量使人类感到惊奇和恐惧，人类从中受到启发，对于依靠风力飞翔的事物产生幻想并赋予其意义，因此，放风筝在当时的人们看来就具有了一种巫术的性质，风筝的放飞就意味着疾病和灾难的祛除和转移，有着放掉邪气的作用。《红楼梦》第七十回中

① 刘毓庆、李蹊译注：《中华经典名著·诗经》，中华书局 2011 年版，第 670 页。

就有众姐妹在一起放风筝的内容，而且大家还讨论着风筝有“放晦气”“把病根带走”的功用①。宋代婴戏图中众儿童放风筝的情节实际上也就蕴含着人们渴望驱病避灾、平安无事的愿望。

宋代婴戏图中对于传统节日习俗的表现也反映着人们对驱邪禳灾愿望的追求。例如苏汉臣的《重午婴戏图》和苏焯的《端阳婴戏图》，都体现了端午节驱邪避害的习俗。端午节，又叫端阳节、重午节，相传这一天本是毒日、恶日，非常不吉利，会有灾难邪佞和五毒并出。因此，自古以来，人们都会在此日采取一系列的方法来消灾弥祸，于是就产生了各种各样的端午禳疫习俗，其中就包括端午捉蟾蜍辟邪的习俗。北京有句老话“癞蛤蟆，拖不过五月五”，就说明了这一点。《端阳婴戏图》中，孩子们手捉蟾蜍玩耍的情景就蕴含着辟邪禳灾的象征意义，体现了人们祈盼送走灾邪的传统观念。

此外，宋代婴戏图中出现的儿童戴着傩面具扮作傩神跳舞的作品具有赶除妖魔鬼怪、驱邪惩恶的意思。另外，宋代婴戏图中常见的儿童斗草游戏其实也是具有消灾解毒的寓意的。

从以上对宋代童趣诗和婴戏图的文化内涵的梳理情况来看，宋代童趣诗对道家思想的体现，以及其中所彰显的诗歌作者对田园牧歌精神家园的追求，表现了文人士大夫们渴望超越凡俗生活，以及在思想层面上对人类本真状态的回归，其更侧重于哲学意义层面。而宋代婴戏图包孕着古代劳动人民对于多子多福和驱邪禳灾的盼望，渗透着人们渴望吉祥平安、子孙满堂的美好意愿，其所蕴含的文化精神则侧重于民俗学意义方面。

综上所述，在作者身份上，宋代童趣诗的作者几乎都是靠着科举取士求得功名的文人士大夫，而宋代婴戏图的作者大多是来自下层的民间画工，即使是部分宫廷画师也大多有着底层出身。因此，二者虽然在社会地位上有所不同，但却都是来自民间百姓，有着共同的底层生活背景，也正因为如此，他们才都会对体现着世俗情感的童趣诗和婴戏图情有独钟。在题材类别上，宋代童趣诗和婴戏图共同的题材都是游戏类，除此外，宋代童趣诗还有采摘劳动类、思亲类、待客类、放牧类、学习类等，婴戏图还有读书学习类、宗教类、货郎图类、节令类等，虽然在题材的具体表现细节上有一定差别，但从总体上看都是对儿童生活各个方面的表现，属于儿童“游戏”这个大范围之内，并且在很多地方都存在着相通之处；在叙事特点上，宋代童趣诗叙事具有间接性、流动性及作者的直接参与等特点，宋代婴戏图叙事具有直观性、瞬间性及作者的间接旁观等特点，两者叙事特点的不同形成了他们各自不同的美学风格和表达效果，也给欣赏者带来了迥然有别的两种欣赏感受；在文化内涵上，宋代童趣诗对道家思想的体现和精神家园的追求相对偏重于哲学意义方面，宋代婴戏图祈求多子多福、驱邪禳灾的意愿更加偏重

① 曹雪芹、高鹗：《红楼梦》，人民文学出版社 1982 年版，第 998 页。

于民俗学意义方面。

钱锺书先生曾在《中国诗与中国画》一文中提到“诗和画既然同是艺术，应该有共同性；它们并非同一门艺术，又应该各具特殊性”[①]，这句话放到作为诗歌的宋代童趣诗和作为绘画的宋代婴戏图上面同样适用，我们在分析了他们的特殊性以后也应该体悟到它们所具有的共同性。

小结

以上就是宋代童趣诗和婴戏图在各个方面的比较情况，综观以上内容，二者在诸多方面都存在着相同点和不同点。在作者身份上，宋代婴戏图的作者大多是来自下层的民间画工，而宋代童趣诗的作者几乎都是靠着科举取士求得功名的文人士大夫，二者虽然在社会地位上有所不同，但共同的底层生活背景让他们对体现着世俗情感的婴戏图和童趣诗分外地情有独钟。在题材类别上，宋代婴戏图有游戏类、读书学习类、宗教类、货郎图类、节令类等，宋代童趣诗有游戏类、采摘劳动类、恋亲类、礼客类、放牧类、学习类等，虽然在题材的具体细分上有一定差别，但从总体上看都是对儿童生活各个方面的体现，并且很多地方都存在着相通之处；在叙事性特点的比较上，从对两者各自特点的详细分析来看，宋代婴戏图叙事具有直观性、瞬间性及作者的旁观状态，宋代童趣诗则具有间接性、流动性及作者的参与状态这些方面的不同，两者叙事特点的不同塑造了他们各自不同的美学风格和表达效果，也给欣赏者带来了迥然有别的两种欣赏感受；在文化内涵上，宋代婴戏图祈求多子多福、驱邪禳灾的意愿更加偏重于民俗学方面，宋代童趣诗对道家思想和精神家园的追求则相对偏重于哲学方面。

---

① 钱锺书：《七缀集》，三联书店 2002 年版，第 7 页。

第十一章 宋代文学中的图像母题

宋代散文承上启下，文风多样，体式众多，且大家辈出，范仲淹《岳阳楼记》、欧阳修《醉翁亭记》《秋声赋》、周敦颐《爱莲说》等成为后世的经典图像母题，为画家们所反复描摹；宋诗中的理趣和人文气息等是宋代文学家们高尚人格与理性情怀的直接体现，林和靖、苏东坡、杨万里、陆游等人作为文人的典范，其诗作中的经典意象多成为后世画作的母题；宋词作为一代文学之盛，光辉夺目，后世由宋词获取创作灵感、以词作“意蕴”为腹稿的艺术杰作更是层出不穷。本章以宋代散文、宋诗、宋词中的图像母题为出发点，分别梳理、探讨了后世对宋代文学图像呈现的具体情况。

第一节 宋代散文中的图像母题

宋代是中国散文史上承前启后的辉煌时代，延续并倡导古文的革新。古文运动起于中唐，由韩愈领导，意在推行古道，以实用的散文替代浮艳的骈文，实现文体与文风的革新。唐末宋初，骈文再次盛行，以杨亿为代表的西昆派，提倡以冗赘的辞藻、整饬的声律、工致的对仗与频繁的用典，营造典丽浮夸的文章风格。因此，为复兴文风，随着印刷业的繁荣、崇文重学的社会环境与儒道释共融且以儒为本的新儒学的发展，以欧阳修为首的古文变革反对凌驾于文章内容与意义之上的多余藻饰与艰涩字句，主张“君子之所学也，言以载事，而文以饰言，事信言文，乃能表见于后世”[①]；范仲淹领导的朝政改革试图整治与重建道德风尚，“敦谕词臣，兴复古道，更延博雅之士，布于台阁，以救斯文之薄，而厚其风化也”[②]；理学家们则以物象的塑造尽意明理从而推动宋学的发展，“理无形而难知，物有迹而易睹，故因是物以求之”[③]。三者均为文道合一的实用文风建立了基础，佳作辈出。综合地看，宋文在行文结构上并非完全摈弃骈偶的写法，而是

---

① 欧阳修撰，李逸安点校：《欧阳修全集》，中华书局2001年版，第984页。

② 范仲淹撰，李勇先、王蓉贵校点：《范仲淹全集》，四川大学出版社2002年版，第200页。

③ 朱熹撰，刘永翔、朱幼文校点：《朱子全书·晦庵先生朱文公文集》，上海古籍出版社2010年版，第631页。

为文所用，或骈或散，将骈体的节奏性与散体的灵活性相融合；又因“其为道虽同，言语文章未尝相似”[①]，故进而重视散文的文学性与艺术性；加之宋代文人同道相和的集体意识，奠定了多平易、重流畅、崇洗练的文风。此外，宋代散文体式众多，“不限于那些抒情写景的所谓‘文学散文’，而是要将政论、史论、传记、墓志以及各体论说杂文统统包罗在内。……骈文辞赋也都包括在内……有些辞赋虽然介于诗文之间，但多数作品不近于诗，而近于文”[②]。宋代散文体式有表、疏、札、状、启、笺、书、序、碑、铭、记、传、赞、祭文等。其中，借景物以抒情言志的记体、富有形象性与空间性的文赋，以及随物赋形、晓之以理，且以格物为目的的记、说体式等更易于图像呈现，如范仲淹的《岳阳楼记》，欧阳修的《醉翁亭记》《秋声赋》以及周敦颐的《爱莲说》等，均成为后世画作的母题与参照。

一、《岳阳楼记》图像母题

范仲淹，字希文，谥文正，北宋政治家、军事家、文学家、思想家、教育家，文政俱全，著有《范文正公文集》。范仲淹与其子范纯仁，均是援释、道二学入儒的代表，故范仲淹作为北宋初期庆历新政改革派的领袖人物，以复兴儒学推动政治的改革，直言善谏，以政论性的散文针砭时弊，文学与政治的变革因此互为表里。在文风革新中，范仲淹主张文章的辞采与内容即文与质互为补充，强调“文弊则救之以质，质弊则救之以文。质弊而不救，则晦而不彰；文弊而不救，则华而将落。”[③]其名作《岳阳楼记》正是文质相合的典型，写于庆历六年（1046）范仲淹贬谪邓州期间，与《醉翁亭记》作于同年。《醉翁亭记》属记体散文[④]，而《岳阳楼记》“题名为‘记’，实为赋体。赋体之文而杂议论，这在宋代，也是时代特征。”[⑤]欧阳修的醉与乐缠绵交织于景致的描画之中，《岳阳楼记》则将情与景分开叙述，层次清晰：在交代了时代背景与作记缘由后，范仲淹从岳阳楼外巴陵盛状的描画，过渡到览物悲喜中阴晴的不同时景，将笔调上升至喜悲不惊的精神高度，文末以先忧后乐之句统领全文，一气呵成，意味悠长。

由开篇所述“（滕子京）乃重修岳阳楼，增其旧制，刻唐贤今人诗赋于其上。属予作文以记之”可知，《岳阳楼记》实为请托之文，而非实地游记。另据滕子京

---

① 欧阳修撰，李逸安点校：《欧阳修全集》，中华书局2001年版，第1024页。

② 郭预衡：《中国散文史・上册》，上海古籍出版社2000年版，第1页。

③ 范仲淹：《范仲淹全集》，四川大学出版社2002年版，第200页。

④ “《禹贡》《顾命》被视为记体之祖，‘而记之名，则仿于《戴记》《学记》诸篇。’汉扬雄《蜀记》，影响不广；晋陶潜《桃花源记》实乃诗序，非独立成篇；《昭明文选》‘奏记’、《文心雕龙》‘书记’都不具备后世所称记体的文体意义。故魏晋之前记体尚未独成一式。至唐，韩愈、柳宗元创作记体散文，遂成一式；入宋则更加盛丽多姿，蔚成大国。”见杨庆存：《宋代散文研究》，人民文学出版社2002年版，第265页。

⑤ 郭预衡：《中国散文史・中册》，上海古籍出版社2000年版，第428页。

在《与范经略求记书》中云“谨以《洞庭秋晚图》一本，随书贽献，涉毫之际，或有所助”[①]，可以推断《岳阳楼记》为借鉴画作与前人诗文虚构想象得来。《洞庭秋晚图》遂成为相关《岳阳楼记》最早的图像记录，现原画已经失传。其后有（传）五代李升所作的《岳阳楼图》，著录于《石渠宝笈续编》，现藏台北“故宫博物院”，然此画经考辨实为元代夏永所作[②]。

后世以《岳阳楼记》为据的图像呈现最早可溯北宋（传）范宽的两幅《岳阳楼图》[③]、（传）郭忠恕《岳阳楼图》[④]以及（传）宣和画院《岳阳楼图》[⑤]。另有藏于美国大都会艺术博物馆的南宋画作《吕洞宾过岳阳楼图》[⑥]与（传）南宋赵伯驹的《岳阳楼图轴》[⑦]。元代则有夏永创作的多幅岳阳楼图像，以及（传）朱德润所作的《岳阳楼观图》。明代的陈道复、安正文、谢时臣、仇英、王圻，清代的龚贤、张宗苍、石涛、王时翼、王翚，民国至现当代的吴镜汀、秦仲文、徐照海、周令钊等均作有岳阳楼图。更有日本画家池大雅的屏风画作《楼阁山水图·岳阳楼》。具体图像将在文本分析后，参照历代岳阳楼的建筑形制，予以论述。

《岳阳楼记》开篇导引性的文字之后，范仲淹并未着意刻画楼宇之势，而是虚构自己登楼览胜的情境，从“予观夫巴陵胜状”的角度，以“洞庭一湖”为范围进行描写：

衔远山，吞长江，浩浩汤汤，横无际涯；朝晖夕阴，气象万千。

洞庭湖以衔吞之势，携远山与长江建构了完整的山水空间。此中湖水浩荡，广阔无边。寥寥数语的空间之景进而过渡到时间之景，语词则更加凝练。“朝晖”里泼洒清晨湖面的阳光，“夕阴”里浮动傍晚阴晦的湖水，变化万千。巴陵胜状的摹画后紧接“前人之述备矣”一句，暗示前文借鉴了开篇所述的“唐贤今人诗赋”。如唐代崔珏《岳阳楼远望》中的“湖中西日倒衔山”与韩愈《岳阳楼别窦司直》中的“潴为七百里，吞纳各殊状”，或可看作“衔远山，吞长江”的语象来源。

岳阳楼自然景致的概述后，“然则”二字带引笔锋一转，牵出会于此地的“迁

---

① “原文据嘉靖《巴陵县志》，参校乾隆、同治《巴陵县志》。”见罗生：《一份研究〈岳阳楼记〉的珍贵资料——滕宗谅〈与范经略求记书〉初探》，《云梦学刊》1986年第1期，第113页。

② 参见薛永年：《清宫旧藏传李升岳阳楼图考辨》，《收藏家》1995年第1期，第17页。

③ 最早由何林福在著作中提出，参见何林福：《岳阳楼史话》，广州出版社2000年版，第64页；图像年代经考辨存有争议，参见马晓：《略论界画岳阳楼的建筑形制》，《古建园林技术》2013年第1期，第45页。

④ 著录于高士奇撰：《江村销夏录》，蒋超伯撰：《南漘楛语》。

⑤ 刊登于民国二十一年五月六日《国剧画报》第6期，参见何林福：《岳阳楼史话》，广州出版社2000年版，第66页；图像年代经考辨有争议，参见马晓：《略论界画岳阳楼的建筑形制》，《古建园林技术》2013年第1期，第45页。

⑥ 收录于宋画全集编辑委员会：《宋画全集》，浙江大学出版社2008年版，第162页；图像年代经考辨疑为明代仿宋之作，参见杜浩远：《大都会艺术博物馆藏〈吕洞宾过岳阳楼〉图研究》，《文物鉴定与鉴赏》2014年第9、10期，第95页。

⑦ 著录于李佐贤辑：《书画鉴影·卷十九轴类》；现据岳阳楼历代的建筑形制考辨为清人所绘，参见马晓：《略论界画岳阳楼的建筑形制》，《古建园林技术》2013年第1期，第46页。

客骚人”与他们“得无异乎”的“览物之情”，进一步引出下文中两类景物的铺陈与悲喜两种情绪的刻画。范仲淹对不同情感所含的岳阳楼周边景致赋予了韵律齐整的分类摹写，以赋为文，“用对语说时景”[①]：

若夫淫雨霏霏，连月不开，阴风怒号，浊浪排空；日星隐曜，山岳潜形；商旅不行，樯倾楫摧；薄暮冥冥，虎啸猿啼。

此为其中一类景致。极具渲染与铺张的气势中空间感与画面感都十分强烈。岳阳楼台之外的近景处是连绵的淫雨，呼啸的阴风，汹涌的浊浪，画面调感浓郁。此番恶劣的气象以至远景中的日月星辰隐没光芒，山岳之容潜藏形迹，一片朦胧浑浊之态。忽而再一次转为细节的近景画面，交加的风雨中商旅滞留，樯楫摧折。末了时至傍晚，又以虎猿悲鸣的听觉印象与夜色昏黑的视觉形象互为沟通。由此阴郁声色派生的览物之情便是贬谪他乡的萧条与悲凉。

范仲淹笔下的另一类景致则与这派怅然凄楚之景对比鲜明：

至若春和景明，波澜不惊，上下天光，一碧万顷；沙鸥翔集，锦鳞游泳；岸芷汀兰，郁郁青青。而或长烟一空，皓月千里，浮光跃金，静影沉璧，渔歌互答，此乐何极！

春光和煦，风景明媚的时节，楼外的洞庭湖风平浪静，水天相接，一片碧绿。无形的画面中洋溢着温暖明快的色调。近景处的万顷碧色里是飞翔的白鸥与游动的鱼儿，湖岸则有青翠的香草颜色与馥郁的兰花香气。此中静与动交织渲染，味与色互为点缀，一派盎然生机。傍晚时分，画面被烟雾消散的湖面所填满。倾泻的月光或将水波染上金色，或如白玉漂浮在水面，一动一静分外柔和。画面之外则悠然回响着渔翁欢快明亮的唱和之音。此番声色味俱至的朝夕春色则必然使人宠辱皆忘，心旷神怡。

分类描画的阴晴时景与心随境变的悲喜情绪实为激扬的笔调设下铺垫。“文章前面各意分说，后又总扭过下文论，是谓缀上生下也。”[②]范仲淹以此在文末以赋体的问答形式道出“不以物喜，不以己悲”的古仁人之心，并上升为自己“先天下之忧而忧，后天下之乐而乐”的人生态度与政治抱负，以此劝勉周遭的有识之士。

《岳阳楼记》与欧阳修的《醉翁亭记》同为“谪宦之极品”[③]，而又各擅气韵。《古文笔法百篇》将《醉翁亭记》归于“起笔不平”的笔法类目，而将《岳阳楼记》归于“以小见大”的类目，且对《醉翁亭记》评曰：“绝无沦落自伤之状，而有旷观自得之情，是以乘兴而来，尽兴而返，得山水之乐于一心，不同愚者之喜笑眷慕而不能

---

① “范文正公为《岳阳楼记》，用对语说时景，世以为奇。”见何文焕辑：《历代诗话·后山诗话》，中华书局1981年版，第310页。

② 杨庆存：《宋代散文研究·归震川先生论文章体则》，人民文学出版社2002年版，第314页。

③ 李扶九、黄仁黼：《古文笔法百篇》，黄山书社2002年版，第68页。

去焉。”[①]继而将此文分别与范仲淹、白居易、苏轼、柳宗元的散文风格进行比较：“然则此记也，直谓有文正之规勉，无白傅之牢愁；有东坡之超然，无柳子之抑郁。”[②]其中“有文正之规勉”一句道出了欧阳修与范仲淹关于“文道合一”的写作见解上的相似之处，即二文均富有规劝勉励之意；而后对《岳阳楼记》的评述则见出两篇记体散文的差异：“《楼记》发此大议，可谓小中见大之文。……通幅不矜才，不使气，使自己胸襟显得磊磊落落，正大而光明，非其存于中者大，而能若是乎？”[③]欧阳修涉笔成趣的旷达之情游走于醉翁亭的景致气象之中，婉转悠长，并将笔调定位在与自然同乐、与民同乐的情怀之上；而范仲淹则以情与景分明的对比将行文气势不断推至高潮，气势雄浑，以先忧后乐的胸襟观照国家的安危。因此，“范文适用于借景物来言志，欧阳文适用于借景物来抒情，……主题不同，要求不同，所以表达方法也不同，各有适用的场合。”[④]此外，欧阳修与范仲淹记文二处地势的差异为成文带来了不同视角：醉翁亭所在之处林壑环绕，曲折幽深，而岳阳楼则建于高处，方正开阔。欧、范二人不同的人生经历与性格特征也影响了二者文风的差异：欧阳修因自幼受教于母亲，性情中多阴柔与婉约，为事通达；范仲淹则自幼独立，慨然有志于天下，为政雷厉风行，性格多阳刚之意。世说“文如其人”，故此带来了二者文风上的差异。

《醉翁亭记》开篇即有涉醉翁亭的方位与景致，并在通篇以亭内与亭外不同的视角予以刻画。而《岳阳楼记》通篇并未对岳阳楼阁进行描写，范仲淹假借楼中放眼的视角，多在描绘楼外洞庭湖的景致。后世对《岳阳楼记》的画作呈现则因图像表现的相对局限性，有别于范仲淹记楼却不写楼的手法，自楼外观之，遂将楼阁绘于画作之上，且置于高位，以洞庭湖为背景。是以可据历代岳阳楼的建筑形制分类予以论述。然传为宋代的几幅岳阳楼图经考辨皆为后朝之作，故下文对《岳阳楼记》的图像呈现将从元代界画家夏永的几幅岳阳楼图开始分析。

元代夏永所作岳阳楼图“包括弗利尔美术馆藏的一帧册页，台北“故宫博物院”藏的一幅扇面（原传作者为10世纪的画家李昇，但在范仲淹出生时，李昇可能已经去世了），北京故宫博物院藏的一幅扇面与一帧册页，云南省博物馆藏的一帧册页，以上作品均题有范仲淹的文章，另有景元斋藏一幅画作题为《河岸楼阁图》。”[⑤]然各幅岳阳楼图均以界画形式表现，且极为相似，故只以北京故宫博物院所藏扇面《岳阳楼图页》为例详述其一。

画史上将“界尺”引申为工具，表现建筑为主的画泛称为“界画”。《宣和画谱》给予界画高度的评价：“虽一点一笔，必求诸绳矩，比他画为难工”[⑥]。元代因

①② 李扶九、黄仁黼：《古文笔法百篇》，黄山书社2002年版，第69页。

③ 同上，第77页。

④ 周振甫：《古代散文十五讲》，重庆大学出版社2010年版，第163页。

⑤ 上海博物馆编：《千年丹青：细读中日藏唐宋元绘画珍品》，北京大学出版社2010年版，第143页。

⑥ 潘运告主编，岳仁译注：《宣和画谱·宫室叙论》，湖南美术出版社1999年版，第170页。

文人画盛行，界画地位有所降低，然文人士大夫阶层以外的民间仍有宋代界画的余波。夏永即是民间界画家的代表，其在《岳阳楼图页》中所绘的约是宋末元初经重建与修缮后的岳阳楼。“就斗拱而言，上檐铺作平均分布，较密，与元代铺作的分布相似。五铺作，出二挑，单抄单下昂。昂形要头，与宋金古建较为一致。”[①]画面以墨笔白描，“细若蚊睫，侔于鬼工”[②]。构图则是虚实相对，延续了南宋文人画“半边”、“一角”之景。纨扇盈尺之间，左侧界笔绘有工细写实的楼阁树石，线条平稳严谨，疏密有致，将岳阳楼的比例与构造描画合度，且具远近纵深的体积与气势。树石则以劲秀的笔法勾勒，并有状貌各异的人物缀于其中，约为登楼览胜之人。右侧则是写意点染的远山巨壑，坡陀绵延，使画面齐整而不阴滞。右上的空白处以蝇头小楷题有《岳阳楼记》全文，补充画意。观者遂可知远山与楼阁间的空白实为“衔远山”的洞庭一湖。未经笔墨，“横无际涯”的空茫之感却已暗含在楼阁远山细腻的笔意之中。

明代安正文（生卒不详）传为宫廷画家，宗法宋人的界画山水。其作《岳阳楼图》即延续了界画的形式，线条较夏永更加劲挺。画中岳阳楼六面盝顶、重檐翘首、明廊环绕的外观与夏永岳阳楼图中完全不同，为明代岳阳楼的建筑形制。楼宇依然以界笔画成，与远山相照，气势恢宏。楼内有览胜吟诗、饮酒交谈的游人。楼阁的下半部则掩映在盘曲扶疏的枝叶之中，打破界画刻板严肃的气氛，生出超逸脱俗之感。树石下精细工整的线条将洞庭湖“浩浩汤汤”的语象画面描摹得细致生动。湖上船只与岸边牌坊依然以界画笔意绘制，所中人物互为交通，似是往来的游人与商旅，连接了湖水与地面，更为岳阳楼宏伟静穆的气势增添了动感与生气。

安正文的岳阳楼界画以外，明代另有仇英“善于白描，也善于在界画之中描绘山水楼阁人物”[③]，且精于青绿山水。其作《岳阳大观图》（图 11 - 1）即兼青绿山水、白描、界画法为一体，以手卷的形式呈现《岳阳楼记》。后有同代文徵明以逾九十高龄之年[④]小楷所题《岳阳楼记》全文。传仇英、文徵明、唐寅三人曾同游岳阳楼，实为文人雅集，故各有佳作。除仇英岳阳楼图之外，文徵明作有《岳阳楼记》草书，唐寅则著有《洞宾图》[⑤]一诗：“黄衣冠子翠云裘，四海三山挟弹游。我亦嚣嚣好游者，何时得醉岳阳楼。”《岳阳大观图》的构图由开阔行至紧密，已非突出楼阁的典型界画构图。右起以青绿设色、皴擦点染的远山与劲笔勾勒波纹的洞庭湖起始，为视线在卷首提供开阔的游览空间。故后人于卷尾跋曰：“谛观之，山崖万仞，波浪千层，真有咫尺百里之远”。此中工细设色，有承赵伯驹青绿山水

① 马晓：《略论界画岳阳楼的建筑形制》，《古建园林技术》2013 年第 1 期，第 45 页。

② 黄宾虹，邓实编：《美术丛书·韵石斋笔谈（界画楼阁述）》，浙江人民美术出版社 2013 年版，第 214 页。

③ 高居翰著，夏春梅等译：《江岸送别：明代初期与中期绘画》，三联书店 2009 年版，第 221 页。

④ 文徵明卷跋落款：时年九十，徵明。

⑤ 又名《题自画洞宾卷》。参见唐寅：《唐伯虎全集》，中国书店 1985 年版，第 20 页。

的纤细笔意与巧丽风致①。湖中船只与岸边城墙之上的岳阳楼均以白描与界笔配合,工致有法,却非刻板冗赘。楼阁外草木树石环绕,山石以花青渲染勾勒,草木则敷以汁绿朱砂,点簇勾勒,韵致清雅。纵览画面波浪滚滚,湖风阵阵,然远山清晰,草木苍翠,似将岳阳楼的四时朝暮之景绵延于一帧图像中。画家在写巴陵胜状的万千气象外,更表达出范仲淹文中所述不随阴晴更迭而变化心境的仁人之心。

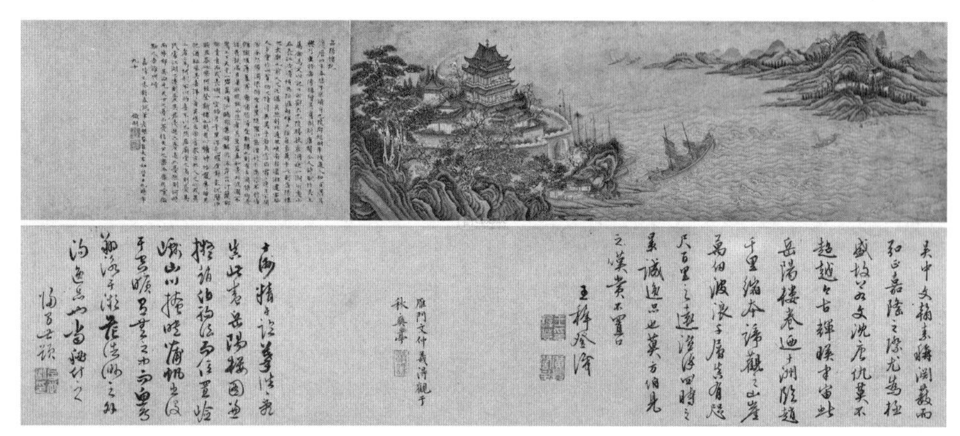

图 11－1　仇英　《岳阳大观图》　北京世纪盛唐国际 2012 年春季拍卖会

明代谢时臣所作岳阳楼图则有别于界画法对楼阁细致准确的刻画,同《岳阳楼记》的描述手法相似,重在摹画洞庭湖的景致与声势。楼阁仅以粗略的用笔勾勒点缀,故此画家是否亲临此地有待考证。谢时臣兼承吴浙二派,擅巨嶂山水,“颇能屏障大幅,有气概而不无丝理之病”②。谢氏共有两幅《岳阳楼图》立轴传世,分别藏于北京故宫博物院与武汉博物馆。两幅岳阳楼图像对《岳阳楼记》呈现的角度不尽相同。北京故宫博物院所藏《岳阳楼图》似是对《岳阳楼记》中“岳阳楼之大观”的重现。全画墨笔凝重,苍莽浑古,勾染相合。近景处的洞庭湖波浪蜷曲,水势汹涌,空间开阔。水上的雾气与远山的云气连成一片,氤氲弥漫,如波涛般翻滚蒸腾,刻画细致,恰有“衔远山,吞长江,浩浩汤汤,横无际涯”的气势。武汉博物馆所藏《岳阳楼图》则富有更多细节。线条卷曲细腻,疏密有致,刻画了“淫雨霏霏,连月不开”时的洞庭湖景。虬曲倾斜的苍松与掩映其中的楼阁之外。画面被洞庭湖水所占满,工细生动的线条下“浊浪排空”之景与散文中“阴风怒号”的听觉印象互为通感交织。波涛含吐着船只,颤抖细碎的线条下一派“商旅不行,樯倾楫摧”的画面。再将视线移入寥寥数笔勾成的岳阳楼中,则见有人谈笑自若,丝毫未受萧然满目的景致影响。浅浅笔墨中暗含着范仲淹“不以物喜,

① 卷后题跋:“此卷岳阳楼图,兼拟赵伯驹法。”

② 于安澜编:《画史丛书・明画录》,上海人民美术出版社 1963 年版,第 42 页。

不以己悲”的精神境界。

岳阳楼在清代曾数次毁于火灾而重建，故建筑形制较前代有所变化。“其高五丈，其制三层”[①]。清代龚贤的《岳阳楼图》则仍保留了清初岳阳楼二层的建筑形制。龚贤擅用积墨法，此幅岳阳楼图正以此法作成，干笔积墨，由淡至浓。墨色秀润而雅致，再经反复皴擦渲染，层次丰富而浑厚，将岳阳楼与洞庭湖的山水之势层叠于浓郁的墨色之中。画面呈对角式的构图，左下角为半侧山石、苍郁的树丛、掩映的城墙与二层三檐的岳阳楼。右上方则以更加开阔的幅面空间描画了雾气笼罩的洞庭湖、漂浮的孤岛与潜形的远山。山岳上方有题诗：“风烟树杪岳阳楼，楼上湖光泼眼流。万顷玻璃同一色，月明中夜正深秋……”补充画意，说明此中描述的是中秋之夜水月皓白的岳阳楼景致，可以推测此幅岳阳楼图实为作者亲临岳阳而作。

清代石涛传世的岳阳楼图约有四幅[②]。以大英博物馆所藏《岳阳楼图》为例，画中岳阳楼二层三檐，形制同于龚贤画中楼阁，踞于城墙之上。楼外松柏垂倾，有颓然之势。此景只占画幅左下角的近景处，以浓淡曲直的墨线白描勾勒，设以淡彩。向后伸展的大幅空间即是飘渺的湖面与隐现的远山，以淡墨渲染，了无边际，有别前文中岳阳楼图呈现的山水气势。石涛的画面中却满是寂寥之景。据史料载石涛曾被宗室同族追杀，“逃至武昌，剃发为僧，……既而从武昌，道荆门，过洞庭，迳长沙，至衡阳而返。”[③]画中苍茫惨淡之景即是出逃离乡心境的显现。大片虚无的湖水衬着孤单伫立的楼阁，实为“有反有正，有偏有侧，有聚有散，有近有远，有内有外，有虚有实，有断有连，有层次，有剥落，有丰致，有飘缈”[④]的笔墨空间。萧条怅然之景在画上题诗中化为文本空间：“万里洞庭水，苍茫失晓昏。片帆遥日脚，堆浪洗山根。……登岳阳楼，清湘零丁大涤子广陵青莲草阁。”从题款可知此为石涛实地登楼后回忆而作。相异于《岳阳楼记》，石涛并未刻画波涛汹涌、狂风骤雨的宏大场面，而取一派平静无声，道出“去国怀乡，忧谗畏讥，满目萧然，感极而悲”的心境。

至清代以降，界画类的岳阳楼逐渐减少。然当代画家徐照海延续界画形式绘制了《洞庭秋月》，且对传统界画进行了革新。画上跋《岳阳楼记》“南极潇

---

① “到乾隆五年（1740）重修岳阳楼后，谢济世撰《重修岳阳楼记》说：‘其高五丈，其制三层’。”见何林福：《从历代〈岳阳楼图〉看岳阳楼建筑形制的演变》，《岳阳职业技术学院学报》2006年第4期，第51页。

② 《石涛：清初中国的绘画与现代性》中共引用三幅石涛所作岳阳楼图，见书中图81，图82，图173。参见乔迅著，邱士华，刘宇珍等译：《石涛：清初中国的绘画与现代性》，三联书店2010年版，第175，177，333页。另有一幅题有李白的诗句：“雁引愁心去，山衔好月来”。参见何林福：《从历代〈岳阳楼图〉看岳阳楼建筑形制的演变》，《岳阳职业技术学院学报》2006年第4期，第51页。

③ 李驎：《虬峰文集・大涤子传》，参见汪世清：《〈虬峰文集〉中有关石涛的诗文》，《文物》1979年第12期，第46页。

④ 潘运告主编，云告译注：《清人论画・苦瓜和尚画语录・笔墨章第五》，湖南美术出版社2004年版，第10页。

湘”一句，语象沟通图像，故画面不同于传统岳阳楼界画以建筑为主体的构图，而意在以工笔楼阁携写意山水渲染岳阳之大观的气势。画面墨色层次分明，疏密有致，虚实相生。岳阳楼以改良后工整而不失灵动的界画笔意勾描而成，掩映在氤氲的烟雾之中，若隐若现。周围有浓墨泼洒的苍郁树丛。楼阁左侧大面积的空白与晕染的淡墨则以虚代实。远景处水天相接，皓月当空，帆船似在水中又似是在空中，表现了“皓月千里，浮光跃金，静影沉璧，渔歌互答”的深远意境。近景处又有惊涛拍岸，席卷枝叶。实为动静相宜，浓淡相合。

日本江户时期的文人画家池大雅自学《八种画谱》[①]而师法中国明清文人画，且融合宋元笔法，“继承了雪舟笔下所强调的中国南宋山水图式，斧劈直皴的用笔特点如宗夏圭、马远，严谨而细润的笔墨之道如宗郭熙”[②]，开创了日本文人画的新风格。池大雅的屏风画作《楼阁山水图・岳阳楼》保留明清文人画的格局与对内心的关照，加之谨细的物象刻画，墨色一体，笔墨细腻且色彩明丽，用线短促疏朗。其作既有中国画的劲健，又融合了日本汉画的柔软笔意。画面右侧是山石丛林掩映的楼阁，从形制来看为二层三檐。楼内似是文人览胜交谈，楼外山道有挑担顿足的行人。顺着楼内外人物视线向左移动，湖水汹涌，吞噬着远山，“浩浩汤汤，横无际涯”。船只随之翻腾，“商旅不行，樯倾楫摧”。连接楼阁的湖岸上柳树弯折，枝叶飘荡。然纵观整条屏风则依然流露着“心旷神怡”、“把酒临风”之意，将《岳阳楼记》“不以物喜，不以己悲”的精神交融在细致入微的笔墨设色中，且极具写意抒情之感。

二、《醉翁亭记》与《秋声赋》图像母题

欧阳修，字永叔，号醉翁、六一居士，谥文忠，庐陵人，北宋政治家、文学家、经学家，“唐宋八大家”之一，引领了北宋的古文运动，作品多被收入《欧阳文忠公集》。欧阳修的散文在宋学的环境下，批判性地继承了中唐古文运动反对古奥、主张平易的文风，在求道之外注重诗文的艺术性与感染力，形成了骈散兼行、平易婉转、独特超逸的“六一风神”[③]。明代茅坤在《唐宋八大家文钞(庐陵文钞引)》中首用“风神”一词评价欧阳修的散文：“西京以来，独称太史公迁，以其驰骤跌宕，悲慨呜咽，而风神所注，往往于点缀指次独得妙解。……(欧)序、记、书、论，虽多得之昌黎，而其姿态横生，别为韵折，令人读之，一唱三叹，余音不绝。予

① 又名《唐诗画谱》《集雅斋画谱》，康熙四十九年(1710)在日本翻刻印行。

② 卢蓉：《从池大雅的绘画作品看日本文人画》，《芒种》2013年第4期，第241页。

③ 清代陈衍在《石遗室论文》中最早使用“六一风神”概括欧阳修的散文风貌：“世称欧阳公文为六一风神，而莫详及所自出。”

所以独爱其文，妄谓世之文人学士得太史公之逸者，独欧阳子一人而已。”[①]苏轼评曰：“欧阳子，今之韩愈也。”[②]欧阳修于滁州贬所创作的《醉翁亭记》，以平和贯通的文气、见微知著的点缀，以及余味深长的情感，较好地体现了他的文学思想，以至于“天下莫不传诵，家至户到，当时为之纸贵。”[③]

《醉翁亭记》的叙述曲折顿挫、跌宕离合。骈散句的交织中，欧阳修又以“也”“者”“而”等虚字入文，“骈文在音律，散文在虚字”[④]，宛如丝线般穿插往复于字句之间；“不少句子用‘四—六—四’的格式，显示出整齐美和音乐美”[⑤]，故而一唱三叹、委婉回环。文章从滁州的山野风光着眼，行至醉翁亭朝暮四时之景，再到滁人游山、宾客欢饮的盛况，并以“醉”与“乐”交织的飘逸之笔收结。记叙里张弛着情感，简淡中透露出章法，“全文中心是写‘乐’，一切写景都围绕‘亭’，一切写‘乐’都不离太守，环环相扣，如金线串珠，散而不乱。”[⑥]

文中对景物的安排也同文章结构一般折折转进、层层推入。明代茅坤评曰：“文中之画。昔人读此文，谓如游幽泉邃石，入一层才见一层，路不穷，兴亦不穷。”[⑦]欧阳修的文风恰如电影镜头的推拉摇移，移步换形，字里行间中营造出往复曲折的洞天：

环滁皆山也。其西南诸峰，林壑尤美，望之蔚然而深秀者，琅琊也。山行六七里，渐闻水声潺潺，而泻出于两峰之间者，酿泉也。峰回路转，有亭翼然临于泉上者，醉翁亭也。

滁州地处江淮之间，交通闭塞但山水俊秀，属丘陵地貌。欧阳修对当地景物的描写从“环滁皆山”的远景起始，慢慢推入到西南方的几座山峰，并定格在“蔚然而深秀”的琅琊山。然当读者以为醉翁亭即将映入眼帘之际，欧阳文却峰回路转，收起画面，以声代之，从潺潺的水声开始，再经折转，才逐渐将醉翁亭的景致一一铺开。然则实际“‘环滁’并非‘皆山’，只有西南有山，何绍基曾说：‘如何陵谷多变迁，今日环滁竟少山’（《东洲草堂诗钞》），并非‘陵谷’变迁，而是欧阳公运用了夸张虚写的手法。”[⑧]山水亭宇概貌的呈现之后，《醉翁亭记》对景物的描写多以富于变化的骈散句作成，对偶与散行交替相合：

若夫日出而林霏开，云归而岩穴暝，晦明变化者，山间之朝暮也。野芳发而幽香，佳木秀而繁阴，风霜高洁，水落而石出者，山间之四时也。

---

① 郭预衡：《文白对照唐宋八大家文钞》，广东教育出版社2002年版，第619页。
② 孔凡礼点校：《苏轼文集》，中华书局1986年版，第316页。
③ 朱弁：《曲洧旧闻》，中华书局2002年版，第120页。
④ 刘德清：《欧阳修论稿》，北京师范大学出版社1991年版，第273页。
⑤ 吕晴飞主编：《唐宋八大家散文鉴赏辞典·欧阳修散文鉴赏》，中国妇女出版社1991年版，第580页。
⑥ 郭英德、过常宝：《中国古代文学史·下册》，四川人民出版社2003年版，第90页。
⑦ 郭预衡：《文白对照唐宋八大家文钞》，广东教育出版社2002年版，第980页。
⑧ 吕晴飞主编：《唐宋八大家散文鉴赏辞典·欧阳修散文鉴赏》，中国妇女出版社1991年版，第580页。

字句结构中，骈散结合，句式错落；时空经营中，变化万千。欧阳修建构了四时朝暮的动态时间与包容四时之景的语象空间：既有对空间“晦明变化”的整体光影把握，也有通过“野芳发而幽香”的通感修辞所见到的山间生机，连“佳木秀而繁阴”“水落而石出”的细节也一一关照，使得景致在骈散纵横中纷呈变化。《醉翁亭记》富有宋代散文携理趣、重内省的特征，兼具写景、叙事、抒情与议论，因此在对景致的抒写外，欧阳修对人物事件的描画同样丝丝入扣：

至于负者歌于途，行者休于树，前者呼，后者应，伛偻提携，往来而不绝者，滁人游也。临溪而渔，溪深而鱼肥。酿泉为酒，泉香而酒洌；山肴野蔌，杂然而前陈者，太守宴也。宴酣之乐，非丝非竹，射者中，弈者胜，觥筹交错，起坐而喧哗者，众宾欢也。苍颜白发，颓然乎其间者，太守醉也。

在前文欧阳修铺陈好的景致空间中，游人络绎往来，宾客酣饮游戏，太守颓然酒醉。伴着琴弦管乐、酒筹交错、谈笑喧闹的声响，游人乐而众宾欢，打破了醉翁亭朝暮变化中的宁静。字里行间毫无仕途不幸的愁苦之态，欧阳修曾致信同遭贬谪的尹洙曰：“每见前世有名人……及到贬所，则戚戚怨嗟，有不堪之穷愁形于文字，其心欢戚无异庸人，虽韩文公不免此累，用此戒安道慎勿作戚戚之文。”[①]可见醉翁用意之所在，是乐观积极的胸怀所包容着的这派欢腾安逸的山水。《醉翁亭记》从醉翁亭及周边景致的概览写到四时朝暮之景，再经宴饮游玩场面的描述，行到文末已近黄昏。欧阳修将山水草木的光影、山间禽鸟的鸣声与人物的欢乐融为一体，弥漫天地：

已而夕阳在山，人影散乱，太守归而宾客从也。树林阴翳，鸣声上下，游人去而禽鸟乐也。

归还时分，夕阳西沉，人影斑驳；树林之上，鸟鸣与风声互为交响；树林之下，则是流水潺潺、人声起伏。游人归去，然生机犹在，声色交织。

《醉翁亭记》因其图像性与空间性的建构以及线性的叙述，成为后世画家再现的对象。宋末元初诗人方回的《醉翁亭图引为赵达夫作》[②]是《醉翁亭记》后世图像呈现的最早记录，遗憾的是，我们并未找到该图像的具体描述。明清是“醉翁亭图像”创作的集中时期。明代画家唐寅、仇英、谢时臣、文伯仁、居节先后创作了醉翁亭图像，清代则有王翚、袁江、沈唐、张培敦从不同角度创作的醉翁亭图，试取其中代表作品给以详述。

---

① 欧阳修撰，李逸安点校：《欧阳修全集·与尹师鲁第一书》，中华书局2001年版，第999页。

② 收录于《全宋诗》第五部方回。《醉翁亭图引为赵达夫作》：“识本色人须本色，臭味论心不论迹。青莲居士浣花老，画像有人能画得。非陈无己黄鲁直，看画题诗难落笔，醉翁万代文章伯，中年偶堕滁阳谪。琅琊山亭酿泉酒，翁心不醉醉宾客。庆历朝廷天清明，谁张党论摇升平。禽鸣不知人之乐，党论无乃犹禽鸣。一时人乐从太守，交错觥筹送杯酒。乐其所乐翁来思，宾客欢哗终不知。既是宾客尚不知，画工焉得而画之。彼弈者弈射者射，摇毫臆度丹青解。醉翁醉态尚难摹，翁心乐处如何画。皆山一曲吾能歌，童而习之今鬓皤。翰墨世无苏老坡，奈此图中风景何。”

唐寅的《醉翁亭雅集图》(图 11－2)着意描画了欧阳文中得之心而寓之酒的山水之乐,并题北宋黄庭坚的词作《瑞鹤仙·环滁皆山也》[①],檃栝《醉翁亭记》原文,保留了其中精神。唐寅为吴门四家之一,并在吴派中独具一体,其画如其人,故山水中常有秀逸清俊之气。《醉翁亭记》的主题正合唐寅长于描绘的文人雅好。画作提炼了欧阳文中琅琊山的景致与太守宴客的场景,对原文进行了概括性的描摹。画面布局开阔,远景中深秀蔚然的山石轮廓清晰,劲健的斧劈皴与淋漓的墨色继承了北宋山水画雄浑的风骨。山石向左侧倾斜,此为唐寅构图中独特的动势之外,更携着潺潺泻下的酿泉与前景处朝右偏斜的草木将泉上亭宇中宴饮的宾客包容在内。滁州地属江淮丘陵,山势低缓,故此画中巍峨的山石约为欧阳文中"蔚然而深秀"之句的图像虚构。山下的醉翁亭则以界画笔意刻画工整,然因醉翁亭自宋起多经损毁与重修[②],且无建筑形制著录,或为欧阳文中亭宇外观之"翼然"的图像呈现。醉翁亭中人物相谈甚欢;将人物样貌与官帽衣饰比照历代欧阳修像,可见亭内左侧面向诗文纸本的约为欧阳修,两面则围坐有宾客众人。《醉翁亭记》以第一人称进行的叙述,有如"苍颜白发,颓然乎其间者,太守醉也"等对自己外貌状态的描写;在图像中,欧阳修遂转换为他人视角中的画间人物。"这是叙事人称的重要置换,赋文的第一人称叙事进入图像后变成了第三人称,新增的第三人称'他'隐匿在手卷背后成为叙事者。"[③]视线移至亭外,人物排布错落有致,劲细的线条、活泼的笔意与妍丽的敷色将投壶、垂钓、抚琴、下棋的不同动态描绘得灵动传神,气氛和乐。景物与人物互为表里,"醉翁之意不在酒,在乎

图 11－2 唐寅 《醉翁亭雅集图》 北京保利国际 2012 年拍卖会

① 黄庭坚:《瑞鹤仙·环滁皆山也》:"环滁皆山也。望蔚然深秀,琅琊山也。山行六七里,有翼然泉上,醉翁亭也。翁之乐也。得之心,寓之酒也。更野芳佳木,风高日出,景无穷也。游也,山肴野蔌,酒洌泉香,沸筹觥也。太守醉也,喧哗众宾欢也。况宴酣之乐,非丝非竹,太守乐其乐也。问当时太守为谁,醉翁是也。"

② "北宋灭国,建炎之初大盗蜂起,醉翁亭亦废于兵火。后二十年,当绍兴庚午(1150),滁守魏安彦臣复建醉翁亭,孙觌为之作《滁州重建醉翁亭记》,这应当是醉翁亭的第一次毁而复建。自此以后,醉翁亭兴而废、废而兴,历代相续,直至如今。"见王星:《论石刻〈醉翁亭记〉成功传播的影响》,《2010 年中国文学传播与接受国际学术研讨会论文汇编(中国古代文学部分)》2010 年第 5 期,第 205 页。)

③ 赵宪章:《语图叙事的在场与不在场》,《中国社会科学》2013 年第 8 期,第 162 页。

山水之间也”的气度品质似乎被唐寅糅入到了这番空灵的山水与深致的雅集中。

同代仇英的《醉翁亭图卷》(图 11－3)则以长卷的形式包容了欧阳文中摇曳生姿的四时山水。卷后道光丙午(1846)李恩庆跋文有述:“此图写物写人悉用本色家风,至于山石,行笔简劲,在先生为别抒机轴”。① 一帧图像虽难以表现四时朝暮的动态之像,然仇英却将山间景象的万千融入静态的画作中,构图宽阔,空间感强烈。仇英同为吴门四家之一,画风工而不板,擅画人物与青绿山水。故其画作中,连绵的山峦以青绿设色,墨线勾勒轮廓。远处浅淡的墨色中雾气环绕,近处则墨色浓郁,“晦明变化”的光影通过其色“有明有晦”的平远法②营造出画面中空间的深度,且还原了醉翁亭所在江淮的丘陵地势。《滁州志·序》中有述:“琅琊深秀郁为。”③繁茂的树木随山峦的起伏而错落,敷以青绿颜色,前者深后者淡,苍翠有致,实为“佳木秀而繁阴”的景致。再到近处,从右至左有拄棍的长者、挑担的行人与携伴书童的文人往来于间。行至画末,两峰之间泉流潺潺,水落而隐石显露。仇英同样以界画的方式在泉边勾勒醉翁亭外观,有别于唐寅画中建于水上的亭宇,形制却极为相似。亭内有相谈的太守、宾客以及随伴的童子。画中另有横贯水面的小桥、掩映的屋舍等欧阳修文中未涉的图像,意在补充文意,以宁静平和的气息包容此般谐和的景致。《醉翁亭记》之外,北宋曾巩《醒心亭记》④中描画的琅琊山间景致“以见夫群山之相环,云烟之相滋,旷野之无穷,草树众而泉石嘉”,也正合仇英画作中的群山草木、旷野云烟;另有明代滁州太守陈琏在《醉翁亭》⑤中云:“一去人间知几年,山光水色犹依然。”加之仇英笔下的丘陵地貌与低矮山石,可估此画是再现《醉翁亭记》文本的基础上,对醉翁亭周边环境的真实写照。

图 11－3 仇英 《醉翁亭图卷》

---

① 卷跋全文为:“此图写物写人悉用本色家风。至于山石,行笔简劲,在先生为别抒机轴。得时装工脱落,尾纸欧文仅余篆书二篇。玩王良常补书古隶语意,自有真草以备四体,不知佚于何时。辄复补录正书。昔人云草法不传久矣,未敢妄作以后之能者。道光岁在丙午季秋月朔。北平李恩庆并记。”

② “山有三远:……自近山而望远山,谓之‘平远’。……平远之色有明有晦。”见郭熙,郭思:《林泉高致》,俞剑华编:《中国古代画论类编》,人民美术出版社 1998 年版,第 639 页。

③ 熊祖诒:《滁州志》,黄山书社 2007 年版,第 3 页。

④ 醒心亭由欧阳修建于醉翁亭边。《醒心亭记》收录于曾巩《元丰类稿》。

⑤ 收录于明万历年间的《滁阳志》。

明代居节师从文徵明，山水画“画法简远，有宋人之风。”[①]其作《醉翁亭图轴》[②]（图 11－4）上方跋有明代张凤翼楷书的《醉翁亭记》全文，对笔墨环境的经营、意象的排布则有别于他：远景处用淡墨晕往画外的“西南诸峰”，将琅琊的山石推入眼前，拔地而起，以高远[③]的视角盘踞了整幅画面，故其“色清明”，其“势突兀”[④]。层叠的山石呈棱角鲜明的方块形状，墨线勾勒，轮廓清晰，“有转化为几何抽象作风的倾向”[⑤]。表面以干笔皴擦，雄健冷峻。繁茂的苍松枝叶以细碎的用笔穿插其中。山石右侧，两峰之间，是“水声潺潺而泻出”的酿泉，同文中一样，泉水带领视线移入近景，峰回路转的山道，为撼人的山麓增添了蜿蜒曲折的动势。图像跟随语象的推移，直至“翼然临于泉上”的醉翁亭探出山石丛林。亭宇中细笔缀有围坐交谈的人物，应是来饮于此的太守与宾客。然全画并非江淮丘陵地势的呈现，亭宇形制也与其他画作相异，故可见为居节虚构而作，非实地写生。

图 11－4 居节 《醉翁亭图轴》 北京故宫博物院藏

清代张培敦《醉翁亭图》（图 11－5）跋文曰：“霏然云影翳芳林，泉上幽亭蔚夕阴。”[⑥]描写了醉翁亭傍晚的景致：林间云气氤氲，亭外光影笼罩。张培敦擅画山水，笔法秀韵，画中虽未描写游人宾客归还的情景，却将醉翁亭的景致与往来人物浑然交融。墨色的收放营造出山间的云气与光影，山石草木掩映着人物，人物的走向动势又见出山路的婉转、酿泉的曲折。泉水将画面的下半部一分为二，前景处的小桥横贯于上。此中人物多呈侧身或背对的身态，桥上是“前者呼，后

① 钱谦益：《列朝诗集小传》，上海古籍出版社 1983 年版，第 483 页。

② 著录于中国古代书画鉴定组：《中国古代书画图目 · 石渠宝笈 · 三编》，文物出版社 1997 年版。

③ 《林泉高致》中的山水画技法：“山有三远：自山下而仰山颠，谓之‘高远’。”见郭思：《林泉高致》，俞剑华编：《中国古代画论类编》，人民美术出版社 1998 年版，第 639 页。

④ “高远之色清明，……高远之势突兀。”见郭思：《林泉高致》，俞剑华编：《中国古代画论类编》，人民美术出版社 1998 年版，第 639 页。

⑤ 高居翰著，夏春梅等译：《江岸送别：明代初期与中期绘画》，三联书店 2009 年版，第 286 页。

⑥ 题跋全文为：“霏然云影翳芳林，泉上幽亭蔚夕阴。醉守日来游自胜，无穷岩壑坐中深。癸酉八月作醉翁亭图，并集记中字为句，奉润斋四兄先生四十初度之祝。研樵张培敦。”

图 11－5　张培敦　《醉翁亭图》嘉德 2010 年春季拍卖会

者应”的挑担之人，再向前则有休足相谈的行人、伛偻的长者。人物沿着蜿蜒的泉水，带领视线移入醉翁亭中谈笑未尽的宾客与太守，石桌左侧头戴官帽之人或为欧阳修。亭宇上方雾气笼罩，向上绵延，至巍然拔起的山头显露层叠。物象纵向的排布将欧阳文中“鸣声上下”的声音描述赋予空间性与图像化的表达：下有水声与人声，给以实写；上则以空间感的虚写表现了风声与禽鸟声。同时，画中意象带引目光浏览的顺序似是《醉翁亭记》全篇的倒叙：“夕阳在山”的光景中，跟随滁人步伐来到起坐喧哗的宾客所在的醉翁亭，再沿亭上云气到达泉水的尽头，方将“蔚然而深秀”的琅琊山收于眼底。所中山石状貌与唐寅《醉翁亭雅集图》中极为相似，均是向左偏斜，或为参考前人书画所作，亭宇重檐的形制却与前代画作不尽相同。

另有清代袁江以其擅长的界画法创作的《醉翁亭图》（图 11－6），将雄浑的山色与灵动的亭宇融为一体。袁江为清初界画名家，擅画山水楼阁，师法宋人。此幅《醉翁亭图》构图开阔，有南宋文人山水画边角式景构的特征。远景山峦叠嶂，用笔劲健，富有宋人遗韵，山间云气绵绵，树影攒动，一派“林壑尤美”之态；近景处则“有亭翼然临于泉上”，界画工整，亭中宾客宴饮，亭外“佳木秀而繁阴”。画面虚实相合，动静相成，边角相应，视角有别于他。画中山石同样高耸且有向左倾斜之势，亭宇也同张培敦画作中一般为重檐翘首的形制，实为作者虚构的醉翁亭景致。据该作所藏的昆仑堂美术馆馆员蒋志坚所述：“袁江所画的《醉翁亭图》，并非对景写生，而是画家心中之醉翁亭。画家在史料的基础上，用他熟悉的南方的山水去布局、经营。”①

诸多醉翁亭图的呈现多以文中语象在绘画空间中的取舍与安排为要，可见出散文对太守之醉、之乐的显现“乃遂成一蹊径，然其中有画工所不能到处。”②

① 蒋志坚：《袁江及其界画》，《书画艺术》2009 年第 2 期，第 53 页。

② 储欣：《唐宋十大家全集录・六一居士全集录》，转引自朱一清主编：《古文观止鉴赏集评》，安徽文艺出版社 1997 年版，第 45 页。

《醉翁亭记》"句句是记山水，却句句是记亭，句句是记太守"[①]，其中景物无不饱含欧阳修的一腔情韵，这一派山石草木、泉水亭宇，不如说是欧阳修心中的山水洞天。欧阳文句式回环，音节复沓，构成咏叹的句式，充满委婉之意、音乐之美，打通了散文与音乐的界限。《醉翁亭记》因此或被作为歌词，或被谱成乐曲。宋代古琴家沈遵即以琴寄趣创作了宫声三叠的古琴曲《醉翁操》，苏轼为之填词，名曰《醉翁引》[②]。另有元代庾天锡（生卒不详）以《醉翁亭记》为本改写的元曲小令《蟾宫曲》[③]。

图 11-6 袁江 《醉翁亭图》 昆仑堂美术馆藏

在记体散文以外，欧阳修所著散文文体还包括了表状、奏疏、书、序、论、碑铭、墓志以及赋等，其中又以赋文最能见其"纡余委备，往复百折，而条达疏畅，无所间断"[④]的文风。赋是兼有形象性与音乐美的铺陈文体，重在体物写志，常以比喻、拟人、象征等修辞手法实现语象的编织，并着意描写物象的布局、形状、色彩、明暗、虚实等要素。由此产生的空间性与绘画性特征为文图之间的转化提供了可能，故《文心雕龙・诠赋》谓："写物图貌，蔚似雕画。"[⑤]"原赋之义，初为动词，如'赋诗'说，即与礼乐制度相关。"[⑥]后作为《诗经》的表现手法，"敷陈其事而直言之"[⑦]，并演化为

---

① 吴楚材，吴调侯选：《古文观止》，中华书局 1959 年版，第 449 页。

② 苏轼：《醉翁引》："琅然清圆，谁弹响？空山无言。唯有醉翁知其天。月明风露娟娟。人未眠，荷篑过山前。曰有心哉！此弦。醉翁啸咏，声如流泉。醉翁去后，空有朝吟夜怨。山有时而同巅，水有时而回渊，思翁无岁年，翁今为飞仙，此曲在人间，试听徽外两三弦。"

③ 庾天锡：《蟾宫曲》："环滁秀列诸峰。山有名泉，泻出其中。泉上危亭，僧仙好事，缔构成功。四景朝暮不同。宴酣之乐无穷，酒饮千钟。能醉能文，太守欧翁。"

④ 苏洵撰，曾枣庄、金成礼笺注：《嘉祐集笺注・上欧阳内翰第一书》，上海古籍出版社 1993 年版，第 328 页。

⑤ 刘勰撰，范文澜注：《文心雕龙》，人民文学出版社 1958 年版，第 136 页。

⑥ 许结：《制度下的赋学视域——论赋体文学古今演变的一条线索》，《南京大学学报（哲学・人文科学・社会科学版）》2006 年第 4 期，第 90 页。

⑦ 朱熹：《诗集传》，中华书局 1958 年版，第 3 页。

界于诗文之间且近于诗的文体，故有“赋自《诗》出，分歧异派”[①]“赋者，古诗之流也”[②]的论说。赋体兴盛于汉，即谓汉赋，文辞多富丽，结构多铺陈，“夫京殿苑猎，述行序志，并体国经野，义尚光大。”[③]在宋代古文运动中，赋走向散文化，留其形象，去其华靡，更为文体增添了理趣与议论的特色。“宋代辞赋的发展至欧阳修的创作为标志，进入了仿汉新变的重大转折期。”[④]其于嘉祐四年(1059)秋所作的《秋声赋》即“初步具备宋代辞赋卓著特色的三大艺术形态，即以文为赋、擅长议论的审美特征，平易晓畅、不事雕琢的审美风格和损悲自达、尚理造境的审美趣味”[⑤]。欧阳修将秋之声赋予形状，虚实相合，骈散兼行，描摹得淋漓酣畅，“打破了六朝以至宋初骈赋、律赋的模式，吸取韩、柳散文的优长，把诗文革新的精神带进了辞赋的领域。这一突破性的开拓，直接启发了苏轼前、后《赤壁赋》的创作。”[⑥]

《秋声赋》作于嘉祐四年(1059)。欧阳修已年逾半百，经历了宦海沉浮，两度贬官，新政失败，且写于深秋夜间读书的清醒时分，故有别于《醉翁亭记》的乐于山水之意，秋风之萧飒卷起欧阳修心中感慨。赋文从秋声的虚幻之象写到秋日山川寂寥、草木凋零的肃飒实景，进而过渡到天人合一的议论与知命之年的抒情感慨，文末则糅心声与秋声互为呼应，融汇全文，余波悠然。

文赋开篇从动静的往复写起，并未交代秋意，留有悬念。只一句“欧阳子方夜读书”的短暂宁静后，便有声响自西南方如流水般泻出：

初淅沥以潇飒，忽奔腾而砰湃，如波涛夜惊，风雨骤至。其触于物也，鏦鏦铮铮，金铁皆鸣；又如赴敌之兵，衔枚疾走，不闻号令，但闻人马之行声。

欧阳修创造了声音的虚像，并为其建构了虚幻的视听空间。简明的文辞蕴藉了丰富而幽远的想象。远景处“淅沥以潇飒”“奔腾而砰湃”的听觉表象穿插惊夜的“波涛”、骤至的“风雨”等虚幻的视觉形象。声与状缠绵交织、纡徐委曲。英国哲学家弗朗西斯·培根认为，“音乐的声调摇曳和光芒在水面荡漾完全相同”[⑦]。欧阳修笔下秋声之猛烈已非平静和缓的水中光影与涟漪，而是淅沥潇飒的短暂间隙后突如其来的波涛滚滚、风雨阵阵，足见远听声势之浩大。忽而转为近景，“其触于物也”将声音推至面前，宛如金属相击，又如“人马之行声”。自然之音的磅礴与战场中兵马疾走之声互为交响，将声音对象凭虚而来、由远及近的动势经由通感与比喻的修辞描摹得纷呈变幻、笔墨奇峭，空间感与画面感强烈。

---

① 刘勰撰，范文澜注：《文心雕龙》，人民文学出版社 1958 年版，第 136 页。
② 费振刚、仇仲谦等校注：《全汉赋校注·两都赋序》，广东教育出版社 2005 年版，第 464 页。
③ 刘勰撰，范文澜注：《文心雕龙》，人民文学出版社 1958 年版，第 135 页。
④ 许结、郭维森：《中国辞赋发展史》，江苏教育出版社 1996 年版，第 549 页。
⑤ 同上，第 553 页。
⑥ 黄进德：《欧阳修评传》，南京大学出版社 1998 年版，第 436 页。
⑦ 钱锺书：《钱锺书散文·通感》，浙江文艺出版社 1997 年版，第 256 页。

声势浩荡之际，欧阳修宕开一笔，墨锋急转，加入赋体常用的主客对话的形式，反问童子“此何声也?”并让其“视之”。此中之“视”因此建构画面，借视陪听：

星月皎洁，明河在天，四无人声，声在树间。

寥寥几笔的屋外洞天，与欧阳修开篇建构的虚景对比鲜明而又相映成趣。空中是皎洁的星月、浩瀚的银河，幽静空灵；地面上也了无人声。十二字的短暂宁静后紧接“在树间”的声音来源，并感叹“此秋声也”，补充了上文所刻画的声之形状，解开文赋开篇的悬念，将秋声的动势重新引入笔墨空间。在描绘了秋声虚象并交代了秋声来源后，欧阳修从秋声所在季节的实景入手，以赋体典型的铺陈手法进行描画：

盖夫秋之为状也，其色惨淡，烟霏云敛；其容清明，天高日晶；其气栗冽，砭人肌骨；其意萧条，山川寂寥。

烟雾氤氲而云气收敛是秋色之惨淡，天空高远而日光晶亮是秋容之清明，寒风呼啸而刺人肌骨是秋气之栗冽，山林空旷而水流寂静是秋意之萧条。“面色”“容貌”“气质”“意态”等描绘人物气质风貌的语词在文赋中被用于塑造秋天的形象，画面感强烈，使秋之状一面拥有人的品相气度，另一面具有慑人的力量。其中流畅整丽的描述“又与汉人之铺采摛文、瑰丽灿烂迥异，显出以简笔勾勒之法，得清新隽永之味。”[①]秋声之势随即在传神的秋色、秋容、秋气与秋意中一泻而下：

故其为声也，凄凄切切，呼号奋发。丰草绿缛而争茂，佳木葱茏而可悦。草拂之而色变，木遭之而叶脱。

秋声时而凄切，时而呼啸，对应开篇“初淅沥以潇飒，忽奔腾而砰湃”的听觉印象。紧随秋声的是一派草木葱茏的夏日景象，短短十四字，遂被拂过的秋风之句打破。草色褪去翠绿，树木落叶凋零，回到了惨淡、清明、栗冽、萧条的秋景。有形的秋状渲染沟通着无形的秋声，视觉形象与听觉印象共同建构了秋声的语象空间，声色俱至。《古文观止》评《秋声赋》曰：“秋声，无形者也，却写得形色宛然，变态百出。”[②]在这逶迤婉转、万千变幻的秋声中，欧阳修又以阴阳五行、天人合一的宇宙观建构了秋的宇宙图式，借自然之秋声，抒自己身在如秋之年的心声：

宜其渥然丹者为槁木，黟然黑者为星星。

“槁木”与“星星”等秋景中的语象，成为欧阳修对自己老来神貌的写照，与全篇描摹的秋声往复交通，并感叹“念谁为之戕贼，亦何恨乎秋声?”一反悲秋情绪，不怨天地，故苏洵评欧阳文曰：“气尽语极，急言竭论，而容与闲易，无艰难劳苦之态。”[③]

---

① 许结、郭维森：《中国辞赋发展史》，江苏教育出版社 1996 年版，第 553 页。

② 吴楚材、吴调侯选：《古文观止》，中华书局 1959 年版，第 451 页。

③ 苏洵撰，曾枣庄、金成礼笺注：《嘉祐集笺注・上欧阳内翰第一书》，上海古籍出版社 1993 年版，第 328 页。

文末，笔墨文字重新落在秋的语象空间中：

但闻四壁虫声唧唧，如助予之叹息。

这渲染了全篇的秋声末了只剩下四壁之内的唧唧虫声与欧阳子心中的叹息声交织共鸣，互为点缀，似是余波回荡在字句中间。

较于《醉翁亭记》“风平浪静之中，自具波澜潆洄之妙”[①]的文风，《秋声赋》更显荡气回肠，且带有警策之意。此外，《醉翁亭记》为实景描写，视角跟随景致的曲折而变换，而《秋声赋》则为屋内听秋，并借视陪听，故多为虚景。全篇上下将无形无色的秋声经由行文中语象的穿插游走赋予形状与画面，成为后世以图像摹秋声的来源与参照。与此相类的画作最早可溯至南宋的《高阁听秋图》。此外明代的陆治，清代的项圣谟、石涛、邹一桂、张瑜、任伯年、胡裕培等均有秋声赋的图像传世；民国至近现代则有溥心畬、陈少梅、范曾等创作的秋声赋图。另有部分秋声赋图的伪作，如文徵明《王守秋声赋书画装卷》等[②]。

以图示秋声来源作为听觉印象视觉化的手段，为后世描绘秋声的图像所常用。收藏于北京故宫博物院的《高阁听秋图》[③]（图 11－7）便是一例。该画传南

图 11－7　马远　《高阁听秋图》　北京故宫博物院藏

① 余诚编，叶桂彬、刘果点校：《古文释义》，岳麓书社 2003 年版，第 365 页。

② “文徵明《王守秋声赋书画装卷》文：嘉靖二十六年丁未（1547）作。纸本，高 24.7 厘米，宽 119.3 厘米。上海博物馆藏。《中国古代书画目录》第二册著录。此幅，刘九庵和徐邦达曰：‘画伪’。”见余四海：《文徵明书画伪讹考和艺术市场探究》，《书画世界》2013 年第 4 期，第 87 页。

③ 此图原载《历代名画集胜册》。

宋马远所作，《中国绘画全集》中则记为无款。其图版说明中注："裱边原题签为'马远高阁听秋'六字，左下角署有马远款，但从画风和署款浮华之气分析，此画不是马氏真迹，而是后人所作。"①画中虬曲的苍松以双钩填彩，笔力劲健，向右呈横斜之态。位其后的红枫枝叶舒张，落叶以夹叶法勾描，暗示有萧飒的秋风之声音贯于其中，吹掠树林。树下左侧楼阁隐现，听秋之人简笔描之，面向树林，坐于其中。画中虽未绘"星月皎洁，明河在天"的景致，然远景处低矮朦胧的山石已将树林之外染上一片寂静，更衬出近景处穿于树间的秋声。

中国历代对秋声的抒写在不同的文体下形态各异。《秋声赋》中的秋声是"初淅沥以潇飒，忽奔腾而砰湃，如波涛夜惊，风雨骤至。"南宋词人蒋捷《声声慢・秋声》的词作中，秋声是"豆雨声来，中间夹带风声。……故人远，问谁摇玉佩，檐底铃声"；陆游的《秋声》诗作中，秋声则是"人言悲秋难为情，我喜枕上闻秋声。"同样，载体形式的不同，也给予了图像化秋声不同的表达效果，"由于每一种形式的大小、形状、材质以及图示空间的综合构图不同，它们都各有一套特定的可能性和局限性。"②与《高阁听秋图》集中描画秋声来源的小幅册页不同，明代陆治的《秋声图卷》(图 11－8)则通过长卷的形式给以《秋声赋》中相互映衬、声色俱来的秋声与秋景图像性的呈现。手卷对图像的安排建立在文赋对语象的处理之上。尽管图像无法通过"盖夫秋之为状也""故其为声也"等提示性的语词清晰地指称视像之外的事物，然长卷特有的视觉连续性与无限延展的特征，类似散文不拘于长短的文体，赋予秋声一泻千里的空间性与秋日草木叶落色变的时间性。《秋声图卷》中留有陆治标志性的轻柔笔触与清朗的意境，画中草木朝右倾斜的动势暗示秋声的来源。两株盘曲的苍树将长卷分隔为三段。右侧的画面中一片空旷，只有水面浮出的小块碎石与平地上吹曳的杂草，草色枯黄，砭人肌骨的秋日气息扑面而来。画风在手卷中段趋向和缓，陆治独特的纤柔笔意将远景处开阔的水面上天高日晶、烟霏云敛、山川寂寥的秋景描画淋漓，寥寥数笔中一派惨淡的秋色、清明的秋容与萧条的秋意。近景中的屋舍人物似是《秋声赋》开篇欧阳子与童子对话的情节，笔法细腻。视线向左移动，突兀的岩石朝右凸起，

图 11－8　陆治　《秋声图卷》　北京翰海 2005 年春季拍卖会

① 中国古代书画鉴定组编：《中国绘画全集 6》，浙江人民美术出版社、文物出版社 1999 年版，图版说明第 7 页。

② 孟久丽著，何前译：《道德镜鉴：中国叙述性图画与儒家意识形态》，三联书店 2014 年版，第 36 页。

夹杂其中的红枫酿着秋意。观者若停在此处回望整幅画卷，即可感受萧飒的秋声仿佛从石块的缝隙中泻下，随着向右吹拂的秋风之势，穿过屋舍与树林，染满全卷。

清代石涛擅用墨法，用笔恣肆洒脱，画风随时代创新变幻，秀拙相生。其作《秋声赋图卷》(图 11－9)右侧题跋有云："欧阳先生读书处，林木潇潇月已曙。先生当此百感生，童子无言出门去。画图今日写秋声，展转思之牵我情。"[①]概括了《秋声赋》开篇的场景，笔墨明确地指称了描述的对象，与图像一实一虚，共同建构了秋声的画面。历代秋声赋图像，如张瑜《秋声赋图》、胡裕培《秋声赋》、溥心畬《秋声赋》均选择了文赋开篇屋中静听的欧阳修、门外视之的童子、摇曳的草木、当空的皓月等语象，给予了图像化的完整描绘。然石涛画作中并未选取"曙月""先生""童子"等进行形象组织，而是以少量的墨线勾勒与大面积浓淡交织的渲染营造了山石草木房宇之间一派萧飒朦胧的秋意。墨色的不稳定带来了画面中秋声弥漫、穿透草木的暗示。左侧大量的留白取代了张瑜等人秋声赋图像中连绵的远山与氤氲的雾气，构成虚幻的想象空间。妙境中仿佛有《秋声赋》开篇奔腾汹涌的秋声扑面而来，席卷草木。一帧图像难以表现的动势与欧阳修比喻秋声的惊涛虚像以一抹留白淋漓而至。石涛在其画论《苦瓜和尚画语录》中从审美通感的角度论述了海与山的联系："海有洪流，山有潜伏；海有吞吐，山有拱揖；海能荐灵，山能脉运。山有层峦叠嶂，邃谷深崖，巑岏突兀，岚风雾露，烟云毕至，犹如海之洪流，海之吞吐。此非海之荐灵，亦山之自居于海也，海亦能自居于山也。"[②]意在说明海与山在外观、动态、生命气韵等方面互为联通，二者在其自居的空间中能够相互转化。石涛在《秋声赋图卷》中正是在本应安排"层峦叠嶂"

图 11－9 石涛 《秋声赋图卷》 上海博物馆藏

① 题跋为石涛扬州时期的挚友田林作："欧阳先生读书处，林木潇潇月已曙。先生当此百感生，童子无言出门去。画图今日写秋声，展转思之牵我情。读书之人不可见，飞身欲向孤峰行。志山髯农先生云：吾此诗自不知何为而作，持寄和尚，当明以教我耶？清湘道人苗头画角，作毡拍板声持去。髯翁一笑。辛酉湘源济山僧石涛阁中识。"

② 潘运告主编：《清人论画·苦瓜和尚画语录·海涛章第十三》，湖南美术出版社 2004 年版，第 27 页。

“岚气雾露”的画面空间中以留白的方式联通了“海之洪流，海之吞吐”，强调此中之虚，并进一步隐喻秋声，实为妙法。

同代任颐《秋声赋意》(图 11－10)则独树一帜，画上跋曰“欧阳子秋声赋意”。任颐是“海派[①]四杰”之一，精于写像，兼工带写，笔墨简练潇洒。画作对枝叶摇动的描绘与声源的暗示之外，又经写像传秋声之神。墨线挥写的人物紧抱树干，发髻散乱，衣褶细碎，生动夸张的姿态、洗练灵动的笔意与细节的刻画尽显秋风。画中屋舍、树林、肖像呈向右倾斜的动势，笔墨舒畅，简逸放纵。绘画与书法的用笔相得益彰，质拙中将秋声的形态与声势渲染淋漓、饶有生趣。

图 11－10　任颐　《秋声赋意》　中国美术馆藏

三、《爱莲说》图像母题

理学，又作道学[②]，是为宋学之本，在北宋以“北宋五子”周敦颐、程颢、程颐、邵雍与张载为代表，在南宋则以朱熹的思想为重。理学援佛、道入儒，重格物与穷理，意即通过格物而致知，其载体则来自恒定的、普遍的象，主张观其象而悟其道。“立象于前，为说于后，互相发明”[③]，很大程度上影响了宋代及后世的诗文，主张“文辞，艺也；道德，实也”[④]的美学成分次要化的文风。其中梅、竹、莲等均为理学家们常格之物，更不乏诗文典籍。如有邵雍《梅花易数》的象数之学，宋伯仁(生卒不详)图文一律、意在穷理的《梅花喜神谱》，以及朱熹“我种南窗竹，戢戢已抽萌。坐获幽林赏，端居无俗情”的所格之句等。因以梅竹为文的著述众多，且涵盖周全，故不在本书展开，转以莲花为象，借理学开山周敦颐的《爱莲说》为典型而述之。

周敦颐，字茂叔，号濂溪，谥元公，著有《太极图说》与《通书》，理脉贯通，建构

---

① 清末画派，四杰为任颐、吴昌硕、虚谷、蒲华。

② “北宋的理学当时即称为道学，而南宋时理学的分化，使得道学之称只适用于南宋理学中的一派。”见陈来:《宋明理学》，三联书店 2011 年版，第 8 页。

③ 朱熹著，郭齐、尹波点校:《朱熹集》，四川教育出版社 1996 年版，第 1953 页。

④ 周敦颐撰，徐洪兴导读:《周子通书・文辞第二十八》，上海古籍出版社 2000 年版，第 39 页。

了宋代理学的思想体系,“皆发端以示人者,宜其度越诸子,直与《易》《诗》《书》《春秋》《语》《孟》同流行乎天下”[①]。周敦颐主张贫中求乐处,“倡导了寻孔颜乐处的人生理想,……对道学的起源有重要的意义,对道学后来的发展也有重要影响”[②],故列《宋史·道学传》之首。二程曾向其问学,“(程颢)自十五六时,与弟颐闻汝南周敦颐论学,遂厌科举之习,慨然有求道之志。”[③]从文风上看,周文凝练规整,质朴淡雅,不生涩,无古奥,“意远而不迂,词简而有法”[④],且具深邃玄妙的理学之美。其作《爱莲说》更是脍炙人口,是援佛、道入儒的格物理学代表作。“敦颐于道学号称‘开山’,其于文章,亦别开生面。援释入儒之文虽然不自此始,但此文之作,影响独远。”[⑤]

莲花为我国较为古老的花卉品种,初生于七千余年前的新石器时代,故而演变为重要的文化意象与母题。最早可溯先秦时期《诗经·陈风》中“彼泽之陂,有蒲有荷”与《诗经·郑风》中“山有扶苏,隰有荷花”二句以阴阳对称式的咏唱,借莲荷丰腴挺拔的外观比兴女子。后有战国时期屈原《楚辞》中“制芰荷以为衣兮,集芙蓉以为裳”之句将荷花的芳洁之性作为高洁人格的象征。汉乐府民歌《江南》则以“江南可采莲,莲叶何田田”中“莲”与“怜”的谐音与江南采莲求爱的风俗寓意爱情。另有民间风俗中以“连(‘莲’)生贵子”的谐音与莲蓬多果实的植物属性代表多子多孙、人丁兴旺之意。此外,莲花母题在儒道释三家也具有特殊的含义。莲花意象在儒家延续了孔子“知者乐山,仁者乐水”的比德观,将莲花比德于君子,寄托高洁清明之志。如白居易即在《感白莲花》《京兆府新栽莲》等多部诗作中以莲花自喻。道教莲文化则以《楚辞》中“以荷为衣”的神化手法开启先河。后因其祥瑞之意与神界象征,莲花逐渐成为道教标识,被奉为道瑞。故道家器具衣装多以莲为饰,如“莲花冠”等,又以“莲峰”“莲宫”作为道教居所的命名。莲花在佛教中亦被视为圣物。初有佛祖释迦出生时步步生莲之典故,故而常见以莲花为座的佛像、手持莲花的观音等。佛界又称莲界,寓意清净之所,以及心中不染杂尘的禅意与佛理。

周敦颐的《爱莲说》则是以莲花为对象,融入道佛二家的新儒学之作。故文中所格之物也自然糅合了三家学说以寄予理学的情怀。莲文笔墨精炼,章法分明,“言事言物,不专是那事物,往往托以影道理、影人己,其文乃深而有味”[⑥]:

予独爱莲之出淤泥而不染,濯清涟而不妖,中通外直,不蔓不枝,香远益清,亭亭净植,可远观而不可亵玩焉。

---

① 周敦颐:《周敦颐集·通书序略》,岳麓书社 2002 年版,第 95 页。

② 陈来:《宋明理学》,三联书店 2011 年版,第 63 页。

③ 脱脱等:《宋史》,中华书局 2000 年版,第 9942 页。

④ 周敦颐:《周子全书·年谱》,商务印书馆 1937 年版,第 389 页。

⑤ 郭预衡:《中国散文史·中册》,上海古籍出版社 2000 年版,第 532 页。

⑥ 李扶九、黄仁黼:《古文笔法百篇》,黄山书社 2002 年版,第 105 页。

浅浅字句中莲花语象的刻画寓意深远。“莲之出淤泥而不染，濯清涟而不妖”来源于佛经中“如世莲花，在泥不染，譬如法界真如，在世不为世法所污”①、譬如莲花出自淤泥，色虽鲜好，出处不净的禅理。另有唐代僧人寒山（生卒不详）诗句“我自观心地，莲花出淤泥”，均是穿透莲花生长环境与植物属性的字面之意，暗含佛家不染世故的清净之理，并强调了内省反观的心性修养。“出入佛典，而不露痕迹，这是宋代讲学之家援释入儒的一种手法”②。“中通外直，不蔓不枝，香远益清，亭亭净植”之句则更具道家气息。“中通外直”意即莲梗中心通透而外观竖直，喻指人心之通达，立身之刚直，内外兼有修为。后人评曰：“盖谓有合一阴一阳之道，合虚与气而名之也。”③此外莲花不牵连亦不枝节，花香清幽而飘散，花枝亭亭而玉立，赋予莲花人格化的描摹。周敦颐在其源于道学的理学著作《太极图说》中对其中之理作了进一步的补充：“无欲则虚静动直，虚静则明，明则通。”继而牵出其主静与无欲的道家思想。

佛理与道学交融的语象描述之后，“可远观而不可亵玩”的凛然之风带引末段回归儒家学说。周文借鉴儒家质素，通过比德观的承袭与开篇“晋陶渊明独爱菊，自李唐来，世人盛爱牡丹，予独爱莲”之句相对照：

予谓菊，花之隐逸者也；牡丹，花之富贵者也；莲，花之君子者也。

周敦颐将菊、牡丹与莲分别塑造为隐逸者、富贵者与君子的形象，以此将莲花母题脱离佛道二家喻义彼岸与仙界的出世观，转而强调儒家之入世。莲与菊人格化的并举，使其超越了陶渊明“不降其志，不辱其身”④的逸者出世观，如君子般入世而修，生生不息。

莲与牡丹的对举，则为突显君子淡泊名利的人格特征。周敦颐在《通书》中有述：“君子以道充为贵，身安为富，故常泰无不足。而铢视轩冕，尘视金玉。其重无加焉尔。”⑤行文之末终以“莲之爱，同予者何人”的结句自比不同流的君子之心，淡雅简洁的文字中哲理深厚。

最早的莲花画作可溯唐代张彦远《历代名画记》所载南北朝梁元帝之作《芙蓉醮鼎图》。另据《宣和画谱》记载，五代的黄荃、徐熙等均绘有莲图，然并无图像描述。《爱莲说》影响之深远，使其语象与寓意成为后世莲花图像的重要参照。后世莲花图像依据题材则可分为花鸟画、人物画、山水画三类。花鸟题材的莲图按技法可分工笔、水墨与兼工带写三种。宋元以前多勾勒填彩，在明清走向写意之风。此外，因盆栽莲花在晋代的出现，故细分此中之作，又有池中莲花与瓶中莲花之别。其中前者中宋代有吴炳的《出水芙蓉图》、佚名的《荷花图页》《百花图

---

① 《华严经探玄记》，上海古籍出版社1978年版，第70页。

② 郭预衡：《中国散文史·中册》，上海古籍出版社2000年版，第532页。

③ 李扶九、黄仁黼：《古文笔法百篇》，黄山书社2002年版，第105页。

④ 杨伯峻译注：《论语译注·微子篇第十八》，中华书局1980年版，第197页。

⑤ 周敦颐撰，徐洪兴导读：《周子通书·富贵第三十三》，上海古籍出版社2000年版，第41页。

卷》《太液荷风图》《莲池水禽图》，明代有王问的《荷花图》、沈仕的《花卉图》、沈周的《写生册·荷》、陈道复的《花卉图册·荷花》、周之冕的《荷花鸳鸯图》《仿陈道复花卉》、徐渭的《墨花九段图卷》《杂花图卷》《五月莲花图》《泼墨十二段·荷花图》《花卉十六种图之九》《黄甲图》、陈洪绶的《莲石图》《荷花鸳鸯图》《花鸟图》《红莲图》《莲石图》《荷花双蝶图》《杂画册之十二》、谢荪的《荷花图》、李士达的《瑞莲图》、项圣谟的《花卉册之二》，清代有朱耷的《水木清华图》《墨荷图》《荷花水鸟图》《荷石图》《河上花图》、石涛的《爱莲图轴》《莲塘》《莲池》《白莲》《荷花图》《山水花卉图册·荷花图》《蒲塘秋影图》、恽寿平的《花鸟册·荷花图册》《花卉图》《荷花芦草图》《出水芙蓉图页》《蒲塘真趣图》《荷花图扇页》、唐苂的《红莲图》《红莲绿藻图》《荷花游鱼图》《荷花鸳鸯图》、高其佩的《荷花翠鸟图》《花鸟图册·荷》、侯远的《荷花水禽图》、吴应贞的《荷花图》、华岩的《荷花鸳鸯图》、李鱓的《墨荷图》、冯宁的《荷花图》、金农的《花卉册·荷花》、虚谷的《荷花》、罗聘的《花卉册·墨荷》、赵之谦的《花卉图·荷》、任伯年的《荷花双燕图》，近现代有吴昌硕的《墨荷图》、齐白石的《枯荷图》、潘天寿的《朱荷》《露气》、张大千的《白荷》《荷花图》《墨荷图》《仿八大山人画荷》《巨荷四连屏》《秋思劲江湖》等，后者则有明代沈周的《瓶莲图》、陈道复的《瓶莲图轴》、陈栝的《平安瑞莲图》，清代石涛的《瓶荷》《锦带同心图》、郎世宁的《聚瑞图》、李鱓的《盆荷图》等；莲图中的人物画则多以高士赏莲作为描画对象，如清代改琦的《爱莲图》、任伯年的《高士临荷图》《爱莲图》，近现代俞明的《濂溪爱莲》等。另部分以周敦颐爱莲为素材的图像因其曾居庐山之实，故以山水画的形式给以全景式的呈现，如南宋赵伯驹的《莲舟新月图》，明代刘俊的《周敦颐赏莲图》、邵弥的《爱莲图》等。众莲花图像中，花鸟题材更易反观《爱莲说》中语象向图像的转化，故选其中代表予以详述。

宋代吴炳的《出水芙蓉图》（图 11－11）是为现存花鸟画作里流传较早的作

图 11－11　吴炳　《出水芙蓉图》　北京故宫博物院藏

品。吴炳身为南宋画院待诏，工画花鸟，谨守院体之风。其作以勾填法绘一盛开的红荷占据整幅扇面。花色粉红温润，出于水面而净植，似有幽香袭人，香远益清。舒展丰满的花瓣向内包裹着翠绿的莲蓬与嫩黄的花蕊，外有碧叶相衬，敷色端庄淡雅，勾描细致俏丽，丝丝络络，料理精巧，将周文语象中不妖而亭亭的荷花描画工整而传神。尽有君子“出淤泥而不染，濯清涟而不妖”的翩翩风度。故《宣和画谱》评述花鸟画时有云：“所以绘事之妙，多寓兴于此，与诗人相表里焉。”①

宋代画院以工笔技法为主。南宋《百花图卷》则以水墨兼工笔的画法，按冬、春、夏、秋的时序摹以四季百花，并缀以虫鱼。传墨梅画法始于北宋华光长老释仲仁②，同代尹白师其画法，专工墨花，开创了墨荷技法。故苏轼诗文有述：“世多以墨画山水竹石人物者，未有以画花者也。汴人尹白能之，为赋一首：‘造物本无物，忽然非所难。花心起墨晕，春色散毫端。缥缈形才具，扶疏态自完。莲风尽颠倒，杏两半披残。……’”③然其并无画作流传，《百花图卷》或承其画风一二。手卷以墨代色，通过墨色的浓淡明暗施以层次，富于韵律。墨笔白描，水墨渲染，兼工带写。卷中百花折枝经营，相互独立而又穿插有致，故而动静相宜。沉静的墨色中有百花之斑斓，四季之生机。细观墨荷一段，虽设以灰白墨色，然延续了宋代院画的工致，非明清墨荷潇洒淋漓的粗笔写意。画家揉没骨、白描等画法为一体，细节刻画细腻。荷梗挺立，不蔓不枝；花朵线如游丝，脉络分明；叶片墨色氤氲，层层晕染。荷叶墨色之浓郁尤显荷花之粉润，亭亭而玉立，宛若透明。清和的墨色托出宁静致远之境，更有《爱莲说》中荷之君子的语象寓意。此外，水墨工笔的画法与莲文中儒道释三家的融合相似，将儒家“格物”的写实之风、道家“素朴玄化”的色彩观与释家“色空”的禅理交融于画卷之中。

墨荷画法在明清时期发展成熟，由宋代画院写实的工笔技法走向写意之风，延续了《爱莲说》与宋院花鸟格物致知的理学情怀，力求写意造境，“立象以尽意”，将自然之造化寄于情，寓于兴。又因荷花形态之舒张，利于意笔描绘，笔简而形俱，故成为明清文人花鸟画中常见的母题与草木符号。

文人花鸟自宋元兴起初始多绘梅兰竹菊的传统题材。发展至明代，身为吴派宗师的沈周虽以文人山水画富有盛名，然也爱画荷，以淋漓的墨色兼富于变化的洗练笔意取代工细的勾描。故有明代文人王稺登评曰：“宋人写生有气骨而无风姿，元人写生饶风姿而乏气骨，此皆所谓偏长，能兼之者惟沈启南④先生。”⑤

---

① 潘运告主编，岳仁译注：《宣和画谱·花鸟叙论》，湖南美术出版社1999年版，第310页。

② “古来画梅者，率皆傅彩写生，自北宋华光僧仲仁，始以墨晕创为别趣。”见于安澜编：《画史丛书·明画录·墨梅》，上海人民美术出版社1963年版，第99页。

③ 孔凡礼点校：《苏轼诗集》，中华书局1982年版，第1353页。

④ 沈周，字启南，号石田。

⑤ 沈周《水墨花卉》题跋。

《写生册》便是沈周兼气骨与风姿的花鸟代表作。题中“写生”并非物象临摹的字面之意,“昔人谓画人物是传神,画花鸟是写生,画山水是留影。”[①]故此中“写生”即为花鸟画的别称。册中荷花一页(图 11－12)突破了宋时荷图清晰整丽的形似之工,以浓墨泼写荷叶,用墨合度而不板滞。肆意的粗笔将叶脉勾于湿墨之上,深浅虚实,富有变化。后有淡墨细笔勾勒之荷花掩映其中,衬以前景浓墨,更显花朵不妖不染的清雅透明之性。另有青蛙落于叶上,苇草穿插前后。墨色顿挫,湿枯相合,浓淡相宜,动静响应。荷之气骨与风姿以写意之风淋漓于页上,正合沈周册上自题“随物赋形,聊自适闲居饱食之兴”的适情雅趣。

图 11－12　沈周　《写生册·荷花》　台北“故宫博物院”藏

明代陈道复[②]的花鸟画师法沈周之写意。其瓶画代表作《瓶莲图轴》(图 11－13)笔墨酣畅,是为酒醉之作。其上草书沈周《瓶莲图》中《临江仙》一词,并追题:“石田先生尝作《瓶莲图》,上有此词,词调《临江仙》。今日小子效颦,再追和如右。”足见其对沈周笔墨的继承。另有后人评曰:“白阳[③]笔致超逸,虽以石田为师法,而能自成其妙。”[④]可以见出陈道复在沈周的意笔之上自成一法,将其工于行草的笔势融于水墨,并创勾画点染的笔法。如其《花卉册·荷花》(图 11－14)糅合泼墨与点写的笔意,且不乏细节的经营。叶背勾有经脉,叶尾破以细碎,叶梗缀以小刺。整体观之则是有浓有淡,有枯有湿,有前有后。加之书法聚散的笔锋,洒落而有致,洗练而有变,未绘其花而尽现风中之荷形似枯裂却又摇曳生姿的顽强的生气。故虽无亭亭玉立之花,然笔墨空间中全然赋有《爱莲说》入世而修的畅达精神与君子情怀。

---

① 潘运告主编,云告译注:《明代画论·绘事微言》,湖南美术出版社 2002 年版,第 247 页。

② 陈道复初名陈淳,字道复,后以字为名。

③ 陈道复自号“白阳山人”。

④ 于安澜编:《画论丛刊·山静居画论》,人民美术出版社 1989 年版,第 450 页。

明末与陈道复并称“青藤白阳”的“青藤居士”徐渭则在沈周与陈道复的水墨写意之上融狂草入画，开创了大写意的墨荷画法。徐渭性格桀骜，生世坎坷，怀才不遇，曾九次自杀未遂，故常以纵逸的笔墨宣泄内心癫狂的情绪。如其《杂花图卷》(图 11－15)似《百花图卷》以长卷形式描画了数十种花草。手卷以牡丹作为起始，徐渭曾题牡丹曰：“牡丹为富贵花主，光彩夺目，故昔人多以钩染烘托见。今以泼墨为之，虽有生意，终不是此花真面目。”与《爱莲说》中“牡丹，花之富贵者也……牡丹之爱，宜乎众矣”的怀抱相似，可见其对牡丹所示富贵的蔑视。故徐渭在卷中一改对牡丹雍容外观工笔赋彩的刻画，代以胶墨[①]促就，时泼时扫，且辅以勾点，浑然跌宕，直抒胸臆。后接墨色氤氲的石榴与莲荷一段。沈周与陈道复水墨写意中墨色勾染的荷叶轮廓与经脉被代以纯然泼染的浓淡层次。墨色湿润，墨韵升腾，又以狂草的笔锋挥扫荷梗与水草之像，挺拔错落，笔意狂纵，淋漓酣畅，尽现其狂躁张扬的心性。纵横的笔墨之后，掩映着一株以淡墨信笔勾勒的荷花。笔触柔和，且未施墨色，更与前景张狂的荷叶与荷梗对比鲜明，以墨写神，呼之欲出，似是其躁动的内心中柔软娇嫩的隐蔽之处，又似以荷寓世，借以表达

图 11－13 陈道复 《瓶莲图轴》 北京故宫博物院藏

图 11－14 陈道复 《花卉册·荷花》 上海博物馆藏

① 在水墨中加胶，以控其在生宣上的渗散晕染。

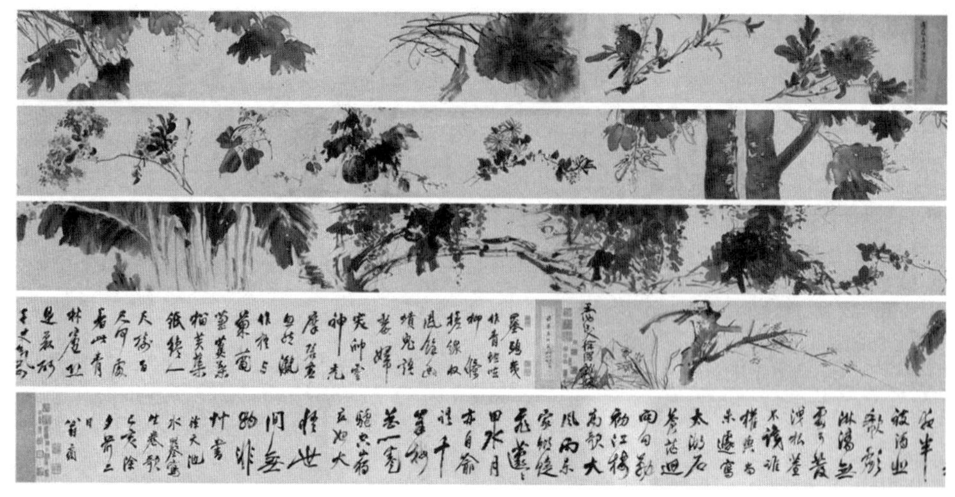

图 11－15　徐渭　《杂花图卷》　南京博物院藏

图 11－16　朱耷　《墨荷图》　安徽博物馆藏

我本心性高洁，却无奈身陷囹圄的苦楚。恰如徐渭在另一墨荷画作《五月莲花图》中所题："假令遮得西施面，遮得歌声渡叶不？"

清初"八大山人"朱耷发展了徐渭的大写意笔法。因其为明末遗民，对故国深切的怀念与对清王朝的愤懑之意，养成了孤傲的心性，又因少时多习儒学，后皈依佛门继而还俗，怀有以释家为本，儒道释三家融合的思想体系。故朱耷自成一家，将徐渭个人情感的抒发，转向对生命意义的思考，更显内敛理性。朱耷的《墨荷图》（图 11－16）即是将徐渭放纵肆意的笔墨有所收敛，转以秃笔写意的并济刚柔。图像中绘一粗笔勾勒、枯笔皴擦点簇的巨石立于右侧，以繁茂的叶片包裹。荷叶多以粗笔涂抹叠加，概括其经络扩张的立体感，富有层次，再以细笔勾勒脉络根茎，舒张而有骨。荷叶前后浓淡有致，空间鲜明。荷梗的书写相较徐渭狂草的笔法则更是稳健劲挺。此外，徐渭《杂花图卷》中的荷花掩映在杂乱的荷叶深处，淡笔勾勒，有入世伤怀之意。而朱耷的《墨荷图》中，荷花依然勾以简笔，却是亭亭净植，挺立出墨色浓密的叶丛与泥石，落于画面上方大面积的空白之中，冷逸沉静，抒发其释家思想为主导、“出淤泥而不染”的出世情怀。

同代石涛“寄兴于笔墨，假道于山川”[①]之外，也多以花鸟承载道德内涵。其作《爱莲图轴》上以隶书题《爱莲说》全文，比兴高洁的君子情怀，是为其众水墨写意花鸟以外的兼工带写之作。然画面中并未描绘文中语象所述亭亭玉立的荷花，转而以动态入画。荷塘上微风阵阵，摇曳多姿、视角各异的荷花施以淡彩。风姿翩翩的荷叶与芦草双钩填彩而就。塘中之水以空白的虚境概括，辅以浅淡的波纹，虚实相生。岸边石块则以纯然水墨的写意手法或点或皴，与塘中景致工写相应，更衬得荷花之清逸脱俗。

清代恽寿平所绘莲图同样墨彩并用，且融入所擅的没骨画法。是谓没骨，即隐去笔骨，直接施以色彩的造型方法，有兼工带写之妙。该画法始于南朝，行至清初，则以恽寿平为代表，继承前人衣钵之上，开创了点染共用的恽体画风。如《出水芙蓉图》（图 11－17）即为没骨荷花的典型，既有重写生的工细，又有兼传神的写意。画上题诗曰：“冲泥抽柄曲，贴水铸钱肥。西风吹不入，长护美人衣。”恽寿平虽是以荷花象征美人，然饱含“出淤泥而不染，濯清涟而不妖”的坚贞气节。画中荷叶凋残，莲蓬枯黄，似是入秋时节。却有一株红荷挺出水面，花朵衔着雾气，秀润而清丽。全画所绘之处不见勾勒，却细腻有致。荷花花瓣敷以粉彩，瓣上纹路与瓣间水气依稀可见。荷叶则保留经络的间隔渲染出层次，并以稍

图 11－17 恽寿平 《出水芙蓉图》 北京故宫博物院藏

① 潘运告主编，云告译注：《清人论画・苦瓜和尚画语录・资任章第十八》，湖南美术出版社 2004 年版，第 35 页。

浅颜色填染空白，再经凋零之色的点染相缀，托出花朵的丰腴饱满与温润气息。全画一气呵成，技法精妙，物象传神。另有同代唐苂与恽寿平是为同乡，私交甚密，画法也居一派。而其莲荷画作较恽寿平更为出名，时有“唐荷花”之雅称。更有二者共同完成以赠王翚的《红莲绿藻图》传世，同样以没骨法点染为之。唐苂绘以红莲，恽寿平画之绿藻。花枝亭亭，池水清澈，藻荇摇曳，一派生机。

行至近现代，当属张大千较为典型，在其泼墨与泼彩山水的成就之外，素有“荷痴”之称。后人评曰：“兼取古今各家画荷之长，于石涛取‘气’，于八大取‘毅’，于宋人得体察物情之理，乃集古今画荷之大成。”[①]如其代表作《巨荷四连屏》（图 11－18）画幅巨大，屏上跋曰：“一花一叶西来意，大涤当年识得无。我欲移家花里住，只愁秋思动江湖。两京未复，昆明玄武州渚之乐，徒托梦魂。”遂寄兴笔墨，描绘了荷塘的全景。左二屏主线，右二屏布面。左侧的荷梗融书法笔触挺拔刚劲，有通天贯地之气、蓬勃向上之势。荷叶泼墨宛若伞盖，粗笔涂抹的层次饱含八大之写意。荷花则细笔勾勒，再于瓣尖破以浓墨提神，富石涛之风，亭亭玉立，不妖不染。正有张大千题荷时所述“花如今隶茎如篆，叶是分书草草书”的笔意。右幅屏面则愈加恣情写意。浓淡的墨色堆叠出层次，笔墨空间分明。画面更延续左侧勾勒之荷花掩缀其中，似是新生的幼荷，形态各异。全屏左右呼应，疏密有致，加之醇厚的墨色、曼妙的笔姿，是谓气势纵横、尽兴酣畅。张大千曾寄语花鸟画家俞致贞云：“画荷花，要表现它出淤泥而不染的‘清妍艳丽’‘香远益清’的性格。”[②]可以见出《爱莲说》对张大千画荷的影响。

图 11－18　张大千　《巨荷四连屏》

① 陈洙龙编著：《中国书画名家画语图解・张大千》，中国人民大学出版社 2003 年版，第 164 页。
② 同上，第 163 页。

第二节 宋诗中的图像母题

宋诗作为宋代文学的一部分，是图像母题最重要的来源之一，为后世画家提供了众多入画题材，是宋代文图关系史的重要组成部分。本节梳理并分析了后世对宋代诗歌的图像呈现。其中第一部分简要比较了唐诗的重情韵和宋诗的重理趣，并梳理了后代图像呈现宋诗的几种主要类型；第二部分选取了经典的宋诗诗意画作品，旨在展开后世图像对于宋诗经典诗句、诗中意境及诗人情怀的呈现概况；第三部分摘取了“暗香疏影”“山静日长”“岁寒三友”这些宋诗中典型的意象组合，分析了其在后世画家笔下的具体呈现。

一、宋诗图像概述

诗意画，即画家以诗歌作为画题，依据前人秀句佳篇来构思立意，通过解读诗歌内在意蕴和深层精神，以生花之妙笔，将诗境转化为画境，成为一幅生动形象的绘画作品。诗意画是从“诗歌文本”到“图像文本”的转变，诗不能着其形，泼墨以绘其形，绘画是诗歌的视觉化呈现，二者相互阐释、融会贯通。其中，“诗是‘诗意画’的灵魂，‘诗画一律’的审美观念和‘诗中有画’的诗歌审美方式，是构成诗画转化的基本条件。”[1]

北宋郭熙在《林泉高致》中曾记其创作诗意画的情形：

更如前人言：“诗是无形画，画是有形诗。”哲人多谈此言，吾人所师。余因暇日，阅晋唐古今诗什，其中佳句有道尽人腹中之事，有装出目前之景，然不因静居燕坐，明窗净几，一炷炉香，万虑消沉，则佳句好意亦看不出，幽情美趣亦想不成，即画之主意，亦岂易及乎！境界已熟，心手已应，方始纵横中度，左右逢源。[2]

《林泉高致》中录其所诵“发于佳思而可画”之“清篇秀句”有王摩诘“行到水穷处，坐看云起时”；韦应物“春潮带雨晚来急，野渡无人舟自横”[3]等截句十联，七绝四首。除了画家喜作诗意画外，宋徽宗还曾以诗句考试画工，如“野水无人渡，孤舟尽日横”“蝴蝶梦中家万里”“嫩绿枝头一点红，动人春色不须多”“竹锁桥边卖酒家”“踏花归去马蹄香”等句都曾是画学考题。由此可见，宋代画坛关于前代诗歌的诗意图创作已十分流行。其中最著名的就有马远的《寒江独钓》《对月图》，李公麟《饮中八仙图》，赵葵《杜甫诗意图》等等。

---

① 于广杰：《北宋句图对“诗意画”发展之作用》，《大连理工大学学报（社会科学版）》2015年第3期，第133页。

② 郭思：《林泉高致》，见俞剑华编《中国古代画论类编》，人民美术出版社1998年版，第641页。

③ 同上，第642页。

（一）宋诗与唐诗——理趣与情韵

钱锺书在《谈艺录》中说："天下有两种人，斯分两种诗。唐诗多以丰神情韵擅长，宋诗多以筋骨思理见胜。"①缪钺先生在《诗词散论》中说："唐诗以韵胜，故浑雅，而贵酝藉空灵；宋诗以意胜，故精能，而贵深折透辟。唐诗之美在情辞，故丰腴；宋诗之美在气骨，故瘦劲。"②

宋代诗歌一方面继承了唐诗的传统，另一方面，又开拓出了新的表现形式和诗歌内容。在形式上，宋人讲求"以文为诗，以议论为诗，以才学为诗"，他们比唐人掌握更多的语言技巧，擅长在诗中运用日常口语和句法，穿插典故和议论。唐代诗人中，除了白居易、杜甫等少数人以外，一般不以俗字俚语入诗，到了宋代，俗语入诗蔚然成风。周紫芝《竹坡诗话》中有"东坡云：'街谈市语，皆可入诗，但要人镕化耳。'"③诗人们主张"以俗为雅"，因此，街谈巷说、鄙俚之言皆可入诗，从而形成了通俗活泼的语言风格，读来流动自然、脉络顺畅。

在内容上，相较于唐诗注重自然意象，宋诗则多撷人文意象入诗。宋诗通过描写人文意象来表现宋代文人的审美趣向以及品格修养。在宋代，笔墨纸砚、金石书画成为文人士大夫们的精神寄托和心灵休憩之所。文人以观书赏画为生活情趣，于金石书画中自得其乐、流连忘返。宋人赵希鹄《洞天清录集·序》中记载：

悦目初不在色，盈耳初不在声。尝见前辈诸老先生多蓄法书、名画、古琴、旧研，良以是也。明窗净几，罗列布置，篆香居中，佳客玉立相映，时取古人妙迹，以观鸟篆蜗书，奇峰远水，摩挲钟鼎，亲见商周，端研涌岩泉，焦桐鸣玉佩，不知身居人世，所谓受用清福，孰有逾此者乎。是境也，阆苑瑶池未必是过。④

由此可见，与"唐人好诗，多是征戍、迁谪、行旅、离别之作"⑤不同，"宋人则多以丰富的人文世界为精神生活之受用，宋诗中，人文意象如读书、读画、听琴、玩碑、弄帖、访旧、吊古等远远大于自然意象与事功意象如看月、听雨、赏花、弄水、骑马、饮酒等。"⑥富有生活气息的人文化与通俗化意象使得诗歌整体自然亲切，意境平常冲淡。

以王维、韦应物等为代表的前代诗人以其风雅高尚的情怀、情韵丰腴的诗歌影响了宋代文人，他们的诗句、诗意成为宋代画家笔下反复摹写的画题，同样地，宋代诗人偏理重思的气质和充满人文意趣的诗歌在后世亦不乏欣赏、共鸣者，宋诗中的经典意象、意境也曾多次入画。

---

① 钱锺书：《谈艺录》，三联书店 2001 年版，第 3 页。
② 缪钺：《诗词散论·论宋诗》，上海古籍出版社 1982 年版，第 36 页。
③ 周紫芝：《竹坡诗话》，中华书局 1985 年版，第 34 页。
④ 赵希鹄：《洞天清录》，中华书局 1985 版，第 1 页。
⑤ 严羽撰，郭绍虞校释：《沧浪诗话·诗评》，人民文学出版社 1983 年版，第 198 页。
⑥ 胡晓明：《尚意的诗学与宋代人文精神》，《文学遗产》1991 年第 2 期，第 91 页。

（二）宋诗在后代的图像呈现

刘勰《文心雕龙》有“思接千载”一说，诗意画便是后人承接前人思想的产物，画家把诗里面的意境视觉化了，使抽象的诗境变为可见的图景。中国诗意画既能以整首诗为模仿对象，如李公麟、萧云从等人的“九歌图”，《唐诗画谱》《诗余画谱》等；又能单取诗歌中的一句或一联为画题，如马远画柳宗元“孤舟蓑笠翁，独钓寒江雪”，马麟画王维“行到水穷处，坐看云起时”；或以某种诗意精神为画意，如后世画家画林逋“疏影横斜水清浅，暗香浮动月黄昏”，画唐子西“山静似太古，日长如小年”等，诸如此类。

宋诗诗意画主要有两类，一类如董其昌《林和靖诗意图》、沈周《东坡诗意图》、黄宾虹《宋陈师道诗意图册》、陆俨少《陆游诗意图》等，这些画题明确标出古代诗人姓名，明白显示出画意的来历。另一类像王冕《寒梅图》《南枝春早图》、唐寅《梅花图》《早春幽芳图》、金俊明《暗香疏影图》、虚谷《梅鹤图》等，这些画题并没有标出诗人姓名，诗意或见于题跋之上，或隐于画幅之中。

现当代一些书籍插图、古诗卡也涉及宋代诗歌的诗意。如当代插图艺术名家戴敦邦便有著名的《戴敦邦古典文学名著画集》，这一画集是他以绘画形式演绎的文学名著读后感。其中《唐诗宋词》是其中浓墨重彩的一笔。手绘的 42 幅诗意图中，选取了唐诗 22 首，宋诗 8 首，宋词 11 首，南唐词 1 首。所选宋诗作者有王安石、叶绍翁、杨万里、陆游、朱熹等。由宋耐苦主编，王金石绘画的《配画宋诗一百首》精选出 42 位诗人 108 首宋诗。从宋初柳开、王禹偁到南宋“永嘉四灵”再到“江湖诗派”戴复古、刘克庄等，收录了宋诗发展史上各个阶段、各种流派中的名家名作，诗后配有以诗中名句为题、反映诗作意境的精美图画。

唐诗与宋诗词中意趣多被后世人绘进图中，《宣和画谱》曾记载王榖“多取今昔人诗词中意趣写而为图绘。”[①]相较于唐诗有《唐诗画谱》，宋词有《诗余画谱》，采宋诗之诗句、其诗意、其情怀的并不多，但在这少量的宋诗诗意画中，亦不乏精品。

二、后世经典宋诗诗意画

（一）后世图像对宋诗诗句、诗境及诗人情怀的呈现

1. 董其昌《林和靖诗意图》

董其昌，字玄宰，号思白，松江华亭人，明代著名画家、书法家和书画理论家。作为明代画坛的中坚人物，其传世画作艺术价值颇高。《林和靖诗意图》是其以

---

① 潘运告主编，岳仁译注：《宣和画谱》，湖南美术出版社 1999 年版，第 256 页。

图 11－19　董其昌　《林和靖诗意图》
北京故宫博物院藏

宋代林逋诗意为画题所作，共有两款，一幅为1614 年所作（图 11－19），另一幅为 1620 年所作。

林逋作有《孤山隐居书壁》一诗："山水未深猿鸟少，此生犹拟别移居。直过天竺溪流上，独树为桥小结庐。"[①]在此画幅的右上方，董其昌自题一首七言诗，其只改动了林逋原诗几个字："山水未深鱼鸟少，此生还拟重移居。只应三竺溪流上，独木为桥小结庐。"

1614 年的作品，董其昌依林诗作画，自跋"以黄法为之"，以深远法构图。画面中，远处峰峦起伏，林木葱郁，溪水相映，茅屋草舍点缀其间；近处溪涧曲折，坡石相接，岸边杂树数枝，清秀淡雅。用笔萧散天真，墨色浓淡分明。"画境出自诗意，本图清幽萧疏的画境，自然是超然出尘的诗境的体现，诗境美转化为画境美。"[②]而1620 年的作品中，其用笔更加老辣，树木苍劲有力，山石蕴蓄丰厚。这一变化体现了董其昌不同时期对于同一首诗歌内涵的不同感悟，画作是诗作生命的延续。

林逋结庐孤山，却仍有入山尚浅之憾，有移居深山之意，故作此诗以表心志。但终其一生，其仅止于孤山，并未别移，身隐心未隐。"（和靖）固非愤时嫉俗，亦非避世逃名。故虽足不入城，而交多冠盖；身栖岩壑，而意重科名。此其所以拟别移居，仅成虚语；坟前修竹，终在孤山者乎！"[③]董其昌一生亦官亦隐，亦是"交多冠盖""意重科名"，从来不曾真正地隐于深山。林逋之诗也正是董其昌心中之意，他二人的"隐"之理想最终只化为诗、画，一个在石壁上书诗以表深隐之心，一个在绢布上作画以明绝世之志。董其昌借宋代名隐林逋的情怀指涉自身，阐明心隐大于身隐，自己即使身居尘世之中，但仍有着和古人一般隐居深山的高洁理想。此画与诗浑然一意，是诗画融通的绝佳之作。

2. 王翚《放翁诗意图册》十二开

王翚，字石谷，号清晖老人等，江苏常熟人，清代著名画家，与王鉴、王时敏、

① 林逋撰，沈幼征校注：《林和靖诗集》，浙江古籍出版社 1986 年版，第 137 页。
② 吴企明编著：《传世名画题诗品赏 · 上》，云南人民出版社 2005 年版，第 259 页。
③ 林逋撰，沈幼征校注：《林和靖诗集》，浙江古籍出版社 1986 年版，第 138 页。

王原祁合称“四王”。王翚有《放翁诗意图册》十二开，作于1707年，其中六开纸本，六开绢本。从画家自题中可以得知，初夏时节，画家居于岑寂山馆之中，与古诗做伴，静会经营，摘取了陆游诗中秀句汇成小景多幅：

(1) 雨过乱蓑堆野艇，月明长笛和菱歌。

(2) 参差楼阁高城上，寂历村墟细雨中。

(3) 风翻翠浪千畦麦，水漾红云一坞花。

(4) 月明满地看梅影，露下隔溪闻鹤声。

(5) 瓜蔓水平芳草岸，鱼鳞云衬夕阳天。

(6) 山重水复疑无路，柳暗花明又一村。

(7) 明月长庚天欲晓，新桐清露暑犹微。

(8) 青山缺处日初上，孤店开时莺乱啼。

(9) 斜日半穿临水竹，好风遥送隔城钟。

(10) 山经宿雨修容出，花倚和风作态飞。

(11) 半窗竹影棋僧去，满棹苹风钓伴归。

(12) 云埋废苑呼鹰处，雪暗荒郊射虎天。

此图册为王翚晚年作品，整体风格苍茫浑厚，笔墨淡润，设色古朴、自然。图中山体高低错落、连绵不断，群峰环抱之中为人物住宅，山下有水流、气脉环绕，草木繁茂、生气自然，主次分明，形成一个水流与气脉回旋流动、半封闭的地理环境，符合传统风水观，是王翚山水画中一贯的构图形式。主峰高耸，众山环抱，高山仰止，是“可望”“可游”的理想山水；山重水复，云雾缭绕，峰回路转，是“可即”“可居”的幽隐之地。满足了清代“居庙堂之高”的文人士大夫和“处江湖之远”的高隐之士的双重愿望。

王翚善取前人之法，然又不拘于一家，将巨然、范宽的构图方式与黄公望、王蒙的书法性用笔完美结合，创造出一种苍茫浑厚、气势勃发的山水画风格。画面既有宏观之大势，又有微观之细致，如图册第一开中用湿笔淡墨渲染远山，雾气萦绕，树木遒劲自然，枝叶以浓淡相间的墨点点写，舟船、屋舍等景物则以写意为主，层次丰富，淋漓尽致地表现出江南水乡的秀润之美。

3. 王原祁《放翁诗意图》

王原祁，字茂京，号麓台、石师道人，江苏太仓人，擅画山水，与王时敏、王鉴、王翚并称“四王”，著有《雨窗漫笔》与《麓台题画稿》等。

王原祁作画注重“理、气、趣”三者兼到：“作画以理气趣兼到为重，非是三者不入精妙神逸之品，故必于平中求奇，绵里有针，虚实相生。”[1]其对于笔墨形式美感、韵致都有自己的见解，在王时敏、王鉴的基础上，把笔墨形式推上了新的高峰。《放翁诗意图》便是其“师古”系列的作品，对传统“理”“法”的延续可见一斑。

---

① 俞剑华：《中国古代画论类编・泛论・雨窗漫笔》，人民美术出版社1998年版，第172页。

《放翁诗意图》多用干笔，浅绛中融入小青绿，笔笔交叠、色色相浸，整体画风清润明秀、高雅古朴。正如其所说："作画但须顾气势轮廓，不必求好景，亦不必拘旧稿。若于开合起伏得法，轮廓气势已合，则脉络顿挫转折处，天然妙景自出，暗合古法矣。"[①]题画取陆游《游山西村》"山重水复、柳暗花明"八字诗意，在画中，"山重水复"以层层山石迂回盘转来体现，"柳暗花明"以点点桃花、纤纤垂柳来渲染。山石青绿、花柳盛开，小桥石阶、流水人家，一派醉人的春日之景铺展于眼前，而遍寻无人，正合了陆游诗意，或许下一刻，那主人公便要从"山重水复"中寻得这"柳暗花明"了。全图浑然一片、气脉贯连，处处藏锋而不露，王原祁此画可谓臻于妙境。

4. *石涛《宋元吟韵图册》《东坡时序诗意十二帧》*

石涛本姓朱，名若极，字石涛，又号苦瓜和尚、大涤子、清湘陈人等，广西全州人，清代画家。石涛最重要的宋诗诗意画有《宋元吟韵图册》十二开以及《东坡时序诗意十二帧》。

《宋元吟韵图册》中，石涛在第十二幅作品上以行书题："素翁以洋纸索余写画，因取宋元诸贤公吟韵，图成一十二幅寄上索笑。清湘大涤子。"册页共十二幅，每幅上均题有宋元人七绝和五言小诗，是诗意画中的精品。

此十二幅山水作品中，除两幅写元人黄庚林、王行诗意外，其余十幅皆以行、隶书题宋人诗句。现将册页上宋诗摘录如下：

木叶西风古道，稻花北垅新田。流水美人何处？夕阳荒草连天。（陈普《野步十首》之十）

草枯根不死，春到又敷荣。独有愁根在，非春亦自生。（真山民《草》）

一径沿崖踏苍壁，半坞寒云抱泉石。山翁酒熟不出门，残花满地无人迹。（郭祥正《访隐者》）

巾子峰头乌臼树，微霜未落已先红。凭栏高看复低看，半在石池波影中。（林逋《水亭秋日偶书》）

寂寞亭基野渡边，春流平岸草芊芊。一川晚照人闲立，满袖杨花听杜鹃。（郑协《溪桥晚兴》）

春草绵绵不可名，水边原上乱抽荣。似嫌车马繁华地，才入城门便不生。（刘敞《春草》）

江上往来人，但爱鲈鱼美。君看一叶舟，出没风波里。（范仲淹《江上渔者》）

远近皆僧刹，西村八九家。得鱼无处卖，沽酒入芦花。（郭祥正《西村》）

沧江无尽水，夜夜随潮去。若复作潮来，沧江止不住。（徐直方《观水》）

客兴谓已旦，出视见落月。瘦马入荒陂，霜花重如雪。（孔文仲《早行》）

第十二开写北宋"临江派"诗人孔文仲诗意。孔文仲的诗构想奇特，诗中有

---

① 俞剑华：《中国古代画论类编・泛论・雨窗漫笔》，人民美术出版社 1998 年版，第 170 页。

画。如《早行》:“客兴谓已旦,出视见落月。瘦马人荒陂,霜花重如雪。”行人、落月、瘦马、荒陂、霜花这些意象组合在一起就是一幅完整的晚秋早行图。石涛此幅作品整体风格荒寒野逸,多用素色。水墨氤氲的素淡远山,山下茫然一片的霜木,一条若隐若现的小路,行人和他的瘦马正奔赴远方,近处石坡上两颗孤独的树,这一切都被深秋清晨的浓雾和霜花所笼罩着。

石涛的绘画体现的是“逸笔草草”的书法性趣味,其用笔恣意,用墨洒脱,画中之景皆茫茫不可辨细真。如《江上渔者》中,图中两面是巨大山石,下方隐约几处人家,茫茫的江面上仅一叶扁舟,虽无惊涛骇浪尽收眼底的磅礴之势,却有乾坤浩荡、舍我其谁的豪迈之气。

《东坡时序诗意十二帧》是石涛在晚年取苏轼诗意构思成画,并题原诗于画上。原图册共选取了12首诗,因所选诗歌内容都与四季时序有关,故名《东坡时序诗意十二帧》。这一组诗意画中,石涛取苏轼“诗意”,但不拘泥于一字一句,不是如实再现诗中所涉景物,而是根据诗歌所表现的内容与情感,揣摩诗人当时的遭遇和心态,在意会诗中真实指涉之后,从而造境生趣,将苏诗的思想性和生命力捕捉到画面之上,诗画交融,画延诗意。正如石涛所言:“诗中画,性情中来者也,则画不是可拟张拟李而后作诗;画中诗,乃境趣时生者也,则诗不是生吞生剥,而后成画。”①

“故人适千里,临别尚迟迟。人行犹可复,岁行那可追!问岁安所之?远在天一涯。已逐东流水,赴海归无时。东邻酒初熟,西舍彘亦肥。且为一日欢,慰此穷年悲。勿嗟旧岁别,行与新岁辞。去去勿回顾,还君老与衰”是苏轼《岁暮思归寄子由》三首其二,写于嘉祐七年(1062)冬末。苏轼一人在外为官,年终想回家与亲人团聚而不得,回想起故乡岁暮的淳朴风俗,愁意更浓,便写了三首诗寄给弟弟苏辙(字子由),以抒发思念之情。

石涛《别岁》一图中,没有繁复的构图和细密的笔墨,构图、用笔均十分简约。画面主体是思乡但不得归的诗人,岁末寒冬,万物凋零,离家之人踽踽独行,其向前倾斜的身体似乎向我们诉说着难以承受的乡愁之重。石涛作为明朝遗民,国恨乡愁是其心上永恒的主题,画中人物是苏轼,亦是石涛自己,二人虽处不同时空,但思家、思国是中国文人千年不变的郁郁情结。

5. 黄宾虹《宋陈师道诗意图册》《陈简斋诗意图》

黄宾虹是中国近代山水画大师、篆刻家、诗人和绘画理论家。他在绘画创作中偏重理法,因而更推崇重理、少抒情的宋诗,亦更乐于摹写宋诗的意境。其宋诗诗意画存目众多,包括1915年的《宋陈师道诗意图册》十六开,1924年的《陈简斋诗意图》,1929年写南宋朱熹《江月图》“江空秋月明,夜久寒露滴。扁舟何处归,吟啸永佳夕”诗意的《朱晦翁诗意图》,写蔡确《夏日登车盖亭》其二“一川佳

---

① 傅抱石:《大涤子题画诗跋校补》,上海辞书出版社2006年版,第42—43页。

景疏帘外，四面凉风曲槛头。绿野平流来远棹，青天白雨起灵湫”的《宋人诗意山水》，《宋元明诗意山水册》中第一幅图写黄庭坚《题宗室大年画》“水色烟光上下寒，忘机鸥鸟恣飞还。年来频作江湖梦，对此身疑在故山”之诗意等。此外，黄宾虹有误将明人林弼《龙州》诗当作宋诗而作的《宋人诗意图》①《宋人龙州诗意图》②二幅。

《宋陈师道诗意图册》为黄宾虹早期绘画作品，风格幽远疏淡，是其应友人黄晦闻请求而作。画面苍茫蕴藉，友人收到画以后回信曰：“后山诗重以公缋，古情今意，一时并陈，旅居得此，足慰憔悴矣。”③

陈师道，字无己，号后山居士，苏门六君子之一，江西诗派重要作家，正直有气节，著有《后山先生集》等。《宋陈师道诗意图册》共计十六开，十六帧画面中引陈诗十五首，皆可见今流通本《后山诗注》。画册中或录陈诗全首，或摘两句，图诗并茂，寓意深长。此山水册以画配诗，每开一图一景，多以回峦秀壁、青山白云、溪水茅舍、山径拱桥、鱼游鸟语，日落归鸿、亭台楼阁，隐伏逸士组合入画。十六帖画面，笔墨浓淡、造景繁简各异，用简练精巧的布局构思将陈师道诗中的苦嗟孤吟、奇拙质朴、情真意切尽收画底。诗，隽永警辟、意境悠远；画，秀逸温润、韵味盎然。

如第二开为《十七日观潮三首》的最后一首：“漫漫平沙走白虹，瑶台失手玉杯空。晴天摇动清江底，晚日浮沉急浪中。”钱塘江潮，如雷霆滚滚、如万马奔腾，此种壮观景象为历代诗人所咏吟。陈师道这首诗，描写了从潮初的平静到高潮的奇观，再到退潮后的余波，更杂以神话传说，引人神往。画家没有直接以壮潮激浪入画，反而紧扣最后一句“晚日浮沉急浪中”，描绘了退潮后、落日前的一叶小舟，卧于江涛之平静，表现了澎湃过后归于平缓的大自然柔和之美，其中亦可见出黄宾虹早期幽远疏淡的绘画风格。

黄宾虹深刻领会陈诗中的深意，往往用景物来烘托人物的精神境界，将陈师道诗中的禅意通过小幅画面反映出来，可谓是不着一字，尽得风流。例如，第九开《宿柴城》“卧埋尘叶走风烟，齿豁头童不记年。起倒不供聊应俗，高低莫可只随缘。冬冬远鼓三行夜，隐隐平湖四接天。枕底涛波篷上雨，故将羁老到愁边”，诗人表现的是奔波于仕途的艰辛，人情淡薄、世态炎凉，羁旅之人一生坎坷，未老先衰。夜深湖静，难以入眠，回忆往事，诗人感慨万分，忽闻远处鼓声，期盼黎明到来，好能早点回到故乡。在画面中，重重峻岭，怪石峥嵘，一叶孤舟靠在岸边，

---

① 此图款识：“近水刺桐知驿舍，倚山毛竹即人家。趁墟野妇沽甜酒，候客溪童近辣茶。荔浦道写宋诗为图。宾虹。”

② 此图款识“草阁柴扉傍竹开，峒官留客意徘徊。盘遮蕉叶携肴至，瓮贮筠笼送酒来。宋人龙州诗意。宾虹拟古。”

③ 商志𫄨：《灵芬一束留世馨逸——记黄宾虹〈宋陈师道诗意图册〉》，《东南文化》2003 年第 12 期，第 9 页。

万物寂静无声，惟船底的河水，在缓缓地流动，流入浩荡的大河，也流向不远的故乡。静态的小舟、渡口承载了旅人无限的乡愁；动态的流水、斜树是生命的跃动，是人们对于自由、理想的追求。一静一动，一实一虚，山水即人，风景即生活，道尽了诗中情绪。

第十六开“破暑好风开乐国，脱尘新句散余霞”中，画中人策杖而行，寻幽漫步，观山水流动，听松柏涛声，由山水参悟哲理，俨然一位造诣高深的学者。画家利用岩石、瀑布、松柏、小桥、人物这五种景物构成一幅错落有致的图像，烘托出画中人的智慧境界。淡赭山石，苍林萦绕，布局新颖，笔墨润泽，画家将诗文内容塑成了具体可感的生动形象，使诗中禅境演化为具体物景，让读者自己去体味，去重组一幅幅画景，足见画家措意之深，手法之妙。

《陈简斋诗意图》作于 1924 年，画幅右上方题诗云：“斜阳照乱石，颠崖下双筇。试从绝壑底，仰视最奇峰。回碕发涧怒，高霭生树容。半岩菖蒲根，翠葆森伏龙。岂无游世上？于此倘相逢。客心忽悄怆，归路迷行踪。”此为陈与义《与信道游涧边》一诗。陈与义，是南北宋之交的著名诗人，此诗借景抒情，前四联为写景，后两联抒情言志。诗人重意境，善白描，选取斜阳、乱石、颠崖、壑底、奇峰、高树、菖蒲等景物入诗，观察细密，造语工致。诗中寓情于景，“岂无避世士？于此倘相逢”一句充满了感慨、讽喻，娓娓地表达出了作者深层的蕴藉之情。

此画笔法工整，饶有逸致。奇峰壑底，松岩峙立，溪涧幽亭构成一幅夕照图。黄宾虹六十一岁时作此画，正处于其由白转黑这一时期，其由笔笔分明开始转向层层积染。五十岁至七十岁的二十年间，黄宾虹曾先后有多次出游写生，此时的他获得了来自于大自然真实生命的感悟，超脱了早期来自于研习明人的工整用笔，用墨润泽淋漓，构筑了浑穆深邃的风格基调。此画山峦耸翠，草木华滋，已趋于积墨法，呈现出其中期作品所特有的深厚苍浑的审美意蕴。

6. 陆俨少《宋人诗意册》二十二开、《宋人诗意册》十二开、《东坡诗意图》

陆俨少，中国当代山水画大师，与李可染齐名，有“南陆北李”之誉。其绘有百开巨著《杜甫诗意图》，而在杜甫诗之外，宋诗亦是其经常入绘的题材，如 1962 年的《唐子西诗意图》、1983 年的《陆游诗意图》、1984 年的《东坡诗意图》、司马光《野轩》诗意图以及多款《宋人诗意册》，诗情画意相融相和。

《宋人诗意册》二十二开作于陆俨少六十岁之后。此时期的他倾力深究山水理法，探究结构气势组合，章法别致，靠真笔实墨来感染与打动观者。陆俨少谦逊一生，学养深厚，最善解古人诗意，变而能化，山水画饶有书卷气。此二十二开，以宋人梅尧臣、杨万里、苏东坡、范成大、秦观、陆游等人诗意入画。既有“洞庭秋气运苍梧，天高地远鱼龙呼”（陈与义）、“江空峡响鱼龙落，尽放青青极目秋”（陈师道）的苍茫辽阔，又有“人家在何许，云外一声鸡”（梅尧臣）、“平林霜着色，沙岸水留痕”（陈师道）的野情惬意；既有“两崖苍苍暗绝谷，中有百道飞来泉”“寺藏岩底千万仞，路转山腰三百曲”（苏东坡）的千仞绝壁，又有“山从树外青争出，水向沙边绿半涵”“风助乱云阴更密，水争高岸气尤雄”（王安石）的淼淼水波；既有“江欲浮秋去，山能渡水来”（杨万里）、“云林过雨未全晴”（陈师道）的清新雅致，又有“山近朔风吹积雪，天寒落日淡孤村”（苏东坡）、“原田坦弱看掌上，沙路净如行镜中”（范成大）的荒寒素淡。

陆俨少的山水画不仅是对自然山水的再现，更多地是表现一种“心灵空间”。他喜用点、线、面的排比组合来完成构图布局。他以弧线的排比组合来画水，如第八开中，画中弧线成行，构成黄河波涛，线尾翘起，是卷起的白浪，与两岸方山相呼应，山河豪壮，气荡乾坤，是杨万里“黄河动地万鼙雷，却与太行相趁来”诗意的精妙再现。第九开中江水是细密而曲折的线条，江面船上挂着层层的白帆，驶向远处，形象而又动感十足。画丛树，多以各式点的排比组合来表现渲染，第十八开写陆游“黯黯江云瓜步雨，萧萧木叶石城秋”诗意。图中树木是大块墨点的积染，草石以较淡较小的墨点画成，层次丰富，内容饱满。丛树环绕着石城，连接着远山，黯黯江云、萧萧木叶，一幅层林尽染的秋景图跃然于眼前。第十二开中，繁密的墨点附着在山体之上便寓意葱郁的树木，“两崖苍苍”，诗意盎然。

此外，陆俨少注重章法结构的变化，讲求以笔运势，此山水册中，第三开写的是范成大《遂宁府始见平川，喜成短歌》“原田坦弱看掌上，沙路净如行镜中”之诗意，全图无一杂笔、无一多笔，浑融一体，整幅结构由大疏大密组合而成，有意强调显与隐的对比，塑造了一幅平远辽阔的原野图。第二十一开“风助乱云阴更密，水争高岸气尤雄”中，运笔自如，以浓墨勾皴为山，淡墨渲染为水，山与树、水与云，墨气淋漓，造势精妙，出神入化，气势撼人。

《宋人诗意册》十二开作于 1983 年，陆俨少已是 75 岁高龄，其晚年笔法、用墨愈发精湛，山水已入化境。《宋人诗意册》册页内容是陆俨少根据黄庭坚、秦观、梅尧臣、陈与义、杨万里、范成大、陆游等宋代诗人诗句所创作的。其在宋人的诗词间领悟自然的真谛，以热爱山水的真挚情怀，以圆熟老到的笔墨技巧，心手合一，成就此精品之作。

陆俨少自幼饱读诗书，喜作画，后又得以游历国内名山大川、历史古迹。读万卷书，行万里路，其以诗人和画家的眼光观照世界，受自然之浸润，得艺术之灵性。如《深柳读书堂》中素淡的远山，平静的湖面，浓郁柳荫之下，几座茅舍，画中人就在此处与流水做伴，与绿柳相交，沉浸于书中，沉浸于大自然的风情万种之中。作者用笔如行云流水，笔墨浓淡有致，线条细腻润泽，具有一种超凡脱俗的审美情趣。《云壑幽居》中烟云涌动隔断远处山峰，近处一屋舍立于耸石危崖之上，其旁虬松环绕，山石林立。树木山石间湿墨枯笔并用，线条松弛而不失峻利，笔墨沉着而含蓄，幽居于云烟之中、峭壑之上，以青山白云为友，可见作者对大自然的深情。十二册中，几乎每册都取“一山一水一人”之图式，山、水、石、树、茅舍、高塔、扁舟、白云已然成为陆俨少精神世界的一部分。他行走于宋人诗中那清迈俊逸的超脱境界，将自己对于山水的感悟糅进自身生命中，山水之间见笔墨，笔墨之中显心性，宋人的一诗一句都成为陆俨少胸中的山，记忆中的水。

宋代诗人泛湖登山，游目骋怀，其生命人格和精神情感得以在高山流水、目送归鸿中超脱和伸张。苏东坡的那首《六月二十七日望湖楼醉书》“黑云翻墨未遮山，白雨跳珠乱入船，卷地风来忽吹散，望湖楼下水如天”，俨然成了西湖风雨的一种象征。在距离苏轼900多年后的1984年，久居西湖的陆俨少在一次出游中遇到大风雨：排山倒海的黑云之下，城隍阁和保俶塔已不见踪影，柳叶翻飞，树木摇动，白浪高高卷起猛泼向岸边，岸边的泊船被打得七零八落，西湖已非平日里的宁静。此情此景激发了画家的灵感，《东坡诗意图》应运而生。

7. 张大千《东坡倚石图》《松下高士图》《绿章夜奏图》

张大千，四川内江人，是二十世纪中国画坛上独具一格的大家。张大千一生画了多幅宋诗诗意图，包括偶忆东坡居士诗“山中唯有苍髯叟”而作的《松下高士图》、以苏轼题李世南画的题画绝句“野水参差落涨痕，疏林欹倒出霜根。扁舟一棹归何处，家在江南黄叶村”为题的《秋景图》、春日偶忆南方草木而后以苏东坡首题的“桄榔”一句——“江边曳杖桄榔瘦”的《东坡倚石图》（图11－20）。除苏轼诗意图外，张大千曾以陆游《花时遍游诸家园》为题作《绿章夜奏图》，其在苏州网师园的时候还曾摹写过陈普《野步十首》之“木叶西风古道，稻花北垅新田，流水美人何处，夕阳荒草连天”诗意，郭祥正《西村》诗意等等。

图11－20　张大千　《东坡倚石图》

《松下高士图》是张大千早年的文人写意画风，左上题“偶忆东坡居士诗‘山中唯有苍髯叟’，戏写此。辛巳秋月，大千张爰。”画面中的苏东坡一袭宽袍白衣，头戴方帽，左手持书，右手拄杖，表情凝重，若有所思，孑然伫立于苍松之下。画幅中，以绵延的紧密线条绘就苍翠蓊郁的松树以及衣袂翩翩的人物，遒劲而不失细致；以浓淡不一的墨点墨块染成山体和树木草石，写意而又不乏真实。

南宋诗人陆游有《花时遍游诸家园》一诗：“为爱名花抵死狂，只愁风日损红芳。绿章夜奏通明殿，乞借春阴护海棠。”张大千以后两句作为画题[1]绘有《绿章夜奏图》。图中近处绘山石草木，中景绘“乞借春阴”的一男一女形象，人物旁、屋庭前一近一远分别绘有两株海棠树，两株垂柳，海棠花设色清新明丽，淡雅隽逸，柳枝低垂，柔影纤纤，衬托出海棠的生动色彩。画幅并不是单纯描绘海棠花，而是还原了诗中的情境与意蕴，描摹出了春色之下惜花护花的人物形象，也表现了画家自己的爱花之心意。

8. 丰子恺《杨柳鸣蜩图》

丰子恺，原名丰润，又名丰仁，浙江石门人，擅长漫画，作品多取材于日常生活经历，风格朴实，富有浓厚的文学趣味。

丰子恺先生说过：“余读古人诗，常觉其中佳句，似为现代人生写照，或竟为我代言。盖诗言情，人情千古不变，故好诗千古常新。此即所谓不朽之作也。余每遇不朽之句，讽咏之不足，辄译之为画。不问唐宋人句，概用现代表现。自以为恪尽鉴赏之责矣。”[2]正如他所说把好诗“译之为画”，丰子恺就是一位精妙绝伦的“译者”。于他的笔下，宋代诗人王安石的《题西太一宫壁》《示长安君》，郑震的《荆江口望见君山》，叶元素的《绝句》“家住夕阳江上村”都曾穿透历史，散发出诗意的馨香。

“柳叶鸣蜩绿暗，荷花落日红酣。三十六陂春水，白头想见江南。”这是王安石的原诗，丰子恺的漫画中的题诗将首句“柳叶”改为“杨柳”。这首诗在宋代很有名，在后世也获得了高度的褒赞。晚清诗人陈衍在《宋诗精华录》中称此诗“绝代销魂，荆公诗当以此二首压卷。东坡见之曰：‘此老，野狐精也。’”[3]诗歌前两句写所见之景，“柳叶”“鸣蜩”“荷花”“落日”，暗绿与酣红，色彩对比鲜明，画面感十足，第三句写涨满春水的池塘，最后一句点明诗歌主旨，诗人目睹此种风情，仿佛回到了记忆中的江南水乡，进一步抒发了心中思乡怀乡之情。

作为现代著名的漫画大师，丰子恺的作品通俗易懂但又不失深意，形象简明却又意蕴丰富。丰子恺的诗意漫画常常是借古人之诗述自我之心，不拘于细节缘由。《杨柳鸣蜩图》(图 11－21)用现代漫画的手法阐述了古老的主题——乡愁，既表达了对远方家乡的思念，亦有对往昔岁月的追忆。在漫画中，有秀丽动人的景色，有令人沉醉的气氛，历史已过去千年，物是人非，但画中此情此景似乎就是王安石所眷恋的故乡。

另一首“少年离别意非轻，老去相逢亦怆情。草草杯盘共笑语，昏昏灯火话平生。自怜湖海三年隔，又作尘沙万里行。欲问后期何日是？寄书应见雁南征”

---

① 题识：1. 此予二十年前所作也，与近时笔法固当不同，或有疑为赝本者，因为识之。丙戌十月大千张爰。(1946)2. 绿章夜奏通明殿，乞借春阴护海棠。放翁句以吾家孟晋笔法写之，大千居士。(1926)钤印：张爰之印、大千、张爰、大千所作、大风堂。

② 丰华瞻，戚志蓉编：《丰子恺论艺术》，复旦大学出版社 1985 年版，第 262 页。

③ 陈衍编：《宋诗精华录》，上海古籍出版社 2008 年版，第 49 页。

图 11-21　丰子恺　《杨柳鸣蜩图》

为王安石《示长安君》诗，是其出使辽国临行时与妹妹话别所作。丰子恺先生曾将其中两句诗“草草杯盘共笑语，昏昏灯火话平生”写成字画，贴在缘缘堂的客厅墙壁上。这本来是王安石《示长安君》一诗的颔联，说尽了在崎岖世路奔波中故人偶然相逢的感慨。但在丰子恺的笔下，没有了王诗中的那份伤感，而是多了一份闲话平生的暖意。一天的工作忙毕，傍晚老朋友来访，吃顿便饭，与之对酌，在灯火昏昏，杯盘几盏，盈盈笑语中享受一段惬意悠然的时光。

“文人士大夫以‘诗中有画’观诗，摄取诗歌超脱物表的意趣和‘咏物无隐情’的风物情态入画，以超越工于形似、略于神气的画史习气。以‘画中有诗’读画，通过诗歌题咏，用诗意的生命精神点染卧游山水的林泉高致，将画中的艺术境界、个体的山水经验与胸臆合而为一。”①后世画家摄宋诗诗情入画，随诗韵成趣，用笔墨将饱含情思和意趣的诗境，具象为如在眼前的画面，诗意画，是文图的高度融合，画为诗之形，诗为画之灵。

（二）后世图像对宋诗典型意象的呈现

宋诗的内容丰富，意境深远，其中更是孕育了丰富的抒情母题，最显著的是

① 于广杰：《北宋句图对“诗意画”发展之作用》，《大连理工大学学报（社会科学版）》2015 年第 3 期，第 132 页。

南宋诗歌中表达的黍离之思，梅花、兰花这些象征着亡国之恨的特殊意象更为后世遗民抒发身世之殇所常用，尤其为清初在异族统治下的文人所一再描绘。而宋诗中的一些典型意象组合，如“暗香疏影”“山静日长”“岁寒三友”亦成为后世反复摹写入画的经典图式。

1. 暗香疏影

梅花为中国传统十大名花之一，姿、色、香、韵俱佳。更因其岁寒而立、不畏艰难的品质为文人所青睐赞咏。早在南朝时期的诗歌作品中，我们就可以看到梅花的身影。但在宋代以前，梅花只处于诗歌中的次要地位，含义简单，模式单纯。梅花在文人中广为盛行，并得到人们经久不变的钟爱始于北宋隐逸诗人林逋。宋朝林逋，生性恬淡，隐居西湖孤山，终身不仕、不娶，以植梅养鹤为乐，世谓“梅妻鹤子”。林逋爱梅成痴，曾写多首咏梅诗。其中最为人称道的则是《山园小梅》中二句“疏影横斜水清浅，暗香浮动月黄昏。”欧阳修曾有评曰：“评诗者谓‘前世咏梅者多矣，未有此句也。’……自逋之卒，湖山寂寥，未有继者。”[①]林逋的“暗香”“疏影”同苏轼的“玉雪为骨”“冰为魂”一道成为后世咏梅诗的经典词汇。绘画领域中，“暗香疏影”成为后世文人摹写梅花的一个经典图式，横、疏、斜成为梅花经典图像的典型特征。正如毕嘉珍在《墨梅》中所述：“隐逸诗人林逋与梅花主题的联结因其所产生的结果而颇具决定性的意味：在宋代文人心中，隐逸生活的愿望、代表人物林逋以及他钟爱的梅花形象互相交融，不可分割。……自宋至清代，中国文人有选择地或者必要地引用林逋的诗文、模仿其个性，将其作为一种生活策略。这样，林逋就站在了诗歌与绘画中梅花传统的中心。”[②]后世画梅大家如清代金农、金俊明、汪士慎等人多以此“暗香疏影”为题。

（1）王冕《寒梅图》《南枝春早图》

王冕在他的《梅谱》中说：“古人以画为无声诗，诗乃有声画，是以画之得意犹诗之得句，有喜乐忧愁而得之者，有感慨愤怒而得之者，此皆一时之兴耳。”他又云：“凡欲作画，须寄心物外，意在笔先，正所谓有诸内必行于外矣。”[③]《寒梅图》是中国梅花绘画中的精品，其疏淡清雅，深得梅花妙趣。画幅左上方自题诗云：“一树寒梅白玉条，暖风吹乱雪飘飘。孤山处士情如故，谁载笙歌过断桥。”诗的前两句描写画面上飘落在空中白雪般的梅花瓣，再现了画境美；三四两句则借用林逋典故，画家欲用笙歌迎来爱梅如痴的孤山处士，请他来评判自己的这幅梅花图，立意新颖，诗思巧妙，给人留下遐想的空间。王冕画梅多为其精神落魄的寄托，画作往往题以诗句，让欣赏者体会到他寓于梅花中的高洁情怀。

---

① 欧阳修撰，韩谷等校点：《归田录·外五种》，上海古籍出版社2012年版，第21页。

② 毕嘉珍著，陆敏珍译：《墨梅》，江苏人民出版社2012年版，第34页。

③ 王冕：《梅谱》，浙江古籍出版社1999年版，第243页。

《南枝春早图》(图 11－22)是王冕梅花图的代表名作,此图与《寒梅图》一样,抒写的是北宋爱梅诗人林和靖诗意。图上右侧,画家自题一首:“和靖门前雪作堆,多年积得满身苔。疏华个个团冰玉,羌笛吹他不下来。”题诗先由画面上梅树的枝干写起,补充画外意,丰富了画意。后两句说羌笛吹不落梅花更有深意,反映了梅花绝不屈从的坚强品性。联想到王冕所生活的时代环境,这其中亦蕴含着画家不满异族统治的情绪。宋元人题写梅竹画的诗,常常赋予比德的意蕴,歌颂其岁寒不屈之心,实际也是画家自身内心真实的写照。

(2) 唐寅《梅花图》《早春幽芳图》

唐寅字伯虎,号六如居士、桃花庵主等,苏州吴县人。明代著名画家、文学家。在画史上与沈周、文徵明、仇英合称“吴门四家”。

本幅《梅花图》(图 11－23),以水墨画折枝梅花,枝干用枯笔,用墨焦重,花瓣用淡墨晕成,花蕊用浓墨重点,梅枝曲折向上,花朵随枝点染,笔墨简练、颇有

图 11－22　王冕　《南枝春早图》　台北“故宫博物院”藏

图 11－23　唐寅　《梅花图》　北京故宫博物院藏

质感。整体形象秀美生动，洒脱清逸。画幅上方自题七言诗一首，“黄金布地梵王家，白玉成林腊后花。对酒不妨还弄墨，一枝清影写横斜”，抒发了自己的清高逸气。大片留白，以行书题诗，散发出浓厚的文人画气息。

另一幅《早春幽芳图》，画上有画家自题诗“一种幽芳占早春，雪中谁是看花人。暗香疏影吟边趣，只许逋仙为写真”，并有文嘉、王稺登、章藻等人的题跋。画上一树垂枝，冷蕊如雪。景翳翳，风悄悄，疏枝寒香随风散开，别有一番清趣。与前幅梅枝曲折向上不同，此幅梅枝斜垂而下，更有林诗“疏影横斜水清浅，暗香浮动月黄昏”之诗意。此梅花图简劲苍古、高洁毓秀，为画家饱含情意之作。

(3) 金俊明《暗香疏影图》

金俊明原名衮，字孝章，号不寐道人等，江南吴县(今属江苏苏州)人。明末清初画家，兼善诗文。金俊明传世名作梅花图共十二开，题名为“暗香疏影”。每开章法各异，梅姿多变，或清疏瘦劲，或生动活泼，或绰约亭立，或疏影横斜，或梅竹相伴，或松梅映衬。

《暗香疏影图》其中一开，以梅与竹相伴，梅枝从竹丛中向上斜伸，竹叶与花枝交错缠绕、疏落有致。用笔粗中有细，墨色浓淡相宜，梅竹呼应，一派清新雅逸。册页中另有一开(图 11 - 24)，梅枝从右下角向上曲伸，花朵、花蕾点缀枝头，花瓣柔嫩纤弱、花蕊清香四溢，冷峻中又不失可爱。画幅左上方题“近代画梅有别致者，惟陆叔平、王履若、文彦可、邵僧弥为胜，盖寓妍秀于苍古之中，托高洁于简劲之表，前视元章诸家，格韵稍异。予斟酌四君间，自谓可继风轨，然不敢为俗工道也。雪凡道兄独有痂嗜，偶写得十有二，请试品而教之”，叙其画梅是斟酌陆治、王綦、文从简、邵弥等人之间，而能“寓妍秀于苍古之中，托高洁于简劲之表”，自成一家格局。

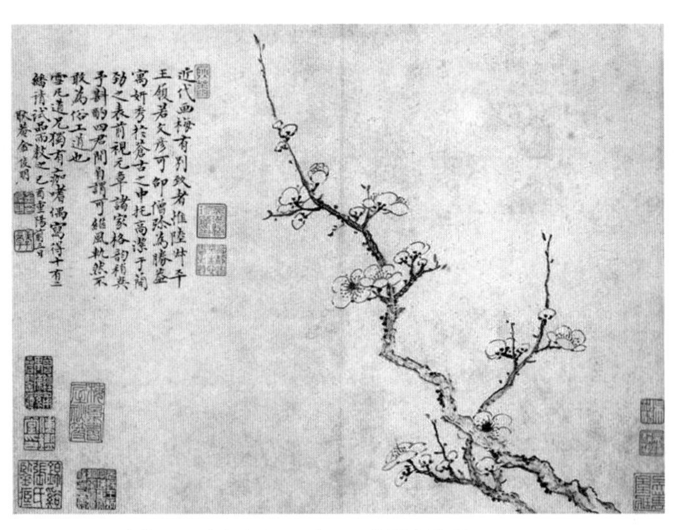

图 11 - 24　金俊明　《暗香疏影图》　上海博物馆藏

（4）王谦《冰魂冷蕊图轴》

王谦，字牧之，号冰壶道人，浙江杭州人，约活动于十五世纪。作梅花清奇可爱，落笔雄逸。传世作品有《卓冠群芳图》《墨梅图》《冰魂冷蕊图轴》等。《冰魂冷蕊图轴》中截一倒垂老梅枝，雄健挺拔，以双勾笔法画梅花，满幅繁枝密蕊，暗香浮动，苍劲中透出清气，表现出梅花神清骨俊的风韵。画幅右下方，画家齐整地题写一诗“山路雪盈尺，梅花独领春。冰魂琼作佩，冷蕊玉为神。诗到骑驴客，清分放鹤人。黄昏寒月下，香影伴吟身。”画家运用与梅花密切相关的名人来咏梅，先用孟浩然骑驴踏雪寻梅的典故，后以林逋隐于孤山、植梅畜鹤，性情高傲孤僻，有客至则放鹤之事入诗，最后，以月衬梅，尤显其气韵清高。

（5）汪士慎《疏影暗香》手卷

汪士慎字近人，号巢林、溪东外史等。安徽休宁人，清代著名画家，诗、书、画、印皆有成就。他擅画花卉，尤擅长画梅，作梅花图一般是千花万蕊，繁密非常。《疏影暗香》手卷作于1750年，图中梅干墨气十足，向右蓬勃舒展，充满了生命力，似乎要延伸到画外；枝上花朵繁茂，墨色清新，疏影横斜，冷香四溢。汪士慎此图用笔简洁，以冷色基调画梅花，气清而神腴，墨淡而趣足，秀润而恬静，颇有空里疏香、风雪山林之趣。汪士慎画梅技巧高超，随意勾点，清妙多姿，笔致疏落，超然出尘。幽雅含蓄、高傲冷艳的梅花，实则是他清高孤傲、安贫守素的自身写照。

（6）虚谷《梅鹤图》

虚谷俗姓朱，清代著名画家，“海上画派”的代表人物，能画能诗，有《虚谷和尚诗录》。

《梅鹤图》（图11－25）是虚谷晚年代表作之一。此画绘梅鹤双清之景，正出自林逋“梅妻鹤子”之典故。画中梅树盘曲而上，主干以淡墨写之，细枝用干笔焦墨，用墨苍劲，浓淡相宜，干湿交错，笔风老辣；梅花以圆笔勾画，瓣似珠玉，稚拙古朴；鹤用笔极简，浓墨写头尾，留白为鹤身，风神高雅。全幅画面清雅高洁，状物抒情相统一。

图11－25　虚谷　《梅鹤图》　北京故宫博物院藏

2. 山静日长

唐庚，字子西，北宋诗人。“为文博雅超诣，议论精深，颇类东坡。又与东坡同为四川眉州人，并相继因党祸贬居惠州，故时有‘小东坡’之誉。”①

宋徽宗政和二年（1112 年），时唐庚谪居惠州，作《醉眠》一诗：“山静似太古，日长如小年。余花犹可醉，好鸟不妨眠。世味门常掩，时光簟已便。梦中频得句，拈笔又忘筌。”全诗对仗工整，意蕴悠长。罗大经在《鹤林玉露》中品味此诗曰：

唐子西诗云：“山静似太古，日长如小年。”余家深山之中，每春夏之交，苍藓盈阶，落花满径，门无剥啄，松影参差，禽声上下。午睡初足，旋汲山泉，拾松枝，煮苦茗啜之。随意读《周易》《国风》《左氏传》《离骚》《太史公书》及陶杜诗、韩苏文数篇。……味子西此句，可谓妙绝。②

图 11－26 沈周 《策杖图》 台北“故宫博物院”藏

唐庚的思想主要受到了道家和佛家思想的影响。其在《跋道德经》中多次用到庄子典故，《登栖禅山》《游悟性寺》等诗歌作品中则明显表现出他与佛教的渊源。诗人贬谪期间，静居山中，不受外界打扰，于宁静中摆脱外在时空的烦扰，与自然同体，物我两忘，真正达到道家讲求的超脱境界。这首小诗因道家色彩浓厚而获得了后世众多文人的心理认同。由此，“山静日长”这一意象在中国古典文化语境中始终有着特殊的意蕴。

(1) 沈周《策杖图》《山静日长图》

《策杖图》（图 11－26）约完成于 1485 年前后，是沈周重要的山水画作之一。

沈周对清寂、幽静的境界，有很深的体会。画的左上角有沈周题诗一首：“山静似太古，人情亦澹如。逍遥遣世虑，泉石是安居。云白媚崖容，风清�木虚。笠屐不限我，所适随丘墟。独行因无伴，微吟韵徐徐。”此诗诉说的是画家自身宁静悠游的生活方式，安居于泉石之上，与

① 吴定球：《唐庚年谱・寓惠部分》，《惠州大学学报（社会科学版）》2001 年第 6 期，第 88 页。

② 罗大经撰，王瑞来点校：《鹤林玉露》，中华书局 1983 年版，第 304 页。

白云、清风相伴，苍茫中见出静寂，安宁中透出跃动，诗画相衬，意韵悠然。

作为吴门画派的代表人物，沈周一生徜徉于吴中山水之间，在太湖之畔，在烟雨江南，在柔风弱柳的天地之间，艺术也随之进入了宁静的世界。布衣终身的沈周向往的也许正是其《山静日长图》中所绘之清泉碧树、幽居林壑。

《山静日长图》描绘了一幅充满自然生机的林壑幽居景象，画中，远处是倾泻而下的山间清泉，近处是汲水的小童；后景是陡峻盘转的山岭岩石，前景为捧卷读书的高士，葱郁的树木环抱在屋舍庭园周围，更添雅意。沈周精湛的技艺使得画中山水可游可居，透露出畅快怡然的隐居田园之乐。清代画家张崟，曾仿沈周此图笔法作《山静日长图》，并题款："幽人与鹤极其游，疑是商山绮角俦。松柏桐椿四君子，八千聊作一春秋。"其向往古人生活，于自然山水、赏心美景之中流连忘返，以松柏为友，幽居一室，自得其乐。

（2）仇英《唐子西诗意图》

仇英，字实父，号十洲，江苏太仓人。明代著名画家，"吴门四家"之一。

画家在唐子西的诗中识得人生的韵味，于静默中体会到独特的生命感觉，为应和此诗境，从而绘就《唐子西诗意图》。画中郁木苍翠之间有三两人群，或于树下谈心，或于亭中静坐，或于田中骑牛，此乃正是文徵明所题跋《鹤林玉露》之境："出步溪边，邂逅园翁溪友，问桑麻，说粳稻，量晴校雨，探节数时，相与剧谈一饷。归而倚杖柴门之下，则夕阳在山，紫绿万状，变幻顷刻，恍可人目。牛背笛声，两两来归，而月印前溪矣。"[1]阳春季节，天气晴暖，花开鸟鸣，画中人包括画家自身置身于如此良辰美景，沉醉于光阴之中，时间便仿佛慢了下来，正如苏轼诗谓："无事此静坐，一日是两日。若活七十年，便是百四十。"在无争、无斗、淡泊、自然的心境中，似乎一切都是静寂而漫长的，一日有两日，片刻即万年。

（3）文徵明《唐子西诗意图》

文徵明的《唐子西诗意图》作于1538年，画中没有人物形象，仅几棵静树、几块岩石，在他看来，木、石比人更偏于静寂，似乎更能传达出时间、生命的哲思。他的画不是以形写形，以色貌色，而是以简单的构图营造出深远的意境，折射出对宇宙人生的理解。静寂不是外在环境的安静，而是画家心境在山水中的投射，是心灵的平和，在平和中淡忘了时间、空间，才有了天地日月长。

3. 岁寒三友

坚韧不拔的苍松、直节中空的翠竹与傲雪凌霜的寒梅，自古以来就受到文人墨客的青睐，被人们喻为"岁寒三友"。三友中，松、竹的地位很早就已经确立，在《礼记》中就有"礼器……其在人也，如竹箭之有筠也，如松柏之有心也。二者居天下之大端也，故贯四时而不改柯易叶。"[2]相对于松、竹来说，梅在宋代之前，虽

---

① 罗大经撰，王瑞来点校：《鹤林玉露》，中华书局1983年版，第304页。

② 钱玄等注：《礼记》，岳麓书社2001年版，第314页。

"以花闻天下"，但没有受到文人重视，到了宋代，人们开始深掘梅花的品格与节操，梅花的地位得以提升，并最终与松、竹正式并列为"岁寒三友"。张元幹有《岁寒三友图》诗："苍官森古鬣，此君挺刚节。中有调鼎姿，独立傲霜雪。"[①]周之翰（宣和三年进士，与张元幹大约同时）《爇梅赋》说："春魁占百花头上，岁寒居三友图中。"[②]楼钥题画诗云："梅花屡见笔如神，松竹宁知更逼真，百卉千华皆面友，岁寒只见此三人。"[③]陆游两首梅花诗中"松筠共叹冰霜晚，桃李从教雨露偏"[④]"品流不落松竹后，怀抱惟应风月知"[⑤]都是梅与松竹（筠）并称，而与桃李相对。由此可见，在宋代，松、竹、梅"岁寒三友"之称，不仅见诸于诗词之中，而且已形之于丹青。杨无咎、马远、赵孟坚等人都画过"岁寒三友"图。

宋代文人所创"岁寒三友"之格，取岁寒季节松竹依然苍翠不老，梅花傲立霜雪之高尚气节。它们冰清玉洁、坚贞刚正的品性对于身处乱世而不肯变节的志士、身处浊世而不肯附势的隐者而言，是君子人格的寄托，是临难不失德行的象征。自宋始，"岁寒三友"成为重要的艺术母题，尤其在元明清时期，其出现在绘画、陶瓷、竹木雕、砖石雕刻、漆器、金属、刺绣、印染、剪纸等多个艺术种类中。各个时期的艺术家都能在这一母题中找到人格寄托，如徐渭、唐寅、金农、金俊明、八大山人、石涛等人都喜欢借"岁寒三友"来言志抒情。

（1）徐渭《三友图》

徐渭《三友图》立轴中，以松、竹、梅岁寒三友与湖石组合，其用笔湿润洒脱，用墨酣畅淋漓，写松之苍郁、竹之萧疏、梅之挺洁，将三者凌寒的气节与操守刻画得入木三分。岁寒三友，无畏风雪，临寒盛放亦象征了画家自身在人生历程中遭遇的严寒与坎坷及其不屈的志气。

（2）唐寅《岁寒三友图轴》

唐寅的《岁寒三友图轴》（图 11－27）用折枝法画松、竹、梅的组合穿插，插花般的简练造型布局使得整体秀美雅逸，富有神韵。唐寅此画法受到赵孟坚绢本《岁寒三友图扇》（上海博物馆藏）、册页《岁寒三友图》（北京故宫博物院藏）构图方式的影响。以近似于白描的手法，用细笔勾出松针，浓墨点出梅花瓣，向上提起墨竹挺劲之势。在画幅上部，画家用端庄的楷书齐整地题写一首绝句："松梅与竹称三友，霜雪苍然贯岁寒。只恐人情易番覆，故教写入画图看。"

唐寅继承宋代文人开创的"岁寒三友"艺术群像的优良传统，用题诗将自己

① 张元幹：《岁寒三友图》，傅璇琮等编：《全宋诗》，北京大学出版社 1999 年版，第 19925 页。

② 陶宗仪：《南村辍耕录》，中华书局 1958 年版，第 350 页。

③ 楼玥：《题徐圣可知县所藏杨补之二画》，傅璇琮等编：《全宋诗》，北京大学出版社 1999 年版，第 29476 页。

④ 陆游：《再赋梅花》，傅璇琮等编：《全宋诗》，北京大学出版社 1999 年版，第 24319 页。

⑤ 陆游：《梅花已过闻东村一树盛开特往寻之慨然有感》，傅璇琮等编：《全宋诗》，北京大学出版社 1999 年版，第 24637 页。

的《岁寒三友图轴》比物以德的审美特征揭示出来。前两联盛赞松、竹、梅在满天霜雪的环境中依然“苍然”挺立的气骨，热情称颂它们傲霜雪、抗严寒的“岁寒心”；后两联在松、竹、梅的艺术形象中，赋予人的情感与品德。画家遭遇坎坷，看遍了世间冷暖，悲观地认为“人情易番覆”，比起人，他更相信自己的画，或许，能够始终坚持君子品格的也就只剩下这画中的“岁寒三友”了。

图 11－27　唐寅　《岁寒三友图轴》　上海刘海粟美术馆藏

（3）金俊明、文柟、金传《岁寒三友图》

金俊明、文柟、金传三人曾合作一款《岁寒三友图》，以松竹梅岁寒三友来表达彼此间的真挚友情。据署款，金俊明在康熙三年（1664）写梅，文柟在康熙五年补上一松，金传最后添竹，但因他未署年月，不知具体完成于何时。从画面布局看，梅树老干盘曲，疏花点缀新枝，青松虬曲挺生，郁郁葱葱，藤萝缠绕其上，竹枝挺拔玉立、绰约多姿。画幅中，金俊明先题一首咏梅七律：“冷艳孤光是故知，撑肠铁石赋何悲。冻开元济初平夜，清到刘琨起啸时。霁凌关山闻旧曲，劫余蛮岭有新枝。玉楼飞合江南梦，缟袂霓裳彻夕吹。”题诗咏梅，以雪、月相衬，得梅之情性，传梅之精神。文柟、金传其后各书一首七绝：“种玉餐芝术不传，金丹下手更茫然。陶公妙诀吾曾受，但听松风自得仙。”“约户秋声夜未降，满天清乐梦湘江。酒醒何处觅环佩，斜月离离映小窗。”诗意紧扣松、竹，以诗延画意，松、竹、梅，相得益彰，熠熠生辉。

（4）八大山人《岁寒三友图》

八大山人的《岁寒三友图》在莹净的纸面上，画苍松直立，纤细梅枝与重重竹叶交错在松树底部，整体布局层次饱满，高低错落，设色清新洁净，明丽动人。

左侧题跋介绍了作此图的缘起，并有诗赞：“由来吴楚星同夤，荡日扬州千放梅。萼自文昌随北斗，屏邀驸马列三台。论功彩画麒麟跃，百两黄金鼎鼐开。真个鲈乡仙鹤在，成仙跨鹤尽徘徊。”由此可知，八大山人在醉酒后满怀深情绘就一幅“岁寒三友图”赠于其友沈先生，“文曲星”“北斗星”都是在古人心中拥有崇高地位的标志星，八大山人以这些星宿比拟沈先生，说明了他对这位挚友的赞赏与推崇。因此《岁寒三友图》是一幅寄托着真挚深情的佳作。

（5）石涛《岁寒三友》

石涛的一生是矛盾的一生，作为明代宗室后裔，一方面承受着国破家亡的痛苦，另一方面，其又与清廷上层人物多有来往，其内心之苦，无人能懂，或许，只有他笔下的“万点恶墨”稍能宣泄一二；或许，只有这坚贞、高洁的竹、梅二物才能进入石涛的心底，从而成为其言志的工具。

1701年作的《岁寒三友》图上题诗云：“松藤欲纲落日，暮鸟远吟好风。竹路未飞皓雪，数枝梅影横空。”画面上无论画题、画境、笔墨，都是简放自然，趣味无穷。铜枝铁干、玉带冰条、绕空浮翠，均为石涛笔下典型的画面意象。画面中，苍松凛翠，梅枝遒劲，竹叶洒脱，“松”“竹”“梅”“翘石”统而为一，更显“三友”之清高气节。

（6）罗聘《岁寒三友图》

罗聘字遯夫，号两峰、金牛山人等，清代画家，“扬州八怪”之一。罗聘的《岁寒三友图》构图疏简有法，设色湿润淡雅，墨竹、青松、红梅韵致十足。画作中，以淡墨绘梅枝，清雅含蓄，敷色红梅，相得益彰；松针线条明朗、浓淡有致，树干苍翠挺拔；画幅最下方，竹枝清淡，竹影萧疏。整幅画在用笔、用墨、用色上，疏密、浓淡得心应手，色调滋润而又不失洒脱自然，极尽横斜之妙，萧闲之志。笔情古逸，思致渊雅，展现了文人画派所提倡的高雅情操。

第三节 宋词中的图像母题

作为词文体创作最繁盛的年代，两宋遗留下丰富瑰丽的词作，有些词作成为点燃后世画家艺术灵感的原火，于是就有了“词意画”。词意画的名称是借“诗意画”而来的，是指由词作而获取创作灵感、以词作的“意蕴”为腹稿，通过绘画的技法与媒材加以表现的艺术再创作。从艺术效果看，词意画的内容常受词作的限定，表现为母题明确的“命题绘画”，但有追求的画家又不拘泥于命题，自出新意的同时，追求画作与词作在艺术意蕴上的契合。

据史料记载，词意画的历史可追至唐代隐士张志和，唐末朱景玄《唐朝名画录・逸品》中记载了张志和以颜真卿《渔歌五首》为词意画的本事[①]，元代辛文房在《唐才子传》中描述了张志和“自撰《渔歌》，便复画之”的逸事[②]。颜真卿所作的渔歌和张志和的画作均已佚失，张志和作的渔歌却流传下来，即《渔歌子・西塞山前白鹭飞》。张志和以渔歌作画，画面犹能同词文一一相应，闲雅况味，是绘画艺术各门家法中所未尝见过的奇思，因而得了个“逸”的品评。

张志和的创作当时艺坛鲜见，只是他独力为之的“绝技”，但在文学与绘画的

---

① 朱景玄著，温肇桐注：《唐朝名画录》，四川美术出版社1985年版，第35—36页。

② 辛文房撰，徐明霞校点：《唐才子传》，辽宁教育出版社1998年版，第41—42页。

关系中，文学通感形成绘画乃是顺势而为的，一旦张志和的艺术启发到后世的那些文人画家，以词为画就转瞬间成为艺术创作的某种惯例，乃至形成它独特的脉络与源流。

一、两宋词意画作寻迹

北宋佚名画家的一幅不盈方尺的纨扇《玉楼春思图》(图11－28)上题有《鱼游春水·秦楼东风里》词一阕，词画俱是佳人怀远之题材。画面以写景为主，点景人物小而无目，着重刻画楼阁、树木、远山，水榭之中倚栏伫立一位素衣佳人，作临湖眺望状，水榭外左侧稍远处绘有二侍童，侍童前景的柳树枝叶向左倾侧，微微兜起风来，楼阁外的湖面泛起涟漪，湖对岸右侧远景处绘有青山，中景用留白的手法营造烟云层阻、绵延不穷的意境。画上题词文如下：

图11－28　佚名　《玉楼春思图》　辽宁省博物馆藏

秦楼东风里，燕子还来寻旧垒。余寒犹尚，斜日薄侵罗绮。嫩草初抽碧玉簪，细柳轻窣黄金蕊。莺迁上林，鱼游春水。

几曲阑干偏倚，又是一番新桃李。佳人应念归期，梅妆泪洗。凤箫声噎沉孤雁，目断澄波无双鲤。云山万重，寸心千里。

这段词文与通行版本有几处出入。据《能改斋漫录》记载，《鱼游春水》一词系宋徽宗政和年间(1111—1118)某位宦官在越州古碑之阴寻得，发现时不知作者姓名，亦没有曲谱，后将词带回朝中由大晟府拟腔，因词中上阕歇拍处有“鱼游春水”句而赐名。词文写的正是初春季风吹送候鸟归来，残留的寒冷时时凉侵美人的衣衫，草儿又开始生发，柳树也吐出春蕊嫩枝，莺雀在山林间飞迁、鱼儿在春水里游动，佳人斜倚着栏杆正望这初春生机萌动的景色，怀想在外宦游的远人，不觉泪眼婆娑，再听凤箫声音呜咽，凝视澄清的湖水，天上的大雁和水中的鲤鱼都隐去不见，独留下沉鱼落雁的佳人，思念穿过层阻万层的云山，心中寸许长度竟值当路途千里。词文勾勒春意的诸多意象同画面一一对应，主人公都是斜倚栏杆无聊独处的佳人，词文中浪漫的“云山万重、寸心千里”句在画面中绘成远景淡淡的青山图像和云烟留白。整体看来，词画呼应，丝丝入扣，饶有趣味，令人恍惚。词文中视觉意象与画面图像之对应，及词文抄自越州古碑的来历，让人很难相信画面的构思在词之前，画面的内容都由所题词文限定，可知此画应是由词而来的。所惜此画未题书家姓名，不知何时何人题写，有视为王诜之作的，可能是因为题字间架、捺法颇近王诜。王诜的生卒年不详，学者的立论只能据其他材料揣测，认为王诜约卒于 1110 年，即应在徽宗政和年以前，近来的研究显示，其卒年应约在 1114 年至 1117 年之间[①]。王诜生平是否得见《鱼游春水》词、画面上词是否即王诜所题难以定论，或为后世好事者补题亦未可知，但词情画景融通，是宋画上题宋词的一件代表性作品。

二、元明时期的宋词词意画创作

两宋离今日已经太远，许多画轴、手卷、册页都在流传的历史中湮灭了，这些作品又不像诗歌可以辑录成书加以保存，画的收藏及目录编纂都是小范围的、极其困难的工作。两宋的词画作品或许难以目睹，但自元明以来，词意画创作层出不穷，其中不乏以两宋词为文学母本创作的艺术效果良好的画作。从现有的文献与研究看，宋词词意画的研究还较为罕见，制定宋词词意画目录的难度还比较大，所幸吴企明、史创新[②]和王晓骊[③]等已经做了部分工作，基于这些研究，这里简要梳理两宋以后至近现代宋词词意画中的重要作品，在艺术史的叙述中，彰显词意画创作“文学与图像”的复杂关系。

元代陆行直的《碧梧苍石图》(图 11 - 29)是如今可见的较早的一幅宋词词意画作。此图右侧录有张炎词一阕及陆的题记，根据题记，这幅画是受张炎赠他的《清平乐・候蛩凄断》一词启发灵感而作的。陆行直作此画时，友人张炎及词中的“卿卿”都已过世，张炎的词陆也记不清楚，怀想故友旧事，以词歇拍处的“只有一枝梧叶，不知多少秋声”为题，创作了这幅《碧梧苍石图》轴，以寄思念故友、感慨人生的情感。画是受词及事激发艺术灵感，陆作画并不是为了摹状词面，所

① 张荣国:《王诜生卒年新考》,《中国国家博物馆馆刊》2014 年第 9 期,第 71—77 页。

② 吴企明、史创新:《题画词与词意画》,云南人民出版社 2007 年版。

③ 王晓骊:《文学接受视角下的词意画研究》,《淮海工学院学报》2011 年第 5 期,第 49—53 页。

以他的绘画拈出歇拍两句的意象，重新构思画境。陆行直此图得到多位文人的称赞，所记张炎词也得到许多唱和，其中郝贞的一阕《清平乐》值得注意，词文如下：

暮云飞断。潮落吴江岸。忆昔佳人愁思漫。那更楼头闻雁。

此时有意还成。争知恼杀兰卿。画作碧梧苍石，至今图得风声。[①]

这阕词既唱和张炎的《清平乐》，又呼应陆行直的题记，最后落在画题上，歇拍句"风"的意象同画中梧叶迎风的姿态同构，图示出一种"秋风声存"的呼唤结构，深化了词画的艺术融合。

图 11－29　陆行直　《碧梧苍石图》　北京故宫博物院藏

已佚的徐贲《一竿风月图》，据卞永誉《式古堂书画汇考》的记载，是陆游《鹊桥仙·一竿风月》的词意画，画面所书词文同陆游《鹊桥仙》传世版本多有出入[②]，倒也是书画题跋中常见的现象。这种现象在董其昌传世的《秋兴八景图册》中也可以看到。

《秋兴八景图册》(下称《图册》)是明代画家董其昌的代表作，该图册创作于万历四十八年(1620)农历七月底至九月初，在此期间，董其昌北行，途经松江、苏州、镇江一带，乘兴游览。舟行途中，董其昌绘制了《图册》，据此册第七幅的跋文，董其昌以为自己的《图册》足以媲美杜甫的《秋兴八首》。图册以册页形式装帧，共计八页，均为设色山水画，其中既有仿古画也有写景画，每页都有其题写的诗、词或记，其中六页题有词作，四幅题宋词，两幅题元词。图册在流传过程中，各页上钦盖诸多鉴藏印(如董其昌子董祖源、鉴藏家宋荦、谢希曾、潘正炜、伍元蕙、孔广陶、庞元济等)，又增添了八开吴荣光对题及曾鲸图写的董文敏像，另有诸家跋文若干，罗列、增殖成册。该图册经《听帆楼书画记》《岳雪楼书画录》和《虚斋名画录》等著录，1981 年由刘靖基捐献，现藏于上海博物馆。

① 王晓骊：《词意画的变迁与宋词接受》，《学术交流》2013 年第 2 期，第 163—166 页。

② 吴企明、史创新：《题画词与词意画》，云南人民出版社 2007 年版，第 187 页。

《图册》有四幅题有宋代词作，分别是第二幅题秦观《木兰花·秋容老尽芙蓉院》，画面跋文如下：

秋容老尽芙蓉院，堂上霜花匀似剪。西楼促坐酒杯深，风压绣帘香不卷。

玉纤慵整银筝雁。红袖时笼金鸭暖。岁华一任委西风，独有春红留醉脸。偶书少游词，庚申八月舟行瓜步江中，乘风晏坐，有偶然欲书之意。玄宰识。

第三幅题叶梦得《菩萨蛮·平波不尽蒹葭远》，画面跋文如下：

溪云过雨添山翠，花片粘沙作水香。有客停棹钓春渚，满船清露湿衣裳。

平波不尽蒹葭远，清霜半落沙痕浅。烟树晚微茫，孤鸿下夕阳。玄宰，庚申中秋吴门舟中画。

第四幅（图 11－30）题万俟咏《长相思·长短亭》，跋文如下：

短长亭，古今情，楼外凉蟾一晕生，雨余山更清。

暮云平，暮山横，几叶秋声和雁声，行人不要听。玄宰，庚申九月朔，京口舟中写。

第六幅题林仰《少年游·霁霞散晓月犹明》，跋文如下：

霁霞散晓月犹明，疏木挂残星，山径人稀，翠萝深处，啼鸟两三声。

霜华重逼云裘冷，心共马蹄轻，十里青山，一溪流水，都做许多情。玄宰，庚申九月五日。

图 11－30　董其昌　《秋兴八景图》之四
上海博物馆藏

对照通行本，《图册》中所题词文偶有讹误、增殖，例如秦观词“秋容老尽芙蓉院”中“容”写作“光”。董氏题写词文后，又常以“偶有书意”“亦似题画亦似补图”等为记，题记的说明直接造成了词画关系的疏离，董氏的创作立意，并不愿使画面拘囿于词中景，因而语象与画面并不对应，同时也不是作画后即兴填词吟咏画面，以补作画余兴，而是目睹江湖秋景，心生作画之意，或许作画的同时，董其昌联想到某阕与画景意兴相类的词作，便在画作完成后又将词文题写在画面上，词、画的散聚关系十分独特，是词意画作中绝无仅有的一种文图模式。从写图题词的时序来看，《图册》是成图之后题写词文的，然而他所题写的词文是其之前文人所作的，并非为画图所写，同时画作创作在先，并非因吟咏词文而写，这些情况使《图册》在词画合璧创作史上显得殊为另类。对董其昌而言,熟读成诵的词文[1]潜移默化地影响着画家笔下的景物与情境,舟游江南目睹的风景和闲适的心境则是作画冲动的由来,“配画诗词,于作画后信手拈来,轻松自如,颇见情趣”[2]。从图册整体来看,画景与词文并不一一对应,画面形象与题词语象很多并不对称,他所追求的是意境的类似与情感意蕴的契合,董其昌在该图册中创造了一种幽晦暧昧、犬牙交错、貌疏神合的文图关系。从以词入画创作传统的上下文来看,董其昌词画关系的作用是重要的,在董其昌以后,以词入画者更多以个别词句为画题,较少地以全词入画。

万历四十年(1612)出版的《诗余画谱》,是宛陵书商汪氏编纂辑录的木版词意画集,在词意画研究史上有十分独特的地位,本书第十二章设专章比较研究此集,在此不多赘述。

三、清代的宋词词意画创作

“清初四王”之一的大画家王翚有《杏花春雨江南》(图 11－31)和《杏花春雨图》各一幅存世,是以由宋入元的诗人虞集《风入松·寄柯敬仲》词,下阕歇拍一句词为题创作的山水画,全词如下:

画堂红袖倚清酣。华发不胜簪。几回晚直金銮殿,东风软、花里停骖。书诏许传宫烛,轻罗初试朝衫。

御沟冰泮水挼蓝。飞燕语呢喃。重重帘幕寒犹在,凭谁寄、银字泥缄。报道先生归也,杏花春雨江南。

图 11－31 王翚 《杏花春雨江南》 辽宁省博物馆藏

下阕末尾“报道先生归也,杏花春雨江南”以景结情,参以虞集、柯敬仲的交游故实[3],词文所描绘的江南春景显得格外迷人。在《杏花春雨江南》中,王翚在画面右上部题写“杏花春雨江南”六字,而后又录有文彭次韵倪瓒江南春词一阕,虞词画题、

① 董其昌另有《草书檃栝前赤壁词》《苏轼重九词》《秦少游满庭芳词》《董其昌诗词行书册》《宋词行书手卷》《宋词册》等与宋词有关的书作留存,足可见其对宋词的喜爱与谙熟。

② 黄惇:《中国书法全集·明代编·董其昌卷》,荣宝斋 1992 年版,第 265 页。

③ 虞集、柯敬仲交游故实见陶宗仪《南村辍耕录》记载:“吾乡柯敬仲先生,际遇文宗,起家为奎章阁鉴书博士,以避言路居吴下。时虞邵庵先生在馆阁赋《风入松》词寄之,词翰兼美,一时争相传刻,而此曲遂遍满海内矣。”

文彭词文、王翚画作之间交织出饱满的艺术关系，以深远构图营造了一种引人入胜、移步换景的幽深意境。同样以《杏花春雨江南》为题，晚清大文士张之万画有图轴一幅，表现出雅逸俊秀的艺术风格。当代大画家李可染先生也有“杏花春雨江南”系列，二十世纪五六十年代，他以此为题，结合自身写生所得，实验水墨形式，创作了大量作品。这系列画作以“黑山粉花、黑瓦白墙”为形式特征，具有强烈的形式张力，同时宣纸上展现出润泽的水墨效果，将杏花、春雨、江南有机地融贯为一体，既体现出“李家山水”独特的形式特征，又赋予画作感人至深的诗意特质，被视为李可染生平的代表作。

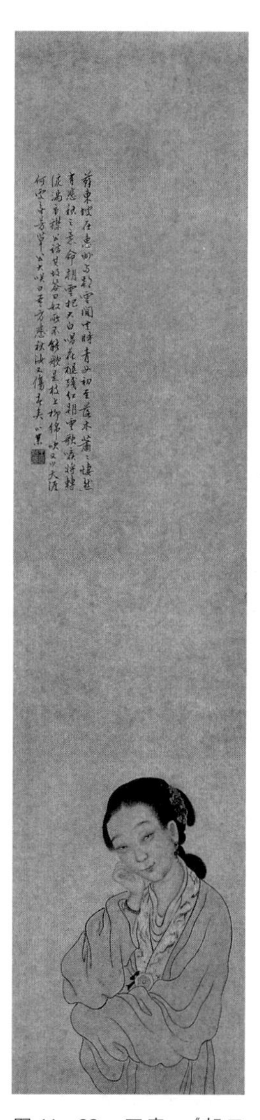

图 11－32 王素 《朝云小像》 清华大学美术学院藏

以词句为题作画的，在清代还有不少。例如罗聘的《晓风残月图》，现藏于清华大学美术学院，就是以柳永《雨霖铃・寒蝉凄切》词中“杨柳岸，晓风残月”一句为题所作的。文士余集的《落花独立图》现藏于南京博物院，是化用晏几道《临江仙・梦后楼台高锁》词上阕歇拍处“落花人独立，微雨燕双飞”两句的词意，画面右上部题写这两句词，余集名款之前还搭题了“宋人词”三字。余集用淡墨疏笔描绘了执扇佳人当户独立、仰观春景的画面，画面左侧佳人视线所及处又绘有两只燕雀绕枝翩飞，是将“燕双飞”的语象也具象地描绘在画图中。这样画作就模仿词作中的修辞，文学的俗套成为绘画的修辞套路，双双翩飞的燕子带着“成双成对”的寓意，揭示了独立佳人寂寞的心境。

清代还出现了以宋词本事入画的画作，如王素的《朝云小像》（图 11－32）。这幅画的主人公朝云是苏轼的小妾，苏轼曾作《蝶恋花・花褪残红青杏小》一阕，令朝云歌之，朝云受“枝上柳绵吹又少，天涯何处无芳草”两句触动悲不能歌。这个故事见于张宗橚的《词林纪事》，王素在《朝云小像》上节录了一部分。王素笔下的朝云托腮垂眉，面容姣好但带有哀愁神色。王素还有《梧桐仕女图》一轴存世，现藏于南京博物院，图轴右侧誊录了李清照《醉花阴・薄雾浓云愁永昼》全词，所画的是一位临窗窥景的消瘦佳人。李清照词是写初秋时节、园林案几间的事物，并未提及“梧桐”语象，王素的画中在前景处用粗扁的线条描绘了一株梧桐，梧桐与山石之间空白处开一窗户，佳人端坐窗后，托腮观景。据吴企明的解释，这里王素化用了易安词另个名句，将“梧桐更兼细雨”移植入画[①]。然而,李清照《声声慢·寻寻觅觅》的那句词文,所写的是深秋情景,至于"梧桐更兼细雨"一句,则是化用白居易《长恨歌》的名句"秋雨梧桐叶落时",这里的梧桐意象其实是梧桐落叶意象。王素画中的梧桐叶色深幽,并未透露出转黄、凋零的迹象,因此,称王素将《醉花阴》与《声声慢》词文意象加以合并,恐怕无法成立。画中的梧桐叶叶尖的笔锋主要指向画面的左下及左上方,形成一种当风之势,可见词中所未提到的梧桐出现在画中,是为了表现"帘卷西风"一句中的"西风"意象。

晚清到民国初年,上海先后出现了三位常作词意画的画家,分别是海派名家任熊,寓沪鬻画的人物画家费丹旭,以及月份牌、广告牌画家周慕桥,他们的词意画创作表现出相似的艺术特征,下面分别介绍他们的词意画创作。

任熊是沪上"四任"之一,又与张熊、朱熊并称"三熊",是著名的全能画家,同姚燮交情甚笃,曾为其作《姚燮诗意画》一册。他所创作的《人物图册》现藏于美国加州大学伯克利分校,其第五开上题姜夔《念奴娇·闹红一舸》"更洒菰蒲雨"词句,并记识写宋人词意,所画内容为佳人观荷纳凉,并以湖石、树木、廊亭、荷花、池塘等图像组合画面情景。《孙道绚南乡子词意图轴》是任熊依据宋代词家孙道绚《南乡子·晓日压重檐》词上阕歇拍句"眉尖,淡画春衫不喜添"一句而作的词意画,画面是当窗窥园的佳人,又有湖石、杨柳、梧桐等图像组合画面情景。任熊的《宋人词意图册》近年来在拍卖会上出现,这套图册共十一开,分别图绘了苏轼、蒋捷、姜夔、李清照、吴文英等名家词作,并且都是美人图。这套《图册》都是以词句为题的,并且有意将词句书写在不显眼的位置,像第一幅就将"翠叶吹凉,玉容销酒,更洒菰蒲雨"一句藏于廊道空白处,词文自右向左一字横排。

费丹旭籍贯乌程,曾长期寓沪鬻画,以善画仕女著称,他的词意画创作主要收录在《仕女图册》中。《仕女画册》共计十幅,其中第二幅是以李重元《忆王孙·萋萋芳草忆王孙》词歇拍一句"雨打梨花深闭门"为题的词意画。第三幅是以蒋捷《一剪梅·一片春愁待酒浇》词下阕歇拍"流光容易把人抛,红了樱桃,绿了芭蕉"为题的词意画。第四幅是以周邦彦《渔家傲·灰暖香融销永昼》词下阕"日照钗梁光欲溜,循阶竹粉沾衣袖,拂拂面红如著酒。沉吟久,昨宵正是来时候"为题的词意画。第五幅是以周紫芝《忆王孙·梅子生时春渐老》词上阕"红满地、落花谁扫,旧年池馆不归来,又绿尽、今年草"为题所作的词意画。第六幅是以辛弃疾《醉太平·态浓意远》词上阕"态浓意远、眉颦笑浅,薄罗衣窄絮风软,鬓云欺翠卷"为题而作的词意画。第九幅是以张耒《风流子·木叶亭皋下》词上阕歇拍"芳草有情,夕阳无语,雁横南浦,人倚西楼"为题作的词意画。第十幅是以姜夔《玉梅令·疏疏雪片》词上阕"春寒锁、旧家亭馆,有玉梅几树,背立怨东风,高花未吐,暗香已远"为题作的词意画。作为整个画册的最末一页,费丹旭誊录词文后

① 吴企明、史创新:《题画词与词意画》,云南人民出版社2007年版,第264页。

又题记“戊申冬十一月，写旧人词意为乐，石后主人，博雅一粲。晓楼费丹旭”，说明他绘制此册的立意就是以古人词意作画，博取雅趣。

周慕桥是定居上海的著名广告画、月份牌画家，曾加入桃花坞书画社，他还接办《飞影阁画报》，绘制了许多月份牌、广告画、连环画，其中《红楼梦》系列、《三国演义》系列的月份牌画有一定的影响力。他的木版画作品主要收录在《大雅楼画宝》中，这些画作主要用于刻板印刷，因此其画风与《诗余画谱》中所见的晚明木版画画师非常接近，同时周慕桥也有一些图轴、册页藏于博物馆及民间收藏家处。《大雅楼画宝》中有多幅画作题有宋词，是婉约可爱的词意画。例如以陈与义《临江仙·忆昔午桥桥上饮》词“杏花疏影里，吹笛到天明”为题的词意画、以秦观《如梦令·门外鸦啼杨柳》词“门外鸦啼杨柳，春色着人如酒。睡起熨沉香，玉腕不胜金斗。消瘦、消瘦，还是褪花时候”为题的词意画，以吴文英《唐多令·何处合成愁》词“何处合成愁？离人心上秋。纵芭蕉、不雨也飕飕。都道晚凉天气好，有明月、怕登楼”为题的词意画，以周晋《点绛唇·午梦初回》全词入画的词意画，以孙道绚《忆秦娥·花深深》全词入画的词意画等。周慕桥的这些词意画，也是以女性为主要的描绘对象，并且都是旧时女子。受广告市场的影响，他后来也画摩登女郎，同词意没什么关系。

晚清的这三位词意画家都主要以女子为绘画表现对象，因此存在转换词作主角身份的现象，这又不同于《诗余画谱》里形成的那种惯例，他们将词中主角统一地转化为女性，以女性作为“悦目”的表现对象，消除了男性因素的在场，男性则消匿为观照图画的观看者。

四、民国以来的词意画创作

民国以来，词意画创作异彩纷呈，大画家们乐于通过词意画的创作推广自身的艺术品位，词意画还以木板水印的方式出现在名人画笺上，各种媒介中由宋词词意所成的图像、影像层出不穷，词意画越来越广泛地点缀着人们的文化生活，画家们也越来越多地从宋词中获取图像创作的灵感，历代创作的词意画也更为世人珍重。

民国以来，宋词词意画创作中名家辈出，产生了画科多样、装帧方式多样的词意画作品。与古代的词意画创作相比，这些作品更多以词句为题，借助宋人词句灵感的激发，突出表现画家个人风貌。由于近现代绘画的收藏主要在民间收藏家处保有，不经拍卖、展览、结集出版等活动制作图录，就很难见到，而拍卖、展览中的名家画作又真伪难辨，所以，本文一方面不得不使用这些材料，另一方面又不得不担忧这些材料的品质，怀一种忐忑的心情，尽量让作品的真伪、优劣不至于动摇我们“词画关系”的论题。

民国以来著名的画家们都或多或少地进行词意画创作，如吴湖帆、吴藕汀等大画家都有宋词词意画作品传世。大画家吴湖帆痴迷宋词，对宋词、宋画用功极深。他所填词作收录于《佞宋词痕》中，其中不少是题画词，在民国文坛曾有相当的影响。他的绘画也宗法宋画，山水画受到董源、巨然、郭熙等宋代画家影响，书法先学宋徽宗“瘦金书”，后转学米芾，对宋代的书画、诗文艺术有着深入透辟的认识，并反应在他的宋词词意画中。吴湖帆的词意画模仿宋画审美意趣并题写宋人词文，其词画结合恰如其分，显现了高超的艺术水准。比如，他曾模仿宋代画家惠崇设色山水笔法，表现王沂孙《南浦 · 春水》词意，创作了《春江渔隐图》。在题记中，吴湖帆写道：“细腻拈句，极尽情致，草录为画题，聊引此图之合意云尔。”可见在宋画、宋词的艺术配合中，驰骋着画家的艺术想象。他曾以辛弃疾《贺新郎 · 甚矣吾衰矣》中“我见青山多妩媚，料青山见我亦如是”句题一幅山水画，以名句搭题的方式抒写愉悦山水之间的情志。吴湖帆在以张孝祥《念奴娇 · 朔风吹雨》为题创作的一幅图卷中记道“念慈先生法家出纸属画，草率成此，适读于湖《念奴娇》词，即以题之，或有合于今日攘攘时事也”，将读词、题词、作画同眼下时事相互辉映，形成一种独特的呼唤结构。他还有以辛弃疾《玉楼春 · 无心云自来还去》全词词意入画的一幅山水渔隐图轴，以吴文英《拜星月慢 · 绛雪生凉》词“雾盎浅障青罗，洗湘娥春腻”句入画的《雾障青罗图》一幅，系用八大笔法画荷花。“红荷”是宋词咏物的一个母题，佳句、佳作迭出。吴湖帆创作了许多作品，把姜夔(图 11－33)、吴文英(图 11－34)、张炎等的红荷词转化为绘画，足见宋代咏物词对吴湖帆绘画灵感的点化。吴湖帆的红荷图常以没骨写意画法绘成，从尺幅上看往往不大，设色清净淡雅，所画花瓣丰腴、姿态欹侧，常以荷叶掩映荷花、藏匿荷茎，形成了独具雅致意趣的绘画风貌。吴湖帆的宋词词意画创作，或捻句成画，或连绵数句入画，能够从多位词家作品中汲取灵感，通过个人学养的涵泳和画学语汇的选择，以宋词熔铸宋画的审美精神。

图 11－33 吴湖帆 《闹红一舸》

图 11-34　吴湖帆　《吴文英词意图》

张大千是近现代具传奇色彩的画家，他有深厚的诗文修养，和吴湖帆一样，也填写了大量的题画词，并创作了许多词意画作。张大千的宋词词意画主要表现姜夔的词作，据说他十分喜爱姜夔《白石道人歌曲》，以姜夔《惜红衣・吴兴荷花》全词入画，创作了《白石词意》一轴；又以该词“三十六陂秋色”为题，创作了《姜夔词意图》一幅，画彩墨荷花；又以姜夔《念奴娇・闹红一舸》全词词意入画，创作了《看荷图》立轴。当然，张大千对其他词家词作也有相应的表现，曾用扇面的形式写秦观《江城子・韶华不为少年留》词、王简易《庆宫春・庭草春迟》词等小幅词意画作，也取得了良好的艺术效果。

傅抱石、李可染、陆俨少等画家都创作过宋词词意画，李可染的《杏花春雨江南》系列在前文已经提到，在此不再赘述。傅抱石和陆俨少宋词词意画创作，在选词上体现出相似的趣味，他们都崇尚辛弃疾的词作，这种取词态度与之前吴湖帆、张大千等人偏好婉约词有所不同。吴湖帆也曾表现辛弃疾的词作，但其艺术风貌主要是沉静、娴雅、工细、婉约的。张大千的词意画呈现也以工写结合为主，傅抱石、陆俨少的宋词词意画创作则更注重写意。傅抱石的《待细把江山图画》就是以辛弃疾《游西湖・翠浪吞平野》中一句词文为题所作的，其个人艺术风貌明显，画作并不同词面丝丝合扣，而是在整体气势上表现出雄强、老辣的风格，与辛词风格契合。《辛稼轩词意》是傅抱石未完成的遗作，有林散之、傅二石的题跋，但不知是以哪阕辛词入画的。陆俨少的《稼轩词意对题册》共十开，尺幅均一，约一平尺，绘制十阕词意画，对题词句，分别是《瑞鹤仙・片帆何太急》《摸鱼儿・观潮上叶丞相》《鹧鸪天・石门道中》《玉楼春・戏赋云山》《水调歌头・赋松菊堂》《西江月・遣兴》《菩萨蛮・书江西造口壁》《清平乐・独宿博山王氏庵》《丑奴儿近・博山道中效李易安体》《上西平・会稽秋风亭观雪》。陆册所选稼轩词主要是山水词，其中有些词句同绘事相关，例如第九阕《丑奴儿近》中就有“更远树斜阳，风景怎正图画”的词句，所绘之画也全是山水画，并且“以小见大”，词画配合精到。

另外，荀慧生自制《石帚词意画笺》和丰子恺《子恺漫画》古诗新画系列对宋词的表现也值得重视。荀慧生是“四大名旦”之一，颇喜读姜夔词，《石帚词意画笺》是他制作的自用画笺，现存一套计四十七幅，以木板水印技术制成。画笺是文人雅士常用的书信用纸，也有文士自制画笺以突出情趣、彰显个性，所以这套画笺的本来墨色较为浅淡，构图松弛，以留出空间用以书写。荀慧生的这套画笺是化用姜夔词句制成的，每页都是一句词文配合逸笔草草的简单图画，如用“自看烟外岫，记得与君湖上携手”“千倾翠澜”“古木斜晖”等，画笺右下或左下钤有“小留香馆写石帚词意”长方阳文朱印。丰子恺的《子恺漫画》出版于1926年，其中古诗新画部分含《无言独上西楼图》《过尽千帆皆不是图》《帘卷西风图》《卧看牵牛织女星图》《楼上黄昏图》《燕归人未归图》《翠拂行人首》《指冷玉笙寒图》《人散后图》《手弄生绡白团扇图》《宝钗落枕梦魂远图》《月上柳梢头图》《今夜故人来不来图》《眉眼盈盈处图》《今宵不忍圆图》《摘花高处赌身轻图》《世上如侬有几人图》《栏杆私倚处图》《明月窥人图》《红了樱桃图》《曲终人不见图》等词意画。丰子恺的这些漫画逸出传统之外，将古诗词句同现代式的日常生活情景结合，以简洁的线条为现代生活作素描，以现代生活为古诗词境作诠释，绘图又运用巧思，在作画中突出一种巧妙融合趣味、豁然开朗的审美趣味，形成了独特的词意画风格。

总之，民国以来，宋词词意画创作呈现繁荣景观，不同文化水平的画家们都乐于以宋词为题进行绘画创作，宋词衍生的图像被反复传播、使用，高雅的词意画创作和通俗的木刻画创作也表现出不同的审美趣味。时风方面，民国时期的词意画创作多崇尚婉约，中华人民共和国成立以来写意画风的盛行，促使更多表现豪放词（尤其是稼轩词）词意的画作出现。同时写时人词的词意画开始在画坛上占据重要地位，对宋词词意画创作产生了一定的影响。

表 11-1 历代宋词词意画重要作品表①

陆行直	元	《碧梧苍石图》	藏于北京故宫博物院
徐贲	明	《一竿风月图》	已佚，录于《式古堂书画汇考》
董其昌	明	《秋兴八景图册》	藏于上海博物馆
汪氏	明	《诗余画谱》	木版画作品，现存九十七幅
王翚	清	《杏花春雨江南》	
罗聘	清	《晓风残月图》	
余集	清	《落花独立图》	
王素	清	《梧桐仕女图》	
王素	清	《朝云小像》	
费丹旭	清	《仕女图册》	
任熊	清	《人物图册》	
任熊	清	《宋人词意图册》	十一开
任熊	清	《孙道绚南乡子词意图轴》	

① 制表参考了吴企明先生的专著《题画词与词意画》和王晓骊女士的论文《词意画的变迁与宋词接受》，并有所增补。

续 表

周慕桥	清、民国	《陈与义临江仙词意图》	大雅楼画宝
周慕桥	清、民国	《秦少游如梦令词意图》	大雅楼画宝
周慕桥	清、民国	《吴文英唐多令词意图》	大雅楼画宝
周慕桥	清、民国	《周晋点绛唇词意图》	大雅楼画宝
周慕桥	清、民国	《孙道绚忆秦娥词意图》	大雅楼画宝
吴士鉴	近代	《冯延巳采桑子词意图》	
荀慧生	近代	《石帚词意画笺》	自制画笺,计四十七幅
吴湖帆	近代	《雾障青罗图》	
吴湖帆	近代	《红荷图》	
吴湖帆	近代	《春江渔隐图》	
吴湖帆	近代	《辛稼轩玉楼春词》	
吴湖帆	近代	《念奴娇词意画》	张孝祥词意
杨无恙	近代	《草窗词髓》	《杂画册》系列
张大千	近代	《三十六陂秋色》	姜夔《惜红衣·吴兴荷花》词意
张大千	近代	《宋人词意扇面》	王简易《庆宫春·庭草春迟》
张大千	近代	《看荷图》	立轴,姜夔《念奴娇》词意
张大千	近代	《白石词意》	立轴,姜夔《惜红衣》词意
吴藕汀	近代	《吴藕汀宋词画册》	
丰子恺	现代	《子恺漫画》	古诗新画系列,含二十一幅词意画
傅抱石	现代	《潇潇暮雨图》	
傅抱石	现代	《待细把江山图画》	
李可染	现代	《杏花春雨江南》	系列
陆俨少	现代	《稼轩词意对题册》	

小结

宋代在我国文学发展史上有着重要的地位,它处在中国文学从“雅”到“俗”的转变时期。散文领域有欧阳修发起的古文革新运动,诗歌领域有“以文为诗”一说,宋词本就是适合歌唱的“长短句”。宋代文人多以平实的语言创作,内容多反映生活时弊,雅俗共赏,文学创作进入了高峰期。于是,它为后世提供了众多可以“再创作”的母题,文、诗、词入画是必然的。再者,南宋末期因国破家亡,文学创作中流露出的“黍离之悲”亦在后世引起了共鸣。南宋文学中的“遗民”母题,在宋代以后每个朝代更替之时,为异族统治下的遗民所一再描绘。

第十二章 《诗余画谱》的词画比较

该画谱刊行于万历四十年(1612),作者汪氏的确切姓名已不可考。该画谱原本辑录一百幅木刻词意画,现存九十七幅,各自对应一幅木刻词文书法,以包背形式装帧。受诸多原因影响,这部品质卓越的木刻词意画集传世版本并不多。郑振铎曾指出此画谱的存世刻本至少有原刊本和翻刻本两种[①]。孙雪霄称《诗余画谱》传世主要版本有北京图书馆藏王立承鸣晦庐旧藏残本、郑振铎旧藏二残本和傅惜华旧藏残本[②]。王晓骊指出,上海图书馆藏有万历四十年(1612)壬子刊本残本[③]。尽管此画谱存世版本不多,且已无法见到完璧,但是自民国以来翻刻不断。民国时,郑振铎以珂罗版翻刻《诗余画谱》,收入《中国版画史图录》第七辑,现已成为难得的工艺品和研究晚明木刻版画的重要材料。近年来,为满足艺术市场对木版画作品的需求,此画谱不断翻印、出版,这些出版物主要采用影印技术,偶有翻刻装裱的工艺美术品。上海古籍出版社曾于1988年出版该画谱,是据北京图书馆藏鸣晦庐旧藏残本和郑振铎旧藏残本择优配补,影印出版。上海辞书出版社1988年出版的《唐宋词鉴赏辞典》也大量使用《诗余画谱》的木版画作为插图。近十年来,河南大学出版社于2004年出版《诗余画谱》,金城出版社2013年出版《诗余画谱》精装版等,上海古籍出版社2013年还重印了《诗余画谱》,校注者为孙雪霄。

第一节 《诗余画谱》的创作与背景

《诗余画谱》刊行于万历四十年的徽州宛陵,这时已是明代的晚期。到民国时,木版画研究肇兴,郑振铎、傅惜华等学者才注意到这部艺史的遗珠,郑先生还为补全此画谱而奔波,却终不能重现完璧。近世词学和木版画研究的隆兴,令这部画集翻印不断,为人们所熟识。为了比较研究此画谱的词画关系,有必要简述此画谱的创作过程,简要回顾此画谱在词画汇通创作史中的位置,并探索词画比

① 郑振铎:《西谛书跋》,文物出版社1998年版,第120页。
② 汪氏辑,孙雪霄校注:《诗余画谱》,上海古籍出版社2013年版,前言第3页。
③ 王晓骊:《文学接受视角下的词意画研究》,《淮海工学院学报(社会科学版)》2011年,第49页。

较的分析层次。

时代的延宕使《诗余画谱》辑者姓名已难于考证了，也无从考证其画工、刻工的身份，但该画谱的序、题、跋、版本及现当代艺术史的相关研究却能提供许多重要信息，令今人对其创作背景与过程能有所了解。其中序、题、跋等还是研究此画谱的重要文献，将其中的信息点同当代相关研究的互证，有助于深化对《诗余画谱》创作背景、创作过程及艺术价值的认识。

吴汝绾的序（下称“吴序”）记述了《诗余画谱》中词作的来源。吴序称“旧刻有《草堂》一集……好事者删其繁、摘其优，绘之为图”，这说明，《诗余画谱》所录词作是从《草堂诗余》中选摘而出。《草堂诗余》是明代较为盛行的一部词集，如今，词集版本学者一般认为它是“南宋中期庆历年以前书坊选编的一部词集”，其选词“以传统婉约词为主，不看重豪放词和清空派词”。根据词集版本学者的研究成果，明代流行的《草堂诗余》计有三十余个版本，其中主要版本所收词作多在三百六十阕至三百七十阕之间，收词数量远高于《诗余画谱》所收的一百阕。郑振铎评《诗余画谱》“是撷取了《草堂诗余》里的最精粹的宋词百篇”，实是一种怜惜的偏颇。《诗余画谱》确实收录不少著名的词作，如苏轼的《水调歌头·明月几时有》、秦观的《踏莎行·雾失楼台》等，但离“最精粹”的标准还有相当大的差距。其一，所录词家偏颇，以苏轼、秦观、黄庭坚等人为主，三人合辑四十九阕词，占去过半的篇幅，北宋词宗周邦彦只录一阕，辛弃疾词只收两阕且误属给秦观和无名氏，显得有些反常。其二，所录词作词牌、词人、词文多有讹误，这些讹误在《草堂诗余》中是没有的，对此，綦维、孙雪霄等做了细致的整理工作。有此两点，从词集版本的角度看，《诗余画谱》就不能算是一个十分好的版本。尽管吴序对汪氏删词多有赞许，甚至以孔子删诗作譬喻，却没能摸清、阐明汪氏删词的目的及状况。

汤宾尹的题（下称“汤题”）是有关《诗余画谱》最早的艺术评论文献之一。从内容上看，汤题阐发的是《诗余画谱》带给他的艺术感受，带有强烈的论辩性质。如“谓诗中画，即是无形之图绘；谓画中诗，即是无言之歌咏”①，很容易使人联想到苏轼的“味摩诘之诗，诗中有画；观摩诘之画，画中有诗”②，两者谈的都是对作品的评价，用的均是感慨的口吻，用意是为被评者正名。汤题中的感慨和评价从主观感受出发，貌似缺乏理性讨论，却直指此画谱独特的艺术价值。在题文中，汤宾尹驳斥了“图词中景如影中觅影”的论断，他反问，如果词中之景不可图画，那么词的情景又是如何着落的呢？他进一步阐述道，对“至情无言，真景无形”的敬服，不应成为贬斥“以词为画”创作的理据。虽然“情流则言吐，形散则景烂”，但恰在“情流形散”之后才能有艺术的产生，才能突破主体纯粹内观的

① 汪氏辑，孙雪霄校注：《诗余画谱》，上海古籍出版社 2013 年版。

② 于民：《中国美学史资料选编》，复旦大学出版社 2008 年版，第 284 页。

局限，将虚存的情志与实存的言、形结合，只有将艺术构思物态化后才能产生悦人悦己的艺术作品。汤题短小精悍，却有相当的理论说服力，其部分观点与近来的文学图像关系研究成果不谋而合。赵宪章认为，文学成像的语言学理据是“语中天然有象”，“‘语言生像’决定了‘文学成像’”[①]，他还指出，图像艺术对于语言艺术的模仿是顺势而为的[②]。正由于文学与图像互仿的天然合法，加之词文体独特的创作历程和美感特质，才使得《诗余画谱》的创作具有相当的艺术价值。

黄冕仲的跋文（下称黄跋）信息量最大，以往研究《诗余画谱》很少有不引用这篇跋文的。首先，黄跋交代了《诗余画谱》的创作背景，称其是继《咏物诗选》和《海内奇观》而出的。《咏物诗选》即《百咏图谱》，撰者是华亭派代表人物顾正谊，顾氏另有《咏物新词图谱》存世。《海内奇观》即《新镌海内奇观》，由杨尔曾编撰，陈一贯为画工、汪忠信为刻工，杨尔曾另有《图绘宗彝》存世。从形式上看，《百咏图谱》与《诗余画谱》更为相近，其装帧均是一页诗文一页木版画，显示出册页装裱习惯的影响。而且，《诗余画谱》确有数幅木版画与《百咏图谱》雷同，应是对其的变仿。顾正谊和杨尔曾都是晚明著名的木版画编撰者，黄跋将《诗余画谱》与他们比较，不仅是对其中关联的察觉，更是对《诗余画谱》艺术水准的褒奖。其次，黄跋交代了《诗余画谱》作者的身份，只是这交代多少有些含糊不清，仅敬称“宛陵汪君”，仍不著“汪君”究竟的身份。现存《诗余画谱》若干画上钤有“馆”字朱文印章和“佐山堂”葫芦型朱文印章，有据此称汪馆即汪氏的，却无法得以证实。再次，黄跋将汪君的创作定义为“诗余而为画谱”，并对其合理性给予了肯定。“诗余”是明人对词的常用称呼，取“词为诗之余事”意，在这种话语逻辑下其实已经以诗来定义词了，以诗写志、以词抒情成了北宋诗词作家的共同认识。黄跋认为以词为画谱是前所未有的创新，这种说法是可信的，黄跋说“人心不古，弗变则弗新；人情好胜，弗新则弗崇”，可见他对汪氏之创新是极力赞扬的。最后，黄跋介绍了汪氏辑刻《诗余画谱》的过程。汪氏删词，从《草堂诗余》中选出百阕为画，又有百篇词文书法，其篇幅较为庞大。这百阕词文书法、百幅词意画当不是汪君一人之力可以完成的，黄跋称汪君“不惜厚赀，聘名公绘之而为谱”“篇篇皆古人笔意，字字俱名贤真迹”[③]，可见汪君在这里起到的是辑录者的作用，对比吴序中称汪氏为“好事者”，汪氏书商的身份可以得到证明。在创作《诗余画谱》的过程中，汪氏扮演的应该是组织者的角色，“兼编辑者与出版者之任于一身”[④]。他聘请书画界、版刻界享有盛誉的艺术家创作词文书法和词意画底本，

---

① 赵宪章：《“文学成像”缘自“语中有象”》，《中国社会科学报》2014年10月17日，（B01版）。

② 赵宪章：《语图互仿的顺势与逆势——文学与图像关系新论》，《中国社会科学》2011年第3期，第170—184页。

③ 汪氏辑，孙雪霄校注：《诗余画谱》，上海古籍出版社2013年版，第197页。

④ 董捷：《明末版画创作中的不同角色及对“徽派版画”的反思》，《新美术》2010年第4期，第18页。

这些书画作品又以贴合词意为基本，以摹求古意为追求，集合这些书画作品后再由刻工刻印、装帧、出版。

上世纪木版画史研究者对《诗余画谱》的版本和风格流派做了初步判断。《诗余画谱》现存版本最早的是上海图书馆所藏万历四十年壬子刊本。郑振铎据此画谱的出版年份、黄跋中的“宛陵”及画谱风格特征等信息，将《诗余画谱》归入徽派木版画之中，并盛赞其悦目。从艺术形式上看，《诗余画谱》是黑白木版画，虽然有“灰板”的色调补充，但色彩的单调还是很大程度上限制了其艺术表现力，它既无法像水墨画那样通过水与墨的比例传达色调的多姿变化，又无法像彩版木刻那样将色彩当作纯熟的艺术语言，应该说，流畅、精微、卓有古趣的线条是《诗余画谱》视觉表现的主要手段。郑振铎等学者的研究已经表明，这部画谱独特的艺术价值应从词画艺术的合璧中见出。

近年来，木版画史的研究勃兴，《诗余画谱》作为“词画双绝”传统的代表作受到研究者的关注。艺术史的相关研究成果表明，《诗余画谱》木版画的来源要比黄冕仲跋文中所说的更为复杂。沈歆曾列表梳理《诗余画谱》中变仿自《顾氏画谱》的木版画名目①，对照两部画谱，可以将此表格更加细化（见表 12－1）。除《顾氏画谱》外，《诗余画谱》部分作品还同《百咏图谱》有很强的相似性，如第二十四幅、第三十幅、第四十一幅等。之前尚未有相关研究成果探究《诗余画谱》以《百咏图谱》部分木版画为粉本的艺术现象，但从示例中不难看出，《诗余画谱》对《百咏图谱》的变仿模式与对《顾氏画谱》的变仿模式接近，也是依据词文对画面内图像细节做删截、改换。以先出的集古画谱、诗画谱为粉本，是《诗余画谱》中木版画可以明证的一条来源线索，使用粉本时，汪氏又依据词作对原画做了相应的修饰、删截、改换甚至重组，以使得木版画迎合所匹配词作的意象、意境与结构，同时对粉本的使用受到绘画美学规则的影响，在迎合词意的同时保留着粉本图像的诸多内容，在《诗余画谱》的研究中需要高度重视汪氏制作图像的方法。《诗余画谱》大量变仿同时期的木版画作品，这削弱了其在木版画史研究中的影响，尽管它能给人以丰富美感，但在画作创新性上有所缺憾。与其创作时间相近的《顾氏画谱》成为多部画谱的粉本来源，其艺术创新和传播效果都令《诗余画谱》难望项背。

对《诗余画谱》的序、题、跋及艺术史研究加以梳理，可将这部木版画集的创作过程制成简明的流程图。由图不难发现，这部作品从艺术构思到组织创作再到作品呈现，都将宋词与绘画紧密地联系在一起，以绘画的形式模仿宋词的内容，词和画的关系构成这部画谱艺术意蕴的核心。这样一部独特的木版画谱，它作为词集版本的价值并不突出，从木版画史来看，它不著作者，画工、刻工亦无从考求，许多木版画变仿前代作品，所以也未得到足够的重视。但从词画结合的角

① 沈歆：《明代集古画谱的临仿模式与粉本功能以《顾氏画谱》为中心》，《美苑》2011 年第 3 期，第 75—82 页。

度来看，它是具有重要价值的，以往对此画谱的研究无不称赞其词画合璧的艺术特征，可惜缺乏专注于此的研究，这不利于当代人去认识、体察这部画谱的艺术价值。值得注意的是，《诗余画谱》的创作尚处于词意画创作的探索阶段，其画工来源又十分复杂，因而其词意画创作呈现出复杂的现象，呈现出以词入画的各种主要惯例，恰构成一部研究词画关系的重要作品集。对其的研究与总结，将为词画比较研究带来鲜活的研究材料，丰富词画比较研究的理论话语，并给文图关系研究、视觉文化研究带来有益的参考。

表 12-1 《诗余画谱》变仿《顾氏画谱》对照详表

《诗余画谱》	《顾氏画谱》	改动比较说明
第七幅，苏轼《浣溪沙》，题仿刘松年	宋，刘松年	删去人物，添右侧中部的楼宇和人物
第十幅，黄庭坚《浣溪沙》，题仿王右丞	唐，王维	舟客改为渔父，右下角增添石团
第十一幅，李白《菩萨蛮》	宋，赵伯驹	楼群改为独楼
第十六幅，李白《忆秦娥》，题仿盛懋	元，盛懋	左侧树改为柳，人物增加胡须
第十七幅，赵令畤《清平乐》，题仿文伯仁	明，文伯仁	删去原有人物和右下角树木，增加人物
第三十七幅，黄庭坚《鹧鸪天》，题仿文休丞	明，文嘉	基本一致，添鸟（白鹭）
第四十二幅，秦观《踏莎行》	宋，杨士贤	删去人物、树改为梅，右上添楼角
第四十三幅，沈蔚《小重山》，题仿僧巨然	宋，僧巨然	截去右侧、删去人物，添人物、荷塘
第四十四幅，晁补之《临江仙》	宋，夏圭	截去下部重绘，添船、人物、右上山峦
第四十六幅，苏轼《蝶恋花》	宋，赵令穰	截去右侧，删去人物，添燕子、人物
第四十九幅，苏轼《蝶恋花》，题仿米友仁	宋，米友仁	截去上侧，删去人物、小舟，添院墙、人物
第五十幅，王安石《渔家傲》，题仿范中立	宋，范宽	基本一致
第五十三幅，谢逸《渔家傲》，题仿董玄宰	明，董其昌	渔父鱼竿收起、改为吹笛，舟篷上添鲤鱼
第五十四幅，苏轼《行香子》，题仿米元章	宋，米芾	截去下侧，增加人物
第五十七幅，柳永《过涧歇》，题仿萧照	宋，萧照	删去荷叶、荷花、濯足人物，添舟、人物
第五十八幅，黄庭坚《蓦山溪》，题仿李咸熙	宋，李成	上部基本重绘，另删太阳，添舟、人物
第五十九幅，王安石《千秋岁引》，题仿莫云卿	明，莫云卿	删去人物，添楼、城、人物、月
第六十二幅，苏轼《满庭芳》，题仿王淑明	元，王蒙	删小舟、人物，添茅屋、人物

续 表

《诗余画谱》	《顾氏画谱》	改动比较说明
第六十三幅，胡浩然《满庭芳》	宋，李迪	删枝、雀，挪竹，添鸳鸯、芦苇、花木
第六十六幅，苏轼《水调歌头》	传与文徵明图同	
第七十三幅，晁补之《八声甘州》，题仿梅花道人	元，吴镇	中上人物改换，删童子，添琴、雁

（注：依据上海出版社 2013 年版《诗余画谱》、金城出版社 2013 年版《顾氏画谱》制定，制表左起两栏参考了沈歆论文《明代集古画谱的临仿模式与粉本功能——以〈顾氏画谱〉为中心》）

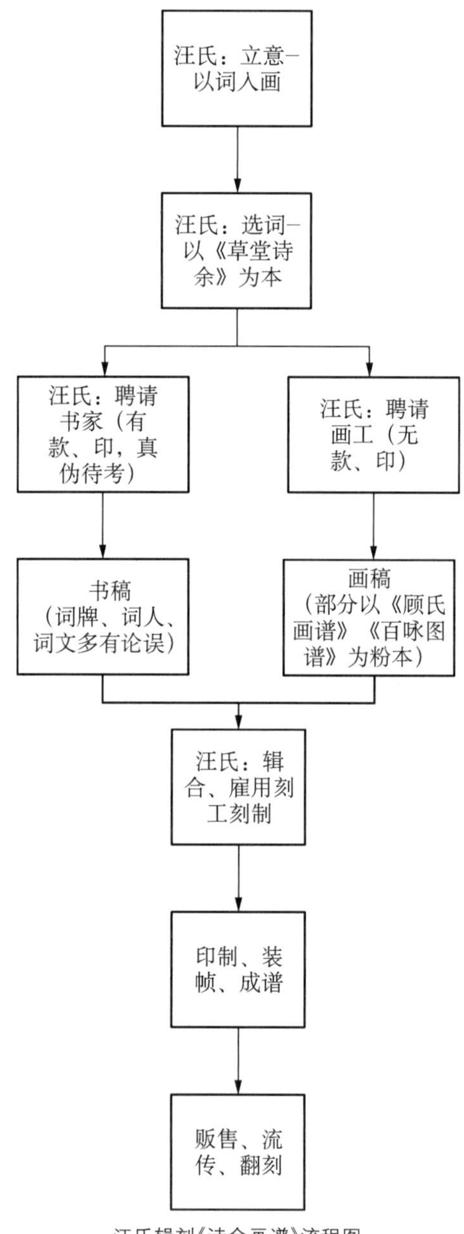

汪氏辑刻《诗余画谱》流程图

第二节 艺术形象比较：语象与图像

艺术形象是词画艺术产生沟通的首要层次。词意画就是以词中艺术形象为腹稿，再经绘画的艺术构思与创作实现的。朴素的词画对读已注意到词画艺术形象的比较关系，但其所用概念比较含混，不利于明确词画比较的研究对象。"语象"概念诞生于新批评理论思潮中，指的是"一个与其所表示的物体相像的语言符号"，也就是文学中的艺术形象，语言符号的物性特征能够唤起读者的心理语迹，在读者头脑中产生"清晰的图画"[①]。"图像"概念则由来已久，潘诺夫斯基在图像学研究中给出了其狭义定义，即指绘画作品中"第二性的主题"，也就是同"原典知识"结合起来而被人们领会的绘画形象，亦即具有特定意义的绘画形象[②]。这恰好用来解释词画对读时，对画作艺术形象的领会，例如将画中女性绘画形象辨识为"闺阁怨妇"，或将山的绘画形象辨识为"千嶂"等。

"语象"和"图像"的使用，有助于明晰地把握词画艺术形象比较的研究对象，以更好地解释相关艺术现象。作为概念，它们同传统诗学的"意象"既有联系又有所区别。"意象"溯源于《周易·系辞》的"观物取象"和"言不尽意，立象以尽意"，至王充《论衡·乱龙篇》开始并称，是我国艺术理论的重要创造。从其内涵来看，"意象"并不重视语言的质料作用，具有普适性。单独研究词或画，使用"意象"概念并不会导致歧义。但在词画的比较研究中沿袭"意象"概念而不加以区分，将难以揭示词画艺术在存在方式上的深刻不同，无法见出这两种艺术形式把握艺术形象的差异，很容易导致"无差别"结论。所以本文主张，在词画比较研究中，分别使用"语象"和"图像"概念，以避免混淆。

然后需要分析语象与图像比较的分类方法，我们可以借鉴辛衍君博士宋词语象（意象）研究的相关成果。他将宋词的意象概括为"时间""空间""人物""景物"四大类，又在各类下列举了"月（夜）""黄昏""楼""帘""美人""水""柳""花""鸟"等九种常用意象[③]。其中"人物"语象同时构成词作的抒情主体，具有殊胜意义；受"情景结合"观念的影响，宋词中的"景物"语象最为丰富，其所对应的景物图像是词意画的主要内容；"空间"语象（如"楼""帘"等）也可视为"景物"语象的一种，不做详细区分；"时间"语象提示了物色的某种特征，也应视为"景物"语象的修辞。这样，"人物"和"景物"构成了词画艺术形象比较的主要部分。除此之外，由于词画比较的特殊性，还应研究非视觉类语象的图像呈现，并分析超出《诗余画谱》表现范围的语象。

---

① 赵宪章：《文学成像的起源与可能》，《文艺研究》2014 年第 9 期，第 16—29 页。

② 潘诺夫斯基著，戚印平、范景中译：《图像学研究》，上海三联出版社 2011 年版，第 3—4 页。

③ 辛衍君：《唐宋词意象的符号学阐释》，苏州大学博士论文 2005 年，第 46—50 页。

一、人物语象与人物图像

北宋时期，文人逐渐成为词体的主要作者，“词中的主人公与词人自我的对应关系有一个变化过程”①，在这个过程中，词的抒情主体与创作主体形成矛盾，并存有一致和不一致两种状况。这就是说，尽管词的作者主要是男性文士，但词中的抒情主体却并不总是男性。由于燕乐曲子常由歌女来演唱，她们是表演和传播词文的主体，这就促使许多写词的文人在创作时，将自己设想为女性，“拟妮子腔调”“男子作闺音”，仍以女性为抒情主体，模仿女性的眼眸去关照景物。这类词作带有鲜明的女性化美感特质，《诗余画谱》所辑欧阳修、秦观等词家就是这种类型的代表。同时，范仲淹、王安石等人开始创作以文人为抒情主体的词作，如《诗余画谱》辑录的《渔家傲·愁思》就是范仲淹以戍边文士为抒情主体所作的名作，王安石也有《千秋岁引·秋景》抒发官场失意、沧桑看尽的忧郁情怀。这类词作中，抒情者与创作者是一致的。词学研究中，以抒情—创作的“双重性别(doublegender)”②解释这种矛盾状况。由此，词中的主体形象具有相当的复杂性和朦胧性。

绘画是造型的艺术，绘画中的艺术形象一般具有明晰的视觉特征，可供观者辨认。在《诗余画谱》的词意画中，就常将人物图像入画，用以象征观景、抒情的主体，它们与画中再现出的景物图像同质化，一道成为观者赏玩的对象。《诗余画谱》对词中人物的呈现方法异于其同代的词意画创作。如董其昌的《秋兴八景图》中并不绘出一个观景的人物图像，观景和抒情的话语权力统一于画者，甚至画面上题写的词文也可以“偶有欲书之意”为开脱，不必丝丝入扣地吻合。可见，在董其昌看来，他作为画者的话语权力同词的作者是平等的。《诗余画谱》的画师们则不然，他们在画作中图绘人物形象，不仅审美佳人，而且审美文士，较董其昌而言，对词意的再现更为忠实。但正如前文的分析，词作中抒情主体与词人身份并不总是一致的。在词作中，这种朦胧性、不确定性并不会影响情感的抒发，读者能够对词情、词意获得应有的领会。但在入画时，人物语象显化为人物形象，就需要一种视觉的明确性。所以《诗余画谱》中，有时以抒情主体为形象进行图绘，有时则越过抒情主体，直接对词人的形象进行图绘。

(一) 佳人语象与佳人图像

佳人是闺阁、闺怨类词的抒情主体，这类词在《诗余画谱》中占据了相当的篇幅。从总体来看，佳人语象是佳人美好的外在形象和孤独忧郁的情感状况的结

---

① 王兆鹏：《唐宋词的审美层次及其嬗变》，《文学遗产》1994 第 1 期，第 48—49 页。

② 叶嘉莹：《从性别与文化谈女性词作美感特质之演进》，《中国文化》2008 第 1 期，第 28—29 页。

合。如“冰肌玉骨”“清凉无汗”“欹枕钗横鬓乱”“腻玉圆搓素颈”“藕丝嫩、新织仙裳”“报道金钗坠也，十指露、春笋纤长”等语象，分别从肌肤、发髻、衣衫、首饰、指头等方面，描绘佳人美好的外在形象。同时，由于宋代男子羁旅游宦或行商作贾，女眷多留在家中，所以词中佳人语象多写她们独居闺阁、恬静忧愁之态。如“夜深无语对银釭”“独卧玉肌凉”“沉吟应劫迟”“无限思量”“无语对春闲”等，就通过对佳人静穆姿态的刻画，显现精神上的孤独、无聊、忧愁、幽怨。同时，宋词塑造佳人形象时还伴随着各类物什语象修饰，形成譬喻丰富的修辞效果，例如“羞带宜男草”“手捻花枝”“放花无语”等，因长期闺中独处，即便佩戴宜男草也是无用。所以“羞”，而“手捻花枝”是表现愁苦无聊的常用语，“放花无语”更使这种愁闷的情绪发酵，渲染了独处佳人的情志。另外，词作写佳人偶用“泪”这一语象，如“泪眼问花”“泪双双”“相思千点泪”“相看泪眼”等，写其哀婉的形象，也是愁苦情绪的流溢、宣泄。可以说貌美、独居、寂寞、愁苦是《诗余画谱》所选词作女性语象的主要特征，这些特征都形之于特定的视觉形象。

汪氏的画工在图绘佳人形象时，体现出晚明木版画创作中那种人物面貌的典型化特征，即“千人一面”，这种特征可以在摘截出的女性图像集图中得到明证。图中截出的女子形象从脸型到五官乃至发髻的刻画都是极为雷同的。从这个截集不难发现，《诗余画谱》中的女性图像，注重形式上的貌美与恬静，从其造型情状来看，普遍地眉目弧度上弓，是一幅幅天真烂漫的笑靥，很少有表现面带强烈的愁苦之色或泪流两行的，只有第八十六幅中的女性图像才画出了“病恹恹”、眉眼低垂的特殊情状。莱辛在研究拉奥孔的雕像时，曾发问“为什么拉奥孔在雕刻里不哀号，而在诗里哀号”，并以“美是古代艺术家的法律，他们在表现痛苦中避免丑”为解释，由此展开了诗画不同的立论[①]。《诗余画谱》中女性图像的上述特征也同绘画艺术尤其是木版画艺术的传统有关。绘画不宜表现太过激烈的情感，《诗余画谱》的画工也不倾向去表现不悦目的情感。明代图绘美人很少表现蹙眉、病恹和愁苦的情状，其眉目之间多近笑意，都是以悦目为主，淡化了那种忧愁和幽怨的情态，这是该画谱词画艺术形象间的一大不同。

词画佳人形象艺术效果的差异，还同画谱创作的程式性传统有关。晚明画谱描绘女性人物面孔时，形成了“鹅蛋脸、柳叶眉、一线鼻、樱桃口”的程式性传统，而且，在狭小篇幅间表现复杂的人物表情也是过于严苛的要求。因此，虽然词中语象与画中图像在情状上有所不同，却不构成混淆关系。佳人语象入画时图绘为情状恬静的女性图像，主要体现了语象与图像的一致，情状的不同是受制于词画各自的艺术表现规律。在《诗余画谱》中可以见到，尽管女性图像的面部并不表现泪垂，却通过抬起袖角等动作暗示画中人物正在拭泪，第五十五幅词意画中就以袖角抬起的动作表现“和泪折残红”，尽管其面目是眉目上弓的笑靥，观

① 莱辛著，朱光潜译：《拉奥孔》，人民文学出版社 1979 年版，第 5—12 页。

者却能领会其正逢别离的愁怨情绪。

（二）文士语象与文士图像

《诗余画谱》所辑词作中明确以自身身份抒发情感的文士词所占比例不高，若严格区分，恐怕还要除去四阕渔父词。这些词作中的文士，多处于羁旅宦游的途中，行旅的疲惫、贬谪的苦闷、短暂的酒宴欢愉、对庙堂故乡和亲人的怀念、时光倏忽的感慨、岁时节令时的孤单、对酒观景时的警悟等各种情感交织，在这些词作中他们不再“拟作妮子腔”，所写均是自身的真情实感。这些词作入画时，《诗余画谱》的画工就绘出文士的图像。

我们可以通过《诗余画谱》所辑苏轼相关词作的词意画来分析画工以文士语象入画的图像呈现。《诗余画谱》共辑 20 阕苏轼词，其中 14 幅以文士图像入画，在这 14 幅词意画中，有三种文士图像反复出现，其图像特征分别为高筒巾、直脚幞头和平式幞头，人物形象以蓄须为主。上述三种头服分别具有不同的寓意。

高筒巾是历代苏轼像呈现出的一个图像特征，袁中道曾说“子瞻疏眉秀目，美须髯，戴高筒帽”[①]，苏轼偏好高筒巾，以致也有称这种头服样式为“东坡巾”的。赵孟頫所绘《苏轼像》、《晚笑堂竹庄画传》所辑《苏轼像》以及李公麟《西园雅集图》中的东坡形象均以高筒乌帽为特征。《诗余画谱》第七十七幅是苏轼《念奴娇·赤壁怀古》的词意画，在画面左下方舟船上绘出六个人物图像，除掌舟人和两个疑为侍从的人物外，共有三个主要人物。三个主要人物图像里，居中者着高筒帽，应是苏轼，居右者为光头，应是佛印和尚，居左者着直脚幞头，应是黄庭坚。整幅图所画的就是“苏子与客泛舟，游于赤壁之下”的情景，苏轼的形象十分典型，与其同坐之“客”的图像特征也十分鲜明，熟悉这段本事的读者一望便知他们的身份。

直脚幞头是古代男子常见的头服，着此幞头者多为官宦，其中一个样式被后世称为“乌纱帽”，借以喻指官位。《诗余画谱》第七十二幅木版画是苏轼《八声甘州·寄参寥子》的词意画，这阕词是苏轼被召还朝时所作[②]。作此词时，苏轼被召还朝，迁翰林学士，久居杭州的东坡将要返回朝中，重新施展自己的政治抱负，所以词作慷慨超旷，既感慨将与好友别离，更对前景有所憧憬，以“不应回首，为我沾衣”来抒发旷达的情志。词意画所绘场景是两位文士辞别，依照词意，舟船上的人物图像应是苏轼，岸上的应是苏轼好友，或即参寥子。这幅词意画中，苏轼图像以平式幞头修饰，不同于惯见的高筒巾形象，展现出朝士气息和用世志意，恰好与词作本事符合。参寥子是僧人，画中却作宦官形象，令观者难以拿捏，易生混淆，是词意画与词作不太贴切处。

---

① 袁中道等：《三袁随笔》，四川文艺出版社 1996 年版，第 454 页。

② 唐圭璋等：《唐宋词鉴赏辞典》，上海辞书出版社 1988 年版，第 677 页。

平式幞头则为古代官员赋闲时佩戴，而赋闲又是仕途不得志的表现，着平式幞头的苏轼图像对应的正是他远离庙堂、赋闲在野的那些词作。《诗余画谱》第六十六幅木版画为苏轼《水调歌头·中秋》的词意画，该词是恰逢中秋、苏轼醉酒后怀念弟弟苏辙所作①，这时苏轼已贬为密州知州，正处于士宦生涯的低谷和长期的宦游羁旅之中。词意画中的苏轼着平式幞头和宽袍道服，其手举酒杯，视角向右上倾斜，作“望月”状，通过身体线条的扭曲暗示人物已经醉酒。

上述三种头服图式，分别象征特定的人物（如苏轼）、在朝文士和赋闲文士三种人物形象。后两种图像不仅在苏轼词作词意画中反复出现，事实上已是《诗余画谱》的画工们能够流畅使用的图像修辞，文士头服样式的差异成为辨识图中人物仕途状况和情志状态的一个重要元素。《诗余画谱》有过半数词意画绘有文人图像，表现宴饮、应酬、升迁别离场景时常用直脚幞头等官样服饰，其他如羁旅、观景等场合则多用平式幞头及逍遥巾等常服样式，通谱看来尤以后者为主，这与北宋时文士以闲情写词的创作背景吻合。在词画的互文中，文士图像与词情相互渗透，图像为文士赋形，词文构成图像情志的言说，两相结合，能够增强美感。

（三）人物语象与人物图像的混淆

词作抒情主体与写作主体的矛盾、错乱，使得词意画中绘出的人物图像往往与相关语象发生混淆。这种混淆主要体现为画工越过词人拟定的抒情主体，直接图绘文士形象。吴企明在研究中也发现了这种现象。他认为“画家根据自己艺术创作的需要，往往转换词意、转换词中主人公，更好地适应画家要求”，并称“这种转换是暗中进行的，不加辨析很难发现”②。若从画家图绘的客观结果来看，吴教授的立论可以成立。若再加以辨析，人物语象与人物图像间的混淆可能不只是画家的需要，这种混淆虽然在画家笔下实现，同画家的艺术构思有关，但原因还要去词中找。应该说，正是因为词作抒情的“双重性别”，读词的人一方面领会到词中人物的身份与情志，一方面又不可能孤立地看待这种身份，而是要同词人的身份与情志，甚至其作词时的本事、遭遇等联系起来看。词作接受的复杂性是导致这种混乱的主要原因，词作的“双重性别”本就可分别做两种解释，反映到词意画中，出现混淆就不足为奇了。如第八十二幅，对应苏轼《水龙吟·咏笛》词，可从“绿珠娇小”句的典故知晓苏轼词写的是吹笛的歌伎，词意画却示以吹笛文士的图像，构成一种混淆。再如第九十二幅木版画，对应也是苏轼词《贺新郎·夏景》，所写的是一位雍容华贵的妇人梦见情郎，醒来后觉梦终为空的愁怨情绪，词意画中的人物却是敞怀纳凉的文士，也是人物语象与人物图像的严重混

---

① 唐圭璋等：《唐宋词鉴赏辞典》，上海辞书出版社 1988 年版，第 611 页。

② 吴企明、史创新：《题画词与词意画》，云南人民出版社 2007 年版，第 11 页。

淆。此外，还有混淆的不太明显的案例，如第五幅，是秦观《如梦令・春恨》的词意画，秦观词的抒情主体可做闺阁怨妇与赋闲文人两种解释，画工以文士形象入画，不算明显的混淆。

二、景物语象与景物图像

《诗余画谱》所辑词作中有丰富的景物语象，这与两宋诗词创作注重借景抒情的文艺传统有关。北宋诗家梅尧臣就有“状难写之景如在目前”的妙语，南宋时，沈义父又在《乐府指迷》中阐述了情景结合的作词方法，范晞文等还总结了情景结合的句法形式[①]。同时，“景”的概念由来已久，《说文解字》中训“景”为“光”，段玉裁注“光如镜故谓之景”，可见其基本意涵是指视觉上的明晰性。“景”“物”并称，指的就是具有视觉明晰性的物象。词中的“景”依靠语象来生成，画中的“景”则依靠图像呈现。

（一）辑词中的景物语象简析

《诗余画谱》辑词有丰富的景物语象，常见者如花草树木、山石池水、亭台楼阁、日月星辰和器物等，都具有鲜明的形象特征。词中常取颓败、残缺的花草树木语象为主，如“疏桐”“寒枝”“黄叶”“落红”“落英无限”“杏花憔悴”“绿肥红瘦”“海棠铺绣”“梨花飞雪”等，都是描绘花叶凋零、枝颓木枯之形象。山石池水等语象则标示了词人所处的空间场景，像在“乍晴池馆燕争泥”中，“池馆”这一语象构成了词人所处的环境。亭台楼阁等语象在词中同样起到标示空间的作用，也可用来分割空间，而与“帘”“门”“墙”“栏”等相关的语象也能起到空间分割的效果，如“绣帘卷”“门外”“墙里”“栏边”等。日月星辰等语象出现较少，主要起到标示时间、渲染物色的抒情作用，并常将与其他语象配合、并举，例如“缺月挂疏桐”，是将弦月与凋零的梧桐放在一起，突显秋夜的冷冽；“楼外残阳红满”则将楼与夕阳的语象组合，渲染悠远晚愁的气氛。器物陈设类语象在词作中广泛出现，几案上的器物摆设、香烟缭绕都是“闲居静观”词情的表现，这类近景的语象转为图像时多成为图面狭小的细节。上述这些是形象特征比较鲜明的景物，与此相对，还有形象特征不够鲜明的语象，如风雾云烟等，《诗余画谱》对这类语象的图像呈现将单独论述。

（二）景物语象的图像呈现

《诗余画谱》的画工在图现景物语象时具备忠实性和程式性两个特征，忠实性是指他们追求图像与语象的对应关系，程式性则指画工图绘语象景物时又遵

---

① 叶朗：《中国美学史大纲》，上海人民出版社 1985 年版，第 296—297 页。

循一定的绘画规范。

图现景物时,《诗余画谱》的画家追求同词中语象的对应,词作中出现的语象图绘于画中时,多尽力地模仿其形象,不仅其名物可以对应,名物的情状也力求相似。从创作来看,《诗余画谱》是一系列宋词的词意画作品集,后出于词的创作过程使得画工所绘画作要以词作为母本依据,因词成画的创作立意使其成为对宋词作品顺势模仿的艺术创作。这样,画工的图像创作就以词中丰富绚烂的情景语象为原典。这里讲景物语象与景物图像的对应关系,还没有谈及图像对语象的取舍问题,事实上,《诗余画谱》的图像对语象的舍弃不是反叛也不是遗漏,而是由于词画艺术结构规律的不同,这将在后文中展开论述。

图现景物的程式性体现为图像的创作具有一定的规范,《诗余画谱》的人物图像已经对这种规范性有所展现,在景物图像方面也有相同的情况。至明代时,中国画的分科已经十分细致,各画科有了长足的发展,其中山水画作为国画的主要画科出现了大量的派别与样式。同时画谱临仿、法帖师范成为美术教育的基本途径[1],各种木版画集的出版降低了民间人士学习绘画的难度,这些木版画集也成为画工研习画艺、绘制画作的范本。“师古人”的绘画美学追求加之集古画谱的大量复制,造就了明末画谱的程式性面貌。《诗余画谱》图现景物的程式性不难辨别,山石、树木、楼阁栏杆等图像都可以说明这种情况。在山石图像方面,以刀法模仿皴法的技艺已非常成熟,已经能够熟练地模仿斧劈皴、小斧劈皴、褶带皴等皴法,甚至出现了模仿米芾父子“云山墨戏”(见图 12-1)和元代吴镇、王蒙笔法的木刻作品。这些仿作,尤其是模仿米芾父子及吴镇、王蒙等重视水墨变化的画家的那些仿作,同原作在形式美感上仍有差距,但足以用来侧证《诗余画谱》图现景物时所体现出的程式性规范。不仅是山石图像,树木图像在线条和叶的形态上也体现出很强的程式性意味,这些山石树木的图像都不是对客观物象的写生描摹,而是绘画发展历程中逐渐丰富、定型的式样,是对夹点叶、圆点叶、个字点叶和各式皴法等各种图像样式的模仿、运用。楼阁的图像也是如此,

图 12-1　第五十四幅　苏轼　《行香子·北望平川》　题仿米元章

① 李永林:《明代版刻与画谱》,《美术观察》2000 年第 9 期,第 57—59 页。

不仅楼阁的造型类似，连屋檐上的脊兽、栏杆上的雕饰等细节也都是雷同的。如此种种，不一而足，都可以说明《诗余画谱》图现景物的程式性。沈歆在比较《诗余画谱》与《顾氏画谱》时指出，《诗余画谱》的立意是表现词意，而非集古，在图像的创作方面应该比《顾氏画谱》更少受到有关绘画风格、笔法特征等方面的约束①，但其却有大量作品题明“仿某某”，这是很有意思的艺术现象。因此，《诗余画谱》图现景物语象时所体现出的鲜明的程式性应当引起研究者们的注意。

（三）风雾云烟等语象的图像呈现

严格来讲，风雾云烟不具备典型的视觉形体。风是空气的流动，云雾是水汽的集中，烟是颗粒的悬浮，单凭肉眼，不足以观取它们的实相，它们更像是一种大环境的氛围。词中常用风雾云烟语象来烘托情景，如“斜风细雨转船头”，写渔父在遭遇逆风雨水的冲抵中掉转船头的动作，这风是冲击人的肌肤才感受它的方向的，纯粹的风是没有视觉形象的。但风会吹动某些可视的事物，如雨、叶、花等，这样无形者就成之为有形语象，如“金风簌簌惊黄叶”，是以落叶写风；“乱红飞过秋千去”，是以飞花写风；“风急雁行吹字乱”，是以雁阵凌乱写风；“风急桃花也似愁，点点飞红雨”句，以桃花写风，景色焕然。这些词句不从触觉、听觉来写风，而是将风凝练成具有视觉性的语象，这为木版画的图像呈现带来启发。以第十幅词意画为例，为显现“斜风”，图绘出自左下生发向右下伸展的细叶柳树，柳叶末尾一致上扬，暗示有疾风吹掠。这幅画题“仿王右丞”，王右丞即王维，是对《顾氏画谱》王维图的变仿，保留了王维“细笔”的笔法特征，图像的变仿与“斜风细雨转船头”语象吻合。

图 12-2 第十一幅 李白 《菩萨蛮·平林漠漠烟如织》

不同于风，云雾与烟的经验形象都是笼罩式的，又无法形之于他物，词中多作为象征忧愁情绪的语象。传为李白的《菩萨蛮》，有“平林漠漠烟如织”的词句，谓烟如织，是以织物譬喻烟雾，表现烟雾的厚重和稠密。这阕词写送别的愁情，如织的烟雾就像离别的忧愁，一个拥堵在身外，一个拥堵在心头。词作对应的词意画是第十一幅（见图 12-2），画面中以平滑的细线与空白表现烟雾，自前景

① 沈歆：《集古画谱的临仿模式与粉本功能》，《美苑》2011 年第 3 期，第 77 页。

至远景皆有细密的缭绕，楼阁、树木、山峦的图像受这线条和空白的分割，变得隐隐显显，极好地表现了烟雾缭绕的情境。郑振铎先生的《中国木版画史》在介绍《诗余画谱》时，就以这幅为插图，从其辑图看，表征烟的平滑线条以灰板表现，其色比楼阁、树木、山峦稍浅，更吻合人们对烟雾日常的视觉经验。

以线条和空白表现云雾与烟，是《诗余画谱》中的惯例，这种表达有时比较贴切，有时则不然。有些词作中，云烟语象的抒情性作用不强，词意画仍依惯例忠实地将云烟以线条图绘出来会产生冗余的乏味感，反而不如不予图绘得好。

三、非视觉类语象的图像显现

以词为画，能够表现的主要是具备视觉形象的语象，如人物和景物。但词作为文学，并不是侍奉眼睛的艺术。词的题材广博，不仅有视觉性的语象，还有大量的无形语象。无形语象是最难传于画的，对它们的图像呈现可见一幅词意画的创意水准。而无形语象的图像呈现并不是无中生有的，其艺术灵感往往来自词作本身。

（一）听觉语象的图像显现

《诗余画谱》所辑词作中常出现声音语象，像马嘶、鹧鸪啼、砧声、画角声残、竹西歌吹、轻雷等等。对词作而言，作为可视景物的补充，声音语象勾勒出更幽邃飘渺的情境，对声音语象的有效运用能够唤起读者丰富的想象，将词的情境写得更加鲜活。可声音是没有视觉形象的，它作用于人的听觉，就很难用图像来表现，连华亭派巨擘董其昌也感慨“画中欲收钟磬不可得”。对于此，《诗余画谱》的一般做法是图示出声源。如“两两黄鹂相应”，写的是黄鹂鸟的轮次鸣叫，第三幅词意画以树冠高处与低处的两只黄鹂鸟来显现它们的鸣叫、应和，虽然无声，但凭借经验，观者应能凭想象和通感打通表象的壁垒。这幅图要表达黄鹂“相应”，鹂鸟图像的喙却是闭着的。到了第六幅中（见图 12－3），表现“门外马嘶人起”则又有不同的处理，马的图像截取了嘶鸣的瞬间，三个人物的图像分别截取牵马、解缰和挑担的瞬间。这些图

图 12－3　第六幅　秦观　《如梦令·冬夜月明如水》

像通过发声瞬间的动作描摹，唤起观者对声音的经验和想象，以为视觉的补充。

（二）触觉语象的图像显现

《诗余画谱》所辑词作，多有写秋景、冬景和夜景，寒、冷、凉等触觉语象反复地出现在这类词作中。在草木凋零以外，寒冷构成了秋冬物色与观景人情志的一种特殊意味。秦观和柳永的词常用这种触觉语象，如“指冷玉笙寒”“霜送晓寒侵被”“寒风淅沥”“觉翠帐、凉生秋思，渐入微寒天气”等，都是写触觉感受的语象，以烘托情境的清冷、孤寂。秦、柳以外的词家则似乎偏好将寒冷与冰霜并作一起，使寒冷的触觉变得可以看到，如苏轼用“寒生冰箸”写冬景，石孝友用“玉壶一夜冰澌满”写冬景。但《诗余画谱》图现寒、冷、凉等触觉语象时，并不在画面中绘出冰霜，而是通过景物的物色特征来暗示肌肤的感觉。上述语象分别与第二、六、五十二、六十一、八十、九十五、九十六幅词意画对应，这些词意画的画面有共同特点，它们都包含模仿斧劈皴和小斧劈皴皴法的山石图像，以及枯枝树图像和模仿鳞皴皴法的梅树、松树等图像。这些图像以生硬、锐利的刀法表现秋冬峻冷的山石，以斑驳的质感表现树木，通过模仿皴法的半抽象化的图像符号，暗示冬风凛冽的肤觉。同时松梅等耐寒树木的图像也成为时序的象征。宗白华先生在分析王维诗画时曾说，“好画家可以设法暗示这种意味和感觉，却不能直接画出来。”[①]在触觉语象的图像呈现中，这是颠扑不破的道理，词意画家的匠心所在也可在这类语象的呈现中管窥一斑。

四、超出《诗余画谱》表现范围的语象

作为木版画谱的《诗余画谱》，属于黑白木版画，尽管它的木刻技艺不俗，属于徽派版画中的上品，但就视觉传达的技艺而言，它仍有明显的局限性。因为词中的一些语象就超出了画的表现范围，不能表现这些语象或者勉强表现这些语象，即便与画的艺术规律不冲突，在词画对读时却很容易削弱读者的审美感受，从而降低词意画作品的意蕴。

首先，如上一节所提到的，声音语象、触觉语象不能通过图像来直接加以表现，虽然依靠通感与想象，词意画对这些语象分别做了处理，但未必能得到良好的效果。事实上，在诗画关系的理论话语中，这些语象的图像表现历来是艺术批评的重点。词不同于诗之处，在于词境较为狭小，往往是园林一类，为了追求情思的无限和要眇宜修的意蕴，非视觉性的语象成为扩充词境、获取美感的重要补充，它们有力地拓展了词中抒情主体的言说与表达。所以，以诗为画或许可以干脆舍弃这些冗余的细节，但以词为画却要注重它们的抒情作用，即便不像画也要

① 宗白华：《美学散步》，上海人民出版社 2005 年版，第 4 页。

图绘而出，通过图像的暗示、隐喻来勾起观者的经验记忆，以展现词作意蕴。

其次，受黑白木刻技艺限制，词作色彩类的语象无法表现，这不能不说是一种遗憾，因为宋词的色彩语象是丰富而迷人的。像李清照的名句“应是绿肥红瘦”，写海棠花被春风打落、只剩枝叶的春景，黑白木版画表现不出海棠花的颓红和枝叶的繁茂，就使词意画传达词意的效果有所削弱。再如“楼外残阳红满”转为词意画时，以圆圈表征夕阳，因为缺乏敷彩，夕阳便同满月没有区别，画意无法获得独立的领会。宋祁的《玉楼春·春景》是写景的名篇，其中“红杏枝头春意闹”一句，语象的鲜活就在“红”和“闹”，王国维说“着一闹字，而境界全出”[①]。红和闹是意向一致的，红若不能表现，闹也就显不出来了，也便没有了活泼、繁华的春意，词作中剩余的只有宾客交欢的情境。以宾客交欢为画之主景，词画的亮点不一致，所以在词画对读时会发现，第三十八幅词意画的艺术意蕴略差一些。

最后，词中有大量修辞手法凝汇成的语象，对其的图像呈现往往有受讥之嫌。像柳永词中常有大量赋化的、惯用的比拟性修辞语象，它们同视觉直观性是“隔”的，如《玉女摇仙佩·佳人》写女子美貌，以名花作比又嫌比得不够确切，人间的花不过是深红浅白罢了，比不得佳人的多情风貌，千娇百媚。柳永所谓“深红浅白”“兰心蕙性”等当然不是实景，词意画中却在佳人倚坐的山石下绘出芍药等花，不免有些以虚为实，成为一种落于俗套的图像修辞。事实上，柳永此词本已嫌俗，再加上俗画，两相映衬，就很难给观者带来良好的审美感受了。秦观的《踏莎行·郴州旅舍》有“驿寄梅花，鱼传尺素”句，这里是用典，取的是吴陆凯江南寄梅诗和古乐府《饮马长城窟行》中的诗句，其用意是为了抒情，并不是作者行旅郴山时所见到的实景，因此这两句应属情句，且是不结景的情句。词意画中仍“忠实”地将梅树画出，放在右下前景处，对词中景句的表现又不够出色，显然有些顾此失彼了。类似的还有第六十三幅，胡浩然《满庭芳·吉席》的词意画。胡词是恭贺新婚的祝语，词意画以“芙蕖浪里，一对浴鸳鸯”入画，将比喻画成实景，而非以婚宴情境入画，也应视为一种值得商榷的混淆。

第三节　作品结构比较：构境与构图

艺术作品都是由细节内容有机地构成。在词中，语象的摆布、牵衍构成了词的意境；而在绘画中，图像通过构图在画面中表达特定的意义。语象的牵连和绘画的构图同样重要，它们是作品内容细节得以通过组合而超出自身、实现深刻艺术意蕴的重要方法。构境是词人把握时空结构的方法，词的构境有自身的鲜明特征。构图则是画家对画面内图像的组织与安排，它展现了绘画艺术对空间的结构把握。词意画是以词为底稿的，在构图时需要考虑将图像在画面中合理地

① 王国维：《王国维〈人间词〉〈人间词话〉手稿》，浙江古籍出版社2005年版，第69页。

放置，既要符合绘画的审美规律，又要追求构图与构境的关联、呼应。

一、语象牵连与位置经营

宋词的意境构成具有特殊之处。宗白华先生称意境是意象的结晶，“是主观的生命情调与客观的自然景物交融互渗，成就一个鸢飞鱼跃，活泼玲珑，渊然而深的灵境”[①]。宗先生对“意境”的论述十分纯粹，是整体而论的、高超的艺术意境。词中的意境却并非全是这种渊阔的灵境。“诗之境阔，词之言长”，相较于诗，词的意境一般是狭深的。像婉约词的“灵境”就常在闺阁园林，并不“渊然而深”，倒是很有精致、艳丽的尘俗气质。词所抒发的情感也比诗更为要眇、细腻，这种抒情特征也影响到词之意境的构成特征。宋词意境的这种特征表现为，在摆布语象时，它不像诗那样“俯仰而观”，而是凝神遐想、繁复工细、牵眷缠绵，宋词的意境体现为一个个相对狭深的灵境。以上主要是就在宋词中占主体的婉约词而论。宋词体式纷繁多样，豪放词的词境则仍保有诗的特征，以雄阔、渺茫为追求。不过，审视《诗余画谱》所选的几阕豪放词，往往是上阕词境宏阔，下阕又返归狭深，在苍茫的山水中生出一种忧患、悲怆的洒脱。如张孝祥的《念奴娇·过洞庭》，上阕写孤舟泛游三万顷洞庭湖景，下阕抒情，回到“孤光自照”的身世忧患，尾句“扣舷一笑”，将自身的孤苦飘零在洞庭湖景中疏解散发，有洒脱天然的意蕴。如此往复而观又返归自身，词境的核心就凝结成一个内向的、不那么萧散辽廓的、相对稳定具体的情境了。钱锺书曾引程正揆、参寥言谈，论证诗中“景物太散漫辽廓，很难在画幅里布置得使它们彼此呼应”[②]，直言俯仰而观的散漫意境在入画时的困难。钱锺书的立论与分析似乎暗示了，那些细腻、繁复的词境在入画时理应相对容易构图，这也是“诗余之词宛然如画”“词中固然有画”的一个重要原因。其实，绘画作为一门独立的艺术，又有着自身的艺术规律，即便以词作为腹稿，它也不会“信息对称”地勾画词的意境，绘画需要依据视觉经验和绘画惯例来安排图像。这不是忠实与否的问题，而是由于词画作品在空间结构上各有其自身的规律，违背这种规律会降低绘画作品的意蕴与美感。

词通过语象的牵连往复来构成词境，画作则依靠构图组合图像。所谓构图，“就是根据作画者的意图，对画面的各种形式语言：布局、形态、比例、空间、色块、体积、线条等在有限的平面上进行结构经营的技巧”[③]。在中国古代绘画中，是以“经营位置”来阐述构图的，同时也常以“章法”“布局”等概念来阐述构图问题。“经营位置”出于谢赫的《古画品录》，是“六法”中一个重要法则，其实质就是

---

① 宗白华：《宗白华美学与艺术文选》，河南文艺出版社 2009 年版，第 32 页。

② 钱锺书：《读〈拉奥孔〉》，《文学评论》1962 年第 5 期，第 61 页。

③ 蒋跃：《绘画构图与创作》，安徽美术出版社 2012 年版，第 60 页。

要求绘画的构图要具备美感与义理。构图是在有限的篇幅内完成的，像《诗余画谱》所辑的木版画，篇幅一致、尺幅很小。但此画谱所表现的词作则篇幅不一，从仅有27字的小令《捣练子》到有140字的长调《玉女摇仙佩》，各种词牌纷然杂陈。而这些词作的意境虽然以狭深为主，具体分析却也狭阔不一。既定的画作尺幅和词作长短不同的篇幅、狭阔不一的词境之间产生了矛盾，图像位置的经营成为解决这一矛盾的重要方法。在《中国诗画中所表现的空间意识》中，宗白华先生比较了诗画空间意识的同理之处，事实上构图是一门复杂的方法论，在词画对比中，最直观的是绘画构图对词境的截取和增殖，然后才能讨论它们的同理问题。需要明确的是，《诗余画谱》的创作处于词意画史的探索期，词意画的艺术语汇并不成熟，加之画稿出自多位画工之手，其词意画作的表现水准也并不一致，有其特殊的朴素性和复杂性。所以在这里总结的是其主要的矛盾解决方法，而这些解决方法有些是符合绘画规律的，能够获得相当的美感；有些则违背甚至破坏绘画构图的规律，造成粗俗的艺术面貌，这都需要在具体的论述中结合情况加以分析。

二、词境的完成与构图的截取

词的意境狭深、细腻、繁复，完整的词境由数个语象作为片段辉映而成。这些语象分布在不同的空间点上，以情感的生发为逻辑，通过动态的观取，将语象片段勾连成一个具有呼唤性的“灵境”。在时间上，词的意境也能超越瞬时的限制，以现时的情感为逻辑，将过去、未来与现下勾连起来。如秦观的《如梦令・楼外残阳红满》，就通过循环往复的勾连方法，将“楼外残阳”“园内柳条”“桃李”“飞花”等一系列语象串联起来，构成一个暮春黄昏游园、怀人的“灵境”，整个词境的构成是随着抒情主体的观取而运动的、迁移的。以苏轼的《卜算子・孤鸿》为例，其景象描写包括了中景的缺月疏桐、远景的飘渺孤鸿、惊起回头的特写和枫叶飘零的近景。词人近取诸身，远取诸物，以情感的生发为逻辑，视线飘忽地游离，营造循环往复的景观，造成了意境中景别的跳跃变化。如果说苏轼的咏物词在宋词中还属“别是一家”的另类的话，不妨再看李清照的《如梦令・昨夜雨疏风骤》。这阕小令的起句处，词人写道“昨夜雨疏风骤”，结尾处又说“应是绿肥红瘦”，直接将过去时的语象同现下观取的语象紧密地联结起来，过去的事情成了现时情景的理据，词人能够沟通遐想，以现时为中心，打通时空的阈限。

而单幅的绘画，表现的是有一定景别限制的、瞬时的画面，所以词意境中那些跳跃游离的片段，需要通过构图手段合理地排布，以便容纳在有限的尺幅之中。至于意境中那些跨越时空的语象勾连，则只能通过瞬时动作的暗示手法来表现，无法传为视觉的直观。词画艺术作品结构上的这种差异，使得画家在以词作为底稿构思画面时，往往要依据绘画的惯例对词的意境做截取，以舍弃部分语象为代价，去表现特具感染力的部分，以准确地传达词情的意蕴。以往的词画关系研究也注意到了词境入画时的这种转变，吴企明教授认为“词意画艺术构思的第一个显著的美学特征是，画家在遴选前人词句以入画时，往往择取全词中的关键词句。”①可以说，词意画往往取一句或数句词文为画视为词意画创作的某种惯例，他还指出画家在词意画创作中所摘取的词句往往在词的最紧要处，根据词学的相关研究，这种巧合同作词之法有关。词作的开端、换头与歇拍处是词人推敲构思的重点，开端、换头都在词文起始处，有开门见山的意义。歇拍处则位于每阕之尾，正是沈义父所说“结句须要放开，含有余不尽之意，以景结情最好”②的结句。这些处重要位置的句子，恰是词人写作时最下功夫的，也正是词意画所偏爱的。

词的构境因游离而观，而景别凌乱，难于统一，一阕词中词句的质量也参差不齐，有工于推敲而择得佳句的，也有长于铺陈、渲染情境的。词之意境如此纷繁，所以纵观词意画史，截取词句而为画，确实成为词意画创作的一柄利器，它能避免图像的芜杂纷乱，集中地凸显那些词最关键的语象。朱景玄记载的张志和渔父图卷还是将颜真卿词整体入画，“各依其文”，到董其昌的《秋兴八景图》时，截词入画的取向已初具面目，到《诗余画谱》时，截词入画的作品几乎占到三成。再向后，随着词意画创作的经验积累，截句入画的优势被词意画家领会，他们便很少再将整阕词来入画了，而是以一句词为画题、画引，参以己意构成一幅画作，这些词便作为画题，成为词意画家灵感的来源，而不再是束缚了。像王翚的《杏花春雨江南图》，是以虞集《风入松·寄柯敬仲》词的结尾一句为题，以文嘉《追和元云林倪徵君江南春词》为底稿而作的词意画，虞集的“杏花春雨江南”成了激发王翚绘画灵感的词句。这句词因其婉约可爱，广为流传，李可染也有化用“杏花春雨江南”语象的绘画系列，在艺术界产生了广泛影响。

而且，就词作的谋篇布局而论，并非所有词句都专写景物。景句情句的提法和情景结合的倡导恰好说明，在词的创作中情景并不总是合而为一的，若情景结合是所有词家的常识，也就不必旗帜鲜明地来谈论它了。以景结情的词句固然能通过图像的摹状转化为画，纯粹的情句却只能以文字的形式明晰地传递，转而为画而要求明晰就确实是“影中觅影”，无处捕捉了。《诗余画谱》所录词作中就有很多上阕写景、下阕抒情的例子，如赵令畤的《清平乐·春景》，上阕写春风吹拂柳枝、柳树嫩叶初吐的美好春景，下阕直抒胸臆，哀叹春景易衰，说“断送一生憔悴，只怕几个黄昏”，这是典型的以情句结尾。这些情句是词作的重要部分，是点化词境的重要元素，却无法直接表现在画中。所以，词以抒情见长，以词为腹稿作画却不可能直抒胸臆，画要借景才能抒情，情景结合倒像是说给画家听的

① 吴企明、史创新：《题画词与词意画》，云南人民出版社 2007 年版，第 10—11 页。

② 张炎、沈义父等：《诗源注》，《乐府指迷笺释》，人民文学出版社 1981 年版，第 56 页。

箴言。

所以，截取词句入画不意味着画境要比词境要小，而是绘画依据自身的艺术特点及具体的尺幅状况，所做的能动的摘取。截取词境为画，确实有令人悦目的，也有损失美感的，不应归罪于绘画艺术的不足，而应归因于某位画家的艺术素养。例如《诗余画谱》六十三幅，胡浩然《满庭芳·吉席》的词意画，便是画家截取了上阕歇拍处“分明是，芙蕖浪里，一对浴鸳鸯”词境而绘制的。胡词是描写婚庆场面宾主尽欢的祝词，这句词文是以鸳鸯譬喻新婚夫妇，因此是情句，而非景句，画家截譬喻句入画而不是绘制实景，令人感到很不协调。此外也有为求囊括词境、强行组合图像而破坏构图规则的。如第七十幅，是康与之《汉宫春》的词意画，康词铺陈元宵佳节皇城的热闹景象，词意画为收“峭寒收建章”“丹禁杳，鳌峰对耸，三山上通寥廓”等散漫的词境，在画面上部远景处用云雾细线隔出两角空间，画出宫城墙围和闺阁两个图像，这两个图像与画作主体很不协调，是刻意的补充，是笨拙而忠实的构图方法导致的，使画面充塞拥堵，景物凌乱，美感大打折扣。

三、填补构图空间的图像增殖

《诗余画谱》的画工们在构图时，有时要通过截取词境，使散乱的语象得以转为悦目的画作，有时则要出于构图的惯例和程式，做填补画面空间的图像增殖。因此，在对此画谱的词画对读过程中，经常会发现画作中增添了与词作语象无对应关系的图像。万历年间，木版画创作达到了高峰，郑振铎评道：“凡过去七八百年来累积起来的技术与经验，在这时候都取精用弘地施展开来。”[①]可见，这时木版画创作已经比较成熟，形成了自身的艺术创作规律，也出现了创作中的若干惯例。一方面木版画创作表现叙事性内容的方法得以提高，出现了大量话本、戏曲的插图，以图叙事的表现手段已比较成熟。另一方面，在趣味上体现出“师法古人”“师法大家”的附庸风雅，偏好在木版画中做集古、摹古等创作，辑录、复刻了大量对绘画史有所继承和模仿的作品。木版画创作的成熟正构成了《诗余画谱》构图中图像增殖的主要原因。该画谱的图像增殖现象体现为三种情况，即描绘暗示性场景、构图程式惯例、粉本变仿残留。下面逐一进行归纳探讨。

首先，《诗余画谱》的画工往往把词中暗示的场景画出，将原本消隐的、朦胧的、暗示的氛围绘成清晰的景观，将词作主景所附着的情境明晰地表现出来，使这些原本不具备明晰性的景物成为烘托主景的图像增殖。词常写闺阁园林场景，词人借窗窥景或凭栏眺望，罗列园林中引荡抒情主体心弦的物象，并用语象

---

① 郑振铎：《中国古代木刻画史略》，上海书店出版社 2006 年版，第 49 页。

仔细摹状。词人在清楚明晰地描摹这些物象的同时，还有一些作为场景的物象是被暗示的，如词作可以只写花、写叶而不去写枝、写树，也可以概括地讲楼、池，而不去准确地描写其形象或与其他景物的位置关系。入画时对明晰性的追求与日常经验的“情理”却使画家不可能只绘悬空的花叶，而是要将花叶所附着的枝树也一起画出。至于楼阁、池塘、园林及其他情境的图绘也要遵循这个道理。将词中语象牵衍间暗示的场景图绘出来是《诗余画谱》画工们填补构图、强化图像叙事性的重要手段。

其次，《诗余画谱》吸收了晚明绘画创作的若干程式性惯例，其主要表现是，无论词作中是否有山石语象，在几乎所有词意画的构图中都增添山石图像，并常增添词作中不曾出现的树木图像，这体现了山水画创作程式对木版画创作的影响。《诗余画谱》是由辑者汪氏聘请画工作画的，虽然不著画工的姓名，但依照同时期的惯例，这些画工应是职业画工。晚明时的民间职业画工同刻工、辑者的合作关系密切，木版画集的画稿一般就由他们来创作，这些画工所接受的绘画创作训练早已脱离了心口相传，而以接受临仿学习为主。后出于《诗余画谱》的《芥子园画谱》系统总结了绘画中的程式性惯例，按照其体例，学画者是从树开始学起，而后学山石，而后学人物、屋宇的，树木山石既是学画者的基本功，也是创作新画时必备的素材。在《诗余画谱》出现之前，虽然没有《芥子园画谱》这样系统总结绘画程式的，但却不乏教授绘画的画谱，事实上在《诗余画谱》里不难发现程式性标准在构图时所发生的增殖。

最后，《诗余画谱》有若干词意画直接变仿自《顾氏画谱》《百咏图谱》，变仿过程中有时保留粉本里的部分图像，这部分画作成为构图中图像增殖的一种特殊情况。

第七幅是苏轼《浣溪沙・春恨》的词意画，该画变仿自《顾氏画谱》所辑刘松年图，保留了刘图中的居于右侧前景占据大块画幅的松树图像，然而苏词中并无半字谈到松，更没有暗示场景中松的存在，可见是画工在临仿刘图时的保留，而这种保留正是词意图构图中图像的增殖。这种现象不是孤例，第十幅变仿《顾氏画谱》王维图，保留了词中所无的柳树，这在上文已有谈及；第四十三幅变仿《顾氏画谱》巨然图，保留的山石占据过半的画面，而沈蔚之词写的却是园林画堂之境；第四十四幅变仿《顾氏画谱》夏圭图，保留画面中部占据画面主体的点叶树，而词中涉及树木的语象只有一句“垂杨低映木兰舟”，垂杨的图像位于主树丛右半，在主树丛三株树中又属于宾树、衬景。这样的例子还有很多。可见变仿粉本的过程中所保留的与词作无对应关系的图像，确是《诗余画谱》构图中图像增殖的一种来源。刘松年图中的松树、王维图中的柳树、巨然图中的山石以及夏圭图中的点叶树，虽然与词作并不对应，但在各图中都体现了重要的构图价值，也都占据了较大篇幅的画面。将它们截去无疑会影响画面的构图美感，同时也会削减仿作与原作的相似程度，弱化此画谱集古的意蕴。

四、景以人观与图围人构

在第二节的第一部分中，已经分析了《诗余画谱》将词的主体绘为人物图像，从而入画的具体情况，在这里还有必要继续论述词意画中人物的构图作用。无论词画，大多重视对抒情主体的表现。词作中常有一个抒情的主体，画作中也常绘出一个行访其间的人物图像。以词作中抒情主体的显隐为逻辑，王国维将词的境界分为两种，分别称为"有我之境"和"无我之境"。所谓"有我之境"是以我观物，所以物皆着我之色彩，而"无我之境"是以物观物，所以分不清物和我的区别①。王国维还指出，"古人为词，写有我之境者为多"。参照《诗余画谱》所选词作，此论是切准的。"有我之境"的词作中，词人（或词人拟定的主体）是景物的观看者，他的情意渲染了景物的情状，也是这些景物得以组合、景别牵衍转换的逻辑。词的意境以主体的情意为逻辑，所以词作中散漫的语象可以整合起来，在意境中，抒情的主体是其核心。

《诗余画谱》中也经常显现抒情主体，画工们将人物图像大量入画，并常将人物图像放在构图中心与构图兴趣点上。《诗余画谱》所辑词意画单幅为册页形式，长宽比约 4∶3，呈竖向布图。册页这种构图形式的画面比例最接近于"黄金律"②。这类画面可用二分法、三分法分切出五个重要构图点，用二分构图法所形成的一个交叉点称为画面的"构图中心"，三分构图法所形成的四个交叉点称为构图的"兴趣点"。它们都是画面中最能引起观者注意和兴趣的重要构图位置。《诗余画谱》有些画稿应用粉本时存在明显的修截现象，所以有时画面中主要人物图像的布局会偏离上述构图点，这可视为例外情况。画工们将人物图像绘入画中，形成了图中人物即是词作抒情主体的暗示，再将其放在重要的构图点上，则意味着对其重要性的强调，再围绕人物图像布局景物，画面就具有再现词人作词场景的图像修辞意味了。这种构图逻辑同词境景以人观的特征吻合，是词之意境的构成与画之构图之间同理现象的一种体现，两者的作品结构在抒情主体的显隐与重要性上形成了同理关系。

这种同理性进一步地表现为，图绘抒情主体重要性较弱的词境时，人物图像的构图比例会有相应的缩放，成为"远人无目"的点景人物图像。例如第四十四幅，是晁补之《临江仙・春景》的词意画。晁词情绪平淡、以状景为主，写的是春游羁旅和思乡的苦闷，主体性的情感投射有散淡的特征，并不强烈。在词意画中，画工就有意地缩小人物形象在画作中的构图比例，虽然绘入多个人物形象，体积却都十分小，且"远人无目"，面貌上做了淡化的处理。这幅词意画是根据

① 王国维：《校注人间词话》，开明书店 1940 年版，第 1 页。

② 李峰：《中国画构图法》，上海人民美术出版社 2013 年版，第 24 页。

《顾氏画谱》所辑夏圭画变仿的，其中人物、舟船等都是画工变仿时后添加的，所以画中人物的这种处理方法是出于画工对晁词意境的体察与领会，有意而为的。

以上主要以主体性的显现为例，《诗余画谱》的词意画家也能对词境中主体性的隐匿有相应表现。如第三十九幅，描绘周邦彦《玉楼春·天台》词意。周词风格雅正，工于遣词，这阕词中写"桃溪不作从容住，秋藕绝来无续处"，又写"烟中列岫青无数，雁背夕阳红欲暮"，多是以景观景，抒情主体的介入如同云、雨一般弥散于景之中，所以这阕词旨近"无我之境"，在词意画的构图中，就没有出现人物形象。类似的创作方法还可见于董其昌的《秋兴八景图》中，其中一幅上题有"平波不尽蒹葭远，清霜半落沙痕浅。烟树晚微茫，孤鸿下夕阳"，词句摘自南渡词人叶梦得的《菩萨蛮》，是词的上半阕，这正是典型的以物观物、不着我之色彩的无我之境，董其昌以上半阕纯然写景的词句入画，画中便不绘出人物。

第四节　词画风格比较

词与画的风格比较，是两种艺术形态在形而上质的一种宏观横向比较。诗歌与绘画风格比较很早就引起文人的重视，苏轼就曾提出"诗画本一律，天工与清新"(《书鄢陵王主簿所画折枝二首》)。《说文解字》释"律"为"均布"，段玉裁又注道"律者所以范天下之不一而归于一"，所以"诗画一律"是指在诗和画之间有着共同具备的、共同遵循的规律。其中"天工"指的是创作规律，说明好的艺术作品更看重创作时的灵感，而非人工的打磨。而"清新"指的就是风格的一致了，在苏轼看来，出色的诗和画都具备"清新"的艺术风格或艺术品质。所谓风格，是指若干艺术作品在形而上质层中体现出的一种一致性，是艺术家艺术水准走向成熟的标志，也是艺术史研究的重要范畴。从风格概念的划分来看，主要包括了个人风格、时代风格和流派风格。《诗余画谱》是先有词后有画的词意画创作，词和画并不出自同一个人，它问世时词画的结合还处在朴素的探索阶段，因而在其词画风格的比较中，将主要研究时代风格与流派风格。

一、画谱选词的风格分析

《诗余画谱》是以《草堂诗余》为本加以删选的，因而选词风格与《草堂诗余》大致相似，主要辑录北宋词家作品，兼收南渡词人词作，且以婉约词为主，豪放词、清空词收录较少。孙雪霄、王晓骊等学者已对《诗余画谱》选词的流派风格有了比较深入的研究，尽管具体数据方面仍有出入，但误差之小并不影响立论。孙雪霄以举例说明法阐述了《诗余画谱》选词的流派风格，称"婉约派作品占了绝大多数……而豪放派词作……数量相对很少，尤其是公认的豪放派代表辛弃疾，仅入选……两首，且并非辛词的代表作。”[①]《诗余画谱》所辑的两阕辛弃疾词分别是《鹧鸪天·秋意》和《金菊对芙蓉·重阳》，它们不仅不是辛词的代表作，而且在词文书法页中，前者误属给秦观，后者失题，如今已不能判断这种失误究竟是汪氏的原因还是相关书家的疏忽，但《诗余画谱》不重豪放词的基本面貌是清晰的。王晓骊通过数字统计，得出了相同的结论，她称“《诗余画谱》中大多数均为婉约词，共72首……偏于豪放的则有25首，占26％。”[②]从孙、王二人的研究不难发现，她们对《诗余画谱》选词流派风格分析时，都采用了婉约、豪放的二分法，都得出《诗余画谱》选词以婉约风格为主的结论，她们的判断是可信的。

自张綖在《增正诗余图谱》中提出“词体有二”的论断后，婉约与豪放成为总结宋词风格的一对主要范畴。张綖说：“词体大略有二：一体婉约，一体豪放。婉约者欲其词情蕴藉，豪放者欲其气象恢宏。”[③]并举秦观为婉约词风的代表，苏轼为豪放词风的代表。其实婉约的风格基本在唐五代的小令中就已形成，至北宋时，柳永、秦观等人的创作使婉约词风的内容得到丰富，再到周邦彦、姜夔时，通过格律化等手段使婉约词风更为雅丽考究。豪放词风则产生较晚，至苏轼作《江城子·密州出猎》等词时，豪放词风才算初具风貌。辛弃疾继承了苏轼豪放旷达的词风，又同南宋社会现实结合，变而为慷慨词风。这样看来，张綖的二分法宏约有余，变化不足，影响虽然广泛，但对两种风格各自特征的论述还不够明确。当代词学家杨海明在《唐宋词风格论》中提出了宋词“主体风格”与“变革型”的复调风格理论[④]，在理解宋词风格的复杂性上有极大推进。据杨海明的理论判断，《诗余画谱》所选词作大多属于“真”“艳”“深”“婉”“美”的“主体风格”，兼选苏轼、黄庭坚等人“以诗为词”“以文为词”的“变革型”风格词作。《诗余画谱》选秦观词最多，其次为苏轼，选秦观词主要是婉丽风格之词，选苏轼词则婉约、豪放兼具，两人选词数相近又显出偏好婉约词的倾向。再次为黄庭坚词，多写宴饮的欢愉和慷慨，另有两阕渔父词有隐逸意味。再次为柳永词，以俗丽婉媚为特点，兼有抒发人生感慨的词。除此四人之外，所选其他词家凡28家、50阕，分布比较零散。

综上所述，《诗余画谱》既不是个别词家的别集，也不是某种词风的总集，而是一部收纳多位词家、多种词风的杂集，这部杂集以北宋词人为主，兼收南渡词人词作，流派风格上以婉丽为主，兼收豪放词。

---

① 汪氏辑，孙雪霄校注：《诗余画谱》，上海古籍出版社2013年版，前言1—2页。

② 王晓骊：《文学接受视角下的词意画研究》，《淮海工学院学报(社会科学版)》2011年第9期，第51页。

③ 续修四库全书编委会：《续修四库全书·集部·词类》(总第1735册)，上海古籍出版社2013年版，第473页。

④ 杨海明：《唐宋词风格论》，上海社会科学院出版社，第125—126页。

二、画谱辑画的风格分析

汪氏辑此画谱时聘请了多位画工，使其所辑画作的艺术风格显得混杂而多变，难于梳理。以往分析此画谱辑画风格，主要通过两条较为清晰的线索，而这两条线索又有部分的重合。第一条线索是画谱有 29 幅木版画题明“仿某某”，被仿者为自唐至明历代著名画家：唐代的有李昭道、王维两家，宋代有郭熙、刘松年、马和之、萧图南、扬补之、王利用、王庭筠、巨然、米友仁、范宽、米芾、萧照、李成、吴炳等十四家，元代的有盛懋、赵孟頫、王蒙、吴镇等四家，明代的有沈周、仇英、文徵明、文伯仁、杜堇、文嘉、孙克弘、董其昌、莫是龙等九家。第二条线索是汪氏辑谱有 20 幅变仿自《顾氏画谱》，变仿画作来自顾氏所辑自唐至明的历代著名画家，名单与第一条线索大体一致，增添了赵伯驹、杨士贤、夏圭、赵令穰、李迪等，五人均为宋代画家。

从上述两条线索，不难发现，《诗余画谱》有鲜明的集古风格，其所仿画家自唐至明，均是这段时期画史的重要人物，更不乏王维、巨然等巨擘，而且不受时人评论为限，南北宗兼收。在以往的研究中，依据前述第一条线索，王晓骊教授曾提出《诗余画谱》所仿对象多为南宗的论点，其立论尚可商榷。南北宗论，是华亭画家董其昌在《画旨》一书中所提出的，有崇南抑北的立场，先不谈后世对此多有不满，这里只陈述一个事实：董其昌论南北宗，南宗所列画家数量不虞北宗两倍有余，宋以后得名的“北宗”画家则一名不列。《诗余画谱》所仿画家均为唐以来的名家，名单自然与董论多有重合。若依董论计算的话，则必然仿南宗多过仿北宗，这是董论的基本情况，而非《诗余画谱》的基本面貌。相反，若汪氏真是董论南宗的信徒，就没必要去变仿李昭道、刘松年、王利用、萧照、赵伯驹、夏圭、赵令穰等北宗画家画作。虽画谱中未将赵伯驹、夏圭、赵令穰等的名字题于画面，但通过比较，这些画作确凿地变仿自《顾氏画谱》所辑相应画作，可见《诗余画谱》与董其昌的南北宗论不过是貌合神离。而且，《顾氏画谱》的辑者是浙江钱塘的顾炳，正是董其昌引以为假想敌的北宗“余孽”浙派画师，《诗余画谱》变仿《顾氏画谱》画作很多，显然没有以南宗为审美标杆之态度，南宗当然不是汪氏及其画工的“绘画审美趣味”。南宗标榜文人画，从《诗余画谱》变仿集古画的基本情况来看，其画稿作者身份应为画工而非文人，其虽力图模仿文人画之面貌，但实际上仍是对各种粉本的变仿，其实同文人画格格不入。此外，南北宗论所谈主要是山水画史，《诗余画谱》所辑画作除山水画外，还有人物、花鸟等其他画科，南北宗论用于探讨此画谱中的山水画作尚恐难以立论，再扩及其他画科，就更无法准确地概括《诗余画谱》的风格了。所以，纵然《诗余画谱》与董其昌南北宗论有某种“暗合”之处，却不便单扯上南宗的大旗，以简单化的划分来遮蔽其复杂性。应该注意到此画谱有明显的集古风格，因为集古，所以《诗余画谱》南北宗兼收，由于画稿出自多位画工之手，所以不只体现一宗的风韵，这是此画谱绘画风格复杂性的表现。

在集古的风格中，汪氏及其画工表现出了对宋代画家的偏好。其变仿的画家计有三十四家，仅宋代画家就有十九家，这同两宋间优秀画家层出不穷有关，或可视汪氏眼中宋词和宋画在时代特质上的某种契合。宋代绘画风格多样，先有"三家山水"及"徐黄异体"，后又有院体画和文人画两种大风格的分野。从前列名单来看，《诗余画谱》所仿的宋代画家主要属于院体画风，其他如米芾父子等则为文人画风。院体画的历史极为悠久，不仅宋代画院里流行这种画风，民间的画家、工匠也多习用这种风格。作为院体画代表的"宣和体"，其风格的特征是"造型上要求准确、工整、严谨，在设色上追求富丽、鲜艳、华贵，既精致工细，形象逼真，又不流于自然主义的烦琐纤巧"[①]。院体画风格影响到花鸟、人物和山水等各个画科，也影响到画院以外的画家。由此来看，《诗余画谱》所辑画作有近半数符合这种精致细琐、工整严谨的风格，虽然没有丰富艳丽的色彩，但这些作品的图像修饰体现出了精谨、艳俗的趣味，所以此画谱中很多作品可以视为院体风格水平不一的效仿与发挥。同时，《诗余画谱》也辑录了相当部分模仿文人画风的画作，其中题明仿南宗画家的尤其是元明两代画家的那部分画作可视为这种风格的代表。文人画风的三个特征是造型注重神似不求工细、书画用笔同法、注重画外的修养与意趣[②]，同院体画具有截然不同的风貌。《诗余画谱》所辑仿元明画家画作基本以文人画风为主，仅仿仇英、杜堇的画作为较为精谨的仕女画，风格与其他不同。

除此之外，《诗余画谱》还有大量画作其风格不易谈得确切，它们或属院体风格的俗化，或力求模仿文人画风，更多的则是工细与率意风格的杂合，甚至有些带有明显的拼凑痕迹，还有一些画稿可能是以明刊杂剧等木版画为粉本，带有强烈的精谨、婉丽、俗艳的风格。

三、词画风格的契合

以上分别对《诗余画谱》所选词作与画作的艺术风格做了分析与总结，下面比较研究该画谱在词画风格上展现出的艺术关系。苏轼提出"诗画一律"论时就已注意到某些诗歌与某些绘画有相似的风格。在钱锺书的《中国诗与中国画》中，苏轼此论被解释为"在中国传统里，最标准的诗风和最标准的画风是一致的"[③]。钱先生虽然驳斥"最标准的诗风和最标准的画风一致"，却也承认南宗诗

① 令狐彪：《宋代画院研究》，人民美术出版社 2011 年版，第 55 页。
② 葛路：《中国绘画美学范畴体系》，北京大学出版社 2009 年版，第 151—152 页。
③ 钱锺书：《中国诗与中国画》，《中国社会科学院研究生院学报》1985 年第 1 期，第 4 页。

风与南宗画风契合，并且列举吴道子画风同杜甫诗风相当等。事实上，不同形态的艺术创作体现相同的艺术风格是广为人知的艺术现象，这同文化史的凝练与总结不无关系，当不限于南宗诗画或吴道子与杜甫之间。《诗余画谱》中的部分作品就展示出不同艺术形态在近似风格上的呼应与契合，展现出汪氏的匠心独运。

婉约词风和豪放词风都有丰富的风格意涵。唐代的诗论家司空图提出了“二十四诗品”，总结了诗歌的风格。对比来看，婉约俗丽的词风对应纤秾、典雅、绮丽、缜密、委曲等风格，而豪放旷达的词风可与雄浑、劲健、豪放、悲慨、旷达等风格对应。再与画风相比较，则范宽画风能与豪放词风契合，李成画风更近于清丽的婉约词风，巨然的江南山水风格同典雅、清丽的婉约词风契合，黄筌的富贵画风同纤秾、绮丽的婉约词风契合，徐熙的野逸风格同劲健、旷达的豪放词风契合。从宏约处来看，院体画风与俗丽的婉约词风相称，而淳秀幽淡的文人画风则适于表现旷达、清雅的词作，豪放旷达的词作宜以雄浑、萧散的文人画来表现。可见，词画之间艺术风格的呼应、契合复杂而微妙，要谈得清楚还需具体的分析。下面谨就三种情况做举例分析。

自张志和作渔歌子、渔父图，被朱景玄视为逸品之后，渔父图成为文士画的一种重要图式。《诗余画谱》共辑四阕渔父词，分别是黄庭坚的《浣溪沙・渔父》《鹧鸪天・渔父》、谢逸的《渔家傲・渔父》和张孝祥的《念奴娇・洞庭》，黄庭坚的两阕词以“夺胎换骨法”化用张志和渔歌子词，风格自然、清奇，谢逸词和张孝祥词风格相对而言更显旷达。这些词作对应的词意画依次题明“仿王右丞”“仿文休丞”“仿董玄宰”，张孝祥词所对应的词意画并未题明来源，但其图式简洁、平阔，亦有逸风。王维、文嘉和董其昌均是文人画的代表性人物，所辑画作除王维图“笔触”较细外，都有散淡天真、逸笔草草的风格，能与词作的自然、清奇、旷达的风格相契合。

然后再看婉约词风与精谨清雅画风的配合，《诗余画谱》辑词以婉约为主，这里仅摘取两阕闺阁词来谈。第三幅木版画仿明代画家仇英，对应秦观的《如梦令・春景》；第三十幅则仿明代画家杜堇，对应着欧阳修的《桃园忆故人・春闺》。这两幅作品都是仕女画，风格精谨、清雅，人物造型都比较婉美、秀丽。前者绘景在园林中，有梧桐、井口、栏杆、柳树、桃花等图像，山石及树木画法以勾为主、曲线较多、柔和恬媚；后者绘闺阁情境，有房屋、湖石、栏杆、竹、海棠、雾霭等图像，房屋勾绘精谨细致，绘以面积较小的湖石作为画面装饰，画面上部有浅淡线条和留白表征雾霭的缭绕，风格甜美、清雅。这两幅画的画风都能与词风相称。秦观词和欧阳修词都写静雅闲居的佳人，秦观词着力写园林景色、清秀隽永，欧阳修词中则有转喻手法，更突显出委曲、幽深的风格。从画家来看，仇英、杜堇属于明代时绘画风格比较严谨的画家，都以人物为长，善写仕女像，又都能借鉴吸收文人画风，其艺术风格与秦观、欧阳修的词风相近。画工在绘制上述两阕词的词意画时，仿照仇、杜的风格，加强词画间风格的呼应，使词意画变得更加恰切了。

最后再看《诗余画谱》中豪放词风的图式表现。豪放词风是宋词主体风格的变型，多"以诗入词""气象恢宏"。如范仲淹的《渔家傲·愁思》，写成边军士羁旅的愁情，是豪放词风的代表性作品，具有雄浑、悲慨的风格。《诗余画谱》的画工在表现这阕词时，以燥硬、奇峭的线条描绘山峦图像，作为画面主景，人物、城门等图像分布在角上，通过构图关系表现城池之远、羁旅之苦。画作燥硬、奇崛的风格正切合范仲淹词的雄浑、悲慨，虽然图像组合跳脱了画意，但是词画的风格是相称的。

词画艺术在风格上的契合能够增强词画对读时的审美愉悦，产生"浸浸乎情不自已"的艺术效果。然而，一般画工难以形成成熟的艺术风格，缺乏独特的艺术面貌，更难以协和词的风格。对历代名家画作的变仿成为风格习得的重要途径，从这个意义上或许可以理解，为何《诗余画谱》这样一部诗词画谱却要大规模地变仿名家画作。而且，从时代风格看，《诗余画谱》录宋词，又变仿大量宋代画家画作，也呈现出对时代风格的某种追求，暗示了宋词与宋画在艺术美感特质上的相似与契合。郑振铎在绍介《诗余画谱》时曾说："诗词每饶画意……宋画院作者，每取一诗为题材。诗词之可入画，盖古已有之。而选词为画谱，则为汪氏所创始"[①]。他将汪氏的创作与宋代画院以诗入画的创作传统勾连起来，对汪氏更是冠以创新创始的雅称，其实也是对《诗余画谱》中词画风格契合者的褒奖。

四、词画风格的异趣

《诗余画谱》中大部分词画作品风格能够相互契合，但也有个别风格差异较大，这同画工对粉本的择取、对词文的理解等有关。因为词画风格的异趣在《诗余画谱》中较为少见，因此谨举两个例子。

第五十幅是王安石《渔家傲·春景》的词意画，画上题明"仿范中立"，是仿北宋画家范宽的作品，其粉本应来自《顾氏画谱》的范宽图（见本章第一节中表）。郭若虚对范宽的山水风格有精妙的论断，他称范氏画作"峰峦浑厚、势壮雄强、抢笔俱匀、人屋皆质"[②]。从词画风格契合的角度看，范宽的画风显然宜于表现豪放雄浑风格的词作。然而，王安石这阕词却不属豪放词，而是其晚年罢相退隐之后的词作，除开头一句"平岸小桥千嶂抱"略有疏旷意味外，其他词句都将情绪指向恬静与雅淡[③]。以范中立的画与王安石此词相配，在风格上不免趣味相异，影响艺术的接受。王安石的确常写豪放悲阔的词，《诗余画谱》所录的《桂枝香·金

① 郑振铎：《西谛书跋》，文物出版社 1998 年版，第 120 页。
② 潘运告主编：《图画见闻志·画继》，湖南美术出版社 2000 年版，第 43 页。
③ 唐圭璋等：《唐宋词鉴赏辞典》，上海辞书出版社 1988 年版，第 519—520 页。

陵怀古》所写的词景、词境就有一种豪放的悲情风格，正适合燥硬、奇崛、雄壮的画风，《诗余画谱》的画工就处理得比较得当。然而由于作词时情境的不同，词人可能写出风格迥异的作品来，在选择词意画的风格时应当区别地对待，一旦流于刻板印象，很容易产生趣味迥异的作品。

第八十二幅对应的是苏轼咏物的名篇《水龙吟·咏笛》，苏词先夸耀笛子的材质，然后写娇小乐伎学笛的天真烂漫，词情比较柔婉，词风也显得清丽、婉转。画工所作的词意画风格却与词作相去甚远，其中山石以燥硬的仿小斧劈皴法线条图绘，以右下角云烟线条暗喻山峰之高，而且变乐伎为青年文士，人物与词作相异，又添左下、中上两处竹丛，图喻吹笛人的清志。画境在峻岭秀林间，词境却在宴饮酒席上；画风是雄奇劲健的，而词风是清丽婉转的，显然词画在风格上不类，令观者茫然失措，损失了词画互读的美感。

小结

《诗余画谱》是晚明木版画商人宛陵汪氏，立意“以词入画”，统筹多方面的创作，辑录而成的一部具有创新意义的宋词词意画谱。此画谱所辑画作来源复杂，部分画作以《顾氏画谱》《百咏图谱》等画谱为粉本。画工迎合词意，对粉本加以变仿，使之成为词意画作。作为一部由多位画工合作，适应中下层文人趣味的画本[①]，在探索词画关系之呈现的艺术历程中，它既有有益的探索，也有折损美感的败笔。本章分别从艺术形象、作品结构、作品风格的角度，先后分析了《诗余画谱》所包含的词画关系，预设的比较结构基本完成，在此有必要做总结梳理。

首先，《诗余画谱》系以木版画的艺术形式模仿宋词作品，展现了绘画对文学的艺术模仿，词画关系的呈现构成评价其艺术价值的核心线索。艺术形态之间的模仿是以各门类艺术意象与意蕴的融通为基础的，在互仿过程中又呈现出各艺术形态的差异。“文学成像”是一个历史悠久的创作传统，词和画的互仿在这个传统中诞生较晚，又有其独特的创作历程和美感特征，值得深入研究。

其次，《诗余画谱》展现了词画的合璧与互文。“合璧”的字面意思是指两块半璧合为一块圆璧，古人也将“日月同升”称为合璧。至晚明时，词、画艺术均已完成了雅化过程，形成了完善的艺术形态，因此只在“交辉呼应”的意义上，“合璧”一词可以喻称《诗余画谱》中词画艺术的合作。从《诗余画谱》的研究史来看，它所获得的关注与赞誉都同词画合璧息息相关。今人更是标榜此画谱为“名作、名画、名书、名刻四绝合璧……在众书版中脱颖而出，卓然不群”[②]。但从版式排布来看，它所呈现的互文关系还不够紧密。此画谱采用包背式装帧，虽使画谱装

① 大木康：《明末画本的兴盛及其背景》，《浙江大学学报（人文社会科学版）》2009年第12期，第8—9页。
② 汪氏辑，孙雪霄校注：《诗余画谱》，上海古籍出版社2013年版，前言第3页。

帧更加结实，但比起蝴蝶式装帧，包背式的词画页面相背，需要经过翻页才能完成词画的对读，因而在图文的互文性上略有疏离。当今再版此画谱，普遍地通过各种手段将词画置于同一页面或相向页面上，以此增强图文的互文性关系。

再次，《诗余画谱》展现了词画艺术形象的相同与差异。从词中语象转化为画中图像，艺术形象由幽邃、间接显现为明朗、直观，因而词画对读时常能发现语象与图像间存在着一致和混淆现象。总体来看，《诗余画谱》的图像体现出忠实词作语象的特征，对难以表现的非视觉语象也作出图现的努力，这种图现语象的忠实性不同于其同时代以董其昌为代表的文人词意画创作。同时，此画谱又在个别方面呈现出语象与图像的混淆，这主要是由语象的模糊性、多义性导致的。此外，这部画谱在图现语象时，还表现出木版画创作的一系列程式性特征。

复次，《诗余画谱》展现了词画艺术在作品结构上的差异与同理。词画艺术时空本体的不同，导致其作品的结构表现出相应的差异。词的意境狭深、繁复，语象间的串联以情感为逻辑，呈现出运动、牵衍、循回往复等特点。转而为木版画时，需要在有限的画面空间内安排、布置相应的图像，为追求构图的美感，绘画常就词境做截取与增殖。同时，在人物形象的位置、主景客景的处理等方面，构境与构图又呈现出一定的同理性。

最后，《诗余画谱》展现了词画艺术风格意蕴的契合与异趣。词和画在艺术风格与意蕴上相映成趣是对词画合璧的理想性追求，《诗余画谱》中已有相当部分的词画作品配合精当、风格契合，但也有个别作品存在风格趣味上的差异，在词画对读中显得不够理想。

第十三章　宋代文学与图像理论

宋代文学与绘画理论，多将诗与画、诗人与画家并置讨论，更时常论及文学与图像的关系。宋代诗文理论中，便有如苏轼《书鄢陵黄主簿所画折枝二首》中“诗画本一律，天工与清新”的著名命题，蔡绦《西清诗话》中“丹青吟咏，妙处相资”的诗画观，《野趣有声画》序言中“画难画之景，以诗凑成；吟难吟之诗，以画补足”的诗画关系论等。宋代绘画理论中，又有如郭熙父子在《林泉高致》中提出的：“诗是无形画，画是有形诗”的山水画创作观；邓椿在其《画继》中更进一步提出的“画者，文之极也”的论点等。以上均体现了宋代文学和图画、诗歌和绘画的互动关系。我们将在本章，对宋代重要诗文与绘画理论中的文图关系进行简要的梳理。

第一节　宋代诗文理论中的文图关系

宋人崇尚理法，在诗文创作中重视义理的阐发，故诗文理论在宋代蔚为大观。诗论方面，有宋一代涌现了大批的诗话专著，北宋早期有欧阳修的《六一诗话》、司马光的《续诗话》等，北宋晚期有蔡绦的《西清诗话》、范温的《潜溪诗眼》等，南宋则有张戒的《岁寒堂诗话》、严羽的《沧浪诗话》等。文论方面，以欧阳修为首的宋代文人，继承与发展了唐代韩愈领导的古文运动，进一步倡导文风的复兴。诗文革新的成功，推动了宋代散文与文论的发展，使其在中国散文史上承上启下，影响深远。同时，宋代还处在绘画艺术的转型与文人画的建构时期，大批文人参与绘事，或以诗文入画，或将诗文题跋作为品评绘画的主要形式，文图关系因此成为宋人热衷议论的话题之一。宋代诗文理论中的文图关系，散见于宋人的诗歌、散文、诗话或笔记之中。如苏轼在《书鄢陵黄主簿所画折枝二首》中提出的“诗画本一律，天工与清新”[①]的著名命题，强调了诗画同体的文图观；晁补之在《和苏翰林题李甲画雁》中将“画写物外形”与“诗传画外意”相比较，阐释了文图异质的话题；吴龙翰在《野趣有声画》序言中谈到“画难画之景，以诗凑成；吟难吟之诗，以画补足”[②]，点明了文图间互补的关系。宋人以诗文的评论为要旨，从文图与自然的师法关系，文图创作的艺术风格，以及文图间的同体与互补等方面，探讨了

①② 孔凡礼点校：《苏轼诗集》，中华书局 1982 年版，第 1525—1526 页。

文学与图像之间的关系，为我们今天文图关系的理论研究，提供了新的视域。

一、“师造化”：宋代诗文理论中的文图与自然

“师造化”是宋代诗文理论中重要的思维方式，讲求以天地万物为师，强调对自然的效法与学习，主要表现在三个方面：一是自然对人审美创造力的影响，二是造化之精神与文章之意境的沟通，三则是自然现象中隐含的作文之道。然而，“师造化”的概念并非出自诗文理论，而是援引于绘画理论。南北朝时期的绘画批评家姚最在《续画品录》“学穷性表，心师造化”①一句中，最早提出“师造化”一词，但他并未用于绘画评论，而是用以描写与品评人物；其后，《历代名画记》所载唐代画家张璪（生卒不详）在“外师造化，中得心源”②的论述中，才进一步将其运用在绘事之中，完成了“师造化”的思维方式的建构。由此可见，宋人将绘画评论中“师造化”的思维方式与自然观，用于文学理论的范畴，构成了文学与图像之间的关联。

“师造化”是对“师古人”之古老师承传统的补充与超越，意在摆脱学古中缺乏创造力的弊病。该命题在六朝至唐的文图理论中，表现为“人禀七情，应物斯感，感物吟志，莫非自然”③的物感说，强调“情以物迁”，将自然山水等客观事物作为激发创作灵感最主要的来源，侧重自然对人类情感的感发功用。宋人则主张不囿于物的自然观，认为文图创作本自天成，是自然的显现与内在的流溢。比照周裕锴在《宋代诗学通论》中对宋人自然观的概括：“中国古人确信，人文与天文、地文、物文同属‘自然之文’的性质，因而文学世界与自然世界之间有对应或同构的关系，……宋人的表达论正是建立在这种自然的艺术本体观上的。”④可知有宋一代“师造化”的思维方式，表现了自然与人、自然与文图创作在物质之外，于精神上的深度融合。

首先，自然山水在宋代，不仅仅是功利的审美对象与创作来源，而与书卷一样，是陶冶性情、启迪文思的养分。宋人力图将自然的外来之力，转化为自身的内涵与灵性。恰如南宋诗论家刘克庄在《跋方元吉诗》中指出：“又周游天下，南辕湘粤，北辙汴燕，纵览祝融、扶胥、太行、黄河，故挥毫之际，如有神助。”⑤他视文学作品为造化的产物，将文学创作中“如有神助”般的灵感状态，归功于作者对自然山水的纵览。山水画的创作中，亦有南宋李澄叟（生卒不详）在《画山水诀》

---

① 姚最：《续画品录·湘东殿下》，见杨成寅编著：《中国历代绘画理论评注·先秦汉魏南北朝卷》，湖北美术出版社 2009 年版，第 295 页。

② 张彦远：《历代名画记》，见俞剑华编：《中国古代画论类编》，人民美术出版社 1998 年版，第 19 页。

③ 刘勰著，范文澜注：《文心雕龙注·明诗》，人民文学出版社 1962 年版，第 65 页。

④ 周裕锴：《宋代诗学通论》，上海古籍出版社 2008 年版，第 397 页。

⑤ 同上，第 126 页。

中所述："画山水者，须要遍历广观，然后方知着笔去处"[①]，画家画山水，当遍览山川美景，以自然山水为师，方能胸中有丘壑，心中得画意，并渗透在笔法与墨韵之中。故自然造化之妙不仅可以为文学与绘画的创作提供素材，并且能够在潜移默化间，颐养和激发文学家与画家的审美创造能力。

其次，自然山水之势态，在培养文学家的审美感受力之外，还会进一步影响作品中的情感与气韵。范仲淹在其《唐异诗序》中便指出：

诗之为意也，范围乎一气，出入乎万物，卷舒变化，其体甚大。故夫喜焉如春，悲焉如秋，徘徊如云，峥嵘如山；高乎如日星，远乎如神仙；森如武库，铿如乐府。羽翰乎教化之声，献酬乎仁义之醇。上以德于君，下以风于民。不然，何以动天地而感鬼神哉！[②]

在此之前，范仲淹便有"文以气为主，此其辨乎"[③]的论述，延续了曹丕《典论·论文》中的"文气"一说[④]。范仲淹认为，诗歌中的情感与意味，来自出入天地万物的元气。这里的"范围乎一气"，出自《庄子·知北游》中的"通天下一气耳"[⑤]，天地万物因气聚而生，气散而亡。范仲淹将来自生命本源的气，与文学作品的内在精神相沟通；将文学创作中的情感，与自然造化中的春秋云山、日月星辰相对照；实际上，就是将文学作品中的意蕴与其师法之造化，通过文气说，联系在了一起。

苏轼在其文论中也提到："山川之有云雾，草木之有华实，充满勃郁，而见于外，夫虽欲无有，其可得耶！……而山川之秀美，风俗之朴陋，贤人君子之遗迹，与凡耳目之所接者，杂然有触于中，而发于咏叹。"[⑥]苏轼指出，山川云雾、草木华实，全因其内部充实蓬勃的内在神韵而显露于外，成为曼妙的自然风景。创作冲动的产生，正来自造化万物内部气韵的感染。文学家们将其被触动的心弦与纷杂的情感，如同造化万物由内而外的生发一般，不自觉地咏叹成文。

绘画理论中，宋人也常将画作中情感的流露，归功于造化万物的内在气韵。北宋郭熙通过"春山澹冶而如笑，夏山苍翠而如滴，秋山明净而如妆，冬山惨淡而如睡"[⑦]的拟人化修辞，将自然形象赋予了画家的主观情感。郭熙认为，山水林泉除了拥有外在的形态之外，更富有内在的生命。故画家师法造化，并非对自然山水简单的模仿，而需要与所画对象实现精神上的交流，以期效法自然之神，如此，跃然纸上的自然山川才能在春夏秋冬蕴含着四种不同的表情与性格。可见

---

① 李澄叟撰：《画山水诀》，见《中国古代画论类编》，人民美术出版社 2005 年版，第 623 页。

② 范仲淹撰：《唐异诗序》，见《全宋文》，巴蜀书社 1994 年版，第 751 页。

③ 范仲淹撰，李勇先，王蓉贵点校：《范仲淹全集·范文正公文集》，四川大学出版社 2007 年版。

④ "文以气为主，气之清浊有体，不可力强而致。譬诸音乐，曲度虽均，节奏同检，至于引气不齐，巧拙有素，虽在父兄，不能以移子弟。"（曹丕撰：《典论·论文》，见《汉魏六朝文选解》，复旦大学出版社 2009 年版，第 137 页）

⑤ 《庄子》，中华书局 2017 年版，第 300 页。

⑥ 孔凡礼点校：《苏轼文集·南行前集叙》，中华书局 1986 年版，第 323 页。

⑦ 郭思编：《林泉高致》，见俞剑华编：《中国古代画论类编》，人民美术出版社 1998 年版，第 634 页。

"师造化"之命题,在宋代诗文理论和画论的思想中,除了着眼自然对人之灵性的培养,还代表了自然形象与人之精神的互动。天地万物不仅是文图创作中的审美对象,更在情感意蕴上,影响着文人的艺术精神。

最后,宋代诗文理论中,还常以天地万物的运转作为隐喻论述文学创作。正如自然在先秦哲学中通常作为比附于人之德行的审美客体,宋代诗文理论亦偏好将自然与文学创作进行类比,"宋人既以诗文为宇宙精神同构,故能从自然的启示中悟出擒文赋诗之道"[①]。如宋人常以自然中具有流动性的风或水的意象,来比喻创作中自然成文、率性而发。苏轼便分别在其诗论、文论与画论中,将艺术创作与自然现象相比照。

在诗论中,苏轼评价宋僧参寥子的诗歌时,提出"平生不学作诗,如风吹水,自成文理"[②]。他在风吹动水面,荡起波浪的自然现象中,领悟到文理的生成,好比风对水无心吹拂,却能生成美丽的波纹一般,无须人工的介入与雕饰,以此将行文之天然作为诗歌创作的重要原则。在文论中,苏轼于其《自评文》中谈到:"吾文如万斛泉源,不择地皆可出。在平地,滔滔汩汩,虽一日千里无难。及其与山石曲折,随物赋形,而不可知也。"[③]苏轼再次以水作喻,指出灵感来临时,无须过多辞藻与修辞上的推敲,笔下文字遂能如滔滔汩汩的泉源倾泻而出,文思敏捷,文意饱满。在画论中,苏轼评述北宋画家蒲永升的画作时,亦有相似的论述:"画奔湍巨浪,与山石曲折,随物赋形,尽水之变,号称神逸。"[④]这里"与山石曲折,随物赋形"的论述与苏轼在文论中"及其与山石曲折,随物赋形"的说法如出一辙,讲求文艺创作中对自然动态的把握,为文作画的手法,都应当根据表现的对象来安排,可见文与图的理论在宋人眼中无疑是相通的。苏轼将水无定形的特质比喻灵活多变的绘画手法,指出绘画创作需顺应客观事物的自然本性,方能在创作中如行云流水般无拘无碍。苏轼以此强调绘事中师心自然、无为而为的创作方法,与其在诗文理论中的观点及以自然为喻的论述方式极为相似。

北宋文学家田锡在其文论《贻宋小著书》中,更是直接将文图并置而论:

若使援毫之际,属思之时,以情合于性,以性合于道。……犹微风动水,了无定文;太虚浮云,莫有常态。则文章之有声气也,不亦宜哉!比夫丹青布彩,锦绣成文,虽藻缛相宜,而明丽可爱。若于春景似画,韶光艳阳,百卉青苍,千华妖冶,疑有神鬼,潜得主张,为元化之杼机,见昊天之工巧,斯亦不知所以然而然也。则丹青为妍,无阳和之活景;锦绣曰丽,无造化之真态。[⑤]

田锡,字表圣,初名继冲,后更名为锡,嘉州洪雅人,著有《咸平集》。他论作

---

① 周裕锴:《宋代诗学通论》,上海古籍出版社2008年版,第388页。

② 孔凡礼点校:《苏轼文集》,中华书局1986年版,第2144页。

③ 同上,第2069页。

④ 王水照选注:《苏轼选集·书蒲永升画后》,上海古籍出版社1984年版,第376页。

⑤ 田锡撰,罗国威校点:《咸平集·贻宋小著书》,巴蜀书社2008年版,第33—34页。

文之道，与苏轼“如风吹水，自成文理”的观点相一致，认为执笔与构思的过程中，应如“微风吹水”，自由地展露性情，使各家文章千姿百态，而不受文体、辞藻、法度等的束缚。同时，田锡将图像的创作比之自然为文的主张，指出敷色艳丽的丹青画作、纹理精美的锦绣织品，与辞藻华丽的文章一样，虽有华美的外表，然相比造化之工巧，万物之鲜活，便逊色许多。因此，作文与绘画，都应学习天地万物，自由地发展与变化，孕育出天真且生动的形态。田锡以“阳和之活景”“造化之真态”作为隐喻，从艺术创作中自然与自由的主张出发，将文学与图像的创作相并论，建立起文图之间的关联。

二、“唯造平淡难”：宋代诗文理论中文图的风格论

“自然”一词在中国古代文艺美学的传统中，除了“师法自然”的思维方式中所代表的自然界与自然现象之外，另有摒弃人工矫饰的天真状态之意。因此，诗文理论中的“自然”，从艺术风格的角度着眼，表现为对过度文饰与华丽文风的反对。这就是宋人普遍推崇的“平淡”的审美范畴，它诞生于诗文理论中，亦贯穿在文图关系的讨论与文图的创作之中。

“平淡”作为美学范畴，始见于南北朝时期的文学批评家钟嵘在《诗品》中评价永嘉诗风时所言：“永嘉时，贵黄、老，稍尚虚谈。于时篇什，理过其辞，淡乎寡味。……宪章潘岳，文体相辉，彪炳可玩始变永嘉平淡之体，故称中兴第一。”[①]钟嵘将永嘉诗列为中品，称其流于枯淡、乏味干涩，可见魏晋南北朝时期并未以平淡之风为美，相反，文秀词丽的华美诗风成为一代诗学公认的审美标准。直至晚唐诗论家司空图在其《二十四诗品》中专列“冲淡”一品，方才奏响了宋人尚平淡的先声。

北宋早期的文学家苏舜钦与梅尧臣共同开创了有宋一代的诗文风格，二者诗风同中有异。苏、梅二人均强调作诗摛文中，思想内容的深刻性与社会功用的积极性，反对诗文追求藻饰雕琢的弊病，然苏诗豪放俊爽，梅诗则闲淡深远。其中，梅尧臣便率先倡导了平淡的艺术风格，将苏舜钦诗风中的雄迈奇峭，化于平淡之中，故有后人评其曰：“去浮靡之习，超然于昆体极弊之际，存古淡之道，卓然于诸大家未起之先。”[②]梅尧臣，字圣俞，曾任国子博士、国子监直讲、尚书都官员外郎等职，著有《宛陵集》等。梅尧臣平淡诗风的形成，来自宋人对陶诗[③]的普遍推崇，其自身更有“中作渊明诗，平淡可比伦”[④]的评述。

---

① 钟嵘撰，曹旭集注：《诗品集注》，上海古籍出版社1994年版，第24页。

② 王锡九：《刘克庄诗学研究》，黄山书社2007年版，第70页。

③ 陶诗，指东晋文学家陶渊明的诗歌。

④ 梅尧臣撰：《宛陵先生集》，上海商务印书馆缩印明刊本1989年版，第215页。

梅尧臣关于“平淡”风格的诗论散见于其诗歌与他人的诗话记述中，如他在《读邵不疑学士诗卷》中指出：“作诗无古今，唯造平淡难。”[①]又如欧阳修在《六一诗话》中所言：“圣俞平生苦于吟咏，以闲远古淡为意，故其构思极艰。”[②]可见梅尧臣所追求的平淡诗风，并非随意而得。这种平淡，是经过诗人的一番艰苦构思与精心锤炼之后，所获得的审美境界，宛若天成而又内蕴深厚。此外，欧阳修在《水谷夜行寄子美圣俞》一诗中，对梅尧臣的平淡诗风作了更为具体的评价：“梅翁事清切，石齿漱寒濑，……初如食橄榄，真味久愈在。”[③]欧阳修指出，品读梅尧臣的诗歌，犹如品尝橄榄一般，初觉苦涩，再经咀嚼，却能体会到甘味怡人，意味深远。梅诗将雄豪超迈，融于平易隽永之中，故耐得了回味。吕美生在《梅尧臣的诗论及其创作》中谈道：“（梅尧臣）所谓的平淡，其实是要求‘平淡’其表，‘邃美’其里的。就是以极其朴素的语言和高超的艺术技巧，体现深刻隽永的思想感情，从而给读者以韵味无穷的艺术感染力。”[④]诚如其所言，梅尧臣追求与倡导的，无疑是一种经历沉淀之后，归于自然的平淡风格，形式朴素，却情味深远。

苏轼继梅尧臣之后，更在文学与图像的比照中，进一步对平淡的艺术风格作了更为明确的解释，他指出：

予尝论书，以谓钟、王之迹，萧散简远，妙在笔画之外。至唐颜、柳，始集古今笔法而尽发之，极书之变，天下翕然，以为宗师。而钟、王之法益微。至于诗亦然。……独韦应物、柳宗元发纤秾于简古，寄至味于淡泊，非余子所及也。唐末司空图崎岖兵乱之间，而诗文高雅，犹有承平之遗风，其论诗曰：“梅止于酸，盐止于咸，饮食不可无盐梅，而其美常在咸酸之外。”[⑤]

苏轼在这里将书法艺术与文学并论，且以书法为喻评论诗歌，认为出众的书法与绝妙好诗的评判标准均在于平淡的艺术风格，平淡之中蕴含深远意味的，方为优秀的诗画作品，以此暗示了文图之间的关联。书法创作中，苏轼将魏晋时期钟繇和王羲之的书法作品与唐代的颜真卿和柳公权相比较，并于二者间更推许钟、王二人。苏轼认为钟繇和王羲之的笔法萧条淡泊、疏散简远，其妙处更生发于笔画之外；颜、柳二人的书法作品却因唐人尚法度的书风，过分倚重笔法，故丧失了笔画之外的风味与意韵。诗歌中，苏轼则对韦应物与柳宗元“发纤秾于简古，寄至味于淡泊”的美学风格尤为推崇。所谓“简古”与“淡泊”指的是诗歌质朴的外在风貌，“至味”则是外貌背后流露出未尽的余味。平淡的艺术风格，并非《诗品》中所言的“淡乎寡味”，相反，是淡泊之中饱含的无穷回味，是外相之素朴

① 梅尧臣撰：《宛陵先生集》，上海商务印书馆缩印明刊本1989年版，第388页。

② 欧阳修，何文焕辑：《历代诗话·六一诗话》，中华书局1981年版，第265页。

③ 李逸安点校：《欧阳修全集》，中华书局2001年版，第29页。

④ 吕美生：《梅尧臣的诗论及其创作》，见中国古代文学理论学会编：《古代文学理论研究（第二辑）》，上海古籍出版社1980年版，第259页。

⑤ 孔凡礼点校：《苏轼文集》，中华书局1986年版，第2124页。

与内质之丰韵的交融。苏轼进一步引用司空图“味外之旨”的诗学观,指出咸酸乃物之本味,然其美学内涵却孕育在本味之外,画字与行文同样如是。艺术作品的审美境界,便是蕴含在平淡无常的自然风貌之下,与欧阳修对梅诗“初如食橄榄,真味久愈在”的评述如出一辙。

同时,平淡的艺术风格,在静态的淡泊悠远与无穷回味之外,也可以像苏轼所言“凡文字,少小时须令气象峥嵘,采色绚烂,渐老渐熟,乃造平淡,其实不是平淡,绚烂之极也”①,成为一种动态的、由绮丽趋向平淡的磨砺过程,亦是文学创作超然成熟的表现。苏轼再一次将文学与图像并置,以绘画中的色彩对照诗文中的神采,揭示了诗文风韵由浓至淡的历程。结尾处,苏轼进一步指出,平淡的颜色,并非没有光彩,而是拥有超越五彩绚烂之外的无限可能。诗人再一次以图像中的色彩为喻,表达了平淡中富有意韵与余味的审美观念。

宋人不仅在诗论中提倡平淡自然、不加矫饰的艺术风格,散文理论中同样如是。正如梅尧臣等诗人反对西昆体影响下浮艳肤浅的诗歌风格,宋代散文家们同样力图矫正西昆派所推举的骈文文体。骈文讲求行文中工整的对仗与华丽的辞藻,与宋人摒弃的华丽诗风毫无二致。其中,欧阳修更是领导了北宋的古文运动,意图复兴文风,主张以平易的散文风格,扭转西昆派带来的卑弱不振的风气。我们从诗论中,便已然能够看出欧阳修对于平淡诗风的推崇,他对梅尧臣赞誉有加,除了前文中所提及的,另有“圣俞覃思精微,以深远闲淡为意”②,“其初喜为清丽闲肆平淡,久则涵演深远”③等诸多评述。在散文理论中,欧阳修虽然并未提及“平淡”的范畴,但他在文论中借鉴了北宋散文家尹洙“简而有法”④“文简而意深”⑤等理论,意在摒弃骈俪为工的艺术风格。欧阳修主张文章用词平易自然,立意则寄寓深远。朱熹评价欧文曰“虽平淡,其中却自美丽”⑥,与梅尧臣、苏轼等人推崇的语言简练且寓意深刻的平淡诗风如出一辙。

文学之外,欧阳修于论画时亦有述:“萧条淡泊,此难画之意,览者未必识也。故飞走迟速,意近之物易见,而闲和严静,趣远之心难形。”⑦欧阳修谈到,冲淡萧疏的绘画风格能够使观者娴雅宁静,从而感受到趣远情深的诗情画意。可见,宋代的绘画创作,同样推崇“平淡”的艺术风格,如宋人沈括便十分推崇董源、巨然“淡墨清岚为一体”的画风。

米芾在《画史》中也以“平淡”一词称赞五代画家董源的山水画:“董源平淡天

① 孔凡礼点校:《苏轼文集》,中华书局 1986 年版,第 2523 页。
② 欧阳修,何文焕辑:《历代诗话·六一诗话》,中华书局 1981 年版,第 267 页。
③ 李逸安点校:《欧阳修全集》,中华书局 2001 年版,第 497 页。
④ 同上,第 432 页。
⑤ 叶朗主编:《中国美学通史》(宋元金卷),江苏凤凰人民出版社 2014 年版,第 83 页。
⑥ 黎靖德编,杨绳其、周娴群校点:《朱子语类》卷四,岳麓书社 1997 年版,第 2990 页。
⑦ 李逸安点校:《欧阳修全集》,中华书局 2001 年版,第 1976 页。

真多，唐无此品，在毕宏上。近世神品格高，无与比也。峰峦出没，云雾显晦，不装巧趣，皆得天真。”①米芾“云山墨戏”的艺术风貌深受董源山水画的影响，明人张丑便云：“米芾字元章，山水学董源，天真发露。”②米芾认为，“平淡天真”的美学风格，来自“不装巧趣”的山水画之诀。所谓“不装巧趣，皆得天真”也就是不拘泥于细微处的矫饰，转而注重淡墨轻岚之山水意境的经营，从而到达恬淡自然的审美境界，与宋代诗文理论反对雕琢文辞相得益彰。米芾在书法理论中同样推崇平淡之风，他在《书史》中云：“挑剔名家，作用太多，无平淡天成之趣。”③米芾指出唐人书风刻意做作的弊病，从而强调书法创作中笔法跟随心性自由流淌的状态，以及笔墨纵横中平淡天然的趣味。

由此可见，宋代的诗文理论与绘画评论均推崇平淡的艺术风格，力图摒弃华丽浮靡的外在形式，而讲求其质朴的内容。同时，宋人在尚平淡的审美基础上，还要求文字之余、笔画之外流露出耐人咀嚼的深厚韵味与丰润内涵。正如张毅在《宋代文学思想史》中总结宋代平淡之风时所说：“在这里，语言的简练、思致的高远和自然平淡的审美趣味完全融为一体。看似平常却不简单，语句平淡而诗意隽永。”④

三、“诗传画外意，贵有画中态”：宋代诗文理论中文图的互补

基于上述讨论，我们可以发现，宋代的文学与图像创作在审美对象、思维方式、艺术风格等方面具有共同性，这也使得苏轼提出的“诗画一律”说成为有宋一代主流的文图观。而诸如“诗是无形画，画是有形诗”⑤等论述，更是在文图同体论的基础上，将二者间的不同归于媒介上的差别。事实上，文学与图像在媒介与物质形态之外，亦在表达方式等层面存在着异质的关系。然而诚如黄鸣奋在《苏轼的诗画同体论》一文中指出，在苏轼诗画同体论的基础上，艺术主体“能够打破诗主声而难以存形、画主形而难以有声的局限，创造出‘天工与清新’的艺术风格”⑥，文学与图像同体与异质的关系，均为二者间的互补与交融提供了条件。

在宋代，自然作为文学与图像创作中最重要的审美对象，一要刻画其声色物象，二要表现其精神意趣。北宋理学家邵雍在《诗画吟》中说：

画笔善状物，长于运丹青；丹青入巧思，万物无循形。诗画善状物，长于运丹

① 米芾：《画史》，中华书局1985年版，第15页。

② 张丑：《清河书画舫》，清文渊阁四库全书本，子部第817册。

③ 米芾著，黄正雨、王心裁辑校：《米芾集》，湖北教育出版社2002年版，第200页。

④ 张毅：《宋代文学思想史》，中华书局2003年版，第83页。

⑤ 张舜民撰：《画墁集·跋百之诗画》，商务印书馆1935年版，第8页。

⑥ 黄鸣奋：《苏轼的诗画同体论》，《学术月刊》1985年第8期，第55页。

诚；丹诚入秀句，万物无循情。[1]

邵雍，字尧夫，北宋五子[2]之一，著有《伊川击壤集》等。邵雍首先指出了诗与画在媒介上的差异：画的媒介为线条色彩；诗的媒介为“秀句”，即语言。除此之外，他还关注到了诗歌与绘画在面对同一审美对象时在表现范围上的区别。在邵雍看来，丹青与秀句、绘画与诗歌均可以状物，其中差异则在于绘画状物重在状万物之“形”，而诗歌状物则善于状万物之“情”。邵雍在诗与画不同的媒介之外，指出了二者间的本质差异，也就是绘画重再现，善于刻画审美对象的声色形象；诗歌则重表现，善于在造型之外，抒发情感与意趣。

邵雍将诗画之间的差异划定为“情”与“形”的区别。北宋文学家晁补之在《和苏翰林题李甲画雁》一诗中则进一步指出：

画写物外形，要物形不改；诗传画外意，贵有画中态。[3]

晁补之，字无咎，号归来子，济州巨野人，苏门四学士[4]之一，工书画，善诗词，著有《鸡肋集》《晁氏琴趣外篇》等。晁补之在论述中以“物外形”“画中态”，至“画外意”的逐层递进，在邵雍的基础上，进一步解释了诗歌与绘画在面对客观物象时不同的着眼点。绘画重在描摹自然的声色物象，确保描摹对象的写实性；诗歌则力图传达形象之外的含义，也就是自然的精神意趣。除此之外，晁补之还在此基础上讨论了由物形到诗意的转换。诗歌对绘画作品中物态的把握，基于诗画善于状物的共同点，而诗歌对画外意的传达，则是对绘画表意局限的超越。

晁补之在论述中，将邵雍诗画异质论中“抒情”与“状形”的差别，进一步引申为“意”与“形”之间的关联。梅尧臣在谈到其对于绝妙好诗的定义时，也涉及了诗歌创作中，状物之形象与抒物之意趣间的贯通：

状难写之景，如在目前，含不尽之意，见于言外，然后为至矣。[5]

梅尧臣在“状难写之景，如在目前”一句中，运用通感的手法，将诗歌的传播媒介从语言与音响的范畴扩展到了视觉形象，从而指出绘画性是一首好诗的基本条件。语言作为一种抽象符号系统，对其感知与领悟的结果是视觉的幻象，也即是想象中的形象，但梅尧臣进一步指出，这种形象不限于某种似是而非的心理知觉，而要呈现出相对具体与感性的形态，这种形态并非简单地诉诸视觉，而恰是“如”在目前。这既说明了诗歌中的语象与绘画中的形象相近的一面，同时也摒弃了诗歌对于视觉世界的被动描绘。紧接着，梅尧臣进一步指出，诗歌在写景状物之外，更要包含无尽的意味与情感，直接反映了诗歌在绘画写景状物的再现

① 邵雍撰，陈明点校：《伊川击壤集》，学林出版社 2003 年版，第 257 页。

② 北宋理学家周敦颐、程颢、程颐、邵雍、张载的合称。

③ 周积寅：《中国画学精读与析要》，上海人民美术出版社 2017 年版，第 130 页。

④ 黄庭坚、秦观、晁补之、张耒四人的合称。“黄庭坚与张耒、晁补之、秦观俱游苏轼门，天下称为四学士。”见脱脱：《宋史 · 黄庭坚传》，中华书局 1977 年版，第 13110 页。

⑤ 欧阳修，何文焕辑：《历代诗话 · 六一诗话》，中华书局 1981 年版，第 267 页。

功能之上，长于表现象外之意的精神内容。苏轼在其《书朱象先画后》中亦有述："文以达吾心，画以适吾意。"可见，文学在图像随心创作，随物赋形的基础上，亦着眼于艺术主体思想意蕴的传达。

南宋历史学家与文献学家郑樵在《通志·图谱略》的开篇《索象》中，同样提到了文学重表意，图像重状形的差别。虽然《通志》并非严格意义上诗文理论的著作，但郑樵的图谱学视角，将宋人通常着眼的诗画关系，扩展到了文图关系的范围，故可为我们在诗画关系之外，提供文图关联上的参照。郑樵指出：

见书不见图，闻其声不见其形；见图不见书，见其人不闻其语。……古之学者为学有要，置图于左，置书于右，索象于图，索理于书，故人亦易为学，学亦易为功。[①]

郑樵，字渔仲，福建莆田人，世称夹漈先生，著有《通志》《夹漈遗稿》等。郑樵所言之"图"，指图像；"书"，则指文章。郑樵在这里将图文并置而论，并首先强调了二者在媒介上的差异性：图像的传播借助形象，文学的传播则依靠言语声音。随后，郑樵更在媒介的表象差别之外，关注到了文图在表现范围上的差异，即"索象于图，索理于书"，这与晁补之"画写物外形，诗传画外意"的结论如出一辙。图像侧重描写形象，语言则着重表达义理。因此，图像与文学作为信息的载体，各有所长。从郑樵图文互证的主张中，我们可以发现，文图在表意与状形上的差异，也为二者间的互补提供了契机。

宋末诗人吴龙翰在《野趣有声画》的序言中云："画难画之景，以诗凑成；吟难吟之诗，以画补足，其意匠经营，亦良苦矣。"[②]回到诗文理论中，我们可以看出，诗歌通过"吟咏"得以传诵，绘画则经由"丹青"得以流传。虽然诗歌与绘画的传播媒介与着眼点有所不同，但诚如刘石在《"诗画一律"的内涵》中所总结："诗重寄性抒情，何尝不重状物存形；画重应物相形，何尝不重达心寓兴。写景抒情，图貌写气，体物写意，应目会心，诗与画形貌不同，而本质无殊。"[③]诗歌抒情表意的特性，能够赋予绘画更加充沛的情感，为绘画再现性的功能增添表现的空间；同样地，绘画写景状形的造型能力则又能丰富诗歌中语象的呈现，完善诗歌中象与意的融合与贯通。我们将诗画的互补，延展到文图关系的视域中，可知在宋人的观念中，文学与图像无疑能够互相渗透，如此，能够打破二者异质的僵局，脱离各自形式与内容上的局限性，相得益彰。

第二节　宋代画论中的文图关系

宋代绘画经历了宣教画至文人画的转型，大批文人参与绘事，在中国绘画史

① 郑樵：《通志二十略》，中华书局 1992 年版，第 1825 页。
② 周积寅：《中国画学精读与析要》，上海人民美术出版社 2017 年版，第 16 页。
③ 刘石：《"诗画一律"的内涵》，《文学遗产》2008 年第 6 期，第 128 页。

上独领风骚。宋代画论亦是数量众多，影响深远，《林泉高致》《山水纯全集》《画史》《宣和画谱》《画继》等均为当朝著名的画论或画史著作。宋画的文学化转向，促使宋代画论中多有文图关系的论述。如北宋郭思在《林泉高致》中，便罗列了众多启发其父郭熙画思的诗词佳句。南宋邓椿在其画史著作《画继》中，则通过“画者，文之极也”的核心论点，展现了宋代诗歌与绘画的融通与互动。

一、《林泉高致》中的文图关系

《林泉高致》，又作《林泉高致集》，为北宋郭思整理其父郭熙言论及创作观点编纂而成，是宋代至今重要的山水画论专著，在中国美学和艺术学史上也是一部里程碑式的作品：“议论一时，卓绝千古可规。”[①]除涉全书核心的“三远”“四法”的造境之说等中国画核心概念，郭氏父子在书中也大量涉及文学与图像的关系，并多从图像对文字的呈现入手，如画意对文意的补充，诗句对画思的启发，以及史实性画作对文字呈现中的理趣与社会功能等进行了讨论。

郭思在序言中论绘画之源流以及概述其父画学之后，在《山水训》一篇以“奇崛神秀，莫可穷其要妙”为引，讨论了文意对于画意的扩充，认为单纯对山水树石的再现，无法穷山水之要妙，而需要画家在诗文中浸润，扩充心胸学养，才能使得绘画抵达更高境界。作者也以具体例证，进一步阐发了何为绘画中的“扩充”，并以“智者乐水，仁者乐山”的文学片段的图像化为例证加以分析说明：

近者画手有《仁者乐山图》，作一叟支颐于峰畔；《智者乐水图》，作一叟侧耳于岩前。此不扩充之病也。盖仁者乐山，宜如白乐天《草堂图》，山居之意裕足也；智者乐水，宜如王摩诘《辋川图》，水中之乐饶给也。仁智所乐，岂只一夫之形状可见之哉？[②]

“智者乐水，仁者乐山”出于《论语・雍也》。郭熙所述四幅画作皆为文本的图像化呈现，实则暗含文图转化之要领。“仁者乐山”的图像化创作，不应单取文中语象而绘一托腮的老叟立于山前，“智者乐水”也不仅仅是一岩前侧耳倾听的老翁。郭熙所指出的“不扩充”，也就是图像对于文字的被动模仿。郭熙同时指出，唐代白居易之《草堂图》尽收山居意味，有“仁者乐山”之情怀；王维所作的《辋川图》则充盈水之乐趣，是对“智者乐水”之句完整而丰富的图像呈现。《草堂图》并无具体的图像描述与史传著录；《辋川图》则传为王维绘于“清源寺壁上”[③]，原画虽早已损毁，却广为后人临摹。宋代的郭忠恕、元代的赵孟頫、王蒙，清代的王

---

① 纪昀等编撰：《文渊阁四库全书・格古要论》，上海古籍出版社 2003 年版，第 92 页。

② 郭思编：《林泉高致》，见俞剑华编：《中国古代画论类编》，人民美术出版社 1998 年版，第 637 页。

③ “(王维)清源寺壁上画辋川，笔力雄壮。”见张彦远：《历代名画记・唐朝下》，上海人民美术出版社 1964 年版，第 192 页。

原祁等，或以王维的《辋川图》为参照，又或以王维诗作《辋川别业诗》为母题，复现其胸中山水。故宋起多有《辋川图》的临本、伪本传世，形成了辋川图系，亦称“辋川样”。辋川，地属蓝田。此地溪水环山盘绕，且呈辐射状，犹如车辋，故名辋川，是王维晚年归隐之所。因此王维多以辋川为题材作诗绘画，寄托其隐逸情怀，遂著有《辋川集》，《辋川图》则是其绘画作品中的代表。该画据记载“山谷郁郁盘盘，云水飞动，意出尘外，怪生笔端”①，画中并无水边之人，却以山势盘旋，云气翻腾，溪水流淌等所中动势的生动描摹，将“智者乐水”的意蕴包容在内。“虚化图像以其若隐若现、若有若无的视觉效果替代了语言不可名状之情感，即将‘不可言说之说’转化为悦目的写意山水。”②郭熙通过“仁智所乐，岂只一夫之形状可见之哉?”的诘问，指出“仁智所乐”绝非单纯人物的形象所能概括，遂将其定为“不扩充之病”，以此渗透了山水画“扩充”之要领。

北宋苏轼在《蓝田烟雨图》中对王维的评价，可以作为郭熙诗画观点的呼应：“味摩诘之诗，诗中有画；观摩诘之画，画中有诗。”③苏轼在其另一首诗作《凤翔八观·王维吴道子画》中，以王维壁画相比吴道子画作，进一步指出王维“画中有诗”，即“摩诘得之于象外”。这也可以作为郭熙“扩充”之概念的旁证。

其次，《林泉高致》中的《画意》一篇，将前人诗画相通的观点，落实到山水画创作中：

> 更如前人言‘诗是无形画，画是有形诗’，哲人多谈此言，吾之所师。余因暇日，阅晋唐古今诗什，其中佳句，有道尽人腹中之事，有状出人目前之景。……思因记先子尝所诵道古人清篇秀句，有发于佳思而可画者，并思亦当旁搜广引以献先子。先子谓为可用者，其诗虽全章半句，及只一联者，咸录之于下。好事者观此，则古今精笔亦可以思过半矣。④

“诗是无形画，画是有形诗”出自宋代张舜民的《跋百之诗画》，郭熙借此联诗，表达了自己对于诗画相似性的认同。“诗是无形画”是指读诗的过程中，对诗中形象与意境的汲取与构想；“画是有形诗”则是观画时，与胸中气韵的沟通；二者的互喻，使诗与画、读诗与读画共同实现融合与互通。同时，郭熙以自身经历出发，指出浏览前人诗作时，其中佳句或能述人心中所想，或能将眼前的景致诉诸形状，此为诗画相通之处。郭思故此回忆其父常在创作中吟诵前人诗句，由诗中佳句，找寻启发构思的灵感与意象。《宣和画谱》中便著录有郭熙的“诗意山水图二”⑤，这也说明郭熙本人在绘画中对于诗意的自觉追求。此段结尾处，郭思云：“好事者观此，则古今精笔亦可以思过半矣。”指出绘事之笔法便藏于父亲吟

① 卢辅圣主编：《中国书画全书·唐朝名画录》，上海书画出版社 1993 年版，第 166 页。
② 赵宪章：《语图传播的可名与可悦——文学与图像关系新论》，《文艺研究》2012 年第 11 期，第 32 页。
③ 孔凡礼点校：《苏轼文集》，中华书局 1988 年版，第 2209 页。
④ 郭思编：《林泉高致》，见俞剑华编：《中国古代画论类编》，人民美术出版社 1998 年版，第 640—641 页。
⑤ 潘运告主编，岳仁译注：《宣和画谱·山水二》，湖南美术出版社 1999 年版，第 244 页。

诵的诗句之中，进一步回应其诗画相通的观念。

郭思在《林泉高致》中辑录了众多饱含画意的诗句：

先子尝诵诗可画者：

女几山头春雪消，路傍仙杏发柔条。心期欲去知何日，惆望回车下野桥。（羊士谔《望女几山》）

独访山家歇还涉，茅屋斜连隔松叶。主人闻语未开门，绕篱野菜飞黄蝶。（长孙左辅《寻山家》）……

行到水穷处，坐看云起时。（王摩诘）……[①]

这些诗句多充斥生动优美的文学形象，如春雪、仙杏、野桥、茅屋、松叶、野菜、黄蝶、水、云等。同时，诗句意境幽远，并非简单地描摹物象，而是诗人寄情之所，此景与此情相合，方才启发了郭熙等人的创作欲望。我们以“行到水穷处，坐看云起时”为例，该句出自王维的《终南别业》，作于其晚年隐逸山林之时。诗句中，诗人游走山间，正以为行到了溪水尽头，却抬眼发现面前风起云涌，空间开阔，故以此表达身处山穷水尽，心却如云雾升腾之洒脱的内在意境。宋人评曰：“此诗造意之妙，至与造物相表里，岂直诗中有画哉！”[②]王维卧游于诗句中的山云之间，其诗句中蕴含的诗情与画意，也成为后世画家创作灵感的来源。正如郭思所述，从诗句中，便可以见出绘事之笔法。诗句并未刻画水与山的物象，转而以“行”与“坐”的人之动势联通水之穷与云之起的深远意境，尽有郭熙在《林泉高致》中所谈到的“不下堂筵，坐穷泉壑”[③]的意蕴，可见出诗与画在山水寄情处的相通，同时也能见出诗中所藏的无形画之笔法一定多是以写意渲染为主，兼以虚实，共同营造文人之意境。南宋的马麟、元代的盛懋、明代的钱贡等均有《坐看云起图》传世。这些图像在对诗句的处理上，回应了郭熙的诗画观，以对诗境的解读，代替对诗中意象直白的呈现，“通过抒情的自我来看待风景”[④]，借诗中意象与自己的想象，抒发画家自身的情怀。

再次，郭熙在其诗画观之外，立足于文图间关系，来论述绘画的功能问题：

（戴安道）取《南都赋》为宣画，其所赋内前代衣冠、宫室、人物、鸟兽、草木、山川，莫不毕具，而一一有所证据，有所征考。宣跃然从之曰“画之有益如是”，然后重画。[⑤]

此段由《世说新语·巧艺》中的故事出发，论述了图像的社会功能，即原文所述“君臣圣贤人物，灿然满殿，令人识万世礼乐”的认识功能。作者指出，图像以形表意的特征，使画作较文字能够更加直接地被接受。例如，《南都赋》为东汉张

① 郭思编：《林泉高致》，见俞剑华编：《中国古代画论类编》，人民美术出版社 1998 年版，第 642 页。
② 魏庆之编：《诗人玉屑》（下），上海古籍出版社 1978 年版，第 314 页。
③ 郭思编：《林泉高致》，见俞剑华编：《中国古代画论类编》，人民美术出版社 1998 年版，第 632 页。
④ 方闻著，胡光华译：《宋元绘画中的文字与图像》，《美术》1992 年第 8 期，第 83 页。
⑤ 郭思编：《林泉高致》，见俞剑华编：《中国古代画论类编》，人民美术出版社 1998 年版，第 647—648 页。

衡所作，笔墨酣畅地记录了家乡南阳的山川草木、风土人情、历史文化等。赋中所述衣冠“被服杂错，履蹑华英”，宫室“有园庐旧宅，隆崇崔嵬，御房穆以华丽，连阁焕其相徽”，人物“揖让而升，宴于兰堂”，鸟兽“鸾鹫鹓雏翔其上，腾猿飞蝙栖其间”，草木“则柽松楔椤，槾柏杻橿，枫柙栌枥”等，语词复杂，其形状位置难以把握，必然不如将至绘制成图像来得直观、形象与生动。

另一方面，郭熙指出写实性绘画创作中，对所绘事物考证的重要性。此前《南都赋》的图像呈现中，正因“一一有所证据，有所征考”，方才实现了图像的认识功能。宋代的另一部画史论著《图画见闻志》中，也有相似的观点，与《林泉高致》相呼应：“自古衣冠之制，荐有变更，指事绘形，必分时代……凡在经营，所宜详辩。”[①]也就是说，对历史事件或人物的图像呈现，需有所考证，符合史实原貌，显示出宋人对“画之理趣”的看重。

郭熙在《林泉高致》中进一步强调了自己作为考官，对于绘画形式符合历史内容的要求：“中间吾为试官，出《尧民击壤》题，其间人物，却作今人巾帻，此不学之弊。”指出如不对所画对象有所学与所考，必会有失严谨，沦为笑柄。以此引出“画题”的主题。该章节名称之《画题》中的画与题，即是一对图与文的关系。郭思分类整理了郭熙一系列的画作题目，“画题虽多，却是几个有限元素的排列组合。他使用的元素包括两类：一是自然意象，如春云、夏雨、秋风、冬雪；二是人文意象，如渔舍、舣船、酒家、溪寺。”[②]在《画格拾遗》一篇中，郭氏父子更在画题后配以注释，解释其意象使用、构图方式与画法，间接渗透了文学与图像的关系。

二、《画继》中的文图关系

《画继》为南宋邓椿所作，此书是继唐代张彦远的《历代名画记》与北宋郭若虚的《图画见闻志》后的又一本纪传体画史著作。《画继》以时间为轴，上接张、郭二人所录画史，“载北宋熙宁七年(1074)至南宋乾道三年(1167)九十四年间二百一十九位画家小传，并私家所藏画目，及评画之语和遗闻轶事，搜辑甚博。”[③]在序言以外，邓椿在卷一至五以画家身份进行卷章分类，卷六至七以画科分载，其余三卷则多写所见所闻与品评文字。

邓椿所载画史的时代以文人画为主流，“以绘画艺术的文学化为其主要特征”[④]，因此《画继》从卷章编目中以“文”分类的品评标准，到以诗文说画史的众

---

① 潘运告主编，米田水译注：《图画见闻志・画继》，湖南美术出版社 2000 年版，第 26—27 页。

② 俞剑华编：《中国古代画论类编》，人民美术出版社 1998 年版，第 111—112 页。

③ 潘运告主编，米田水译注：《图画见闻志・画继》，湖南美术出版社 2000 年版，第 2 页。

④ 何楚熊：《中国画论研究・邓椿〈画继〉的美学思想》，中国社会科学出版社 1996 年版，第 188 页。

多个案与史料记载，最终提出“画者，文之极”的核心思想，均贯通着众多文图关系的论述。

首先，《画继》卷一至五的编目中以画家身份进行分类，依次是圣艺、侯王贵戚、轩冕才贤、岩穴上士、缙绅韦布、道人衲子、世胄妇女等。表面看，邓椿是以身份地位的高下进行排列，实际上却暗含着以“文”作为编目顺序的品评标准。如邓椿将没有官位，却以文化修养制胜的岩穴上士，列在有官职头衔的缙绅韦布之前，便可见一斑。

其次，邓椿在《画继》中对唐代以来的众多文学作品进行辑录，并以此考据绘画之事。正如他在《画继》中所言“予尝取唐、宋两朝名臣文集，凡图画纪咏，考究无遗”①，将大量的诗文选入画史，是谓《画继》的独创，先前的史传著作均无人使用这样的方式。这无疑是邓椿所处时代的文人参与画事，故文人画家们多善作诗文的社会风尚所决定的，借用《画继》中的文字来描述当时的文人，那便是“放乎诗，游戏乎画”②。在《林泉高致》中，对绘画作品的描述，多采用评赏性的语言，如“《烟生乱山》：生绢六幅，皆作平远，亦人之所难。一障乱山，几数百里，烟嶂连绵，矮林小宇，依稀相映，看之令人意兴无穷”③，清晰地交代了画作尺寸、描绘对象、创作技法等。而邓椿则多以文人的题诗代之，来展现这位画家的艺术风貌与成就，如“山谷尝题其《雪雁》云：‘飞雪洒芦如银箭，前雁惊飞后回盼。凭谁说与谢玄晖，休道澄江静如练。’”④邓椿没有对画作进行详细的评点与描述，观者需要通过对诗歌意象的提取与对意境的体会，来想象原画中飞雪、芦苇、大雁、江水等形象所构造的图景。

由此可见，《画继》在画史目录编排中的文图关系之外所涉及的便是将诗文与绘画作品相比照，集中在卷一至七中，因其所录众多，这里只取一例论述。邓椿在卷三《轩冕才贤》中，将苏轼置于首位，可以见其对苏轼的高度评价。“轩冕才贤”之卷名出自郭若虚《图画见闻志》卷一《论气韵非师》一篇：“窃观自古奇迹，多是轩冕才贤，岩穴上士，依仁游艺，探赜钩深，高雅之情，一寄于画。”⑤以概括文人以仁爱求技艺，以探索隐微求取深意的高雅性情。邓椿遂辑录了苏轼的众多诗画文字，其中便有其擅以枯木怪石为题材绘画作诗的史料：

(苏轼)所作枯木枝干，虬屈无端倪；石皴亦奇怪，如其胸中蟠郁也。作墨竹从地一直起至顶……先生自《题郭祥正壁》亦云：“枯肠得酒牙角出，肺肝槎牙生竹石。森然欲作不可回，写向君家雪色壁。”⑥

---

① 潘运告主编，米田水译注：《图画见闻志·画继》，湖南美术出版社2010年版，第407页。

② 同上，第355页。

③ 郭思编：《林泉高致》，见俞剑华编：《中国古代画论类编》，人民美术出版社1998年版，第646页。

④ 潘运告主编，米田水译注：《图画见闻志·画继》，湖南美术出版社2010年版，第297页。

⑤ 同上，第31页。

⑥ 潘运告主编，米田水译注：《图画见闻志·画继》，湖南美术出版社2010年版，第285—286页。

邓椿对苏轼画作的描述出自北宋米芾《画史》之“苏轼子瞻作墨竹，从地一直起至顶……子瞻作枯木，枝干虬屈无端；石皴硬亦怪怪奇奇无端，如其胸中盘郁也。”[①]苏轼以枯木怪石为题材的画作，参照卿三祥的《苏轼画目汇录》，有《墨竹图》多幅、《竹枝图》《竹石图》多幅、《潇湘竹石图》《古木怪石图》《蔗渣窠石》《木石图》《古柏怪石图》《壁画竹木怪石》《断山丛篠图》《竹篠怪石》《枯木疎竹图》等[②]。其后所录《题郭祥正壁》一诗则本名《郭祥正家，醉画竹石壁上，郭作诗为谢，且遗二古铜剑》[③]，是苏轼在诗人郭祥正家中酒醉，于墙壁上作画后的题诗。然《壁画竹木怪石》已经失传，且并无诗文以外的文字著录与详细描述。《画继》将苏轼枯木怪石题材的画作沟通其诗文，以其画“如其胸中蟠郁也”比照其诗中所述“肺肝槎牙生竹石”，以画意传递诗情，见出苏轼通过诗画抒怀寄情，“取诸造物之炉锤，尽用文章之斧斤”[④]的文人情致，更体现出邓椿在画史撰写中的文图互证之先见。

此外，邓椿在卷一《圣艺》的宋徽宗小传中，提到了其设画学招贤纳士，并以诗句作为考题的史实，并对其中诗画关系进行品评与说明。文中辑录了考题所用诗句，同时对各层次的考生图现诗句的不同方式与手法加以著述。“野水无人渡，孤舟尽日横”出自北宋政治家寇准初任巴东知县时所作的五言律诗《春日登楼怀归》，以登楼远望的春时景致抒写思乡怀归之情。《画继》中记载，考生描写此中诗意时，多绘岸边的空舟，船舷间的白鹭，抑或船篷上的老鸦。唯有夺头魁者于画间绘制一位卧坐船尾的舟子，其身边横躺着一把竹笛，以此表现“无人渡”，舟子闲，而“孤舟横”的诗境。画者“使‘无人渡’这不见人形的藏景，和舟人的‘悠闲寂寞’的抽象的隐情融化一起，巧露妙藏，辩证统一，情景交融，有声有色”[⑤]。隐喻的构思打破了平铺直叙、简单直白的表达方式，秘响旁通，带有含蓄之意，故让人借着诗句，多有回味。“乱山藏古寺”一句的图像呈现则更能见“善藏者未始不露，善露者未始不藏”[⑥]的寓意与画学以诗试举的选材标准。《画继》载考学头名以满幅荒山上超出山头的一截幡竿，代替其他画者在卷中露出的殿堂一角，孕育出“藏”的深意。画面“未见古寺的一木一瓦，但一竿幡的暗示，使人们用各自的生活经历、见闻、经验等去想象和补充，联想到多少的名山古刹、寺塔和庙堂。”[⑦]

上述诗画关系多在个案或史料。然《画继》中最为关键与本质的文图关系，

---

① 潘运告主编，熊志庭，刘城淮等译注：《宋人画论・画史》，湖南美术出版社 2000 年版，第 160—161 页。

② 参见卿三祥：《苏轼画目汇录》，《文献》1994 年第 1 期，第 233—245 页。

③ 孔凡礼点校：《苏轼诗集》，中华书局 1982 年版，第 1234 页。

④ 出自黄庭坚品评苏轼的诗文《枯木赋》。孔凡礼点校：《苏轼诗集》，中华书局 1982 年版，第 1234 页。

⑤ 陈炳：《〈乱山藏古寺〉里的辩证法》，《学术月刊》1981 年第 12 期，第 56 页。

⑥ 潘运告主编，云告译注：《明代画论・绘事微言》，湖南美术出版社 2002 年版，第 268 页。

⑦ 陈炳：《〈乱山藏古寺〉里的辩证法》，《学术月刊》1981 年第 12 期，第 56 页。

是邓椿于卷九《杂说论远》中提出的“画者，文之极也”。

画者，文之极也。故古今之人颇多着意，张彦远所次历代画人，冠裳大半。唐则少陵题咏，曲尽形容；昌黎作记，不遗毫发。本朝文忠欧公、三苏父子、两晁兄弟、山谷、后山、宛丘、淮海、月岩以至漫士龙眠，或评品精高，或挥染超拔。然则画者岂独艺之云乎？难者以为自古文人何止数公，有不能且不好者，将应之曰：“其为人也多文，虽有不晓画者寡矣；其为人也无文，虽有晓画者寡矣。”①

邓椿在“画者，文之极也”之后进行的拓展性说明，可以见出其中“曲尽形容”“不遗毫发”“评品精高”等都是对文人品评画作之诗文与晓画之能力的褒扬。邓椿将画与评相通，指出即使非能画者，也能通过文学上的才能，通达晓画的成就，更是呼应了邓椿引诗文入画史的写作方法。

“画者，文之极也”作为《画继》全史的思想核心，是郭若虚《图画见闻志》中绘画“成教化，助人伦”之教化功能的转变，以及“（画者）本自心源，想成形迹”②之绘画主体论的进一步扩充与提升，体现出文人画的特质。邓椿在现象之外，对宋时兴起的文人画进行了理论性的建构，站在了绘画文学化进程的理论高地。其实早在邓椿之前，苏轼亦有云：“诗不能尽，溢而为书。变而为画，皆诗之余。”③而邓椿则将苏轼诗画观中的“画者，诗之余”，演化为了“画者，文之极”，文人画的地位也随之上升。《画继》在总括之后遂列举各代文人作为补充说明，如杜甫在题画诗中曲尽画作之要妙，韩愈对画作的文字记载也穷尽其细微之处而没有遗漏等。邓椿“论画而标举一‘文’字，一则落脚于以‘文之极’三字为画之根本属性；二则落脚于以‘多文’两字为‘晓画’之必备条件，而晓画实包括‘评品’与‘挥染’，即理论与创作两方面。”④邓椿指出“文”之于画者的重要性，也就是“然则画者岂独艺之云乎？”后的深意。

“画者，文之极”这一命题中，将绘画的价值和地位推向了一个新高度。其中所谓“极”，便是极致、终极的意思。故“画者，文之极”，也就是说“画”不仅仅与“文”理脉相通或地位相当，更是“文”的极致表现与终极目标，也就是最精华的部分。同时，《画继》作为画史著作，“画者，文之极”中的“画”故此明确地指称绘画之事，而“文”的内涵则多有意味。正如前文所言，“画者，文之极”之“文”从字面来看，也就是“诗文”抑或从画作的品评文字中流露出的才气学养。而我们若打通《画继》全卷，便可知其中之“文”，更是对文人画家之气韵所提出的要求。邓椿紧接“画者，文之极”之段后，进一步指出：“画之为用大矣。盈天

---

① 潘运告主编，米田水译注：《图画见闻志·画继》，湖南美术出版社 2010 年版，第 406 页。

② 同上，第 32 页。

③ 孔凡礼点校：《苏轼文集》，中华书局 1988 年版，第 614 页。

④ 阮璞：《画学丛证·〈画继〉所显示之宋代文人画观》，上海书画出版社 1998 年版，第 170 页。

地之间者万物，悉皆含毫运思，曲尽其志。而所以能曲尽者止一法耳。一者何也？曰传神而已矣。世徒知人之有神，而不知物之有神。"传神论与气韵说始自魏晋南北朝时期顾恺之与谢赫二人对于人物画的品藻，唐末五代的荆浩在其《笔法记》中将气韵说延展至山水画的品评中[①]。邓椿则更进一步指出，中国画之所以能够充盈万物，便在于写意传神，在于气韵与绘事的贯通。正如诗文的创作中，饱含神韵的客体引发主体情感，主体遂寄托情志于客体的双向思维过程。由此，邓椿再一次回应了全史对于绘画之文学性的渗透：文人作画，重其神韵，写其意境，故有别于画工对物象写实性的描摹。

《画继》中"画者，文之极也"所隐含的文图关系，在《杂说论远》这一卷之外，更贯穿于各卷的史料当中，成为品评众画家的标准，并影响了画史的选材与收录情况，"很多在寺观绘制壁画的画家已经不见于画史了，并不是壁画画家少了……只能说，这些非文人绘画的内容，已经淡出了画史的写作范围。"[②]可见邓椿所涉文学与绘画之关系，不仅体现于其以诗文入画史，或多着眼诗画的沟通，而更在于邓椿建设性地指出，绘画若将文学创作中的气韵法度发挥到极致，便可佼佼而不群，遂直通文人画的精髓。

小结

宋代诗文理论中的文图关系，主要表现在三个方面：首先，文学与图像的创作均主张师法自然。造化万物的影响，能够丰富文学家与画家的审美创造力，滋养他们的气韵精神，并比附于行文作画的法度与道理。其次，文学与图像在艺术风格上，均崇尚平淡自然，反对矫饰雕琢。同时，文图创作中的平淡风格，并非寡淡无味，而是平淡之中留有余味，平淡之中寓有奇峭。最后，文学与图像在创作与传播的过程中，表意与状形的差异，为二者间的互补与交融提供了条件。宋代画论中的文图关系则主要集中在《林泉高致》与《画继》中。《林泉高致》重点论述了诗句对画思的启发、画意对文意的补充等问题；《画继》则以"画者，文之极也"的文图观，从理论上强调了宋代绘画的文学化进程。

---

① "气者，心随笔运，取象不惑；韵者，隐迹立形，备仪不俗。"见荆浩撰，王伯敏注译，邓以蛰校阅：《笔法记》，人民美术出版社 1963 年版，第 4 页。

② 谷赟：《邓椿〈画继〉史学观探讨》，《齐鲁艺苑》2014 年第 2 期，第 63—64 页。

图像编目

彩图

彩图 1 《草虫瓜实图》,佚名,台北“故宫博物院”藏

彩图 2 《打花鼓》,佚名,北京故宫博物院藏

彩图 3 《后赤壁赋图》,乔仲常,美国纳尔逊-艾金斯艺术博物馆藏

彩图 4 《潇湘奇观图》,米友仁,北京故宫博物院藏

彩图 5 《芙蓉锦鸡图》,赵佶,北京故宫博物院藏

彩图 6 《十咏图》,张先,北京故宫博物院藏

彩图 7 《秋庭戏婴图》,苏汉臣,台北“故宫博物院”藏

彩图 8 《冬日婴戏图》,苏汉臣,台北“故宫博物院”藏

彩图 9 《出水芙蓉图》,吴炳,北京故宫博物院藏

第一章

图 1－1 《孔子七十二弟子像》,佚名,绢本设色,33 cm×464.5 cm,北京故宫博物院藏

图 1－2 《孔丘像》,马远,绢本淡设色,27.7 cm×23.2 cm,北京故宫博物

院藏

图 1－3 《老子图》，牧溪，纸本水墨，88. 9 cm×33. 5 cm，日本冈山县立美术馆

图 1－4 《道统五祖像·伏羲像》，马麟，绢本设色，249 cm×113 cm，台北“故宫博物院”藏

图 1－5 《会昌九老图》，佚名，纸本设色，30. 7 cm×238 cm，北京故宫博物院藏

图 1－6 《八相图》，佚名，绢本设色，6. 5 cm×246. 2 cm，北京故宫博物院藏

图 1－7 《二祖调心图》，石恪，纸本水墨，35. 5 cm×129 cm，日本东京国立博物馆藏

图 1－8 《寒山拾得图》，颜辉，绢本水墨淡设色，127. 8 cm×41. 7 cm，日本东京国立博物馆藏

图 1－9 《布袋和尚图》，梁楷，绢本设色，31. 3 cm×24. 5 cm，上海博物馆藏

图 1－10 《晋文公复国图》，李唐，绢本水墨，29. 4 cm×827 cm，美国大都会艺术博物馆藏

图 1－11 《高士图》，卫贤，绢本淡设色，134. 5 cm×52. 5 cm，北京故宫博物院藏

图 1－12 《文姬归汉图》，陈居中，绢本设色，147. 4 cm×107. 7 cm，台北“故宫博物院”藏

图 1－13 《右军书扇图》，梁楷，纸本墨笔，27. 9 cm×66. 2 cm，北京故宫博物院藏

图 1－14 《王羲之玩鹅图》，马远，绢本设色，115. 9 cm×52. 4 cm，台北“故宫博物院”藏

图 1－15 《羲之观鹅图》，钱选，纸本设色，23. 2 cm×92. 7 cm，美国大都会艺术博物馆藏

图 1－16 《萧翼赚兰亭图》，巨然，绢本设色，144. 1 cm×59. 5 cm，台北“故宫博物院”藏

图 1－17 《明皇击球图》，佚名，纸本水墨，32. 1 cm×230. 5 cm，辽宁省博物馆藏

图 1－18 《明皇幸蜀图》，佚名，纸本设色，31. 4 cm×54. 9 cm，美国大都会艺术博物馆藏

图 1－19 《约山李翱问答图》，马公显，绢本水墨，25. 9 cm×48. 5 cm，日本京都南禅寺藏

图 1－20 《卢仝烹茶图》，刘松年，24. 1 cm×120. 6 cm，北京故宫博物院藏

图 1－21 《摹顾恺之洛神赋图卷》，佚名，绢本设色，27 cm×635. 3 cm，辽宁省博物馆藏

图 1－22 《搜山图》，佚名，绢本设色，53. 3 cm×533 cm，北京故宫博物院藏

图 1－23 《三官出巡图》，马麟，绢本设色，174. 2 cm×122. 9 cm，台北“故宫博物院”藏

图 1－24 《中山出游图》，龚开，纸本水墨，32. 8 cm×169. 5 cm，美国弗利尔美术馆藏

图 1－25 《吕洞宾过岳阳楼图》，佚名，绢本设色，23. 8 cm×25. 1 cm，美国大都会艺术博物馆藏

图 1－26 《十王图・七七泰山大王》，陆信忠，绢本设色，53. 7 cm×37 cm，日本奈良国立博物馆藏

图 1－27 《朝元仙仗图》，武宗元，绢本墨笔，58 cm×77 cm

图 1－28 《白莲社图》，张激，纸本墨笔，34.9 cm×848 cm，辽宁省博物馆藏

图 1－29 《八高僧故事图》，梁楷，绢本设色，上海博物馆藏

图 1－30 《六祖挟担图》，直翁，纸本水墨，91.8 cm×29.2 cm，日本五岛美术馆藏

图 1－31 《六祖撕经图》，梁楷，纸本水墨，69.6 cm×30.3 cm，日本三井纪念美术馆藏

图 1－32 《六祖截竹图》，梁楷，纸本水墨，72.7 cm×31.5 cm，日本东京国立博物馆藏

图 1－33 《洞山渡水图》，马远，绢本，77.6 cm×33.0 cm，日本东京国立博物馆藏

图 1－34 《五祖荷锄图》，法常，纸本水墨，87.5 cm×36 cm，日本福冈市美术馆藏

图 1－35 《草虫瓜实图》，佚名，绢本设色，23.5 cm×24.8 cm，台北“故宫博物院”藏

图 1－36 《九歌图》，张敦礼，24.7 cm×608.5 cm，美国波士顿美术博物馆藏

图 1－37 《渔父图》，许道宁，绢本淡彩，48.9 cm×209.6 cm，美国纳尔逊-艾金斯艺术博物馆藏

图 1－38 《荻岸停舟图》，佚名，扇面绢本，23.8 cm×24.1 cm，美国波士顿美术博物馆藏

图 1－39 《文姬图》，佚名，绢本设色，24.4 cm×22.2 cm，美国波士顿美术博物馆藏

图 1－40 《捣衣图卷》，牟益，纸本，27.1 cm×466.4 cm，台北“故宫博物院”藏

图 1－41 《石壁看云图》，马远，绢本水墨，25.1 cm×25.3 cm，北京故宫博物院藏

图 1－42 《太白行吟图》，梁楷，81.2 cm×30.4 cm，日本东京国立博物馆藏

图 1－43 《对月图》，马远，绢本设色，149.7 cm×78.2 cm，台北“故宫博物院”藏

图 1－44 《杜子美图》，牧溪，纸本水墨，31 cm×89.1 cm，日本福冈市美术馆藏

图 1－45 《天寒翠袖图》，佚名，绢本设色，24.5 cm×21.6 cm，北京故宫博物院藏

图 1－46 《寒江独钓图》，马远，绢本设色，26.7 cm×50.6 cm，日本东京国立博物馆藏

第二章

图 2－1 《斗浆图》，佚名，绢本设色，25 cm×26 cm，黑龙江省博物馆藏

图 2－2 《四迷图》，佚名，绢本设色，31.5 cm×42.5 cm

图 2－3 《货郎图》，李嵩，团扇绢本，26.4 cm×26.7 cm，美国大都会艺术博物馆藏

图 2－4 《乞巧图》，佚名，绢本设色，161.6 cm×110.8 cm，美国大都会艺术博物馆藏

图 2－5 《大傩图》，佚名，绢本设色，67.4 cm×59.2 cm，北京故宫博物院藏

图 2－6 《金明池争标图》，张择端，绢本设色，28.5 cm×28.6 cm，天津博物馆藏

图 2－7 《踏歌图》，马远，绢本墨笔，192 cm×111 cm，北京故宫博物院藏

图 2-8 《眼药酸》,佚名,绢本设色,24 cm×24.3 cm,北京故宫博物院藏

图 2-9 《打花鼓》,佚名,绢本设色,24 cm×24.3 cm,北京故宫博物院藏

图 2-10 《骷髅幻戏图》,李嵩,绢本设色,26.3 cm×27 cm,北京故宫博物院藏

图 2-11 《雪溪放牧图》,夏圭,绢本设色,25.7 cm×26.6 cm,北京故宫博物院藏

图 2-12 《田垄牧牛图》,佚名,绢本设色,24 cm×33 cm,美国明尼阿波利斯艺术博物馆藏

图 2-13 《雪江卖鱼图》,李东,绢本淡墨,23.6 cm×25.2 cm,北京故宫博物院藏

图 2-14 《耕获图》,杨威,24.8 cm×25.7 cm,北京故宫博物院藏

图 2-15 《村医图》,李唐,绢本淡设色,68.8 cm×58.7 cm,台北"故宫博物院"藏

图 2-16 《摹宋人画册·村童闹学图》,仇英,纸本淡设色,20 cm×20 cm,上海博物馆藏

图 2-17 《雪堂客话图》,夏圭,绢本设色,28.2 cm×429.5 cm ,北京故宫博物院藏

图 2-18 《山坡论道图》,佚名,绢本笔墨,25 cm×25 cm,北京故宫博物院藏

图 2-19 《纳凉观瀑图》,燕文贵,绢本设色,23.7 cm×24.8 cm,北京故宫博物院藏

图 2-20 《临流抚琴图》,夏圭,绢本设色,25.5 cm×26 cm,北京故宫博物院藏

图 2－21 《深堂琴趣图》，佚名，绢本设色，23. 6 cm×24. 9 cm，北京故宫博物院藏

图 2－22 《柳堂读书图》，佚名，绢本设色，22. 5 cm×24. 5 cm，北京故宫博物院藏

第三章

图 3－1 《月下观梅图》，马远，绢本设色，25. 1 cm×26. 7 cm，美国大都会艺术博物馆藏

图 3－2 《秉烛夜游图》，马麟，绢本设色，24. 8 cm×25. 2 cm，台北“故宫博物院”藏

图 3－3 《杜甫诗意图》，赵葵，绢本墨笔，24. 7 cm×212. 2 cm，上海博物馆藏

图 3－4 《四梅花图》，杨无咎，纸本墨笔，37. 2 cm×358. 8 cm，北京故宫博物院藏

图 3－5 《睢阳五老图·王涣像》，佚名，绢本设色，39. 9 cm×32. 7 cm，美国弗利尔美术馆藏

图 3－6 《墨竹》，文同，绢本水墨，131. 6 cm×105. 4 cm，台北“故宫博物院”藏

图 3－7 《腊梅山禽图》，赵佶，绢本设色，82. 8 cm×52. 8 cm，台北“故宫博物院”藏

图 3－8 《层叠冰绡图》，马麟，绢本设色，101. 7 cm×49. 6 cm，北京故宫博物院藏

图 3－9 《烟江叠嶂图》，王诜，绢本设色，26 cm×138. 5 cm，上海博物馆藏

第四章

图 4－1　苏轼像，《苏文忠天际乌云贴真迹》，商务印书馆 1938 年版

图 4－2　《苏文忠像》，徐宗浩，1923 年作，128.5 cm×32 cm

图 4－3、图 4－6、图 4－7　《枯木怪石图》，苏轼，纸本墨笔

图 4－4　《双喜图》，崔白，绢本设色，193.7 cm×103.4 cm，台北"故宫博物院"藏

图 4－5　《窠石平远图》，郭熙，绢本立轴，128 cm×167 cm，北京故宫博物院藏

第五章

图 5－1　《东坡小像》，赵孟頫，北京故宫博物院藏

图 5－2　《海南笠屐图》，张问陶，泥金笺设色

图 5－3　《后赤壁赋图》，马和之，绢本水墨淡设色，25.9 cm×143.45 cm，北京故宫博物院藏

图 5－4　《后赤壁赋图》，乔仲常，纸本墨笔，29.3 cm×560.3 cm，美国纳尔逊-艾金斯艺术博物馆藏

图 5－5　《赤壁图》，李嵩，水墨淡设色，25 cm×26.2 cm，美国纳尔逊-艾金斯艺术博物馆藏

图 5－6　《赤壁图》，杨士贤，水墨淡设色，30 cm×733 cm，美国波士顿美术博物馆藏

图 5－7　《赤壁图》，武元直，纸本水墨，50.8 cm×136.4 cm，台北"故宫博物院"藏

图 5－8 《后赤壁赋图》，丁玉川，绢本墨笔，109.1 cm×60.3 cm，台北“故宫博物院”藏

图 5－9 《赤壁胜游图》，文徵明，美国弗利尔美术馆藏

图 5－10 《赤壁图》，仇英，绢本设色，26.1 cm×292.1 cm，辽宁省博物馆藏

图 5－11 《后赤壁赋图》，仇英，绢本设色，24.3 cm×29.9 cm，上海博物馆藏

图 5－12 《赤壁图》，仇英，纸本设色，12.9 cm×23.5 cm，嘉德 2007 年秋季拍卖会

图 5－13 《苏轼回翰林院图》，张路，纸本淡设色，31.8 cm×121.6 cm，美国高居翰景元斋藏

第六章

图 6－1 《春山瑞松图》，米芾，纸本设色，44 cm×35 cm，台北“故宫博物院”藏

图 6－2 《潇湘奇观图》，米友仁，19.8 cm×289.5 cm，北京故宫博物院藏

图 6－3 《珊瑚笔架图》，米芾，纸本墨笔，27 cm×24.8 cm，北京故宫博物院藏

图 6－4 《西园雅集图》，李公麟，绢本墨笔，台北“故宫博物院”藏

图 6－5 《西园雅集图》，马远，绢本设色，美国纳尔逊-艾金斯艺术博物馆藏

图 6－6 《米颠拜石图》，陈洪绶，绢本设色，115 cm×47.3 cm，嘉德 2010 年秋季拍卖会

图 6－7 《拜石图》，任颐，纸本设色，150 cm×74 cm，嘉德 2014 年秋季拍卖会

第七章

图 7－1 《祥龙石图》,赵佶,绢本设色,53.8 cm×127.5 cm,北京故宫博物院藏

图 7－2 《芙蓉锦鸡图》,赵佶,绢本设色,81.4 cm×54 cm,北京故宫博物院藏

图 7－3 《瑞鹤图》,赵佶,绢本设色,51 cm×138.2 cm,辽宁省博物馆藏

第八章

图 8－1 放翁先生遗像,杜甫草堂工部祠碑刻

图 8－2 《放翁诗意图》,王原祁,纸本设色,35 cm×30.5 cm,北京匡时国际2013 年春季艺术品拍卖会

图 8－3 《古代戏曲故事——钗头凤》,钱笑呆

第九章

图 9－1 《睢阳五老图·毕世长像》,佚名,绢本设色,40.0 cm×32.1 cm,美国大都会艺术博物馆藏

图 9－2 《西园雅集图》,马远,绢本淡设色,29.3 cm×302.3 cm,美国纳尔逊-艾金斯艺术博物馆藏

第十章

图 10－1、图 10－2 《摹顾恺之列女仁智图》,佚名,北京故宫博物院藏

图 10－3 《秋庭戏婴图》,苏汉臣,绢本设色,197.8 cm×108.4 cm,台北"故

宫博物院”藏

图 10－4 《百子嬉春图》，苏汉臣，绢本设色，37. 2 cm×65 cm，北京故宫博物院藏

图 10－5 《长春百子图》，苏汉臣，绢本设色，30. 6 cm×521. 9 cm，台北“故宫博物院”藏

图 10－6 《傀儡婴戏图》，刘松年，台北“故宫博物院”藏

图 10－7 《货郎图》，李嵩，绢本设色，25. 5 cm×70. 4 cm，北京故宫博物院藏

图 10－8 《冬日婴戏图》，苏汉臣，绢本设色，196. 2 cm×107. 1 cm，台北“故宫博物院”藏

图 10－9 《浴婴图》，佚名，绢本设色，35. 8 cm×35. 9 cm，美国弗利尔美术馆藏

图 10－10 《秋庭婴戏图》，佚名，绢本设色，北京故宫博物院藏

第十一章

图 11－1 《岳阳大观图》，仇英，纸本设色，15 cm×45 cm，北京世纪盛唐国际 2012 年春季拍卖会

图 11－2 《醉翁亭雅集图》，唐寅，绢本设色，194 cm×106 cm，北京保利国际 2012 年拍卖会

图 11－3 《醉翁亭图卷》，仇英，绢本设色，29. 5 cm×106. 5 cm

图 11－4 《醉翁亭图轴》，居节，纸本墨笔，91 cm×38 cm，北京故宫博物院藏

图 11－5 《醉翁亭图》，张培敦，纸本设色，169. 3 cm×47. 5 cm，嘉德 2010

年春季拍卖会

图 11-6 《醉翁亭图》,袁江,绢本设色,208 cm×98.5 cm,昆仑堂美术馆藏

图 11-7 《高阁听秋图》,马远,绢本设色,24.3 cm×24.7 cm,北京故宫博物院藏

图 11-8 《秋声图卷》,陆治,绢本设色,28.5 cm×135 cm,北京翰海 2005 年春季拍卖会

图 11-9 《秋声赋图卷》,石涛,纸本设色,23.7 cm×66.5 cm,上海博物馆藏

图 11-10 《秋声赋意》,任颐,纸本墨笔,29.4 cm×18.4 cm,中国美术馆藏

图 11-11 《出水芙蓉图》,吴炳,绢本设色,23.8 cm×25 cm,北京故宫博物院藏

图 11-12 《写生册·荷花》,沈周,纸本墨笔,34.8 cm×56.5 cm,台北"故宫博物院"藏

图 11-13 《瓶莲图轴》,陈道复,纸本墨笔,156.4 cm×55.4 cm,北京故宫博物院藏

图 11-14 《花卉册·荷花》,陈道复,纸本墨笔,上海博物馆藏

图 11-15 《杂花图卷》,徐渭,纸本墨笔,30 cm×1053.5 cm,南京博物院藏

图 11-16 《墨荷图》,朱耷,纸本墨笔,160 cm×80 cm,安徽博物馆藏

图 11-17 《出水芙蓉图》,恽寿平,纸本设色,27.3 cm×39 cm,北京故宫博物院藏

图 11-18 《巨荷四连屏》,张大千,纸本设色,600 cm×358 cm

图 11-19 《林和靖诗意图》,董其昌,绢本设色,154.4 cm×64.2 cm,北京

故宫博物院藏

图 11－20 《东坡倚石图》，张大千，纸本设色，138 cm×70. 5 cm

图 11－21 《杨柳鸣蜩图》，丰子恺，镜片，纸本设色，43 cm×70 cm

图 11－22 《南枝春早图》，王冕，绢本墨笔，151. 4 cm×52. 2 cm，台北“故宫博物院”藏

图 11－23 《梅花图》，唐寅，纸本水墨，95. 9 cm×36. 1 cm，北京故宫博物院藏

图 11－24 《暗香疏影图》，金俊明，纸本墨笔，23. 4 cm×32 cm，上海博物馆藏

图 11－25 《梅鹤图》，虚谷，纸本设色，248. 7 cm×121. 1 cm，北京故宫博物院藏

图 11－26 《策杖图》，沈周，纸本水墨，159. 1 cm×72. 2 cm，台北“故宫博物院”藏

图 11－27 《岁寒三友图轴》，唐寅，纸本水墨，上海刘海粟美术馆藏

图 11－28 《玉楼春思图》，佚名，绢本设色，25 cm×26 cm，辽宁省博物馆藏

图 11－29 《碧梧苍石图》，陆行直，绢本设色，107 cm×53. 2 cm，北京故宫博物院藏

图 11－30 《秋兴八景图》之四，董其昌，51. 8 cm×31. 4 cm，上海博物馆藏

图 11－31 《杏花春雨江南》，王翚，82. 5 cm×51. 2 cm，辽宁省博物馆藏

图 11－32 《朝云小像》，王素，131 cm×31 cm，清华大学美术学院藏

图 11－33 《闹红一舸》，吴湖帆，29 cm×36. 5 cm

图 11－34 《吴文英词意图》，吴湖帆，70.5 cm×33 cm

第十二章

图 12－1 《诗余画谱》第五十四幅，苏轼《行香子·北望平川》，题仿米元章

图 12－2 《诗余画谱》第十一幅，李白《菩萨蛮·平林漠漠烟如织》

图 12－3 《诗余画谱》第六幅，秦观《如梦令·冬夜月明如水》

参考文献

一、古籍

程俊英、蒋见元著:《诗经注析》,中华书局 1991 年版
萧统撰,李善注:《文选》,中华书局 1977 年版
浙江大学中国古代书画研究中心:《宋画全集》,浙江大学出版社 2008 年版
彭定求等:《全唐诗》,中华书局 2018 年版
北京大学古文献研究所:《全宋诗》,北京大学出版社 1998 年版
张彦远:《历代名画记》,人民美术出版社 1963 年版
韩愈:《韩愈文集汇校笺注》,中华书局 2010 年版
周密:《齐东野语》,上海古籍出版社 2012 年版
沈括著,张富祥译注:《梦溪笔谈》,中华书局 2012 年版
张载:《张载集》,中华书局 1978 年版
朱易安、傅璇琮等编:《全宋笔记》,大象出版社 2003—2007 年版
永瑢、纪昀等撰:《钦定四库全书总目》,中华书局 1965 年版
唐圭璋编:《全宋词》,中华书局 2011 年版
郭思编:《林泉高致》,中华书局 2010 年版
苏轼:《东坡志林》,中华书局 1981 年版
孔凡礼点校:《苏轼诗集》,中华书局 1982 年版
孔凡礼点校:《苏轼文集》,中华书局 1986 年版
黄休复等:《益州名画录》,四川人民出版社 1982 版
米芾著,卢靖编:《宝晋英光集补遗》,湖北先正遗书本
孟元老著,尹永文笺注:《东京梦华录笺注》,中华书局 2006 年版
李焘:《续资治通鉴长编》,中华书局 1979—1993 版
陆游:《陆游集》中华书局 1976 年版
罗大经:《鹤林玉露》,中华书局 1983 年版
黎清德编:《朱子语类》,中华书局 1986 年版
韩拙:《韩氏山水纯全集》,中华书局 1985 年版
赞宁撰,范祥雍点校:《宋高僧传》,中华书局 1987 年版
程颐、程颢:《二程遗书》,上海古籍出版社 2000 年版
邓椿:《画继》,北京图书馆出版社 2006 年版
严羽:《沧浪诗话》,中华书局 2014 年版
潘运告主编,米田水译注:《图画见闻志・画继》,湖南美术出版社 2000 年版,第 272 页
马端临:《文献通考》,中华书局 1986 年版
脱脱等:《宋史》,中华书局 1985 年版
厉鹗:《宋诗纪事》,上海古籍出版社 1983 年版,第 186 页
陈邦瞻:《宋史纪事本末》,中华书局 1977 年版

王夫之：《宋论》，中华书局 2008 年版
谢榛、王夫之：《四溟诗话　姜斋诗话》，人民文学出版社 1961 年版
恽寿平：《南田画跋》，山东画报出版社 2012 年版
黄宗羲：《宋元学案》，中华书局 1986 年版
周亮工：《读画录》，西泠印社 2008 年版
汪氏辑，孙雪霄校注：《诗余画谱》，上海古籍出版社 2013 年版
卢辅圣：《中国书画全书》，上海书画出版社，1992 年版
叶燮、薛雪、沈德潜：《原诗　一瓢诗话　说诗晬语》，人民文学出版社 1998 年版
永瑢、纪昀等编纂：《四库全书》(艺术类：书画史)，中国书店 2014 年版
石涛：《苦瓜和尚画语录》，山东画报出版社 2007 年版
唐岱：《绘事发微》，山东画报出版社 2012 年版
沈德潜编：《古诗源》，中华书局 1963 年版
方薰：《山静居画论》，西泠印社 2009 年版
陈衍编：《宋诗精华录》，上海世纪出版集团 2008 年版
徐松辑：《宋会要辑稿》，中华书局 1957 年版
李学勤主编：《十三经注疏》，北京大学 1999 年版
陈邦彦选编：《历代题画诗》，北京古籍出版社 1996 年版
何文焕编：《历代诗话》，中华书局 1981 年版
丁福保编：《历代诗话继编》，中华书局 1983 年版
俞剑华注释：《宣和画谱》，江苏美术出版社 2007 年版
俞剑华：《中国画论类编》，人民美术出版社 1986 年版

二、今人论著(国内)

王朝闻主编：《中国美术史》宋代卷，北京师范大学出版社 2004 年版
程抱一：《中国诗画语言研究》，江苏人民出版社 2006 年版
陈葆真：《〈洛神赋图〉与中国古代故事画》，浙江大学出版社 2012 年版
陈传席：《中国绘画美学史》，人民美术出版社 2002 年版
陈传席：《中国山水画史》，天津人民美术出版社 2003 年版
陈来：《宋明理学》，三联书店 2011 年版
陈鹂：《婴戏图与货郎图》，人民美术出版社 1958 年版
陈良运：《中国诗学批评史》，江西人民出版社 1995 版
陈师曾：《中国绘画史》，中华书局 2010 年版
陈野：《南宋绘画史》，上海古籍出版社 2008 年版
陈映芳：《图像中的孩子——社会学的分析》，山东画报出版社 2003 年版
陈植锷：《北宋文化史述论》，中国社会科学出版社 1992 版
陈振濂：《中国画形式美探究》，上海书画出版社 1991 年版
陈中梅：《从物象到泛象——一种文艺研究的新视角》，社会科学文献出版社 1998 年版
戴建业：《澄明之境——陶渊明新论》，华中师范大学出版社 1998 年版
邓广铭：《宋史十讲》，中华书局 2011 年版
邓乔彬：《宋代绘画研究》，河南大学出版社 2006 年版
范文澜：《中国通史简编》，人民出版社 1965 年版
葛晓音：《诗国高潮与盛唐文化》，北京大学出版社 1998 年版
葛兆光：《中国思想史》，复旦大学出版社 2001 年版
韩刚：《北宋翰林图画院制度渊源考论》，河北教育出版社 2007 年版
何楚熊：《中国画论研究》，中国社会科学出版社 1996 年版

何忠礼：《科举与宋代社会》，商务印书馆 2006 年版
侯外庐、赵纪彬、杜图庠：《中国思想通史》，人民出版社 1957 年版
胡晓明：《万川之月：中国山水诗的心灵境界》，北京大学出版社 2005 年版
贾玉英：《宋代监察制度》，河南大学出版社 1996 年版
刘大杰：《中国文学发展史》，上海古籍出版社 1997 年版
刘方：《宋型文化与宋代美学精神》，巴蜀书社 2004 年版
刘若愚：《中国诗学》，河南人民出版社 1990 年版
柳立言：《宋代的宗教、身分与司法》，中华书局 2012 年版
李飞：《吉祥百子：中国传统婴戏图》，西泠印社 2007 年版
令狐彪：《宋代画院研究》，人民美术出版社 2011 年版
凌继尧：《中国艺术批评史》，辽宁美术出版社 2013 年版
缪钺：《诗词散论》，上海古籍出版社 1982 年版
卢辅圣：《解读〈溪岸图〉》（《朵云》第五十八集），上海书画出版社 2003 年版
陆侃如、冯沅君：《中国诗史》，百花洲文艺出版社 1999 年版
罗森：《中国古代的艺术与文化》，北京大学出版社 2002 年版
敏泽：《中国美学思想史》，齐鲁书社 1989 年版
莫砺锋：《唐宋诗论稿》，辽海出版社 2001 年版
潘天寿：《中国绘画史》，上海人民美术出版社 1983 年版
薄松年：《中国艺术史图集》，上海文艺出版社 2004 年版
漆侠：《宋学的发展和演变》，人民出版社 2011 年版
钱锺书：《七缀集》，上海古籍出版社 1985 年版
钱锺书：《谈艺录》，中华书局 1884 年版
钱锺书：《宋诗选注》，人民文学出版社 1989 年版
上海博物馆编著：《千年丹青：细读中日藏唐宋元绘画珍品》，北京大学出版社 2010 年版
石守谦：《风格与世变：中国绘画十论》，北京大学出版社 2008 年版
孙秉山：《历代婴戏图白描集》，北京工艺美术出版社 2000 年版
唐卫萍：《身份建构的焦虑：北宋“士大夫画”观念的发展演变》，中国社会科学出版社 2012 年版
汤用彤：《魏晋玄学论稿》，上海古籍出版社 2001 年版
袁行霈：《中国诗歌艺术研究》，北京大学出版社 1987 年版
童书业：《童书业说画》，上海古籍出版社 1999 年版
王伯敏：《中国绘画通史》，三联书店 2008 年版
王国维：《宋元戏曲史》，上海古籍出版社 2008 年版
王连海：《中国古代婴戏造型图典》，江西美术出版社 1999 年版
王时敏等：《清初四王山水画论》，山东画报出版社 2012 年版
王树村：《中国年画发展史》，天津人民美术出版社 2005 年版
王水照：《王水照自选集》，上海教育出版社 2000 年版
王运熙：《中国历代文论选》，上海古籍出版社 1980 年版
王运熙：《中国文学批评通史》，上海古籍出版社 1996 年版
王朝闻主编：《中国美术史》，北京师范大学出版社 2011 年版
吴文治编：《宋诗话全编》，江苏古籍出版社 1998 年版
徐飚：《两宋物质文化引论》，江苏美术出版社 2007 年版
徐复观：《中国艺术精神》，华东师范大学出版社 2001 年版
徐建融：《宋代绘画研究十论》，上海大学出版社 2008 年版
许结、郭维森：《中国辞赋发展史》，江苏教育出版社 1996 年版

许总:《唐诗史》,江苏教育出版社 1994 年版
许总:《宋诗史》,重庆出版社 1992 年版
杨渭生等:《两宋文化史研究》,杭州大学出版社 1998 年版
叶朗:《中国美子史大纲》,上海人民出版社 1985 年版
叶章永:《千古名篇咏童真》,新世纪出版社 2006 年版
衣若芬:《苏轼题画文学研究》,文津出版社 1999 年版
衣若芬:《赤壁漫游与西园雅集:苏轼研究论集》,线装书局 2001 年版
余英时:《朱熹的历史世界》,三联书店 2011 年版
郑振铎:《中国古代木刻画史略》,上海书店出版社 2006 年版
张建军:《中国古代绘画的观念视野》,齐鲁书社 2004 年版
周积寅:《中国历代画论》,江苏美术出版社 2007 年版
张郁乎:《画史心香:南北宗论的画史画论渊源》,北京大学出版社 2010 年版
郑午昌:《中国画学全史》,上海古籍出版社 2001 年版
钟巧灵:《宋代题山水画诗研究》,中国社会科学出版社 2008 年版
中国古代书画鉴定组编:《中国古代书画图目》,文物出版社 1986 年版
钟福民:《中国吉祥图案的象征研究》,中国社会科学出版社 2009 年版
宗白华:《美学散步》,上海人民出版社 1981 年版
宗白华:《宗白华全集》,安徽教育出版社 1994 年版
邹一桂:《小山画谱》,山东画报出版社 2009 年版
朱光潜:《朱光潜美学论文集》,上海文艺出版社 1982 年版
朱良志:《扁舟一叶》,安徽教育出版社 2006 年版
朱良志:《中国艺术的生命精神》,安徽教育出版社 2006 年版
朱瑞熙:《宋代社会研究》,中州书画社 1983 年版

三、国外论著

莱辛著,朱光潜译:《拉奥孔》,人民文学出版社 1979 年版
毕嘉珍著,陆敏珍译:《墨梅:一种文人画题材的形成》,江苏人民出版社 2012 年版
曹星原:《同舟共济——〈清明上河图〉与北宋社会的冲突妥协》,浙江大学出版社 2012 年版
方闻:《心印:中国书画风格与结构分析研究》,陕西人民美术出版社 2004 年版
方闻:《超越再现:8 世纪至 14 世纪中国书画》,浙江大学出版社 2011 年版
高居翰著,夏春梅等译:《江岸送别:明代初期与中期绘画(1368—1580)》,三联书店 2009 年版
高居翰著,洪再新等译:《诗之旅:中国与日本的诗意绘画》,三联书店 2012 年版
古原宏伸著,张连译:《文人画与南北宗论文汇编》,上海书画出版社 1989 年版
姜斐德:《宋代诗画中的政治隐情》,中华书局 2009 年版
孟久丽著,何前译:《道德镜鉴:中国叙述性图画与儒家意识形态》,三联书店 2014 年版
浅见洋二著,金程宇、冈田千穗译:《距离与想象:中国诗学的唐宋转型》,上海古籍出版社 2005 年版
Julia K. Murray: Ma Hezhi and the Illustration of the Book of Odes, Cambridge University Press. 1993.

四、论文

赵宪章:《语图传播的可名与可悦——文学图像关系新论》,《文艺研究》2012 年,第 11 期
赵宪章:《语图叙事的在场与不在场》,《中国社会科学》2010. 5
赵宪章:《语图符号的实指与虚指——文学与图像关系新论》,《文学译论》2012,3

洪再新:《〈十咏图〉及其对宋元吴兴文化圈的影响》. 故宫博物院院刊,2003. 1
余辉:《宋徽宗花鸟画中的道教意识》、《书画世界》,2013. 4
王逊:《永东宫三清殿壁画题材试探》、《文物》1963. 8
于广杰:《北宋句图对“诗意画”发展之作用》,《大连理工大学学校》2015. 3
胡晓明:《尚意的诗学与宋代人文精神》,《文学遗产》,1991. 2

后　记

本书编撰具体分工如下：

沈亚丹(东南大学艺术学院)：绪论、第一章第三节、第三章第一节

杨光影(四川美术学院实验艺术学院)：第一章第二节、第二章

李制(西北工业大学艺术教育中心)：第四章、第五章第二、三节

侯力(东南大学艺术学院博士生)：第一章第一节、第三章第二节、第十一章第三节、第十二章

邓珏(南京林业大学艺术设计学院)：第十一章第一节、十三章

徐玲(无锡金桥外国语学校)：第六章、第八章、第十一章第二节

公丕普(安徽师范大学美术学院)：第七章

申晓旭(晋中学院美术系)：第十章

杨儒(香港中文大学文化研究系)：第九章

付元琼(泰州学院人文学院)：第五章第一节

胡本雄(东南大学艺术学院博士生)：第三章第三节

当初从导师赵宪章处领到文学和图像关系宋代部分的写作任务之际，从未想过，此书的编写竟持续了十年之久。本书的框架是在与其他各分卷主编不断讨论、协调，并在两位总主编的统筹下，逐步建构起来的。即便经历了如此漫长的过程，此书依然是对于宋代文学和图像相关材料的初步梳理和探讨。全书由多位作者协同完成，以至于各章节风格不够统一；另一方面，这种合作使得本书不再是单声部叙述，而成为多声部合唱，而宋代卷也终将汇入《中国文学和图像关系史》，并成为其中一段独特的乐章。

这里要特别感谢赵宪章教授和许结教授两位总主编！他们在书稿完成之后通读全文，且提出了细致具体的修改意见！胡本雄、马平、胡颖雯等几位同学，协助完成了本书部分校对工作；朱海林、黄伟、邓珏、胡本雄、侯力、孙程程、周宜晟、胡本雄等同学，在书稿二校阶段，分工查找、核对了全书绝大部分引文，并提供了引文来源页面和版权页的照片，供出版社校验，在此一并致谢！

由于编者水平有限，本书一定还存在错误和疏漏，在此敬请各位读者批评指正！

图书在版编目(CIP)数据

中国文学图像关系史. 宋代卷/赵宪章主编. —南京:江苏凤凰教育出版社,2020.12(2023.9 重印)
ISBN 978-7-5499-9072-6

Ⅰ.①中… Ⅱ.①赵… Ⅲ.①中国文学—古代文学史—宋代 Ⅳ.①I209

中国版本图书馆 CIP 数据核字(2020)第 241335 号

书　　名	**中国文学图像关系史・宋代卷**
主　　编	赵宪章
本卷主编	沈亚丹
策 划 人	顾华明
责任编辑	徐念一
装帧设计	周　晨
监　　印	杨赤民
出版发行	江苏凤凰教育出版社(南京市湖南路 1 号 A 楼　邮编 210009)
苏教网址	http://www.1088.com.cn
照　　排	南京前锦排版服务有限公司
印　　刷	江苏凤凰通达印刷有限公司(电话:025-57572508)
厂　　址	南京市六合区冶山镇(邮编:211523)
开　　本	787 毫米×1092 毫米　1/16
印　　张	32
版　　次	2020 年 12 月第 1 版
印　　次	2023 年 9 月第 2 次印刷
书　　号	ISBN 978-7-5499-9072-6
定　　价	128.00 元
网店地址	http://jsfhjycbs.tmall.com
公 众 号	苏教服务(微信号:jsfhjyfw)
邮购电话	025-85406265,025-85400774
盗版举报	025-83658579